Heinrich Eichenberger

Die Rauchmelder

Heinrich Eichenberger

Die Rauchmelder

Roman
einer Wirtschaftsspionage

Universitas

Alle Personen und Handlungen sind frei erfunden. Jede Ähnlichkeit mit lebenden oder verstorbenen Personen und realen Handlungen ist nicht beabsichtigt und wäre deshalb rein zufällig.

Mein Dank gilt allen, die Wesentliches zu dieser Geschichte beigetragen haben: vor allem meiner Frau Jarmila, die für Political Correctness im Umgang mit der slawischen Seele sorgte,
aber auch
zwei Staatsanwälten, deren Namen nicht zu nennen seien, welche die gröbsten rechtlichen Fußangeln entsorgten,
dem FIS-Club mit seinen Dichtern und Denkern, welche mich mit zahllosen philosophischen Anstößen versorgten,
Alfred Reiser, von welchem ich das technische Wissen ausborgte,
die von ihrem Beitrag nichts ahnten.

Besuchen Sie uns im Internet unter
http://www.herbig.net

© 2001 by Universitas in der
F. A. Herbig Verlagsbuchhandlung GmbH, München
Alle Rechte vorbehalten
Lektorat: Literaturagentur Axel Poldner
Schutzumschlag: Atelier Seidel, Altötting
Motiv: The Imagebank, München
Satz: Fotosatz Völkl, Puchheim
gesetzt aus 10,5/13,2 Times Ten
Druck: Jos. C. Huber KG, Dießen
Binden: R. Oldenbourg, München
Printed in Germany
ISBN 3-8004-1419-8

Inhalt

Im Jahr der Barrakudas 299

Epilog 427

Who's who 430

Prolog

Der Anrufer hatte es eilig, aber er schien nicht gehetzt zu sein. Die Eile war geboten, sogar nötiger, als er glaubte. Es sollte für Tage sein letzter Anruf werden. Das Telefon klingelte. Mercedes de Cardenas nahm sofort ab: »Palma Management, buenas tardes!« Sie erkannte auf dem Display, dass der Anruf aus der Region Frankfurt kam. Dort musste es um diese Jahreszeit, es war fast 19 Uhr, bereits dunkel sein.

»Se habla aleman?«, verriet sich in drei Worten ein deutscher Anrufer. Seine unsichere Stimme war offensichtlich von Angst geprägt.

»Si, claro, ja natürlich, was kann ich für Sie tun?« Mercedes beherrschte Castillano und Englisch, recht gut Deutsch und natürlich die Landessprachen Catalán und Mallorquin.

»Trifft es zu, dass Sie Informationen verkaufen?«, erkundigte sich der Fremde.

»No, Señor, wir handeln nicht mit Informationen. Unser Geschäft besteht darin, für unsere Klienten Informationen zu beschaffen, auf Mandatsbasis und gegen Honorar. Das ist etwas anderes. Wir betreiben einen Competitive Intelligence Service.«

»Ich verstehe, dann sind Sie genau das, was ich suche. Wie sind Ihre Konditionen?«

»Wie ich glaubte anzudeuten, geht es bei uns um Maßarbeit. Wir versenden keine Preisliste. Unsere Vorstellungen von Diskretion bestehen gerade darin, möglichst wenig über das Telefon oder im Schriftverkehr abzuwickeln. Sollten Sie als Erstes unsere Honorare interessieren, so sind Sie bei uns wohl an der falschen Adresse. Wir stellen Rechnung nach Aufwand und noch kein Klient hat das beanstandet. Die meisten unserer Klienten sind Stammkunden. Ihr erster Schritt müsste in einem Gespräch mit einem unserer geschäftsführenden Partner bestehen, bei welchem Sie ihm ihre Bedürfnisse darlegen.«

»Ja, ist ja schon gut. Ich kenne Sie ja nicht. Sie wurden mir von Herrn Samuel Rüegg, Zürich-Oerlikon empfohlen. Ich habe es wirklich sehr eilig.«

»Na also«, bestätigte Mercedes und fragte scheinbar naiv, woher er denn anrufe – der Display zeigte die Vorwahl von Frankfurt – und wer er sei. »Señor, ich frage Sie, damit ich Sie umgehend mit einem unserer Geschäftspartner zusammenbringen kann.«

»Eh, aus Mannheim, aber ich bin auf Achse. Mein Name ist Vollpracht. Wie wär's, wenn ich so bald wie möglich mit jemandem im Raum Frankfurt zusammenkommen könnte?«

»Ist leider ganz kurzfristig in Frankfurt nicht zu machen. Ich glaubte, Sie wären in Mallorca«, schwindelte sie. »Wann könnten Sie denn hier sein?«

»Muss ich abklären, vielleicht morgen oder übermorgen.«

»Gut«, meinte Mercedes sachlich, »sobald Ihr Flug feststeht, rufen Sie uns an – aber bitte mindestens einen Tag im Voraus. Wir werden Sie am Flughafen abholen und sofort zu uns bringen, okay, Sir?« Pause: »Okay, danke«, dann wurde das Telefon eingehängt.

Der Anrufer kam für einige Zeit nicht mehr dazu, einen Flug zu buchen. Zwei Schlägertypen rissen die Tür der Telefonkabine am Wiesenhüttenplatz auf und bearbeiteten mit Schlagringen sein Gesicht in einer Weise, die anstelle einer Flugreise einen Aufenthalt im Spital und einer Klinik für plastische Chirurgie notwendig machte. Die Aktion dauerte keine dreißig Sekunden. Das Opfer stürzte blutüberströmt auf den Boden, die Beine noch in der offenen Kabine. Die Täter zerrten die Brieftasche an sich, erleichterten sie um die Noten, warfen sie auf das Opfer und rannten weg. Er hörte gerade noch: »Das war eine Warnung, eine zweite wird es nicht geben!«

Der beinahe Ohnmächtige wurde kurz danach von Passanten bemerkt, die sofort die Polizei riefen. Es stellte sich heraus, dass der Überfallene der einzige Zeuge war, der etwas zum Tathergang aussagen konnte.

Georg Follmann, wohnhaft in Königstein, wie die Polizei dem Personalausweis entnahm. Eine Überprüfung bestätigte die Angaben des Zweiundfünfzigjährigen und förderte nichts Besonderes zutage, was irgendeinen Anhaltspunkt über Hintergründe des Vorfalls hätte liefern können: verheiratet, Kinder bereits berufstätig, Geschäftsführer der Firma Transtecco in Frankfurt. Follmann, der inzwischen wieder ansprechbar war, konnte nur eine oberflächliche Beschreibung der Schläger liefern. Gesehen hatte er zwei Typen, groß, sportlich, Anfang zwanzig, der eine mit schwarzer Lederjacke, der andere mit hellem Anorak, beide wahrscheinlich in Jeans; Gesichter hatte er nicht erkennen können, denn sie befanden sich genau zwischen der Fernsprechkabine und der hell leuchtenden Straßenlaterne an der Ecke des Parks.

Nein, gesprochen hätten sie nicht, und so könne er keine Angaben über Sprache oder Dialekt machen; nur gleich geschlagen, Brieftasche raus, sie geleert – und weg waren sie. Von der in aller Klarheit geäußerten Drohung, es handle sich hier um eine Warnung und es werde keine zweite geben, erwähnte er aus gutem Grunde nichts. Sie hätte die Polizei zu äußerst unbequemen Fragen veranlasst. Er vermutete, dass die Plünderung seiner Brieftasche primär der Tarnung des Motivs diente und nur als willkommener Erfolgsbonus für die Täter anfiel. Der Polizeibeamte hackte mit zwei Fingern in seine Schreibmaschine, dass hier wohl ein besonders rücksichtsloser Fall von Straßenkriminalität vorliege.

Mercedes de Cardenas erhielt also keinen weiteren Anruf von diesem Herrn. Nicht dass sie ihn etwa vermisste, kam es doch des Öfteren vor, dass sich Interessenten nicht mehr meldeten. Ihre Erfahrung und das geschärfte Ohr verrieten ihr meistens sofort die Stoßrichtung der Anfrage: Sex, Drogen, Hehlerei und anderes. »Cucarachas!« – Kakerlaken –, pflegte sie dann auszurufen und mit angewiderter Miene aufzulegen.

Vollpracht, oder wie er sich nannte, blieb ihr allerdings im Gedächtnis. Der war offensichtlich in Schwierigkeiten. Der internationale Auskunftsdienst hatte herausgefunden, dass die Telefonnummer die einer öffentlichen Kabine in Frankfurt war, was sie bereits wusste.

Ihre Aussage, man würde ihn am Flughafen abholen, stimmte so nicht. Aber sie wusste, dass das in diesem Fall auf die Klienten beruhigend wirken musste. In Wirklichkeit lief die Logistik der Firma Palma Management anders.

Palma Management ging grundsätzlich von der Möglichkeit aus, dass alle ihre Telefongespräche von irgendwem abgehört wurden, weshalb systematisch der Weg der Sicherheit eingeschlagen wurde. Und der sah unter anderem Folgendes vor:

Wenn der Klient seinen Flug ankündigte, wurde nach seiner Personenbeschreibung gefragt und als Treff der Meeting-Point am Flughafen Mallorca genannt. Mit der Zeitmarge von vierundzwanzig Stunden war es dann in aller Regel möglich, die Person beim Einchecken an seinem Abflugsort zu kontaktieren. Dort wurden die richtigen Instruktionen für den Treff und für den Ausweichtreff in Mallorca überreicht. Sie enthielten auch Empfehlungen zur leichten Veränderung des Äußeren, um die allfällig bekannte Personenbeschreibung zu unterlaufen.

Mercedes beschloss, vom Telefongespräch eine Aktennotiz zu erstellen. Das tat sie bei den meisten Anrufen, bei denen sie eine gewisse Bedeutung nicht eindeutig ausschließen konnte.

Die Kombination der Elemente, die sie niederschrieb, deuteten auf einen Fall von Belang. Ein Geschäftsmann, ein Herr Vollpracht, der seinen Standort Frankfurt verheimlichen wollte, der aus einer öffentlichen Fernsprechzelle anrief anstatt von seinem Büro oder über das Mobiltelefon, der aber den langjährigen Geschäftsfreund Samuel Rüegg zitierte. Dieser war ihr als Exportleiter der renommierten Hightechfirma Greves in Zürich bekannt. Der Mann schien unter Druck zu sein. Und doch hatte er es dann vorgezogen, sich nicht mehr zu melden. Vielleicht wurde er daran gehindert.

Im Jahr der Eule

Sieht alles, hört alles, weiß alles

Das galante Vorspiel

1 Barcelona, August im Jahr der Eule.

Mercedes de Cardenas sollte die Seele der neuen Firma werden. Sie war Ende dreißig und hatte an der Universität Barcelona Ökonomie und Journalismus studiert. Ihr Vater war ein hoher Offizier der Guardia Civil gewesen, der Ende der 1970er Jahre vorzeitig in den Ruhestand getreten war. Natürlich hatte sie von ihrem Vater, sie war einziges Kind, die Denkweise des ›law and order‹ geerbt. Aber zur Armee oder zur Polizei wollte sie nicht. »Tiempos pasados«, pflegte ihr Vater zu sagen. Auch eine eigene Familie zu gründen war nie ihr erklärtes Ziel. Sie zählte sich zu den emanzipierten Spanierinnen, welche die Moderne verkörperten.

Ihre erste und langjährige Anstellung fand sie, nicht zuletzt dank der Beziehungen ihres Vaters, als Assistentin des Presseattachés an der Spanischen Botschaft in London. Dort lernte sie Richard Henry Harriott kennen, der damals Liaison-Officer des Wirtschaftsministeriums zu den akkreditierten Pressevertretern war. Anschließend bekleidete sie die Funktion einer Redakteurin einer internationalen Public-Relations-Agentur mit Sitz in Barcelona.

Vor gut einem Jahr stand plötzlich Richard der Brite, im Türrahmen ihres Büros in Barcelona. Seine Körperhaltung war so unverwechselbar, dass sie ihn auch im grellsten Gegenlicht sofort erkannt hätte. Er füllte die Tür in der Höhe beinahe aus. Die linke Schulter lehnte am Türrahmen, der linke Arm und das linke Knie leicht angewinkelt. Das rechte Bein gestreckt. Der ganze Körper in gespannter Ruhe. In der rechten Hand wie immer die widerliche Pfeife, an welcher er ab und zu genüsslich sog; für Mercedes allerdings verpestete er nur die Umwelt.

Es gelang ihr, die spontane Freude zu unterdrücken und das Versteckspiel dort fortzusetzen, wo sie es vor einigen Jahren abgebrochen hatten. Sie wandte sich wieder ihrem PC zu und rief: »Dick, dein Besuch würde mich vielleicht freuen, wenn du inzwischen diese fürchterliche Pfeife endlich verbannt hättest.«

Sie hustete absichtlich laut und hässlich. Sie hatte gar nicht bemerkt, dass die Pfeife kalt war. Er tat nur so, um sie zu ärgern. Tatsächlich rauchte er kaum noch.

»¡Hola! Mercedes, que tal? Du hast dich zum Glück nicht verändert. Ich fürchtete schon, aus dir wäre eine saturierte Spanierin geworden. Du bist erstaunlich frisch geblieben, geistig und äußerlich.«

»Raus mit dir! Du hast heute wieder einmal deinen charmanten Tag.«

Erst jetzt umarmten sie sich wie alte Freunde. Ein neutraler Beobachter hätte nicht sicher sagen können, ob die beiden nie – oder doch einmal ein Liebespaar gewesen waren oder bald wieder eines sein würden. Die einschlägigen Indizien waren nicht zu erkennen. Kühle, Distanz ließen auf eine unvollendete Beziehung schließen. Eine mindestens von einer Seite gezeigte leicht bittere Zurückhaltung erinnerte an den Schlusspunkt von einst. Ein zärtlicher Hauch, der den Wangenkuss um den Bruchteil einer Sekunde verlängert, versuchte ein Feuerchen wieder anzufachen, das schon mal gebrannt hatte. Welche dieser Möglichkeiten realistisch war? Nun, die dritte, wie nicht anders zu erwarten war.

»Darf ich dich heute Abend zum Dinner einladen? Ich habe zwei Themen zu besprechen. Sagen wir um zehn Uhr im Windsor. In diesem Lande isst man ja erst, wenn andere längst zu Bett gehen. Ich wohne im Condes de Barcelona.«

»Ja, gerne!« Eines der beiden Themen glaubte sie bereits zu kennen. »Ich schlage aber vor, dass wir schon um neun unseren Aperitif im Condes nehmen und von dort zu Fuß zum Windsor gehen. Dort gibt es dann auch Taxis für meine Rückfahrt nach Hause.«

Er hatte sich den Abend, was den Ablauf betraf, wohl umgekehrt gedacht, aber so leicht wollte sie es ihm heute nicht machen. Der Abschied in London vor einigen Jahren war von verhaltenen Misstönen begleitet gewesen. Alles war ziemlich abrupt abgelaufen. Bis heute kannte sie die Hintergründe für den Abbruch nicht. Besonderen Liebeskummer hatte ihr das zwar nicht bereitet, aber ihr Selbstwertgefühl war doch etwas angekratzt gewesen.

Nun, sagte sie sich, ich verbringe einen Abend in einem erstklassigen Restaurant mit einem interessanten Mann – genau in dieser Reihenfolge. Zuhören kostet nichts und tut nicht weh. Wer nicht neugierig ist, ist nicht intelligent. Ein erster Schritt kann nicht viel Schaden anrichten, er ist nicht irreversibel.

Sie war selbst erstaunt, wie viele sachliche Argumente sie in Sekundenschnelle produzierte, um die Einladung zu akzeptieren. Wäre sie nicht emotionell engagiert gewesen, sie hätte einfach Ja oder Nein gesagt und wäre zur Tagesordnung übergegangen. Bekanntlich hält sich der Mensch für rational. Aber in eigener Sache ist der Mensch so atavistisch wie eh und je. Der Mensch entscheidet aus dem Bauch heraus und schiebt die logischen Kulissen so lange hin und her, bis auch der Kopf mit dem Ergebnis einverstanden ist.

Harriott nickte und spielte den Gentleman, der nur so unter anderem und vielleicht und, wenn es denn sein müsste, an etwas anderes als an das Dinner in intelligenter Gesellschaft dachte.

»Okay, see you at nine, bye, bye!«, sprach's und verschwand, wie er gekommen war.

Mercedes platzte fast vor Neugier, etwas über das andere Thema zu erfahren. Gegen guten Sex hatte sie nichts einzuwenden. Sie brauchte ihr Gedächtnis nicht groß anzustrengen, um Richard als ausgezeichneten Liebhaber vor ihr geistiges Auge zu ziehen. Nein, sie konnte es gar nicht verhindern. Es geschah von selber. Dieser Mistkerl, arrogant, scharfsinnig und scharfzüngig, sie lachte über den Doppelsinn, immer voller Überraschungen und, anders als erwartet, ein Stich ins Perverse – aber nie unästhetisch. Kommt einfach ohne Vorwarnung angetanzt und sie, Mercedes de Cardenas, stellt alle Schalthebel auf Empfang und übersteuert alle denkbaren Gegenargumente.

Ihre Vorfreude und Neugier, die Reihenfolge der Motive hatte sich bereits vertauscht, wirkten wie ein Schub Adrenalin auf ihr Befinden. Sie beendete rasch ihre Arbeit und eilte nach Hause, frühzeitig genug, um sich zurechtzumachen.

2 Beim Apéro kam keines der Themen zur Sprache. Es sei denn, die Vorbereitungen zur Tat würden dazugezählt. Seine Pfeife hatte er nicht dabei, für ihn eine Geste der Höflichkeit. In der Hand hielt er jetzt ein Glas Whisky, sonst stand er in seiner typischen lässig-herausfordernden Haltung angelehnt an der Bartheke. Beim Sprechen veränderte er laufend die Distanz zu Mercedes, sodass er seine Augen wie eine Raubkatze vor dem Sprung auf sie richten konnte, wie ein Zoom, mal zwecks Ganzaufnahme, mal einen kleinen Ausschnitt im Fokus, den sein Hirn beliebig vergrößerte, um ihn sogleich wieder maßstabgerecht ins Puzzle zurückzulegen. Mercedes fühlte förmlich, wie die topografische Vermessung, der sie unterzogen wurde, auch ihre Dessous einschloss. Sie kannte ja die vielseitige Phantasie ihres Gastgebers und kam sich vor wie eine Barbiepuppe, die beliebig um- und ausgezogen werden konnte. Richard sah sie jetzt sicher mit Strapsen oder überhaupt ohne Unterwäsche. Solche Wünsche äußerte der Lüstling manchmal in den vornehmsten Restaurants, indem er sie nach der Vorspeise zum Ladies' Room schickte. Die Trophäe, wie er den Slip nannte, hatte sie ihm dann in der nur wenig geöffneten Handtasche als Beweis ihres Gehorsams vorzuweisen. »Das ist jetzt unser kleines erotisches Geheimnis«, pflegte er dann zu sagen. Zwar machten ihr solche Eskapaden auch irgendwie Spaß, aber sie hasste gleichzeitig seine Dominanz, der sie sich einfach nicht entziehen konnte und im Grunde auch nicht wollte. Aber heute, nein, heute würde nichts laufen, überhaupt nichts! Der Panther war sich dessen bewusst, wackelte zwar unternehmungslustig mit seinem Unterleib, aber unterließ den Sprung.

Derweil führten sie einen völlig unverfänglichen Small Talk british style. Beobachter oder Zuhörer hätten die Art der Beziehung, in der die beiden standen, nicht einordnen können. Nicht nur aus Gründen der Diskretion hatte Richard diese Form des Gesprächs gewählt. Er hatte bereits am Nachmittag den Verhau aus Stacheldraht bemerkt, den Mercedes eilig aufgerichtet hatte. Sie würde das Hindernis selber wieder entfernen und das wohl bald genug. Mit der Frage nach ihrem derzeitigen Privatleben konnte die Natur des Drahtverhaus schon in seiner ersten Näherung ausgelotet werden.

16

»Ich bin und bleibe ein geborener Single, habe ein schönes Apartment mit etwas Auslauf für meine zwei Katzen, die bei mir wohnen. Das heißt, ich wohne bei ihnen, würde man die Katzen nach ihrer Meinung fragen.«

»Wie schön, ich bin ein entschiedener Liebhaber von Katzen, wie viele Beine sie auch immer haben mögen, Hauptsache, sie sind lang und geschmeidig. Und wer sorgt für sie, wenn du mal ein paar Tage abwesend bist?«

Sie fand die Anspielung blöde und ging gar nicht erst darauf ein.

»Eine ältere Dame, die mir ohnehin regelmäßig zur Hand geht, schaut dann vorbei.«

In der Handtasche kramte sie nach ihren Ausweisen und entnahm der Hülle ein Foto mit den beiden Lieblingen, zwei hochbeinige, große Main-Coon-Geschwister, eine grau, die andere braun getigert, die Kätzin Dolores und der Kater Domingo.

»Ich zeige die Fotos sonst immer dann vor, wenn in einer Gesellschaft sich die stolzen Familienmütter nach ein paar Minuten mit ihrer Nachkommenschaft brüsten, weil sie bei geschäftlichen Themen nicht mithalten können. Dann komme ich mit meinen Katzenbildern und habe damit mehr Erfolg, insbesondere bei den Herren der Schöpfung, als sie mit allen Niños zusammen, was die natürlich grausam ärgert.«

Für Harriott hatte sich Mercedes nicht verändert: persönlich und beruflich zuverlässig, intelligent, vielseitig, operativ emotionsfrei, instrumental einsetzbar – die klassische Offizierstochter. Diese attraktive, liebenswerte und loyale Frau verdiente es, von einem Vorgesetzten mit hohem Verantwortungsgefühl geführt zu werden. Richard sah sich in seinem Plan bestätigt, Mercedes in sein Projekt einzuweihen.

»Mercedes, sind wir hungrig? Gehen wir zum Windsor. Es sind nur ein paar Schritte von hier.«

Sie war einverstanden. Der erste Akt hatte ihr einen außergewöhnlich seriösen Richard beschert, ohne irgendwelche Anzüglichkeiten – sieht man von den Katzen ab –, weder mit Worten noch durch ›zufällige‹ oder ›freundschaftliche‹ Berührungen. Ein Minimum an Aggression hätte sie eigentlich schon erwartet. Sie war sich bewusst, sich inmitten des urweiblichen Dilemmas zwischen Lust auf Lust und deren Abwehr zu befinden.

Im Windsor, einem renommierten und eleganten Speiserestaurant, wurden sie zum vorgemerkten Tisch geführt. Richard, der ihm Rahmen des Möglichen nie etwas dem Zufall überließ, war bereits am Nachmittag hier gewesen, um einen für vertrauliche Gespräche geeigneten Tisch zu reservieren. Sie nahmen Platz und ließen sich die Speisekarten reichen. Sie versenkte sich sofort in die Lektüre, während er routinemäßig den Raum mit seinen Gästen kurz ins Visier nahm. Nichts Beachtenswertes, vor allem nicht an den zwei Nachbartischen, was ihn hätte hindern können, ein unbefangenes Gespräch zu führen.

Nach echt spanischer Art bestellten sie nach den Tapas zunächst nur eine Vorspeise. Zum Trinken bevorzugten sie schweren Rotwein. Sie waren sich offenbar noch immer darin einig: Un vino blanco es un aperitivo, un vino es un vino tinto. Und der Aperitivo lag weit zurück im Condes. Später würden sie weitere Bestellungen aufgeben, vielleicht auch mal eine Portion auf zwei Teller. Die Spanier gehen nicht einfach zum Nachtessen. Sie gestalten und zelebrieren es. Und so bleibt viel Zeit für das Gespräch. Eine vertrauensvolle Zusammenarbeit beginnt immer mit einer reichlichen, einer ausführlichen Mahlzeit.

Nachdem die Tapas mit Boquerones und Jamón Serrano aufgetischt und die Gläser mit dem schweren Rioja Marqués de Riscal gefüllt waren, eröffnete Harriott endlich das Gespräch. Dabei schaute er sie kurz an, nippte am Glas, pickte mit einem Zahnstocher ein Stück des hervorragenden Fleisches und fragte fast beiläufig: »Wie gut kennst du die Balearen und Palma de Mallorca?«

Mercedes ließ sich vom scheinbar harmlosen Einstieg nicht überraschen. In Barcelona aufgewachsen, gehörten diese Inseln sozusagen zu ihrer näheren Umgebung. Auch hatte sie als Kind des Öfteren mit ihren Eltern die Ferien dort verbracht. Somit würde das dickere Ende bald kommen.

»O ja, das ist meine zweite Heimat. Warum? Dick, rück endlich raus mit dem Thema!«

»Eh, äh, ich habe dort ein Büro gemietet und suche einen Housekeeper, einen Mayordomo, das heißt eine Mayoradomo. Also so etwas wie dich.«

»Großartig, und da soll ich die Räume sauber halten, deine

Pfeife putzen und Kaffee servieren. Oder sieht da Sir Richard any job enrichment? Aber bitte ehrlich.«

»Du kannst dir vorstellen, dass nach dem politischen Wechsel im Unterhaus meine Funktion als Liaison-Officer des Wirtschafts- und des Industrieministeriums zur Presse in neue Hände gelegt werden musste. Meine Verankerung in der Konservativen Partei und meine Verflechtung zu Amtsstellen, die die Publizität scheuen, ließ beiden Seiten keine andere Wahl. Von jenen Amtsstellen hatte ich nach Abschluss meines Studiums eine einschlägige Unterweisung erhalten und verbrachte auch dort meine beruflichen Flegeljahre. Den Rest meiner bescheidenen Karriere kennst du.

Also gut, ich habe eine Beratungsfirma errichtet mit der Operationsbasis in Palma. Zuvor habe ich aufgelistet, was eigentlich so alles in den Rahmen meiner Möglichkeiten fällt.

Und ich habe drei Kategorien von Trümpfen ausgemacht, die sich vermarkten lassen.

Dazu gehört zunächst eine astronomisch große Sammlung von Namen, alle schön sauber als Visitenkarten und alphabetisch geordnet. Auf jeder Visitenkarte sind sorgfältig das Datum und der Anlass der Begegnung notiert. Das genügt in der Regel, um meinem Gedächtnis bei der Durchsicht der einzelnen Karten auf die Beine zu helfen. Die Markensammlung, wie ich sie nenne, ist so weit aufdatiert, als dass ich Kenntnis von Änderungen erhalte. Aber auch veraltete Koordinaten bieten einen Ausgangspunkt, von welchem aus eine Spur verfolgt werden kann.«

Er unterbrach seine virtuelle Auslegeordnung, da der Kellner mit den Vorspeisen kam.

»Los mejillones marinados para la señora, las gambas al ajillo para usted. Que aproveche!«

Sie bedankten sich und Richard bestellte als Nächstes eine Schale gemischten Salat mit vielen Zwiebeln für beide. Sie freuten sich über die Meeresfrüchte. Obwohl sie heute natürlich selbst in Old England zu haben waren, hier in Spanien schmeckten sie Richard stets besonders gut. Er fuhr fort: »Den zweiten Trumpf ortete ich in meinen Erfahrungen im Umgang mit Managern, Journalisten und Politikern in zahlreichen Ländern der Welt, also nicht nur in den westlichen Industrieländern, sondern auch im Nahen und Mittleren Osten und selbstverständlich in den Ländern des in die Brüche gegangenen Ostblocks.«

Er unterbrach seine Rede wie ein Dirigent, der sich einen kurzen Moment lang der Aufmerksamkeit seines Orchesters und des Auditoriums vergewissert. Dass beides nur aus ein und derselben Person bestand, tat seiner Pfauenhaftigkeit keinen Abbruch. Tatsächlich witterte er aber auch die nähere und weitere Umgebung nach ungebetenem Publikum ab, mit beruhigendem Ergebnis. Dies tat er nicht, weil er irgendeinen Argwohn schöpfte, sondern rein aus angelernter Gewohnheit. Im Übrigen sprach er leise. Seine Euphorie war an seinen Augen, aber nicht an der Stimme erkennbar.

Die dritte seiner Künste bestand darin, wie er weiter darlegte, dass er in zunehmendem Maße den wirtschaftlichen und professionellen Hintergrund der Unternehmensführer erkannte und die psychologische Funktionsweise dieser Menschen zu verstehen wusste. Die meisten waren ehrgeizige Egozentriker, eitel und damit verletzlich, oftmals feige, aber alle waren stets unter Druck, laufend bessere Resultate zu erzielen und gleichzeitig innere und äußere Feinde abzuwehren.

»Eines ist allen gemeinsam: Sie wollen und müssen die Partie gewinnen. Dass in widerwärtigen Situationen Ethik und Legalität oftmals zu kurz kommen, liegt auf der Hand. Auch in solchen Kreisen kommt das Fressen vor der Moral. Warum das für unser Beratungsgeschäft eine wichtige Erkenntnis ist, erläutere ich dir nach dem Salat.«

Sie wechselten das Thema. Genauer gesagt, er wechselte es, denn sie hatte sich in der letzten halben Stunde als aufmerksame Zuhörerin geübt.

»Was machen eigentlich deine sportlichen Aktivitäten? Ich nehme an, du hast dich sicherlich genau programmiert.«

Das Thema eröffnete die Gelegenheit, Mercedes referieren zu lassen. Sie gab ihm Recht. Ohne regelmäßige sportliche Aktivitäten könnte sie sich nicht wohl fühlen. Nach ihrer Rückkehr nach Barcelona hatte sie sich nach einem passenden Tennisclub umgesehen. Sie schilderte ihm blumig, wie sie über ihren Kreis von Freunden und Bekannten, den sie auch aus der Londoner Diaspora stets gepflegt hatte, mit einigen Clubs in Kontakt trat.

Schließlich trat sie dem Club de Barcino bei, einem Club mit angenehmem Ambiente, dessen Mitgliederliste die Namen zahlreicher Geschäftsleute führte.

»Vor einigen Monaten habe ich auch die ersten paar Schritte im Golf angefangen. Viel schwerer, als ich dachte, aber ein Sport, um davon süchtig zu werden. Nur braucht es dazu viel Zeit. Schon die Anfahrt nach Vallromanas ist mühsam und dauert über eine Stunde. Im Real Club de Golf in Barcelona war für mich schon aus finanziellen Gründen kein Unterkommen.«

Richard folgte ihren Ausführungen mit mäßigem Interesse. Seine Aufmerksamkeit war nur auf einen einzigen Punkt ausgerichtet. Er achtete nämlich auf etwaige Erwähnungen besonders attraktiver Top Shots, die ihre Unabhängigkeit hätten infrage stellen können. Eine Liaison würde schlecht zum geplanten, höchst sensiblen Einsatz passen. Nichts dergleichen. Seine latente Befürchtung war ausgeräumt.

Mehr freute er sich an ihrer Mimik und Gestik und konnte sich die karikierten Spieler und Spielerinnen bestens vorstellen. Der muntere Redeschwall wirkte auf ihn wie eine prickelnde Brause. Mercedes im Element, eine ausgezeichnete Beobachterin mit minuziösem Gedächtnis.

»Auf Mallorca gibt es zahlreiche Golfplätze, einige davon im Umkreis von zwanzig Autominuten von Palma. In Son Antem habe ich eine Firmenmitgliedschaft beantragt. Die wird fraglos durchgehen und übertragbare Spielberechtigungen für zwei Spieler am selben Tag enthalten. Dieser Platz liegt östlich von Palma in Richtung Lluchmajor, wurde erst vor ein paar Jahren angelegt und umfasst zahlreiche Biotope. Eine umfangreiche Urbanización mit Eigentumswohnungen ist im Bau.«

»Aha, Dick legt einen weiteren Köder aus«, bemerkte sie, im Ton sachlich, aber innerlich schon bereit, sich wie eine Fliege direkt auf den Klebestreifen zu setzen, um dann, zu jedem Widerstand unfähig, alles Weitere mit Genuss zu erdulden.

Die Salatplatte mit zwei Tellern wurde gereicht, was Richard von einer direkten Antwort entband. Stattdessen bemerkte er:

»Herrlich, diese fleischigen Tomaten, wie die Schenkel einer gut trainierten Sportlerin.«

Diesmal brauchte sie nichts zu entgegnen. Auch sie schätzte

die kanarischen Tomaten, die milden Gemüsezwiebeln, die einem keine Tränen abpressten oder zum Niesen zwangen, und dazu einige Oliven. Sie bediente ihn und legte die einzelnen Blätter, Tomatenstücke und Zwiebelscheibchen dekorativ auf seinen Teller. Er wusste das zu schätzen und tat es ihr auch kund, während sie für sich auflegte.

Eine spitze Bemerkung konnte er sich nicht verwehren, denn es schien ihm wichtig, sie aus ihrer Ruhe aufzuwecken.

»Mercedes, es gibt einen gewissen systematischen Unterschied zwischen der spanischen und der italienischen Küche. Er besteht vor allem in der Olivenöl-Kultur. Hier gibt es zwar theoretisch auch die ganze Bandbreite der Qualitäten. Aber konsumiert wird hier normalerweise im unteren, in Italien deutlich im oberen Segment.«

Typisch für den Kerl, dachte Mercedes, plötzlich aus dem Hinterhalt setzt er einen Nadelstich und wählt irgendeinen nebensächlichen Gegenstand, der mich in ein wenig günstiges Licht stellt oder über den ich weniger Bescheid weiß, als ich es eigentlich sollte.

Von den beiden möglichen Antworten, Tritt ins Schienbein oder Bluff, wählte sie die zweite.

»Du hast offenbar die Fernsehreklame über italienisches Olivenöl gesehen, die in ganz Europa ausgestrahlt wurde. Wie ich höre, mit Schwerpunkt in der BBC, damit ihr Insulaner gelegentlich Maschinenöl von Kerosin unterscheiden könnt.«

Der Bluff war ein Volltreffer. Er lachte hell heraus und klatschte Applaus. Natürlich war ihm der Sinn der Parade nicht entgangen. Er mochte Menschen, die gekonnt und intelligent Widerstand leisteten, seien es Mitarbeiter, Journalisten, Politiker und vor allem Gespielinnen. Sonst wurde immer alles sofort langweilig. »Ich diskutiere lieber mit einem intelligenten Sozi als mit einem beschränkten Tory«, hatte er stets verkündet, was jeweils nicht alle gleichermaßen entzückte.

Wieder ließen sie sich die Speisekarte bringen. Gleichzeitig tauchte der Kellermeister mit seiner asymmetrisch langen Schürze auf, um die zweite Flasche zu öffnen. Er roch am Korken, goss ein Schlückchen in den silbernen Degustationslöffel, der in der Form eines dreidimensionalen Kleeblatts an seiner Brust baumelte, und schlürfte professionell einige Kubikmillimeter des kostbaren Getränks. Der kleine Schluck zirkulierte anschließend von vorne nach hinten und von links nach rechts, schließlich im Uhrzeigersinn und dann im Gegenuhrzeigersinn in seinem Mund herum. Wie bei einer Gletschermühle, die er mal im Gletschergarten in Luzern gesehen hatte, durchfuhr es Richard: Eine Art Pfanne, vom Wasser am Gletscherboden herausgewaschen, herausgerührt.

Das Bild verschwand, denn der Weinkellner war bei diesem bühnenreifen Ritual zu einem wohl durchaus positiven Urteil gekommen. Er nickte wohlwollend. Einen Moment erstarrten Lippen und Wangen, er starrte entzückt ins Unendliche.

»Excelente, señores, grande classe«, und er goss den Wein in die Gläser.

»Die erste Flasche haben wir einfach geleert. Die war deshalb nicht schlechter.«

Mercedes meinte scherzhaft: »Der hat hier so eine Show abgezogen, weil er dich für einen kulinarisch unterentwickelten Engländer hielt. Ich bin da völlig unschuldig.«

»Glaub ich sowieso nicht – aber was wollen wir zu so einem Wundergewächs essen? Lass dir doch noch mal die Karte geben.«

Mercedes frohlockte bei der Lektüre der Spezialitätenkarte: »Dick, stell dir vor, hier gibt's angeblich Lubina a la Sal.«

Der Kellner, der gleich in der Nähe stand, bestätigte ihre Frage, obschon sie nur indirekt an ihn gerichtet war. Gesagt, getan, gerne nahmen sie die Viertelstunde Wartezeit in Kauf und bestellten. Wie der grauhaarige Oberkellner alter Schule stolz bemerkte, war ein Pescado al la Sal für Europäer stets eine Attraktion, weil anderswo wohl unbekannt. Für viele ältere Spanier liegt noch heute Europa nördlich der Pyrenäen. Aber aus Respekt und nicht herablassend, wie wenn die Briten vom unverständlichen Erdteil jenseits des Ärmelkanals sprechen.

Richard wollte gerade zur Fortsetzung seiner Erläuterungen ausholen, als sich Mercedes erhob, um sich einen Moment zu entschuldigen. Sie griff nach ihrem Täschchen und ging zur Tür. Beinahe hätte es ihr die notorische Regieanweisung mitgegeben, so wie früher. Nein, heute biss er sich lieber auf die Zunge.

Umso gründlicher und genüsslicher blickte er ihr nach. Er hätte gewettet, dass sie langsamer als nötig um die Tische kurvte, wie eine Torläuferin in Zeitlupenaufnahme. Eine prächtige Frau, groß, dunkelblond, stilsicher gekleidet und elegant in den Bewegungen. Lustvoll würdigte er die langen Beine, die Hüften mit den Ansätzen einer Birne, aber eben nur in Ansätzen; die vollen Birnen und die runden Bäuche und die kurzen Beine überließ er lieber den typischen Spanierinnen.

Mercedes kam zurück; er stützte seine Hände auf dem Tisch ab und hob seinen Hintern um einen halben Zentimeter. So zeigte er, dass er eigentlich die Formen kannte. Sie nahm ihm das nicht übel, setzte sich und sprach:

»Also, Richard, ich fasse zusammen. Während oder nach deinem Studium hat dich der Britische SIS* angeworben und ausgebildet. Nach der üblichen Zeit als Desk-Researcher haben sie dich bei mehr oder weniger notwendigen Aktiönchen mitgehen lassen und schließlich als Liaison-Officer zwischen offiziellen und inoffiziellen Auftraggebern einerseits und einer nicht limitierten Gemeinde von Milchkühen eingesetzt. Diese lieferten natürlich keine Milch, sondern Informationen. Die Tarnung war hervorragend, obwohl sie von den meisten, die etwas Hirn im Kopf hatten, durchschaut wurde. Konnte auch gar nicht anders sein. Diese Position nicht nachrichtendienstlich auszunützen wäre ein Versäumnis gewesen, welches gerade den Briten nie unterliefe. Wenn ich dich richtig verstanden habe, ging diese schöne Zeit vor kurzem zu Ende. Was ich in deiner Beratungsfirma soll, wirst du mir jetzt verraten.«

»Clever Girl! Dein Resümee trifft im Wesentlichen zu. Ich will die Respektlosigkeit übersehen«, und er mimte das böse Gesicht eines Schullehrers. »Zurück zu meinen Plänen, wir sind schließlich zum Arbeiten hier. Mit den drei Trumpfkarten will ich einen ›Competitive Intelligence Service‹ betreiben, wie das in den USA heißt.

Ich beschaffe im Auftrag meiner Klienten verborgene Informationen, damit sie die richtigen strategischen Entscheidungen fällen können. Vielfach geht es um vertiefte Informationen über

---

* Secret Intelligence Service = MI-6.

24

Konkurrenten in den Bereichen Finanzen, Forschung oder neue Produkte. Häufig auch um die Durchleuchtung von Firmen, welche friendly or unfriendly übernommen werden sollen. Sollte er mit dem Auftrag zögern, erinnere ich ihn an seine Sorgfaltspflicht, keine vermeidbaren Risiken einzugehen. Ich schüre seine Urangst von Misserfolg und Versagen, bis sich auf seiner Stirn Schweiß zeigt.

Ist das schon eine seltene Dienstleistung, so kommt jetzt der Clou. Es gibt nämlich auch staatliche Auftraggeber. Die stehen in ständigem Kampf gegen die Wirtschaftskriminalität und interessieren sich beispielsweise für verbotenes Kartellverhalten oder für andere Regelverstöße wie illegalen Transfer von Technologie, von Kriegsspielzeug, von Drogen und Gift oder auch von Kunstwerken. Ihr Problem sind ihre sehr beschränkten Kapazitäten, und wir können sie bei der Sisyphusarbeit unterstützen.

Für die Erarbeitung der ›Intelligence‹ bestehen methodisch keine Unterschiede. Die Motive für eine bessere Nachrichtenlage oder für das Verhalten im rechtlichen Abseits sind die gleichen.«

Jetzt wurde der Salzpanzer herangerollt. Am Beistelltisch gingen ihm zwei Kellner an den Leib. Große Gabeln wurden am Rande eingerammt, um ihn an einem Sturzflug mit Bruchlandung am Boden zu hindern. Dann wurde der Panzer mit weiteren Gabeln vorsichtig gelockert und aufgebrochen. Stück für Stück wurde die Lubina von ihrer Kruste befreit und schließlich lag sie frisch und nackt auf der Platte. Jetzt folgte die Obduktion, und die einzelnen Teile gelangten auf die Teller der Gäste, wurden dort sorgfältig aufgereiht und mit Zitronenscheiben und Petersilie gekrönt. Mit freundlichem Blick und gewinnendem Lächeln wurden die Teller der Señora und dem Señor vorgesetzt, »¡que approveche!«, der Principal verneigte sich und nahm die Komplimente der Gäste gerne entgegen.

Sie genossen die Lubina und begleiteten den letzten irdischen Gang reichlich mit Marqués de Riscal. Die Stimmung war anregend, voller Spannung; ihre ob der Fortsetzung des Gesprächs, seine, ob sie anbeißen würde.

Er winkte dem Kellner zum Abräumen. »Postres, café, un digestivo?«

»Dos cafés, por favor!«

Mercedes hatte wie gewohnt aufmerksam zugehört und nickte nach längerem Nachdenken zustimmend. Nicht, dass sie spontan Zweifel anmelden könnte, aber das Konzentrat an Überlegungen und Schlussfolgerungen musste erst verdaut werden. Zunächst wandte sie sich genussvoll dem Rest des Weines zu und ließ sich Zeit für einen Kommentar.

Auch Richard legte eine Sprechpause ein und kostete die letzten Tropfen. Er hoffte, nicht allzu suggestiv gewirkt zu haben, denn ihm lag an einer objektiv kritischen, wenn auch motivierten Mitarbeit von Mercedes.

»Wie funktioniert der Service in der Praxis?«

»Der Prozess umfasst zunächst die Beschaffung und die Analyse von offen zugänglichen Daten etwa über das Internet, genannt Desk-Research. Die entscheidenden Informationen werden aber durch persönliche Kontakte gewonnen. Das Vorgehen ist das eines seriösen Wirtschaftsjournalisten. Beim Competitive Intelligence Service, also im legalen Wirtschaftlichen Nachrichtendienst, sind die gebotenen rechtlichen Grundsätze zu respektieren.«

Mercedes blickte erstaunt auf. Er bestätigte entschieden:

»Wir arbeiten ausschließlich mit legalen Methoden. Sie sind wirksamer und nachhaltiger. Nur so ist ein Aufbau und ein Betrieb einer offiziellen, profitablen Firma möglich. Für mich ist diese Wahl nicht eine Frage von Moral, sondern von geschäftlicher Vernunft.«

Der Kellner brachte die beiden Espressos, dazu etwas Kleingebäck.

»Im Moment keine weiteren Fragen. Aber warum erzählst du mir das?« Natürlich war die Frage ziemlich rhetorisch gemeint. Eigentlich meinte sie: Was soll ich da? Auch fühlte sie intuitiv, so wie sie den Fuchs kannte, dass da noch etwas sein musste. Der Rioja dispensierte sie jedoch davon, weiter nachzufragen.

»Die Funktion einer Mayoradomo heißt in der geordneten Sprache des Militärs Stabschef. Er führt den beschriebenen Desk-Research, nimmt die innere Organisation und Administration sowie die Finanzen wahr, also alles, was vom Standort Palma aus erledigt werden muss.«

einen Sprung die Klinik verlassen habe. Im Hotel angekommen, setzte er sich in die Halle.

Zur festgelegten Zeit klingelte Richard und verlangte Herrn Vollpracht. Er hatte beschlossen, noch einen draufzugeben. Diese Beute, die wohl zugleich ein bedeutender Köder war, würde er nie mehr vom Haken lassen. Und so erfand er flugs eine Zwecklegende, wie im Jargon eine argumentative Hilfskonstruktion genannt wird:

»Hallo Herr Follmann, jetzt können wir etwas offener reden. Sie werden verfolgt. Daher die Eile. Wir haben für Ihre Sicherheit einen unauffälligen Beobachter in die Empfangshalle des Spitals beordert. Die Personenbeschreibung lautete auf Herrn Follmann mit Heftpflaster und Aktenmappe. Ihr Schutzengel hatte Sie bis zur Wegfahrt mit dem Taxi zu beschützen, so etwas kann bekanntlich dauern. Nachher war die Szene rund um den Empfang im Auge zu behalten. Soeben hat er mir Bericht erstattet. Kurz nachdem Sie mit Aktentasche und einem kleinen Koffer, den der Taxifahrer trug, entschwunden waren, trat ein Kurier ein, blickte für einen Kurier unnötig lange umher, meldete sich bei der Empfangsdame und erkundigte sich nach dem Zimmer des Herrn Follmann. Er hätte eine Postsendung gegen Unterschrift zu überbringen. Die Empfangsdame schaute kaum auf, klickte den PC auf und nannte ohne irgendeine Gegenfrage die Nummer OG 341 B. So einfach geht das. Der Kurier war Ende dreißig, groß und wirkte athletisch, trug enge, schwarze Radler-Beinkleider, ein rotes T-Shirt mit dem schwarzen Aufdruck ›Top-Kurier‹ und einen Sturzhelm in der Form einer der Länge nach aufgeschlitzten Pflaume. Auf dem Rücken trug er nicht den für Kuriere üblichen Cycle-Bag, wie Rucksäcke heute heißen, sondern er hielt eine dicke Aktenmappe in der Hand. Der Kurier trabte zu den Aufzügen und kam nach genau zwölf Minuten zurück. Rasch durchquerte er die Eingangshalle und verließ das Haus, ohne sich bei der Empfangsdame zu verabschieden. Ein echter Kurier hätte – als Mindestes! – zu Händen des Adressaten eine Meldung hinterlassen oder auf dessen Unauffindbarkeit aufmerksam gemacht. Sie sehen, Herr Follmann, ein lupenreiner Kurier war er nicht. Um eine frohe Botschaft dürfte es sich schwerlich gehandelt haben. Ein ›K‹ auf dem T-

Shirt können wir gelten lassen. Aber nicht ›K‹ wie ›Kurier‹, sondern wie ›Killer‹, okay?

Okay! Ich wollte, dass sich Ihre Spur für die Verfolger im Frankfurter Hof verliert. Das Taxi, das Sie hierher kutschierte, ist schnell ausgemacht. Sie rufen nun das Krankenhaus an und teilen dem Empfangsroboter mit, dass sie auf einen Sprung auswärts sind und gelegentlich wieder zurückkommen. Sie möge es bitte der Stationsschwester ausrichten. Wir wollen nicht, dass die Leute eine Suchaktion starten, weil ein Nachtessen zu wenig vertilgt wurde.

Dann verlassen Sie das Hotel, indem Sie auffällig in jeder Hand eines Ihrer Gepäckstücke tragen. Sie nicken dem Portier in seiner Generaluniform zu, wenn er Ihnen die Tür aufmacht. Damit ist sichergestellt, dass er sich an einen Herrn mit zwei Gepäckstücken erinnert und kaum an einen Gast mit einem Heftpflaster im Gesicht. Nun begeben Sie sich zu Fuß zum Taxistand um die Ecke. Dem Gesichtsfeld des Hotelgenerals entronnen, packen Sie die Aktentasche in den Koffer. Von hier an wird man sich nur noch an einen Herrn mit einem Gepäckstück erinnern. So funktioniert die Gedächtnislogik von Dienstmännern und Taxifahrern.

Für Sie ist ein Zimmer auf Ihren Namen im Arabella Congress Hotel in Niederrad reserviert. Dorthin fahren Sie. Ich rufe Sie um 19 Uhr an. Erst dann telefonieren Sie mit Ihrer werten Frau Gemahlin. Sie rühmen Ihren Gesundheitszustand und tischen Ihr genau die gleiche Version auf wie dem Spital. Sie lassen das Donnerwetter über sich ergehen und beruhigen sie, so gut Sie können. Ich hoffe natürlich, dass dies die erste und letzte Lüge ist, die Sie ihr als mustergültiger Gatte zumuten. Auf keinen Fall darf sie Ihren wahren Standort kennen. Spital und Gemahlin müssen so weit beruhigt sein, dass sie nicht etwa polizeiliche Nachforschungen anstellen. Möglicherweise wird sie das Telefonat mit mir erwähnen. Nicht leugnen, sondern bestätigen, dass Sie just mit dem Anrufer, einem Mister Protts der Palmer-Industries, zum Dinner aus sind. Haben wir Sie so weit über die Runden gebracht, werden wir den Rest auch noch schaffen. Okay? Good luck!«

Georg Follmann hatte alle Weisungen minuziös befolgt. Richtig erschöpft, aber endlich wieder mit einem Gefühl der Geborgenheit ließ er sich in den Polstersessel seines Zimmers im Arabella fallen. ›Palma‹ hatte an alles gedacht, für alles gesorgt und umsichtig disponiert, Generalstäbler der feinen Art. Seine Spur verlor sich planmäßig im Frankfurter Hof. Wann würde er sie persönlich kennen lernen? Sympathische Stimmen, lockere Atmosphäre, dennoch klar und professionell. Ihm wurde plötzlich klar, wie sehr er unversehens von ihnen abhängig war. Keinen Schritt würde er mehr wagen, ohne zu fragen oder ohne ihre Weisungen abzuwarten. An unsichtbaren Fäden wurde er wie eine Marionette ferngesteuert, offenbar zu seinem Wohl.

Auslöser seiner Situation war der brutale Überfall. Dieser hatte eine gewaltige Delle in seinem psychischen Kostüm hinterlassen. Die äußere Verletzung war eigentlich geringfügig. Und er ließ sich den Schrecken nicht anmerken, zumindest nach seiner eigenen Einschätzung. Aber seine Sinne kreisten unaufhörlich um das traumatische Ereignis. Die unmissverständliche Todesdrohung schwebte wie eine schwarze Giftwolke über ihm und wirkte lähmend auf sein Denken. Halbwegs konnte er deren Absender zwar einordnen, aber wiederum nicht klar genug, um dagegen eine sichere Abwehr aufbauen zu können.

Jetzt hatte er sich wieder gesammelt und ließ die vergangenen anderthalb Stunden in seinem Gedächtnis Revue passieren. Die Empfangsdame im Krankenhaus hatte die Mitteilung desinteressiert und kommentarlos entgegengenommen. Offenbar waren derartige Absenzmeldungen nichts Außergewöhnliches. Der Portier in seiner Gala-Uniform hatte tatsächlich auf die beiden Gepäckstücke und nicht auf sein blödes Heftpflaster gestarrt. Der Taxifahrer um die Ecke hatte wegen eines einzigen Gepäckstücks nicht einmal seinen Kofferraum aufgemacht. Im Arabella hatte er sich erfolgreich durch die Hotelhalle bis zur Rezeption vorgekämpft, wo täglich von fünf bis acht Uhr drei bis vier Empfänge und Apéros PR-bewusster Multis stattfinden. Die stets freundliche Dame hatte die Reservation bestätigt, um die Eintragung gebeten und ihm den Zimmerschlüssel überreicht.

Etwas delikater war der Anruf an seine Gattin, welcher ihm noch bevorstand. Er wählte die Offensive. »Grüß dich, Mäus-

57

chen, wie geht's, sind deine Bridgefreunde schon eingetroffen? Ich kann euren Abend mit einer guten Nachricht ankicken. Mir geht es bestens und ich habe daher die Einladung eines Geschäftsfreundes zu einem Dinner in der Stadt angenommen. Der Fraß hier in der Königswarte ist nichts für mich. Du weißt, Diät ist ungesund. Ich melde mich morgen Mittag, abends bin ich wahrscheinlich zu Hause. Was sagst du? Wer hat mich gesucht? Einer ohne Namen, was wollte er, nichts gesagt? War wohl ein Versicherungsheini. Warum nicht, ich lass mir meine neue Fresse vergolden. Haha!«

Follmann hatte mit Humor die Klippen in Gestalt der Ängste seiner Gattin umschifft. Schwierige Fragen waren ihr gar nicht erst gekommen. Ihr Bridgeabend war gerettet. Derweil die schwarze Giftwolke nicht untätig blieb, wie unschwer aus dem unverbindlichen Telefonanruf zu schließen war.

Um 19 Uhr rief ›Palma‹ an. »Herr Follmann, ist alles okay? Wunderbar. Ich hoffe, Sie fühlen sich wohl und sicher. Passen Sie auf, Ihr Geschäft wollen wir gründlich und in aller Ruhe besprechen. Ihre Verfolger haben wir fürs Erste abgeschüttelt. Das soll auch so bleiben. Auch werden Ihnen ein paar Tage Erholung nicht schaden. Aufgrund dieser Überlegungen darf ich Sie bitten, morgen nach Palma de Mallorca zu fliegen. In der Früh Outchecken im Hotel, Taxi zum Flughafen, und dann nehmen Sie die erstbeste Maschine nach Paris oder Brüssel. Die Wahl ist Ihnen überlassen und hängt primär vom Sitzangebot ab. In Paris oder Brüssel kaufen Sie ein Ticket nach Palma. Bitte keinen Direktflug oder gar über Zürich und auch nicht zwei Tickets. Sie werden uns aus Paris oder Brüssel anrufen, um die Ankunftszeit mitzuteilen. Unsere Nummer haben Sie wohl noch. Bitte überprüfen. Danke, gut. Ich werde Sie am Meeting-Point abholen. Alles klar? Falls Sie jetzt hungrig sind, benützen Sie bitte den Zimmerservice. Sie sollten von niemandem im Restaurant gesehen werden. Wann sollen Sie morgen Ihre Gattin anrufen? Mittags, okay, geben Sie ihr einen nichts sagenden Zwischenbescheid. Sie werden sie dann am Abend ausführlicher informieren, nachdem wir beide uns gesprochen haben. Okay? Also bis morgen, mein Lieber. Ich freue mich auf Ihren Besuch.«

6 Follmanns Anruf aus Paris wurde um 10.30 Uhr entgegengenommen, Landezeit der Air France in Palma um 15 Uhr.

Richard erkannte ihn von weitem, wie er am Förderband auf seinen Koffer wartete: Geschäftsmann mit Regenmantel und schottischer Schirmmütze, Aktentasche, Anfang fünfzig, groß und schlank, aber wenig sportlich, Heftpflaster auf der linken Wange. Kurzer Händedruck am Meeting-Point und ohne zu reden weg zum Parkplatz.

Erst als sie im Opel Corsa Platz genommen hatten, blickte Richard seinem Gast in die Augen und begrüßte ihn wie einen alten Freund. »Georg, ich darf Sie doch so nennen, ich heiße übrigens Richard oder Dick, willkommen bei uns. Sie haben es geschafft. Hier kann Sie keiner finden und wir können Ihr Problem ungestört bearbeiten.«

Georg räkelte sich im unbequemen Kleinwagen, so gut er konnte. Er war Komfortableres gewohnt.

»Sorry, Georg, aber hier sind Straßenkreuzer teutonischer Dimensionen unpraktisch und auffällig. Kennen Sie Palma?«

»War nicht böse gemeint. Ich war erst zweimal hier, ist schon Jahre her.«

»Ich habe Sie im Hotel San Lorenzo einquartiert, wo ich ebenfalls wohne.« Er schilderte ihm die Lage in der Altstadt und die Vorzüge für die Sicherheit. Das Auto parkte er an der Plaza Santa Catalina. Von dort gingen sie die verbleibenden hundert Meter zu Fuß bis zum Hintereingang des Hotels, dessen Tür er mit dem Tagescode zu öffnen wusste. Dann ging's die Treppe hinunter zur Rezeption.

»Sie tragen sich hier ganz normal ein.« Die Señora bedankte sich in gutem Englisch und überreichte den Schlüssel für die Nummer 17. Das Zimmer gefiel Georg und er genoss sichtlich das geschmackvoll gestaltete Ambiente. Richard überließ ihm einen Stadtplan und kreiste den Standort ein. »Am besten, Sie ruhen sich etwas aus. Wie Sie sehen, sind die Avenida Rey Jaime III und Antonio Moura nur ein Steinwurf von hier. Die Läden öffnen nach der Siesta in etwa einer Stunde. Da können Sie ein paar Einkäufe tätigen. Vielleicht benötigen Sie dies und jenes. Um 20.30 Uhr hole ich Sie hier ab. Wie gesagt, ich logiere in der Nummer 23 ganz oben. Bitte telefonieren Sie jetzt mit dem Krankenhaus und melden Sie Ihren definitiven Austritt. Dann die Gattin. Sagen Sie ihr die Wahrheit, was den Aufenthaltsort betrifft, erklären Sie, dass es geschäftlich ist, aber verschweigen Sie den geschäftlichen Grund. Möglicherweise wird sie es nicht glauben. Kein Mensch reist aus geschäftlichen Gründen nach Mallorca. Das bringt Ihnen zwar kurzfristig handfesten Ärger, dafür bietet Palma eine perfekte Tarnung. Und das ist in Ihrem Fall zurzeit wichtiger. Führen Sie eine treue Ehe oder halten Sie es wie alle Leute? Sie brauchen mir die Frage nicht zu beantworten.

Georg, was treiben Sie für einen Sport? Ich stelle diese Frage, damit wir für die nächsten Tage etwas für Sie organisieren können. Golf, Tennis, Segeln?«

»Ich bin zwar kein ausgesprochener Seebär, aber wenn sich in der Richtung was machen ließe? Was denken Sie denn, wie lange ich hier bleiben werde?«

Richard registrierte die Frage genau. So wie sie gestellt wurde, hatte sich der Gast völlig auf Fremdbestimmung eingestellt. Das war gut so. Mit einem Achselzucken tippte er auf den kommenden Sonntag.

7

Richard stellte den Corsa in die Tiefgarage und begab sich ins Büro. Mercedes telefonierte gerade und blickte auf seinen Daumen, der nach oben zeigte. Damit wollte er nichts Unsittliches anmelden, sondern nur klarmachen, dass die Beute eingebracht war.

Er griff zum Hörer und versuchte Patrick anzurufen, der im Club de Mar die Segelschule führte. Soledad hob endlich ab, nachdem es schon hundertmal geklingelt hatte. »¡Digame!«, tönte es schlaftrunken. Offenbar hatte er sie in der Siesta aufgeschreckt. Soledad war seine Directora de Administración, wie er ihre Funktion bezeichnete, obwohl sie kaum lesen und schreiben konnte. Unübersehbar verfügte die kaffeebraune Schönheit aus Venezuela jedoch über andere Qualitäten. Patrick nannte sie Magnolia. Richard fand ›Latura‹ passender, zu Deutsch Trompetenbaum; also auffällig, üppig, rasch verblüht und daher diesen Sommer pfannenfertig, lautstark, sodass man sie über den ganzen Hafen hören konnte, wenn sie nach Patrick rief, und giftig. Vielleicht war Patrick in allzu inniger Nähe.

»Hola Soledad, soi Don Ricardo«, wie Richard im spanischen Umfeld genannt wurde, »buenas tardes, esta Patrick?«

»Momentito, por favor!«, tönte es eher ärgerlich.

»Patrick am Apparat, was kann ich für Sie tun?«, ertönte eine forciert zackige Stimme.

»Hey, Patrick, ich bin's, Don Ricardo, habe ich dich beim Vögeln gestört? Kannst du ja nachholen.« Deutlich war ›dämliches Arschloch‹ zu hören.

Ich bringe dir morgen eine Landratte, die zwar schon gelegentlich die hohe See aus der Nähe gesehen hat, aber nun ein paar Kunstgriffe der Küstenschifffahrt kennen lernen möchte. Auch ich werde dir dabei zuschauen. Kannst du dich frei machen? Wir brauchen keine anderen Passagiere an Bord. Begriffen? Falls du Segelschüler gebucht hast, kann ihnen vielleicht Magnolia die Schifferknoten beibringen oder das Rollen von Segeltüchern. Ja, die Segeltücher, nicht die Betttücher.«

»Muss ich mich wiederholen, du …?«

»Ist neun Uhr okay?«

»Okay«, bellte der Exsergeant.

8 Richard führte seinen Gast zum Nachtessen ins Lubina. An dem warmen Herbstabend war die Terrasse des Fischrestaurants von ausländischen Touristen schon recht bevölkert. Mercedes hatte wie üblich einen Tisch an der meerseitigen Wand reserviert. Von dort konnte man alle Gäste und die Ein- und Ausgänge im Auge behalten. Stadtwärts war halb rechts die beleuchtete Kathedrale und geradeaus die Promenade zu sehen. Mercedes hatte den Auftrag, immer zur vollen Viertelstunde mit dem Marinefernrohr einen prüfenden Blick auf die Terrasse zu werfen. Des Nachts war das Gerät mit einem russischen Restlichtverstärker gekoppelt und ermöglichte eine uneingeschränkte Beobachtung. Die Katzen liebten die Dämmerstunden und rasten derweil hin und her und natürlich auch aufs Dach. Für den Fall, dass Mercedes etwas Auffälliges bemerken sollte, würde sie per Handy Richard benachrichtigen.

An diesem Abend geschah nichts Besonderes. Sie konnte deutlich erkennen, dass nach kontinentaler Gewohnheit gegessen und getrunken wurde, ohne Ritual; also Salat, Follmann ein Steak, Richard einen pochierten Fisch, viel Rotwein und anschließend Espresso. Richard sprach wenig. Offensichtlich stellte er nur ab und zu eine Frage. Follmann war gesprächig, schloss oft die Augen, wohl um nachzudenken, und redete dann gemessen weiter, indem er mit dem Kopf leicht nickte. Einmal verließ Richard den Tisch, um im Inneren des Hauses zu verschwinden. Dank ihrer optischen Geheimwaffe entging es Mercedes aber nicht, dass er aus dem Fenster schaute und dass sich der Gast Notizen machte. Von weitem schien es, dass eine gewisse Nervosität zunehmend Besitz von ihm nahm. Schließlich verlangte Richard die Rechnung, und sie verließen die Terrasse.

»Georg«, erklärte Richard auf dem Weg zum Hotel, »ich glaube, wir haben einen sehr interessanten ersten Rundgang durch die anstehende Problematik gemacht. Wir werden morgen auf dem Kahn die Sache der Reihe nach ordnen und analysieren. Wir verlassen unsere Absteige um 8.30 Uhr und gehen zu Fuß zur Segelschule.«

Er hielt an und berührte freundschaftlich den Ellbogen seines Gastes: »Haben Sie eigentlich Ihre Gattin informiert, und wenn ja, wie?«

»Genauso, wie Sie es mir rieten. Ihre Reaktion war verhalten, erstaunlich emotionsfrei und neutral. Sie wünschte gute Geschäfte und bat um gelegentliche Nachricht, damit sie mich am Flughafen abholen könne. Damit dürfte Ihre Frage von heute Nachmittag, die sonst nur Eheberater und Scheidungsanwälte stellen, hinreichend beantwortet sein!« Er zog die Mundwinkel nach unten und schaute Richard mit schrägem Haupte an.

An der gemütlichen Hotelbar genehmigten sie sich noch einen Carlos I, der hierzulande deziliterweise ausgeschenkt wird.

Georg hatte die Prüfung der Verlässlichkeit bestanden. Richard sah sich in seiner Strategie bestätigt, denn er arbeitete nur mit berechenbaren Klienten. Wenn er eine Kategorie von Partnern hasste, dann waren es die Wackelkontakte, also Menschen, die sich je nach Wetter- und Gemütslage mal so, mal anders verhielten.

9 Patrick hatte seine Santa Antonia, einen für Segelschüler gutmütigen Verdränger, mit gewohntem Geschick zwischen all den Booten aus dem Club de Mar aufs Meer hinausgesteuert. Nun schaltete er den Einbaumotor ab und zog die Segel hoch. Als Fachmann war es ihm ein Leichtes, die Achtzehn-Meter-Kieljacht allein zu meistern, wenigstens bei ruhiger See, und das war heute der Fall. Er nahm südwestlichen Kurs auf den Cabo de Figuera.

Don Ricardo hatte seinen Begleiter auf Englisch vorgestellt, womit sein Gast keine Mühe bekundete: »Hola Patrick, dies ist mein Freund Georg. Er wird für ein paar Tage deinen weltberühmten Segelunterricht genießen. Heute jedoch haben wir zu arbeiten, da schauen wir dir nur zu. Ist die Bordbar in Betrieb?«

»Aber sicher, bedient euch, der Inhalt sollte für einen Tag reichen, selbst für Säufer wie dich.«

Das war das Codewort dafür, dass das Aufnahmegerät und die Mikrofone betriebsbereit waren. Wurde die Bartüre geöffnet, kam ein unauffälliger Knopf zum Vorschein, womit die Anlage ein- und ausgeschaltet werden konnte. Mindestens alle zwei Stunden begab sich die Gesprächsrunde jeweils an Deck, während Patrick im Inneren der Jacht verschwand und als Erstes neue Bänder einlegte. Die Magnetbänder wurden am Ende des Ausflugs von Patrick herausgenommen und in das Britische Konsulat an der Plaza Mayor gebracht, von wo sie auf ihren Weg nach London gesandt wurden. Selbstverständlich war die blühende Magnolia in die besonderen Innereien der Schiffsbar nicht eingeweiht.

Die beiden Passagiere hatten sich in die recht geräumige und bequeme Kajüte begeben. Richard servierte ein Bier und fasste zusammen, was ihm Georg am Vorabend geschildert hatte. Transtecco hatte sich darauf spezialisiert, besonders teure Komponenten in komplexen Anlagen billiger zu beschaffen, als das von klassischen Herstellern der Fall war. Solche Anlagen sind meistens Einzelprojekte, zum Beispiel für die Energiegewinnung, die Forschung, für chemisch-technische Prozesse, Kommunikationstechnik wie eben Satelliten und so weiter. Sobald der Schritt vom

Einzelprojekt in die Serienfertigung getätigt wurde, schied Transtecco als Nischenanbieter von nur kleinen Mengen aus.

Das spezielle Know-how der Transtecco beruhte auf drei Säulen. Erstens wusste man hier immer gut Bescheid über die wichtigsten technischen Vorhaben, die irgendwo geplant waren. Zweitens gelang es in vielen Fällen, meistens mit unkonventionellen Mitteln, ausfindig zu machen, wo schwarze Duplikate oder Raubkopien der gefragten Teile aufzutreiben waren. Drittens konnte über ähnlich seriöse Kanäle sondiert werden, mit welchen schönen Dingen bezahlt werden könnte. Transtecco organisierte dann das Dreiecksgeschäft.

»Habe ich das im Prinzip richtig verstanden?«, vergewisserte Richard sich. Georg nickte.

»Wann erblickte eigentlich das Wunderkind mit dem viel versprechenden Taufnamen ›Transtecco‹ das Licht unserer sonnigen Welt? Und wie sind Sie da hineingeraten, als Pate, als Onkel oder würden Sie gar eine Vaterschaftsklage verlieren? Wie entstand die Seilschaft mit Ihren Kollegen?«

Georg musste nicht besonders weit ausholen. Von Philipp Schütz wusste er, dass der Diplomingenieur früher Verkaufsleiter bei der Dominus System, einem Anlagenbauer in Augsburg, gewesen war. Er schilderte ihn als einfallsreichen, technisch versierten Unternehmer mit unendlich vielen Beziehungen. Als Unternehmer konsequent, hart bis rücksichtslos. Hans Seidler, gelernter Speditionsfachmann und viele Jahre als Rohstofftrader tätig, lernte Schütz als Privatkunden für Spekulationsgeschäfte kennen.

»Ich selber kam mit Schütz an einem Seminar für neue Technologien im Maschinenbau erstmals in Kontakt. Er fiel durch seine sachkundigen und scharf durchdachten Fragen auf. Als Referent hielt ich ihm offenbar stand, denn er lud mich hinterher zum Essen ein. Er erläuterte mir seine Geschäftsidee und machte mir ein interessantes Angebot als Geschäftsführer mit einer kleinen Beteiligung. Ich sollte die technische Verantwortung übernehmen. Damals war ich Leiter für Entwicklung und Konstruktion bei Büssinger in Mannheim, einem bedeutenden Hersteller von medizinischen Analysegeräten, für den Ingenieur eine technisch sehr weite und komplexe Materie. Das war 1990, und wir drei etwa gleichaltrigen Verschwörer haben gemeinsam die Transtecco gegründet und aufgebaut. Treibende Kraft war und ist stets Primus Schütz, wie wir ihn nennen. Zueinander pflegen wir ein kameradschaftliches, aber nicht ein freundschaftliches Verhältnis. Jeder schaut auf jeden, hilfsbereit und kritisch zugleich.«

»Wie die Mafiosi«, bemerkte Richard wohlwollend, »eine Hand auf dem Herzen, die andere an der Pistole.«

»Wenn Sie meinen, Sie müssen es wohl wissen«, räumte Georg ein. »Was uns zusammenhält, ist die Geldgier und die Angst vor dem Bösen.«

»Also, mein Freund, wo ist nun Ihr Problem, außer dass Sie gelegentlich mit Ihrem Gewissen in den Clinch geraten könnten? Schlecht für die Nachtruhe, mein Lieber, wenn immer häufiger das Böse erscheint, oder der Böse? Sie haben es angedeutet. Bitte nochmals im Klartext.«

Georg lehnte sich im Sessel zurück und nahm einen Schluck von seinem Bier. Dann begann seine Schilderung, wie die Transtecco Schritt für Schritt in sehr unangenehme Abhängigkeiten geraten war. Die ganze Geschäftsleitung, aber vor allem er als Leiter der Technik. Er war für die technische Beurteilung der Projekte zuständig. »Die beiden Kollegen mehr für die Kontakte, der eine, Philipp Schütz, zu den Kunden in Westeuropa und Nordamerika, der andere, Hans Seidler, kannte die trübe Seite, wie wir es nannten.«

»Die trübe Seite?«, erkundigte sich Richard.

»Dazu zählten Russen, Ukrainer, Slowaken, Irakis, Iraner, Pakistani. Was ist diesen Ländern gemeinsam? Ihre Interessenlage ist sehr verschieden, aber alle besitzen ein hohes technisches Wissen, leiden an spezifischen Fehlteilen und verfügen andererseits gleichzeitig über überzählige Hardware. Da gibt es Möglichkeiten für lukrative Geschäfte. Hier möchte ich noch beifügen, dass die Transtecco jährlich vielleicht nur vier bis fünf Transaktionen abwickelt. Da jede von ihnen ein spezifisches Know-how und eine maßgeschneiderte und höchst aufwendige Abwicklung erfordert, wäre ein größerer Geschäftsumfang gar nicht möglich und als ausgesprochenes Nischengeschäft auch nicht erwünscht. Dafür wirft jedes Geschäft einen Gewinn in sechs- und siebenstelliger Höhe ab. Unsere Firma kommt mit einer kleinen Organisation aus, und so bleibt jedem von uns ein durchaus anständiges Einkommen. Unter uns gesagt, gestattet die Natur des Geschäftes auch eine fiskalisch kreative Gestaltung der Bezüge.

Die Transaktion für die Space war einer der heißen Schritte in die gefährliche Richtung. Der Lieferant für die Rotorflügel war die SloTrade in Bratislava.«

Richard unterbrach ihn kurz mit der Frage:»Wie wussten Sie, dass gerade SloTrade in dieser Angelegenheit zu kontaktieren war?«

»SloTrade war uns seit langem als Drehscheibe für ›Hot-Tech‹, also heiße Hightechware, bekannt. Es war für uns selbstverständlich, auch dort anzuklopfen. Ihr waren die Teile von einer Hightechfirma in Kosice angeboten worden. Natürlich zweifelte ich an der Qualität des Produktes und verlangte die Atteste. Die überzeugende Antwort kam postwendend. Die Teile waren in einer Firma Greves in Oerlikon hergestellt worden. Schon die Nullserie erfüllte alle Anforderungen und wurde vorschriftsgemäß eingelagert. Die Produktion der Hauptserie wurde dann bekanntlich von der Space abbestellt. Als informelle, nur mündliche, aber stechende Trumpfkarte für den Qualitätsnachweis lieferte Bratislava eine Erklärung, wonach ein gewisser Betriebsleiter namens Flückiger die Nullserie, statt sie aufzubewahren, einfach für die SloTrade abgezweigt hatte. Über einen Mittelsmann wurde das Material nach Konstanz transportiert. Der Mittelsmann war nicht bekannt. Nach einigen Lagen Becherovka* erfuhren wir aber von unseren Kontaktleuten in Bratislava, dass Flückiger ein Protegé des dortigen Hausanwalts namens Kropf war.

Dieser kannte Flückiger vom Militärdienst her, in der Schweiz nichts Außergewöhnliches. In der Armee war er ein hohes Tier, und Flückiger war als Unteroffizier seinem persönlichen Stab zugeteilt. Man munkelte, Flückiger hätte ihm bei fragwürdigen Eskapaden den Rücken freigehalten. Als Flückiger, ein durchaus tüchtiger Betriebsmann, eines Tages eine Stelle suchte, ge-

---

* Tschechischer Kräuterschnaps

langte er an Kropf, und dieser platzierte ihn bei der Greves. Nicht ohne gewisse Auflagen und Erwartungen, wie sich dann herausstellte. Die ungleiche Seilschaft funktionierte von Anfang an. Wie ich leicht herausbekam, lautet sein Name Dr. iur. Hermann Walter Kropf. Bekanntlich kommt der Appetit beim Essen. SloTrade wünschte immer unmissverständlicher eine deutliche Belebung des Geschäftes mit der Transtecco und hatte dazu sehr konkrete Vorstellungen. Wir sollten heiße Hardware für sie besorgen oder von ihnen abnehmen und verkaufen, einfach so. Die Idioten konnten oder wollten nicht begreifen, dass wir auf Dreiecksgeschäfte spezialisiert waren, so nach dem Muster Greves – SloTrade – Space. Zu allem Überfluss boten sie uns auch Muster der Greves an, die sie wohl über Flückiger erbeutet hatten und für welche wir gefälligst Interessenten suchen sollten.«

Richard betrachtete die langsam vorbeiziehende Küste. An Backbord verschwand eine kleine Insel aus dem Blickfeld, an Steuerbord lag das kleine Örtchen Portals Vells. Es wurde Zeit, an Deck zu gehen, damit Patrick seines Amtes walten konnte. Er erhob sich und wies mit einer Kopfbewegung zur Kajütentüre. »Kommen Sie, wir wollen uns ansehen, wie unser Skipper das Kap meistert. Normalerweise ändern sich die Windverhältnisse fühlbar auf der Westseite der Halbinsel.«

Diesmal stellte die Wetterlage aber keine besonderen Probleme, und Patrick beorderte die beiden Landratten auf ihre Posten. »Zehn Minuten könnt ihr hier wohl ausharren, ohne dass wir kentern, oder? Ich muss auch mal.«

Nach der Pause fuhr Georg mit seiner Leidensgeschichte fort. »Mehrere unserer anfänglich korrekten Kundenbeziehungen verwilderten schrittweise zu einem unzimperlichen Powerplay. Da in der Regel eine Seite der Dreieckdeals rechtlich dubios, wenn nicht gar eindeutig illegal war, gerieten wir zunehmend in Abhängigkeit von einzelnen Lieferanten oder Abnehmern. Nun, die erzielten Gewinne waren enorm und linderten unsere moralischen Leiden.

Mit der Zeit wuchs jedoch bei mir die Angst vor Strafverfolgung durch den Staat und vor physischen Drohungen seitens gewisser Geschäftsfreunde. Meine Kollegen in der Geschäftsleitung waren da weniger empfindsam. Eines Tages spielte ich mit dem Gedanken, mich aus der Transtecco zu lösen. Ich fasste mir ein Herz und machte vor zwei Wochen sachte Andeutungen in der Richtung. Was ich erntete, war blankes, hasserfülltes Entsetzen.

›Mein lieber Georg‹, hob Primus Schütz an, ›wenn wir hier aufhören, tun wir das alle gemeinsam nach einem sorgfältigen Rückzugsplan. Weder liegt derzeit so einer vor, noch ist der Zeitpunkt dafür reif. Wir raten dir dringend, solche Gedanken gar nicht erst aufkommen zu lassen. Wir alle, also Hans, ich und die mit uns im Boot sitzenden Dritten, müssen und werden uns gegen jeden wenden, der versuchen sollte, die Runde zu unserem Nachteil zu sprengen. Wir hoffen sehr, dass du nicht zum Sicherheitsrisiko mutierst. Schließlich bist du unsere technische Kapazität. Mensch, Georg, wir alle wissen, dass das Eis allmählich dünner wird. Umso schneller müssen wir rennen und wir werden noch lange rennen!

Dann streckte er mir seine Hand entgegen, die ich annahm und drückte. Damit war die Krise vorerst wenn nicht behoben, so doch überkleistert. Später gewann ich Anhaltspunkte, dass der eine oder andere der schillernden Geschäftspartner über unser Gespräch informiert war. In der Angst erinnerte ich mich an das Gespräch mit Samuel Rüegg und fand in meinen Notizen den Namen Ihrer Firma. Dass ich das Telefonat nicht vom Büro aus führte, dürfte Ihnen einleuchten. Den Rest der Geschichte kennen Sie. Bis auf ein Detail: Bevor sich das Rollkommando in seiner rücksichtsvoll-diskreten Art in Luft auflöste, warfen sie mir an meinen demolierten Kopf: ›Das war eine Warnung, eine zweite wird es nicht geben!‹ Davon habe ich weder der Polizei noch meiner Gattin etwas erzählt. Offenbar hatte ich allen Grund, mich bedroht zu fühlen.«

»Das hatten Sie wirklich«, bestätigte Richard. »Aber was können wir für Sie tun, was erwarten Sie von uns? Wir sind keine Bewachungsgesellschaft, wir beschaffen delikate Informationen, wie Sie wissen.«

Natürlich hatte Richard die Umrisse eines Aktionsplanes vor seinem geistigen Auge. Aber er wollte das Konzept mit Georg gemeinsam entwickeln.

»Ich möchte wissen, wer mir nachstellt.«

»Was würden Sie damit anfangen? Ihn zur Rede stellen? Und dann?« Er fuhr nach einer Denkpause fort: »Es dürfte mir wohl nicht allzu schwer fallen, den Feind zu orten. Infrage kommen Ihre beiden Geschäftskollegen und alle dubiosen Kontrahenten. Nehmen Sie die letzten drei Jahre. Sie sagten vier bis fünf Transaktionen jährlich. Da vielleicht doch nicht alle Geschäfte illegal sind, ergeben sich daraus vielleicht sechs bis acht Nester, in denen die Killer beziehungsweise deren Auftraggeber sitzen. Also keine unermessliche Anzahl. Aber nochmals, was dann?«

Georg versank in den Polstern und blickte verzweifelt auf Richard. »Kommen Sie, wir gehen wieder mal auf Deck. Die frische Brise wird uns gut tun.« Inzwischen hatten sie die Bucht von Paguera weit draußen durchsegelt und steuerten nun den alten Puerto de Antraitx an. Diesmal gab Patrick die Führung des Schiffes nicht ab, sondern steuerte es mit dem Geschick des Ortskundigen an die für Jachten vorgesehene Mole.

Die Landratten applaudierten, und Richard lud zum Mittagessen ins Miramar ein, wo bunte Sonnenschirme ein fröhliches Ambiente verbreiteten. Er ging schon mit Georg voraus, während Patrick das Boot sicherte und noch der Schiffsbar die gebührende Aufmerksamkeit schenkte. Sie sicherten sich einen Tisch mit Blick auf die Mole. Ein Schild pries »pescados y mariscos«.

Beim Essen zeigte sich Georg wortkarg und schien erschöpft, was Patrick schalkhaft Anlass gab, sich nach einer etwaigen Seekrankheit zu erkundigen. Nein, meinte er, er genieße hier die Stille dieses kleinen Hafens nach dem Morgen voller Stress mit Richard. Das Gespräch drehte sich ums Segeln, um Jachten, ums Wetter. Dabei stellte sich heraus, dass Georg einiges davon verstand. Er war stolzer Besitzer und Schiffsführer eines Señorita-Bootes auf dem schwäbischen Meer. Natürlich war ihm bewusst, dass die Hochsee-Seglerei wesentlich höhere Ansprüche stelle, aber vielleicht werde er sich tatsächlich noch dahinterklemmen.

»Am Ende der Woche werden wir weitersehen«, kamen Patrick und Georg überein.

Nach prächtigen Cigalas und einer Flasche Rosado taute Georg sichtbar auf. Richard beobachtete ihn genau. Die Abhängigkeit hatte eine weitere Stufe erreicht. Sein Gast oder Klient oder Patient fühlte sich in der Runde wohl und beschützt. Genau das, was er mit allen Fasern seiner Befindlichkeit brauchte.

Wieder in der Kajüte der Santa Antonia, stellte Richard die Lösung des Problems in Aussicht. Georg reckte sich hoch und lauschte mit gierigem Interesse.

Vielleicht sei ›Lösung‹ etwas übertrieben. Zunächst müsse eher von einer Strategie gesprochen werden, und da seien verschiedene Ebenen zu betrachten.

»Natürlich ist die Identifikation der Täter interessant und wichtig. Sie auszuschalten wäre nicht mein Geschäft und überdies nicht die richtige Strategie. Unser primäres Ziel muss darin bestehen, dass Sie heil aus der ganzen Verstrickung herauskommen. Heil heißt, physisch unversehrt, gesellschaftlich intakt und finanziell ungeschoren. Ich nehme an, Sie möchten Ihre ach so sauer verdienten Spargroschen weitestgehend retten und nicht dem Finanzamt mit Zins und Strafe abliefern. Das Ziel ist auch nur dann erreicht, wenn es längerfristig gesichert werden kann. Kurzfristige Erfolge erweisen sich da stets als Rohrkrepierer. Ob es noch zweitrangige Ziele gibt, lassen wir zunächst offen.«

Richard fixierte sein Gegenüber. Hatte er das begriffen? Er ließ ihn nachdenken. Georg nickte langsam, dann sehr überzeugt. Er suchte den Augenkontakt, um Richard aufzufordern, fortzufahren.

»In einem ersten Schritt muss ich Sie bei Ihren Kollegen und bei gewissen Kontrahenten wieder als glaubwürdigen Kantonisten fest verankern. Sie rufen morgen Ihren Chef an und berichten ihm, dass Sie geschäftlich für ein paar Tage nach Mallorca verreist wären. Er wird sich krümmen vor Lachen, ob der ›Geschäfte‹, die da winkten. Gleichzeitig wird er hörbar aufatmen. Davon, dass Sie sich je bedroht gefühlt hätten, lassen Sie sich nie etwas anmerken. Für Sie ist und bleibt der Angriff in der Telefonkabine ein Raubüberfall. Die Warnung haben Sie nie gehört! Nächste Woche sollten Sie Ihren Posten wieder mit sichtbarem Elan übernehmen. Sie nehmen Kontakt mit den anspruchsvollsten Kontrahenten auf und schildern Ihnen drastisch, was Sie alles unternehmen, um ihre Anforderungen zufrieden zu stellen. Werden Sie das mental schaffen? Überflüssige Frage, Sie müssen! Sie werden vor Ihrem geistigen Auge und in Ihrer Agenda sofort ein Drehbuch drechseln, an das Sie schließlich selber glauben. Falls Sie diese Rolle nicht überzeugend und erfolgreich spielen können, sind Sie verloren.«

Richard legte eine Pause ein und bewegte sich auf dem leicht schwankenden Kahn nach oben. Georg folgte ihm wie im Delirium. Die Gehirnwäsche begann bereits zu wirken. Wie der Hölle entronnen, sog er das friedliche Bild mit dem weiten Horizont in sich auf. Aus der Kajütentüre war die Paradiespforte geworden; wenn auch nur für ein Viertelstündchen, das er aber unendlich genoss.

Nach einem kühlen Bier aus der Dose drängte Richard sanft zur Rückkehr in die Hölle des Verhörs.

»Die Rolle des Rekonvertiten, ein theologisches Kuriosum, werden Sie für jedermann sichtbar und mit wachsender Begeisterung mehrere Monate spielen. Diese lange Zeit der Aufrüstung. Aufrüsten heißt: Informationen sammeln, auswerten, ergänzen. In meinem Nachrichtenbeschaffungsplan sind Sie zunächst die wichtigste Quelle. Ab sofort rede ich mit Ihnen als Ihr Führungsoffizier, wie diese Funktion in geordneten Welten genannt wird.

Als Erstes erstellen Sie eine Kurzliste der Hauptverdächtigen. Wir haben schon geschätzt, dass es sich dabei um etwa sechs bis acht Schlangennester handeln kann. Über jeden dieser neuralgischen Orte schreiben Sie, soviel Sie aus dem Gedächtnis noch herausholen können. Also mindestens die Namen der Firmen und Personen, eine Umschreibung der geschäftlichen Transaktionen und die Daten. Diese Angaben benötige ich sofort, also vor Ihrer Abreise. Abends nach der Segelschule haben Sie dafür genügend Zeit. Mit Ihrem Heftpflaster können Sie hier ohnehin nicht auf Mädchenjagd.«

Georg war einverstanden: Er nickte gedankenverloren. In völliger Ergebenheit ließ er sich unter die Fittiche nehmen. Er zückte seine Taschenagenda und zeigte mit leichtem Stolz ein paar Namen, die er bereits am Vorabend in der Lubina notiert hatte.

Richard warf einen Blick darauf: »Können Sie diese Seite entbehren?« Für den Fall eines Protestes sagte er: »Lassen Sie mich lesen, ob ich Ihre Handschrift entziffern kann.« Der Versuch war an sich unnötig, denn die Schrift war die eines Technikers. Auch die Tonbänder hatten alles verstanden.

»Aber natürlich, ich habe es für Sie aufgeschrieben«, versicherte Georg.

Richard registrierte eine Neigung zu vorauseilendem Gehorsam. Für den Führungsoffizier eine Eigenschaft von Bedeutung, nützlich bei gleich bleibendem Auftrag, gefährlich bei unvorhergesehenem Wechsel der Marschrichtung.

Richard setzte zur Fortsetzung seiner Befehlsausgabe an: »Wieder in Frankfurt, erstellen Sie Kopien von sämtlichen Transaktionen seit der Gründung 1990. Also immer der gleiche Kram wie die Namen der Firmen und Personen, eine Umschreibung der geschäftlichen Transaktion und die Daten. In bald zehn Jahren hat sich da wohl einiges an Papier angehäuft. Nehmen wir zehn Seiten pro Fall, so ergibt das über fünfhundert Seiten. Was schätzen Sie?« Georg bestätigte.

»Wie wird in Ihrer Firma kopiert, können und tun Sie das selber auch?«, wollte Richard genau wissen.

»Aber ich bitte Sie, selbstverständlich«, antwortete Georg fast beleidigt. »Das Ungetüm steht im Flur und kann von jedem, der einen Stecker besitzt, benützt werden.«

»Ich habe schon ganz vornehme Manager in ganz vornehmen Firmen gesehen, die so etwas weder taten noch konnten. Das waren aber Großbanken und Versicherungsgesellschaften und keine Kleinfirmen. Sie haben Recht. Die Frage stelle ich dennoch aus gutem Grund.

Ob Sie überwacht werden oder nicht, alles, was Sie tun, und wie sie es tun, muss einer eventuellen Überwachung standhalten. Betrachten Sie Ihre Sekretärin grundsätzlich als Spionin. Spioninnen darf in den Hintern gekniffen oder an den Busen gefasst werden, je nachdem, wonach Ihnen der Sinn gerade steht, aber die Karten bleiben verdeckt. Zu den neuralgischen Punkten gehören auch die Kopierer. Auf Ihrem Stecker wird die Anzahl der gezogenen Kopien registriert. Ich darf wohl annehmen, dass da eine zusätzliche Menge, wie wir sie geschätzt haben, auffallen könnte. Haben Sie ein eigenes Faxgerät in Ihrem Büro?« Georg bejahte. »Dann benützen Sie es zum Kopieren. Das ist zwar langsam und etwas mühsam, hinterlässt aber keine Spuren.«

Nach einer Pause ging die Instruktion weiter. »Und jetzt zu den Akten, die zu kopieren sind. Wo liegen sie, in Ihrer eigenen Ablage, in einem Archiv? Bitte beschreiben Sie mir genau das Ablagesystem und die Zugriffsregelung.«

»Das wird bei uns sehr einfach geführt. Jeder behält in seinem Pult die Akten eines laufenden Geschäftes bis zu einem Jahr nach dessen Abschluss. Nachher wandert der Ordner in einen großen Aktenschrank im Flur. Jeder hat einen ungeregelten Zugriff darauf. Wer Unterlagen eines früheren Geschäftes benötigt, holt den Ordner im besagten Schrank. Falls er ihn zu sich nimmt, so ist er freundlichst eingeladen, einen Zettel ins leere Fach zu legen. Es ist aber nicht üblich, ganze Ordner nach Hause zu nehmen, wohl aber einzelne Dokumente. Also alles ganz unkompliziert.«

»Wer greift wie oft in den Archivschrank? Holen Sie den Ordner selber oder beauftragen Sie Ihre Sekretärin?«

»Ich bin der häufigste Kunde, da täglich technische Unterlagen früherer Transaktionen nachzusehen sind. Da meistens einige Ordner kurz einzusehen sind, tue ich das immer selber. Schütz holt sich dort ab und zu ein paar Kundennamen. Der Finanzmann hat für seine Belange seine eigene Ablage.«

»Wenn Sie nun jeden zweiten Tag einen Ordner holen, den Sie für Ihre laufende Arbeit nicht brauchen, wird das demnach nicht auffallen. Die Sekretärin registriert nicht, was Sie jeweils herausnehmen. Sie schauen die Akte flugs durch und kopieren die verlangten Elemente auf Ihrem Faxgerät. Achten Sie darauf, dass die Sekretärin das nicht mitkriegt, da normalerweise kein Mensch auf diese Weise kopiert. In zwei Monaten sollten Sie mit der Vergangenheit durch sein. Sie beginnen natürlich bei den neuesten und enden bei den frühesten Fällen.

Gleichzeitig kopieren Sie selbstverständlich alle laufenden und die neuen Fälle. Hier interessieren schon die Angebote, also die Vorbereitung zur Tat oder Untat.

Jeden Abend stecken Sie die Ernte in einen großen Umschlag und senden ihn an die Palma Management. Als Absender schreiben Sie ›Postfach 600 123, D-60258 Frankfurt‹. So vermeiden wir zu große Pakete und reduzieren das Risiko. Bitte notieren Sie das.«

Richard behielt natürlich für sich, dass es sich bei diesem Postfach um die Strandgutadresse für Deutschland handelte, wie London sie nannte. Als Inhaberin des Postfaches war eine Sekretärin der Britisch-Deutschen Handelskammer eingetragen. Obwohl nur selten Post eintraf, ging sie täglich vorbei und leitete etwaige Sendungen an eine Adresse in London weiter.

Richard war sich bewusst, dass er seinen Schützling wie einen Analphabeten instruierte, was er aber in Sicherheitsfragen auch war. Und so gehörte noch eine generelle Verhaltensregel hinzu: »Ihr Verhalten darf nicht im Geringsten von Ihrem bisherigen abweichen. Höchstens, dass Sie begeistert Primus Schütz' Rezept befolgen und sichtbar schneller laufen auf dem dünnen Eis. Also nicht mehr Präsenz in der Firma außerhalb der regulären Arbeitszeit als bisher. Und auf keinen Fall dürfen Sie die Kopiererei in diese Stunden verschieben. Lassen Sie in diesen Randstunden auch den Zugriff zum Archivschrank und das Studium dieser Akten. Es genügt, dass Schütz oder sonst jemand in Ihr Büro tritt und mit seiner Neugier Akten erblickt, zu denen Sie derzeit keinen aktuellen Bezug haben. Schon geraten Sie ins Faseln. Einmal mag es angehen, ein zweites Mal kann lebensgefährlich sein. Wenn Sie das Büro verlassen, gehören alle Akten, die nicht zu einem laufenden Mandat gehören, in den Archivschrank zurückgestellt.«

Es war höchste Zeit, dass die Lektion so weit beendet war, denn Georg war erschöpft und der Kahn bereits an der Hafeneinfahrt. Sie stiegen an Deck und Richard rühmte den Skipper für seine präzise Navigation, sei es ihm doch gelungen, auf Anhieb den richtigen Hafen zu finden. »Dich werde ich gleich, du elendigliche Landratte!«

Von weitem war Magnolia zu sehen. Sie hüpfte und winkte wie eine wild gewordene Chiquita-Reklame. Kaum war die Santa Antonia an ihrem Platz festgemacht, verwandelte sie sich in eine ausgehungerte Anakonda, schnellte an Bord und umschlang ihren Patrick, bis er fast erstickte. Aus sicherer Distanz rief ihm Richard zu, Magnolias Entzugserscheinungen nicht weiter anwachsen zu lassen. Georg werde sich morgen früh hier melden und er rechne mit einem startklaren Skipper.

»Mein lieber Freund«, sprach er Georg an und nahm ihn beim

Ellbogen: »Wir gehen jetzt getrennt zum Hotel. Sie wissen, was Sie alles zu tun haben. Ich gehe davon aus, dass Sie am Sonntagmorgen abfliegen. Da bleiben Ihnen ein paar Tage zum Segeln und genügend Abende für die Notizen. Wir sehen uns am Abend vor Ihrer Abreise. Vergessen Sie nicht, am Freitag der Gattin Ihre Ankunft in Frankfurt zu melden.

Noch etwas, Georg: Wir werden es schaffen!«

10 Richard begab sich direkt in die Kommandozentrale. Als Erster drückte sich Domingo um die Ecke ihm entgegen, Dolores war wie immer am Fischen, und Mercedes telefonierte stehend mit Blick zum Meer. Magnolias Empfangsnummer am Kai war nicht ganz ohne Einfluss auf seine Gefühlslage geblieben. Im Gegenlicht wirkte Mercedes' Silhouette einfach bestechend. Er kämpfte den aufkommenden Stillstand des Verstandes aber erfolgreich nieder und begnügte sich zum Gruße mit einem handfesten Griff an ihren Hintern, den er etwas anhob. Bei aller moralischer Laxheit kannte Richard immer nur eine Priorität: seinen Auftrag, den Job, das Geschäft. Früher wurde das Pflicht genannt, ein Begriff, den er nicht mochte. Er war ihm zu pathetisch, zu geschichtsträchtig. Die Pflicht tut man, weil sie befohlen ist. Eine saubere Ausführung eines Auftrags ist zudem der rationellste Weg, um ans Ziel zu kommen. Für ihn war das einfach professionelles Verhalten. Somit zog er die Hand wieder ab und setzte sich ihr gegenüber. »Wir haben eine Wundertüte gezogen, die sich gewaschen hat.« Er berichtete über die Gespräche am gestrigen Abend und von heute auf See. Er zeigte ihr die Liste mit den sechs neuralgischen Giftnestern, die ihm Georg bereits übergeben hatte, womit Palma sofort mit den Recherchen beginnen konnte. Er verwies auf die vier Magnetbänder, die bald auf die Reise geschickt werden würden. Er schilderte mit ausgebreiteten Armen den Berg von Akten, der bald portionsweise hier eintreffen werde, damit Licht über zehn Jahre dubioser Machenschaften in Sektoren wie Industriespionage und illegaler Technologietransfer komme. Er schwelgte in der Vorstellung, alle gleichzeitig hochgehen zu lassen. »Der Einzige, der von uns in letzter Minute vor dem Desaster gerettet wird, ist unser Undercover Georg. Und der weiß gar nicht, dass er als verdeckter Ermittler agiert, weil er rechtlich auch keiner ist.«

Sein großer Wurf wurde durch das Klingeln des Telefons unterbrochen. »Die vier Enten habe ich beim Traiteur abgegeben«, sagte Patrick. Der Kurier hatte also trotz der Strapazen mit Magnolia geliefert!

Es war schon 18 Uhr vorbei – es war gerade noch Zeit, um Rüegg anzurufen. Richard hatte für alle Fälle eine Spur zu verwischen.

»Herr Rüegg, guten Abend, hier nochmals Ihr Freund Harriott. Ich möchte Ihnen nur korrekterweise ein Feedback zu meiner Anfrage von vorgestern geben. Follmann ist derzeit nicht erreichbar. Dafür hat der gesuchte Vollpracht nochmals angerufen. Von irgendwoher kennt er Sie offenbar. Da bei uns Diskretion oberste Priorität genießt, habe ich auch nicht danach gefragt. Wüsste ich es von ihm, so würde ich es nur dann an Sie weitergeben, wenn er mich dazu beauftragt hätte. Nochmals verbindlichen Dank für Ihre geistige Mithilfe.

Fast so wichtig wie das Dankeschön, Herr Rüegg, ist mein Wunsch, Sie aufsuchen zu dürfen. Ich habe ein paar Themen, die Sie zweifellos interessieren. Wie sieht es nächste Woche aus?« Rüegg akzeptierte. »Dinner im Swissôtel, Restaurant Szenario, Dienstag, 19.30 Uhr.«

Das Verwischen der Spur zu Follmann war eines, das Anschleichen an Flückiger und Dr. Kropf das noch wichtigere Anliegen für Richard.

Jetzt erst wich die professionelle Spannung von ihm. Mit Stolz erkannte er sich auf der Zielgeraden. Höchste Zeit also, den Verstand für eine verdiente Pause ruhen zu lassen. Er umarmte Mercedes, wobei die Hände rasch und gezielt zu den Hüften rutschten. Dort gelang es geschickten Daumen und Zeigefingern, ein Stück des eng anliegenden Rockes zu fassen und schrittchenweise hinaufzuschieben. Aus anatomischen Gründen, die er an sich sehr zu schätzen wusste, war das aber kein einfaches Unterfangen. Sie zeigte sich kooperativ und erleichterte den Vorgang mit den Schlangenbewegungen einer orientalischen Bauchtänzerin. Als der Rock erfolgreich in die Taille gerollt war, kippte er sie sachte, aber mit so viel Gewalt wie nötig auf den Schreibtisch. Zu seiner freudigen Überraschung trug sie keine Unterwäsche, welche die Dynamik des Geschehens hätte unterbrechen können. Er kicherte still in sich hinein und freute sich über den zweiten Fall vorauseilenden Gehorsams, der ihm heute entgegengebracht wurde.

Die Katzen beobachteten das Geschehen aus sicherer Distanz. So etwas Absonderliches hatten sie bislang noch nie gesehen. Sie würden sich für so was völlig anders anstellen. Dann veränderten die Menschen die Stellung. Was jetzt passierte, begriffen die Katzen schon eher. Katzen schauen oftmals den Menschen etwas ab. Warum nicht einmal umgekehrt?, dachten sie. Nur so richtig konnten es die Menschen dann doch noch nicht. Also machten sie es nochmals vor. Zwar ohne dass ihnen einer zusah. Dazu waren die zwei Menschen momentan viel zu beschäftigt. Dolores hob das linke Bein hoch und Domingo sein rechtes und sie putzten sich um die Wette; wohlgemerkt jeder für sich und nicht gegenseitig wie die Menschen! Katzen verbringen einen geraumen Teil ihrer Wachzeit mit Fell- und Intimpflege. Vielfach ohne Grund. Diesmal war es aus Verlegenheit.

11 Am Samstag legte Richard einen Zettel in Georgs Schlüsselfach, wonach er ihn um halb acht zu einem einfachen Dinner in seiner Suite erwarte. Dem Zimmerservice gab er einen entsprechenden Auftrag.

Georg war wie immer pünktlich. Er wirkte erholt nach den zwei Tagen auf dem Segler. Auch die dunkle Giftwolke, von der er sich bedroht fühlte, schien sich aufzulockern. Heute war der Abend, an dem Richard die Strategie erläutern und die Maßnahmen und Aufträge zusammenfassen würde. Sie würden sich wohl für Monate nicht mehr sehen, sondern nur telefonischen Kontakt pflegen. Zum Auftakt überreichte Georg das Ergebnis seiner Hausaufgaben, also die Liste mit den verlangten Angaben über die verdächtigen Transaktionen mit Firmen, Personen und Daten.

»Wenn Sie zurückkehren, vergessen Sie das fröhliche Gesicht des hoch motivierten Kampfgenossen nicht. Man wird Sie auf

Ihre Abwesenheit ansprechen. Gehen Sie davon aus, dass Ihre Kollegen von Ihrer Gemahlin über Ihren Abstecher nach Mallorca bereits ins Bild gesetzt worden sind. Versuchen Sie rot zu werden, verhaspeln Sie sich so, dass es für jedermann klar wird, dass Sie ein amouröses Abenteuer auf die Insel gelockt hat. Falls notwendig, beschreiben Sie Magnolia.

Dann Akten kopieren und täglich hierher schicken. Zuerst die aktuellen Fälle und laufend die neuen, und zwar bereits in der Vorbereitungsphase. Dann die archivierten chronologisch rückwärts. Wie lautet der Absender, den Sie auf den Briefumschlägen erwähnen? Richtig! Bevor sie zukleben, bezeichnen Sie die Sendung auf der Innenseite der Klappe zum Zukleben mit einem Buchstaben in alphabetischer Reihenfolge. So würde ich das Fehlen einer Sendung erkennen.

Nun zu den Regeln über das Telefonieren:

Sie rufen mich nach jedem Einwurf eines Briefumschlages an. Normalerweise keine Begrüßung und keine Namen. Lediglich ›F‹ ist unterwegs oder welcher Buchstabe gerade dran ist. Meine Telefonnummer lernen Sie auswendig, nicht speichern, nach der Verbindungsaufnahme im Anrufregister sofort löschen. Sie benützen ausschließlich das Handy oder eine öffentliche Telefonzelle, jedoch nur eine im Inneren eines Gebäudes. Hier sind Sie sicherer und es ist schwieriger, Sie zu beobachten.

Falls Sie mir etwas Außergewöhnliches mitteilen wollen, bin ich selbstverständlich immer für Sie da.

Von mir kriegen Sie nur in Sonder- und Notfällen einen Anruf. Die Spielregeln dazu müssen Sie in Stichworten notieren und auswendig lernen. Sie können Ihnen das Leben retten.

Im Sonderfall verlangt ein Herr Schuster, mit Leonore zu sprechen. Da offenbar verwählt, hängen Sie auf und rufen mich binnen drei Stunden zurück.

Im Notfall werden Sie mit ›Herr Sturm‹ angesprochen. Also etwa: ›Guten Tag, Herr Sturm, Sie können Ihren Wagen abholen. Wie bitte? Dann habe ich mich verwählt, entschuldigen Sie bitte!‹ Falls Sie jetzt allein unterwegs oder zu Hause sind, so rufen Sie mich sofort zurück. Sollten Sie sich gerade in der Firma oder bei einem Kunden befinden, so lassen Sie alles liegen, verlassen den Ort ohne Erklärung, suchen einen sicheren Standort auf und rufen so schnell wie möglich zurück. Sie fragen sich, warum so verklausuliert? Ganz einfach, es könnte ja sein, dass Sie gar nicht mehr in der Lage sind, an Ihrem Handy herumzudrücken. Würde ich dann einfach so reinplatzen, Sie wären verraten und geliefert! Klar?«

Richard ließ seine Direktiven einsickern. Georgs strahlende Stimmung war um einiges abgebaut. Gleichzeitig schob er sich aber wieder dichter unter die sicheren Fittiche des umsichtigen Richard, seines Führungsoffiziers. Er hieß ihn, das Ganze zu wiederholen.

Richard wechselte den Ton. Aus dem Instruktor wurde der Stabschef im Kartenzimmer der Kommandozentrale, der unter Einsatz dreidimensionaler Videotechnik Truppenaufmärsche, Pläne für Feuer und Bewegung, die dazugehörige Logistik an Treibstoff und Munition für seine operativen Pläne vorführte. Ganz so komplex war es hier allerdings nicht, es glich eher einem übersichtlichen Schachbrett, also bei weitem noch anspruchsvoll genug.

»Mein lieber Freund Georg«, hob er an und machte eine Pause, »Sie und ich, wir haben die Bewältigung der Krise greifbar in Händen. Aufgrund Ihrer Unterlagen werde ich in wenigen Wochen die Urheber der Morddrohung identifiziert haben. Für ihre Ausschaltung werde ich etwas mehr Zeit brauchen.«

»Ausschaltung? Liquidierung? Wie muss ich das verstehen?«, warf Georg ein.

»Richtig, wir werden den oder die Mordbuben mithilfe des Gesetzes aus dem Verkehr ziehen. Zum gegebenen Zeitpunkt werden wir den richtigen Behörden die richtigen Hinweise zuspielen. Das kompromittierende Material wird so gewählt und allenfalls so gestaltet, dass keinerlei Rückschlüsse auf die Quellen gezogen werden können, mindestens nicht auf Sie oder auf Ihre Firma.

Eines schönen Tages werden Sie von Verhaftungen oder Untersuchungen in Firmen hören, die Ihnen nur allzu gut bekannt sind. Derartige Ereignisse dürften auch für Ihre Kollegen einen Gesinnungswandel in Gang bringen, vielleicht sogar einen plötzlichen. Vermutlich der richtige Zeitpunkt, um abzuspringen. Es bleibt der ›worst case‹, dem leider eine hohe Wahrscheinlichkeit zukommt. Nehmen wir an, Philipp Schütz ist der Übeltäter oder einer davon. In diesem Fall müsste ich mit Anwälten und den deutschen Behörden für Sie eine Kronzeugenregelung vorbereiten. Vorrangig müssten Sie die Platzierung Ihrer Bankkonti einer kritischen Prüfung unterziehen und entsprechend umdisponieren. Sie würden wohl mit einem blauen Auge, aber insgesamt komfortabel überleben.«

Georg erkannte, dass Richard wirklich umsichtig gedacht hatte, und zeigte sich einmal mehr bereit, seine Seele in dessen Hände zu legen.

»Noch ein Detail, und dann genießen wir den Abend mit anderen Themen. Ich erwarte von Ihnen ein Honorar von hunderttausend Mark sofort und weitere zehntausend jeden Monat während der Dauer des Mandats. Benützen Sie einen Ihrer Reptilienfonds in Zürich. Hier ist unser Konto beim Banco de Santander in Palma.«

Richard drückte Georg beim Abschied die Hand und überschüttete ihn mit Zuversicht, dass sich sicherlich alles zum Guten entwickeln werde.

Er fühlte sich wie ein Falkner, der seinen kostbaren Zögling zum ersten Mal, Kappe ab, in die Luft wirft. Wie wird er seine Beute schlagen, sich seiner Feinde erwehren, sich schließlich wieder auf seine Hand setzen, vom kreisenden Federspiel dazu getrieben?

Das einträgliche Schattenspiel

12 Karlsbad, August im Jahr des Panthers.

Pjotr Alexandrowitsch Carlin räkelte sich im französischen Fauteuil im Grandhotel Imperial und genoss seinen Wohlstand. Er besaß in St. Petersburg ein renommiertes Antiquitätengeschäft, das Antikwarnei Predmeti Carlin am Newski-Prospekt bei der eleganten Passage. Kein westlicher Besucher, der an Raritäten interessiert war oder vom Kunsthandel etwas verstand, hätte nicht vorbeigeschaut. Es sei denn, er wollte dort nicht gesehen werden. In solchen Fällen wurde Pjotr Alexandrowitsch Carlin ins Hotel gebeten. Der studierte Kunsthistoriker war vor der Wende als Sachverständiger für das Kulturministerium tätig gewesen.

Seine große Liebe galt der Petersburger Goldschmiedekunst. Er katalogisierte sämtliche noch vorhandenen oder aktenkundigen Pretiosen und Kunstgegenstände, die in früheren Zeiten von der Zarenfamilie, vom Adel und vom reichen Bürgertum in Auftrag gegeben oder aus Kollektionen gekauft worden waren. Für die Sammler von besonderem Interesse waren immer schon die Einzelanfertigungen. Da sich die noblen und reichen Kunden meistens nur von Goldschmieden erster Adressen bedienen ließen, von denen einzelne den begehrten Titel eines Hofjuweliers trugen, waren in der Regel Skizzen für Entwürfe, akkurate Zeichnungen, Fakturen mit den Namen der Kunden und manchmal sogar die Korrespondenz dazu aufbewahrt. Das erleichterte die Arbeit des Archivars ungemein, soweit die Revolutionskommandos nicht in der ersten Phase der Machtübernahme ganze Arbeit geleistet, sprich: im Übereifer viele Papiere zerstört hatten. Die konfiszierten Kunstobjekte wurden, wie es hieß, dem Volk zurückgegeben und in Museen aufbewahrt.

Später wurden die dazugehörigen Dokumente gründlich gesucht und minuziös zusammengetragen. Viele gaben Aufschluss über den Standort der fraglichen Kunstwerke. Natürlich belegten manche Akten Verkäufe ins Ausland, erfreuten sich doch die Petersburger Goldschmiede auch einer internationalen Kundschaft. Für Behörden und Kuratoren waren jene Fährten interessanter, welche zum früheren russischen Adel und der Bourgeoisie wiesen und deren Schätze den damaligen Razzien offenbar entgangen waren.

Pjotr Alexandrowitsch Carlin wurde in den frühen Achtzigerjahren mit der Suche nach den vermissten Objekten betraut. Auftraggeber war offiziell das Kulturministerium, inoffiziell jedoch der KGB. Es lag auf der Hand, dass Pjotr dadurch in wenigen Jahren zur anerkannten Kapazität auf dem Gebiet alter Werke aus Kunst und Kunsthandwerk wurde. Ganz besonders hatte er sich mit den Kunstwerken aus dem Hause Fabergé befasst, war doch die Zarenfamilie einer der wichtigsten Auftraggeber um die Jahrhundertwende gewesen.

Daten von Schmuckstücken, Dosen, Miniaturen kunstvoller Porträts, von Ostereiern aller Größen mit allegorischen Darstellungen im Jugendstil aus Gold und Silber, emailliert, reich versehen mit Edel- und Halbedelsteinen, füllten ganze Bände. Im Zentrum der Interessen standen stets die kaiserlichen Prunk-Eier. Da gab es so genannte Überraschungseier. Beim Aufklappen kamen kostbar gefertigte Figuren, Früchte, Tiere und andere Dinge zum Vorschein. Wahrlich vornehmste Geschenke!

Auch im Kunsthandel ist Wissen Macht. Nirgends so sehr wie im Markt für geschichtsträchtige Pretiosen, welche weltweit von Sammlern sehr gefragt sind, weil sie auf kleinstem Raum einen extrem hohen Wert darstellen und kaum je offiziell bei Auktionen auftauchen. Im Gegensatz dazu werden für Möbelstücke, für Bilder – mit Ausnahme der topkotierten Maler –, Geschirr, Glas, Teppiche und für vergleichbare Kategorien von Raritäten stets nur bescheidene Preise erzielt. Selbst die Ikonen, lange Zeit ein Renner in Westeuropa, haben an Interesse deutlich eingebüßt, obwohl sie leicht versteckt und ebenso leicht transportiert werden können und überdies den wertsteigernden Bonus eines Exportverbotes aus Russland genießen.

Diese Zusammenhänge waren Pjotr von Anfang an klar; er legte sich, was diese Voraussetzungen seiner Profession anging, eine hübsche Strategie zurecht. Die aus der Sicht des amtlichen Kurators vermissten Kunstobjekte erwiesen sich als zahlreich. Vor allem fehlten bedeutende Kreationen aus den Werkstätten von Fabergé, welche irgendwo in Russland verborgen gehalten wurden oder auf illegale Weise den Weg ins Ausland gefunden hatten. Er, Pjotr, allein hatte die Übersicht. Anfänglich setzte er den KGB häufig ins Bild über Fährten und vermutete Standorte von gesuchten Werken. Die Nachforschungen waren des Öfteren erfolgreich, und die Museen konnten Sammellücken abhaken.

Später erschienen ab und zu hohe KGB-Offiziere mit Objekten, welche sie angeblich bei Grenzkontrollen abgefangen hatten. Ein Export wäre nicht nur an sich illegal, sondern würde überdies ein saftiges Devisenvergehen darstellen. Der Absender, so das normale Muster, hätte sich gut getarnt, und es sei bis dato nicht gelungen, ihn zu identifizieren. Sie seien vermutlich einem Ring von schwarzem Kunsthandel auf der Spur und es gelte, diesen auszuleuchten und dann auszuheben. Die geeignete Methode sei, das Geschäft vorerst laufen zu lassen. Ein Experte aber solle den Weg des Objekts von Russland bis zum Empfänger beobachten. Auf diese Weise müsste es möglich sein, Rückschlüsse auf die Drahtzieher in Russland zu ziehen.

Pjotr stellte sich naiv. Sein Instinkt sagte ihm sofort, dass die ehrenhaften KGB-Leute die Ware irgendwo unterschlagen hatten und nun gegen Devisen versilbern wollten. Also spielte er den professionellen Eierkopf eines staatlichen Kurators und sagte zu.

Eine Fabergé-Miniatur mit dem Bildnis eines Heiligen sollte wie schon in früheren Fällen an einen Auktionator namens Philippe Gauthier im Faubourg St. Honoré in Paris geliefert werden. Das Objekt gehörte nicht zu den klassifizierten und konnte daher das Land verlassen, ohne eine sichtbare Lücke im Register zu hinterlassen. Ein KGB-Mann sorgte für den Versand und Pjotr erhielt ein Reisevisum, was damals eine begehrte Rarität darstellte, beinahe so wertvoll wie ein geraubtes Kunstwerk.

Listig hatte er seinen Auftraggebern vorgeschlagen, eine Rundreise über Amsterdam nach Paris zu machen und auf dem Rückflug auch in Genf und Zürich mit den wichtigsten Auktionshäusern und den Händlern von antikem Schmuck Kontakt aufzunehmen. So könne er sich ein gutes Bild über Markt und Preis verschaffen und gleichzeitig etwas über etwaige Anbieter einschlägiger Objekte aus Russland in Erfahrung bringen. Auch könnte er in gewissen Situationen als staatlicher Kurator auftreten und in offizieller Funktion die Möglichkeit von Rückkäufen russischer Museumsstücke andeuten oder umgekehrt Positionen, auf welche die Museen verzichten können, im Auftrag des Kulturministeriums zum Verkauf anbieten. Die KGB-Offiziere nickten mit kaum verhohlener Begeisterung.

Die erste Reise war sehr instruktiv. Die Kontakte förderten vor allem in Paris und Genf aktuelles Interesse an russischer Goldschmiedekunst zutage. Die Zürcher schienen unersättlich für auserwählte Meisterstücke aus den Ateliers des Hauses Fabergé zu sein. Irgendwelche Hinweise für einen organisierten Handel Richtung Westen allerdings konnte Pjotr nirgends ausmachen. Bei Monsieur Gauthier, dem angesehenen Händler und Auktionator in Paris, bei dem er sich beiläufig als Wiener Geschäftsmann russischer Herkunft zu erkennen gab, ließ er einige Stücke aufblitzen, worunter sich auch die Miniatur befand, welche von seinen Auftraggebern angeblich als Lockvogel auf die Reise geschickt worden war. Obwohl er deutliches Interesse bekundete, gelegentlich ähnliche Objekte in Augenschein zu nehmen, sprach der Franzose in keiner Weise darauf an. Hingegen wusste Pjotr Alexandrowitsch den KGB-Leuten zu berichten, dass für die Miniatur bei anderen Antiquitätenhändlern oder auf speziellen Auktionen ein wesentlich besserer Erlös erzielbar gewesen wäre. Die Herren verzogen etwas den Mund und nickten stumm.

In der Folge pflegte Pjotr regelmäßig den neu gewonnenen Freundeskreis in der Spitzenliga des Kunsthandels. Jedes Mal übernahm er zu treuen Händen ein Mitbringsel seiner KGB-Leute, welche ihn und sein Aktenköfferchen sicher bis ins Flugzeug der Air France begleiteten. Jedes Mal erkundigten sie sich fürsorglich nach dem Wohlbefinden seiner Frau Gemahlin und seiner beiden Töchterlein. Für Pjotr Alexandrowitsch ein de-

Mercedes war mehr als interessiert. Das alles hörte sich wirklich gut an: vielseitig, etwas abenteuerlich, exklusiv und mit
einem hohen Grad von Selbstständigkeit. Um die Form zu wahren, bat sie aber um einen Tag Bedenkzeit.

»Aber selbstverständlich. Ich will, dass du dir das gut über-
legst. Falls du annimmst, vertauschst du eine sichere Stelle mit
etwas verhältnismäßig Spekulativem. Es gibt noch eine Menge
zu besprechen. Ich schlage vor: morgen im Condes. Ist dir sieben
Uhr recht?«

Er merkte, dass sie gar nicht mehr zuhörte, aber er gab sich
weiterhin sehr sachlich. Sein ganzes geniales Konzept mit dem
Zwillingsgeschäft musste heute noch nicht auf den Tisch gelegt
werden. Die Fliege war auch so auf dem Klebestreifen gelandet.

»La cuenta, por favor!«

Er ließ ein Taxi bestellen. Denn er erinnerte sich natürlich an
ihren Wunsch, welchen sie bei der Verabredung am Nachmittag
geäußert hatte. Das Thema Nummer zwei musste warten. Auch
war er zu müde, um die Pläne noch umzustellen.

»Mercedes, vielen Dank für den schönen Abend.«

Er küsste sie sittsam auf die Stirne, öffnete die Tür des Taxis
und half ihr sanft hinein. Dabei konnte er es sich nun wirklich
nicht verkneifen, mit der rechten Hand ihr schönes Gesäß hilfreich nachzuschieben.

3 Im Condes, lange vor der verabredeten Zeit, saß Richard an
der Bar und erlabte sich an einem Malt. Mercedes unterbrach
seine Gedankengänge durch ihren Auftritt. Alle Herren und die
meisten Damen drehten ihre Köpfe nach der Pforte, die von der
Hotellobby zur Bar führte. Unter der reichen Drapierung aus
rotem Velours stand eine beeindruckende Amazone, nicht etwa
im Reitergewand, sondern im Safarilook und mit der Wirkung
einer starken Persönlichkeit. Richard ging sofort, aber gemessenen Schrittes der großen, blonden Frau entgegen und begrüßte
sie mit einer leichten Verbeugung und einem Handkuss. Er führte sie wie ein berühmtes Zirkuspferd zu einem kleinen Tisch und
fühlte die bewundernden und neidischen Blicke der männlichen
Gäste. Wer ihn kannte, konnte das imaginäre Pfauenrad sehen,

das sein Ego voller Stolz schlug. Seht her, was ich hier mein
Eigen nenne, verriet seine Miene.

Sie sah wirklich umwerfend aus. Sie hatte den Entschluss gefasst, Richards Pläne weiterzuverfolgen. Obschon ihr gegenwär-
tiger Job vielseitig und interessant war, Richards Schilderungen
von gestern Abend stellten für sie in mancher Hinsicht eine einmalige und faszinierende Perspektive dar. Das verlieh ihr Un-
ternehmungslust und die Ausstrahlung einer Siegerin.

Er bestellte eine Flasche Delapierre brut, eine durchaus akzep-
table Version spanischen »Champagners«. Sie schauten einander
in verliebter Schalkhaftigkeit an. Eigentlich wollten sie das
Thema von gestern fortsetzen. Da gab es ja noch jede Menge
von »technicalities«, wie er sich ausdrückte, zu besprechen. Er
war aber dazu nicht imstande.

»Mercedes«, hob er ohne Umschweife an, »ich bin keines vernünftigen Gedankens fähig. Ich muss mit dir ins Bett, hier und
jetzt und sofort. Du weißt doch: Wem der Schwanz steht, steht
der Verstand.«

Mercedes nickte und mimte die Verständnisvolle. Auch hatte
sie gar nichts dagegen einzuwenden, die Prioritäten kurzzeitig
umzustellen. »Dann müssen wir wohl was zur Rettung deines
Verstandes unternehmen«, rief sie und faltete die Hände, den
Blick zum obligaten Bild von König Juan Carlos gerichtet, welches über der Theke hing. Richard disponierte die geordrete
Flasche ins Zimmer 411, bot der Dame seinen Arm – und weg
waren sie.

Es war wilder, als Mercedes das in Erinnerung hatte, aber es
ging vorüber, und ihre Sinne orientierten sich wieder in Richtung Vernunft.

»Eines musst du mir noch erklären«, wandte sich Mercedes an
Richard und schmiegte sich an ihn: »Warum hast du damals den
Kontakt zu mir so plötzlich und ohne Erklärungen abgebro-
chen?«

»Ich kann verstehen, dass dich das beschäftigt. Möglicherweise erinnerst du dich an den Zwischenfall in Gibraltar kurz zuvor.
Da wurden drei IRA-Leute erschossen, bevor sie einen Spreng-
stoffanschlag verüben konnten. Es stellte sich aber heraus, dass
sie zur Zeit der Schießerei unbewaffnet waren und auch keinen

Sprengstoff bei sich trugen. Die linke Presse und so ein paar Amnesty-Idealisten hatten deshalb an der Aktion einiges auszusetzen. Der spanischen Regierung war es gerade recht, um wieder einmal auf die aus ihrer Sicht ungelöste Gibraltarfrage hinzuweisen. In dieser Situation empfahlen mir meine Vorgesetzten dringend, in meiner Stellung keine intimen Beziehungen mit Personen der Spanischen Botschaft zu pflegen. Damit warst du gemeint. Die waren natürlich über unser edelschlüpfriges Verhältnis informiert, galt es doch als meldepflichtige Beziehung. Das konnte und durfte ich dir nicht offen mitteilen.«

Mercedes hatte interessiert zugehört und gleichzeitig an Richards Körper herumgespielt.

»Warum die Panne?«

»Richtig, eine junge Teilnehmerin in einer Reisegruppe hatte die Kurierdienste wahrgenommen. Sie entkam. Hätte ich an der Aktion teilgenommen«, schloss er ab, »hätte ich mir die Frau vorgenommen und sie auf meine Art zum Sprechen gebracht. Hätte sie nicht geredet, so hätte ich wenigstens meinen netten Spaß gehabt. Aber in unserem dämlichen Rechtsstaat ...«

Er beendete seinen Satz statt mit seinen diesbezüglichen Weisheiten mit einem spitzen Schrei, denn Mercedes quetschte mit kräftigem Griff, was sie soeben noch mit zärtlichen Fingerübungen bedacht hatte.

»Dir werde ich, du Scheusal!«, doch sie lockerte die Umklammerung nachsichtig. Wieder ganz die Kuscheltaube, gelang es ihr so, für heute die Schlussnummer anzuschieben. Anschließend begaben sie sich wohlig entspannt in die kleine Bodega um die Ecke. Einige Tapas und ausreichend Rioja genügten als Nachtmahl.

»Ich habe dir einen Flug nach Palma de Mallorca gebucht«, sagte er und überreichte ihr ein Flugticket.

»Am kommenden Wochenende werde ich dir meine Kommandozentrale vorstellen. Ich hole dich am Flughafen ab.«

Das ehrenhafte Doppelspiel

4 Palma de Mallorca, September im Jahr der Eule.

Richard nahm Mercedes am Meeting-Point in Empfang und fuhr mit ihr über die Autobahn Richtung Zentrum von Palma. Bald war rechts die Kathedrale zu sehen, links lagen die umfangreichen Hafenanlagen mit den Kais für Fähren und Ozeandampfer. Dann die ausladende Avenida mit Palmenpromenaden, links Hafenrestaurants, rechts oben alte, teilweise renovierte Befestigungsanlagen. Die Avenida Gabriel Roca ist die Hauptschlagader, die den historischen Stadtteil mit den modernen, für den Tourismus gebauten Quartieren verbindet. Kurz vor dem im postmodernen Stil errichteten neuen Kongresszentrum bog Richard rechts ab und tauchte mit seinem unauffälligen Opel Corsa in eine Tiefgarage ab. Der Hochleistungsaufzug sauste kaum hörbar ins Penthouse im zwölften Stock. Er lenkte die Schritte zu einer schweren, mit dunklem Holz verkleideten Tür mit dem vornehmen Messingschild mit der Aufschrift ›Palma Management‹. Links am Türpfosten die Aufforderung zu läuten, ›llamar p. f.‹, darunter ein Kästchen mit zehn Ziffern. Die schwere Tür war elektronisch und mechanisch gesichert. Er entriegelte die Tür und ließ sie eintreten. Geblendet vom Licht des Meeres sah sie erst nur die Terrasse; es dauerte ein paar Sekunden, bis sie auch den Salon und den Büroteil mustern konnte.

Er trat mit ihr auf die Terrasse, legte den rechten Arm um ihre Schulter und zeigte mit der linken Hand von Osten nach Westen auf bestimmte Objekte. Neben einem Satz von weißen Gartenmöbeln stand in der Mitte der Terrasse ein Stativ mit einem aufgesetzten Marinefernrohr. Der Zahnkranz, auf welchem dieses gedreht werden konnte, wies verschiedene Arretierungen auf.

Auf der Avenida rauschte der Verkehr, der nur ab und zu durch die Verkehrsampeln kurzzeitig angehalten wurde. Ganz links am Anfang der großen Mole und vor der Hafenverwaltung war das Fischrestaurant Lubina deutlich zu sehen. Die hellgrüne Licht-reklame brannte wohl rund um die Uhr. Zwischen den großen Fenstern und dem Wasser war eine Essterrasse mit Sonnen-schirmen auszumachen, eher selten in diesem warmen Schön-wetterland. Halb links der Club Nautico, der Hafen für die großen Jachten, mit den stattlichen Gebäuden für Verwaltung und Betrieb, auf dem Kontrollturm zwischen den Antennen die spanische Flagge. An mehr als zwanzig Molen konnten Dutzen-de von Schiffen anlegen. Weiter rechts war der Hafen für Sport- und Wohnboote mit Richards Fernrohr sehr gut auszumachen: Das Treiben dort, ohne Ton, wirkte auf Mercedes wie ein Werbe-film, der einen sofort in Ferienstimmung versetzte.

In einem Kilometer Entfernung war der Club de Mar immer noch sehr deutlich zu erkennen. Richard wies auf das Marine-fernrohr und fixierte es in diese Richtung. Mercedes stellte sich dahinter und lugte durch das Okular, das sie nachjustierte. Ihre leicht gebückte Haltung gestattete ihm einen Anblick anderer Natur, aber er bemühte sich erfolgreich, diesmal den Verstand beweglich zu halten.

Mercedes erblickte im Club de Mar Hunderte von Sport- und Wohnbooten aller Art der kleineren Kategorien. Der Raum in optischer Verkürzung und das Treiben, auf diese Distanz unhör-bar, lieferten einen faszinierenden Stummfilm: Mast an Mast, Boot an Boot und Menschen wie in einem Ameisenhaufen, wel-che Segel aufzogen, rafften, verpackten, Wimpel setzten, Wimpel einzogen, Motoren betankten, Persenningen entfernten und ausrollten. Erwachsene und Kinder rannten über die Molen, winkten, riefen, schleppten Taschen und Kübel. Die akustische Dimension war aus der Gestik und Mimik, den bewegten Mäu-lern, den trichterförmig an die Lippen gehaltenen Händen deut-lich erkennbar. Am Ende einer Mole hielt ein kleines Mädchen ein Eis in der Hand und schrie trotzdem Zeter und Mordio, wie dem offenen Mund nach unschwer zu schließen war. Hinter dem Ameisenhaufen waren die Gebäude mit der Comandancia und allen administrativen und technischen Nebenbetrieben Fenster

für Fenster zu sehen. Rechts auf der äußeren Seite des Kais war eine Brigade von Schiffskränen unterschiedlicher Größe auszumachen, womit die Boote auf die Rampen gehievt werden konnten, um sie aus dem Wasser herauszuholen oder sie in dieses zu entlassen.

Bevor sie zurück in den Wohnraum traten, wies Richard mit dem Finger auf das Dach des Penthouse und erklärte, dass ein System von kombinierten Infrarot- und Ultraschallschranken eine unbemerkte Begehung des Flachdaches verhindere. Am linken Ende der breiten, teilweise überdeckten Terrasse befand sich die Schüssel für den Fernsehempfang und am anderen Ende zeigte er ihr eine kleinere Parabolantenne für das Satellitentelefon.

Im Salon stand eine elegante Sitzgruppe. Hellbeige Ledersessel standen um eine rechteckige Glasplatte, solide abgestützt auf Bronzefüßen im malorquinischen Stil. Bücherregestelle aus Glas bedeckten einen Großteil der Wände. Im hinteren Teil des Raumes war das Büro eingerichtet, alles in Schwarz, Chrom, Metall. Zwei große Schreibtische mit Bürosesseln, Ablageschränke, Regalbretter bildeten ein funktionelles Mobiliar. Die Technik umfasste drei PC, Fax, Scanner, Kopiergeräte, mehrere Telefonapparate und die obligate Wirrnis hässlicher Verkabelungen.

Die Besichtigung führte in die modern ausgerüstete, recht geräumige Küche. Eine Sitzecke bot für ein paar Personen Platz. Richard fühlte die wachsende Spannung, die sich seiner Begleiterin bemächtigte, weil nun der intimere Part einer Behausung zu beschreiten war und sie nicht wusste, was da auf sie zukam. Bei aller Verlockung wollte sie ein gewisses Maß an Autonomie behalten. Auch hatte er sich nie klar darüber geäußert, ob die ‹Kommandozentrale› nur das Geschäft oder auch das Wohnen umfasste.

Als sie aus dem Aufzug getreten waren, es gab zwei, hatte sie keine weiteren Türen für andere Apartments gesehen. Allerdings führte eine Treppe in die unteren Stockwerke. Das Penthouse lag hufeisenförmig um Aufzug und Treppenhaus. Die Beschilderungen in der Kabine wiesen auf vier Einheiten pro Stockwerk und auf eine einzige im zwölften Stock, dem Penthouse. Ein Knacken im Flur, wenn sich ein Aufzug in Gang setzte, verriet die An-

triebsaggregate auf dem Flachdach. Rein sachlich gesehen konnte der verbleibende Raum, den sie jetzt noch nicht gesehen hatte, kaum genügend Platz für zwei Personen bieten.

Richard öffnete die Tür zu einem kleinen Flur, der zu einem Schlafraum und einem Badezimmer führte, beide modern, aber unpersönlich ausgestattet. Er löste die Spannung und kommentierte:

»Das ist das Gästeapartment. Ab und zu werden wir von Freunden aus London besucht. Ich selber wohne im San Lorenzo, einem umgebauten Patrizierhaus in der Altstadt, bis hierher eine Viertelstunde zu Fuß. Da gibt es ganz oben eine geschmackvolle Suite mit Terrasse. Das kleine Hotel hat einen gesicherten Nebenausgang direkt zur Policia local. In den äußerst schmalen Gässchen, welche an den zwei Eingängen vorbeiführen, können nur Kleinwagen passieren und höchstens zum Ein- und Aussteigen kurzzeitig anhalten, sonst hebt ein Hupkonzert an. Ein Anhalten zu Beobachtungszwecken ist völlig ausgeschlossen, schon gar nicht mit getarnten Lieferwagen. – Ich empfehle dir, das Apartment hier provisorisch zu benützen, bis du etwas Passendes gefunden hast. Übrigens habe ich im zweiten Untergeschoss drei Abstellplätze gemietet, meinen hast du bereits gesehen, einen für dich und den dritten für Gäste. Die Abstellplätze befinden sich aus Diskretionsgründen nicht nebeneinander. Am besten, du lässt deinen Wagen später auch hier stehen und suchst dir eine Wohnung in der Nähe. Hier ist das Auto sicher geparkt, was sich von den Plätzen in der Stadt nicht sagen lässt. Und vergiss die Katzen nicht, sie werden uns Glück bringen.«

Das Stück Klarheit tat ihr gut.

»Das Gästeapartment dient auch für Notfälle«, fügte er hinzu und schaute scheinbar unbeteiligt in den Spiegel.

»Für Notfälle, was denn für Notfälle?«, erkundigte sie sich überrascht.

Todernst erwiderte er: »Falls mein Verstand den Dienst versagen sollte«, und zwinkerte ins Leere. Sie quittierte mit einem nicht allzu sanften Rippenstoß.

Er schlug vor, auf die Terrasse zu gehen und sich einen Drink zu genehmigen. Er zeigte ihr die Küche, entnahm dem Kühlschrank zwei Flaschen Bier und trug sie mit nach draußen.

»Eigentlich wollte ich dir schon lange die Gründe für den Standort Palma erklären; warum nicht Paris, Zürich, Rom oder sonst ein netter Ort? Es war meine Idee. Das tragende Argument heißt: Kommunikation und Tarnung. Tarnung ist die Steigerung von Diskretion.«

Sie widersprach nicht, erwartete aber eine weitergehende Erklärung. »Du erinnerst dich natürlich an meine Darstellung des Geschäftszwecks, die ich während der Lubina a la Sal vor dir ausgebreitet habe. Beim Competitive Intelligence Service geht es um die Beschaffung von nachrichtendienstlichen Informationen im Auftrag unserer Klienten, um diesen zu besseren, will sagen: fundierteren Entscheidungen zu verhelfen. Auftraggeber sind meistens unbescholtene Leute, des Öfteren auch solche mit beachtlichem Bekanntheitsgrad. Im Umgang mit uns meiden sie aber das Tageslicht. Nicht aus moralischen oder rechtlichen Gründen, sondern weil sie peinlichst vermeiden wollen, dass ihre geschäftliche oder politische Umgebung erfährt, was für Informationen sie beschaffen wollen. Warum? Die strategischen Ziele und Vorstellungen bestimmen den Fokus der Informationsbeschaffung. So nach dem Grundsatz: ›Sage mir, welche Informationen du haben möchtest, und ich sage dir, wohin du willst.‹«

Er vergewisserte sich, dass Mercedes ihm folgte. Dann fuhr er fort: »Aus diesem Grunde müssen die Treffs mit den Klienten äußerst diskret erfolgen. Der Bedarf an ›Intelligence‹ bestimmt meinen Operationsplan. Die Ergebnisse werden gemeinsam ausgewertet. Die Arbeitssitzungen können hier stattfinden.«

Richard legte eine Denkpause ein und machte sich über sein Bier her. »Ich sagte, das Thema heißt Tarnung. Dazu ein paar Stichworte. Warum reist ein Geschäftsmann nach Bangkok? Alles lacht. Warum reist derselbe Geschäftsmann nach London? Natürlich geschäftlich. Und nach Paris? Wahrscheinlich aus beiden Gründen. Nun aber, was führt einen Geschäftsmann nach Palma de Mallorca? Geschäfte? Alle würden lachen. Niemand würde die Frage überhaupt stellen. Der Zweck der Reise ist evident: Ferien, Entspannung, Segeln, Golf, Tauchen, Tennis, mit Sicherheit keinerlei Geschäfte. Wer nach Palma reist, verschwindet aus Mangel an Interesse von allen Radarschirmen allfälliger Beobachter.

Im Sommer ist der Flughafen wie ein Bienenstock und zählt zu den meistfrequentierten Reisezielen Europas. Wer reinkommt, wird kaum angesehen, aus dem EU-Raum schon gar nicht. Die abfliegenden Bienen und Drohnen werden über rund zweihundert Check-in-Schalter nach Hause gepumpt. Unauffälliger geht es nimmer.

Von besonderer Attraktion sind die beiden Bootshäfen. Jachten sind zum Transport von Spielzeugen aller Art und zum Aufenthalt von interessanten Personen wie geschaffen. Im Club Nautico habe ich mich mit dem Comisario angefreundet. Im Weiteren betreiben im Club de Mar zwei früh pensionierte SAS-Sergeants eine Segelschule.«

Richard erhob sich, um eine weitere Flasche Bier zu holen, und schaute fragend zu Mercedes, welche dankend abwinkte.

»Möchtest du etwas anderes? Mein Vortrag wird noch länger dauern. Du kennst dich ja nun in der Küche aus.«

Auf die Terrasse zurückgekehrt, begann er die Vorteile der Altstadt von Palma für konspirative Treffs und Kurierlogistik zu schildern.

»Es ist mir in ganz Europa kein anderer Ort bekannt, in welchem sich leichter Treffs und tote Briefkästen einrichten ließen. Die zahlreichen Treppen und verwinkelten schmalen Gässchen machen eine Überwachung äußerst schwierig oder eine motorisierte Verfolgung völlig unmöglich. Die Policia local verfügt zwar über einige agile Motorvelos, aber die hört man von weitem. Sie dienen der Verkehrsregelung und wären für operative Polizeieinsätze völlig ungeeignet. In diesem Straßengewirr mit den Hunderten von Läden und Dutzenden von Restaurants, Cafés und Bars können etwaige Observanten mit Leichtigkeit erkannt und abgehängt werden.«

Er kündigte ihr eine gründliche praktische Verhaltensschulung an.

»Nun, unser potenzieller Gegner ist ohnehin nicht die Polizei. Im Gegenteil, bei Bedarf werden wir ihre Dienste in Anspruch nehmen. Allerdings wollen wir mit ihr möglichst wenig zu tun haben. Was wir tun, ist in der Form legal, der Inhalt geht sie aber nichts an; also wie bei Anwälten oder Treuhändern. Es kann durchaus auch Geschäfte geben, bei denen gewisse Polizeidiens-

te uns als ihre Konkurrenz betrachten, möglicherweise zu Recht. Andererseits treten Justizbehörden aber auch als Auftraggeber auf.«

Richard bat Mercedes in den Büroteil. An der Wand befand sich eine große abschließbare Präsentationstafel. Eine Klebe-folie zeigte ›Le mois des verdanges‹ von Magritte: Eine Meute von Herren mit Melone schaut mit unverrückbarem Blick durchs Fenster herein. Richard klappte die Flügel auf, die Melo-nen verschwanden, und es erschien eine große hellgraue Fläche, welche darauf wartete, mit farbigen Filzstiften bekritzelt zu wer-den. »Mercedes, ich fürchte, ich werde jetzt schulmeisterlich.«

Er entnahm dem Körbchen einen blauen Filzstift und unter-teilte gestrichelt die Tafel in drei Zonen: rechts grün für legal, Mitte orange für Wirtschaftskriminalität, kurz ›WiKrimi‹, links Rot für das internationale organisierte Verbrechen, kurz ›Hard-business‹, wie bei einer Verkehrsampel.

»In der grünen Zone der Legalität betreibt die Palma Ma-nagement ihr kommerzielles Geschäft des Competitive Intelli-gence Service. Unsere Auftraggeber sind private Unternehmen. Sie operieren im legalen Feld. Was können wir für sie tun? Was für strategische Informationen könnten die interessieren, damit wir sie aus dem Feuer holen?«

Mercedes antwortete wie geschmiert: »Die wollen die Kon-kurrenz aushorchen, zum Beispiel über ihr Forschungsprogramm, ihre Expansionspläne, ihre finanzielle Muskelkraft beziehungs-weise ihrem Muskelschwund, besonders wichtig, wenn die einem Geld schulden. Oder nach Darwin: Wer verschluckt wen und in welcher Reihenfolge? Großfirmen dürften wohl daran interessiert sein, wie weit sie es noch treiben können, bis mit einem Einschreiten der Kartellbehörden oder der WTO zu rech-nen ist.«

Richard applaudierte anerkennend. Dann trat er zum mitt-leren Teil der Tafel, der in Orange mit WiKrimi überschrieben war.

»In dieser Zone werden durch Tricks und Betrügereien un-rechtmäßige Vorteile erhofft. Das Spielfeld der WiKrimi ist weit und wird meistens in Nadelstreifen betrieben. Im Klartext: In der Zone wird beschissen. Dazu gehören betrügerische Konkur-

se, Fälschungen, Unterschlagungen, illegale Exporte, Preisab-
sprachen, Geldwäscherei, eben alle die kreativen Vergehen
gegen das Wirtschaftsrecht.«

Richard zeichnete einen weiten Bogen mit Sektoren für die
wichtigsten Sparten. Zu erwähnen sei zum Beispiel ein ganz
neues Hobby für richtige Gentlemen. Nämlich der illegale
Kunsthandel, welcher gefragte Objekte insbesondere aus Russland über einige europäische ›Kompetenzzentren‹ nach Westeuropa und Nordamerika schleuse. Hier sei auf Vermittler in
ehemaligen Bruderstaaten, besonders auf die Prager Kunstge-
meinde, Verlass. Die Abnehmer säßen in Zürich, Wien und Amsterdam.

Dann verwies er auf die Milliarden Dollars, durch Hochstap-
ler und Betrüger größten Kalibers in sichere Häfen verfrachtet,
wodurch zwar primär private Gläubiger geprellt würden, aber
indirekt das Steuersubstrat des britischen Fiskus geschmälert
würde.

»Da diese Aktivitäten aber letztlich keine existenzielle Gefahr
für das Land darstellen, werden sie vom Staat nicht prioritär verfolgt. Bei grenzüberschreitenden Machenschaften wäre schon
die Frage des federführenden Ministeriums schwierig und in
jedem Land verschieden zu beantworten. Wer würde sich da
vordrängen? Derartig stachelige Themen werden lieber Journalisten überlassen. Oder uns.«

Hier drängten sich auf der Tafel keine weiteren Eintragungen
für besondere Kompetenzzentren auf. Die Disziplinen erreichten beinahe schon die Popularität eines Massensports und seien
daher schön demokratisch auf ganz Europa verteilt.

Der Referent holte aus, um die Bedeutung der Wirtschaftskriminalität und deren Gefahr für die Gesellschaft darzulegen. Er
verglich den Rechtsstaat mit einem stattlichen, stabil gebauten
Holzhaus, das permanent durch Termiten bedroht wird. Werden
die nicht systematisch abgewehrt, so fressen sie sich völlig unbemerkt ins Gebälk, in die Wände, die Türrahmen, überall. Eines
Tages wird das schöne Holzhaus durch einen geringen Anlass
einfach und für alle überraschend in sich zusammenbrechen.

»Sorgt der Rechtsstaat nicht nachhaltig für Ordnung, so sind
seine Institutionen gefährdet. Wird die WiKrimi mangels En-

gagement der Justiz und der Gesellschaft nur lax verfolgt, wirkt sie wie eine Einstiegsdroge für das internationale organisierte Verbrechen, das Hardbusiness. Sie ist ein Krebsgeschwür und schwächt das Immunsystem des Rechtsstaates.«

Richard wies mit Nachdruck auf die notorischen Verzahnungen zwischen den drei Zonen.

»Die alten Freunde in meiner früheren Dienststelle sind schon für den Kampf gegen das Hardbusiness viel zu wenige, und die sind demotivierend schlecht dotiert. An der Front gegen die Wirtschaftskriminalität ist die Unterkapazität geradezu grotesk. Gehandelt wird meist erst im Schadensfall, wenn Klagen vorliegen, und damit bei weitem zu spät.

Wie ich in Barcelona bereits andeutete, unterstützen wir die britische Regierung im Kampf gegen die WiKrimi, wenn auch nur indirekt. Und was tun wir? Wir beobachten die Verzahnung zwischen Grün und Orange. Primär und vordergründig sichtbar betreiben wir unseren kommerziellen Competitive Intelligence Service für all die privaten Auftraggeber. Dass wir gleichzeitig einem permanenten Beobachtungsauftrag britischer Amtsstellen nachkommen, gewisse wirtschaftskriminelle Vorgänge im Auge zu behalten, kann niemandem auffallen. Ohne nach außen aktiv zu werden, lassen wir unsere Tentakeln in den bezeichneten Märkten ausgefahren und melden periodisch oder fallweise unsere Beobachtungen. In diesem Sinne betreiben wir ein höchst ehrenhaftes Doppelspiel in der Form eines Zwillingsgeschäftes.

Wir liefern die Indizien, damit die Amtsstellen ihre knappen Kapazitäten zum Observieren und Ermitteln gezielt und damit rationell am richtigen Ort einsetzen können. Bei Bedarf schalten unsere Freunde in London dann ihre Kollegen von EUROPOL ein, ohne die Quellen zu zitieren. Neben EUROPOL existiert ein informelles Netz internationaler Zusammenarbeit mit raschem Austausch von Unterlagen und nichtkodifizierter Rechtshilfe. Das System arbeitet nach dem Grundsatz: ›Wo Rauch ist, ist Feuer!‹ Wir melden den Rauch. Was die Berufsfeuerwehr dann unternimmt, ist ihre Sache. Für die Effizienz ist entscheidend, dass sie nur dorthin rast und nur dort ihre Mittel in Stellung bringt, wo tatsächlich ein Brandherd lokalisiert wurde.

Unser Konzept ist ideal. Die beste Tarnung ist die Tarnung, die eigentlich gar keine ist. Die geschäftlichen Aktivitäten in der legalen Zone verdecken das Doppelspiel zur Beobachtung der WiKrimi. Auch ohne Auftrag geben wir konkrete Wahrnehmungen oder einen dringenden Verdacht an London weiter und verwischen frühzeitig alle Spuren, die auf uns und unsere Informanten verweisen könnten.

Unsere amerikanischen Vettern arbeiten aus Kapazitätsmangel in zunehmendem Maße mit ›Private Investigators‹, also mit einer Art von Privatdetektiven. Diese übernehmen die aufwendige Arbeit des Observierens, soweit die Methoden nicht richterlich genehmigt werden müssen, und schaffen die Informationsbasis für die heiklen Aktionen der Polizei. Zum Auskundschaften verdächtiger Firmen pflegt die CIA zudem schon seit Jahren ein so genanntes NOC-Programm, was für ›Nonofficial Cover‹ oder ›NOC-Officer‹ steht. Die schalten zur Tarnung Headhunter ein, sorgen für die geeigneten Kandidaten und übernehmen die zusätzlichen Kosten, die beispielsweise dadurch entstehen können, dass der platzierte Manager und NOC-Officer bedeutend mehr verdient als ein gleichwertiger CIA-Beamter. Zudem muss er sozial abgesichert werden für den Fall, dass seine Tarnung auffliegt. Unvorstellbar, dass unsere Erbsenzähler in London erfolgreich mit einem solchen Problem umgehen könnten.

Unser Konzept der Rauchmelder ist grundsätzlich vergleichbar, aber unseren bescheidenen Mitteln und Strukturen angepasst.«

Dann schritt er zur linken Seite der Tafel, der roten, dem Hardbusiness. »Dies ist der Bereich, in dem schiere Gewalt herrscht. Wenn nötig, wird getötet. Hier operiert das internationale organisierte Verbrechen. Im Extremfall geht es um Krieg. Am unteren Ende der Handelskette fließt Blut. Deshalb die rote Farbe. Das Hardbusiness liegt mehrheitlich in den Händen von Mafiakartellen, die sich gegenseitig ergänzen, tolerieren oder bekämpfen. Ganz nach Strategie und Situation. Hier geht es um die Sicherheit der Nationen. Der Kampf gegen das Hardbusiness ist ein Kerngeschäft des Nachrichtendienstes.

Obwohl wir damit nichts zu tun haben und auch nichts zu tun haben wollen, müssen wir die zahlreichen Verflechtungen zur WiKrimi verstehen. Es gibt nämlich wichtige Berührungspunkte, spätestens bei der Großwäscherei der Geldströme. Das ist der Grund, weshalb die Trennlinie zwischen der roten und der orangefarbenen Zone gestrichelt gezeichnet ist.

Wir wären gegen das organisierte Verbrechen mit unseren legalen Methoden machtlos. Schon das softe Ansprechen von Angehörigen einer Mafia ist nicht möglich und auch lebensgefährlich. Erst recht ist ein Einschleusen von Agenten in der Regel ausgeschlossen, da die kriminellen Organisationen von eng bestimmten Clans oder von wasserdichten ethnischen Gruppen gebildet werden. Ob es sich um eine Gruppierung in Süditalien, in Tschetschenien, der Ukraine oder aus Südostasien handelt, die Mitglieder sind unverwechselbar, nicht anzapfbar, unbestechlich und von den Paten vollständig beherrscht. Mit der Mentalität von Sektierern und dem Kampfgeist und der Rücksichtslosigkeit von Kamikaze. Eben nichts für uns. Anders verhält es sich mit jenen Gebilden, welche nach der Wende entstanden und der WiKrimi zugerechnet werden. Einer Hydra gleich tauchten Bösewichter auf, die es zwar schon immer gegeben hatte, aber so richtig agil operieren konnten sie erst nach dem Wegfall der Beschränkungen im Reise- und Datenverkehr.

Wie die entstanden sind?

In den zentral geleiteten Kommandowirtschaften hinter dem damaligen Eisernen Vorhang war es für jeden Kombinatsleiter ein Albtraum, benötigte Teile, Werkzeuge zum Beispiel, nicht beschaffen zu können. Um unangenehmen Untersuchungen zu entgehen, beschäftigten die Staatsbetriebe ›fliegende Beschaffer‹. Sie reisten von Kiew nach Nowosibirsk, von Leningrad nach Wladiwostok, von Baku nach Murmansk und unternahmen alles, um die Mangelware zu orten und sie so schnell wie möglich zu schnappen. Die Preise spielten eine zweitrangige Rolle. Entscheidend war die Ware. So hatte sich über das ganze Sowjetreich ein Schattennetz von Handelsbeziehungen gebildet, welches zwar illegal, aber für die Sowjetwirtschaft lebenswichtig war. Der Politik blieb nichts anderes übrig, als das Schattennetz zu dulden. Mit allem Grund ließ sie es vom KGB überwachen.

Denn es bildete die Nährlösung für Korruption, Erpressung, Unterschlagung und all diese schönen Dinge, die der Sozialismus angeblich so erfolgreich ausgemerzt hatte.

Aus dem erst schwarzen, dann grauen Handelsnetz wurden die Kondensationskerne für gewisse Organisationen, welche insbesondere den Technologietransfer betrieben. Das vom KGB früher nur geduldete und offene Schattennetz der ›fliegenden Beschäffer‹ erstarkte über Nacht zu straff und unerbittlich geführten Organisationen. Die Sicherheitsdienste, welche bislang alles und jedes kontrollierten, kanalisierten und nötigenfalls unterbanden, öffneten die Schleusen und setzten sich oftmals flink gleich selbst in die Schaltzentralen der neuen Gebilde.«

»Eine Zielgruppe für unsere Tätigkeit!«, warf Mercedes ein. Richard nickte und notierte auf der Tafel Namen wie Russland, Slowakei, Deutschland als Spender. Darunter folgten Zürich, Frankfurt, Prag in der Kategorie der unbescholtenen und angeblich so gutgläubigen Makler. Der Nahe und Mittlere Osten sowie Afrika figurierten als potenzielle Abnehmer unten im Feld.

Richard Henry Harriott klappte die Seitenflügel der Präsentationstafel zu und schloss sie ab.

Jetzt zeigte Mercedes offen ihre Begeisterung. Das hatte wirklich Pfiff. »Aus dem Pfeifenraucher wurde also ein Rauchmelder, what an upgrade! Gratuliere!«

»Mercedes«, verkündete er gespielt feierlich, »London ist meinen Empfehlungen gefolgt und hat dich unter dem Decknamen ›La Paloma‹ registriert.«

»La Paloma, wie sympathisch, danke!«

»Ich glaube nicht, dass du das deiner Sanftmütigkeit verdankst. Vielmehr dürfte der Deckname an die wackelnden Hintern der Tauben erinnern.«

Die Palma Management florierte mit ihrem Competitive Intelligence Service sozusagen vom ersten Tag an. Bei der Abwicklung der Mandate fiel laufend eine Fülle von Beobachtungen von Vorgängen an, die sich an der Grenze der Legalität zutrugen, manchmal auch deutlich jenseits davon. Die Erkenntnisse berichtete Rauchmelder Richard regelmäßig nach London. Weder waren aber bislang richtig schwer wiegende Fälle von Wirt-

schaftskriminalität aufgetreten, noch wurde Palma Management von London für einen Auftrag zur gezielten Beobachtung eingesetzt. Die Ruhe an der verdeckten Front des Doppelspiels gestattete dafür einen ungestörten Aufbau des kommerziellen Geschäfts. So weit, so gut, aber nach vielen Monaten reiner Beratungstätigkeit machte sich in Richards Fingerspitzen zunehmend ein Kribbeln bemerkbar. Es waren die Symptome für seine alte Sucht nach konspirativem Verhalten und nachrichtendienstlicher Spannung.

Im Jahr des Panthers

Wittert die Beute,
umschleicht sie,
berechnet den besten Moment
für den Angriff

5 Palma de Mallorca, Oktober im Jahr des Panthers.

Richard tippte den Code zur Entriegelung der Bürotür und trat ein. Kater Domingo hatte den Rhythmus der Finger sofort erkannt und schritt in den Flur zur Begrüßung. Seine Schwester Dolores ließ sich auf dem Schreibtisch nicht stören und verfolgte aufmerksam das Treiben auf dem Bildschirm, wo After Dark das Aquarium eingeschaltet hatte; ihr Lieblingsprogramm.

Nach der ›Rekrutierung‹, wie sie es nannte, war Mercedes umgehend nach Palma übergesiedelt und hatte zusammen mit ihren Katzen das Gästeapartment bezogen. Als Provisorium, wie es hieß, bis sie etwas Passendes in der Stadt gefunden hätte. Ihr Eifer, andere Wohnungen zu besichtigen, ließ aber bald nach, denn ihre Katzen hatten sich offensichtlich definitiv für das Penthouse entschieden. Hier war viel Platz, eine große Terrasse – und Katzen wissen Luxus zu schätzen. Mercedes besorgte echte und falsche Kletterbäume und begrünte vor allem die Terrasse reichlich. Eine angelehnte Katzenleiter ermöglichte den Tigern auch die Eroberung des Flachdaches, wo es allerlei Vögel, besonders Möwen, zu jagen gab. An den Halsbändern befestigte sie unterschiedliche Glöckchen, sodass sie jederzeit hören konnte, wo sich ihre Lieblinge gerade aufhielten oder ob irgendeine Aufregung bestand. Katzen sind ausgezeichnete Wächter und verhalten sich in ungewohnten Situationen auffällig. Meistens schieben sie pfeilschnell in ihr Versteck. Mercedes würde dies am Läuten der Glöckchen hören und nach dem Rechten sehen. Sie hatte einmal den Aufzugsmonteur gebeten, auf dem Flachdach herumzugehen und auf die Terrasse hinunterzuschauen. Die Katzen reagierten mit Geschrei und rannten ins Haus.

Richard stellte fest: »C'est le provisoire qui dure«, was ihn keineswegs störte. So war die Kommandozentrale rund um die Uhr
besetzt und bewacht. Sollten tatsächlich mal Freunde aus London hier übernachten wollen, so würde er sie ebenfalls im San
Lorenzo einquartieren, wo er noch diskreter als hier mit ihnen
konferieren könnte. Ohne die Katzen hätte sich Mercedes bestimmt in der Stadt niedergelassen, denn als eingefleischter
Single brauchte sie ihre Freiheit. Ab und zu Sex mit Richard – in
Ordnung, aber beide hatten nicht vor, einander treu zu sein. Ihre
Beziehung war primär eine berufliche. Mit seiner Suite im San
Lorenzo, welche sie inzwischen ausgiebig kennen gelernt hatte,
hatte der Schlaumeier von Anfang an die Unabhängigkeit gewählt. Nun, ihre gelegentlichen, aber intensiven Abenteuer hatten eben die jeweiligen Gentlemen an stilgerechten Orten zu gestalten. In ihrer Behausung wollte sie eigentlich keine Böcke
haben. Hier im Penthouse war so etwas ohnehin ausgeschlossen.

Mercedes überreichte Richard die Meldungen und Benach-
richtungen, die während seiner kurzen Geschäftsreise hier eingetroffen waren. Zuoberst die Aktennotiz mit den Stichworten
Vollpracht, Frankfurt, Samuel Rüegg, Firma Greves, Oerlikon
bei Zürich. Sie schilderte ihm den merkwürdigen Telefonanruf,
den sie vor drei Tagen entgegengenommen hatte. Er dachte
lange nach, öffnete und analysierte eine Gedächtniskammer
nach der anderen und kam nicht weiter. Offensichtlich bestand
ein Zusammenhang zwischen Vollpracht und Greves.

Zwar war ihm das Mandat ›Greves‹ noch durchaus präsent.
Das war vor gut einem Jahr gewesen, als bei der Hightechfirma
unerwartet ein Auftrag über mehrere hundert Präzisionsschaufeln aus Titan für Miniaturtriebwerke storniert wurde. Diese
waren für Steuerungsraketen für die exakte Platzierung von
Nachrichtensatelliten bestimmt.

Das Satellitengeschäft ist technisch, kommerziell und rechtlich
sehr komplex. Gerade deshalb ist es schwierig, aber notwendig,
das vielschichtige Netzwerk der Lieferanten stets transparent zu
halten. Die privaten Satellite-Owners sind vor allen Dingen an
einem programmgemäßen Start, am fehlerfreien Funktionieren
und natürlich an der Einhaltung des Kostenrahmens interessiert. Staatliche Auftraggeber, etwa die US-Navy, achten eher

auf die Befolgung der Geheimhaltungsvorschriften als auf die Kosten. Hier drückt denn auch der Schuh bei der Fülle von Lieferanten und Unterlieferanten. Sehr schnell sind Kopien hergestellt und an Sammler geliefert, die gerade nicht zu den Freunden der Auftraggeber gehören.

Er dachte laut: Die Firma Greves hat uns damals beauftragt, die Hintergründe für die Rücknahme der Bestellung der Firma Space & CO. AG in Böblingen zu erkunden. Der Kunde hatte die Sistierung des Auftrags mit drastischen Budgetkürzungen im Gesamtprojekt erklärt. Greves vermutete, dass irgendein zweitklassiger Lieferant eingesprungen war. Wer war dieser Lieferant, zu welchen Preisen und welcher Qualität konnte der liefern?

Sie gingen gemeinsam die Akten des Mandates durch. Gesprächspartner bei Greves waren Präsident Willy Kessler und Samuel Rüegg, Leiter Export. In der Space & CO. AG hatten sie den Qualitätsmanager, den Leiter für den technischen Einkauf, die Nummer zwei in der Montage und einen Spezialisten für Bartergeschäfte, also für eine Art Tauschhandel mit Habenichtsen, ausgequetscht. Dabei hatten sie herausgekriegt, dass Greves von einer Firma Transteceo GmbH in Frankfurt ausgetrickst worden war. Diese Handelsgesellschaft für Hightechprodukte war also kein Hersteller wie Greves, sondern sie wusste sich die Präzisionsteile irgendwie am Markt zu beschaffen. Nach Aussagen der Space-Leute war die Qualität ausreichend, der Preis jedoch unschlagbar billig, denn bezahlt wurde mit nicht mehr ganz tauffrischen Ersatzteilen für Nachbrenner, die unverkäuflich am Lager der Entsorgung harrten. Über die Herkunft der Präzisionsschaufeln wurden zwar Papiere vorgelegt, die aber kaum geprüft den Weg zum Kunden und in die Ablage fanden. Wohin die Ventile für die Nachbrenner damals gegangen waren, wurde nicht näher gefragt.

Eine Durchleuchtung der Transteceo hatte nicht zum Auftrag der Palma gehört. Routinemäßig wurden natürlich die verfügbaren Register abgesucht. Es war ihnen aber bekannt, dass Greves später mit Transteceo Kontakt aufgenommen hatte. In beiden Firmen war ihnen kein »Vollpracht« begegnet. Bei Transteceo war ein Vorstandsmitglied namens Follmann aufgeführt, dessen Name immerhin eine gewisse Ähnlichkeit aufwies.

Damit hatten Richard und Mercedes das Mandat »Greves«
gedanklich wieder vollständig aufgearbeitet.

Richard griff zum Telefon und rief in Oerlikon an. »Herr
Rüegg, hier Palma Management, Sie wissen schon.« Samuel
Rüegg hatte nicht gerade auf diesen Anruf gewartet, aber er
freute sich doch, schließlich hatte Palma Management für Greves
damals wertvolle Dienste geleistet.

Richard bedankte sich für die Empfehlung, die er einem
Herrn namens Vollpracht oder so ähnlich gegeben habe. Leider
sei der Name auf dem Anrufbeantworter nur undeutlich zu
hören gewesen. Dieser Herr Vollpracht hätte sich als Bekannter
von ihm, Herrn Rüegg, vorgestellt.

»Der einzige Reim, den ich mir machen könnte, wäre in Zusammenhang mit Greves, Space und Transtecco. Können Sie uns
da weiterhelfen?«, fügte Richard hinzu.

»Wie sagten Sie, Vollpracht? Lassen Sie mich nachdenken.«
Rüegg dachte nach, langsam, aber mit schweizerischer Gründ-
lichkeit. Richard sah ihn vor sich, klein, rundlich, stets freundlich
und hilfsbereit. Ein cleverer Geschäftsmann, dazu ein technisches Lexikon, nicht zu unterschätzen.

»Hören Sie, bei der Transtecco, diesem reichlich undurchsichtigen Laden, habe ich mal mit einem Herrn ... Herrn ... Herrn Follmann
gesprochen. Erst haben wir uns etwas gestritten. Ich war ja ordentlich wütend über den Verlust des guten Geschäftes mit der
Space. Er zeigte sich sehr erstaunt, um nicht zu sagen besorgt, wie
gut wir über die Transaktion im Bilde waren. In diesem Zusammenhang habe ich dann Ihre Firma erwähnt. War das ein Fehler?«

»Nein, nein«, meinte Richard beschwichtigend und spielte den
Vorfall herunter. »Wir wissen es zu schätzen, von erstklassigen
Klienten wie Ihnen empfohlen zu werden« und hängte dankend
auf.

»Jetzt haben wir ihn, gemäß Register Georg Follmann, wohnhaft in Königstein, Geschäftsführer der Transtecco GmbH in
Frankfurt. Datum des Eintrags: 15. Januar 1990.«

Neben Follmann waren noch Philipp Schütz als Sprecher und
Hans Seidler aufgeführt. Richard und Mercedes triumphierten
über den Fang. Die Person und die Firma mit all dem Hintergrund verliehen dem Fall höchste Bedeutung.

Die Adresse an der Wiesenhüttenstraße und die Telefonnummer der Transtecco waren bekannt. Schwieriger erwies sich die Suche nach den privaten Koordinaten von Follmann. Die Nummer war im Telefonbuch nicht eingetragen, was in Deutschland bei wichtigen Persönlichkeiten aus Gründen persönlicher Sicherheit des Öfteren der Fall ist. Die Rote Armee Fraktion lässt immer noch grüßen. Die internationale Auskunft war daher nicht berechtigt, Auskünfte zu erteilen. Ein Durchfragen bei der Firma erschien nicht ratsam. Follmann hatte mit Absicht nicht von seinem Büro aus telefoniert, sondern eine öffentliche Telefonzelle in der Nähe der Firma aufgesucht. Fühlte er sich nicht frei im Geschäft, wurde er überwacht?

In solchen Situationen konnte sich Palma an die Freunde in London wenden, welche über ihre Presseattachés, wie offiziell, das sei dahingestellt, im Nu auf die Datenbanken der nationalen Telefongesellschaften zugreifen konnten. Also sandten sie eine E-Mail an die Zentralstelle und erhielten zwei Stunden später die angeforderten Informationen. Auf diese Weise hielt sich London über alle Anfragen im Bild und die Attachés konnten keinerlei Rückschlüsse auf die Interessenten ziehen. Clever London! Sie überlegten kurz, wer von beiden den Anruf tätigen sollte. Eine Frau kann aus einem schlecht verlaufenden Ferngespräch leichter den Rückzug antreten. Sie kann sich notfalls als ungeschickte Sekretärin verabschieden. Ruft der Chef selber an, so fehlt eine natürliche Rückzugslinie. Andererseits kann er dem Gespräch eine neue Richtung geben und damit die Spur verwischen.

Mercedes rief an. Es meldete sich eine Frauenstimme. Also aufgepasst! In vielen Ländern wie Skandinavien, Großbritannien oder Nordamerika ist es völlig normal, dass Frauen auch abends geschäftliche Telefonanrufe an Privatnummern tätigen. In anderen Ländern wirft ein solcher Anruf sofort Fragezeichen auf, vor allem wenn die Dame des Hauses den Hörer abnimmt. Oftmals verursacht er Abwehrreflexe oder mindestens Misstrauen. Bei allem Gerede von Emanzipation ist gerade Deutschland auf diesem Sektor absolut konservativ. Das trifft insbesondere dann zu, wenn der Anruf in den Abendstunden erfolgt.

Man stelle sich vor, eine wegen der ungewohnten Stunde

etwas unsichere weibliche Stimme verlangt den Herrn des Hauses; es sei geschäftlich. Die Gattin wird ein säuersüßes Lächeln
aufsetzen, je nach allgemeiner oder momentaner Gemütslage
eine entsprechende Grimasse schneiden und den schnurlosen
Hörer dem Gatten entgegenstrecken, der gerade mitten in der
Besuchsrunde sitzt: »Hallo Liebling, eine Dame am Apparat, es
sei geschäftlich?!« Irritiert, welche seiner Eroberungen so blöd
sein dürfte, jetzt und hier anzurufen, greift er interessiert und ge-
niert zum Hörer und entfernt sich damit. Die Umgebung wechselt das Gesprächsthema. Ein Gast versucht die Situation zu retten und beginnt einen Witz zu erzählen:

»Kennt ihr den Unterschied zwischen einem treuen Geschäftsmann und einem lebenden Fossil? Beide haben Museumswert!
Haha, haha, haha!« Vor Lachen schlägt er sich und den Sitz-
nachbarn auf die Oberschenkel. Kaum hat sich der Brüllaffe
wieder beruhigt, kommt der Gastgeber zurück und bestätigt,
dass der Anruf geschäftlich war, womit die Peinlichkeit weiter
eskaliert. Der Abend dürfte gelaufen sein.

Es empfiehlt sich daher, ein solches Telefonat möglichst professionell und schon am Nachmittag anzukündigen.

Mercedes unterkühlt: »Hier spricht die Assistentin von Mr.
Harriott von Palma Management. Herr Follmann versuchte
neulich, ihn zu erreichen, war aber bis heute auf Geschäftsreise.
Ist es Ihnen recht, wenn er ihn heute Abend anruft? Um wie viel
Uhr wäre es Ihnen angenehm?« Mercedes sprach freundlich,
aber sec und cool. Nur keine überflüssige Floskel. Bei einer solchen Taktik wird selbst eine chronisch eifersüchtige Ehegattin
den Dolch ins Futteral zurückstecken.

»Mein Gatte ist leider unpässlich und wird erst zum Wochenende aus dem Spital entlassen.«

»Ach du lieber Gott, Madame, darf ich Sie in diesem Fall
gleich zu unserem Generaldirektor durchstellen, Herrn Harriott? Ja? Einen Moment bitte!«

Der hatte natürlich mitgehört. So ein Titel wirkt immer. Mercedes ließ die Telefonanlage zweimal knacken.

»Richard Harriott, guten Tag, Madame.« Richard sprach recht
gut Deutsch. »Ich höre, dass Ihr Herr Gemahl im Spital liegt.
Unfall, Krankheit, hoffentlich nichts Ernsthaftes.«

»Eher ein Unfall, wenn man so sagen kann, er wurde von Straßenräubern überfallen und bös zugerichtet. Stellen Sie sich vor, er wollte gerade telefonieren, um mir mitzuteilen, dass er mit leichter Verspätung nach Hause kommen würde. Und weil er sein Handy im Büro vergessen hatte, benützte er ausnahmsweise eine öffentliche Fernsprechzelle, wie er mir später erklärte. Und schon passiert's. Wer dann anrief, war die Polizei. Die Schlagwunde im Gesicht musste genäht werden und wegen einer mittleren Gehirnerschütterung haben sie ihn gleich für ein paar Tage behalten. Ist vielleicht besser so, denn unter die Leute könnte er mit all den Bandagen ohnehin nicht.«

Die Gattin wurde immer gesprächiger. Sicherlich waren die Drähte heißgelaufen, bis sie die Sensation ihrem ganzen Bekanntenkreis kundgetan hatte. Im Übrigen konnte Richard keine weitergehende Besorgnis heraushören.

»Aber so was Entsetzliches, was heute alles passiert. Da müsste man mal eben …, Sie wissen schon!« rief er aus. »Ich will Ihren Gatten natürlich nicht während seiner Genesung stören. Gerade eine Gehirnerschütterung verlangt in erster Linie Ruhe und nochmals Ruhe. Gnädige Frau, Ihnen fällt dabei eine entscheidende Rolle zu.« Er fühlte deutlich, wie sich die Dame, ihrer plötzlichen Bedeutung bewusst, in die Höhe streckte.

Er setzte zum Sturmangriff an: »Wichtig ist auch, dass Ihr Gatte keine unerledigten Angelegenheiten mit sich schleppt, die ihn möglicherweise belasten. Ich möchte ihm einen Blumenstrauß in die Klinik schicken mit meiner Karte, um ihm zu versichern, dass er mich nun jederzeit erreichen kann. Wo liegt er denn?«

Entweder hatte er sie einfach überrumpelt oder sie war ein sorgloses Wesen, jedenfalls nannte sie das Krankenhaus. Richard übergoss sie mit wärmstem Mitgefühl, wünschte guten Mut, bewunderte ihre geradezu übermenschliche Kraft, die sie in dieser schweren Zeit aufzubringen in der Lage sei, und verabschiedete sich mit so viel Herz wie nötig. Gleichzeitig war er sich im Klaren, dass die ach so treu besorgte Gattin jedem Anrufer freimütig die gleiche Geschichte erzählen und damit den Standort, in dem sich ihr Gatte aufhielt, preisgeben würde.

Die beiden folgerten daraus, dass erstens Follmann der geheimnisvolle Anrufer war, dass er sich zweitens in Schwierigkeiten be-

funden hatte und wohl noch befand, dass drittens seine Gattin
von den Schwierigkeiten nichts wusste und dass viertens mit Follmann ein Fisch der Sonderklasse an der Angel hing. Richard hieb
ob dieser Erleuchtung begeistert auf sein Pult. Das hingegen frus-
trierte die Katze Dolores, denn die Zierfische, welche sie diesmal
wirklich beinahe gefangen hatte, verschwanden blitzartig vom
Bildschirm und wurden wieder durch den langweiligen Text ersetzt.

Richard telefonierte ins Spital und wurde problemlos mit
Georg Follmann verbunden.

»Guten Tag, Herr Follmann, hier spricht Harriott von der Palma
Management, wie geht es Ihnen? Störe ich Sie gerade? Nein?
Sie haben mich neulich gesucht.«

Der Nachsatz war wichtig, weil er Richard legitimierte, offen-
siv an Follmanns Krankenbett vorzudringen. Ein Rückruf ist
eigentlich nicht erklärungsbedürftig, weil die Initiative dazu
vom Anrufer ausgegangen war. Richard ließ ihm kaum eine andere Möglichkeit, als auf die Frage einzugehen.

»Woher wissen Sie, dass ich im Krankenhaus bin?«, wollte
Follmann wissen. Diese Gegenfrage ist zwar nahe liegend, aber
wenig hilfreich, denn sie gibt dem Anrufer die Möglichkeit, seine
Kompetenz aufzubauen. Erzählen kann er ohnehin, was ihm
günstig erscheint.

»Herr Follmann, Palma Management weiß alles. Sie haben uns
von der öffentlichen Fernsprechkabine am Wiesenhüttenplatz,
ganz in der Nähe Ihres Büros, angerufen und sich nach unseren
Dienstleistungen erkundigt. Stimmt's?« Dann nannte er Datum
und Uhrzeit. Selbstverständlich kein Hinweis auf Rüegg.

»Als Ihre sozusagen professionellen Schutzengel haben wir
uns bei Ihrer Frau Gemahlin nach Ihrem Verbleib erkundigt und
sind somit direkt hier gelandet. Herr Follmann, sind Sie wirklich
allein in Ihrem Zimmer? Sonst rufe ich später an.« Follmann bestätigte. Er war sehr beeindruckt und sprach mit leiser Stimme.

»Herr Follmann, ich höre, dass Sie am Wochenende nach
Hause entlassen werden.«

»Stimmt, ich fühle mich nicht schlecht, bin aber wohl noch
etwas unansehnlich. Für Kundenbesuche möglicherweise etwas
zu früh. Bandagen und der ganze Kram.«

»Herr Follmann, wer außer Ihrer Familie hat Sie im Krankenhaus besucht? Geschäftsfreunde, Polizei? Herr Follmann, langsam, von vorn, keine Kommentare, nur Namen, bitte!«

»Nein, außer meiner Frau keine sonstigen Besuche. Zwei Anrufe, einer von meiner Sekretärin im Auftrag meines Chefs und
einer vor einer Stunde, den ich nicht einordnen kann.«

»Hat er sich vorgestellt, was sagte er, was wollte er wissen?«

»Vorgestellt hat er sich mit ›Deutsch‹, ob es mir schon besser
ginge, ob ich ein Einzelzimmer habe, damit ich mich gut erholen
könne. Dann hängte er auf.«

Typisch zweitklassige Killergarnitur, deswegen natürlich nicht
weniger gefährlich, dachte Richard. »Herr Follmann, Sie sind
womöglich in höchster Gefahr. Der Kerl wollte nur sicherstel-
len, ob Sie in einer bewachten Intensivstation liegen oder ob Sie
jederzeit von einem gut gekleideten Herrn oder von einer
Dame, mit reichem Blumengebinde und pralinenbewehrt, unbemerkt aufgesucht werden können. Den Rest der Aktion brauche
ich Ihnen nicht zu schildern. Beweisen kann ich das nicht. Aber
es ist damit zu rechnen.«

Richard hörte Follmanns schweren Atem und fuhr fort: »Es ist
jetzt 16.30 Uhr. Wie sehen Sie aus, ich meine Bandagen, Pflaster
im Gesicht? Wie, nur noch ein Heftpflaster? Gut. Sie ziehen sich
sofort an. Ihren Hausmantel lassen Sie hängen, packen Ihre
Akten in Ihre Mappe, werfen Ihr Zeug in den Koffer und lassen
ihn dort stehen. Ziehen Ihre Schuhe an, nein nicht die Pantof-
feln, und begeben sich sofort mit der Aktenmappe in die Café-
teria oder einen Aufenthaltsraum – Mensch, irgend so was wird
es doch in diesem gottverdammten Spital geben –, also an einen
Ort, wo Leute sind, Patienten, Besucher, Krankenschwestern,
Ärzte, Putzleute, Küchenpersonal. Dort lassen Sie sich nieder
und lesen eine Zeitung und beobachten Ihre Umgebung. Ab
17 Uhr ist Ihr Standort die Sitzgruppe in der Empfangshalle.
Von dort könnten Sie allfällige Personen erkennen, die sich nach
Ihnen und Ihrer Zimmernummer erkundigen. Haben Sie eigentlich ein Handy dabei, mit aufgeladenem Akku?«

Follmann verneinte und wollte erklären, warum. Richard
schnitt ihm sofort das Wort ab. »Später, Herr Follmann. Jetzt
passen Sie auf. Ich beordere sofort ein Taxi, welches Sie vom Spi-

tal abholt. Der Fahrer wird nett genug sein, auch Ihren Koffer
aus dem Zimmer zu holen. Sie bleiben während dieser Zeit in
der Nähe der Empfangsdame. Wir werden nun sofort für Sie ein
Hotel buchen, den Taxifahrer zu Ihnen in Marsch schicken und
ihm den Namen des Hotels nennen. Sie warten dort in der Hotelhalle. Ich werde in siebzig Minuten, also um 17.40 Uhr, anrufen und Herrn Vollpracht verlangen. Den kennen Sie ja. Alles
klar, Herr Follmann?«

»Ich verlasse mich voll auf Sie, Herr …«

»Palma genügt, wir haben noch genug Zeit zum Quatschen.
Bis dann, Kamerad!«

Mercedes hatte bereits im deutschen Michelin die Telefonnummer des Arabella Congress Hotels herausgesucht und gewählt. Sie war erfolgreich, die Reservation bestätigte die Bu-
chung eines Einzelzimmers für Herrn Georg Follmann. Ankunft
18.30 Uhr, so erübrigte sich zwecks Legitimation die Angabe
einer Telefonnummer. Glücklicherweise war nicht gerade eine
bedeutende Messe im Gange. Dies hätte die Telefoniererei endlos verlängern können.

Nächster Anruf zur Frankfurter Taxizentrale. »Ja, bitte?«

»Wir benötigen um 17 Uhr eine Fahrt zum Krankenhaus Königswarte. Am Empfang erwartet Sie ein Herr Follmann. Der
Herr ist zum Frankfurter Hof zu fahren. Alles klar?«

»Danke, alles klar, also in zirka zwanzig Minuten.«

Zur Sicherheit telefonierte Mercedes nach acht Minuten ins
Spital. Besser, beide wussten, in welches Hotel, als gar keiner.
»Hallo, ist Herr Follmann zu sprechen, er dürfte beim Empfang
auf diesen Anruf warten.«

»Moment bitte, er meldet sich sofort.«

»Ja, Follmann.«

»Hier Palma, das Taxi sollte in zehn Minuten eintreffen. Es
fährt Sie in den Frankfurter Hof. Der Chef ruft Sie dort in einer
halben Stunde an. Klar?«

Das Taxi fuhr vor den Eingang, Follmann nannte dem Fahrer
die Zimmernummer und bat ihn, seinen kleinen Koffer zu holen.
Auf der Fahrt zum Frankfurter Hof wurde er vom Fahrer darauf
aufmerksam gemacht, dass sein Hausmantel noch im Zimmer
hänge. Follmann antwortete so klug wie beiläufig, dass er nur auf

zenter Wink mit dem Zaunpfahl, das Ticket für den Rückflug auch wirklich zu benützen.

Sie wussten nicht, dass da wenig zu befürchten war. Denn er hatte natürlich keinen Grund, ihnen anzuvertrauen, dass er aus eigenen Beständen das und jenes mitreisen ließ. Die eigenen Bestände wurden bei passender Gelegenheit aus Transaktionen zwischen Museen oder von amtlichen Requisitionen gespeist. Beim Katalogisieren und bei der Archivierung durch den Herrn Kurator konnte leicht dies und jenes vertauscht oder gar zum Verschwinden gebracht werden. Wirklich berühmte und bekannte Objekte kamen jedoch dafür nicht in Betracht. Zu groß das Risiko. Und nahezu unmöglich, dafür einen Käufer zu finden.

Den Erlös aus den Verkäufen deponierte Pjotr unverzüglich auf zwei Bankkonten in der Schweiz, eines auf den Decknamen des KGB-Offiziers, das andere für sich selber. Nach Moskau zurückgekehrt, rechnete er mit den Auftraggebern stets genau ab. Eine durch die Blume angebotene Leistungsprämie, ungeschminkt von einer Provision wagten sie dann doch nicht zu reden, lehnte er sehr höflich, aber entschieden mit dem Hinweis ab, es sei ihm eine große Ehre und eine tiefe Verpflichtung, für die stolze Sowjetunion tätig zu sein. Instinktiv wollte er jeder Abhängigkeit vom KGB vorbeugen. Unter der Tarnkappe des biederen Kurators gelang es ihm, sein Parallelgeschäft völlig geheim zu halten. Zur Sicherheit versetzte er die Objekte immer bei verschiedenen Abnehmern, um gefährliche Querverbindungen zu vermeiden. Das Schattenspiel nahm beinahe regelmäßige Formen an und florierte jedenfalls auf allen Seiten zur vollen Zufriedenheit.

Mit dem Einzug von Glasnost und Perestroika wurden seine Hinweise an den KGB über vermutete Wertsachen immer seltener und betrafen höchstens zweitrangige Objekte. Nicht, dass sein Eifer, gehortete Schätze aufzustöbern, nachgelassen hätte. Aber das Wissen darum behielt er für sich. Dann verlagerte Pjotr den Schwerpunkt seiner Aktivitäten unauffällig und schrittweise vom ehrwürdigen, bescheiden bezahlten Kurator hin zum sachkundigen Antiquitätenhändler.

Anfang der Neunzigerjahre beschloss er nach St. Petersburg

zu ziehen, um dort ein Geschäft zu eröffnen. Erstrangige Ware hatte er. Von Anfang an erfolgreich, zählte er die Neue Klasse und viele Westeuropäer zu seinen Kunden. Sozusagen als Salz in der Suppe pflegte er sorgfältig auch den Handel mit Objekten, deren Export streng verboten war. Vorhandene Instinkte wollen gebraucht werden, sollen sie nicht verkümmern. Die Tschetschenen und andere mafiosen Erpresser hielt er sich mithilfe seiner früheren Partner vom KGB vom Leib. Die wurden zwar auch nicht zum Nulltarif tätig, aber sie waren wesentlich günstiger und vor allem weitaus verlässlicher. Sein Geschäft war aus dem Schatten ans offene Tageslicht getreten, dem selbst die fahle Petersburger Wintersonne ein mildes Lächeln zollte.

Manchmal vermisste er ein wenig die abenteuerlichen Zeiten des Schattenspiels mit seinen Reisen in den Westen, in jenen Zeiten eine Exklusivität ohne gleichen. Die Metamorphose vom Schattenspiel zum modernen russischen Unternehmer war ihm gelungen.

Heute gehörte er zum privilegierten neuen Mittelstand, welcher es sich leisten konnte, die Ferien mit der ganzen Familie im westlichen Ausland zu verbringen. Zuoberst in der Geldhierarchie waren die ganz großen Gauner und Schieber. Sie waren in den teuersten europäischen Hauptstädten und Ferienorten anzutreffen. Sie kauften in bar ganze Läden der berühmtesten Juweliere und der Haute Couture leer, verspielten jeden Abend Zehntausende von Dollars und kurvten mit Limousinen der Nobelklasse herum.

Die Mittelklasse hatte sich auf das Grandhotel Imperial in Karlsbad eingeschossen. Jährlich verbringen hier Hunderte von Russen ihre Ferien. Tschechien war schon immer ein beliebtes Reiseziel gewesen, wo die sprachlichen Schwierigkeiten am geringsten waren und sich die slawische Seele am ehesten wieder fand. Dass die Sympathien nicht unbedingt beidseitig waren, störte die wohlhabenden Russen wenig. Ausschlaggebend war der westliche Leistungsstandard, der hier voll und ganz erreicht war. Russen waren angenehme Gäste. Höflich, mit besten Manieren, sorgfältig gekleidet, kein westlicher Lumpenlook, dafür gut erzogene Kinder, ein Erscheinungsbild, wie es die Westler bis in die Sechzigerjahre pflegten.

Wie Petrovaradin über die Donau, wacht auf beherrschender Höhe über Karlsbad der riesige Gebäudekomplex des Imperial aus der Jahrhundertwende mit den typischen Rundtürmen und Balustraden. Von hier bietet sich eine herrliche Rundsicht über das lang gezogene Kurgebiet von Karlsbad. Prächtig renovierte Häuserzeilen aus der Kaiserzeit und der Periode der Ersten Republik und Promenaden säumen liebevoll das Flüsschen, welches von den heißen und gesundheitsfördernden Heilquellen gespeist wird. Dazwischen geschmackvoll gestaltete Plätze und gepflegte Parks. Etwas ferner die öffentlichen Trinkhallen, in denen Kurbeflissene mit ihrem Krüglein aus Karlsbader Porzellan wie Hummeln von Brunnen zu Brunnen eilen und pflichtbewusst die Gesundheit aus dem Ausguss trinken. Wer das Ritual allzu gründlich zelebriert, es sind meistens die deutschen Besucher, verschwindet dann plötzlich in einer der zahlreichen Toiletten.

Das Hotel wurde einst von den tschechischen Genossen aus Dankbarkeit für die Befreiung und für die sozialistische Bruderhilfe der Sowjetunion geschenkt. Als die so reichlich beschenkten Brüder die Kosten für den Unterhalt eines solchen Ungetüms erkannten, gaben sie die Schenkung wieder an den Absender zurück. Mit der raffinierten Auflage allerdings, dass fortan sowjetische Werktätige ihren Urlaub gratis und franko darin verbringen durften. Die alt-neuen Gastgeber mussten so wohl oder übel den ruinösen Unterhalt des trauten Ferienheimes übernehmen. Es gehörte schon immer zu den amüsanten Schauspielen, wenn ausgekochte Halunken einander betrügen.

Nach der Wende wurde das Hotel privatisiert und auf den neuesten Stand gebracht. Das Imperial nimmt heute hinter dem Grandhotel Pupp die zweite Position ein. Russen besitzen ein ausgeprägtes Sicherheitsgefühl. Sie fühlen sich unter ihresgleichen und in bewachten Festungen besonders wohl und geborgen. Für Zar Nikolaus II. waren sichere russische Grenzen solche, bei denen auf beiden Seiten russische Soldaten standen …

Pjotr Alexandrowitsch Carlin wurde vom schrillen Läuten des Telefons aus seinem angenehmen Tagtraum gerissen. Er blinzelte sich wach und meldete sich:

»Da paschalsta?«

»Guten Tag, Pjotr Alexandrowitsch, hier spricht der Weltmeister«, schrie der Kunsthändler aus Zürich in die Muschel. »Sei wann bis du chier in Karlovy Vary?«, versuchte er reichlich aufgesetzt den russischen Akzent zu imitieren.

»Mein Herz, Friedrich, ich begrüße dich. Ich bin hier mit meiner Familie in den Ferien. Hat man dich in meiner Firma hierher gewiesen?«

»So ist es, Pjotr Alexandrowitsch. Ich freue mich wirklich, denn ich möchte mit dir etwas besprechen. Aber nicht im Imperial, dem Russenbunker. Wie wäre es mit einem Drink in Becher's Bar? Ja? Geht es dir aus noch heute Abend, so um 22 Uhr? So bist du mal auf einen Sprung deine Familie los. Grüß mir aber deine charmante Gattin Irina und deine beiden Töchterchen!«

Pjotr Alexandrowitsch sagte zu. Er roch mit sicherem Gefühl ein bevorstehendes Geschäft. Er kannte Friedrich Meister, genannt ›Weltmeister‹, seit seiner bald historischen ersten Reise in den Westen.

Dem groß gewachsenen, drahtigen Mittsechziger war der kultivierte Kunsthändler nicht anzusehen. Man hätte ihn für einen hohen Sportfunktionär gehalten oder für einen pensionierten britischen Oberst, wozu zwar der Schnurrbart fehlte. Die englische Kleidung wies auf einen Gentleman. Doch das alles war falsch geraten. Weder trieb er nennenswert Sport, noch war er je Offizier gewesen. Von sich selber meinte er in seiner zynischen Art, man könne ihm vieles vorwerfen, aber er wäre weder kultiviert noch ein Gentleman. Seine Berufskollegen hegten ihm gegenüber tiefe Verachtung, was er mit Nachsicht ertrug, freute er sich doch über ihre blanke Missgunst. Die Kunstwerke, mit denen er Handel trieb, liebte er so wenig wie ein Immobilienmakler die Villen und Geschäftshäuser, die er verhökert. Umso mehr verstand er etwas vom Wert der Objekte und von der Pflege persönlicher Beziehungen, von der Dynamik der Märkte und von Chancen und Risiken in dieser Geschäftswelt. Seine Kasse stimmte immer.

Bescheidenheit war nicht seine Zier: »Ich bin der Weltmeister, denn ich beschaffe jedes Kunstwerk, von privat, aus der Verschollenheit, von sonst wo.« Immerhin schloss er Raub und Diebstahl aus. Nicht etwa aus moralischen Gründen, sondern damit die Ware den rechtlichen Voraussetzungen einer Auktion standhielt. Das war dann aber das Äußerste, was er an Hemmnissen respektierte. Pjotr Alexandrowitsch mochte ihn trotz seiner Breitspurigkeit, die allerdings nie grobschlächtig wirkte. Er war ein verlässlicher Geschäftspartner, überlegt und entschlossen, und er pflegte nicht das mühselige Herumtändeln vieler seiner Berufsgenossen. Ein Vorzug, der gerade bei Geschäften über große Distanzen von großer Bedeutung war.

Pünktlich trafen sie sich in Becher's Bar im Untergeschoss des Grandhotels Pupp. Der Weltmeister war natürlich hier abgestiegen, in diesem Glanzstück kaiserlicher Pracht. Von den derben Wunden des Arbeiter- und Bauernstaates überraschend gründlich und schnell wieder genesen – woher die Tschechen nur das Geld nehmen? – erstrahlte der Palast bis ins letzte Detail in vollkommenem Luxus und Geschmack. Becher's Bar war rundweg eine einmalige Wucht. Nicht einfach eine schöne Bar, sondern eine Landschaft verschiedener Bars im Bostonian Style, unzähligen Ecken und Sitzgruppen, die meisten offen zwecks allseitigem Sichtkontakt, dann wieder dezent abgeteilt für diskretere Gespräche. Das Etablissement wurde nach dem Erfinder des sagenhaften Becherovka benannt, dem tschechischen Lebenselixir, welches, vor, während, nach und zwischen den Mahlzeiten oder anstatt einer solchen des Menschen Gesundheit stärkt. In Karlsbad werden zwölf verschiedene Quellen warmen und heilenden Wassers gezählt. Becherovka ist die dreizehnte Quelle. Sie tritt allerdings nicht kostenlos aus dem Boden. Vielmehr musste die Köstlichkeit erst erfunden werden, was im Jahre 1807 geschah. Seit jener Zeit wird das Rezept immer nur zwei Geheimnisträgern weitergegeben. Salopp ausgedrückt, ist Becherovka ein Kräuterschnaps. Dem Fremden sei aber empfohlen, sich niemals so auszudrücken.

Meister und Pjotr schüttelten sich die Hände, umarmten sich nach slawischer Sitte und nahmen Platz in einer abgeschirmten Ecke. Pjotr Alexandrowitsch parierte den glasklaren, durchdringenden Blick seines Gegenübers, mit welchem der Weltmeister offenbar treffsicher Kunstwerke und Kunden auf ihre Echtheit zu durchleuchten vermochte.

»Mein lieber Freund Pjotr Alexandrowitsch«, eröffnete Meister den geschäftlichen Teil ihres Treffens, »da ist wieder einmal ein Klient, der etwas ganz Besonderes wünscht. Er besitzt bereits eine ansehnliche Sammlung von Fabergé-Ostereiern, kann aber davon nicht genug kriegen. Irgendwo hat er aufgeschnappt, dass es ein kaiserliches Prunk-Ei mit der Bezeichnung ›Das große Kobalt-Ei‹ gibt. Gemeint ist natürlich nicht eine kleine Atombombe, die man dem Nachbarn ins Osternest legt, sondern ein riesiges kobaltblaues Osterei von Fabergé. Hast du je von diesem Unikum gehört?«

»Hab ich, zwar nicht gehört, aber gelesen. In meiner Glanzperiode als Kurator bin ich bei der akribischen Durchsicht der Fabergé-Dokumentation auf die Existenz eines solchen Objektes gestoßen. Ich habe mich damals sofort darauf gestürzt. Aufgrund der Akten wurde es 1905 im Auftrag des Zaren Nikolaus II. angefertigt. Gemäß einer Skizze soll es eine Höhe von fünfundzwanzig Zentimetern aufweisen, kobaltblau sein und in einem goldziselierten Körbchen mit drei Füßen stehen. Ob es sich um ein aufklappbares Objekt handelt, ist nicht bekannt, ebenso wenig über allfällige Innereien. Eine Randnotiz erwähnt den Namen ›Graf Witte‹.«

»Bingo, das muss es sein! Wer war Graf Witte?«

»Sergej Juljewitsch Witte war 1905 Ministerpräsident und beendete in dieser Funktion den Russisch-Japanischen Krieg. Dafür war ihm der Zar zutiefst dankbar, denn der jahrelange Krieg hatte das russische Reich an den Rand des Ruins gebracht. Die diplomatische Großtat wäre wahrlich ein kaiserliches Geschenk wert gewesen. Aber das ist reine Hypothese. Nachforschungen in allen Nachlässen der Familie Witte blieben erfolglos. Das Kobalt-Ei gilt als verschollen. Sollte es in Russland auftauchen, wäre es selbstredend mit einem dicken Ausfuhrverbot belegt, denn es hätte seinen sicheren Platz in der Rüstkammer des Moskauer Kreml.«

Pjotr Alexandrowitsch wusste bedeutend mehr, als er hier preisgab. Das ›große Kobalt-Ei‹ war ihm selbstverständlich ein Begriff. Eine Menge von Spuren und Hinweisen hatte er sorgfältig gesammelt, an einem sicheren Ort gehortet und so dem Zugriff des KGB und des Kulturministeriums entzogen. Systematische Recherchen hatte er bislang unterlassen, aber die Beschaffung des einmaligen Prunkstückes schien ihm möglich. In Gedanken überschlug er bereits die notwendige Summe an Bestechungsgeldern und den erforderlichen Zeitbedarf.

Der Weltmeister schüttelte unwirsch den Kopf.

»In den bekannten Sammlungen liegt es sicherlich nicht. Als Erstes habe ich mich natürlich an die Königliche Sammlung in London, das Cleveland Museum und das Art Museum New Orleans gewandt und um Auskünfte gebeten. Funkstille, auch die wären geil darauf.

Pjotr Alexandrowitsch, nur du kannst es hervorzaubern! Mein lieber Pjotr Alexandrowitsch, der Kunde bietet dafür eine Million Schweizer Franken! Für dich ist die Hälfte drin. Ware gegen Geld, Übergabe nach Vereinbarung in Prag, wo ich eine Filiale betreibe. Nicht gewusst? Goldmann und Meister, Partisanenstraße, Prag 6, lustiger Straßenname, wie?«

»Gewiss, und erst noch der richtige lokale Partner.«

Die halbe Million elektrisierte ihn von Kopf bis Fuß, aber das Pokerface blieb unerschüttert. Zudem faszinierte ihn die Vorstellung, wieder einmal wie in alten Zeiten zu operieren. Die Stichworte hießen: Tarnung, Geheimhaltung, Konspiration.

»Trotz der prächtigen Mädchen in dieser Bar gehst du jetzt ins Hotel zu deiner Familie. Ruf mich an, wenn du was Interessantes weißt. Das Stichwort heißt ›Becherovka‹. Okay?«

Na zdarovje! Sie leerten das fünfte Gläschen eisgekühlten Becherovka.

»Okay!«

Sir Alec

13 London, Oktober im Jahr des Panthers.

Am Morgen nach Georgs Abreise wartete Richard eine nach Londoner Sitte geziemende Zeit ab, bevor er seinen Kontaktmann in London anrief. Um 10.30 Uhr mitteleuropäischer Zeit war es so weit. Über die direkte Linie läutete das Telefon bei Sir Alec.

»Yes?«

»Palma Management, guten Morgen, wann kann ich Sie aufsuchen? Ich fliege heute nach London.«

»Vielen Dank für die nette Ansichtskarte vom Plaza Mayor. Schauen Sie rein, wenn Sie in der Gegend sind. See you!«

»Bye, Bye!«

Der Anruf hatte keine dreißig Sekunden gedauert. Da Palma Management über keine gesicherten Leitungen verfügte, galten die Regeln erhöhter Geheimhaltung: keine Namen, außer dem des Anrufers, weil er im Fall, dass abgehört wird, ohnehin bekannt ist, keine Anrede, keine Erwähnung des Themas, Zeitlimit dreißig Sekunden. ›Echelonproof telefonieren‹ hieß die Direktive, womit das berühmt-berüchtigte globale Abhörsystem unterlaufen werden konnte.

Die Erwähnung der ›Ansichtskarte‹ besagte, dass Sir Alec die Magnetbänder mit den Aufzeichnungen erhalten und angehört hatte, welche Patrick im britischen Konsulat zwecks Weiterleitung abgegeben hatte.

Also ab zum Flughafen! Richard packte die notwendigen Akten zusammen, verabschiedete sich bei Mercedes und den beiden Katzen mit der Ermahnung, auch in seiner kurzen Abwesenheit die Normen von Moral und Fleiß zu befolgen. Während die Katzen überhaupt nicht hinhörten, winkte Mercedes müde ab: »Adios!«

14 Der Pförtner des Geschäftshauses an der Regent Street meldete einen Mr. Harriott und wies ihn in den vierten Stock. Im Visier der Überwachungskamera klingelte er an der schweren Tür mit der Aufschrift »International Strategic Consultancy« in vornehmen goldenen Lettern. Sie öffnete sich langsam, eine synthetische Stimme bat ihn einzutreten, dann wurde er von der sich schließenden Tür verschluckt. Erst jetzt begegnete er einem menschlichen Wesen, das offenbar den Auftrag hatte, ihn sofort ins Sekretariat von Sir Alec vorzulassen. Sharon, die attraktive Vorzimmerdame, lächelte ihm freundlich und anerkennend zu. Sharons Miene war sowohl momentaner Stimmungsbarometer rund um den Chef als auch ein verlässlicher Index der Wertschätzung, die dieser dem Besucher entgegenbrachte. Heute stand offenbar alles zum Besten. Sharon war wohl mit dem Abtippen der Aufzeichnungen beauftragt gewesen und konnte so die Bedeutung seines Besuches ermessen. So oder so, kleine Geschenke erhalten die Freundschaft und mit Sharon hätte er ohnehin gerne die Gelegenheit zu einer kleine Sünde genutzt, weshalb er am Flughafen noch schnell ein Gebäck mit getrockneten Früchten gekauft hatte. Eine mallorquinische Spezialität, von der er wusste, dass Sharon sie besonders gerne mochte. Sie bedankte sich freundlich.

Für Richard war es eine Selbstverständlichkeit, Vorzimmerdamen angemessen zu pflegen, denn sie haben einen bedeutenden informellen Einfluss auf den Chef. Sind ihre Möglichkeiten direkter Hilfestellung meistens gering, ihr Schadenspotenzial ist jedenfalls enorm. Er überließ arrogantes, hochnäsiges Auftreten gerne seinen Widersachern oder Konkurrenten, deren Weg ebenfalls hier vorbeiführte. Er sah in ihr die Spionin ihres Chefs, welche auch für ihn arbeiten konnte, und auch eine mögliche Bettgespielin.

»Das ist auch gut für die Verdauung«, begann er zu albern.

»Seit wann kümmern Sie sich um meine Verdauung?«

»Attraktive Damen mittleren Alters haben damit oft ein Problem, habe ich in einer Frauenzeitschrift gelesen.«

»Richard, ich bitte Sie, lassen Sie den Unsinn. Selbst das Klima des Mittelmeers macht Sie in Ihrem fortgeschrittenen Alter nicht mehr zum unwiderstehlichen Papagallo, der mich beeindrucken könnte.«

»Als Meister der Tarnung gelingt es mir eben, im Verborgenen zu blühen.« Sir Alec unterbrach das fruchtbare Gespräch und bat ihn in sein stattliches Büro.

Herzliches Händeschütteln. Sir Alec war ein typischer Vertreter des gehobenen englischen Staatsdieners. Unauffällig und sorgfältig gekleidet mit dem Aussehen eines Asketen, ohne einer zu sein, verbürgte seine Ausdrucksweise die vornehme Herkunft und eine elitäre Ausbildung. Nur noch wenige Jahre mochten ihn vom ersehnten Ruhestand trennen, den er auf seinem kleinen, aber feinen Landsitz in Cheltenham verbringen würde. Noch war er aber mit voller Dynamik und Hingabe im Amt. Als Dauerläufer, wie er sich bezeichnete, vermied er Hektik. Dafür nervte er seine Umgebung des Öfteren mit seiner Akribie und der minuziösen Präzision, die er allen abforderte. Seine Operationspläne zeugten von professionellem Geschick und überraschender List. Viele Aktionen trugen das Prädikat ›mit Kreativität und Innovation‹, womit gemeint war, dass der rechtliche Graubereich bis zur Schmerzgrenze ausgedehnt wurde. Seinen Mitarbeitern war er ein fairer Chef. Lob oder Tadel sprach er weniger in Worten als durch seine Mimik aus. Die Hautfalten um seinen Kehlkopf konnten sein Gesicht leicht zu einem zürnenden Raubvogel machen. Bei neutraler Gemütslage ergab sich eine Schildkröte im Halbschlaf, welche sich bei extremer Zufriedenheit zu einem Lächeln bequemte.

In der Endphase von Richards Londoner Dasein war er dessen Vorgesetzter gewesen. In gewisser Weise traf das auch heute noch zu. War er doch der Einsatzleiter der Rauchmelder im Kampf gegen die Wirtschaftskriminalität. Bei ihm liefen alle Rückmeldungen zusammen. Seiner Dienststelle oblag zunächst die Auswertung der Nachrichten, also ihre Sichtung und Bewertung, und dann ihre periodische Zusammenstellung zu einem Situationsbericht.

Aufgrund der eingegangenen Nachrichten erteilte er an die Rauchmelder weitergehende Beobachtungsaufträge, bis eine genügend genaue Lagebeurteilung möglich war, um Aktionen auszulösen. Aktionen auslösen hieß die Feuerwehren in Marsch setzen. Dabei waren zwei Arten von Aktionen zu unterscheiden, die offiziellen und die inoffiziellen.

Die offiziellen bestanden in der Weiterleitung von Informationen an die Kriminalpolizeien der betreffenden Länder, oftmals Mitglieder der EUROPOL. Sollten mehrere Länder involviert sein, was insbesondere bei der grenzüberschreitenden Wirtschaftskriminalität der Fall war, so wurde abgesprochen, welcher Stelle die Koordination zu übertragen sei. Dann lief der Polizeiapparat nach normalem Muster an.

Nicht selten entschied sich Alec für den Einsatz von inoffiziellen Löschtrupps, in der Fachsprache ›Operateure‹ genannt. Rekrutiert wurden sie unter früh pensionierten Sonderagenten und ähnlich ausgebildeten Künstlern, die ihr Leben nun als Privatdetektive und Bodyguards fristeten. Ihre Aktionen waren ausnahmslos durch Sir Alec persönlich angeordnete Einzeleinsätze. Weder durften sie einander kennen, noch hatten sie eine Ahnung von den Identitäten der Rauchmelder. Den Operationen waren enge lokale Grenzen gesetzt und sie konnten nur auf einzelne Personen abzielen. Einbrüche, Einschüchterungen, Pressionsversuche und ähnliche Liebenswürdigkeiten galten als normales Handwerk, Körperverletzungen waren jedoch nur in Notwehr erlaubt. Solche chirurgischen Eingriffe, wie er sie auch nannte, wurden nur in bestimmten Ländern toleriert. Sie standen rechtlich, höflich ausgedrückt, auf sehr schwachem Fundament. Dafür waren sie schnell und wirksam und ersparten den dortigen Amtsstellen mühsame Verfahren wie Observieren, richterlich genehmigtes Abhören der Telefongespräche, Befragung, Untersuchungshaft, Anklageerhebung, Beweisführung, Prozess mit dem Urteil einer kleinen Buße oder Freispruch mangels ausreichender Beweise oder wegen Verjährung. Resultat: Frust.

Richard genoss Sir Alecs besonderes Wohlwollen. Sie hatten immer schon gut zusammengearbeitet. Nach der weltpolitischen Wende drohte auch seiner, Sir Alecs, Karriere Trübsal in der Sackgasse der Bedeutungslosigkeit. Und es war Richard, welcher ihm die Augen für die staatsgefährdende Sprengkraft der grenzüberschreitenden Wirtschaftskriminalität öffnete. Diese Gefahr war bekanntlich von den traditionellen Nachrichtendiensten kaum zur Kenntnis genommen worden. Gemeinsam schmiedeten sie aus Richards Idee der ›Rauchmelder‹ ein operatives Konzept, welches beiden eine rettende Brücke in die neue berufliche Zukunft baute.

Richards Pilotversuch wurde ein offensichtlicher Erfolg. Von Anfang an lieferte er sehr brauchbare Nachrichten. Der Fall Transtecco war eine ausnehmend fette Beute, und wie er ihn anging, fand Sir Alecs uneingeschränkten Beifall. Die Aufzeichnungen des Gesprächs mit Georg auf der Jacht bewiesen Richards Geschick, die Gesprächspartner auszunehmen. Besondere Beachtung fanden die Firmen und die dazugehörigen Personen, welche da genannt worden waren.

Sir Alec schritt zur Präsentationstafel, welche noch größer war als jene in Palma, und begann zu notieren. Richard zückte die umfangreiche Liste, welche Georg aus dem Gedächtnis rekonstruiert und ihm am Abschiedsabend ausgehändigt hatte. Sie enthielt lückenlos die Firmen, die Kontaktpersonen, Zweck und Inhalt der Geschäfte und deren finanziellen Umfang. Sie gingen das Ganze gemeinsam durch und notierten fleißig auf der Tafel.

Dann versanken sie in der altehrwürdigen Sitzgruppe, wie sie einem hohen Staatsbeamten zustand, und betrachteten lange das Mosaik. Zur Belohnung für ihr Tun bat Sir Alec die schöne Sharon um einen stärkenden Tee. Natürlich konnte es sich Richard nicht verkneifen, ihr dabei genau zuzusehen. Wie sie daherkam, das Tablett auf den Clubtisch stellte, den Tee in die Tassen goss und sich zu diesem Zwecke leicht nach vorne neigte. Um einen möglichst günstigen Blickwinkel zu erzielen, rutschte er denkbar tief in den Sessel, wobei seine Augen nicht unbedingt auf der Teetasse ruhten. Dann entfernte sie sich wallenden Ganges. Sharon schaffte unangefochten den ersten Platz auf seiner momentanen – glücklicherweise kurzlebigen – Weltrangliste.

Zurück zum Mosaik. Falls man ein paar Fragmente von Informationen schon so nennen konnte. Noch beherrschten weiße

Flächen das Bild. Aber das ist bei archäologischen Ausgrabungen kurz nach ihrer Entdeckung auch so. In dieser Phase ist es gefährlich, sich zu schnell auf Hypothesen über das Ergebnis festzulegen und andere Möglichkeiten zu vernachlässigen. Ein Rumpfmosaik wirft zunächst mehr Fragen auf, als es beantworten kann. Die weißen Flächen verlangen nach weiteren Informationen. Für Sir Alec waren sie die Herausforderung, um gezielte Aufklärungsaufträge zu erteilen.

»Richard«, hob Sir Alec an, »wir kommen später auf das Mosaik zurück. Reden wir zunächst über unsere Organisation. Sie zählt nun schon eine ganze Reihe von Rauchmeldern, meinetwegen auch, wie bei den Amerikanern, ›Private Investigators‹. Sie operieren unter recht unterschiedlichen Tarnungen. Da gibt es Markt- und Meinungsforscher, Strategieberater, Headhunter, mehrere Buchprüfer, ein paar Anwälte und sogar einen Schönheitschirurgen des Jetsets. Jeder betreibt sein Hauptgeschäft und das Parallelgeschäft im Schatten. Das erinnert mich an eine Kuckucksuhr, die ich mal im Schwarzwald gesehen habe. Beidseitig des Vogels war ein Türchen zu sehen. Bei schönem Wetter war eine lächelnde Jungfrau zu sehen, die aus dem rechten Türchen heraustrat, bei Regen machte sich auf der anderen Seite eine hässliche Hexe bemerkbar und die Jungfrau verschwand. Die Drehung in die eine oder andere Richtung war wohl von der Luftfeuchtigkeit beeinflusst. Sie als zynischer Mensch nennen diese Dualität das ›Doppelspiel‹.«

Beide taten einen tiefen, kräftigenden Schluck aus der Tasse.

»Also, unser primärer Beobachtungsraum ist Westeuropa. Obschon wir da bei weitem nicht alle neuralgischen Zentren abdecken, sind uns doch schon etliche dicke Fische ins Netz gegangen.

Es dürfte Sie nicht überraschen, dass Ihre Palma Management unser bedeutendster Stützpunkt ist.«

Richard nickte geschmeichelt und fragte sich, was für eine bittere Pille ihm Sir Alec eigentlich verpassen wollte.

»Die Dichte des Netzes an Aufklärern ist ein wichtiger Faktor in unserem Geschäft. Sind die Maschen zu weit, so erfüllt die Organisation ihren Zweck nicht. Mit zunehmender Dichte aber wird die Tarnung schwieriger, die Organisation schwerfälliger.

Wo das Optimum liegt, weiß ich auch nicht. Sicherlich sind wir aber davon noch deutlich entfernt.«

Richard überlegte. Die Problematik war ihm klar, erschien ihm aber reichlich abstrakt.

»Sir Alec, bei aller gebotenen Hochachtung für Ihre theoretische Denkweise, aber der Finanzminister wird sehr pragmatisch dafür sorgen, dass die Bäume nicht in den Himmel wachsen und wir uns gegenseitig auf die Füße treten.«

Der Altmeister mochte Richards zynische und beinahe respektlose Art, lachte und trat zum Schrank, entnahm ihm eine Flasche Rum und goss einen guten Schuss in beide Tassen.

»Da wir trotz der notorischen Bremsen des Finanzministers gewachsen sind, möchte ich mit Ihnen die Sicherheitsregeln im Netzwerk besprechen. Es gibt vor allem zwei Objekte, die zu schützen sind, wenn man Menschen als Objekte bezeichnen darf. Es geht erstens um die Rauchmelder, also Sie und Ihre Kollegen, und zweitens um die Informanten, unsere angezapften Informationsquellen.

Betrachten Sie mich als Spinne im Netz. Die Fäden laufen zu jedem einzelnen Rauchmelder und zu jedem einzelnen Feuerwehrmann. Nochmals: Keiner kennt den anderen. Es läuft alles über mich. Auch die Kontakte zu den Ermittlungsbehörden werden ausschließlich von mir wahrgenommen. Jeder Rauchmelder betreibt sein primäres Geschäft, ist also Anwalt, Ingenieur oder sonst was und beobachtet gleichzeitig sein wirtschaftliches Umfeld. Auffälliges wird gemeldet. Zusätzlich erteile ich ihm konkrete Aufklärungsaufträge. Diese müssen durch seine Tarnung voll abgedeckt sein.

Vertraulichen Hinweisen von Informanten darf der Rauchmelder nur dann nachgehen, wenn er seine Quelle damit nicht gefährdet. Meistens ist es sicherer, wenn ein anderer Ermittler die Fährte aufnimmt. Da hier verschiedene Aspekte, wie Risiko, Aufwand, Tempo, gegeneinander abzuwägen sind, ist die Zuweisung des Auftrages jedes Mal meine Aufgabe. Ich weiß, dass Ihnen diese Regel im Prinzip klar ist. Ihre Einhaltung ist aber so wichtig, dass ich sie jedem einzelnen Aufklärer persönlich darlege, denn sie gilt ab sofort zwingend.«

Richard stimmte uneingeschränkt zu. Sir Alec hielt offenbar

gar keine bittere Pille für ihn bereit, sondern war echt um die Sicherheit seiner Leute besorgt und natürlich auch an der langfristigen Funktionsfähigkeit seiner Organisation interessiert.

»Ich verstehe. Auf diese Weise kann nur ein begrenzter Teil des Netzes ausfallen, wenn mal etwas auffliegt. Ebenso wichtig ist die Verhinderung einer Eigendynamik der Organisation, denn ein guter Aufklärer ist neugierig, ist ehrgeizig und drängt voran, ist manchmal schwer zu bremsen. Ihre Hausregeln geben ihm immer nur die nächste Geländekammer frei, wie es in der militärischen Taktik heißt. Sir Alec, Sie haben Recht! Ich nehme an, das gilt in besonderem Maße auch für die Operateure.«

»Selbstverständlich«, bestätigte Sir Alec, »für die besonders, sonst ist schnell der Teufel los!«

Die Spinne war über die positive Reaktion befriedigt, denn es war so selbstverständlich nicht, dass sich Richard ohne Zögern in seiner operativen Freiheit einschränken ließ. Die neuen Hausregeln enthielten also die Pille, welche er von Sir Alec erwartet hatte. Nun, sie waren sachlich richtig und damit zu akzeptieren. Das Konzept war gut durchdacht und, soweit erkennbar, widerspruchsfrei. Flexibel und sicher, war die Organisation von Sir Alec auf einfache Weise zu führen. Sie erfüllte den Grundsatz des ›need to know‹, der verlangt, dass jeder genau die Informationen erhält, die er zur Erfüllung seines Auftrages benötigt.

Dass sein Chef der Meinung war, er müsse ihm die Regeln mit Engagement verkaufen, erfüllte ihn mit einigem Stolz, war das doch ein Zeichen der Wertschätzung, die er der Zusammenarbeit mit ihm beimaß. Noch mehr, Sir Alec hatte wohl leise Befürchtungen, er würde sich bei zu vielen hemmenden Schranken gelegentlich ausklinken. Und er brauchte Palma Management offensichtlich, ein wichtiger Turm auf seinem Schachbrett.

Er leerte seine Tasse und goss beiden nach. Viel war nicht mehr in der Kanne, umso mehr Platz blieb für den Rum.

»Kehren wir jetzt zu unserem Rumpfmosaik zurück. Was ist Ihr Vorschlag?«

»In unserer konkreten Situation schlage ich vor, dass ich über Rüegg bei der Greves AG weiterfahre und über diese Schiene versuche, an Flückiger und Kropf heranzukommen, die mir unser lieber Georg Follmann signalisiert hat. Mit Rüegg habe ich bereits ein Dinner für den kommenden Dienstag, also für morgen, vereinbart. Sorry, eigentlich hätte ich Sie zuvor fragen sollen.

Auch den Kontakt zur Space & Co. AG in Böblingen kann ich ohne weiteres aktivieren. Demgegenüber sind die SloTrade und alle anderen Firmen und Personen, die uns Georg bereits genannt hat, für mich gesperrt. Dort setzen Sie jemanden an, von dem keine Fährte zu mir oder zu Georg führt. Ich nehme an, dass sich die famose SloTrade Ihrer ganz besonderen Zuneigung sicher sein kann.«

»Richtig, einverstanden, genau so!« Er schlürfte seinen mit etwas Tee verdünnten Rum.

»Und nun sollte ja täglich von Ihrem Georg umfangreiche Post bei Ihnen eintreffen. Selbstredend werden Sie die Meldungen analysieren und auf allfällige Bekanntschaften absuchen. Über unser Konsulat an der Plaza Mayor erhalte ich regelmäßig eine Kopie der Papiere. Das Original bleibt bei Ihnen. Ihm sieht keiner an, dass es davon Kopien gibt.

Richard, wenn nichts Besonderes passiert, sprechen wir uns in einem Monat wieder. Ich nehme an, dass es Sie nicht besonders stört, den Termin mit Sharon zu vereinbaren. Good luck!« Es lächelte die Schildkröte.

»Meinen Sie bei Sharon?«, fragte er rhetorisch beim Abschied.

Greves

15 Zürich, Ende Oktober im Jahr des Panthers.
Richard begab sich einige Zeit vor dem vereinbarten Termin
ins Dachrestaurant Szenario des Swissôtel. Das tat er immer, um
den Ort zu erkunden, den richtigen Tisch zu wählen mit dem
Ziel, zu sehen, ohne gesehen zu werden, zu hören, ohne be-
lauscht zu werden, also Blickwinkel, Lichteinfall, Akustik. Ganz
anders verhält es sich bei konspirativen Treffs. Sie sind Tage im
Voraus auf ihre Eignung auszuloten und müssen dann auf die
Minute genau, nicht zu früh und nicht zu spät, aufgesucht werden. Zufrieden setzte er sich und bestellte ein Bier. Gäste waren
erst wenige da und das Personal schien keinen großen Andrang
zu erwarten.

16 Gestern, nach dem Gespräch mit Sir Alec, war er durch
die belebten Straßen in der Nähe der Regent Street geschlen-
dert. Carnaby Street, Brewer Street und überhaupt kreuz und
quer durch Soho. Es tat unendlich gut, wieder einmal in London
zu sein, was nicht mehr so häufig vorkam. Mit seiner Dynamik
und der Kreativität von Business und Kultur ist London das Epi-
zentrum für ganz Europa. Auch in Berlin wird wieder Zug rein-
kommen. Aber die anderen Hauptstädte wirken vergleichswei-
se verschlafen.
Es war nicht nur sein Handy in der Westentasche, das ihn
daran erinnert hatte, dass er eigentlich einen Anruf bei Sharon
landen sollte. Aber wer holt sich gerne einen Korb, und erst noch
im engen Umfeld seines Chefs! Schließlich gewann die Kühn-
heit die Oberhand und die Vorstellung, dass er sich den ganzen

Abend Vorwürfe machen würde, nicht entschieden gehandelt zu haben. ›Never up never in‹ heißt es beim Golf, wenn ein Ball zu zögerlich in Richtung Fahne geputtet wird. Also rief er an. Und hatte Erfolg. Und der Abend war großartig verlaufen. Gediegenes Dinner in einem erlesenen Restaurant in der Paddington Street, mit ansprechenden Bildern geschmackvoll ausstaffiert, Trophäen exklusiver lokaler Sportclubs und eine Wand bedeckt mit handsignierten Fotos von Größen aus dem Showbusiness, der Kunst und der Politik. Offenbar hatte sich hier auch Fieldmarshal Montgomery verköstigt.

Wie dieser setzte auch Richard auf Sieg – und auch er gewann. Nicht, dass Sharon es ihm zu einfach gemacht hätte. Sie ließ ihn immer in der richtigen Spannung. Wiederum wie beim Golf, wenn es gelingt, ein Loch mit Par zu spielen. Das ist nie einfach, gestattet keine Fehler, verlangt Konzentration und Können, erfordert sorgfältiges Handeln. Mit mentaler Stärke und einem Quäntchen Glück wird schließlich erfolgreich eingelocht.

Die unfreiwillige Analogie entlockte ihm ein Lächeln. Jedenfalls wusste er es zu schätzen, dass er nun in London über einen erstklassigen erotischen Stützpunkt verfügte, wie er ein Verhältnis nannte, welches sporadisch auflebte und beiderseits ohne Erwartungen oder Verpflichtungen blieb, in der Sprache seiner spanischen Wahlheimat ›un parador erotico ideal‹.

Den heutigen Tag hatte er ohne festes Programm in Zürich verbracht. Strahlendes, wenn auch kühles Herbstwetter ließ ihn einfach so herumschlendern. Dem Zug vom Flughafen entstiegen, begann seine Wanderung zwangsläufig in der Bahnhofstraße, der er bis zum Paradeplatz folgen wollte. Auf halbem Weg kam er an den Schaufenstern des berühmten Caratus mit dem Diamanttropfen im C vorbei, der ersten Adresse am Platze. Zunächst betrachtete er nur die reichen Auslagen, dann spähte er durch die großen blendfreien Scheiben ins Innere des Geschäftes. Dort beobachtete er die Kunden, wie sie sich über Tabletts beugten, auf denen einzelne Schmuckstücke präsentiert wurden. Schüttelte der Kunde den Kopf, so verschwand das Objekt sofort in einer sicheren Schublade und wurde durch ein anderes ersetzt.

Erst jetzt unterzog er die Kundschaft einer genaueren Betrachtung. Eigentlich passte sie hier nicht rein. Hier hätte man elegante Damen in Begleitung vornehm gekleideter Herren erwartet. Davon hatte es nur wenige, die es überdies bald vorzogen, zu anderer Zeit wieder vorbeizukommen. Der Großteil der Kunden waren mittelgroße, schwere Männer mit dicken Pelz- und Lederjacken, die einander oft anschauten und ihre Entscheidungen erwogen. Durch die Schaufensterscheibe aus Panzerglas konnte er die Stimmen natürlich nicht hören. Offensichtlich wurden umfangreiche Käufe getätigt. Ohne die Schmuckobjekte auf den Tabletts hätte die Szene eher an großkalibrige Pokerrunden erinnert. Unbewegliche Mienen, gegenseitiges Misstrauen, Pakete von Banknoten auf den Tresen, die am Schluss Zug um Zug gegen Ware hinübergeschoben wurden.

Auf der anderen Straßenseite erblickte er ein Café mit Stehbar und guter Sicht auf den Nobelshop. Dort bestellte er einen Espresso und beobachtete das Kommen und Gehen. Zur Rechten und zur Linken des vornehmen Umschlagplatzes standen Großbanken in typischer Schutz-und-Trutz-Architektur, als ob die zarte Juwelierstochter behütet werden müsste. Davon war aber keine Rede. Richard beobachtete, wie die Pelz- und Lederjacken gemessenen Schrittes von der einen Bank zum Juwelier und von dort zur anderen Bank zogen. Einzelne kamen von sonst woher und gingen nach ihrem niedlichen Einkauf sonst wohin. Es gab ja noch Dutzende von Bankinstituten im Umkreis einer Meile.

Jetzt überquerten zwei Pelzjacken die Bahnhofstraße mit Kurs auf das Café und stellten sich ebenfalls an die Bar. Beinahe hatte er damit gerechnet, dass sie seinetwegen dieses Lokal aufgesucht hätten, aber sie nahmen keinerlei Notiz von ihm. Verstohlen, aber mit sichtlichem Stolz zeigten sie einander ihre Trouvaillen, indem sie vorsichtig die mit Velours überzogenen Schatullen aus den Innentaschen der Vestons zogen und diese ein wenig öffneten und schnell wieder verstauten. Des Russischen zwar nicht mächtig, erkannte Richard dennoch die Sprache. Er machte sich einen Spaß daraus, ihre Blicke auf sich zu ziehen und ihnen freundlich zuzulächeln. Sie nickten ebenfalls. Unsicher zwar, denn sie reisten vielleicht zum ersten Mal in den Westen. Irgendetwas Ungesetzliches hatten sie ja nicht getan.

Ihr Anliegen bestand zunächst darin, ihren Schatz ins Trockene zu bringen, also zur nächsten Bank. Richard sprach sie auf Deutsch an und erkundigte sich, ob sie vielleicht als Touristen unterwegs wären. Sollten sie gar kein Deutsch verstehen, so würde er es auf Englisch versuchen. Sie hatten aber verstanden und bestätigten, Touristen zu sein. Er sei ebenfalls Tourist, und zwar Engländer.

»Wie wär's mit einer Exkursion auf die Jungfrau?«, fragte er weiter, um ihr Reiseprogramm zu ergründen. Sie winkten ab, denn sie müssten noch heute wieder abfliegen.

Richard spielte eine andere Karte: »Auch ich komme in der Regel for shopping only«, was die beiden bestens verstanden. »Eines meiner Ziele ist dann stets der Caratus, ein selten exklusives Juweliergeschäft. Es ist ganz in der Nähe. Müssen Sie unbedingt besuchen, falls Sie es noch nicht kennen sollten. Soll ich Sie dort einführen? Sie würden dann besonders gut bedient werden. Ja?«

»Nein danke, kennen wir nicht und haben kein Interesse.« Die Konversation ging abrupt zu Ende. Die beiden leerten ihren Kaffee – und weg waren sie. Für ein kurzes Nicken reichte es gerade noch. Enge Bekanntschaften waren also nicht ihr Reiseziel. Er legte das Geld auf die Theke und folgte ihnen in sicherem Abstand. Bald verschwanden sie links um die Ecke, was ihn zwang, schneller zu gehen. Er sah sie gerade noch in eine Privatbank hineingehen. Warum eigentlich nicht? Oder: Warum eigentlich?

Richard war sich der Belanglosigkeiten bewusst, die er hier registrierte. Aber die Katze lässt das Mausen nicht; wenn sie nicht gerade pennt, wird eben gejagt. Nicht für den Hunger, sondern aus Spaß. Für Richard gab es nichts Erholsameres, als ohne Ziel und Zweck zu beobachten, zu verfolgen, zu verschwinden, wieder aufzutauchen und einfach zum Spaß eine Hypothese aufzustellen und auszuloten.

Er spazierte die paar Schritte wieder zurück und steuerte den Caratus an. Die Tür ließ sich nicht einfach aufstoßen. Man musste klingeln, dann wurde sie von innen entriegelt. Jetzt bemerkte er auch das Fernsehauge im Diamanttropfen der Aufschrift, welches seine Wahrnehmungen einem Endlosband anvertraute.

Schließlich stand er im Vorhof der Schatzkammer und verlangte diskret den Geschäftsführer. Der Geschäftsführer erwies sich als Geschäftsführerin im perfekten dunkelblauen Kostüm von Versace, unnahbar, stolz. Eine goldene Schlange um den schlanken Hals biss sich mit funkelnden Augen in den eigenen Leib. Ihr schwarzes Haar mit einem starken Blauschimmer und den Greifern wie Korallen machten sie zum Eisvogel aus Mineralien. Sie wirkte wie ein Teil des Sortiments.

Er tat so adelig wie er konnte und stellte sich im affektiertesten Englisch vor: »Mein Name ist Richard Henry Harriott«, und zeigte seinen britischen Pass. »Ich möchte bei Ihnen einen größeren Kauf tätigen, in bar, versteht sich. Gibt es dafür eine Obergrenze?«

Der Eisvogel wurde nochmals einige Zentimeter höher. Die riesige Busennadel am eleganten Jackett wogte mit. »Es gibt keine Obergrenze, Sir. Um wie viel geht es etwa?«

»Sechsstellig, Pounds, of course, not Swiss Francs.«

Der Eisvogel zuckte mit keiner Wimper.

»Auch mal siebenstellig«, schob Sir Richard nach. Diesmal hob der Eisvogel seine Augenbrauen, was ihr trotz der starken Schminke gelang, und bat ihn in ein kleines Séparée.

»Wie soll ich da technisch vorgehen? Diskretion, Sicherheit, Sie verstehen. Können Sie mir einen Rat geben?«

Der Eisvogel wusste Bescheid. »Gerne, Sir, wir sind gerne für Sie da!« Sie neigte ihren markanten Kopf und ließ die schweren Diamantenclips aufflammen. »Zunächst wählen Sie zwei oder mehrere Bankinstitute aus und errichten dort Konten, auf welchen Sie Ihr Bargeld einzahlen. Die Bankbeamten stellen dann ein paar zahnlose Fragen, führen aber Ihren Auftrag aus. Das Einlegen und Beziehen von Bargeld ist in der Regel mit etwas peinlichem Anstehen am Bankschalter verbunden. Auch ist das Abheben und Wegtragen von größeren Geldbeträgen reichlich auffällig.«

Nach längerer Rede registrierte Richard einen schwachen slawischen Akzent, den er aber nicht genau einordnen konnte.

»Klar, Sir?«, mit eisigem Blick durchforschte sie seine Miene.

»Alles klar, Lady.«

»Es ist daher empfehlenswert, Safes zu mieten. Sie füllen

große Briefumschläge mit Bargeld von Ihrem Konto, versiegeln die Umschläge und legen sie in einen Safe. Die Umschläge beschriften Sie mit einem Code, der über den Inhalt Bescheid gibt, so brauchen Sie nicht ständig nachzusehen. Das Abpacken von Umschlägen wird nicht als Abheben von Bargeld wahrgenommen. Das spätere Wegtragen derselben erst recht nicht. Der Verkehr mit den Safes gilt als völlig neutraler Vorgang.«

Fragend prüfte sie ihren Zuhörer:»Begriffen, Sir?«

Sie kam ihm vor wie eine strenge Gouvernante, als würde sie ihm nächstens mit Strafe drohen. Eine weitere Schlange am Handgelenk ging bereits in Lauerstellung. Er nickte. Die soll ihn bloß nicht unterschätzen, sonst würde er gleich zu irgendeinem Gegenangriff übergehen.

»Schrittweise leeren Sie den Safe Ihrer ersten Bank und legen die Umschläge in Safes bei anderen Bankinstituten, welche gar nicht wissen können, was sich in den Umschlägen befindet. Bekanntlich können große, versiegelte Umschläge außer Banknoten auch Wertschriften, Wertsachen, Versicherungspolicen, Verträge, Testamente, Geschäftsgeheimnisse, Patentunterlagen und so weiter enthalten. Also, Sie führen auf einer Bank entweder ein Bargeldkonto in bescheidener Höhe, sozusagen für Ihr Taschengeld, oder Sie haben dort einen Safe unbekannten Inhalts gemietet. Aber nie beides gleichzeitig. Die örtliche Entflechtung Ihrer Aktiven ist aus Sicherheitsgründen wichtig.«

Der aufmerksame Zuhörer hatte offensichtlich begriffen und der Eisvogel nickte befriedigt. Tatsächlich war Richard nicht schlecht beeindruckt von der ungeschminkten Offenheit und Kompetenz, mit der diese diskrete Angelegenheit behandelt wurde.

»Mit den prallen Papierumschlägen lassen sich nun vortrefflich Käufe von Luxuslimousinen, Villen an der Côte d'Azur tätigen oder auch bescheidene Geschenke bei uns im Caratus besorgen.

Sollten Sie dem Hause Caratus die Ehre erweisen, Sie bedienen zu dürfen, wechselt lediglich der Inhalt des Briefumschlages.« Dabei machte sie eine Zug-um-Zug-Bewegung. »Den neu beschickten Umschlag bringen Sie zum gleichen Safe zurück oder tragen ihn zu einem Safe in einem anderen Bankinstitut.

Da es sich um den Zugang zu Ihrem Safe handelt, werden Sie, wie im Himmel oder in der Hölle, sofort an der entsprechenden Pforte eingelassen.

Wann dürfen wir uns auf Ihren Besuch freuen?«

»Wohl übernächste Woche. Ich würde gerne vorher anrufen.« Dabei überreichte er ihr seine Visitenkarte und wartete auf die ihre, wobei sie, wie ihm schien, eine lange Sekunde zögerte. Gemessen begann er halblaut zu lesen: »Madame Agnieszka Meister-Novak, Direktorin.« Er verneigte sich ein wenig und entbot ihr seine Wertschätzung. Dann riskierte er bewusst ein Lächeln oder einen Fußtritt mit der Bemerkung, dass sich Polen und England schon immer gut verstanden hätten. Der Eisvogel nickte kühl, aber etwas zu langsam für reine Routine.

Auf dem Weg zum Ausgang: »Hier verkehren wohl des Öfteren Russen?«, fragte Richard fast unschuldig.

»Gut beobachtet, Sir, nachdem es in ihren Bruderländern nichts mehr zu stehlen gab, räumen sie nun zu Hause ab. Good bye, Sir!«

Ihre Bemerkung kippte ihn regelrecht aus dem Haus. So schnell wie es sich gerade noch schickte, tauchte er unter dem nimmermüden Auge der Fernsehkamera hinweg auf die anonyme Bahnhofstraße. Ohne umzublicken schritt er zum Paradeplatz und von dort durch den Park und über die Brücke zum Bellevue.

»Gut beobachtet, Sir«, blieb ihm im Ohr und er wiederholte die scheinbar harmlose Bemerkung unaufhörlich. *»Gut beobachtet, Sir!«*

»Mensch, Dicky, du bist alt geworden, blickst wie hypnotisiert in ein Schaufenster, begeilst dich an den Klunkern und den Türmen von Banknoten, erkennst die Spielregeln, um den Trickdieben zu entgehen, siehst unpassende Typen im feinen Geschäft, aber dass du beobachtet wirst, erkennst du nicht! Und dann noch von einem Eisvogel, wie er auffälliger nicht sein könnte!«

Richard fasste sich schließlich und begann mit der Schadenserkennung zwecks Schadensbegrenzung. Zunächst die Videokamera. Normalerweise registrieren sie die letzten fünfzehn oder dreißig Minuten, lange genug, um einen Raubüberfall festzuhalten, aber nicht das Ausspähen des Tatortes, welches sich über

Wochen erstrecken kann. Bei den Banken ist das so. Die Zeit, welche er im Café verbracht hatte, die kurze Episode mit den Pelzjacken, der Gang zur Privatbank und zurück zum Caratus hatten länger als dreißig Minuten gedauert. Erleichtert atmete Richard tief durch. Die Beobachtungsszene dürfte somit überschrieben worden sein. Natürlich blieb ein Restrisiko.

Dann blieben aber die wesentlich wichtigeren Fragen, die wie Hornissen in seinem Kopf kreisten, seit er in deren Nest getreten war. Hatte ihn der Eisvogel durchschaut? Dies blieb die zentrale Frage. Ihre ominöse Aussage bei der Verabschiedung wies eindeutig darauf hin. Für wen arbeitete sie denn? Da gab es verschiedene Möglichkeiten.

Gehörte sie in die erlesene Zunft der Rauchmelder? Bei einem Haus wie Caratus als bedeutende Geldwäschereianstalt durchaus denkbar. Sir Alec schriebe dann nicht auf schlechtem Papier.

Oder für die Züricher Ermittlungsbehörden? Kaum, die arbeiten nicht mit ›Private Investigators‹. Machen alles selber, daher passiert so wenig. Auch die Schweiz hat die Gesetze über die Geldwäscherei deutlich verschärft. Ihr musste das bekannt sein. Dennoch hatte sie ihm plastisch gezeigt, welche Praxis sich herausgebildet hat. Agent provocateur? Also wieder für die Züricher Ermittlungsbehörden. Undenkbar. Ist im Gesetz nicht vorgesehen.

Für die russische Staatsanwaltschaft? Warum nicht? Gewaschen wird offensichtlich russisches Geld.

Für irgendeine Mafia, zwecks Kontrolle ihrer Schäfchen und ihrer Gegner? Wurde sie etwa gar von diesen Leuten unter Druck gesetzt? Auch möglich.

Brauchte sie Hilfe und versuchte sie deshalb auf sich aufmerksam zu machen, indem sie in auffälliger Art und Weise Tipps für Geldwäscherei gab? Wollte sie eine Befragung durch die Polizei provozieren?

Wer holt abends das Video ab und analysiert es? Keiner der aufgeführten Kreise ist auszuschließen. Die Polizei wohl nur als Dokument nach einem Raubüberfall.

Dann blieb noch die zweite Bemerkung, die sie ihm beim Abschied auf den Weg gegeben hatte. War der Hass auf die Russen echt? Für eine Polin nichts Außergewöhnliches.

Vielleicht brauchte sie keine Hilfe, arbeitete für niemanden, zeigte aber ihre Bereitschaft, den Russen eins auszuwischen.

17 Richard würde alles genau so notieren und Sir Alec unterbreiten. Inzwischen war er am Bellevue angekommen, und da schien ihm zunächst eine gegrillte Bratwurst wichtiger, die hier in bester Qualität angeboten wurden.

Nachdem er sie mit Genuss gegessen hatte, trank er noch ein Bier, worauf er sich um einiges besser fühlte. Jetzt konnte er endlich den einzigen Programmpunkt in Angriff nehmen, den er sich vor dem Treff mit Rüegg wirklich vorgenommen hatte. Das war ja wenig genug. Er wollte lediglich einen äußeren Augenschein von der Anwaltspraxis des Dr. iur. Hermann W. Kropf nehmen. Warum eigentlich? Jedes Advokaturbüro wirkt von innen und von außen gleichermaßen steril. Und dennoch war es seine feste Gewohnheit, sich mit eigenen Augen einen physischen Eindruck der Dinge zu machen, die ihn interessierten.

Also begab er sich zur Dufourstraße. Sie zählt zu den besten Geschäftsadressen der Stadt. Moderne Bürohäuser wechseln ab mit stattlichen Wohnblocks, welche teilweise vor Jahrzehnten zu Geschäftshäusern umfunktioniert worden sind, dazwischen ein paar Hotels und Restaurants, ja sogar alte Villen mit ihren Gärten. Die meisten Geschäftshäuser beherbergten Treuhand- und Beratungsfirmen, Werbeagenturen, Headhunter und Anwälte, Anwälte, Anwälte … Und überall waren Wachmänner zu sehen, mal auffällig, mal unauffällig ausstaffiert und postiert.

Ein Wachmann genügte vor einer Handelskammer, welcher militante Weltverbesserer gravierende ökologisch-sozialethische Nord-Süd-Defizite unterstellten. Hier stand denn auch eine verlotterte Gestalt, welche undeutlich gutturale Laute von sich gab. Deutlichere Auskunft über sein Anliegen bot das im Do-it-yourself-Stil bemalte Plakat mit einem sinnigen Zweizeiler: ›Gen-Mais – so 'nen Scheiß!‹ Eine originelle Tarnung, wenn es eine wäre, schoss es Richard durch den Kopf, muss ich mir merken.

Das Nachbarhaus eines gut bewachten Konsulats erwies sich als die von Richard gesuchte Adresse. Es war ein Geschäftshaus wie manches andere, mit Messingtafeln der eingemieteten Firmen im Erdgeschoss. Kein Pförtner, also direkt in den Aufzug, gemäß Schild zum dritten Stock. Tür wie im Eingang beschriftet, kein Hinweis auf Partner, kein Kürzel für angelsächsische Diplome. Auf dem Stockwerk vier Parteien, also eher kleine Mietobjekte. Alle Türen massiv, keine Glasscheiben, keine Durchsicht. Die Flügeltüre des Aufzugs hatte er nicht aus der Hand gelassen. Gesehen werden wollte er keinesfalls. Also wieder rein und runter und raus, und die Straße hatte ihn wieder.

Eine große Anwaltsfabrik schien Dr. Kropf nicht zu betreiben. Im Gegenteil, von außen sah das Büro eher nach einer One-Man-Show aus. Beide Konzepte haben ihr Vor- und Nachteile. Richard schlenderte wieder zurück in Richtung Stadtmitte.

Sorgfältig machte er um jedes Bijouterie- und Uhrengeschäft und um jede Bank einen möglichst großen Bogen, in Zürich bei der Dichte solcher Objekte ein Orientierungslauf wie in einem griechischen Labyrinth. Aber von Wespennestern hatte er für heute genug. Erspähte er von weitem eine Pelzjacke, so schlug er einen Haken. Trug jemand schwer an einem kleinen Lederköfferchen, so verschwand er in einer möglichst dunklen Nebengasse. Für das letzte und längste Wegstück zum Hotel bestieg er die Straßenbahn.

Im Hotel angelangt, verfasste er seinen Bericht über die Beobachtungen rund um Caratus und natürlich von der Begegnung mit Madame Agnieszka Meister-Novak, dem polnischen Eisvogel. Inständig hoffte er, dass auf Sir Alecs Schachbrett diese Figur noch nicht existierte. Dann, nur dann könnte er diese viel versprechende Mine nach allen Regeln der Kunst persönlich ausbeuten.

Ein weiteres, wenn auch weniger professionelles Motiv stellte der Eisvogel selber dar. Wie verführt man einen Eisvogel? Richtig, man schmilzt das Eis und verführt ihn wie jeden Vogel.

Vielleicht verschaffte ein Griff ins Telefonbuch der Stadt Zürich eine erste Information. Über hundert Eintragungen unter ›Meister‹. Aber hier: Meister Agnieszka (-Novak) und weiter unten Meister Friedrich (-Novak), jedoch mit anderer Privatadresse und mit Hinweis auf ein Kunsthandelsgeschäft im Zentrum. Interessant, also getrennt lebend. Wo wohnte denn eigentlich unser Freund Kropf? Schweizer Telefonbücher sind hilfreich. Hier geht das Geschäft vor der Sicherheit, denn im Eintrag an der Dufourstraße war auch das Privatdomizil aufgeführt, nicht überraschend in einer reichen Vorortgemeinde.

18 Vor seinem geistigen Auge hatte er die letzten Stunden und Tage mit den spannenden und entspannenden Episoden abgespult und konzentrierte sich nun auf den wohl bald anrückenden Rüegg.

Der Blick durchschweifte den Speisesaal und blieb an der Decke haften. Eine Batterie von Rauchmeldern hütete den Raum! Sie zählten aber nicht zu Sir Alecs Wachtparade, sondern waren von Cerberus in die Decke gepflanzt. Wieder lachte er vor sich hin, was bereits die Angestellten auf den kuriosen Gast aufmerksam machte. In diesem Land lachen nur die stillen Säufer vor sich hin.

Da fiel ihm ein, dass in diesem Lokal vor Jahren während des Mittagessens Feuer ausgebrochen war und mehrere Tote zu beklagen waren. Beim Flambieren war Brandy auf den Brenner geflossen, die Flammen breiteten sich sofort auf Boden, Teppichen und Vorhängen aus Kunststoff aus und vergifteten die Luft in Sekundenschnelle. Der Notausgang war nicht markiert und zudem noch verstellt. Alarm wurde nur mangelhaft ausgelöst. Die Katastrophe war perfekt: Schuld war natürlich niemand, höchstens die Putzfrau, eine dunkelhäutige Asylbewerberin aus Swaziland, weil sie einen Servierwagen vor die Fluchttüre geschoben hatte.

Es erschien Herr Rüegg! Strahlend, kontaktfreudig wie immer, vielleicht an Gewicht etwas zugelegt, denn der oberste Knopf des Hemdkragens war offenbar nicht mehr zuzukriegen. Sie begrüßten sich herzlich.

Richard ließ ihn zunächst reden. Schleusen auf, nichts ist leichter, als Verkäufer reden zu lassen. Ihn zu bremsen war weder möglich noch nötig. ›Nur was Fahrt hat, lässt sich deichseln‹, hat ein preußischer König mal gesagt. Mit kurzen Gegenfragen ließ sich der Redeschwall kanalisieren, was Richard auch gelang. Eine wirkliche Unterbrechung war nur mithilfe der Speise- und Getränkekarten möglich.

»Ich gratuliere Ihnen zu Ihrem Erfolg an allen Fronten. Oder gibt es Fronten, wo nicht alles nach Wunsch lief? Sind auch plötzliche und unerwartete Schwierigkeiten aufgetaucht? Sie wissen, Palma Management ist eine Not, nicht eine Tugend. Ich meine, wir sind da, um Hindernisse auszuloten, damit Sie sie optimal angreifen können. Oder wir beschaffen bekanntlich die Pläne Ihrer Konkurrenz, damit Sie schneller am Ziel sind oder kräftesparend auf weniger umkämpfte Märkte ausweichen können. Herr Rüegg, ich sehe es Ihnen an, dass Sie gewaltige Sorgen haben.«

»Übertreiben wir nichts. Aber es machen sich zunehmend lästige Konkurrenten aus Mittel- und Osteuropa bemerkbar. Wir betreiben zwei Geschäftszweige. Weltweit bekannt sind unsere Industrieroboter. Das zweite Standbein ist unsere starke Marktstellung als Zulieferer von Präzisionsteilen für die Raumfahrt- und Rüstungsindustrie, für die Konstrukteure von chirurgischen Robotern und für andere anspruchsvolle Anwender wie im Falle der Space. Die beiden Sparten erzielen einen Umsatz von einigen hundert Millionen Euro, womit wir weltweit in der obersten Liga spielen. Qualitativ und technisch sind wir absolute Spitze.«

»Und wo liegt das Problem?«

»Nun, wir lassen Teile auswärts produzieren. Da kann selbstverständlich dank des technischen Know-hows unserer Zulieferer etwas abgekupfert werden. Die Lieferfirmen erklären sich natürlich als wasserdicht und es wird auch alles genau protokolliert. Eine Eigenfertigung kommt wegen der geringen Stückzahl nicht infrage.

Dann ist noch die Software, welche wir selber entwickeln. Sie befindet sich auf schreib- und kopiergeschützten CD-ROMs. Wir glauben nicht, dass hier ein Risiko besteht.

Im Geschäft als Zulieferer kann ich kein konkretes Leck vermuten, obwohl hier etwas nicht stimmen kann. Aber wir haben da einen gewissen Verdacht.«

Sie nutzten die Denkpause, um nach der Bedienung Ausschau zu halten. Richard hielt den Zeigefinger in die Höhe und ließ ihn wie eine Signalkelle zum Tisch kippen. Der Kellner lief und brachte unverzüglich die beiden Teller, vorerst mit polierten Pickelhauben verteidigt. Auf los gings los und zum Vorschein kamen wunschgemäß die Seelachsforelle nach Zuger Art, garniert mit farbenfrohem Gemüse und einer zum Fächer aufgeschnittenen Viertelstomate. Wildreis separat.

»Besteht ein Sicherheitskonzept, das von der Geschäftsleitung in Kraft gesetzt wurde und dessen Einhaltung auch kontrolliert wird?«, plagte Richard den guten Sämi Rüegg ein wenig.

»Sie haben vielleicht Recht, zum Teufel mit Ihnen. Sicher nicht professionell genug«, musste er einräumen.

»Herr Rüegg, wir beide wissen, dass es immer mancherlei Möglichkeiten gibt, an Software heranzukommen. Ich erinnere an die Heerscharen von Hackern. Im Fall der Greves eine vitale Angelegenheit.«

Er machte eine bedrohliche Pause und zitierte ihn trocken mit seinen Worten, dass Elektronik und Softwareprogramme wie siamesische Zwillinge zusammengehören, und zog die verheerende Schlussfolgerung:»Mit den außer Haus gefertigten Hauptleiterplatten und gestohlener Software ist der Vorsprung auf die Konkurrenz dahin. Zudem haben Sie als Zulieferer der Spitzenklasse im Fall Space den Kürzeren gezogen. Habe ich vorhin etwas von Mittel- und Osteuropa gehört?« fragte Richard kühl.

Wie von einem Torpedo mittschiffs getroffen, sackte Samuel Rüegg in sich zusammen.

Er hob die rechte Faust, als wolle er Richard einen Schwinger versetzen. »Eines Tages werde ich sie …« Er setzte die Faust wieder ab:»Stimmt leider, bei der Space waren wir auf der Großserie sitzen geblieben. Der Markt befindet sich in rascher Veränderung und ist sehr unübersichtlich und instabil geworden. Der Trend der Erträge weist leider eindeutig nach unten. Die Schmerzgrenze ist erreicht.«

Geistesabwesend füllte er sein Glas, das von Richard völlig vergessend.

»Richard, ich darf Sie doch so nennen. Ich bin der Sam.«

»Wer hätte das gedacht!«, entfuhr es Richard. Die Alemannen machen ein weiheähnliches Ritual aus der persönlichen Anrede; in der angelsächsischen Welt die größte Selbstverständlichkeit. Aber ein guter Schluck vom Zürcher Klevner war stets am Platz, und so besiegelte er das freundschaftliche Verhältnis.

Allmählich erholte Sam sich wieder und brummte: »Müssen wir morgen mit Kessler besprechen.«

Richard überlegte: »Falls es einem Konkurrenten gelingen sollte, Sie als Zulieferer preislich zu unterbieten und bezüglich Liefertermin mitzuhalten so …, so …, so gibt es, mein lieber Sam …, wahrscheinlich drei Möglichkeiten: eine schlechte, eine traurige und eine katastrophale. Welche Reihenfolge ist Ihnen genehm?«

»Fangen Sie schon an, Sie Sadist, Sie!«

»Nein, nein, ich muss mir noch einiges überlegen. Das gehört zum morgigen Verkaufsgespräch, ich muss doch mein Honorar rechtfertigen«, versuchte er lachend die Verzweiflung zu dämpfen.

Die beiden bestellten einen Espresso oder was immer hier darunter verstanden wurde.

Richard sann laut nach: »Greves hat offensichtlich an verschiedenen Fronten Bedarf an Intelligence. Morgen ist doch eine Arbeitssitzung mit Ihrem Chef Willy Kessler angesagt. Ist sonst noch jemand dabei? Nein? Das ist vorerst gut so.«

Es entstand eine kleine Pause, weil der Kaffee kam.

Richard hatte sich noch an einen wichtigen Punkt anzuschleichen. »Nehmen wir an, ein externer Printhersteller wäre nicht ganz dicht. Wer würde da rechtlich aktiv werden?«

»So einen Fall würden wir wohl unserem langjährigen Rechtskonsulenten Dr. Kropf übertragen, ein Genie von Anwalt. Er tritt zwar kaum einmal gerichtlich in Erscheinung, leitet aber die Vorbereitung und die Durchführung der Prozesse sehr engmaschig und gekonnt.«

»Ist er auch im Verwaltungsrat?«, fragte Richard scheinbar unwissend, obwohl er selbstverständlich die einschlägigen Register konsultiert hatte.

»Ist er nicht. Er nimmt überhaupt keine Verwaltungsratsmandate an. Das beweist seine Genialität. Er vertritt nämlich die unter seinen Berufskollegen nicht gerade weit verbreitete Meinung, dass Anwälte in Verwaltungsräten nichts verloren hätten. Erstens seien sie keine Unternehmer und könnten somit in geschäftlichen Fragen nichts beitragen. Zweitens wären sie in einem Rechtsfall Partei und in eigener Sache solle man nie plädieren. Drittens sei in jedem Rechtsfall objektiv abzuklären, welcher Anwalt hier nun der geeignetste sei. Die meisten Anwälte verhielten sich umgekehrt. Sie würden so viele Verwaltungsratsmandate an sich reißen, wie sie nur könnten. Resultat: hoher Preis, wenig Leistung, Interessenkonflikt, Wichtigtuerei, Geldgier.

Analoges hält er von Vertretern von Bankinstituten in Verwaltungsräten. Sie seien ebenso wenig Unternehmer wie die Anwälte. In guten Zeiten seien sie nutzlos. Brauche das Unternehmen Kredite, so müssten sie in erster Linie die Interessen ihrer Bank wahrnehmen, und das Unternehmen stehe im Regen. Interessenkonflikte und Insiderprobleme seien vorprogrammiert.

Originalton Kropf: ›In die Verwaltungsräte gehören Unternehmer und nicht diese Schleim- und Klugscheißer.‹ Ende des Zitats.«

»Abwegig ist seine Theorie, ehrlich gesagt, ganz und gar nicht. Herr Kropf erfreut sich daher sicherlich eines weiten Freundeskreises bei den Anwälten und den Bankern«, kommentierte Richard zynisch.

»Die Antwort können Sie selber geben. Er hat sich so gut wie mit allen angelegt und ist praktisch geächtet. Aber alle fürchten seine Intelligenz und beneiden ihn um seinen Reichtum. Sein Spitzname lautet ›der Mephisto‹. Wo er heute überall seine Finger drin hat, ist mir nicht bekannt. In seinem Privatleben sollen sich schon leicht schillernde Ereignisse zugetragen haben. Ist seine Sache, als eingefleischter Single ohne Verwandtschaft braucht er nur auf sich selber Rücksicht zu nehmen. Näheres kann ich Ihnen aber nicht sagen. Ich möchte Sie überhaupt bitten, meinen Namen dort nicht zu zitieren. Bitte!«

»Schön, der Herr beginnt mich zu interessieren«, bemerkte Richard cool, innerlich brennend vor Interesse. »Womit machte er denn sein Geld, beziehungsweise womit ist er reich geworden?«

Um die mögliche Brisanz seiner Frage abzuschwächen, schob er noch die Begründung für sein Interesse nach: »So einem Genie möchte ich natürlich meinen Competitive Intelligence Service vorstellen und anbieten. Sie können mir da sicher ein Entree verschaffen, oder?«

»Genau, Richard, Willy Kessler wird den Kontakt vermitteln. Keine Frage, Ihr zwei müsst einander kennen lernen.«

Damit hatte Richard das Ziel des Abends erreicht. Sie begaben sich ins Erdgeschoss an die Bar und nahmen noch einen Schlummertrunk. Das bunte Publikum gab Sam Gelegenheit, sich auch von einer anfälligen Seite zu zeigen.

19 Gut gelaunt eröffnete Willy Kessler die Gesprächsrunde, denn er durfte sich den Anfang einer erlösenden Strategie aus der gespannten Geschäftssituation erhoffen. Seine Stimmung verdüsterte sich merklich, als Sam Punkt für Punkt über die Analysen und Mutmaßungen vom gestrigen Abend mit Richard berichtete. Richard war eigentlich erstaunt, wie genau die Ausführungen waren; er hatte nur wenige Ergänzungen anzubringen.

Sam ließ es sich nicht nehmen, darauf hinzuweisen, dass sie sich jetzt per Vornamen ansprachen. »Fast wie bei einer kirchlichen Trauung«, war Richard versucht zu ergänzen, unterließ aber die spöttische Bemerkung. Gelöst und informell zog Willy Kessler sofort nach.

Damit war für Richard der Zeitpunkt gekommen, sachte, aber eindeutig die Gesprächsführung zu übernehmen.

»Meine Herren«, hob er an, »der Inhalt unserer Gespräche bleibt strikt unter uns. Keine Sekretärinnen, keine anderen Führungskräfte, keine Verwaltungsräte, selbst nicht Dr. Kropf. Am Schluss unserer Sitzung werde ich alle geheimen Papiere eigenhändig einsammeln, falls es solche geben wird, und vernichten. Habe ich Ihr formelles, uneingeschränktes Einverständnis? Sonst können wir hier abbrechen.«

Willy nickte mit erstaunter, Sam mit ernster Miene.

»Wenn ich Sam richtig interpretiere, fühlen Sie in Ihrem Geschäft mit den Industrierobotern ein gewisses Unbehagen. Sie orten ein mögliches Geheimhaltungsleck rund um die elektronischen Prints, also die Leiterplatten, deren Fabrikation Sie auswärts vergeben. Ein weiteres Leck könnte bei der Software vorliegen, die Sie zwar im Haus herstellen, aber das Sie dennoch nicht ausschließen können. Sollte dem so sein, so ist Ihr Unternehmer in existenzieller Gefahr.

Die schlechten Erfolgsraten und die Ergebnisse als Zulieferer der Hightechindustrie mit Lohnaufträgen von Einzelteilen beunruhigen Sie in zunehmendem Maße. Nach meiner Beurteilung hat das mit der zunehmenden Austauschbarkeit von Lieferanten zu tun. Es besteht aber auch ein gewisser Verdacht auf kriminelle Vorgänge, welche Ihre Leistung schmälern. Wie ich höre, gehen die hier auftretenden Verluste mit zunehmender Tendenz ins Auge.«

Willy zollte dieser treffenden Zusammenfassung des Problems ehrliche Anerkennung: »Wirtschaftlich haben Sie es auf den Punkt gebracht, gratuliere! Was den Verdacht auf kriminelle Vorgänge betrifft, so hoffe ich, dass Ihre Hypothesen nicht zutreffen.«

»Es sind keine Hypothesen, sondern vorerst nur Fragezeichen, denen nachzugehen ist. Würden Sie sich für Ihre Informatiker verbürgen?«, fragte er und blickte beide an. Beide nickten spontan und mit voller Überzeugung.

»Wie würden Sie Ihre Bürgschaft begründen? Bitte entschuldigen Sie meine Pedanterie.«

Nicht ohne Stolz erklärte Kessler: »Es ist mein Sohn Rolf. Ich werde ihm eines Tages meine paar Greves-Aktien übertragen. Das ist zwar kein riesiges Paket, aber sicher genug, um auch aus finanzieller Sicht seine Loyalität zu begründen. Er hat als Diplomingenieur auf dem Gebiet der Elektronik und Informatik abgeschlossen. Nach kurzen Aufenthalten in den USA ist er vor fünf Jahren bei uns eingetreten und hat die Softwareabteilung und die dazugehörige Printtechnologie übernommen und weiterentwickelt.«

»Dann rufen Sie ihn doch bitte. Wir werden über Sicherheit und Geheimhaltung rund um die Software reden müssen. Sam, Sie erinnern sich an unsere Überlegungen von gestern Abend?«

Sam nickte bestätigend, als ob er zu der Erkenntnis etwas beigetragen hätte. Das störte Richard nicht im Mindesten. Wer sich mit fremden Federn schmückt, wird zwangsläufig zum Verbündeten.

»Gibt es Spannungen im oberen Management Ihrer Firma?«

»Was meinst du, Sam, ist da etwas zu erwähnen? Du nickst. Wenn Sie so konkret fragen, es macht sich des Öfteren eine ge-

117

wisse Rivalität zwischen Rolf und Urs Flückiger, unserem Betriebsleiter, bemerkbar. Wohl so das übliche Gezänk zwischen so genannten Theoretikern und Praktikern, wie es vereinfachend heißt. Flückiger hat an der Fachhochschule graduiert, Rolf ist akademischer Hochschulingenieur.«

Dann kaute er an seinen Lippen herum. Er hatte wohl noch etwas auf dem Herzen. Er blickte zu Sam hinüber.

»Es gibt noch eine Kleinigkeit«, ergänzte er an Willys Stelle. »In der Schweiz gibt es bekanntlich eine Milizarmee, wo sowohl Freund- als auch Feindschaften entstehen. Die einen mutieren später zu erfolgreichen geschäftlichen Seilschaften, dem Schweizer Filz. Die anderen verpuppen sich zu gut getarnten Minen, die bei Bedarf hochgehen oder für Missliebige zumindest ein schwer passierbares Hindernis darstellen. Rolf und Urs haben unter einem gewissen Herrn Kropf Dienst getan, unserem Rechtskonsulenten, von welchem ich Ihnen gestern Abend erzählte. Flückiger war von ihm begeistert, Rolf hingegen hatte bald um seine Versetzung nachgesucht. Dem Gesuch wurde ohne weiteres stattgegeben. Was genau gewesen war, wissen wir nicht, dürfte auch kein Thema mehr sein und damit auch keine Rolle mehr spielen.«

Natürlich überhörte Richard nicht das brisante Detail, bestätigte es doch die von der SloTrade an Georg kolportierte Information. Er befand sich auf der richtigen Fährte.

Er erhob sich und ging zur Lockerung ein paar Schritte auf und ab. Von der Sekretärin wurde Kaffee serviert. Akten gab es noch keine abzudecken.

Der junge sympathische Mann trat ein und wurde mit Richard bekannt gemacht.

Willy Kessler fasste die beunruhigende Situation im Geschäftsbereich Industrierobotik zusammen. Richard beobachtete so unauffällig wie möglich den jungen Ingenieur. Der hörte konzentriert zu, zeigte sich weder schockiert noch sonderlich überrascht, nickte nur ab und zu.

Wieder ging Richard im Sitzungsraum hin und her. Sein Gesicht verriet, dass er daran war, eine Idee zu entwickeln. Dann verkündete er theatralisch: »Und – meine Herren, ich habe einen Plan!«

Erstaunen, Spannung! Aber Richard genoss eine wohl temperierte Verzögerung seiner Offenbarung.

»Meine Herren«, hob er an, »dass wir Probleme haben, die über das betrieblich Übliche hinausgehen, steht außer Zweifel. Für mich liegen genügend Anhaltspunkte dafür vor, dass die Greves systematisch betrogen und bestohlen wird. Niemand will Sie vernichten, man will Ihnen ans Fett und nicht ans Leder. Blutsauger wollen Blut, nicht das Leben des Opfers. Bei der Verfolgung ihrer Ziele nehmen sie aber dessen Tod in Kauf. Die einzig Erfolg versprechende Strategie heißt im ersten Schritt Tarnung. Die potenzielle Täterschaft darf nicht aufgeschreckt werden. Aus der Sicht der Blutsauger soll bei Greves ›business as usual‹ herrschen. Außer für Sie drei ändert sich nichts am täglichen Verhalten. Wir betreiben das Geschäft vordergründig unverändert weiter, eben als ›business as usual‹. Das ist die beste Tarnung.«

Zweitens sei die Täterschaft durch Irreführung zu identifizieren. Er erläuterte die Technik der programmierten Sabotage als eine im Prinzip einfache Sache für Rolf. In den Spezifikationen für die Prints, welche auswärts gefertigt werden, könnte Rolf einen Programmfehler einpflanzen.

Im Nachhinein ließe sich dieser Fehler durch eine entsprechende Änderung in der Verdrahtung kompensieren. Würden nun Prints illegal abgezweigt und somit unkorrigiert verwendet, so würden dort sporadisch ganz bestimmte Pannen auftreten.«

Richard machte eine Pause, um seine Überlegungen wirken zu lassen. Dann fuhr er fort:

»Auch im Bereich Software sind Maßnahmen zur Geheimhaltung und zur Irreführung eventueller Hacker zu treffen. Das Leitprogramm, welches Sie anwendungsbereit in Ihrem Computer speichern, zinken Sie mit einem kleinen Virus, welcher sporadisch den Benützer stört und dann verrät. Die korrekte Version wird ausschließlich von Ihnen auf nummerierte schreibgeschützte CD-ROMs für die Kunden kopiert und in Ihrem Safe aufbewahrt. Ein Hacker in Ihrem Computer wird daher stets nur die Virusversion klauen können. Wohl bekomm's!«

Die Fehler, welche Rolf auf die Prints und in die Programme setze, sollten nicht auffällig sein, unregelmäßig auftreten und den Betrieb der Anwender stören, aber nicht lahm legen. Mit mehrfachem Effekt: Schaden beim Kunden und Reklamationen beim Piraten begleitet mit Schadenersatzforderungen. Als aktiver Marktbeobachter und Marktteilnehmer erhielte Greves auf dem Serviertablett sichere Hinweise auf die Falschmünzer und könnte gegen sie losziehen. Bei Bedarf würden Sie die Justiz einschalten, diskret die Presse informieren und die Kopisten an den Pranger stellen. Für Greves entscheidend wäre die Möglichkeit, die Fährte des Verrates und Betruges zu verfolgen, die wahrscheinlich bis unter das Dach der Greves reichen dürfte.«

Der Private Investigator machte eine Pirouette und blickte in die Runde. Rolf nickte und freute sich hämisch. Er werde sich raffinierte Fallen ausdenken. Prinzipielle Schwierigkeiten könne er keine erkennen. Die Schaden-Vorfreude stand allen ins Gesicht geschrieben.

»Im Falle der Space gelang es einem Konkurrenten, Sie als Zulieferer preislich zu schlagen und pünktlich zu liefern. Analoge Fälle häufen sich in bedrohlichem Ausmaß.« Er machte eine Pause und blickte zu Sam, der sich mit Schaudern an die Worte von gestern Abend erinnerte. Dann fuhr er fort:»Es gibt, meine sehr verehrten Herren, wahrscheinlich drei Erklärungen: eine schlechte, eine traurige und eine katastrophale.

Im ersten Fall, dem schlechten, waren Sie einfach zu langsam. Sie müssten also Ihren Betrieb überprüfen, um schneller und effizienter zu werden. Hier liegt nicht unser Problem.

Im zweiten Fall würden heimlich überzählige Exemplare in einer bestimmten Zahl produziert, außer Haus gebracht und über Mittelsmänner zu günstigen Preisen zum Kunden spediert. Da es sich hier in der Regel um Teile kleiner Dimensionen handelte, ist dies unschwer zu bewerkstelligen. Der Trend läuft ohnehin in Richtung Miniaturisierung. Traurig wollen wir diese Version deshalb nennen, weil sie nur mit Kollaborateuren im Hause Greves zu bewerkstelligen wäre.

Die dritte Möglichkeit wäre katastrophal: Ein Pirat wäre im Besitz von Prints und Software und könnte die Greves als Zulieferer zu konkurrenzlosen Preisen austricksen. Das wäre eine ausgewachsene wirtschaftskriminelle Konstruktion, deren Haupt schwerlich innerhalb der Greves zu suchen wäre, wohl aber einige ihrer Helfer.«

Stille herrschte im Raum.

Pause, Bestürzung.

»Meine Herren, auch hier heißt die Devise zunächst: ›business as usual‹! Die allfällige Täterschaft darf nicht aufgeschreckt werden. Eine genauere Produktionskontrolle? Wohl kaum, vielleicht würde gerade dadurch der Bock zum Gärtner gemacht, jedenfalls gewarnt. Also zunächst abwarten.« Kessler und Rüegg warfen sich einen kurzen Blick zu, was Richard nicht entging.

»Also, was ist tatsächlich zu tun? Sinngemäß das Gleiche wie bereits skizziert. Eine Aufgabe für Rolf: Es muss möglich sein, durch das Leitprogramm die Teile so zu kennzeichnen, dass sie von einem eingeweihten Fachmann identifiziert werden können, ohne dass ihre Funktionsfähigkeit beeinträchtigt wird.

Wie damals bei der Space ist an die von irgendwem gelieferten Teile heranzukommen. Wird nun dort unser Merkmal identifiziert, so könnte die kriminelle ›Handelskette‹ rekonstruiert werden. Das Resultat wären wohl brisante organisatorische und personelle Erkenntnisse über Kopf und Hände der verschlungenen Wege; also die rechtliche Basis für den Gegenschlag.

Sind die Teile aber clean, also ohne Ihre Markierungen, so ist alles mit rechten Dingen zugegangen und Sie haben eben normales geschäftliches Pech gehabt; möglicherweise ein Marktsignal, Ihre Produktionstechnik zu verbessern. Ob der Fall Space clean war, lässt sich auf diesem Weg nicht mehr rekonstruieren.«

Richard wusste ja von Georg, dass die Ware von Greves stammte, also irgendwo bei der Firma oder in ihrem Umfeld die undichte Stelle war. Nur konnte er diese Information natürlich keinesfalls preisgeben.

Zum Schluss wiederholte Richard die Spielregeln:

»Nur wir vier kennen das Projekt der Tarnung, der Desinformation, der Beobachtung und des Schutzes unseres Know-hows. Und so wird es auch bleiben. Keine Sekretärin, kein Finanzchef, kein Urs Flückiger, kein Dr. Kropf, einfach *niemand*! Klar?«

Richard stellte Einstimmigkeit fest.

»Noch haben wir nicht über den Gegenangriff gesprochen. Der aber kann frühestens geplant werden, wenn die Ergebnisse der Beobachtungen vorliegen. Bis auf Weiteres sind sämtliche Einzelaktionen verboten. Ist das auch klar?«

Niemand widersprach.

Bevor Richard die Regie definitiv an Willy übergab, machte er auf die Notwendigkeit der Tarnung des Vorhabens an sich aufmerksam. Seine häufige Präsenz hier im Hause, die Gespräche mit Willy, Sam und Rolf mussten für manche Personen plausibel erklärt werden, um keine unerwünschte Neugierde aufkommen zu lassen. Schließlich musste der Finanzchef – und dabei zwinkerte er Willy zu – seine Honorarrechnungen in astronomischer Höhe bezahlen. Zu diesem Zweck schlug er ein durchaus plausibles und sogar notwendiges Mandat vor. Es sei die Firma Cincinnati Tools, Ohio, ein namhafter Konkurrent, strategisch zu durchleuchten.

Auch diese Idee fand Beifall. Niemand hätte an so etwas gedacht. Richard sonnte sich in imaginären Standing Ovations.

»Sie sehen, meine Herren, Competitive Intelligence Service ist eben auch Competite Counter Intelligence Service. Nur eine Frage des Vorzeichens. Was meine angedroht horrenden Honorare betrifft, so kann ich Sie beruhigen. Sie betragen während der Dauer meines Einsatzes fünfzehntausend Schweizer Franken monatlich, Cincinnati eingeschlossen.«

Richard wartete eine Reaktion gar nicht ab.

Die nächste Sitzung wurde in zwei Wochen anberaumt, Referent Rolf über Desinformations- und Täuschungsprogramme.

Schließlich waren nur mehr Richard und Willy im Raum. Offensichtlich hatten sie ein gutes Verhältnis zueinander aufgebaut. Willy dankte ihm für seine Unterstützung. Die Greves war sein ein und alles. Sollte jemand Raubzüge auf die Greves versuchen, er würde ihn glatt erwürgen.

So war es für Richard genau der passende Moment, ihn für eine Referenz bei Dr. Kropf zu bitten. Ehrlich gestand er ihm: »Ich möchte diese außergewöhnliche Persönlichkeit kennen lernen. Vielleicht hat er Bedarf an Competitive Intelligence Service. Es könnte ihn verunsichern. Vielleicht erwähnen Sie das offizielle Mandat der Cincinnati Tools.«

Willy Kessler überlegte lange. Nicht, ob er anrufen wolle oder nicht. Sein Blick verlor sich im Unendlichen. Hatte er die mög-

122

liche Tragweite von Richards Einsatz erahnt oder erhoffte er sie sogar? Gerade die letzte Bemerkung hatte ihn elektrisiert.

Der Telefonanruf war erfolgreich. »Geht es heute um 15 Uhr? Ja, danke, keine Angst, der findet Sie schon!«

Sie verabschiedeten sich wie alte Bekannte.

20 Die Arbeitssitzung hatte bis Mittag gedauert und doch äußerte niemand den Wunsch nach einem gemeinsamen Lunch. Jeder war zu sehr mit sich beschäftigt, die Erkenntnisse und Befürchtungen aufzuarbeiten. Die kleine Gruppe war aber auch von einer hochgemuten Verbissenheit erfasst, dem noch unfassbaren Gegner die Stirne zu bieten. Mit seinen Ideen, die Gauner irrezuführen, hatte es Richard verstanden, ihrer Moral einen Kick zu geben. Da Schadenfreude die schönste Freude ist, freuten sie sich schon diebisch, den Schaden und die Blamage der Spitzbuben und Piraten so groß wie möglich werden zu lassen.

Richard hatte genügend Zeit für seinen schriftlichen Bericht, bevor er sich zur Dufourstraße auf den Weg machte.

Er betrat das Haus neben dem bewachten Konsulat und fuhr mit dem Aufzug zwei Stockwerke höher als nötig. Von dort schlich er lautlos die Treppen hinunter, bis er vor der Kanzleitüre von Dr. Hermann Werner Kropf, Rechtsanwalt, stand. Er lauschte nach unten. Tatsächlich hatte jemand den Eingang betreten und gleich wieder verlassen. Beobachten konnte er das nicht, aber er nahm an, dass eine der Wachen von nebenan die Stockwerkanzeige über dem Aufzug abgelesen hatte, was einen Hinweis auf seinen Besuchszweck geben könnte. Das gesamte fünfte Geschoss war von einem libanesischen Geldhändler belegt.

Klingeln um 14.59 Uhr. Kein Surren, keine Melodie, kein Ding-Dong, normales Klingeln wie früher beim Tierarzt oder bei der Polizei oder sonst wo. Eilfertig öffnete ein junger, stark übergewichtiger Mann mit bleichem Gesicht. Er rief zur offen stehenden Tür, welche wohl ins Büro des Hausherrn führte: »Herr Doktor, Ihr Gast ist da.«

»Danke«, tönte es blechern um die Ecke. »Zwei Minuten zu früh ist zu früh, eine Minute zu früh ist genau, Punkt ist zu spät! Ich gratuliere Ihnen, Mr. Harriott! Sandhurst? Alte Schule, was!«

»Doktor Kropf, ich wollte eigentlich mit Ihnen nicht übers Militär reden«, sagte Richard und lachte aus Höflichkeit, so laut er konnte. Kropf reichte ihm die Hand und bat ihn, an seinem riesigen Schreibtisch Platz zu nehmen. Das Bleichgesicht wurde mit einem Wink des Zimmers verwiesen.

Dr. Kropfs Sessel war so platziert, dass er das Licht im Rücken, die Besucher, die ihm gegenübersaßen, es hingegen im Gesicht hatten. Wer an so etwas nicht gewöhnt ist, kann das durchaus als unangenehm empfinden. Richard störte es nicht. Die einfallenden Sonnenstrahlen ließen die weit abstehenden Ohren rosarot leuchten. Wäre er sich dessen bewusst gewesen, er hätte sicherlich eine günstigere Sitzordnung gewählt.

Sie kamen sofort ins Gespräch. Kropf interessierte sich für das Projekt Cincinnati Tools. Das gab Richard die Gelegenheit, die Dienstleistungen von Palma Management vorzustellen und am Beispiel der Cincinnati zu illustrieren.

Kropf blickte ihm unverwandt in die Augen und hörte ohne eine Bewegung bis zum Schluss in voller Konzentration zu. Das kennzeichnet in der Regel starke Persönlichkeiten. Auch zwingt es den Vortragenden, sich auf das Wesentliche zu konzentrieren und nicht abzuschweifen.

Kropf hatte sofort erfasst, worum es bei einem Competitive Intelligence Service ging. Richard spürte, dass Kropf Bedarf dafür haben musste. Den Blick eisig und klar auf Richard gerichtet, erkundigte er sich mit kalter Stimme: »Würden Sie auch Handelsfirmen ausspionieren?«

»Als Objekt durchaus, aber der Bezeichnung Spionage muss ich widersprechen. Spionage ist illegal. Wir beschaffen die gesuchten Informationen ausschließlich mit legalen Mitteln. Wir sind überzeugt, dass mit der Legalität auf die Dauer das bessere Geschäft zu machen ist. Auch zielen unsere Recherchen nicht auf rechtlich schützbare Fakten, sondern wir holen die Meinungen der entscheidenden Führungskräfte ein, loten ihre Motivation und Loyalität aus und sichern uns wenn nötig ihre Mitarbeit im Falle X.«

Richard formulierte so legalistisch, um Kropf keinerlei Angriffspunkte zu bieten.

Jetzt erreichte der unterkühlte Kropf beinahe Zimmertemperatur. Er lehnte sich einen Zentimeter zurück, um sich gleich wieder nach vorne zu beugen. Noch fixierte er Richards Augen, sodass dieser seine Blicke nicht im Raume schweifen lassen konnte. Ein Ausweichen hätte er als Unhöflichkeit oder als Mangel an Haltung empfunden.

Plötzlich fiel ihm ein, an wen Kropf ihn erinnerte. Natürlich passte ›Mephisto‹ nicht schlecht. Aber noch treffender schien ihm Joseph Goebbels. Der Blick, die Suggestivkraft, die eisige Kälte, die mit Händen zu greifende Rücksichtslosigkeit auf der negativen und die vielschichtige Genialität und Intelligenz auf der positiven Seite machten aus ihm einen höchst gefährlichen Mann. So wenigstens hatte er die Naziführer in alten Wochenschauen empfunden. Um aber Mephisto nicht zu beleidigen, vergaß er seinen Vergleich wieder.

Kropf wollte es genauer wissen: »Bei einer Handelsfirma könnte das Sortiment interessieren, die Lieferanten, die Kunden und die Konditionen. Wäre das ein Fall für Sie?«

»Im Prinzip ja, muss aber erst studiert werden. Wann können wir anfangen?«

»Ihre Antwort gefällt mir. Sie werden von mir hören.«

Damit war eigentlich das Gespräch beendet. Kropf schaute endlich weg. Sofort erhob sich Richard und ging völlig unbefangen im Raum umher. An einer Wand hingen Fotografien von hohen Schweizer Offizieren, Kränze unterschiedlicher Breite zierten die steifen Mützen. Er hielt bei jedem an und las die Messingplakette, welche über Grad, Namen und Funktion Auskunft gab.

Richard wusste, dass Kropf das ungefragte Herumgehen wohl störte, aber wer eine Galerie von Generälen mit Bewunderung inspiziert, ist sofort rehabilitiert. Respekt für die Schweizer Armee, von Ausländern bezeugt, tut den Eidgenossen besonders gut.

Kropf begann zu kommentieren. Jeden hatte er natürlich persönlich gekannt, manche zählten noch heute zu seinen Kameraden. Richard verneigte sich leicht mit den Händen auf dem Rücken.

Einer der Zweisterngeneräle hieß Züger und hatte sich nach seiner Pensionierung zum Präsidenten der Greves wählen lassen. Züger hatte ihn, Kropf, zum Rechtskonsulenten der Greves ernannt, was er auch nach Zügers Rücktritt bis heute geblieben sei. Nein, ein besonders umfangreiches Mandat sei dies nicht, antwortete er auf Richards Frage. Er kenne auch deren Geschäft kaum und wolle sich auch nicht aufdrängen.

Das war wieder eine Spur zu flach, zu indifferent, um wahr zu sein. Weder erwähnte er den Urs Flückiger noch den Rolf Kessler. Eine merkwürdige Auslassung, wenn doch schon von der Militärkiste die Rede gewesen war. Offensichtlich war es aber Richard gelungen, zu Kropf einen minimalen persönlichen Kontakt herzustellen. Er hatte seine geschäftliche Neugierde geweckt. Noch wichtiger: Kropf inmitten militärischer Größen war Labsal für Kropfs Eitelkeit. Sympathischer war er ihm deswegen nicht geworden. Er fühlte, dass Kropf ihn weiter beeindrucken wollte; er hatte einen unglaublichen Geltungsdrang. Nicht schlecht, dachte Richard. Wer angibt, macht Fehler.

Zur Überraschung Richards ging Kropf zu einem großen, mit einem Vorhang verdeckten Schrank. Er winkte den Besucher herbei. Dann ließ er den Vorhang fallen. Zum Vorschein kam eine prachtvolle Vitrine mit einer Sammlung von Nippsachen, Gläsern, Kunstgegenständen aller Art. Er knipste die Beleuchtung an. Allerdings konnte sich Richard auf den ersten Blick kein Bild über den Wert machen.

Applaudieren konnte nicht falsch sein. Jedenfalls war das der Auslöser für ein Referat des großen Kunstsammlers Kropf. Jedes Porzellanfigürchen wurde beschrieben, aus welcher Manufaktur, mit Jahr und Serie. Besonders kundig waren seine Ausführungen über die Ikonen. Richard gab sich vor allem bei jenen Objekten osteuropäischer Herkunft sehr interessiert, von denen er annahm, dass sie auf verschlungenen Wegen in Kropfs Vitrine gelangt waren.

Ganz auf das Ego seines Gastgebers eingehend, gab er sich seiner Bewunderung hin:

»Herr Kropf, wie Sie es nur geschafft haben, diese Ikone zu beschaffen! Zuerst muss man wissen, dass es die überhaupt gibt. Ich habe sie noch in keinem Katalog gesehen. Muss aus Kiewer Privatbesitz stammen. Hat wohl noch vor der kommunistischen Machtergreifung in Frankreich Zuflucht gefunden. Und dann muss man an sie herankommen. Drittens, ein wichtiges Detail, ganz billig dürfte sie nicht gewesen sein. Mein Kompliment, Herr Doktor Kropf!«

Kropf biss an. Er dehnte sich nach allen Seiten, sein Kinn ragte in die Luft.

»Diese Ikone stammt tatsächlich aus Kiew. Sie kennen sich aus, mein lieber Mr. Harriott. Sie hat Kiew verlassen, als dort noch die Sowjetmacht herrschte. Wem sie wann gehörte, ist nur ungenau bekannt. Sicherlich ist es mir gelungen, sie weit unter ihrem Wert zu kriegen. Zur Bezahlung sind oftmals auch andere Währungen als Geld möglich. Der Sammler wird eben von verschiedenen Motiven getrieben.«

Richtig, dachte Richard, nämlich Kunstsinn, Gier, Eitelkeit, Narzissmus, Schnäppchenjagd, List, sogar Macht und Geltungsdrang.

Kropf hatte plötzlich unendlich viel Zeit. Keine straffe Effizienz wie im geschäftlichen Teil ihrer Sitzung. Richard musste sich beinahe hüten, um nicht ein Quäntchen Sympathie für ihn zu entwickeln, was ihm noch schwerer gefallen wäre, hätte Kropf nicht die letzte Bemerkung über die ominösen Währungen fallen lassen.

Am Schluss der Vorführung machte Kropf ein geheimnisvolles Gesicht: »Ich zeige Ihnen etwas ganz Seltenes, das Herzstück meiner Sammlung.« In der Vitrine befand sich eine ganze Etage, welche von zwei Spiegeltüren verschlossen war. Er drehte den silbernen Schlüssel in der Mitte und öffnete sie langsam und sorgfältig. Was zum Vorschein kam, war tatsächlich atemberaubend. Sechs Fabergé-Eier standen in einer Reihe, die kleineren außen, die größeren innen. Selbstverständlich jedes verschieden in Farbe, Motiv und Verzierung. Die einen standen auf einem runden Fuß, andere wurden von drei, wieder andere von vier zierlichen Füßchen getragen. In der Mitte war ein Platz noch leer gelassen. An der Stelle lag eine Plakette mit der Aufschrift: »Das große Kobalt-Ei«.

Diesmal war Richard echt entzückt. Er konnte sich kaum satt sehen. Die Kernfrage nach dem »großen Kobalt-Ei« sparte er zunächst aus. Kropf würde sie sicher selber anschneiden.

So war es denn auch. »Kennen Sie das ›große Kobalt-Ei‹, mein Herr?«

»Nein, nie gehört. Bei einem Waffenhändler würde ich auf ein Nuklearköpfchen im Westentaschenformat tippen.«

Die Miene des Mephisto verdüsterte sich während des Bruchteils einer Sekunde wie bei einer Mondfinsternis in extremer Zeitrafferaufnahme.

»Soll das ein Witz sein?« Die Blechschere lachte.

»Was sonst, ich finde ihn originell, Sie nicht?«

»Nein, nicht originell, ich habe ihn schon einmal gehört. Gleich werde ich Ihnen sagen von wem. Tippen Sie ein zweites Mal. Das ist ein Test auf Ihre Bildung.«

»Dann ist es einfach. In Ihre formidable Reihe passt nur ein Ei von Fabergé, wohl eins aus Zarenbesitz. Aber von diesem famosen Kobalt-Ei habe ich noch nie gehört, sorry!«

»Prüfung bestanden. Mehr von diesem Ei ist gar nicht bekannt. Aber es existiert. Ich habe den tüchtigsten Spürhund im Kunsthandel, den es gibt, darauf angesetzt. Auch der arbeitet für mich. Ich muss das Ei haben. Verstehen Sie, ich muss es haben! Was ich Ihnen jetzt verrate, muss unter uns bleiben.«

»Sie sprechen mit Ihrem Private Investigator, jedes Wort bleibt selbstredend streng vertraulich.«

Ganz Kropf, der Sammler, er beschäftigte einen Hofstaat von Spezialisten aller Art. Wieso nicht auch einen Kunsthändler, wenn doch in der Vitrine noch einiger Platz war!

Kropf schien zu überlegen, ob er vielleicht seinen Kunsthändler um den vor ihm stehenden Private Investigator verstärken sollte. Offenbar wollte er dies nicht jetzt entscheiden, und so beschloss er, die zwei zunächst unverbindlich zusammenzubringen.

»Sie müssen ihn kennen lernen. Ich stelle Sie ihm als Kunstliebhaber vor. Ist ja nicht falsch, oder? Wir werden das Thema ›großes Kobalt-Ei‹ gelegentlich weiterverfolgen. Der Mann heißt Friedrich Meister, er betreibt ein erfolgreiches Geschäft in der Altstadt. Hier seine Karte. Okay, Sir?«

»Okay!«, für Richard eine Sternstunde.

Kropf griff zum Hörer, drückte eine Taste und hatte den Spürhund in Kunstsachen am Draht.

»Kropf, guten Tag, Herr Meister, haben Sie das Ei schon gefunden? Nicht? Schlafen Sie? Und Sie nennen sich Weltmeister? Nun, ohne Fleiß kein Preis. Ich habe hier einen potenziellen

Kunden für Sie, einen feinen Engländer, Mr. Harriott. Wann schließen Sie heute Ihren Saftladen? Was, um 18 Uhr? Sie hätten Beamter werden sollen. Deshalb finden Sie das Ei nicht. Also, besagter Gentleman wird Sie vor Ladenschluss aufsuchen. »Gut? Danke. Ende.«

Richard frohlockte. Kropf hatte ein Bedürfnis, sich vor ihm zu produzieren, ihm seine Verfügungsgewalt über seinen Hofstaat zu demonstrieren. Eitelkeit, Geltungsdrang, Ehrgeiz, Herrschsucht charakterisierten Kropf und machten ihn verwundbar.

Richard bedankte sich für den Kontakt mit Herrn Meister und wagte eine Steilvorlage für sich selber: »Sie wollten mir doch noch ein brisantes Geheimnis anvertrauen.«

»Richtig.« Kropf schien einem Orgasmus nahe: »Für das ›große Kobalt-Ei‹ habe ich eine Million Schweizer Franken ausgesetzt!«

»Per Inserat?«, fragte er salopp.

»Nein, natürlich nicht, nur dem Meister, der sich Weltmeister nennt. Von dem stammt übrigens das Bonmot von der Kobaltbombe.«

Richard verneigte sich zum Abschied auf die knappe englische Art und überreichte Kropf seine biedere Geschäftskarte als Geschäftsführer der Palma Management.

Kropf fühlte sich bestätigt und nickte mit hohem Kreuz. Dann läutete er stürmisch dem Bleichgesicht. »Brigadegeneral Harriott wünscht zu gehen!« Sogar seinen Leibeigenen gegenüber fand er es nötig, sich zu profilieren. Warum hatte Kropf bloß derartige Komplexe?

21 Richard verließ das Haus durch die Tiefgarage, deren Ausgang auf eine Nebenstraße führte. Er wollte es vermeiden, von den Wachen nebenan beim Weggehen gesehen zu werden. Sollten sie nur glauben, er habe sich zwei Stunden bei den Geldhändlern im fünften Stock aufgehalten.

›Friedrich Meisters Galerie und Kunsthandel‹ war leicht zu finden. Das Geschäft in besterhaltenem Jugendstil wirkte klassisch vornehm. Beim Öffnen der Tür ertönte ein asiatisches Glockenspiel, obwohl im Raum nur wenige Asiatica zu sehen waren. Herr

Meister kam mit offenen Armen auf den englischen Gentleman zu, der ihm von so hoher Stelle angekündigt worden war.

Für die Schweizer verkörpert ein wohlhabender Engländer immer noch die oberste Stufe der sozialen Wertschätzung. Die meisten können zwar zwischen »englisch« und »britisch« nicht unterscheiden. Gleichgültig, es waren die Engländer, die im 19. Jahrhundert aus ausgewählten Bergdörfern mondäne Ferienorte machten. Es waren die Engländer, die skurril genug waren, mit selbst gefertigter Ausrüstung auf die höchsten Berge zu steigen. Da konnten die einheimischen Älpler nur den Kopf schütteln. Es waren die sagenhaft reichen Engländer, welche mit großem Begleittross während Wochen in den Kurorten abstiegen. Bald bürgten schlossähnliche Grandhotels für standesgemäße Unterkunft, kühne Bergbahnen führten in wilde Höhen. Englisches Kapital und Know-how waren dazu eine wichtige Voraussetzung. Selbst während der großen Krise der Dreißigerjahre riss der Strom der Gäste nicht ab. Zu reich war das British Empire mit seinen Kolonien und der hoch industrialisierten Wirtschaft. Erst der Zweite Weltkrieg bereitete dem Schweiztourismus ein jähes Ende. Die hohe Wertschätzung ist aber geblieben. Auch bildete Großbritannien stets ein willkommenes Gegengewicht gegen den übermächtigen Nachbarn im Norden und der stolzen Grande Nation im Westen. Gerade weil die Eidgenossen es nie wollten und auch nie haben konnten, bewunderten sie England wegen Königsfamilie und Kolonien.

»Willkommen, General Harriott!«

»Hören Sie auf, mein lieber Weltmeister, wie Ihr Mentor, Herr Doktor Kropf, Sie nennt. Das war ich nur einmal in einem Theaterstück am College.«

Damit hatte Richard den angedichteten Grad weder dementiert noch bestätigt.

Der Weltmeister bog sich vor Lachen ob dieses typischen Musters von british sense of humour – »and understatement«, wie er nachschob.

»Sie hätten eine beeindruckende Auswahl von Ikonen«, begann Richard mit dem Geschäftlichen. »Ich möchte aber heute nichts kaufen. Aber vielleicht zeigen Sie mir Ihr Geschäft.«

Damit war Meister gerne einverstanden. Kunden waren nicht mehr da. Er drehte das ovale Schild, das an einer Kette im Fenster der Tür hing, von »offen« auf »geschlossen«.

Richard folgte der Führung mit einiger Neugier. Das große Kobalt-Ei wollte er allerdings nicht erwähnen. Ihn interessierten aber Kunstgegenstände aus Osteuropa. Da gab es tatsächlich prächtige Samoware, Gardesäbel und Pistolen, Medaillons von Fürstenfamilien, dann die erwartete Auswahl an Ikonen im Moskowiter, Kiewer und Petersburger Stil und einige mit nicht klarer Herkunft.

»Gratuliere, nicht umsonst werden Sie der Weltmeister genannt. Unter uns, wie gelingt es Ihnen, diese Objekte aufzuspüren und dann noch außer Landes zu bringen? Ich meine nur im Prinzip, mein Anstand verbietet es mir, nach Einzelheiten zu fragen.«

Es gelang ihm, eine höflich unterkühlte Miene aufzusetzen, wie es der Herr Galeriebesitzer von einem Gentleman wohl erwartete. Dass auch der Weltmeister ein gerüttelt Maß an Ego besitzen musste, lag für ihn auf der Hand, war auch unübersehbar. Also anheizen, provozieren zur überhöhten Selbstdarstellung, das öffnet jeden, der dafür anfällig ist.

»Ja, wissen Sie, ich habe so meine Kontakte, kleine Kunsthändler, Kuratoren, Sachverständige in den wichtigen Zentren im Osten. Der Transport wird dann irgendwie über Prag organisiert, wo ich auch eine Filiale betreibe.«

»Würden Sie mir in einem konkreten Fall weiterhelfen? Gegen Bezahlung, versteht sich.«

»Kein Problem, Anruf genügt.«

Sie setzten ihren Rundgang fort. Da befanden sich tatsächlich auch Asiatica und präkolumbische Schmuckstücke aus Peru. Er reise wohl viel, erkundigte sich Richard, ein weiteres Thema anpeilend. Friedrich Meister winkte ab: »Es hält sich in Grenzen. Natürlich häufig nach Osteuropa, vor allem nach Prag, aber auch Amsterdam oder Berlin. Viele Objekte werden mir meines Namens wegen auch einfach angetragen.«

Jetzt der frontale Versuch. »Ich nehme an, dass Ihre Frau Gemahlin ebenfalls im Geschäft tätig ist.«

»Nicht mehr, als gebürtige Polin interessierte sie sich anfänglich dafür und war auch erfolgreich. Dann begannen ihre Eskapaden, auf die ich hier nicht eingehen möchte, die aber mit meinem Geschäft schlecht zu vereinbaren waren. Wir ließen uns scheiden. Kropf hat ihr dann einen Renommierjob im Klunkerbunker an der Bahnhofstraße verschafft.«

Richard schaltete seinen Scharfsinn augenblicklich ein und das Thema ab. Das war ja wohl ein Ding! Also, möglichst unbefangen und auf gediegene englische Manier die Stätte nun verlassen, hieß die Devise.

»Ich fürchte, Herr Meister, ich habe schon viel zu viel von Ihrer wertvollen Zeit in Anspruch genommen. Es war mir ein Vergnügen, Sie kennen zu lernen. Wir werden voneinander hören.«

»Not at all, Sir, my pleasure, Sir!« Der Weltmeister investierte sein bestes Englisch und versuchte eine ganz und gar unschweizerische Verbeugung. Die letzte Bemerkung hatte Richard nun wahrlich elektrisiert:

Der Eisvogel, wie vermutet geschieden von Meister. Aber das wegen Eskapaden, und nun von Kropf im Caratus platziert.

Was für Eskapaden? Sex, Betrug, Geldwäscherei, Nachrichten oder alles zusammen?

Aktivitäten mit Kropf oder für Kropf damals und heute? Gibt schon wieder vier Kombinationen.

Und das Video über dem Eingang von Caratus? Wanderte es direkt zu Kropf? Dann gute Nacht, Dicky! The goose is cooked!

Richard versuchte die möglichen Kombinationen zu ordnen. Der jetzige Stand seiner Überlegungen ergab mindestens deren sechzehn. Dieses Gleichungssystem mit vielen Unbekannten war so noch nicht lösbar. Er musste einfach weitere Informationen beschaffen. Aber wie?

Die Einhaltung der Londoner Regeln verbot ihm eine Kontaktaufnahme mit dem Eisvogel. Eine Kontaktaufnahme mit Urs Flückiger würde gegen die Abmachungen mit den Greves-Leuten verstoßen. Es blieb also nur Rolf Kessler.

Sofort rief er Willy Kessler an: »Ich wollte Sie nur kurz über mein Gespräch mit Dr. Kropf informieren. Der Fall Cincinnati schien ihm interessant für einen Versuch. Sonst haben wir kaum über Greves gesprochen. Der eigentliche Grund meiner Störung liegt darin, dass ich vor meiner Abreise unsere Strategie, wie wir sie heute Morgen ausgelegt haben, mit Rolf nochmals durchgehen möchte. Ich wollte Sie zuerst darüber in Kenntnis setzen. Spricht etwas dagegen? Nein? Gut, danke, seine private Nummer habe ich. Schönen Abend noch.«

Rolf Kessler meldete sich nach kurzem Klingeln. Richard teilte ihm sein Anliegen mit, erwähnte auch, dass er seinen Vater über diesen Anruf informiert habe. Rolf Kessler war sehr einverstanden, das Konzept nochmals zu bereden, und fuhr sofort zum Swissôtel. Dort würden sie im Umkreis der Bar sicher eine ruhige Ecke finden.

Dem war so, denn vor acht Uhr war es dort recht ruhig. Richard ließ Rolf die Prinzipien und dann die wichtigsten Einzelheiten erläutern. Rolf war fasziniert vom Projekt und hatte bereits einen fast lückenlosen Maßnahmenkatalog zusammengestellt. Nur, für wenige grundsätzliche Fragen war ein Meinungsaustausch nützlich. Die rein technischen Aspekte beherrschte er ohnehin besser als Richard. Richard zollte ihm die verdiente Anerkennung durch mehrfaches Kopfnicken.

»Rolf«, schwenkte er auf das eigentliche Thema, »ich war heute zu einer Höflichkeitsvisite bei Dr. Kropf. Er wollte mit mir lange und ausführlich über militärische Fragen diskutieren. Er scheint ja eine ganze Reihe von hohen Offizieren gut zu kennen. Auch mit dem früheren Präsidenten der Greves, dem Zweisterngeneral Züger, schien er gut befreundet zu sein. Umso mehr fiel mir auf, dass er weder Sie noch Ihren Kollegen Urs Flückiger erwähnte, obschon er doch mal Ihr militärischer Vorgesetzter war.

Wie Sie wissen, befinden wir uns praktisch im Kriegszustand gegen unbekannt. Da kann jede noch so gering erscheinende Information für mich als Ihr Berater eine gewisse Bedeutung haben. Was war da los?«

»Es ist lange her. Weil es etwas unappetitlich ist, reden wir kaum davon. Natürlich dürfen oder besser müssen Sie das wissen. Für uns war Kropf immer ein verrückter Hund, voller Ideen, explosiver Kampfkraft, eben ein Draufgänger, wie das vom Kommandeur eines Sturmbataillons eigentlich erwartet wird. Seine Kreativität fand aber keine Grenzen.

Nein, da mussten wilde Sexpartys her, und dies in militärischen Räumen und während der Dienstzeit. Die Truppe hatte davon nichts mitbekommen, denn als Ort der Tat hatte er ein abgelegenes und ausgedientes Werk bestimmt, wie wir gewisse Unterstände nennen. Das Ganze war als Orientierungsübung für seinen Stab, dem eben auch Urs angehörte, aufgezogen, eine Übung, bei der mit Karte und Kompass das Werk zu suchen war. Er als ›Übungsleiter‹ war dann schon dort und öffnete das Tor des Unterstandes. Zum Vorschein kam eine Horde bemalter junger Leute: ›Das sind unsere Gefangenen, und die werden jetzt alle vergewaltigt, gleichgültig ob Mann oder Frau.‹ Dabei schrie er wie ein Besessener. Er übergab das ›Kommando‹ an eine große schlanke Frau mit blauschwarzem Haar. Sie erteilte dann ihre Regieanweisungen und Befehle mit stark slawischem Akzent. Und das lief dann wohl auch so ab. Natürlich waren die ›Gäste‹ freiwillig hier, volljährig und für diese Show speziell ausgesucht und bezahlt worden.

Ich und andere Kameraden fanden das widerlich und haben uns abgesetzt. Wir haben Kropf auch nicht verraten. In der Folge habe ich mich aber zu einer anderen Einheit versetzen lassen. Urs fand das Ganze lustig und blieb. Ist seine Privat- und Geschmackssache. Er half Kropf auch beim Vertuschen des Happenings, der Behebung des Flurschadens sozusagen. Nicht weil er ein ausgekochtes Schwein wäre, sondern aus falsch verstandener Kameraderie. Für ihn war der Kropf eben der Größte. Er war ihm echt hörig. Auch Kropf erhielt bald andere Funktionen.«

Rolf überlegte. »Haben Sie seinen Kanzleidiener gesehen? Natürlich, Sie waren ja dort. Dann wissen Sie alles!«

»Eine letzte Frage. War Urs Flückiger bereits vor dem Vorfall Betriebsleiter bei den Greves oder kam die Empfehlung Kropfs für seine Anstellung erst hinterher?«

»Einiges hinterher, aber er war noch vor mir in der Firma.«

»Also kein Link zwischen dem Vorfall und der Empfehlung«, wollte Richard präziser wissen. Slo Trade hatte hier auf einen Zusammenhang hingewiesen.

Rolf zuckte die Achseln.

Richard dankte für das Vertrauen, das ihm Rolf entgegenbrachte. Man könne ja nie wissen, ob nicht eines Tages ein Mosaiksteinchen in so einer Begebenheit liegen könne.

Dann verabschiedeten sie sich kameradschaftlich.

22 Richard vervollständigte umgehend seinen Bericht an Sir Alec. Von den reich befrachteten Begegnungen und Beobachtungen von gestern und heute hatten sich gut zwei Seiten an Stichworten ergeben, die er sofort nach London durchgeben musste. Die Rapporte waren nach einer eigenen »Keyword language« nach den Formeln was, wer, wie, wann abgefasst. Das genügte zur Nachführung der Mosaiken. Analysen, Lagebeurteilungen und Aktionen wurden ausnahmslos mündlich besprochen.

Er rief in der Minervastraße an und bestellte den Kurier des Britischen Konsulates. Sein Feierabend begann erst, nachdem er seine Sendung gegen Quittung übergeben hatte. Er verbrachte ihn ohne Gesellschaft, obwohl er Möglichkeiten gehabt hätte.

Bei einem doppelten Malt kehrte er gedanklich zum Gleichungssystem zurück. Es hatte sich dank Rolfs Hinweis um einiges vereinfacht:

Kropf hatte sich den Eisvogel zur Gespielin und Spielleiterin in der Sado-Maso-Gemeinde herangezogen. Der Vorfall, welchen Rolf mitbekommen hatte, musste gut zehn Jahre zurückliegen. Ihr Deutsch hatte den slawischen Akzent inzwischen fast verloren. Das waren also die Eskapaden, von denen Friedrich Meister sprach. Dass er nicht kräftig Krach machte, war dann wohl auf die finanzielle Einwirkung Kropfs zurückzuführen.

Das war also damals gewesen. Was war heute? Wohl immer noch dasselbe, vielleicht in noch gehobenerer Gesellschaft. Zusätzlich waren aber die anderen Motive nicht nur denkbar, sondern sogar wahrscheinlich. Also Mithilfe bei der Geldwäsche, Erpressung, Informationsbeschaffung.

Dann waren noch die zwei übrigen Gestalten, Urs Flückiger, der Fabrikationsleiter, und das Bleichgesicht in Kropfs Kanzlei. Völlig verschieden, aber beide dem Kropf hörig.

Olaf

23 Palma de Mallorca, Ende Oktober im Jahr des Panthers. Beim Abflug von Zürich war nach dem schönen spätherbstlichen Wetter der Vortage bereits die nasskalte Jahreszeit angebrochen, die nun über Wochen und Monate der Alpennordseite ihr Gepräge geben würde. Umso mehr schätzte Richard nach der Landung im mediterranen Palma, dass hier immer noch nachsommerliche Wärme herrschte. Die Fahrt zum Zentrum gestaltete sich flüssig, hatten doch die meisten Touristen die Insel wieder verlassen.

Bald erschienen rechter Hand die Kathedrale, dann die Palmenpromenade, links die Hafenanlagen voller Schiffe. Auch nach kurzer Abwesenheit fühlte er sich hier wohl und entspannt. Er bog in die Tiefgarage und parkte. Mercedes' Wagen stand auf dem Platz schräg gegenüber. Sie war also da. Nicht überraschend, denn er hatte seine Ankunft gemeldet. Er hasste es, wenn sie mal nicht auf dem Posten war, wenn er in die Zentrale zurückkehrte.

Im Kommandoraum angekommen, hatte er stets ein unwiderstehliches Bedürfnis, sofort alle Informationen auszutauschen. Unverzüglich wollte er Bescheid wissen, was hier zwischenzeitlich passiert war. Telefonate, Korrespondenz, Fax-Messages, E-Mails. Genauso dringend musste er seine Neuigkeiten loswerden, als wären die Informationen in direkter Gefahr, unwiederbringlich verloren zu gehen. Die Informationssitzungen, wie er sie nannte, fanden dennoch in Ruhe bei einem Kaffee statt und nicht in Eile. Es ging darum, sie beide auf den gleichen Informationsstand zu bringen, was er für eine wichtige Grundlage ihrer Zusammenarbeit hielt. Auch dienten sie der gegenseitigen Motivation, indem sie beiden Seiten Gelegenheit boten, Interessantes zu melden und über Erfolge zu berichten.

Störungen hasste er über alles. Da musste schon ein sehr wichtiger Klient am Draht sein, wenn er sich unterbrechen ließ. Bei Todesstrafe waren private Anrufe für Mercedes verboten. Unerträglich das Gesäusel mit Liebhabern, aber vor allem das Geschnatter von Freundinnen, die mit ihren Belanglosigkeiten stundenlang den Betrieb blockieren konnten. Ganz schlimm die Schlussphasen solcher Gespräche, die einfach nie enden wollten. So weit die Beurteilung Richards. Also gab es eine feste Hausregel: »Erstens, du sorgst dafür, dass du von deinem privaten Anhang nur auf deinem Handy angerufen wirst. Die können ihren elendiglichen Quatsch ruhig der Mailbox anvertrauen. Zweitens wird dieses Handy in meiner Anwesenheit abgeschaltet.«

Dabei ging es ihm gar nicht um die Telefongebühren, sondern um ihre Verfügbarkeit. Wenn er anwesend war, und das war ja eher die Ausnahme, dann konnte er keine Ablenkungen dieser Art dulden. Das hatte sie schließlich murrend begriffen.

24 Er tippte die Zahlenkombination der Apartments und trat ein. Als Erster kam ihm Domingo entgegen, dann Mercedes, welche ihn, wie ihm schien, herzlicher begrüßte als gewöhnlich. Möglicherweise war ihr Gewissen schlechter als seines, was sie zu einem zusätzlichen Quäntchen Zärtlichkeit bewog. Er zumindest hatte mit Ausnahme der Begegnung mit Sharon drei Tage lang abstinent gelebt. Schließlich bequemte sich auch Dolores, ihre Übungen mit einer Spielzeugmaus kurz zu unterbrechen.

Die obligate Informationssitzung wurde anberaumt.

Mercedes berichtete, dass Georg wie erwartet bereits dreimal angerufen hatte, um die Sendungen A, B und C anzukündigen, und dass die Umschläge A und B auch schon angekommen seien. Bei einer ersten Durchsicht waren ihr mit Ausnahme der SloTrade keine bekannten Firmen oder Namen von Personen aufgefallen. Viel wichtiger: Der Banco de Santander habe soeben telefonisch über den Eingang von hunderttausend Mark informiert!

Größere Zahlungseingänge, und das war natürlich einer, wurden immer mit einem Drink gefeiert, diesmal mit mehreren Carlos I.

Dann referierte Mercedes über den Stand der rein kommerziellen Mandate, welche sie selbstständig und erfolgreich bearbeitete. Da war die Herkules, ein deutsches Unternehmen der Klimatechnik, die Näheres über die Strategie ihrer Konkurrenz in den wichtigsten Ländern der EU wissen wollte. Ein delikater Fall betraf die Interlogistik, ein Großunternehmen der Speditionsbranche, das die Verlobung mit einem eher artfremden Bräutigam besonders genau prüfen musste. Und schließlich der Dauerbrenner einer kleinen privaten Airline, welche die ständig sich verändernden Fusionsgerüchte beobachtet haben wollte.

Irgendwelche Hinweise auf Wirtschaftskriminalität konnte sie nicht erkennen. Mercedes war in ihrem Element. Richard zollte ihrer Tätigkeit seine volle Anerkennung.

»Da hat vor zwei Stunden ein Mr. Hannu Anttila angerufen. Er stellte sich als Präsident der Sirius vor, einer finnischen Pharmafirma. Er befindet sich auf einer Jacht Richtung Balearen und ist per Satellitentelefon erreichbar. Offenbar wünscht er dich zu treffen.«

»Ich habe auch ein weiteres Mandat gebucht. Es geht um die strategische Durchleuchtung der Cincinnati Tools, Ohio. Klient ist die Greves. Selbstverständlich in Zone Grün. Ich komme später darauf zurück.

Zuerst also der Anruf bei diesem Hunnen oder wie er heißt. Priorität hat immer der nächste Auftrag. »Business Development first heißt es in der Beratungsbranche«, sagte er und wählte die Nummer.

»Nicht Hunne, sondern Finne«, korrigierte Mercedes.

»Für mich ergibt Hannu plus Finne einen Hunnen«, alberte Richard.

»Hannu Anttila speaking«, meldete sich eine rauchige Stimme.

»Palma Management, Harriott, good morning, Sir! Sie haben angerufen. Was kann ich für Sie tun?«

»Ich bin gerade auf See und laufe morgen Nachmittag in Palma ein, im Club Nautico. Das Schiff heißt ›Arabella IV‹. Können wir uns am Abend mal treffen? Ich habe wohl eine Aufgabe für Sie.«

»Aber gerne, ich erwarte Sie am Pier. Die genaue Ankunftszeit erfahre ich bei der Hafenverwaltung. Bei einer Planänderung gibt's ja ein Telefon. Okay?«

»Okay! Bis morgen.«

»Noch eine Frage. Sind Sie mit der Arabella von Finnland bis hierher gesegelt?«

»Unsinn, die habe ich in Alicante gechartert. Zu Hause segle ich nur mit einem Sportboot in den Schären herum. Bye, bye!«

»Schon wieder ein Mandat. Das Geschäft in der Zone Grün läuft wie geschmiert«, frohlockte Richard. »Die Finnen sind sehr tüchtige Geschäftsleute, verspricht interessant zu werden.«

Er hatte bereits den dritten Carlos I. intus und ließ sich auf der Woge des Erfolges ein Stück wegtragen.

»Mercedes, ab und zu schlägt bei mir die Stunde des Zynismus. Ich verrate dir ein Berufsgeheimnis, streng vertraulich! ›Business Development‹ heißt der vornehme Ausdruck der Beraterbranche für das Klinkenputzen. Mercedes, Unternehmungsberatung bedeutet zu fünfzig Prozent Klinkenputzen, zu dreißig Prozent Bullshitting und zu zwanzig Prozent wird tatsächlich eine brauchbare Dienstleistung geboten. Kochen mit Wasser ist mitunter ziemlich teuer. Aber was soll's? Der anspruchsvolle Mensch will das so. Bei eurer Kosmetik ist es auch nicht anders.«

Richard zog den ›Keyword Report‹ aus der Mappe hervor, den er für Sir Alec über seine Erkenntnisse in Zürich verfasst hatte, und besprach ihn ausführlich mit Mercedes. Sie hörte mit Interesse und Spannung zu. Nachdem er seine Darlegungen beendet hatte, fasste sie zusammen:

»Dicky, da hast du einen riesigen Fisch an der Angel. Aber es ist kein Friedfisch, sondern eher ein giftiger Feuerfisch oder gar ein kleiner Drache. Dein Konzept mit den Viren ist raffiniert. Im praktischen Alltag sehe ich einen Schwachpunkt. Es ist entscheidend, dass die drei Geheimnisträger der Greves auch – oder vor allem – gegenüber dem Mephisto und Flückiger absolut dichthalten. Da sie ja nicht über Georgs Informationen verfügen wie wir, haben sie kaum einen Verdacht. Dicky, ich fürchte, du reitest einen Tiger.«

Im Prinzip stimmte er ihrer Analyse zu. Das Problem lag auch im Faktor Zeit. Erste Reaktionen von Benutzern der Virenprogramme konnten wohl erst in einigen Wochen beobachtet werden, dann, wenn die Roboter im Einsatz waren. Erst beim Vorliegen gesicherter Erkenntnisse könnten Aktionen geplant und durchgeführt werden. Auch Georgs Berichte, die Hinweise auf

Greves und die SloTrade liefern würden, könnten erst in zwei Monaten vollständig sein.

»Während dieser Zeitspanne herrscht auf beiden Seiten ein nachrichtendienstlicher Notstand. Heute besitzen wir noch einen Vorsprung, welcher aber über Nacht ins Gegenteil umschlagen kann. Dann kann es gefährlich werden, weil die in ihren Mitteln nicht wählerisch sind. Da gibt es, wie ich stets wiederhole, für uns nur eine Strategie, nämlich die der permanenten Tarnung. Mercedes, der Ernstfall wird nicht erst kommen, wir sind bereits mittendrin.

Zur Tarnung der riskanten Tätigkeit bei Greves führen wir parallel eine Konkurrenzanalyse über die Cincinnati Tools aus. Den Projektbeschrieb habe ich noch in Zürich erstellt und an Willy Kessler gefaxt. Das Mandat ist für dich nichts Außergewöhnliches. Vereinbart habe ich eine Monatspauschale von fünfzehntausend Schweizer Franken während der ganzen Dauer meiner Assistenz. Nicht schlecht, was?«

»Das zweite Sicherheitsrisiko bist du selber. So wie ich unseren Dicky kenne, wirst du dich nicht zurückhalten können, den Eisvogel auszuprobieren, in allen Fachrichtungen. Es ist davon auszugehen, dass sie einen direkten Draht zum Mephisto pflegt, und damit bist du in Gefahr. Der Mephisto gefällt mir gar nicht.«

Auch diese Beurteilung stimmte, nur erwartete sie diesmal umsonst einen Kommentar.

Dann ließ er sich Georgs Sendungen geben, welche die Mayoradomo bereits kopiert hatte, und ging sie sorgfältig durch. Die beschriebenen Geschäftsfälle trieften von kriminellen Aktivitäten. Die Farbskala zeigte wenig Grün, erwartungsgemäß viel Orange, welches teilweise hübsch mit roten Spritzern bekleckert war. Bekannte Namen – SloTrade ausgenommen – konnte auch er keine erkennen. Auch Zusammenhänge mit bereits registrierten Operationen waren nicht auszumachen. Er schrieb seine Bemerkungen auf die Kopien und verstaute sie in einem Umschlag mit Absender Palma Management. Sir Alec wird sich freuen.

25 Richard hatte eine Idee. »Mercedes, wir sind uns der latenten Gefährlichkeit unseres Metiers bewusst, weil wir ständig mit den orangefarbenen oder gar roten Zonen in Kontakt kommen. Unser Schutz heißt bekanntlich Diskretion und Tarnung. Und die muss ständig überprüft werden. Früher oder später wirst du in eine Situation geraten, in der du wissen willst oder gar musst, ob und von wem du observiert wirst. Zum Beispiel durch Mephisto. Wie wär's also zur Abwechslung mit einer kleinen Übung?

Du bringst den Umschlag mit Georgs Post in deiner großen Tasche zum Britischen Konsulat. Du verlässt das Büro um 17 Uhr, steigst über die Treppen der Altstadt zur Plaza Mayor. Nachher treffen wir uns pünktlich um 18 Uhr im ›Cappuccino‹ in der San Miguel. Ich gehe jetzt in mein Hotel und werde meinen Freund Ken Ward, den anderen Ex-SAS-Sergeant im Club de Mar, anrufen. Wenn er Zeit hat, was unwahrscheinlich ist, wird er dich auf deinem Spaziergang diskret beobachten und mir dann berichten. Du wirst dich bitte nicht umziehen, sonst stimmt meine Beschreibung nicht. Im ›Cappuccino‹ wirst du mir dann Bescheid geben, ob du observiert worden bist und, falls ja, wie der Schatten ausgesehen hat.«

Mercedes war zwar über dieses reichlich schulmeisterliche Programm, wie sie es nannte, nicht besonders entzückt, sah aber den Nutzen durchaus ein. Und warum nicht mal auf besondere Weise spazieren gehen!

Richard dachte gar nicht daran, Ken anzurufen. Es war zumindest derzeitig nicht nötig, dass die beiden sich kannten. Zweitens war der untersetzte Ken mit dem dunklen Kraushaar eher der Typ des SAS-Bodyguards als des subtilen Nachrichtendienstlers, der einer Person unbemerkt folgen konnte.

Er begab sich frühzeitig ins Cappuccino. Früher das Stadtpalais einer Adelsfamilie, war der klassizistische Sandsteinbau in ein feudales Kaffeehaus umgestaltet worden. In den wenigen kalten Tagen wärmten dekorative Gasbrenner den weiten und hohen Raum.

Vom Eingang, der mit pompösen dunkelroten Veloursvorhängen ausgestattet war, gelangte der Besucher auf die obere Ebene des Cafés. Von hier ließ sich das Kommen und Gehen zur geschäftigen San Miguel bestens beobachten. Drei Stufen tiefer befand sich die untere Ebene. Das gab dem Raum eine zusätzliche Weite und Klasse. Für Richard von besonderem Interesse war der Ausgang in einen Garten, von welchem aus ein schma-

141

ler Weg in die Kapillaren der Altstadt führte. Nicht offiziell, aber unauffällig begehbar, diente er wohl eher den Angestellten des Hauses als den Gästen. Von der oberen Ebene führte eine offene Treppe in den ersten Stock, wo sich eine Bildergalerie über mehrere durchgehende Räume ausbreitete. Die meisten Gäste, die die Treppe hochstiegen, hatten aber nicht die Galerie, sondern die Toiletten zum Ziel. Ein idealerer Ort für konspirative Treffs oder für den Austausch von Botschaften war schlechterdings nicht denkbar.

Richard redete emsig in sein Handy, als Mercedes pünktlich eintrat. Er winkte sie an seinen Tisch und beendete das fiktive Telefonat. Zunächst prüften sie die Karte und bestellten Eis, helados variados, hier von erstklassiger Qualität. Ein prüfender Blick zeitigte in der näheren Umgebung keine ungebetenen Zuhörer, sodass sie ihre Unterhaltung in kontrollierter Lautstärke führen konnten.

»Den Umschlag hast du problemlos abgeliefert?«, vergewisserte er sich. »Also, wie war's, verfolgt oder nicht verfolgt?«

»Natürlich verfolgt. Besonders vorsichtig war der Kerl nicht. Wohl nicht erste Liga, wie du dich auszudrücken pflegst.«

»Wie würdest du ihn beschreiben?«, wollte Richard wissen.

»Groß, hellblond, drahtig. Eben so ein Engländer. Er trug ein Burberrys-Sporthemd. Das Muster hätte man vom Mond herunter fotografieren können.«

Richard überlegte. Er wollte sie nicht demotivieren oder gar der Lächerlichkeit preisgeben und konnte somit nicht die Wahrheit auftischen. Und so improvisierte er eine andere Version: »Du wurdest tatsächlich observiert, aber nicht von diesem, sondern von einem anderen Engländer.« Er gab das Signalement von Ken Ward.

»Siehst du, in deiner Vorstellung hast du nach einem typischen Engländer Ausschau gehalten und auch einen gefunden. Vorgefasste Meinungen und Vorstellungen sind gefährlich.

Ken teilte mir eben am Telefon mit«, log er, »dass du dich des Öfteren grundlos umgedreht hast, um etwas Imaginäres zu suchen. Nach dem Verlassen des Gebäudes des britischen Konsulats bist du herumgeschlendert und hast öfter auf die Uhr geschaut, bis die Zeit für den Treff hier nahte. Dann hast du vor dem Eingang noch ein letztes Mal deine Uhr konsultiert und bist eingetreten. Würdest du diesen Beobachtungen zustimmen?«

Richard wusste, dass jedem Laien die gleichen Fehler unterliefen und er somit risikolos die angeblich gemachten Beobachtungen aufzählen konnte.

»Ja, war da etwas nicht richtig?«, fragte sie etwas ärgerlich. »Da hat der Schuft aber genau hingesehen.«

Es müssten nur wenige Details verbessert werden, meinte er milde. »Eine Tätigkeit tarnen und einen Beobachter täuschen heißt eine plausible, sinnvolle Handlung vornehmen, bei welcher der eigentliche Sinn des Tuns verborgen bleibt. Beispielsweise könntest du mit einem Notizblock bewaffnet auf dem Weg zur Plaza Mayor in den Schaufenstern der Uhrenläden, wovon es eine Menge gibt, die Preise bestimmter Marken notieren. Eine Tätigkeit, die durchaus sinnvoll sein kann. Dabei könntest du im Spiegelbild in aller Ruhe das Gesichtsfeld in deinem Rücken betrachten. Auch könntest du ohne aufzufallen kurz umkehren und im vorherigen Geschäft noch etwas nachsehen. Ein Verfolger hasst überraschende Richtungsänderungen. Sind diese nicht begründet, so weiß er, dass er erkannt worden ist, und ändert seine Taktik oder schickt einen anderen, und du kannst von neuem beginnen. Sind sie aber plausibel, so wird er sein Vorgehen beibehalten, und du bist in der komfortablen Lage, Bescheid zu wissen. In einer Altstadt wie hier in Palma kann ein Verfolger auch erkannt und falls nötig abgeschüttelt werden, indem man möglichst enge und verwinkelte Gassen mit wenig Passanten benützt und dabei Kreise zieht. Selbstverständlich gelten in einem Park oder auf offenem Feld andere Regeln.

In der Säulenhalle des Plaza Mayor empfiehlt es sich, erst ganz herumzugehen und die verschiedenen Hauseingänge mit ihren Firmenschildern und Klingeln zu betrachten. Dann vor der richtigen Tür stehen bleiben, umdrehen, Leute beobachten, auf die Uhr sehen. Wer auf die Uhr schaut, wartet auf jemanden, das heißt, er hat einen Treff oder er täuscht einen vor. Schließlich sichtbar mit langem Finger auf eine Klingel für das falsche Stockwerk drücken. Beim Haus des Konsulats zum Beispiel bei einer Immobilienfirma mit zahlreichen Besuchern, sodass der Türöffner ohne weiteres getätigt wird. Nochmals auf die Uhr

143

schauen, eintreten und im Erdgeschoss bei unseren Freunden den Inhalt deiner Tasche abgeben.

Auf dem Weg zum Cappuccino gibt es wiederum ein paar Uhrenläden. Nie auf die eigene Uhr schauen, denn du willst deine Verabredung ja nicht kundtun. Die Zeit kann von Turmuhren, Uhren in Schaufenstern oder bei stillstehenden Passanten abgelesen werden.«

Richard entschuldigte sich für seine Schulmeisterei. Aber permanente Tarnung erfordere eben ein bestimmtes Bewusstsein und Verhalten. Sie hatte durchaus interessiert zugehört und fand das Ganze bei aller Pedanterie doch faszinierend.

Das Eis hatte gut geschmeckt und sie bestellten zwei Gläser mit weißem Dessertwein. Der Kellner brachte eine Flasche und stellte sie neben die halb gefüllten Gläser. Abgerechnet würde nur die konsumierte Menge, meinte er.

»Noch ein Wort zur Tarnung. Die beste Tarnung ist diejenige, die gar keine ist. Den Spruch hast du von mir schon oft gehört. Betrachten wir unsere Flasche hier auf dem Tisch. So wie sie gerade steht, siehst du das Etikett und kannst es lesen. Ein anderer Beobachter sieht vielleicht noch die Ränder des Etiketts, aber der Blickwinkel gestattet ihm nicht, es zu lesen. Ein weiterer Beobachter sieht überhaupt nur eine Flasche. Von einem Etikett ist von seinem Standort aus nichts zu sehen. Es liegt nun an der Regie, wer was und wie viel von der Flasche und ihrer Beschriftung sehen soll oder darf. Das kann sehr unauffällig geschehen, sodass niemand überhaupt auf die Idee käme, dass es sich um eine Tarnung handelt. So entstehen am wenigsten Fragen. Unser Doppelspiel ist bekanntlich auf diesem Prinzip aufgebaut.

Die Zwillingsschwester der Tarnung ist die Plausibilität. Und hier gilt, dass jede Handlung zu neunzig Prozent selbsterklärend sein muss. Eine plausible Erklärung soll eine Routinebefragung überstehen. Wichtig ist auch das Verhalten des Befragten. Er entwickelt seine Antworten situativ. Er legt also nicht sämtliche entlastenden Hinweise gesammelt auf den Tisch. Vielmehr nutzt er sie als die scheinbar am nächsten liegende Antwort auf entsprechende Fragen. Wenn ein Kurier auf einem Waldweg ein Sicherheitszeichen lesen oder anbringen, einen blinden Briefkasten leeren oder beschicken soll, so kann er das nur dann im

Dress eines Joggers tun, wenn er ein Jogger ist und er spielend nachweisen kann, dass die Route zu seinen Gewohnheiten gehört. Ein Sonntagsspaziergänger auf einem Golfplatz fällt ebenso auf wie ein Waldläufer, der als Sportler im eleganten Stadtcafé unnötigerweise die Aufmerksamkeit auf sich zieht.

Alle diese Weisheiten und Tricks gelten auch im Privatleben. Wer einen Seitensprung plant oder dessen Spuren nachträglich verwischen will, verwendet die gleichen Rezepte. Ich erinnere mich an meine Ausbildungszeit. Da haben die anwesenden Frauen bei dieser Eselsbrücke zwischen Spaß und Beruf immer besonders gekichert.«

»Zum Glück brauche ich als Single für meine Abenteuer keine Alibis«, bemerkte sie trocken und beendete damit die Theoriestunde.

Die für den Offenausschank stehen gelassene Flasche wurde rücksichtslos gekippt. Ihr köstlicher Inhalt schuf eine nachhaltig kräftigende Basis für den weiteren Verlauf des Abends.

26 Am folgenden Morgen wurde es Zeit, den Comisario des Club Nautico anzurufen. Mercedes kannte ihn auch, den Señor Pedro Hernandez, der sich gerne in seiner imposanten Uniform zeigte. Also rief sie an und verlangte Don Pedro. Nach einigen Scherzen verriet er ihr die Ankunftszeit der Arabella IV, »a las cinco por la tarde«, was er eigentlich gar nicht hätte sagen dürfen. Aber der schönen Mercedes konnte er keinen Wunsch abschlagen.

Also begab sich Richard gegen fünf Uhr zum Comisario, um ihm die Aufwartung zu machen. »¡Hola, Don Pedro, ich soll Sie im Namen von Mercedes küssen!«, witzelte er, als er sein Buro betrat.

»Die hole ich mir eigentlich selber ab. Richten Sie der Schönen das aus.« Dann stiegen sie eine Treppe höher in den rundum verglasten Kontrollturm, der eine erhabene Rundsicht über den Hafen bot.

Die Arabella IV müsste jeden Moment die Hafeneinfahrt passieren, hatte sie doch vor kurzem ihre Ankunft bestätigt. Und da erschien sie auch schon im Blickfeld des Feldstechers ein stolzer Zweimaster der teuren Klasse. Wimpel und Immatrikulation spanisch, wie angemeldet. Zwei Skipper machten sich mit dem Reffen und Einrollen der Segel zu schaffen. Vom Mann am Ruder und am Diesel war durchs Fenster nur die Mütze zu sehen. Jetzt kam Bewegung aufs Deck. Ein untersetzter Herr im Captain-Look trat an den Bug, gefolgt von einer sportlich gekleideten Dame und drei halbwüchsigen Kindern.

Die beiden Männer verließen ihren Beobachtungsposten und begaben sich an die Pier. Don Pedro begnügte sich mit einem Blick in den Pass des Familienvorstandes Hannu Anttila. Mehr interessierte ihn nicht. Da sie von Alicante aus in See gestochen waren und mit einer spanischen Mannschaft segelten, erübrigte sich eine Kontrolle durch den Zoll und die Grenzpolizei.

Während der Vater an Bord blieb und Richard mit der vollendeten Geste eines Admirals aufs Schiff bat, entfernte sich der Rest der Familie Richtung Altstadt.

»Päästääkää nitää lölyly naisille itta uloskäinty valokuva suukko!« So tönte wenigstens, was er ihnen nachrief. Mit breitem Lachen winkten die drei zurück.

Diese völlig erratische Aneinanderreihung von unpassenden Lauten wiesen ihn besser als Finnen aus als ein Reisepass. Unverständlicher geht's nicht mehr. Auch eine Tarnung, dachte Richard neidisch. Offenbar wollte der Finne Richard unter vier Augen und an Bord sprechen und gab seinen Lieben daher beschränkten Landurlaub. Recht so!

Finnen sind keine Hunnen. Aber mit den breiten Schultern und dem runden Gesicht mit den hohen Backenknochen trug er den Decknamen nicht zu Unrecht. Er führte Richard in die Kajüte, wo sie in großen Sesseln Platz nahmen. Dann wurden Visitenkarten ausgetauscht und sorgfältig gelesen. Bei einem Bier eröffnete der Hunne sein Anliegen.

»Was wir hier besprechen, geht niemanden etwas an, weder meine Familie noch Angestellte Ihrer Firma. Wir werden uns ausschließlich über das Mobiltelefon kontaktieren. Das Satellitentelefon hier habe ich nur benützt, weil es auf See nicht anders geht.« Er machte eine Pause, um dem Gebot Nachdruck zu verleihen. »Die Firma Sirius in Espoo, einem Vorort von Helsinki, ist ein mittelständisches Unternehmen mit einem Umsatz von dreißig Millionen Euro. Wir produzieren Einwegmaterial im

Sterilbereich von Spitälern, also Spritzen, Katheter, Luftfilter für Atemgeräte. In Finnland sind wir Spitze, aber auf dem europäischen Kontinent lässt uns die schwedische, deutsche und niederländische Konkurrenz wenig Exportraum. Wir haben zwei Möglichkeiten. Entweder bauen wir mühsam eine eigene Niederlassung zum Beispiel in Deutschland auf oder wir reißen uns eine bestehende Firma unter den Nagel. Beides kostet enorme Mittel und ist riskant. Als Kaufobjekt steht die Instrumenta B.V. in Amsterdam im Vordergrund. Sie ist halb so groß wie wir und führt ein ergänzendes Sortiment zu unserem. Der Eigentümer hat uns ein vages Verkaufsangebot gemacht, aber ich muss über diese Firma sehr viel mehr Interna wissen, bevor ich in Verhandlungen trete. Die zu beschaffen, mein Lieber, ist Ihr Job. Interessiert?«

»Sehr interessiert«, bestätigte Klinkenputzer Harriott. »Wir müssen zusammen einen Katalog der Informationen festlegen, die ich für Sie beschaffen soll. Wir nennen das den Nachrichtenbeschaffungsplan.«

»Nennen Sie es, wie Sie wollen. Hier ist ein Papier mit meiner Wunschliste. Was kostet das und bis wann werden Sie mir die Resultate auf den Tisch knallen, Mister?«

Richard studierte die Wunschliste und überlegte gründlich. So einfach würde es nicht werden, an alle Informationen heranzukommen.

»Bevor ich auf die Fragen eingehen kann, benötige ich möglichst noch weitere Angaben über das Opfer, also Größe, Sortiment, Eigentümerschaft und so weiter. Sind Sie mit den Besitzern eigentlich schon in Kontakt und gibt es noch andere Freier für die fette Braut?«

»Ja, natürlich, ich Dummkopf habe das auf der Liste vergessen. Hier habe ich eine Art Geschäftsbericht. Alleiniger Aktionär ist ein Jan Dijkman. Ich habe ihn schon zweimal getroffen. Andere Interessenten? Das ist gerade ein wesentlicher Teil des Problems. Die Schweden sind ebenfalls hinterher. Sie haben einen Makler aus unserem Bekanntenkreis mit den Verhandlungen beauftragt. Das ist der Grund, weshalb ich die Gespräche mit Ihnen geheim halten will, denn er weiß nicht, dass wir unsere Messer wetzen.«

Sichtlich würgte er an einem dicken Stück Information, das nicht so richtig aus dem Halse wollte.

»Die Sache ist nämlich die. Die Schweden können zwar sehr viel mehr bezahlen als ich. Aber als selbstständiger Unternehmer bin ich bereit, den Kaufpreis zu einem wesentlichen Teil unter dem Tisch zu entrichten. Was für den Verkäufer zählt, ist natürlich der Erlös nach Steuern und nicht, was im offiziellen Vertrag steht. Für ein schwedisches, an der Börse kotiertes Unternehmen eine unmögliche Transaktion. Jan Dijkman wird sich daher hüten, den Makler einzuweihen. Das ist meine Verhandlungsstärke. Nur muss ich natürlich sicher sein, dass ich keine Katze im Sack kaufe, sonst wird aus dem Schnippchen, das wir dem Fiskus schlagen, rasch ein böser Rohrkrepierer. Das zu verhindern ist Ihre Aufgabe, Sir!«

Plötzlich sah sich Richard in einer Situation, die früher oder später kommen musste. Was mit Grün anfing, erhielt orange Farbtupfer. Warum sollten sich mittelständische Firmen nicht auf ihre Weise gegen die tödliche Gefräßigkeit der Steuervögte wehren? Das Leben ist nun mal voller Zielkonflikte. Richards Entscheid fiel klar zugunsten des sympathischen Hunnen aus.

»Ich beschaffe Ihnen neunzig Prozent der Informationen innerhalb von vier Wochen. Wie ich vorgehe, wollten Sie wissen? Nun, ich werde als unabhängiger Berater auftreten, der von einer Gruppe von Krankenversicherern den Auftrag erhalten hat, die Preise von Einwegartikeln im Spitalbereich in Europa zu vergleichen. Das Thema ist mehr als aktuell. Über die Auftraggeber und den Verlauf der Studie wird selbstverständlich eine dicke Decke des Schweigens gelegt. Damit werde ich problemlos zu Herrn Dijkman vordringen und Ihren Fragenkatalog abhandeln. Die Analyse kostet fünfzigtausend Euro, die Hälfte bei Auftragserteilung, Spesen nach Aufwand.«

Der Hunne schnappte kurz nach Luft. Dann hob er die Augenbrauen, blickte dem Klinkenputzer ins selbstsicher strahlende Beratergesicht und unterschrieb das improvisierte Papier.

Richard bedankte sich mit dem notwendigen Ernst und notierte auf der Rückseite seiner Geschäftskarte die Bankverbindung.

»Kann ich hier in Palma etwas für Sie tun?« Er fühlte die noch unausgesprochene Frage.

148

»Eh, ja, vielleicht schon. Ich möchte morgen und übermorgen Golf spielen, vielleicht mit einer netten Begleitung. Die Ausrüstung habe ich mitgebracht.«

»Für das Golf oder für die Begleitung?«

Jetzt lachte der finnische Bär belustigt und goss beiden ein weiteres Bier und einen eisgekühlten finnischen Wodka ein. Beim Anstoßen klirrten die Gläser. Die Beziehung war solide eingerastet.

»Übernachten werde ich bei meiner Familie hier auf dem Schiff, aber eine Golfpartie mit anschließendem Dinner kann sich bekanntlich bis spät in die Nacht hinziehen.« Damit war auch die Regie abgesteckt.

»Mal sehen, was sich tun lässt«, meinte Richard und zog sein Handy.

»Club de Golf Son Antem, buenas tardes!«

»Hola secretario, soi Don Ricardo, hast du morgen und übermorgen noch Startzeiten für zwei Spieler offen?«

Zum Hunnen gewandt: »Wann möchten Sie denn spielen, ist Ihnen 13 Uhr recht? Ja?«

»Also, Secretario, 13 Uhr ist okay. Der Gast ist ein Superamigo von mir, ein Señor Olaf Johannsson aus Stockholm für dein dämliches Register, aber bitte topdiskret, claro? Beide Greenfees gehen auf mein Konto. Wie? Du notierst einfach zweimal Don Ricardo. Okay, noch besser, adios!«

Beide nickten befriedigt und gut gelaunt.

»Ich freue mich, dass ich etwas für Sie tun kann. Gerne überlasse ich Ihnen meinen Wagen. Ich erwarte Sie um acht Uhr da vorne auf dem Parkplatz, gegenüber der Lubina. Falls mich jemand von Ihrer Familie sehen sollte, so war ich dann eben von der Mietwagenfirma. Eine genaue Wegbeschreibung werde ich mitbringen. Ist übrigens einfach zu finden, zwanzig Kilometer östlich von Palma, alles ausgeschildert. Es bleibt Ihnen genug Zeit, um vorher noch in der Gegend herumzukurven.

Die Begleitung wird sich rechtzeitig im Clubhaus einfinden und sich als Mercedes vorstellen. Sie sind eben der Olaf. Im Übrigen herrscht beiderseits volle Diskretion, okay?«

»Okay, Sie sind ein Teufelskerl, was Sie alles so fix herkriegen!«

»Wir haben nur von Golf gesprochen, Sir«, feixte Richard hintergründig.

27 Mercedes freute sich über die zwei arbeitsfreien Tage mit geschäftlichem Auftrag. Richard hatte sie gründlich instruiert. Im Gartenrestaurant des Clubs hatte sie sich so hingesetzt, dass sie die ankommenden Autos beobachten konnte. Bald tauchte Richards Corsa auf, dem Olaf im Golfdress entstieg. Nachdem er die Schuhe gewechselt hatte, schleppte er seine Golfausrüstung zur Recepción des Clubs. Mercedes fing ihn ab und stellte sich vor. Olaf war sichtlich erschlagen von der attraktiven und sportlichen Begleitung, die ihm dieser Don Ricardo offensichtlich beschert hatte. Die engen Bermudas taten ihre Wirkung. Den wenigsten Golferinnen gereichen Bermudas zum Vorteil. Kleine und rundliche Gestalten verkommen bald zum Clown. Bei mageren Missoni-Models wiederum verkümmert jede Weiblichkeit. Bei der wohl proportionierten Mercedes mit den langen Beinen jedoch waren sie ein Volltreffer.

In Olafs Vorstellung schmolzen die fünfzigtausend Euro, von denen er heute früh die Hälfte telefonisch hatte überweisen lassen, zu einer wirklich angemessenen Summe, bei nochmaligem Hinsehen sogar zu einem ausgesprochen günstigen Honorar.

»Sie heißen also Mercedes, warum nicht Jaguar oder Cougar oder was es da an vierrädrigen Wildkatzen noch gibt?«

»Ich fühle mich eben auch noch für Ihre Sicherheit verantwortlich, also nichts von Fancycar, sondern eben Mercedes.« Er stutzte für den Bruchteil einer Sekunde, aber ihr schelmisches Lächeln blies sein Erstaunen weg.

»Ich habe Sie in der Recepción bereits eingetragen. Hier ist Ihre Score-Card. Wenn es Ihnen recht ist, können wir sofort starten.«

Olaf bedankte sich und ließ aus verschiedenen Gründen sein Highlight des Tages voranschreiten. Ihr zügiger Gang war ein Genuss. Mit der Eleganz einer gerade geschlechtsreif gewordenen Giraffe schritt sie stolz voran. Bis zum ersten Abschlag waren einige Minuten zu gehen. Das gab ihm Gelegenheit, den Telefonanruf nochmals durchzugehen, der ihn erreicht hatte, kaum hatte er den Wagen übernommen.

Kurz, prägnant und nicht unfreundlich hatte sich ein Herr Navratil an seinem Handy gemeldet. In gutem Englisch, dessen

Akzent er aber nicht einordnen konnte, hatte er eine interessante Botschaft vernommen:

»Entschuldigen Sie die Störung, Sir, aber es ist wichtig. Ihre Mobilnummer und den Namen der Jacht habe ich von Ihrem Sekretariat. Und so wusste ich, dass sie sich hier in Palma befinden.«

»Wieso ist mein Standort von Interesse?«

»Lassen Sie mich ausholen, Sir. Ich vertrete eine private Investmentgesellschaft. Wie Sie sind auch wir hinter der Instrumenta B.V. her. Wir möchten nun im beidseitigen Interesse verhindern, dass wir uns gegenseitig den Übernahmepreis in die Höhe schrauben. Was meinen Sie zu dieser Idee?«

»Dagegen ist nichts einzuwenden. Wollen wir uns nicht zusammensetzen?«

»Erst zu den Spielregeln: Wir nennen Ihnen unser Angebot, den offiziellen Teil und was inoffiziell unter dem Tisch läuft. Falls Sie überbieten wollen, ziehen wir uns zurück. Liegen Ihre Preisvorstellungen darunter, so werden Sie die Verhandlungen abbrechen. Können Sie sich damit anfreunden?« Er hatte blitzschnell überlegt. Wo lag der Haken? Das klang doch sehr logisch. Also warum nicht?

»Ja, sicher, Ihre Idee ist nicht ohne. Ich bin einverstanden«, rief er durchs Telefon. »Wie geht es weiter?«

»Heutzutage sind Absprachen dieser Art illegal. Da wir weder bei den Wettbewerbshütern noch bei den Steuerbehörden auffallen wollen, legen wir Wert auf äußerste Diskretion. Was haben Sie denn heute vor?«

»Ich gondle gerade mit dem Wagen in der Gegend umher, das heißt, ich bin auf Umwegen unterwegs zum Golfplatz Son Antem. Ich werde auch morgen dort spielen, beide Male mit Startzeit 13 Uhr.«

»Ausgezeichnet, ich kenne hier alle Golfplätze. Gerade Son Antem ist hervorragend geeignet für den Austausch von Botschaften, die sonst niemanden was angehen. Ich nehme an, Sie wissen, was ein geheimer Briefkasten ist.«

»Im Prinzip wohl ja, aber ich muss gestehen, dass ich damit wenig Erfahrung habe. Unsere Post funktioniert nun so schlecht auch wieder nicht, als dass wir uns mit derartigen Organisationen behelfen müssten.«

»Natürlich, aber es gibt gewisse Gründe für höchste Vertraulichkeit. Passen Sie auf: Von Bahn Nr. 4 bis Nr. 7 hängen ein paar Nistkästen für Vögel, die eine Plombe von der Jagd- und Fischaufseherei tragen. Im Herbst sind sie unbewohnt und unbeaufsichtigt, somit ideal für tote Briefkästen. Markieren Sie auf dem Übersichtsplan Ihrer Score-Card die Standorte jener Nistkästen, welche Sie leeren können, ohne die Wege zu verlassen. Morgen werde ich Sie um zwölf Uhr anrufen, um Ihnen mitzuteilen, in welchem Nistkasten Sie unsere Message, das heißt unser Angebot, vorfinden werden. Okay?«

»Alles klar, bis morgen!«

Olaf freute sich über den Tag, der geschäftlich zwar etwas seltsam, aber doch erfolgversprechend begonnen hatte und nun neben dem Golf so aufregende erotische Perspektiven eröffnete. Welch unerwartete Überraschung ihm doch der Teufelskerl von Richard beschert hat! Was er mit beinahe hinterhältigem Understatement mit Begleitung bezeichnet hatte, entpuppte sich als geballte Ladung. Er wiegte sich im Spannungsfeld verschiedener Einschätzungen über die Person. War sie käuflich, nicht käuflich? Falls käuflich, war ihr Preis im Honorar bereits eingeschlossen? Oder galt es eine unabhängige Geschäftsfrau zu erobern? Nach Hausmütterchen mit Kinderlein sah sie nicht aus. Der Ausgang seines Angriffs am Ende des Tages war somit offen. Wenn nur nicht nach der Rückkehr ins Clubhaus plötzlich ein Idiot von Gemahl auftauchte. Wusste sie eigentlich, wie sexy sie wirkte, und beabsichtige sie das? Aber natürlich, denn naiv war sie sicherlich nicht. Er legte sich auf die Strategie »nicht käuflich« fest. Also war ›gentlemanlikes‹ Verhalten angesagt; amüsante Sprüche, auch leicht anzügliche Witze waren erlaubt. Während des Spiels keine Berührungen. Schließlich konzentrischer, aber mit geziemender Zurückhaltung geführter Angriff, bis sich die Schleusen öffnen. Sollten diese verschlossen bleiben, konnte er es immer noch mit einem happigen Geschenk als Gleitmittel versuchen. Er schmunzelte ob der Analogie.

»Sie lächeln schon eine ganze Weile vor sich hin«, unterbrach sie seine akrobatischen Gedankengänge. »Ist das Ihre Version der mentalen Vorbereitung auf den Abschlag?«

Inzwischen waren sie nämlich dort angelangt. Während sie zur Vorbereitung ihre Muskeln und Sehnen lockerten, erkundigte sie sich nach dem Handicap. Mit einer Vierzehn spielte er somit um mehrere Klassen stärker als sie mit der Sechsundzwanzig, was für den schwächeren Golfer eine gewisse Belastung darstellt.

Immerhin kam sie weg und erreichte das Green bei diesem Par 5 in vier Schlägen. Er schaffte es erwartungsgemäß in deren drei. Beim Putten, was bekanntlich eine leicht gebückte Körperhaltung erfordert, zeichnete sich verführerisch ihr Slip ab, welcher messerscharf wie der nördliche Polarkreis den Globus aufteilte. Als Finne wusste er geografisch bestens Bescheid.

»Sind Sie eigentlich Finne oder Schwede? Richard sprach von Ihnen als Finnen.«

»Ich bin Finne schwedischer Abstammung«, schwindelte er. »Davon gibt es Zehntausende«, was überprüfbar stimmte.

Dann zogen sie zur nächsten Bahn. Wie es sich für disziplinierte Golfer gehört, wurde wenig geredet. Ab und zu lobte er ihren guten Schwung und bot sich an, ihr ein paar technische Kniffe beim kurzen Spiel zu erklären.

Sie zeigte sich gelehrig und mochte seine Art, wie er ihr dies und jenes zeigte.

»In welchem Hotel wohnen Sie?«, heuchelte sie Unwissenheit.

»Ich wohne mit meiner Familie auf einer Jacht im Club Nautico.«

»Da legen die ganz großen Trümmer an. Sind Sie von Finnland bis ins Mittelmeer gesegelt?«, fragte sie scheinbar unwissend.

»Nein, wo denken Sie hin. So lange mit Frau und Kind auf engem Raum! Ich brauche meine Freiheit«, wagte er eine minimale Kurskorrektur zwecks Annäherung ans Tagesziel. »Ich besitze ein Sommerhäuschen und ein kleines Sportboot für die Seglerei in den Schären der Åland-Inseln, genau genommen in Föglö.«

»Heißt diese Insel wirklich so und verschafft sie Ihnen die notwendige Freiheit?«, wollte sie mit unbeteiligter Miene wissen.

»Wenn Sie jetzt glauben, Sie hätten endlich ein einziges finnisches Wort ohne Wörterbuch verstanden, so haben Sie sich leider getäuscht. Die Moral auf dieser Insel unterscheidet sich nicht von der im Archipel.« Wohlgemut fühlte er, wie das Fischlein am Köder knabberte.

Sie zogen weiter. Olaf spielte sehr sorgfältig und genau. Auf den ersten neun lag er sogar um einen Schlag unter seinem Handicap. Mercedes hingegen war oft von Pech verfolgt, machte sich aber nichts daraus. Sie kam selten genug auf den Golfplatz und schätzte die Gesellschaft dieses sympathischen, natürlichen Mannes.

Die breite zehnte Bahn, die längste des Parcours, bot Gelegenheit für kraftvolle, risikolose Weitschüsse. Von weitem sahen sie vor dem Green zwei merkwürdig wackelnde Zwerggestalten auf sie zukommen. Schließlich erkannten sie das notorische Entenpaar, das im angrenzenden Schilf wohnte und alle Golfspieler anbettelte. Mit den Schnäbeln machten sie sich an den Taschen der Golfsäcke zu schaffen. Wie von Mercedes zu erfahren war, gehörten die zwei zum Platzinventar und belustigten die Spieler.

Enten seien ausgesprochen monogam veranlagt, hätte sie mal gelesen, ein Vorbild für die Menschen.

Das provozierte ihn zur Frage über ihren Familienstand. »Lassen wir das. Ich bin beruflich so engagiert, dass ich wohl kaum eine gute Ehefrau wäre.«

Olafs Aufatmen war beinahe hörbar, obwohl er natürlich wusste, dass weder der Familienstand noch eine Liaison entscheidenden Einfluss auf den weiteren Verlauf des Abends hatte. Nicht ob verheiratet oder nicht, nicht ob treu oder untreu war maßgebend. Entscheidender Faktor würde nur die momentane Laune und die Lust auf ihn sein und nichts anderes.

Während der nächsten Bahnen spielte er merklich weniger konzentriert als vorher. Als guter Beobachterin entging es ihr nicht, wie er überall die Nistkästen des Wildhüters begutachtete und auf der Score-Card etwas notierte, derweil sie so tat, als suchte sie einen Ball. Auf den letzten beiden Bahnen erreichte sein Spiel wieder das vorherige Niveau. Die zweiten neun bescherten ihm ein Resultat, welches deutlich über seiner Vorgabe lag.

Nach einem Erfrischungstrunk überlegten beide, wo sie sich duschen und umziehen sollten und wie sie überhaupt den Nachmittag gestalten sollten. Schließlich fand sie einen Ausweg:

»Falls es Sie stört, die Gemeinschaftsdusche zu benützen, so können Sie hier auch einen Bungalow mieten. Soll ich das für Sie besorgen?«

Er traute seinen Ohren kaum. Welch mächtige Stufe auf der Pyramide zum Ziel!

»Aber gerne, meine verehrte Mercedes«, meinte er und schaute sie verzückt an. »Da hole ich meine besseren Sachen aus dem Wagen.«

Sie übergab die Ausrüstung dem Caddy und packte ihre Kleider in die geschäftlich aussehende Tragetasche. Dies sollte ihr ein Minimum an Tarnung verschaffen, wenn sie nun zum Bungalow hinüberging.

Olaf der Bär, wie sie ihn nannte, nahm sie schon unter der Dusche.

»Sind alle finnischen Bären so stürmisch?«, wollte sie wissen.

»Nein«, wiegelte er ab, »ich bin da eine seltene Ausnahme!«

28 Am nächsten Tag, pünktlich um zwölf Uhr, meldete sich Navratil. Hannu Anttila hatte den Anruf im Wagen auf einem vom Clubhaus entfernteren Parkplatz erwartet.

»Guten Morgen, Sir, heute wird's ernst. Haben Sie die Nistkästen gesehen? Ja? Und auf dem Kärtchen eingetragen?«

Hannu Anttila bestätigte das.

»Haben Sie die zwei auf dem Verbindungspfad zwischen Green Nr. 6 und Abschlag Nr. 7 notiert?«

»Der erste hängt links an einem hohen Baum, der zweite steht auf einem Pfahl«, gab Hannu Anttila seine Beobachtung durch.

»Richtig, am Fuße des Baumes finden Sie eine Streichholzschachtel mit dem Aufdruck ›Grandhotel Stockholm‹. Sie stecken die Schachtel unauffällig in Ihre Hosentasche. Dann gehen Sie normalen Schrittes zum Pfahl. Dort liegt die zweite Streichholzschachtel mit dem Aufdruck ›American Hotel Amsterdam‹ neben dem Kasten. Sofort einstecken und normal weiterspielen. Die Schachteln öffnen Sie frühestens im Auto oder erst auf der Jacht. In der ersten lesen Sie auf der Innenseite ein ›O‹ für offiziell und eine Zahl für Millionen US-Dollar. Auf der Innenseite der zweiten Schachtel steht ›S‹ für schwarz und ebenfalls eine Zahl für Millionen US-Dollar. Ich rufe Sie morgen um die gleiche Zeit wieder an, um Ihren Entscheid zu erfahren. Haben Sie eine Frage?«

»Warum so kompliziert? Nennen Sie mir doch einfach die beiden Zahlen.«

»Ich kenne die Zahlen selber noch nicht. Ich bin nur der Bote, sorry.«

Navratil klang gepresst. »Aber eine andere Frage: Sie haben sich auf der Startliste mit Johannsson eingetragen. Sehen Sie, jeder hat so seine eigene Maskerade.«

Diese klug gemeinte Frage war ein Fehler, denn er verriet damit, dass er sich vom Secretario die Startliste hatte zeigen lassen, was die wenigsten Spieler tun.

Jetzt wurde es ›Johannsson‹ etwas mulmig zumute. Da stimmte doch etwas nicht. Waren das Mafiosi, welche tatsächlich ihre jederzeitige Verhaftung befürchteten? Und daher so übertrieben vorsichtig waren? Oder waren es wirkliche Profis, die offenbar schon mehrfach böse Erfahrungen mit den Wettbewerbshütern gemacht und eine entsprechende Paranoia entwickelt hatten? Möglicherweise war hier aber eine für Geldwäscherei im größten Stil tätige Organisation am Werk, die wegen eines kleinen Fisches wie der Instrumenta B.V. kein unnötiges Risiko eingehen wollte, um nicht viel größere Aktionen zu gefährden.

Wie dem auch war, ihm konnte bis hierher niemand etwas vorwerfen. Zündholzschachteln aufzulesen konnte nicht verboten sein. Richtig, sie sofort aufzureißen und neugierig Schriftzeichen zu entziffern, könnte tatsächlich verdächtig wirken. Deshalb Navratils Weisung, diese erst in weiter Entfernung vom Platz zu öffnen. Jedenfalls, und das war ein wichtiger Punkt, mindestens ein Mitglied der Organisation oder einer ihrer Helfershelfer befand sich gleichzeitig auf dem Platz. Wie sagte Navratil? »Ich bin nur der Bote.« Offenbar vermied er bewusst die sonst übliche, aber ominöse Bezeichnung ›Kurier‹.

Hannu Anttila schob die Gedankenakrobatik sachte beiseite und fuhr langsam vom entfernteren Parkplatz zum Bungalow, den er natürlich auch für heute gemietet hatte. In gelassener Spannung freute er sich auf Mercedes. Die erotischen Entladungen, die ihm am späteren Nachmittag winkten, würde er noch intensiver ausleben. Die Vorstellungen verliehen ihm einen ganz besonderen Schub.

Als er eintrat, zog sich die Großkatze gerade um.

»Einen wunderschönen guten Morgen. Hat unser finnischer Bär ausgeschlafen? Hoffentlich hat dich deine Gemahlin in Ruhe gelassen, denn du hast heute wieder ein volles Programm in zwei Akten zu bestehen.«

Er packte sie unverzüglich und drückte sie aufs Bett. Fast wäre sie weich geworden. Aber sie befreite sich:

»Der erste Akt ist mit ›Golf‹ überschrieben. Wir dürfen unsere Startzeit nicht verstreichen lassen. Der zweite Akt beginnt in vier Stunden.«

Natürlich besann er sich augenblicklich, dass der Zeitplan genau eingehalten werden musste, hatte er ihn doch Navratil genannt. Und alles schien darauf abgestimmt. Er wollte keinesfalls als unzuverlässig gelten. Also fertig machen, und los ging's.

Er spielte nicht so locker wie am Vortag, und die Verkrampfung nahm zu, je mehr sie sich der Bahn Nr. 6 näherten.

»Ist der finnische Bär von gestern noch etwas geschwächt?«

Derartige Sprüche sind während einer Golfrunde sehr verpönt.

»Mercedes, ich bitte dich!«, beschwerte er sich und traf diesmal perfekt aufs Green Nr. 6. Auf dem Weg zum Abschlag Nr. 7 ließ er ihr wie immer den Vortritt, diesmal mit etwas mehr Abstand. Beim großen Baum mit dem Nistkasten sah er am Fuße sofort die Streichholzschachtel mit dem Bild des Grandhotel Stockholm.

Sich bücken, aufheben und in die Hosentasche stecken war eins. Er atmete einmal tief durch. Sie hatte offensichtlich nichts gemerkt. Also weiter. Ein paar Schritte noch zum Pfahl mit dem Brett, auf dem der Nistkasten steht. Richtig, dort liegt die zweite Schachtel. Ein Griff, ein Blick aufs American Hotel Amsterdam und in die Hosentasche. Jetzt etwas schneller gehen und zu ihr aufschließen. Tief durchatmen. Ein Blick in die Runde: keine Beobachter, kein Mensch außer der schönen Mercedes. Also geschafft!

Jetzt lief für ihn das Spiel wieder merklich besser. Auf der Bahn Nr. 10 watschelten die Enten heran und streckten die Hälse zu den Taschen der Golfsäcke.

»Siehst du unser Entenpaar?«, rief sie entzückt aus. Er bejahte kurz und verzog prompt nach rechts ins Wasser. Der Erpel trug ein dünnes weißes Halsband.

»Olaf, siehst du, die beiden haben sich über Nacht verlobt!«

»Ah, meinst du?«, bemerkte er fast geistesabwesend und tat völlig desinteressiert. Sie schrieb seine momentane Laune dem verlorenen Ball ins Wasser zu und schwieg. ›Reize keinen Golfer‹, heißt die Devise. Dann zogen sie weiter, die Enten hinter sich lassend. Auf der langen Bahn Nr. 14 schlug sie einen Ball ins hohe Gras und suchte ihn eine Weile. Das Leben ist aber zu kurz, um Golfbälle zu suchen, es sei denn in einem Turnier. Vor allem, wo doch in Kürze der zweite Akt dieses herrlichen Tages winkte. Sie schaute kurz zu Olaf, um ihm anzuzeigen, dass sie den Ball aufgegeben hatte.

In diesem Moment sprang er in die Luft, stieß einen fürchterlichen Schrei aus, warf sich zu Boden und schrie noch schrecklicher als zuvor.

Mercedes raste herbei und war einen Augenblick ratlos. Olaf wälzte sich am Boden und wies mit der Hand auf die linke Hosentasche.

»Mich hat was gestochen!«, brachte er gerade noch hervor. Sofort steckte sie vorsichtig die handschuhbewehrte linke Hand in seine Hosentasche. Sie fühlte etwas wie eine Streichholzschachtel und zog sie heraus.

Fast hätte sie der Schlag getroffen: Der lange Hinterleib mit dem herumfuchtelnden Stachel eines kleinen rötlichen Skorpions ragte aus dem Boden der Schachtel. Mit einem verhaltenen Schrei warf sie ihn von sich.

Olaf zeigte weiterhin auf die Hose. Richtig, er hatte zwei dieser furchtbaren Schreie ausgestoßen. Also nahm sie ihren ganzen Mut zusammen und fuhr noch vorsichtiger in die Tasche. Vor Entsetzen, Furcht und Abscheu musste sie all ihre mentale Kraft mobilisieren, aber sie wusste, dass es hier vielleicht um ein Menschenleben ging.

Die zweite Schachtel wurde geortet und mit den geschützten Fingerspitzen hervorgezogen. Der gleiche Fund! Fort damit!

Dann war sie aber zu einer einigermaßen geordneten Überlegung fähig. Sie litt selber unter einer mäßigen Allergie auf Insektenstiche und führte daher im Golfsack einen Desinfektionsstift und Kalzium-Brausetabletten mit. Für eine erste Hilfe immerhin etwas.

Also, Hose runter und Behandlung der Einstiche! Die Topografie, welche sie hier zu Gesicht bekam, kannte sie eigentlich bestens, aber heute sah sie im Vergleich zu gestern leider jämmerlich aus. Vor dem Insektenstift war ein Aussaugen und Ausspeien des Giftes angesagt, was sie blitzschnell tat. Eine ähnliche Handlung hatte sie bereits gestern vorgenommen. Diese Vorstellung erleichterte es ihr, die grauenvoll widerliche Situation zu meistern.

Dann griff sie zum Handy und rief im Clubhaus an: »¡Hola secretario, Señor Olaf wurde von zwei Skorpionen gestochen. Schicken Sie bitte sofort einen Arzt zur Bahn Nr. 14!«

Glücklicherweise befand sich ein Arzt bei einem Whisky im Clubhaus. Der griff sofort seinen Werkzeugkasten aus seinem Wagen und raste mit dem Golf-Cart über den Platz.

Inzwischen hatte Mercedes die Einstiche behandelt und eine Kalziumtablette mit Mineralwasser aufgelöst, welche Olaf ängstlich austrank. Bald konnte er wieder mühsam und stark atmend sprechen.

»Mercedes«, stieß er hervor, »ich bin stark allergisch auf Insektenstiche.«

»Der Arzt ist bereits unterwegs«, versuchte sie ihn zu beruhigen. Gleichzeitig arbeitete ihr Verstand fieberhaft. Sie ahnte die möglichen Zusammenhänge. Jedenfalls leerte sie die Blechdose mit den Tees, um die Skorpione darin unterzubringen. Sie machten jetzt einen lädierten und völlig erschöpften Eindruck. Die zwei Streichholzschachteln verstaute sie in der kleinen Golftasche.

Jetzt ratterte der Arzt herbei, sprang aus dem Golf-Cart, entnahm der großen Tasche Spritze und Serum und setzte sie unverzüglich. Mercedes informierte ihn auf Spanisch über die Allergie und die einfachen Maßnahmen, die sie getroffen hatte. Der Arzt redete wie ein Maschinengewehr, zollte ihr volle Anerkennung und erläuterte die Aktionen, die er jetzt einleiten müsse. Er telefonierte ins Hospital Central, informierte den Chefarzt für innere Medizin, welcher sofort eine Ambulanz in Marsch setzte.

Dem Patienten ging es wieder etwas besser. Er atmete stark, aber unbehindert. Gemeinsam setzten sie das Opfer in den Golf-

Cart und fuhren zum Clubhaus. Dort setzten sie ihn in einen Lehnsessel. Die herumstehenden Gäste vermuteten einen Schwächeanfall. Weder der Arzt noch der Secretario sprachen über die Ursache des Krankentransportes. Giftige Skorpione sind eine schlechte Reklame für einen Golfplatz. Mercedes zeigte den beiden den Inhalt ihrer Blechschachtel.

»Hervorragend«, lobte der Medico, eine weitere Salve des Maschinengewehrs feuernd, »damit können die Spezialisten im Hospital Central das richtige Antiserum auswählen.«

Der Secretario war immer noch konsterniert. Hier gäbe es doch höchstens die kleinen schwarzen Artgenossen, die völlig ungefährlich in den Baumrinden hausten.

»Wie kommen diese Viecher überhaupt an seine Lenden?«, wollte der Arzt wissen, der zum Glück kaum Englisch sprach und sich daher an Mercedes halten musste. Es fiel ihr keine andere Erklärung ein, als etwas von plötzlichem Durchfall zu faseln, und eilte zum Bungalow, um sich in Minutenschnelle umzuziehen und ihre und Olafs Sachen in Richards Auto zu verstauen. Zurück zu Olaf. Er fühle sich nicht schlecht, aber wegen seiner Allergie sei er eben in Sorge.

»Bald bist du im Spital. Dort wird dir das spezifische Serum gespritzt und dann kann nichts mehr passieren. Ich begleite dich selbstverständlich.«

Sie fuhr dem finnischen Bären über die Stirne und konstatierte Hitze und einige Schweißtropfen.

»Noch was«, schoss es ihr durch den Kopf, »ich nehme dein Handy vorerst zu mir. Vielleicht möchte sich jemand nach deinem Gesundheitszustand erkundigen. Ich würde dann als Spitalschwester antworten.«

Trotz seiner Erregung und leichter Benommenheit erinnerte er sich an ihre gestrige Bemerkung: »Ich fühle mich auch für Ihre Sicherheit verantwortlich« und gab ihr einen neuen Sinn.

Viel konnte er nicht mehr nachdenken, denn schon hörte man die Sirene der Ambulanz und gleich darauf bog sie in den Platz vor dem Restaurant ein. Ein Pfleger übernahm den Patienten, Mercedes setzte sich in den Corsa und ab ging die Post. Im Kielwasser der Ambulanz raste sie hinterher. Das war aber ein Genuss! Die Ambulanz teilte wie ein Pflug den dichten Feierabendverkehr in zwei Hälften und nahm mit ununterbrochenem Sirenengeheul und Blaulicht von der Straßenmitte Besitz. Eben, Staatspräsident müsste man sein, und sie begriff auf einmal, warum die so entschieden an ihren Sesseln kleben. Sind sie mal abgetreten, so haben sie sich wie jedermann in die zähflüssigen Kolonnen einzuordnen. Welch eine Mühsal, wenn man über Jahre entschieden Besseres gewohnt war. Doch jetzt musste sie unbedingt Richard anrufen.

»Richard, pass auf, da ist etwas Schreckliches passiert«, und sie schilderte ihm den Vorfall und den Stand der Dinge.»Komm so schnell du kannst ins Hospital Central. Es geht um die Identität des Verletzten, die ich ja offiziell nicht kenne!«

»Bin schon unterwegs. Du bist großartig!«

Richard schaffte es, gleichzeitig mit der Ambulanz im Spital einzutreffen. Mercedes stellte den Corsa auf einen für Notfälle reservierten Platz. Gemeinsam durchsuchten sie Olafs Gepäck nach seinen Ausweispapieren, wurden bald fündig und begaben sich eilig zur Aufnahmestelle. Richard besorgte die Formalitäten, hinterlegte einen Blankoscheck, während Mercedes zum Chefarzt eilte und die Blechdose samt Inhalt aushändigte. Wenige Minuten später lag das Opfer in seinem Zimmer und erhielt in Gegenwart von Mercedes und Richard das adäquate Antiskorpionserum.

»Sie hatten unwahrscheinliches Glück, Señor. Die Skorpione stechen so spät im Jahr kaum mehr. Auch ist es für den Buthus occitanus tunetanus, wie diese typisch nordafrikanische Art heißt, hier eigentlich zu kalt und zu feucht. Sie ziehen Wüsten- und Steppengebiete vor. Sie bleiben drei Tage hier, Señor. Gerade ein Allergiker ist erst dann definitiv über dem Berg. Rückfälle sind sehr gefährlich, wenn nicht sofort dagegen eingeschritten werden kann, was auf ihrer Jacht schwerlich möglich wäre.

Eine ganz besondere Laudatio hat die Señora verdient. Ohne ihre rasche und genau richtige Handlungsweise hätten Sie wenig Chancen gehabt. Ein wahrer Schutzengel, wie er auf den Fresken von Fra Angelico gemalt ist.«

Richard suchte die allzu feierliche Situation zu retten und stellte trocken fest:»Schutzengel ja, aber sie trägt den Heiligenschein am falschen Körperteil!« Dröhnendes Lachen der drei anwesenden Herren, und die Stimmung entspannte sich.

»Señora«, wandte sich der Arzt beim Hinausgehen an Mercedes, »möchten Sie Ihre zwei Mitbringsel behalten oder sollen wir sie entsorgen?«

»Eigentlich wollte ich sie für unter mein Kopfkissen. Aber bei den gegebenen Umständen wünscht vielleicht unser finnischer Gast, sie in seine Heimat mitzunehmen. Das wäre bei euch doch wohl eine Rarität.«

»Danke bestens!« Der Hunne schüttelte sich. »Bei uns gibt es Milliarden Stechmücken pro Einwohner. Das reicht uns!«

Den vereinbarten Regeln der Diskretion folgend, verließ Mercedes das Zimmer und versprach, bald wiederzukommen. Olafs Handy und einen Briefumschlag übergab sie Richard. Der Briefumschlag enthielt die zwei Streichholzschachteln, von denen sie am Telefon gesprochen hatte.

»Mein lieber Olaf, ich nenne Sie weiter so, Sie werden zu den gleichen Schlüssen gekommen sein. Auf Sie wurde ein Mordanschlag verübt.«

Richard zog die Streichholzschachteln aus dem Umschlag oder was von ihnen übrig geblieben war. Die waren eindeutig präpariert. Auf die Deckel waren die Bilder der Hotels geklebt und nur diese Bilder hielten die Schachteln zusammen. Die Böden waren durch dünnes Seidenpapier ersetzt. Die eingeschlossenen Skorpione verhielten sich ruhig, solange die Schachtel auf festem Grund lag. In Olafs Hosentasche wurden die Kerle durch das Herumschütteln und wegen der Wärme aber munter und versuchten sich, Stachel voran, zu befreien. Und dann passierte es.

»Olaf, erzählen Sie mir bitte alles, was seit gestern Morgen, als wir uns zum letzten Mal gesprochen haben, passiert ist.«

Olaf schilderte exakt Zeitpunkt und Inhalt der beiden Telefongespräche mit Herrn Navratil. Dann prüften sie die Innenseiten der Schachteldeckel: nichts, nada de nada!

»Man wollte Sie als Konkurrenten für die Übernahme der Instrumenta B.V. ausschalten. Sonnenklar! Nun, da das Attentat gescheitert ist, sind für mich zwei Dinge zu tun. Erstens benötigen Sie Personenschutz und zweitens führen wir einen Gegenangriff. Drittens, das ist vermutlich Ihre Angelegenheit, Sie informieren Ihre Familie. Dort sind Sie derzeit noch nicht überfällig. Ich darf wohl annehmen, dass Sie erst später erwartet werden.« Dabei schaute er mit versteinerter Miene geradeaus.

Er rief Kenneth Ward, den Ex-SAS-Sergeant, an und bat ihn, alles liegen zu lassen und ins Hospital Central, Zimmer 312, zu kommen. Er möge sich auf einen mehrtägigen Einsatz einrichten.

»Wenn deine Freundin dir das nicht glaubt, werde ich für dich Zeugnis ablegen, was ich wohl nicht in jedem Fall könnte. Übrigens wimmelt es hier von vollbusigen Krankenschwestern, eine wahre Tittenstation, also etwas für dich!«

Wenig später trat der breitschultrige, untersetzte Mann ein, den jeder für einen waschechten Südländer gehalten hätte. Richard stellte die beiden mit ihren richtigen Namen vor und erteilte den Auftrag:

»Mister Anttila, dies ist Ken Ward, Ihr Bodyguard. Er killt jeden, der hier eintritt und dazu nicht befugt ist. Er meldet sich auf Ihrem Handy mit Hospital Central. Die hier tätigen Ärzte und Krankenschwestern werde ich entsprechend instruieren. Ken, Mister Anttila ist ein finnischer VIP und mein persönlicher Gast. Auf ihn wurde heute ein Anschlag verübt, der allerdings sein Ziel knapp verfehlt hat. Es ist möglich, dass die Täterschaft nachdoppelt oder sich zumindest nach seinem Gesundheitszustand erkundigt. Bis auf Weiteres bleibt die Polizei aus dem Spiel. Ich bin permanent auf Empfang.«

Ken Ward quittierte den Auftrag und folgte Richard auf den Flur, nachdem sich Richard von Olaf für ein paar Stunden verabschiedet hatte.

»Ken, hast du die große Dame unten beim Empfang gesehen? Natürlich, du Lüstling! Sie ist meine Mitarbeiterin. Ich habe ihr mal bei einer Kurierübung gesagt, du hättest sie beobachten müssen. Dass du dich nicht verplapperst, wenn sie dich anspricht, klar?«

»Alles klar, Dick!«

Richard lief zum Empfang und suchte mit Mercedes den Dienst habenden Arzt und die Oberschwester auf, um sie über die Aufgabe des Leibwächters und die Wichtigkeit des Patienten ins Bild zu setzen.

Der nächste Schritt war ein Anruf beim Secretario: »Hola

secretario, soi Don Ricardo, hältst du deinen Saftladen noch eine Weile geöffnet? Ja, wir sind gleich da. Es geht um den Unfall von heute Nachmittag. Kein Wort an niemand, claro?«

»Claro!«

29 Sie stiegen in den Corsa, der überraschenderweise nicht mit Bußgeldzetteln tapeziert war, und fuhren zum Golfclub. Unterwegs kam Richard ins Sinnieren, für ihn eine Art der Entspannung.

»Ich sage immer, wenn ich einen umbringen will, so tue ich das, wenn er mal im Spital ist. Nirgends ist es so einfach, an einen heranzukommen, und nirgends ist er so wehrlos wie in einem Krankenhaus. Je größer die Klitsche, umso lausiger die Sicherheit. Keiner kennt keinen, Alibi oder Tarnung meistens unnötig, die Vielfalt der Tötungsarten riesig und auf dem Servierbrett. Erdrosseln ist wohl das Unfeinste. Da gibt es zunächst die Armaturen, Hähnchen auf, Hähnchen zu, Schläuchlein durchschnitten, die Schere liegt auf dem Tablett. Sonde rausgerissen. Medikamente gegen gezinkte, die man mitbringt, schnell ausgetauscht. Der Patient kann auch aus dem Bett stürzen. Vielleicht geht mal ein Alarm los. Deshalb ist es empfehlenswert, den Krankenbesuch nachmittags zwischen drei und fünf Uhr oder nachts zu tätigen. Dann gibt es keine Ärzte und die einzige Krankenschwester vom Dienst hat den ganzen Bau zu versorgen. Dem findigen Besucher bleiben im Schnitt zehn Minuten Zeit, um sein Werk zu vollenden, spezifische Spuren zu verwischen und gemächlich das Zimmer zu verlassen. Sollte er eilige Schritte hören, so tritt er diskret ins am nächsten gelegene Krankenzimmer, grüßt höflich, entschuldigt sich für die Störung und verlässt den Raum wieder. Leise Aufzüge bringen ihn zum Ausgang und er ist unerkannt draußen, bevor der Radau losgeht.«

»Du hast heute deine morbide Stunde«, bemerkte Mercedes.

»Gehört zu deiner Ausbildung«, erwiderte er sarkastisch. »Jedenfalls haben wir für Olaf vorgesorgt. Er hängt zwar nicht an Schläuchen, aber ein Eindringling im weißen Mantel könnte ihn dennoch mit einem Körbchen voller Vipern und ähnlichem Getier überraschen. Deshalb wacht dort unser Ken wie ein Torwart im Eishockey.«

Dann fuhr er fort: »Was heute auf dem Golfplatz abging, war nicht professionell. Was die inszeniert haben, kann zwar zum Ziele führen, ist aber derart überrissen, dass die Aktion mit hoher Sicherheit als Mordanschlag erkannt wird. Der unmittelbare Täter war seiner Sache absolut sicher, was auch nicht professionell ist, und er hatte vor allem keine Nachfassaktion eingeplant. Es hätte nun wirklich leicht sein können, dass unser Hunne entgegen den Anweisungen in die Schachteln schaut oder dass eines der Tierchen seinen Schwanz durch das seidene Häutchen gebohrt hat. Deshalb steht jetzt Ken Ward auf seinem Posten.

Der Kreis der infrage kommenden Personen ist eigentlich auf Golfspieler beschränkt. ›Navratil‹ sprach gutes Englisch, weshalb Greenkeepers wohl ausscheiden. Gewöhnliche Fußgänger fallen auf einem Golfplatz sofort auf, werden beobachtet und zu ihrer eigenen Sicherheit meistens weggewiesen. Golfspieler werden registriert. Ihr jeweiliger Standort kann über die ganze Spielzeit auf eine Viertelstunde genau im Voraus geschätzt und im Nachhinein rekonstruiert werden. Der Täter hätte demnach wissen müssen, dass ein Scheitern der Aktion unausweichlich seine schnelle Entdeckung zur Folge haben müsste. Ja sogar bei einem Gelingen hätte eine anständige Spurensicherung auf ein Verbrechen hingewiesen und früher oder später zur Ergreifung des Täters geführt. So weit hat der nicht gedacht. Eben kein Profi.

Oder wollten ihn vielleicht seine Hintermänner mit verheizen? Denn Hintermänner muss es geben. Infrage kommt die ›Investorengruppe‹, welche ›Navratil‹ Olaf gegenüber erwähnt hatte. Hatten sie ihm einfach den Auftrag erteilt, ohne mit dem Amateur auch das Wie zu besprechen?«

»Redest du eigentlich mit mir?«, wollte Mercedes wissen, während sie den Wagen zügig über die Fernstraße steuerte.

»Vor allem denke ich laut. Aber es ist gut, dass du zuhörst, denn du bist gleichzeitig mein Rekorder.«

»Aha, vielen Dank!«, kam es zurück.

Er sinnierte weiter: »Die Odessa-Gang war es nicht.«

»Hast du Fieber?«, erkundigte sich Mercedes. »Oder kannst du dazu für deinen Rekorder eine Fußnote anbringen?«

Er erläuterte den Fall, wie die Odessa-Gang, eine ganz besonders heimtückische Spezies der ukrainischen Mafia, einen Konkurrenten im Drogengeschäft aus dem Wege geräumt hatte. Das Opfer war ebenfalls allergisch auf Insektenstiche, was der Gang bekannt war. Der Tausch Ware gegen Geld sollte ebenfalls zweistufig über tote Briefkasten abgewickelt werden. Also mit Zeichen, dass der erste Briefkästen gefüllt sei. Dieser sollte dann eine Anweisung enthalten über Ort und Zeit des tatsächlichen Tauschvorganges. So weit das übliche Strickmuster. Als erster Briefkasten war ein Baum in einer Allee vereinbart. In einer Vertiefung zwischen den Wurzeln, mit weißer Kreide markiert, werde ein mehrfach gefaltetes Papier stecken. Der brave Pfadfinder suchte eine Weile am vereinbarten Ort. Als er merkte, dass er sich mitten in der Anflugschneise eines wenige Meter entfernten Wespennestes befand, war es bereits zu spät. In dieser Hinsicht verstehen Wespen keinen Spaß. Griffen zuerst nur zwei bis drei an, waren es nach wenigen Sekunden Dutzende. Von zahlreichen Wespen gestochen, rannte er noch eine kurze Strecke, dann brach er zusammen und verstarb in wenigen Minuten. Notarzt und Polizei konnten nur den Tod und die Todesursache feststellen. Da es gar keinen toten Briefkasten gab, der Hinweise hätte geben können, wurden keine weiteren Ermittlungen angestellt. An Professionalität und Perfidie kaum zu überbieten.

Das war eine mustergültige Aktion. Aber die hier trägt die Handschrift eines Amateurs. Woher hatte der wohl die Skorpione? Mercedes, der ist stolzer Besitzer eines Terrariums und hat zwei seiner Juwelen in das Unternehmen investiert. Ich nehme nicht an, dass es Register über solche Hobbyisten gibt.«

Schließlich drehte Mercedes auf den Parkplatz vor dem Clubhaus ein. »Fürwahr, mit dir braucht es kein Autoradio. Der Rekorder dankt.«

Sie begaben sich sofort zum Secretario und gingen zu dritt die heutige Startliste rückwärts vor 13 Uhr durch. Viele Spieler hatten sich nicht eingetragen. Zahlreiche Clubmitglieder spielten bei einem auswärtigen Turnier.

Die Liste begann mit einem Paukenschlag: Um 9.30 Uhr begann ein Zweierflight von Vater Gerhard Navratil und Sohn, Mitglieder des Golfclubs Hainburg an der Donau in Österreich. Mercedes und Richard konnten gerade noch einen doppelten Salto rückwärts unterdrücken. Der Secretario durfte selbstverständlich nichts bemerken. Sie schauten einander bloß an.

Eine Viertelstunde später, um 9.45 Uhr, startete ein Viererflight von nicht mehr ganz taufrischen Engländerinnen der Super-Seniorenklasse.

»Die nerven erfahrungsgemäß die nachfolgenden Spieler mit ihrem tödlich langsamen Spiel. Allein zur Fütterung der beiden Enten Plato und Platonia am Green Nr. 12 benötigen sie eine Viertelstunde. Aber sie sind ganz verrückt nach ihnen.«

Diesem Umstand Rechnung tragend, hatte der Secretario erst um 10.30 Uhr den Head-Pro mit zwei Kunden auf die Bahn gelassen. Auch der würde für den Unterricht viel Zeit brauchen. Um 11.15 Uhr waren dann der Clubpräsident mit seinem Vize für eine schnelle Runde an der Reihe. Um 11.45 Uhr, vom Hotel Son Vida angemeldet, ein ebenfalls schneller Einzelspieler namens Transkanen vom Golfclub Tornio, auf der finnisch-schwedischen Grenze, wie er sagte. Um 12.15 Uhr hatte ein geübter Viererflight der Junioren-Elite des Clubs seine Runde begonnen.

»Da heute, wie gesagt, wenig los war, konnte ich die Zeiten flexibel steuern, sodass auch wegen langsamerer Flights keine Wartezeiten auftraten. Und um 13 Uhr waren dann die Herrschaften Johannsson mit unserem Mitglied, der Señora Mercedes, an der Reihe.« Wie es eigentlich dem schwedischen Señor gehe, erkundigte er sich. Man wisse nichts Genaues, aber er sei sicherlich in besten Händen.

»Bitte überprüfe doch die Mitgliedschaft der Familie Navratil da in Dingsbums an der Donau und jene von Transkanen in Tornio. Spielen denn die Navratils häufig hier? Habe ich die vielleicht auch schon gesehen?«, wollte Richard wissen.

»Der Vater, aber nur sporadisch. Gestern tauchte er plötzlich auf, ließ sich die Startliste zeigen und hängte sich bei zwei Clubmitgliedern für zwölf Uhr an. Wie ich schon sagte, hat er für sich und seinen Sohn für heute auf 9.30 Uhr reserviert. Der noch schulpflichtige Sohn nimmt gelegentlich Stunden beim Pro. Der

Vater hat sich nach dem Spiel bei mir entschuldigt, weil sein Sprössling dem Plato eine Halskrause angelegt habe. ›Weil du auf dem Golfplatz wieder einmal lange telefoniert hast. Ist doch verboten!‹, hat der Junge sich wütend gerechtfertigt. Ich habe hier seine Adresse in Cala Blava, unweit von hier.«

Er kramte in seiner Kartei und förderte ein Blatt zutage, das er ihm überreichte. Mercedes notierte so unauffällig wie möglich. Ob sonst noch jemand die Listen habe sehen wollen, fragte Richard beiläufig. »Hm, ja, Navratil gestern und heute und natürlich der Präsident!«

»Eine andere Frage: Gibt es hier Greenkeepers, die fließend Englisch sprechen?« Der Secretario schüttelte den Kopf und dachte, irgendeiner habe hier eine Meise.

Mercedes holte ihre Sachen im Bungalow, brachte sie in ihren Wagen und überreichte den Hausschlüssel dem Secretario. Richards fragenden Blick beantwortete sie, Olaf habe eine private Dusche vorgezogen, was ihm eine bedeutungsvolle Grimasse entlockte. Ein Auge zudrückend, grinste sie ihn hämisch an.

30 Mercedes fuhr voraus Richtung Stadt, bog aber in El Arenal von der Schnellstraße ab Richtung Cala Blava. Richard ließ sein Auto im Zentrum stehen und stieg zu Mercedes ein. Hier zogen sie eine Zwischenbilanz.

Als Täter schieden alle Greenkeepers und Spieler aus mit Ausnahme von Navratil und Transkanen. Es war immerhin nicht ganz auszuschließen, dass sich dieser als Navratil ausgab und im Auftrag der bösen Schweden – Originalton Olaf – tätig wurde. Allerdings würde der ›Hunne‹ einen skandinavischen Akzent wohl seltsam, wenn nicht verdächtig gefunden haben.

Mercedes rief sofort im Son Vida an und erkundigte sich im Namen des Golf Clubs Son Antem, ob Mister Transkanen vielleicht für morgen eine Startzeit reservieren möchte. Da er gerade nicht erreichbar war, gab der Concierge an seiner Stelle einen abschlägigen Bescheid. Der Gast hätte eine Golfsafari gebucht und spiele daher jeden Tag auf einem anderen Platz.

Transkanen schied aus; blieb also Navratil. Fast zu einfach, um wahr zu sein!

168

»Der muss es sein. Gestern Morgen, als er Olaf zum ersten Mal anrief, erfuhr er dessen Programm mit den Startzeiten in Son Antem. An die Standorte der Nistkästen erinnert er sich nur vage. Also sofort hin und genau einprägen – im Dreierflight. Deshalb fühlte er sich heute Morgen absolut sicher. Für eine gewisse Tarnung sorgte der Junge. Wie lange braucht ein Zweierflight für die ersten zehn Bahnen? Richtig, etwa zweieinhalb Stunden. Um zwölf Uhr führte er ein Telefongespräch mit Olaf. Die Briefkästen waren belegt. Der wartende Junge nützte die Zeit, um dem Plato eine Halskrause umzulegen. So muss es gewesen sein, alles geht auf! Dem werden wir …!«

Nach kurzer Zeit hatten sie die gesuchte Straße und dann auch das Haus gefunden. Sie fuhren erst langsam daran vorbei und hielten in einiger Entfernung. Ein weißer Bungalow im lokalen Stil, vielleicht fünf Zimmer, eine angebaute Garage, bei der Haustür ein angelehntes gelbes Mountainbike, von der Eingangslampe schwach beleuchtet. In einem Zimmer brannte Licht. Der Garten war winzig. Das Ganze umzäunt mit einem zwei Meter hohen Drahtgeflecht, teilweise bewachsen. Das Tor der Garage war leider geschlossen, sodass sie den Wagentyp und das Kennzeichen nicht sehen konnten. Dann fuhren sie langsam den Weg zurück. Auch aus der Nähe waren keine Warnanlagen, Schockbeleuchtungen oder Anzeichen von einem Hund zu erkennen.

Auf der Fahrt nach Palma telefonierte Richard kurz mit Ken Ward. Keine Vorkommnisse, keine Anrufe. Ja, er habe die Frau angerufen. Sie würde morgen nach neun Uhr mal vorbeikommen. Olaf schlafe ruhig.

Nachdem sie das Auto in der Tiefgarage abgestellt hatte, musste der aufregende Tag mit einer Flasche Rioja und einigen Tapas abgeschlossen werden. Das Thema ließen sie für heute ruhen. So weit war ja alles unter Kontrolle, und sie beschlossen, die Entscheidungen – jeder für sich allein! – zu überschlafen.

31 Am folgenden Morgen rief Richard als Erstes den Secretario an, um das Ergebnis seiner Nachprüfungen zu erfahren. Der finnische Señor Transkanen war ein angesehenes Mitglied des Golfclubs Tornio. Tatsächlich erstrecke sich der Golfplatz über die grüne Grenze.

Im österreichischen Golfclub Hainburg an der Donau gäbe es kein Mitglied mit dem Namen Navratil. Hingegen könne er sich an einen Herrn dieses Namens als Greenfee-Spieler erinnern, der verschiedentlich mit anderen Gästen aus dem Osten auf dem Platz gespielt habe.

Nach dem Ausfragen des Secretario versuchte Richard, Ken Ward im Spital anzurufen: besetzt, besetzt, besetzt. Endlich: »Ken, good morning, telefonierst du immer stundenlang mit deiner Freundin?«

»Ich war mit meiner Toilette beschäftigt und ließ Olafs und mein Handy miteinander verbunden. Bei einem Vorkommnis hätte er mich jederzeit rufen können, okay?«

»Good boy! Wie viele Nachtschwestern hast du vernascht und wie geht's Olaf, irgendwelche Vorkommnisse, auch keine Anrufe? Bitte der Reihe nach!«

»Nichts, gar nichts! Seine Gattin ist bereits wieder gegangen.«

»Ken, du wirst in einer Stunde abgelöst. Wir machen einen hübschen Ausflug. Darf ich mal mit Olaf sprechen?« Ken reichte das Handy weiter.

»Olaf, wie geht es Ihnen? Sie fühlen sich bestens, wunderbar. Noch zwei Tage unter Beobachtung und Sie haben alles überstanden. In einer Stunde bin ich bei Ihnen. Wenn es Sie nicht stört, wird Mercedes Ken ablösen. Stört Sie nicht? Gut, wer hätte das gedacht. Eine andere Frage: Olaf, kennen Sie einen Mister Transkanen, ein Landsmann von Ihnen, Mitglied im Golfclub Tornio? So, nie gehört. Könnte er nicht der Makler sein, der für die Schweden bei der Instrumenta tätig wird? Okay, war gut zu wissen. Also um zehn Uhr bin ich bei Ihnen. Adios!«

Damit blieb wirklich nur Navratil als Täter übrig. Jetzt galt es herauszufinden, wie viele Personen mit Navratil zusammenwohnten. Ein Auftrag für Mercedes, währenddessen er die gestern eingetroffene Postsendung von Freund Georg kritisch durchsah.

Navratils Telefonnummer war im öffentlichen Telefonbuch nicht aufgeführt. Also rief sie den Comisario an: »Buonas dias, señor comisario. Soi Mercedes, su grande amiga! Würden Sie mir einen Gefallen erweisen? Sicher werden Sie, warum frage ich überhaupt?«

»Was brauchen Sie denn, mein Täubchen?«

»Sozusagen gar nichts, señor comisario, ich brauche nur eine Telefonnummer«, und nannte Name und Adresse. Der Comisario schaute tatsächlich nach.

»Also, weil Sie es sind.« Sie notierte die Nummer. »Aber das nächste Mal werden Sie nicht ungeschoren davonkommen, das verspreche ich Ihnen!«

»Aber Señor comisario, Sie sind doch kein Schafhirt, der seine Schäfchen trimmt. Aber Sie dürfen mich gerne zu einem Drink einladen.«

Der Comisario war außer sich vor Glück und wollte sofort eine Verabredung treffen. Mercedes zierte sich, aber nur ganz wenig: »Ich möchte aber, dass Sie in voller Uniform erscheinen, damit ich mit Ihnen ein bisschen angeben kann.« Damit hatte sie den Comisario vollends um den Finger gewickelt.

Dann rief sie Gerhard Navratil an. »Marktforschungsinstitut Enigma, guten Tag, Señor. Wir führen eine Umfrage durch über Reinigungsmittel im Haushalt. Dürfte ich Ihre Frau Gemahlin sprechen?«

»Da haben Sie aber Pech. Ich wohne hier allein. Ab und zu besucht mich mein Sohn; meine Raumpflegerin ist heute nicht da.«

»Schon gut, Señor, die Telefonnummern werden mit einem Zufallsgenerator bestimmt. Ich kann da nichts beitragen. Muchas gracias, señor. Sie erhalten ein paar Warenmuster für die Störung. Adios!«

»Das hast du wirklich hervorragend gemacht, gratuliere!«, lobte Richard sie und verstärkte die Feststellung mit einer entsprechenden Miene. »Deine Ankündigung von Warenmustern bereitet einen Besuch oder eine kreative Postsendung vor.«

Es blieb noch Zeit, Georgs Post fertig durchzusehen. Auch diesmal happige Dreiecksgeschäfte, aber keine darunter, welche Palmas Kreise direkt beeinflussen könnten. Also setzte er seinen Kommentar darunter und bestellten den Kurier zur umgehenden Abholung des Umschlages. In eine Sporttasche steckte er noch zwei Mobiltelefone und ein Ladegerät für Olafs Nokia. Dann machten sie sich mit Mercedes' Wagen auf zum Hospital

Central. Der Corsa mit den Kontrollschildern, die leicht auf Richards Spur führen konnten, blieb heute zu Hause. Auch eine minimale Tarnung ist besser als gar keine.

Im Hospital angekommen, bat Richard Mercedes, bis auf Abruf in der Cafeteria Platz zu nehmen. Er wollte konsequent vermeiden, dass sie Ken begegnete. Im Zimmer 312 fand er zwei wohl gelaunte Männer vor, die gerade daran waren, Herrenwitze auszutauschen. Er übergab Olaf das Ladegerät für alle Fälle. Gleichzeitig machte der Chefarzt seine Visite und bekundete seine Zufriedenheit mit dem Verlauf der Genesung. Der Patient dürfe sich heute schon frei bewegen. Aber nicht allzu weit vom Spital entfernt, damit er innerhalb einer Viertelstunde behandelt werden könne, wenn Symptome auftreten sollten, als da sein können Atembeschwerden, Nackenlähmung, Muskelschmerzen und Sehstörungen. Übermorgen werde er ihn ziehen lassen, aber nicht auf die Jacht, sondern auf einen Direktflug nach Helsinki.

Und draußen war er. Richard hechtete ihm nach: »Herr Doktor, haben Sie die zwei kleinen Übeltäter schon entsorgt? Ich könnte sie sonst einem Liebhaber solchen Getiers schenken.« Der Doktor verwies ihn an die Serumabteilung.

»Lieber Olaf, ich entführe Ihnen jetzt den Bodyguard. Mercedes wird hier in Kürze eintreffen. Ordnen Sie Ihre Kleidung. Sie hat da sehr strenge Maßstäbe.« Die beiden kicherten, als wäre es der beste Witz in der Reihe. Auf dem Weg zum Ausgang fragten sie sich zur Serumabteilung durch. Die beiden Skorpione waren nach der Analyse des Giftes wieder in die Blechschachtel zurückgelegt worden und schlummerten jetzt zusammengerollt den Schlaf der Gerechten. Richard nahm sie mit. Bevor er und Ken am Ausgang waren, rief Richard Mercedes an: »Du wirst erwartet, aber du weißt hoffentlich, wie man sich in einem Krankenzimmer aufführt?«

Dann steuerte Richard den Wagen nach Cala Blava. Unterwegs informierte er Ken über die Ermittlungen beim Secretario und das Telefonat, welches Mercedes so gekonnt geführt hatte.

»Ken, ich muss die Hintermänner in Erfahrung bringen, das, was Navratil eine ›private Investorengruppe‹ nennt. Das ist das unverrückbare Ziel der Aktion. Ken, wir haben wahrscheinlich eine handfeste Sache vor uns. Ganz legal wird es dabei nicht abgehen können.«

Ken rieb sich in Vorfreude die Hände, hatte er doch schon richtige Entzugserscheinungen, seit er vor zwei Jahren den Abschied aus dem aktiven Dienst des SAS genommen und seither nichts Nützliches, wie er sich ausdrückte, mehr hatte unternehmen können.

Im kleinen Supermercado von Cala Blava beschafften sie sich kleinste Packungen von Seifen und Putzmitteln. Dann fuhren sie wie am Vorabend einmal die Straße auf und ab, wobei Richard Ken das Haus zeigte. Das Mountainbike stand nicht mehr da. Vielleicht war der Sohn ausgeflogen. Auch recht. Sie hielten auf einem Parkplatz, von wo die Straße und das Haus überschaut werden konnten, um die Aktion zu beraten.

Ken würde allein operieren, war er doch in der Lage, mehrere Personen gleichzeitig außer Gefecht zu setzen. Richard bleibt im Wagen, um alle Bewegungen auf der Straße und rund um das Haus zu beobachten. Die beiden würden über die Handys permanent in Verbindung bleiben. So könnte Richard die Gespräche im Haus mitverfolgen und sie konnten überdies nicht durch Anrufe Dritter gestört werden. Kein schlechtes Geschäft für die Telefonica. Die beiden zusätzlichen Handys wurden für eine Kommunikation in Notfällen vorbereitet.

»Erste Hürde wird die Überwindung des Hauseinganges sein. Hier gibt es eine Reihe von Varianten. Navratil ist allein oder nicht allein zu Hause, er öffnet oder öffnet nicht, Sicherungskette oder keine Sicherungskette. Wir haben drei Möglichkeiten, um hineinzukommen. Erstens durch Vorweisen der angekündigten Warenmuster oder du stellst dich zweitens als Sammler und Händler von Objekten für Terrarien vor und zeigst ihm die Blechdose mit Inhalt. Wenn beides nicht hilft, so bleibt nur die nackte Gewalt mit oder ohne Sicherungskette. So weit die Logik. Was hältst du davon, Ken?«

»Es gibt noch einen vierten Weg«, meinte Ken und nahm einen kleinen Hammer aus der Tasche, der einmal über einer Fensterscheibe eines Busses sein Plätzchen gehabt hatte.

»Wir versuchen es zuerst mit der Warenmuster-Tour. Falls die nicht funktioniert, ziehe ich mich zunächst zurück und gehe nach kurzer Zeit um das Haus herum. Das ist für dich das Zeichen, ihn mit dem zweiten Handy anzurufen. Vermutlich werde ich das Klingeln im Hause hören. Sobald er antwortet oder allzu lange läuten lässt, zertrümmere ich eine geeignete Scheibe und stürme den Laden. War das solides Handwerk, so folgt nun der subtilere Teil. Das Ziel der Operation ist mir klar.«

Ken setzte sich eine Baseballmütze verkehrt herum auf, verließ den Wagen und steuerte das Haus an, in einer Hand eine Plastiktasche mit den Mustern und der Blechdose, in der anderen einen Schreibblock. Er tat so, als würde er ständig die Hausnummern mit dem Eintrag auf dem Block vergleichen.

Die richtige Adresse endlich gefunden, wurde geklingelt. Die Haustür öffnete sich so weit, wie das eine Sicherungskette nicht zugelassen hätte. Ken hielt sich mit Höflichkeitsfloskeln nicht auf, sondern stieß die Tür mit einem kräftigen Fußtritt ganz auf, bedachte den Hausbesitzer mit einem massiven Bodycheck und schlug die Tür sofort hinter sich zu. Das Ganze hatte kaum eine Sekunde gedauert.

Richard lauschte online am Handy. Gepolter, dumpfe Schläge, ein erstickter Schrei, dann wüstes Gefluche: »Du Hundesohn, wo hast du dein Terrarium? Na, statten wir ihm mal einen Besuch ab!« Das Schleifen eines Körpers über den Boden konnte Richard deutlich hören. »Aber wie interessant, Schlangen, Vogelspinnen, Skorpione! Fehlen da nicht zufälligerweise zwei deiner Lieblinge? Nicht? Da bin ich anderer Meinung. Sieh mal, was ich da Hübsches mitgebracht habe.«

Wie Ken später berichtete, fesselte er den Übeltäter mit Handschellen an das feine Drahtgeflecht, welches die niedlichen Tierchen von den menschlichen Hausbewohnern trennte. Sie beobachteten auch schon interessiert, ob der Besitzer vielleicht durch eine ungeschickte Körperbewegung den Zaun in die Freiheit niederreißen würde. Die Vipern züngelten unternehmungslustig, eine Cobra richtete sich bereits auf, um ihr Gift ins Fleisch des Opfers zu spritzen, eine grüne Mamba hing im dürren Geäst. Noch stellte sie sich schlafend. Die Vogelspinnen duckten sich sprungbereit, und die Skorpione fuchtelten aufgeregt mit dem blasig aufgetriebenen Stachel über dem Rücken und gingen in Angriffsposition.

Natürlich wusste Navratil, dass die Ausbrecher erst ihn anfallen würden, bevor sie das Weite durch den Garten suchten. Navratil erwies sich bald gesprächsbereit.

»Du hast dich des vollendeten Mordversuches an Hannu Anttila schuldig gemacht. Das Opfer schwebt nach einem Rückfall wieder in Lebensgefahr. Sollte er dein Attentat nicht überleben, so verbringst du den Rest deines Lebens in einem dieser romantischen, geschichtsträchtigen spanischen Verliese. Also, warum sollte er aus dem Wege geräumt werden? Wie, du weißt es nicht?«

Wieder öffnete er die Blechdose und hielt ihm den Inhalt unter die Nase. »Die haben sich seit gestern ausgeruht und sind wieder schussbereit. Wir machen das wie bei Anttila, nur ohne deine famosen Streichholzschachteln. Ich schütte sie direkt in deine Unterhose. Das geht schneller als in der Hosentasche. Also wird's bald?«

»Es geht um einen Firmenkauf«, stieß Navratil hervor.

»Sofort Klartext, hältst du mich für blöd, dass du so lange darum herumredest? Meinst du die Instrumenta B.V. in Amsterdam? Du nickst, gut. Ihr mögt wohl Konkurrenten nicht besonders. Gibt es noch andere Gründe?«

»Nein.«

»Wer ist dein Auftraggeber, wer ist diese famose Investorengruppe? Du siehst, ich weiß Bescheid. Aber jetzt laut und deutlich und schnell!«

»Global Investment Consulting in Berlin«, die Schleusen schienen sich langsam zu öffnen.

»Welch vornehmer Name für eine Geldwaschanstalt, gratuliere! Wie heißen denn die maßgeblichen Darsteller in dieser Show? Und wie kamst du zu deiner ehrenwerten Rolle als ach so listenreicher Killer?«

Navratil schilderte, wie er vor Jahren in Wien einen Herrn Gromakow kennen gelernt habe, der bald nach der deutschen Wiedervereinigung ein Beratungsbüro für private Anleger eröffnet hatte, in welchem die ehemalige Prominenz der DDR ein und aus ging. Enge Kontakte bestanden auch zur Treuhand. Im Gegensatz zur russischen oder italienischen Mafia peilten die über ihn laufenden Investitionen mittelständische Industrieunternehmen an, mit Vorliebe auch im Medizinalbereich; daher das Interesse an der Instrumenta B.V.

»Die Global Investment Consulting bietet hohe Kaufpreise, wovon immer ein beachtlicher Teil schwarz bezahlt wird«, legte Navratil dar.

»Also eben eine institutionelle Geldwaschanlage«, bemerkte Ken. »Und was ist deine Funktion in diesem ehrenwerten Haus?«

»Auf dieser Insel wimmelt es von reichen Unternehmern fortgeschrittenen Alters, die vielleicht eines Tages ihre Firma für gutes Geld verkaufen werden, um ihren komfortablen Lebensabend im milden Klima Mallorcas zu verbringen. Die aufzuspüren und mit Herrn Gromakow zusammenzubringen ist meine Aufgabe.«

»Und was steht übers Killen in deinem Pflichtenheft?«

»Ich schwöre, es war das erste und letzte Mal. ›Vernichten Sie Anttila!‹, hatte er mich angeschrien, ohne sich über das Wie im Geringsten zu äußern. Gromakow hat mich mit seinen teuflischen Kräften imperativ dazu gedrängt. Da kamen mir eben nur die Skorpione in den Sinn. Mit Schlangen wäre es noch viel umständlicher gewesen.«

Es sei ihm unerklärlich, wie er einem Menschen derart hörig sein könne. Sobald er anrufe, fühle er sich wie eine Marionette, willenlos und beliebig einsetzbar. Er werde sich in psychotherapeutische Behandlung begeben müssen. Ken bekundete seine Verachtung für diese Gattung von Parasiten der Wohlfahrtsgesellschaft und verpasste ihm eine gesalzene Ohrfeige.

»Das ist eine Kostprobe meiner Therapie. Die wirkt schnell und sicher, äußerst kostengünstig und belastet keine Sozialversicherung.

Pass auf, Navratil, wenn Anttila stirbt, bist du dran. Ich übergebe dich der Polizei. Als Berater der Sicherheitsdienste würde ich andernfalls meine Lizenz verlieren«, bluffte Ken. »Falls er davonkommt, so hast du rechtlich ein Antragsdelikt begangen. Möglich, dass er von einer Klage absieht, wenn ihr ihn in Sachen Instrumenta B.V. ab sofort in Ruhe lasst. Du rufst nun gleich Gromakow an!« Ken holte das schnurlose Telefon und ließ sich die Nummer diktieren. Als es läutete, drückte er die Lautspre-

176

chertaste, damit er zuhören konnte, und hielt Navratil den Hörer an den Kopf.

»Was soll ich ihm denn mitteilen?«, fragte der ganz verstört, was ihm eine erneute Ohrfeige seines selbst ernannten Psychotherapeuten eintrug.

Ken unterbrach das Klingeln: »Natürlich die Wahrheit, du Idiot! Also, zweiter Versuch.«

»Gromakow«, ertönte eine Stimme, die an Moderduft erinnerte.

»Hier Navratil, die Zielperson schwebt zwischen Leben und Tod. Ganz hat es leider nicht gereicht. Auch hat er geredet. Bei mir steht ein Privatdetektiv. Wenn der Patient stirbt, meldet er alles der Polizei. Wenn nicht, so wäre die Zielperson bereit, von einer Klage abzusehen, wenn Sie ihm beim Objekt freie Hand ließen. Ich bitte um Instruktionen.«

Schweigen, langes Schweigen, aber schweres Atmen am anderen Ende der Leitung. Die unsägliche Wut war wie mit Händen zu fassen. Auf Navratils Stirne bildeten sich Schweißperlen.

Endlich tönte es aus der Gruft: »Einverstanden, ich erwarte Meldung über den Krankheitsverlauf der Zielperson. Ende!«

Ken murmelte eine gewisse Anerkennung über die Gesprächsführung und löste die Handschellen vom Schutzgitter. Schon das erneute Herumhantieren brachte die Bewohnerschaft des Terrariums sichtlich zur Weißglut. Es wäre noch eine kleine Formalität zu erledigen, bemerkte Ken und setzte Navratil unsanft auf den Telefontisch. Dort diktierte er ihm einen kurzen, aber sehr klaren Text, der das Attentat auf Anttila beschrieb und die Verantwortung dazu unzweideutig festhielt. Ein sichtliches Zögern beim Anbringen des Datums und der Unterschrift brachte Navratil einen äußerst schmerzhaften Nierenschlag ein.

»So, das hätten wir«, meinte Ken befriedigt. »Entweder er kommt über die Runden oder dich holt in zwei Tagen die Polizei und später der Teufel. Wann kommt dein Sohn nach Hause?«

»Am frühen Nachmittag«, antwortete er fragend.

»Ich sperre dich ins Bad. Wie du ihm das erklärst, wenn er dich dann rauslässt, ist deine Sache. Die Blechdose mit den zwei Lieblingen nehme ich als Beweisstück mit. Wenn Anttila die

Insel verlassen hat, lege ich sie dir in den Briefkasten – ohne Dose –, also aufgepasst!«

Mit einem letzten groben Stoß versenkte er ihn im Bad. Er stellte einen Stuhl unter die Klinke, überprüfte die Handschellen und verließ das Haus. Zur Sicherheit machte er einen Umweg. Richard verstand und sie trafen sich beim Supermercado, wo er Ken mit Komplimenten überhäufte. Dieser winkte ab: »Dick, das war der schönste Tag in meinem Leben auf dieser doch eher langweiligen Insel.«

Gefeiert wurde bei einer ausgedehnten Tafelrunde, bevor sie zum Hospital Central zurückfuhren.

32 Mercedes und Olaf hatten ebenfalls einen belebten Morgen verbracht. Er wollte, dass sie ihn von Boutique zu Boutique in die teuersten Parfümerien führte. Kaum hatten sie ein Geschäft betreten, witterten die Verkäuferinnen mit sicherem Instinkt, dass da eine mächtige Kaufkraftlawine heranrollte. Das Teuerste und Erlesenste wurde vorgeführt und sachkundig kommentiert, wieder zurückgetragen, gegen anderes ausgetauscht. Vieles wurde probiert, manchmal abgesteckt, und Olaf gestattete sich immer wieder verstohlene Blicke in die Umkleidekabine. Es reizte ihn, Mercedes sekundenweise halb nackt zu betrachten, ohne dass sie es zu bemerken schien. Und sie ließ ihn großzügig in diesem Glauben.

Er erwies sich seinem Schutzengel gegenüber wirklich großzügig. Kauf um Kauf, verschiedene Kreditkarten kamen zum Zuge. Nein, sie würde alles später abholen; nein, auch nicht per Ausläufer; warum sollte sie ihre Adresse zurücklassen? Wie lästig die doch sein können!

Unbeschwert von Paketen, aber reich beschenkt ging sie mit Olaf zurück ins Hospital. Unterwegs nahmen sie eine kleine Mahlzeit ein. Hier fand sie auch die Muße, sich bei ihm für seine Großzügigkeit zu bedanken. Einkaufen ermüdet, und so waren sie froh, wieder im Zimmer 312 in die Sessel zu sinken. Olaf fühlte sich bestens. Keine Spur von einem Rückfall. Da im ganzen Spital ohnehin Siesta-Time war, hängte sie den Aufhänger ›no molestar p. v.‹ außen an die Tür. Jetzt endlich konnten sie ausgiebig nachholen, worauf sie sich am Vortag sehnlichst gefreut hatten, bis ihn das Ereignis aus der Kurve geworfen hatte.

Sie hatten sich und das Krankenbett wieder sittsam zurechtgemacht, als Richard seinen Besuch telefonisch anmeldete. Ken schickte er auf einen Spaziergang, er war ja erreichbar. Schon klopfte er kräftig an die Tür und trat ein:

»Störe ich?«

»Warum solltest du stören?«

Wortlos holte er das Schild herein, das sie vergessen hatte abzunehmen. Beide zuckten die Schultern und guckten in die Luft, als ob sie noch nie so etwas Blödes gesehen hätten. Er insistierte natürlich nicht und ging sofort, Mercedes zunickend, zur Tagesordnung über. Sie hatte verstanden und verabschiedete sich mit einem ostentativ innigen Kuss von Olaf. Jetzt war Richard an der Reihe, Löcher in die Luft zu gucken.

Als sie draußen war, berichtete Richard, was er und Ken am Morgen herausbekommen hatten. Warum Navratil so gesprächig war, behielt er selbstredend für sich.

»Olaf, in unserer Hand ist das schriftliche Geständnis von Navratil. Wir haben eine Zusage seines Chefs, dass er Ihnen die Instrumenta B.V. überlässt, sofern Sie keine Klage erheben. Ist doch schon etwas, oder nicht? Die Raubritter betreiben eine Firma mit der vornehmen Bezeichnung ›Global Investment Consulting‹ mit Sitz in Berlin. Kommandierender Gauner ist ein Mafioso namens Gromakow. Das müssen Sie zu Ihrem Selbstschutz wissen. Reden Sie mit niemandem darüber. Es wäre lebensgefährlich.«

Olaf war im höchsten Maße verblüfft. Richard wollte aber noch nichts von Entwarnung wissen. Gerade die nächsten Tage seien besonders gefährlich.

»Entwarnung gebe ich erst, wenn Sie den Kaufvertrag mit Mister Dijkman unter Dach und Fach haben. Dass es dazu kommt, ist ja meine Aufgabe. Am besten Sie fliegen sofort nach Hause, wo Sie sicherer sind. Sie verschwinden von hier diskret. Falls sich jemand nach Ihnen erkundigen sollte, so befinden Sie sich auf der Jacht. Einverstanden?«

»Wenn Sie meinen, von Ihnen akzeptiere ich alles.«

Richard erkundigte sich nach dem Chefarzt. Er sei auf der

Tour und würde wohl bald im Zimmer 312 eintreffen. Sie benützten die kurze Wartezeit, um einige persönliche Worte zu wechseln. Sie seien echte Freunde geworden, meinte Olaf in ehrlicher Dankbarkeit.

Der Chefarzt kam mit froher Kunde. Die Blutwerte seien einwandfrei, der Patient habe es mit größter Wahrscheinlichkeit überstanden.

»Herr Doktor«, hob Richard an, »wir haben gute Gründe, unseren Gast möglichst schnell in seine Heimat fliegen zu lassen.«

»Aha, ich verstehe. Das heißt, ich verstehe nichts, aber wenn Sie meinen. Sie scheinen gewichtige Argumente dafür zu haben. Für die Ärzte in Helsinki gebe ich Ihrem Schützling ein Schreiben und zwei Ampullen des Antiserums mit, das ihm sofort gespritzt werden muss, wenn die geschilderten Symptome auftreten. Ich stehe auch telefonisch zur Verfügung.«

»Danke, Herr Doktor, ich bringe ihn sofort auf die Jacht. Er fliegt morgen Nachmittag. Es wäre gut, wenn er erst übermorgen offiziell entlassen werden würde. Sie, die Oberschwester und die Recepción könnten bei Anfrage in diesem Sinne Auskunft geben.«

Der Chefarzt war einverstanden, im Grunde froh darüber, diese seltsame Klientel bald loszuwerden. Nach einer Weile erschien die Oberschwester und überreichte den Arztbrief und die Ampullen.

Richard beorderte Ken in die Klinik und half beim Packen der wenigen Utensilien. Zu dritt fuhren sie zur Jacht. Olaf stellte Ken der Familie als Krankenpfleger vor, der die Nacht auf dem Schiff verbringen werde. Olaf buchte telefonisch seinen Flug und erklärte seinen Lieben, dass sie morgen ohne ihn nach Alicante zurücksegeln müssten. Besonders schockiert schienen sie nicht zu sein.

Richard meldete das Schiff mit vollzähliger Familie und Crew beim Comisario für morgen um die Mittagszeit ab. Olaf solle vorher spazieren gehen und um zehn Uhr Mercedes auf dem Platz vor der Lubina treffen, damit sie ihn zum Flughafen fahre.

»Good luck, Mister, ich rufe Sie regelmäßig an.«

Der Hunne drückte seine Hand, dass Richard gewiss keinen Zweifel mehr an seiner vollständigen Genesung hatte.

180

33 Ken rapportierte das planmäßige Auslaufen der Arabella IV, als Mercedes bald darauf vom Flughafen zurückkehrte. Wie Richard später aus der Monatsrechnung des Golfclubs entnahm, war auch an diesem Tag ein Bungalow für ein paar Stunden gemietet worden.

Endlich hatten sie wieder einmal Gelegenheit, ihrem Geschäft nachzugehen. Wieder waren Postsendungen von Georg eingetroffen, die der Analyse harrten. Richard hatte diese Arbeit beinahe abgeschlossen, als das Telefon schrillte. Ihm schien, es läute anders als sonst. Das war zwar technisch unmöglich, aber die Telepathie sorgte eben für eine besondere Wahrnehmung.

Mercedes stellte sofort durch, machte eine fürchterliche Grimasse und flüsterte durch die trichterförmige Hand: »Der Mephisto!«

Richard hatte gehofft, er hätte nun ein paar geruhsame Tage vor sich. Und jetzt der, ausgerechnet der Mephisto! Unmöglich, der Anrufer war sicherlich falsch verbunden, Mercedes hatte sich sicher verhört, nicht Kropf, sondern die Firma Krupp in Essen hat angerufen, also Dutzende von Möglichkeiten, aber auf keinen Fall Kropf!

»Richard Harriott, guten Tag, mit wem habe ich die Ehre?«

»Hallo, Herr Kamerad!« Kein Zweifel, er war's. Die Blechschere verursachte spontanes Ohrensausen. Was hieß da ›Kamerad‹? Natürlich, in seiner Manie tat er so, als rede er nur mit Generälen. Kropf wählte diese Anrede, um sich in der Rückprojektion zu sonnen.

»Herr Doktor, welche Überraschung, was kann ich für Sie tun?«, heuchelte Richard und verwandelte sich augenblicklich in den Klinkenputzer. In solchen Augenblicken hasste er sich selber. Mercedes grinste ihn unverschämt an.

»Wir sprachen anlässlich unseres Dienstrapportes von der nachrichtendienstlichen Durchleuchtung einer Handelsfirma.« Der hat wirklich einen Knall, dachte Richard, schon diese manische Wortwahl.

»Aber sicher«, bestätigte der Klinkenputzer. »Sie wissen, dass ich ein mögliches Mandat erst gründlich prüfe, bevor ich es annehme. ›Client first‹ heißt die Devise. Ich würde nie ein Mandat annehmen, dessen Ausführung zur vollsten Zufriedenheit des Klienten ich nicht garantieren könnte.«

Mercedes schnitt eine angewiderte Grimasse. Das war auch so ein raffinierter Spruch aus dem Arsenal der Klinkenputzer. Erstunken und erlogen; keinesfalls Gier zeigen, sondern sich das Mäntelchen professioneller Redlichkeit umhängen. Nicht dass gute Berater etwa an Hunger litten, ganz im Gegenteil, aber sie sind unersättlich. Eher legt ein Hund einen Wurstvorrat an, als dass ein lukrativer Auftrag wegen Mangels an Know-how oder Zeit abgelehnt würde. Irgendwie würde man es dann schon hinkriegen. Also buchen, kassieren, durchwursteln, auf Amerikanisch ›booking, billing, killing‹.

»Worum geht es denn, damit ich mich auf unsere Arbeitssitzung vorbereiten kann?«

»Die Firma heißt SloTrade und hat ihren Sitz in Bratislava, schon gehört?«

»Nein, die Slowakei ist nicht mein Spezialgebiet«, log Richard gleich doppelt. Der seltenste der seltenen Fälle war eingetroffen. Nein, dieses Mandat hatte er sich wirklich nicht gewünscht. Es würde ihn gleich mehrfach ins Dilemma führen. Aber, er überlegte blitzschnell, im Rahmen des Doppelspiels und mit seinem permanenten höheren Auftrag als Rauchmelder konnte er Kropf unmöglich eine glatte Abfuhr erteilen. Also galt es Zeit zu gewinnen.

»Ich kann mich aber diskret umsehen. Nächstens bin ich wieder bei der Greves wegen der Cincinnati Tools, wie Sie wissen. Bis dahin sind meine Abklärungen so weit gediehen, dass wir sinnvolle Entschlüsse fassen können. Hat es so lange Zeit?«

»Hat es, rufen Sie mich bitte frühzeitig an, wenn Ihr Terminplan steht. Auf Wiedersehen!«, sagte er und hängte ein.

Richard saß konsterniert im Sessel und trommelte mit den Fingern auf den Schreibtisch. Mercedes hatte wohl Recht, er ritt auf einem Tiger. Eine Unterredung mit Sir Alec war unumgänglich. Es gab vieles zu berichten und mit ihm abzustimmen: Greves, Kropf, der Eisvogel, Friedrich Meister, das große Kobalt-Ei, Gromakow und natürlich Georgs Berichte, die teilweise die SloTrade betrafen, diesmal aus der Sicht von Kropf. Sir Alec würde entscheiden, ob und wie weit er sich mit Kropf einzulassen habe. Mit dem Anruf wartete er, bis Mercedes mal kurz den

Raum verlassen hatte. Er wollte vermeiden, dass sie etwas von Sharons Gesäusel mitbekam, mit welchem vielleicht zu rechnen war. Dem war aber nicht so. Freundlich, aber in sachlichem Ton wurde der Termin vereinbart. Der Anruf dauerte wie vorgeschrieben keine dreißig Sekunden.

In den kommenden Tagen blieb genug Zeit, die Analyse über die Cincinati Tools so weit voranzutreiben, dass ein Besuch bei der Greves gerechtfertigt erschien. Er hatte ja gehofft, dass Sir Alec jemand anderen beauftragte, den Geschäften der Transtecco mit der SloTrade nachzugehen. Im Hinblick auf die Zusammenkunft mit Kropf kam er aber um eine Zusammenstellung aller Transaktionen nicht herum. Hohe Dringlichkeit kam natürlich auch dem Projekt Instrumenta zu. Ihr Besitzer, Jan Dijkman, war sofort zu kontaktieren.

Eine Zeit lang pflegten Mercedes und Navratil das gleiche Hobby: Sorgfältig suchten sie in der Lokalpresse nach Meldungen über einen Unfall mit Skorpionen. Etwa mit tödlichem Ausgang, wie Navratil befürchtete. Mercedes sorgte sich eher um das Ansehen des Golfplatzes, wenn das Auftreten lebensgefährlicher Skorpione publik würde.

Olaf war längst zu Hause im kühlen Finnland und hatte Mercedes sein Wohlbefinden mehrmals bestätigt. Abgesehen allerdings von gewissen Entzugserscheinungen, wie er meinte.

Da las das Mercedes zwei Tage später unter ›Unglücksfälle und Verbrechen‹:

Tod im Terrarium

Der Besitzer eines Terrariums in Cala Blava ist durch Bisse giftiger Schlangen und durch Stiche von Skorpionen tödlich verletzt worden. Wie die Obduktion ergab, trat der Tod durch Lähmung des Atemzentrums ein. Zahlreiche Hämatome am Kopf und am Körper sind einige Tage alt und stehen mit dem Unfall in keinem Zusammenhang.

»Gromakow!«, stellte Richard fest. Navratils Befürchtungen hatten zu Recht bestanden.

Die Karte der Zyklone

34 London, Anfang November im Jahr des Panthers.

Natürlich hatte Richard auch diesmal ein köstliches Mitbringsel für Sharon dabei, als er Sir Alecs Vorzimmer betrat. Ihr fröhliches Lächeln inmitten von Aktenbergen entlockte ihm die anerkennende Bemerkung: »Going the extra mile with an extra smile – und heute extra geil!«

»Richard, die erste Hälfte deines Komplimentes war nett. Die zweite habe ich nicht verstanden. Aber wie ich dich kenne, kann es nur etwas Niederträchtiges gewesen sein.«

»Wird heute Abend fertig besprochen ...« Weiter kam er nicht, denn Sir Alec stand bereits in der Tür und winkte ihn herein.

Auf dem Tisch lagen die Berichte, von Sharon wohl geordnet und betitelt. Zuoberst las er ›Gromakow‹.

Sir Alec hatte die große Präsentationstafel mit dem geheimnisträchtigen Mosaik bereits entriegelt und aufgeklappt. Erstaunlich, wie viele neue Eintragungen innerhalb weniger Wochen zusammengekommen waren. Mit einem Anflug von Eifersucht registrierte Richard, dass unbekannte Kollegen ebenfalls schweres Material lieferten.

»Wie Sie sehen, sind wir ganz hübsch vorangekommen. Besonders Georgs Meldungen haben uns erheblich weitergebracht. Zahlreiche hier eingetragene Verbindungen, so genannte ›Connections‹, beruhen auf seinen Hinweisen. Die Transtecco erweist sich als wahre Goldader. Richard, Sie melken Ihren lieben Georg mit Nachdruck weiter.

Immer deutlicher wird, dass es sich bei der Synthese der nachrichtendienstlichen Erkenntnisse nicht um ein Mosaik handelt. Ein Mosaik ergibt am Schluss ein feststehendes, statisches Bild.

Unser Bild hier befindet sich jedoch in ständiger Bewegung und Entwicklung. Es gleicht eher einer Wetterkarte. Die Hochs und Tiefs ziehen über Kontinente, füllen sich auf, bilden sich neu und müssen mittels Messstationen und Satelliten permanent beobachtet werden. Die Wirtschaftskriminalität und das internationale organisierte Verbrechen bilden eine äußerst dynamische Welt. Alte Märkte werden aufgegeben, in neue wird eingedrungen, Kooperationen wechseln ab mit gegenseitigen Vernichtungskämpfen. Der Repressionsapparat des Staates jagt Missetäter und Drahtzieher mit wechselndem Erfolg. Nicht auszudenken, wie die Welt in Kürze aussähe, würden wir den Feldzug einstellen.

Und hier, mein Lieber, haben wir auf der Wetterkarte ein paar kräftige Zyklone ausgemacht, um in der Terminologie der Meteorologen zu bleiben. Das sind also Wirbelsysteme, welche in ihrer Nachbarschaft massive Schäden anrichten. Wie die Wetterfrösche benennen wir diese Sturmtiefs mit einem Decknamen. Wir nehmen den Anfangsbuchstaben und missbrauchen das griechische Alphabet. Deshalb lesen Sie auf meiner Tafel Bezeichnungen wie Kappa für Kropf, Sigma für SloTrade, Gamma für Gromakow und so weiter. So identifiziert jeder Betrachter dieser Tafel nur jene Zyklone, deren Existenz ihm bekannt ist.

Ihre Sammlung von aufgespürten Zyklonen ist sehr beeindruckend. Da ist mit Sicherheit Kropf, der uns dreifach interessiert: als möglicher Schädling für die Greves, als Auftraggeber zur Durchforstung von SloTrade und mit seiner Manie als Kunstsammler. Ein schwierig zu durchschauender Zyklon ist die SloTrade. Wir haben Grund zur Annahme, dass SloTrade wie eine Marionette von übergeordneter Hand gesteuert wird. Ihre Aktivitäten sind zu vielseitig, als dass sie in voller Selbstständigkeit ausgelöst werden könnten. Scharfsinnig entnehmen Sie daraus, dass SloTrade auch von anderen Rauchmeldern signalisiert worden ist.

Mit Gromakow und seiner Global Investment Consulting haben Sie einen Zyklon der Sonderklasse lokalisiert, für uns eine Schlüsselinformation. Schon lange waren wir überzeugt, dass es ihn geben musste. Aber bisher war er weder identifiziert noch lokalisiert. Gamma ist tatsächlich eines der hoch entwickelten Geldwaschinstitute. Während die meisten ihr Schwarzgeld in den Rotlichtsektor oder in exklusive Immobilien fließen lassen, kauft Gamma seriöse mittelständische Firmen, die noch zu klein sind, um an die Börse zu gehen. Liegt der offizielle Kaufpreis an der unteren Grenze des Vernünftigen, laufen zusätzlich unter dem Tisch noch erkleckliche Schwarzbeträge. Der Verkäufer reibt sich die Hände und verzieht sich in den wohlverdienten Ruhestand. In bestimmten Fällen bleibt er noch ein paar Jährchen als Galionsfigur Vorsitzender des Aufsichtsrates. Die Bilanzen des Unternehmens werden mit schwarzem Geld aufgebläht, und ab geht's an die Börse. Einmal dort notiert, ist es ein Leichtes, sich an weiteren Unternehmen zu beteiligen oder diese zu absorbieren. Die Finanzquelle zur Abdeckung operativer Verluste ist ja so gut wie unerschöpflich. Die Geldwaschanlage läuft wie geschmiert. Wer diese Kreise stört, muss sterben. Navratils Los!«

Sir Alec sank in den Sessel und bat Sharon um den Tee. Auch Richard wusste die Pause zu schätzen. Weniger des obligaten Rums wegen, ohne welchen für Sir Alec Tee ungenießbar war, sondern der optischen Abwechslung halber. Einen wonnigen Augenblick lang ließ er einen völlig anderen Film vor seinem sinnlichen Auge ablaufen, was Sharon offensichtlich nicht entging. Ihr fast unmerkliches Nicken verbesserte seine ohnehin gute Laune noch um einige Zacken.

»Bis heute haben wir acht Zyklone mit Sicherheit ausgemacht, und drei weitere werden mit guten Gründen vermutet. Wir rechnen damit, dass wir in den nächsten zwei Monaten den einen oder anderen hochgehen lassen können. Damit meinen wir die Übergabe des wohl dokumentierten Falles an die zuständigen staatlichen Instanzen.«

Jetzt hieß es, eine neue Sorte Rum zu kosten, immer im Verhältnis eins zu eins. Nun, er musste die Tasse ja nicht jedes Mal leer trinken.

»In Ihrem Bericht über die Instrumenta B.V. beantragen Sie, die Competitive-Intelligence-Studie für Herrn Anttila selbst und umgehend durchführen zu können, damit die Transaktion möglichst schnell über die Bühne geht. Ich bin einverstanden, obwohl ein gewisses Risiko nicht auszuschließen ist. Vermeiden Sie gegenüber Dijkman auf jeden Fall den Anschein eines Zusammenhanges zwischen Ihnen und Anttila. Na, Ihnen wird schon die richtige Tarnung einfallen.

Gromakow, ein Sturmtief der Oberklasse, ist selbstverständlich nicht Ihr Bier.

Nun zum Komplex Greves, Kropf, SloTrade, Novak, Meister. Da haben Sie aber gleich ein hübsches Quintett am Haken. Für Disharmonie ist gesorgt! Greves haben Sie perfekt aufgegleist, gratuliere. Ihr Konzept mit der Vireninfektion habe ich auch an unsere Schwesterdienste weitergegeben. Es liegt in der Natur der Dinge, dass es Wochen oder gar Monate dauert, bis schlüssige Ergebnisse vorliegen. Ein Rennen gegen die Zeit, weil wir nicht wissen, welch widerliche Vorkehrungen der unsichtbare Gegner inzwischen trifft.

Den Kropf und die SloTrade kann ich Ihnen nicht ersparen. Ich bin mir völlig bewusst, dass Sie da eine außerordentlich riskante Gratwanderung zu bewältigen haben. Aber Sie kennen die Konstellation am besten und verfügen über eine komfortable Sammlung hübscher Tarnkappen. Wie ich bereits erwähnte, ist unklar, wer die SloTrade maßgeblich steuert. Ich vermute, dass ein Gerangel um den führenden Einfluss stattfindet. Möglicherweise hat Kropf an Bedeutung verloren. Eine Analyse von Georgs Meldungen lässt diesen Schluss zu. Das dürfte der Grund sein, weshalb Kropf Ihnen einen Intelligence-Auftrag erteilen will. Richard, es liegt in unserem Interesse, dass Sie das Mandat annehmen.

Etwas weniger brisant dürfte die Beschattung rund um das ›große Kobalt-Ei‹ sein. Hier scheint sich ein illegaler Export russischer Kunstgegenstände abzuzeichnen. Da wir mit dem russischen FSB einen gezielten Nachrichtenaustausch betreiben, könnten wir vielleicht mal ein ganz besonders gewichtiges Tauschobjekt auf den Tisch legen.

Und schließlich eine echte Belohnung: die Novak. Welche Rolle sie wirklich wahrnimmt, müssen Sie herausfinden. Von den Möglichkeiten und Mutmaßungen, welche Sie anstellten, können Sie eine streichen. Sie zählt nicht zu unseren Rauchmeldern. Also arbeitet sie für eine russische Behörde, für eine

Mafia, für Kropf oder für niemanden und kriegt zunehmend kalte Füße. Finden Sie es heraus! Für Sie als Meister der Überzeugung ist sie ein ideales Objekt. Werden Sie ihr Führungsoffizier, drehen Sie sie um, setzen Sie sie an, machen Sie sie zur Doppelagentin, kurz, nehmen Sie sie bei der Hand oder sonst wo. Viel Spaß!«

Erstaunlich, wie viel Stoff in einer knappen Stunde besprochen werden kann, wenn die Materie gut vorbereitet ist und der Chef weiß, was er will. Sir Alec war ein Meister der Systematik und der Klarheit im Ausdruck und in der Vermittlung seiner Absichten. Trotz der komprimierten Gedankengänge und der Prägnanz im Stil kam die menschliche Wärme und die Motivation seiner Mitstreiter nie zu kurz. Auch unterließ er es nie, seinen Besuchern aufrichtig zu danken und sie durch die Tür zu geleiten. Sir Alec war die unangefochtene Autorität und die Spinne im Netz, dessen Fäden er ständig überholte und vorausschauend auslegte.

35 Richard ließ sich von Sharon ein Plätzchen zuweisen, wo er ein paar Telefonate machen konnte. Fürsorglich brachte sie ihm einen Espresso. »Wirklich sehr lieb, was du mir da mitgebracht hast«, bedankte sie sich für die Turrones, die sie so schätzte, und ließ sich ausgiebig unter den weiten Faltenrock von Burberrys greifen, mit leichtem Gegendruck ihr kokettes Einverständnis bekundend.

»Wenn es dir recht ist, koche ich für uns heute Abend was ganz Feines«, eine Einladung, auf die er sich außerordentlich freute, und zeigte mit dem Finger auf die Ausbeulung in seiner Hose.

»Ist das auch für mich?«

»Nur für dich«, log er brandschwarz. Sharon verließ in rhythmischem Gang das kleine Büro.

Richard griff zum Telefon und wählte die Instrumenta B.V. in Amsterdam und ließ sich mit Mister Dijkman verbinden.

»Hallo Mister Dijkman, mein Name ist Harriott. Ich bin ein selbstständiger Berater und habe von einer Gruppe von europäischen Krankenversicherern den Auftrag, Preisvergleiche für Einwegmaterial im Gesundheitssektor anzustellen. Die Auftraggeber suchen im EU-Raum Lieferanten, welche die etablierten Großunternehmen konkurrenzieren können. Darf ich Sie zu einem Gespräch aufsuchen? Geht's auch kurzfristig, etwa morgen Vormittag? Okay!«

Instrumenta B.V.

36 Amsterdam, Anfang November im Jahr des Panthers.

Von weitem erkannte Richard das blau-weiße Gebäude der Instrumenta B.V., als das Taxi von Schiphol kommend nach wenigen Minuten von der Schnellstraße nach Hoofddorp in den Industriepark einbog. Da waren der Verwaltungsteil mit dem postmodernen Eingang und der angesetzte Schedbau für den Fabrikationsbetrieb; beide Teile auch optisch verbunden durch die blauen Linien mit dem doppelten Rhombus auf weißem Grund. Auf dem Rasen neben dem Eingang wehten einladend die Fahnen der Europäischen Union, der Niederlande und der Instrumenta B.V. Auf dem Parkplatz wurden gerade zwei Opel Astra Caravan in Firmenfarben für Lieferungen abgefertigt. Möwen flogen in Schwärmen vom nahen Meer über die ebene Landschaft, setzten sich nach längerem Kreisen auf die großen Grünflächen und erhoben sich auf nicht wahrnehmbaren Befehl laut kreischend wieder in die Luft.

Die Empfangsdame begrüßte den Besucher freundlich und bat ihn, einen Moment Platz zu nehmen. Richard zog es vor, das Anschlagbrett zu studieren. Auch ohne die Texte zu verstehen, bot es gerade in mittelständischen Unternehmen sichere Hinweise auf das Betriebsklima und auf Inhalt und Stil der internen Kommunikation. Ab und zu liefen eilig Mitarbeiter zum Empfang, um etwas abzugeben oder zu holen. Jedes Mal wurden fröhliche Worte ausgetauscht oder bei der lachenden Marijke wurde ein Späßchen deponiert. Kein Zweifel, die Instrumenta B.V. war eine jener leistungsfähigen mittelgroßen Firmen, welche den Sauerteig der Wirtschaft ausmachen. Innovativ, flexibel, persönlich, mit einsatzfreudigen Mitarbeitern auf allen Stufen vermögen sie sich erfolgreich an den Märkten zu behaupten, solange eine klare Führung die Geschicke leitet.

»Man muss die Großkonzerne kennen, um zu verstehen, weshalb die Kleinen überleben«, erinnerte sich Richard an den Lieblingsausspruch seines früheren Professors für Management. In seiner Begeisterungsfähigkeit war er entschlossen, alles daranzusetzen, dass diese prächtige Instrumenta B.V. nicht von einem anonymen Großkonzern geschluckt oder gar von mafiosen oder mindestens rücksichtslosen Spekulanten annektiert und pervertiert würde.

Da öffnete sich die Aufzugstüre, und Mr. Dijkman schritt auf seinen Gast zu. Es war ein groß gewachsener, etwas quadratischer Mann in den Sechzigern. Zwei Seemannspranken dutch size nahmen ihn in Besitz, ohne seinen Namen auszusprechen. Der Patriarch wusste offenbar bestimmte Informationen für sich zu behalten. Richard hatte auch mit Befriedigung bemerkt, dass sein Name auf der Tafel beim Anschlagbrett »Wen begrüßen wir heute?« nicht aufgeführt war.

In seinem Büro angekommen, eröffnete Dijkman das Gespräch mit der angelsächsischen Standardformel: »What can I do for you?«

Diese Worte wirken zunächst wie eine höfliche Floskel. Das ist aber nur vorgetäuscht, denn diese Floskel zwingt den Besucher, sein Anliegen möglichst konkret vorzutragen. »Also wenn du mir schon meine Zeit stiehlst, so fass dich wenigstens kurz!«

»Wie ich Ihnen aus London telefonisch kurz darlegte, bin ich als selbstständiger Berater von einer Gruppe europäischer Krankenversicherer beauftragt, Preis- und Leistungsvergleiche für Einwegartikel im Gesundheitssektor anzustellen. Bei Ihnen also Spritzen, Katheter, Luftfilter, Nähsets und derlei mehr. Die Auftraggeber suchen im EU-Raum Lieferanten, welche mit den etablierten Großunternehmen konkurrieren können. Das ist ein Teil des ewigen Kreuzzugs zur Senkung der Gesundheitskosten, wie Sie unschwer ausmachen werden. Ich bin verpflichtet, die Anonymität meiner Klienten zu wahren.«

Dijkman nickte und ergriff einen Packen von Prospekten und Preislisten, die er für das Gespräch vorbereitet hatte, und ging die Dokumentation Position für Position durch.

»Hier finden Sie wohl alles Wissenswerte über unser Sortiment«, sagte er und überreichte die Papiere.

»Von Interesse ist natürlich nicht nur die Momentaufnahme, sondern auch das Leistungspotenzial für die Zukunft. Man möchte die Partner nicht ständig austauschen.«

Mit diesem sachlichen, nicht abwendbaren Anliegen tat er den ersten Griff in die Eingeweide des Unternehmens. Dijkman stutzte und zögerte einen Moment. Sein ohnehin vom Blutdruck und von klaren Schnäpsen gerötetes Gesicht wurde um eine Schattierung dunkler. Richard nahm der Situation etwas die Spannung, indem er den Herrn des Hauses um einen Betriebsrundgang bat. Gerade die Gründer-Eigner – the founders owners – sind verständlicherweise besonders stolz, wenn sie mit interessierten Besuchern ihr Lebenswerk abschreiten können.

Richard hatte genau getroffen. Dijkman schlug sich kurz auf die Schenkel und erhob sich mit strahlendem Gesicht. Auf ging's zum Rundgang durch das Werk! Dijkman hatte die Firma 1973, mitten in der Ölkrise, aber auch mitten im Wachstumsboom des niederländischen Versorgungsstaates, gegründet. Vor acht Jahren konnten die Baulichkeiten hier in Hoofddorp von einem Pleitier günstig erworben werden, der es vergeblich mit elektronischen Bauteilen versucht hatte. Das betriebliche Kernstück, welches für den Kauf ausschlaggebend gewesen war, bestand in einem so genannten ›Clean-Room‹, also einem staubfreien Raum für die Herstellung und Montage von entsprechend anspruchsvollen Teilen bis zu ihrer Versiegelung. Zunächst war aber die Konstruktionsabteilung an der Reihe. Hier starrten kluge Köpfe auf Bildschirme mit CAD-Darstellungen. Der Zweck bestand in der Verbesserung der Spritzdüsen für die Kunststoffteile, welche immer genauer, feiner und komplizierter werden mussten. Alle blickten zum Eingang und grüßten ihren Boss freundlich und offen. Er ging reihum, kommentierte da und dort, was er auf dem Bildschirm sah, und richtete an jeden ein persönliches Wort.

Die nächste Tür war mit ›R & D‹ angeschrieben. Im kleinen Raum war lediglich eine Laborantin mit dem Abwägen von Kunststoffgranulaten beschäftigt. Und weiter: Die Produktentwicklung hatte sich Richard eigentlich größer vorgestellt. Dann die Treppe runter und ins Lager. Da war mehr zu sehen. Ein wohl organisiertes, voll palettiertes Hochregallager für zugekauftes Material hier und die abgepackten Fertigprodukte dort. Gabelstapler fuhren geschäftig hin und her, lagerten ein, lagerten aus, fuhren zu einem Laster oder zur Fabrikation …

Dann näherten sie sich dem Prunkstück – dem Clean-Room. Dieser war mit Glasscheiben umschlossen. Zutritt nur für Berechtigte durch Luftschleusen und mit weißer Mütze und weißem Berufsmantel. Ein Clean-Room darf nur so und so viele Staubpartikel pro Kubikmeter Luft enthalten. Erzielt wird das durch einen gewissen Überdruck im Inneren, der großzügig alle Fusseln an die Außenwelt abgibt. Sie betrachteten durch die Glasscheiben an die zwanzig fast vollständig verhüllte Frauen, die mit flinken Händen den Verpackungsmaschinen nachhalfen, hier und dort eingriffen, geschickt kleinere Pannen behoben, eine optische Qualitätskontrolle vornahmen und die abgepackten Einheiten in Kartons legten. Kein Laut drang nach außen. Das Ganze wirkte wie ein organisiertes Treiben in einem Aquarium.

Als sie der Beobachter gewahr wurden, wurden Kopfbedeckungen vorschriftsmäßig zurechtgerückt und allfällig geöffnete Knöpfe an ihren Berufsmänteln geschlossen, bevor sie fröhlich dem Chef zuwinkten. Nicht alle Frauen waren hübsch, was eher einer wohlwollenden Feststellung gleichkam. Er grüßte belustigt zurück und genoss es, dass sein Gast von der Szene offensichtlich beeindruckt war.

»Die Kleidung ist absolute Vorschrift im Clean-Room«, bemerkte Dijkman.

»Sind die rundum so hermetisch verpackt?«, wollte Richard augenzwinkernd wissen.

»Gehört das zu Ihrem Inspektionsauftrag?«

»Generell nicht, höchstens eine Stichprobe!«

Jetzt war das Eis vollends gebrochen. Jan Dijkman dröhnte vor Lachen und hieb ihn auf die Schulter. ›Der dröhnende Holländer‹, fuhr es Richard durch den Kopf, oder hieß das nicht so? Dann besuchten sie die Büros für Werbung und Verkauf. Wer welche Funktion ausübte, war leicht zu erkennen. Die Werber in ausgewaschenen Jeans, welche eine Kniescheibe hervorlugen ließen, in zerrissenen Hemden, die vielleicht nie Knöpfe besessen hatten und ein rachitisches Brüstchen freigaben, dessen weiße Grundfarbe höchstens vom permanenten Nebel der Zigaretten einen schmierigen Braunton annahm, sowie mit einer auffallenden Haartracht, falls der Individualist nicht den Yul-Brynner-Look vorzug. Ganz im Gegensatz zu den Leuten des Außendienstes, welche in adretter Aufmachung Spitalverwalter und Großhändler von medizinaltechnischem Material für Ärzte, Apotheken und Drogerien aufzusuchen hatten. Die Wände hingen voll mit Plakatentwürfen und Vergrößerungen von Prospektmaterial, denen die Kreativität keineswegs abgesprochen werden konnte.

Auf dem Rundgang hatte Richard regelmäßig anerkennende Worte für das Vorgeführte gefunden. Dijkman war darob geschmeichelt und erkannte, dass die Kommentare aus dem Munde eines Fachmanns kamen.

»Zeit zum Mittagessen, oder sind Sie anderer Meinung, Richard?«

Dijkman war sichtlich gut gelaunt. Richard nahm gerne an, und so fuhren sie die kurze Strecke nach Wassenaar, wo Jan Dijkmann in der ruhigen Auberge Kieviet einen Tisch hatte reservieren lassen. Er werde heute nicht mehr ins Geschäft zurückkommen, rief er noch beim Ausgang Marijke zu. Wassenaar ist ein vornehmer Vorort von Den Haag, wo Dijkman eine dieser prächtigen Villen besaß.

Während des Rundgangs war Richard Olafs Fragenkatalog ein gutes Stück durchgegangen und es gelang ihm, auf der Fahrt die verbleibenden Informationslücken Punkt für Punkt anzusteuern. Zusammen mit den Unterlagen war er in der Lage, seinen Faktenbericht abzufassen. Widersprüchliches oder gar verborgene Leichen konnte er weder erkennen noch wittern. Die Situation war klar. Olafs Buchprüfer konnte beginnen.

Im Kieviet, einem mit großer Sorgfalt eingerichteten und hervorragend geführten Restaurant, wurde Jan von der Gastgeberin herzlichst begrüßt. Offensichtlich war er hier ein angesehener Stammgast.

Sie setzten sich an den runden Tisch im Erker. Jan Dijkman war sichtlich gespannt ob des Bescheides, den er nun von Richard erwartete. Als Erstes bestellte er Austern und einen Vouvray.

»Jan«, eröffnete der Private Investigator das erfreuliche Urteil, »Ihre Firma ist Klasse, geradezu ein Kleinod. Ich werden Sie ungeachtet einiger Vorbehalte sicherlich als verlässlichen Lieferanten empfehlen.«

»Welche Vorbehalte?«, wollte er natürlich wissen.

»Sehen Sie wirklich keine strategischen Schwachstellen?«, kehrte er den Spieß um.

Zu seinem Glück wurden gerade die herrlichen Austern mit dem Vouvray Brut ›Marc Brédif‹ herbeigetragen, einer erlesenen Konkurrenz zum klassischen Champagner. Dazu gab es dünn geschnittenes schwarzes Brot mit gesalzener Butter. Herrlich!

»Als Unternehmer sieht man immer eine Menge von Unzulänglichkeiten, Verbesserungsmöglichkeiten, Zielen, Visionen. Aber eigentliche Schwachstellen? Hm, nein. Es läuft doch alles rund.«

»Mein lieber Jan, ich rede von strategischen Schwachstellen und nicht vom Tagesgeschäft. Zuerst die gute Nachricht«, dazu träufelte er auf eine besonders prächtige Auster ein paar Tropfen Zitronensaft, legte die Zitrone wieder auf den kleinen Teller und schlürfte. Derartige Geräusche verstoßen in den Niederlanden keineswegs gegen die guten Tischsitten, bringen sie doch die Lebensqualität und die Genussfreude dieses soliden Volkes zum Ausdruck.

»Jan Dijkman, Sie sind Herz und Seele, Geist und Fleisch, Motor und Schwungrad Ihres Unternehmens. Stimmt's? Bravo! Und jetzt die drei schlechten Nachrichten. Vorher liquidieren wir aber diese Austern. Sie sind unschuldig.«

Jan räkelte sich zufrieden in seinem Sessel. Er zeigte sich wirklich gespannt. Nach so viel Lob konnte es so schlimm nicht kommen. Oft ist niemand so betriebsblind wie der Unternehmer selber. In der Theorie wusste er das. Aber bei ihm? Ausgeschlossen! Sein nachdenkliches Sinnen wurde auf erfreuliche Art unterbrochen, als die Gastgeberin höchstpersönlich die Dover Sole auf den Tisch brachte und virtuos filetierte. In solchen Momenten bereute Richard regelmäßig, dass er nicht Pathologe geworden war. Auch Jan teilte die Vorliebe für Rotwein zum Fisch und hatte bereits eine Flasche Sancerre ›Chavignol‹ bestellt.

»Sie scheinen eine ausgeprägte Vorliebe für die Köstlichkeiten der Loire zu haben. Besitzen Sie dort eines dieser fürstlichen Châteaux?«

Dijkman verneinte mit Bedauern. Die Weingegenden an der Loire hätten es aber seiner Frau und ihm tatsächlich sehr angetan, und warum nicht eines Tages dorthin ziehen?! Wäre in einer Tagesreise problemlos zu machen. Aber eben, die Firma lasse ihm keine Zeit.

Nachdem sie angestoßen hatten, führte kein Umweg mehr an den drei schlechten Nachrichten vorbei.

»Die geringste der drei Schwächen liegt in der Entwicklung neuer Produkte. Es werden zwar laufend Verbesserungen an bestehenden vorgenommen, aber die Pipeline für irgendetwas Neues ist leer, absolut leer.«

»Aber hören Sie!«

»Nein, bitte, jetzt hören Sie! Der zweite Schwachpunkt ist unschwer im Fehlen irgendeiner Führungsstruktur auszumachen. Sie verfügen über ausgezeichnete Mitarbeiter, motiviert, einsatzfreudig, dem Unternehmen verpflichtet, aber erweiterte Führungsfunktionen könnte keiner von ihnen übernehmen. Falls Sie ausfallen, so laufen die Schwungräder einige Wochen weiter, und dann ist Schluss! Verstehen Sie, Schluss und Ende!

Sicherlich haben Sie des Öfteren Versuche mit Nachwuchskräften unternommen. Natürlich umsonst! Wer hätte schon neben Ihnen bestehen können? In Ihrem Schatten wächst keine Pflanze. Schrittweise Macht abzutreten ist gegen Ihre Natur.«

Pause in der Gardinenpredigt. Richard ließ sich die Seezunge schmecken und zeigte sich demonstrativ unbekümmert, derweil Jan seinen Fisch eher mechanisch verspeiste. Innerlich war er wohl in Versuchung, diesem frechen Hund die Abfälle an den Kopf zu schmeißen.

Genüsslich rüstete Richard zum letzten Gefecht.

»Auf dem genannten Schwachpunkt basiert drittens die entscheidende Achillesferse: Ihr Alter. Sie sind über sechzig, hoher Blutdruck, Anfänge von Angina pectoris – Sie konnten ja kaum die zwei Treppen steigen. Jan, Sie haben keine Zeit mehr, um eine Mannschaft aufzubauen, welcher Sie Ihre Instrumenta übergeben könnten, selbst wenn Sie dies heute wollten. Jan, Sie sind am Ende!«

Aus Mitgefühl und um einer allfälligen Explosion zuvorzukommen, drückte er ihm zur Sicherheit die Hand auf den Tisch.

»Verkaufen Sie so schnell wie möglich. Für Ihr Kleinod, wie wir es mit Recht nannten, kriegen Sie nie mehr als heute. Sollten Sie morgen krank werden, so schmilzt der Preis rasch und dramatisch.

Eine solche Konstellation ist auch für meine Auftraggeber von großer Bedeutung. Nicht wegen des Wertezerfalls Ihrer Firma, sondern weil sie nur an Partner mit langfristigem Potenzial interessiert sind. Ich habe einstweilen geschlossen!«

Richard ließ Jans Hand wieder los, da die befürchtete Explosion ausblieb. Jan saß zwar regungslos, aber mit hochgezogenen Augenbrauen am Tisch und dachte offenbar nach. Derart grundsätzliche Kritik hatte er nicht erwartet. Er fühlte sich entwaffnet. Dann richtete er seinen Blick langsam auf Richard.

»Da marschiert einer in mein Unternehmen, schaut sich eine Weile um, sieht viel Positives und erklärt mir in drei Sätzen, dass ich aufhören soll.« Dann lächelte er und meinte: »Das Verrückte ist, dass Sie wohl Recht haben – leider auch, was meine Gesundheit betrifft«, klaubte mit Daumen und Zeigefinger eine Pillendose aus der kleinen Westentasche und hielt ihm den Inhalt vor Augen: knallrote Nitrokapseln!

»Unser Thema ist aber die Instrumenta B.V. Wie kommen Sie bloß zu Ihren Feststellungen?«

»Um die Stärken zu erkennen, braucht es Erfahrung, Freude am Beobachten und etwas Intuition. Ihre strategischen Schwächen hingegen liegen offen für jedermann. Das klassische Strickmuster mittelständischer Unternehmer, die ihren Abgang nicht planen können. Das Problem liegt nicht in der Diagnose, sondern in der mentalen Therapie. Wer sagt ihm das so, dass er die Tatsache nicht nur begreift, sondern auch innerlich akzeptiert? Man kann ihm nur die Argumente liefern, zum Ausstieg motivieren muss er sich selber.«

»Ich wurde schon verschiedentlich für einen Verkauf angegangen. Bisher habe ich immer abgelehnt oder so lange gezögert, bis der Appetit weg war.«

Jetzt war der richtige Zeitpunkt gekommen, um auf die Zielgerade einzubiegen.

»Es kann meinen Auftraggebern nicht gleichgültig sein, in wessen Hände das Kleinod übergeht. Und Ihnen wohl auch nicht. Ist es doch Ihr Lebenswerk, welches Sie überdauern soll.«

»Wie soll ich denn jetzt vorgehen?«

»Das Verheiraten von Firmen ist nicht mein Business. Ich kann Ihnen nur ein paar Kriterien aus der Sicht meiner Auftraggeber wiederholen. Gefragt ist ein Mittelständler mit stabilen, transparenten Besitzverhältnissen.

Wenn Sie an einen Multi verkaufen, so scheiden Sie für meinen Klienten aus, denn genau Multis sollen umgangen werden. Dieser würde schließen, umbauen oder weiter verschachern. Persönliche Beziehungen zwischen Kunden und Lieferanten, was meine Klienten suchen, sind kaum möglich und ständigen Veränderungen unterworfen. Von irgendwelchen Spekulanten, die es immer auch gibt, wollen die als mögliche Partner ohnehin nichts wissen.

Für Sie spielt verständlicherweise der Kaufpreis eine zentrale Rolle. Ein fast ebenso wichtiger Aspekt ist psychologischer Natur. Ich denke an die Art und Weise, in der das Unternehmen weitergeführt wird. Ihr Lebenswerk eben, wie bereits gesagt.«

»Gerade vorigen Monat habe ich der Portland Medical, dem alles verschlingenden Multi, einen Korb gegeben. Die wollten kaufen und tatsächlich sofort zumachen. Damit wären sie über Nacht einen lästigen Konkurrenten losgeworden. Nichts für mich!«

Richard stellte mit Befriedigung fest, dass sein Gegenüber schon vertrauter war mit dem Gedanken an einen Verkauf. Also wurde zum Schlussangriff geblasen.

»Bei der Ermittlung des Preises müssen Sie natürlich einer detaillierten Analyse durch den Käufer zustimmen. Ein Multi wird eine Horde von Erbsenzählern vorbeischicken und keinen Stein auf dem anderen lassen. Ein mittelständischer Unternehmer will zwar auch kein unnötiges Risiko eingehen, aber die erforderlichen Abklärungen persönlich mit seinem Wirtschaftsprüfer durchführen. Das ist es dann schon. Den Firmenspekulanten lassen wir aus dem Spiel.«

»Auch wenn der eine gewisse Kreativität beim Angebot an den Tag legt?«

»Können Sie sich deutlicher ausdrücken?«, meinte Richard scheinbar naiv.

Jan lehnte sich zurück und räusperte sich mehrfach. Dann bat er die Chefin, zum Nachtisch eine kleine Flasche Muscat kalt zu stellen.

»Jahrelang, jahrzehntelang haben uns die Sozis alle Gewinne und höheren Einkommen weggesteuert, die Leistung bestraft, die Trittbrettfahrer belohnt. Die Devise hieß ›Umverteilen und Umverteilen und Umverteilen‹ mit dem gleichmacherischen Ziel: Armut für alle! Ganz haben sie es zum Glück nicht geschafft. Hierzulande geht der Spruch ›Wer mit zwanzig kein Sozi ist, hat kein Herz, wer mit vierzig immer noch einer ist, hat keinen Kopf‹.«

Richard lachte kurz auf, obwohl der Kalauer nicht neu war.

»Dank eines politischen Richtungswechsels geht es seit einiger Zeit wieder aufwärts. Aber viele Jahre bleiben verloren. Ist es denn unmoralisch, wenn ich das Verlorene zurückhaben will? Ohne uns Unternehmer würde alles verrotten.«

Die Chefin selbst servierte den ›Saint Jean de Minervois‹ aus dem Languedoc; kalte Flasche, kalte Gläser. Richard ließ das Steueropfer zappeln. Er stellte sich weiterhin taub und nippte voller Genuss am Gläschen. Jan blickte um sich und fuhr kaum hörbar fort:»Ein kreatives Angebot sieht eine offizielle und eine nicht so ganz offizielle Zahlung vor. Verstehen Sie?«

Jetzt war der Zeitpunkt gekommen, um den Abschlusstreffer sanft, aber bestimmt zu platzieren.

»Selbstverständlich, ich verstehe, was Sie meinen, und ich verstehe Ihr Motiv. Ich bitte Sie, wer würde nicht genauso handeln?«

Damit war das Thema völlig enttabuisiert. Jan atmete erleichtert auf. Nach einer Kunstpause schob Richard gelassen nach, dass somit wohl jeder Multi ausscheide.

»Kein renommierter amerikanischer oder europäischer Konzern kann es sich leisten, auf solch gewagte Konstruktionen einzugehen. Aber die obskuren und rein spekulativen kleineren Interessenten müssen Sie gerade auch in dieser Beziehung ausschließen. Da riskieren Sie nämlich, dass Sie wegen der Schwarzzahlung bei nächster Gelegenheit erpresst werden. Es bleibt eben nur ein Mittelständler mit allen anderen bereits besprochenen Vorteilen. Hat er die Mittel, so findet er auch einen Weg. Für mich ist die Chose sonnenklar. Mensch, Jan, Ihr Schlösschen an der Loire ist in greifbarer Nähe. Packen Sie die Chance, bevor es zu spät ist!«

Jan nickte. Das Gespräch mit diesem Sparringpartner tat unendlich gut. Mit wem sollte er sonst seine Strategien diskutieren? Plötzlich fühlte er sich wie befreit, denn er kannte nun den Weg, den er zu gehen hatte. Er gab Richard Recht und wechselte das Thema definitiv.

Eine Stunde später telefonierte Richard noch am Flughafen nach Espoo, um dem Hunnen verklausuliert und im Telegrammstil den positiven Bescheid durchzugeben. Den schriftlichen Bericht werde er umgehend erhalten. Die wichtigsten Fragen seien abgeklärt. Olaf könne und müsse unverzüglich handeln, was er auch tat.

Jan Dijkman erhielt in den nächsten Tagen wieder mal Anrufe von Interessenten aus Malmö und Berlin. Er vertröstete beide höflich und liebenswürdig auf den bevorstehenden Jahresanfang. Mit Hannu Anttila würde er zwar in Kürze handelseinig sein. So weit war seine Wahl getroffen. Aber man konnte ja nie wissen.

Der Eisvogel

37 Zürich, Anfang November im Jahr des Panthers.

Wie er es gründlich gelernt hatte, legte sich Richard auf dem Flug von Amsterdam nach Zürich zum wiederholten Male das Schema »Who does, doesn't, should, must not know what« vor. Also, wer wusste was und was nicht. Wer sollte zusätzliche Informationen bekommen und wer durfte unter keinen Umständen wovon irgendwas erfahren. Er durfte keinen Fehler machen. Bereits jetzt war eine ansehnliche Anzahl von Bällen in der Luft zu halten, Tendenz zunehmend. Der Zürcher Komplex erinnerte an drei Steine, die in einen Teich geworfen wurden und nun ihre Kreise zogen, wobei sich die Wellen teilweise überlagerten. Die Geschäftsleitung der Greves bildete den ersten Stein. Sein Wellenschlag umspülte Urs Flückiger und Rechtsanwalt Kropf. Der zweite Stein war Kropf selber, der Urs Flückiger, SloTrade, den Weltmeister und den Eisvogel in Schwingungen versetzte. Der Eisvogel entwickelte seinerseits Wellen, von denen noch unbekannt war, ob sie autonom oder ferngesteuert entstanden. Kropf wusste, dass Richard wegen Cincinnati Tools bei Greves zu tun hatte. Greves wusste, dass Richard bei Kropf gewesen war, aber mehr nicht. Das musste auch genügen. Greves durfte zum jetzigen Zeitpunkt von SloTrade nichts wissen. Über das große Kobalt-Ei wussten nur Kropf und der Weltmeister Bescheid. Keiner von allen ahnte die funktionelle Existenz eines dritten Steins.

Für den folgenden Morgen war eine Besprechung bei der Greves angesagt; nachmittags um 14.00 Uhr Rapport beim Mephisto. Somit blieb am Abend Zeit für den Eisvogel, selbst wenn er wiederum beim Weltmeister vorbeischauen musste.

Nun, das Tête-à-tête mit dem Eisvogel erforderte natürlich eine sorgfältige Vorbereitung. Nur hereinplatzen und mitnehmen war wohl eine chancenlose Strategie. Und viele Versuche ließ sie ihm bestimmt nicht. Das Flugzeug war glücklicherweise mit individuellen Telefonen ausgerüstet, was einen Hauch von Exklusivität versprach, wie etwa ein Mobiltelefon vor zehn Jahren. Richard griff sogleich nach dem Hörer und wählte den Caratus.

»Caratus? Hier Richard Henry Harriott, ich möchte Madame Agnieszka Meister, Ihre Direktorin, sprechen. Was, sie bedient gerade? Hören Sie, ich telefoniere aus meinem Flugzeug zwischen New York und Zürich; es ist dringend!«

»Entschuldigen Sie, Sir, sofort!«

»Mister, Sie wünschen?« Der Eisvogel ließ sich nicht unfreundlich, aber mit abgehobener Distanziertheit hören.

»Hier ist …« Sie unterbrach ihn sofort:»Glauben Sie, ich hätte mich an den Apparat bemüht, wenn ich mich nicht an Sie erinnerte? Also, was gibt's?«

Das Wechselbad zwischen aufbauendem Kompliment und kalter Dusche war schier unerträglich. Richard musste seine geballte mentale Kraft einsetzen und meldete geschäftlich-unterkühlt:

»Ich möchte Sie sprechen. Geht es morgen Abend, etwa zum Dinner?«

»Vielleicht, aber von Ihnen erwarte ich eine originelle schriftliche Einladung. Rufen Sie mich bitte um 17 Uhr an, dann werden wir weitersehen«, und hängte ein.

Richard schaute blöd auf den stummen Hörer. Mit dieser Unverschämtheit hatte sie seinen Eroberungsgeist aufs Höchste angestachelt. Mit dem Adrenalinkick in Kopf und Unterleib machte er sich an die Formulierung einer Art Einladung. Originell musste sie sein, aber niemals unterwürfig, den Kenner von erotischer Feinkost so dezent verratend, dass ein taktischer Rückzug aufs Geschäftliche jederzeit möglich war. Nach der Landung orderte er im renommiertesten Blumengeschäft ein Bouquet impérial mit dem Leitmotiv ›Eisvogel‹ und hinterließ für die Adressatin eine Grußbotschaft, die er nur mit den Initialen unterschrieb:

Der Eisvogel

Blauschwarz
ist das Federkleid,
stolz und kühl
die
schöne Maid,
die Taille eng, der Frack gestreng,
Goldgepränge, Ohrgehänge,
eisig ist der Blick und hart die Haltung,
für Freund und Feind bleibt
nur Verachtung.
Aber mit den langen Beinen
und den Krallen wie Korallen
angelt sie sich zur Versklavung
Männer mit und ohne Ahnung.
Dann, im äußerst raren Fall
passiert ein Mann
doch mal den Wall,
und ohne lange
Offenbarung
kommt es
rasend
schnell zur
Paarung.
R. H. H.

Mit sich und seiner Frechheit zufrieden – make it or break it –
begab er sich wie immer zum Swissôtel. An einen Ausgang war
nicht zu denken, hatte er doch den Bericht an Olaf noch fertig
zu stellen. Absenden würde er ihn aber erst in zwei bis drei Wochen. Beim Klienten soll nie der Eindruck entstehen, dass das
Honorar zu schnell und damit zu leicht verdient wird.

Sollte der Hunne für seine schnell anlaufenden Verhandlungen schon früher die Früchte seiner Competitive Intelligence
benötigen, so würde er sie eben häppchenweise liefern.

So wie das richtige Überreichen eines Geschenkes ebenfalls
gelernt sein will, verhält es sich mit der gekonnt orchestrierten

Übergabe von Beratungsleistungen. Wie viel unnötige Pappe einen minimalen Inhalt umhüllt, zeigt die Branche der Parfümerie und Schönheitspflege mit ungebrochenem Erfolg. Voraussetzung ist natürlich, dass die Pappe durch ihre Aufmachung die richtigen Illusionen erzeugt. Im Vergleich dazu ist die Zunft der Unternehmensberater geradezu hausbacken.

38 Willy Kessler eröffnete die Arbeitssitzung. Auf dem ausgeteilten Papier standen Datum, Teilnehmer und das einzige Traktandum: Cincinnati Tools: erste Erkenntnisse und weiteres Vorgehen. Zeitaufwand zirka zwei Stunden. Keine schlechte Tarnung gegenüber dem Sekretariat und etwaigen Wundernasen.

Richard überreichte Willy den Zwischenbericht und fasste ihn für die Runde mündlich zusammen. Mercedes hatte offenkundig gute Arbeit geleistet, was aus den anerkennend überraschten Blicken der Zuhörer geschlossen werden konnte. Bisher waren offen zugängliche Dokumente ausgewertet worden, wie sie das Internet, Firmenpublikationen und Bankanalysen gestatten. Das Problem war zunächst ein quantitatives. Im nächsten Schritt sollten Quellen angezapft werden, die nur auf Verlangen ausgehändigt werden. Das Salz in der Suppe schließlich bildeten in der dritten Phase Interviews von ausgewählten Angestellten des Zielobjektes. Die Runde zeigte sich gespannt über die zu erwartenden ›Findings‹.

Zu Beginn des zweiten Traktandums, Willy hatte es informell ›Projekt Phantom‹ bezeichnet, stellte Richard die Gewissensfrage nach der Geheimhaltung. Alle bestätigten deren strikte Einhaltung.

»Nur wir vicr sind gemeinsam befugt, weitere Personen in unseren Zirkel aufzunehmen«, präzisierte Richard. »Gerade im alltäglichen Umgang mit vertrauten und angesehenen Arbeitskollegen verplappert man sich schnell. Ich denke dabei ausdrücklich an Urs Flückiger oder Dr. Kropf. Warum? Der eine hat bekanntlich mit der Produktion zu tun, der andere ist zwar eine Autorität, aber dennoch ein Außenstehender. Meine Herren, das hat nichts mit irgendwelchen Verdächtigen zu tun. Es ist eine reine Frage der Geheimhaltungshygiene. Ich bin übrigens am Nachmittag bei Kropf. Er weiß um das Projekt Cincinnati Tools. Es geht aber um andere Themen, die mit Greves keinen Zusammenhang haben, weshalb ich hier genauso wenig darüber rede wie umgekehrt.«

Das Wort hatte Rolf. Er hatte seine Arbeit getan. Die Steuerungsprogramme, die er im Zentralcomputer speicherte, hatte er mit einem Virus versehen. Genau genommen waren es keine Viren, sondern lediglich raffinierte Programmfehler, die sporadisch auftraten. Ein Virus verursacht direkte Schäden in der Software, den Programmen und Dateien. Er kann aber mittels eines Prüfprogrammes entdeckt und unschädlich gemacht werden. Ein Programmfehler produziert zwar Fehler, aber er zerstört nichts. Die ›sauberen‹ Versionen lagerte er genauso, wie es den beschlossenen Sicherheitsvorschriften entsprach.

Bei der Herstellung von Einzelteilen im Haus hatte er nur für den eingeweihten Fachmann erkennbare Markierungen einprogrammiert, die von ihm, aber nur von ihm, schnell und sicher zu identifizieren waren. Auch die Logik der Schaltkreise auf den Prints hatte er für jede Serie in einem winzigen Detail verändert, welches aber lästige Wirkungen erzielen konnte.

Natürlich wusste nur er Bescheid und nur er war in der Lage, mit einem minimalen Eingriff die Veränderung wieder rückgängig zu machen.

Rolf hatte auch eine Liste der Firmen vorbereitet, welche mit der Herstellung der Prints beauftragt wurden. Da es sich um Serien mit geringen Stückzahlen handelte, erwiesen sich Kleinfirmen in der Regel als günstiger. Die Liste zeigte einen Lieferanten im Schweizer Rheintal, je zwei in Süddeutschland und in der Slowakei. Er rühmte die professionelle Zusammenarbeit gerade mit den beiden Firmen in Bratislava und Banská Bystrica. Geschickt hatte Rolf die letzten Aufträge in Kleinserien auf alle fünf Lieferanten aufgeteilt.

Richard steckte die Liste mit freundlicher Anerkennung für Rolfs Einsatz ein. Die Arbeitssitzung war geschlossen.

39 Um 13.59 Uhr betätigte Richard die Klingel von Dr. Kropfs Anwaltskanzlei während genau einer Sekunde. Der

Kanzleidiener hatte wohl schon an der Tür gestanden, denn er öffnete nach einer weiteren Sekunde.

»Guten Tag, Herr Generalmajor!«, gellte das schwabbelige Bleichgesicht.

»Hören Sie doch mit diesem Unsinn auf, ich hatte nie einen solchen Dienstgrad!«, versetzte Richard leise, einen konspirativen Ton anschlagend. Das Bleichgesicht lächelte achselzuckend, zeigte mit dem Finger in Richtung Kropfs Büro und flüsterte: »Er verkehrt nur mit Generälen. Wer noch keiner ist, kommt in den Genuss einer ›Instant-Promotion‹. Für den Sold müssen Sie aber selber sorgen.«

Bahnte sich hier in Kropfs Festung ein Leck an? Ein spontaner Austausch von Visitenkarten, bevor er bei Kropf eintrat, konnte nicht schaden. Es boten sich drei Sekunden, um die Karte des Kanzleidieners zu lesen: Reinhold Reinhold, cand. iur., Assistent Büro Dr. W. H. K. Er las ein zweites Mal mit demselben Ergebnis.

»Der eine braucht Reizwäsche, der andere eben Uniformen oder beides gleichzeitig«, fügte Richard hinzu. Das Bleichgesicht verfärbte sich augenblicklich zur reifen Tomate.

Dr. W. H. K. hockte wie schon beim letzten Mal wie ein sprungbereiter Panther hinter seinem Schreibtisch, Hände und Stirn allerdings sahen eher nach Gorilla aus: voller Runzeln. Da heute die Sonne nicht kräftig schien, entfiel die Aura durch seine weiten Ohrenflügel. Richard grüßte und schaute demonstrativ zur berühmten Vitrine und zeigte auf die Spiegeltüren.

»Ist das Objekt schon eingetroffen?« Er meinte natürlich das sagenumwobene Kobalt-Ei. Der Mephisto verneinte unwirsch und schimpfte auf den trägen Weltmeister, dem er seinen selbst erteilten arroganten Titel eigenhändig entreißen werde.

»Ich habe aber für heute primär die SloTrade im Visier, wie ich Ihnen telefonisch bereits übermittelte. Was wissen Sie über sie?«

Auf diese Frage war Richard präzise vorbereitet. Es durfte kein Link mit der Transtecco oder der Greves herausgehört werden.

»Ich vermute, dass SloTrade von früheren so genannten ›fliegenden Beschaffern‹ von technisch anspruchsvollen Teilen aufgebaut wurde. Sicherlich ist Ihnen bekannt, dass in den Zeiten der Kommandowirtschaft laufend Fehlteile von irgendwoher organisiert werden mussten. Soweit ich in der kurzen Zeit ermitteln konnte, entspricht ihr Geschäftskonzept in auffälliger Weise jenem früheren Verhaltensmuster. Diese Leute halten sich systematisch informiert über Bedarf von Hightechkomponenten bei Herstellern von Waffensystemen, Raumfahrttechnik, Robotik, Präzisionsoptik, Bionik und Medizinaltechnik. Sie wissen dann, wie sie rasch und kostengünstig an diese Dinger herankommen, und verdienen sich damit eine goldene Nase. Mitunter gehen sie auch umgekehrt vor. Sie verschaffen sich exklusive Teile und suchen dafür Kundschaft. Also nach dem Motto: ›Ich habe eine Lösung, haben Sie ein dafür passendes Problem?‹ Bei der SloTrade sind Könner am Werk. Möglicherweise sind sie ab und zu in einer rechtlichen Grauzone tätig. Wer ist das nicht?«

»Genau getroffen«, ließ sich der Mephisto vernehmen. »Die SloTrade nützt wieselflink kurzfristig sich bietende Marktnischen, insbesondere in den deutschsprachigen Ländern sowie in Mittel- und Osteuropa. Daher das Kürzel ›SloTrade‹ mit Standort Bratislava.«

»Und ich glaubte schon, ›Slo‹ stehe für Schlitzohr«, meinte Richard zynisch, was selbst Kropf ein lautes Lachen entlockte. Jedenfalls blickte das Bleichgesicht erschreckt durch einen Türspalt und verschwand genauso schnell wieder. Mephistos Handbewegung ließ ihm keine andere Wahl. »Prozessieren Sie für oder gegen diese netten Leute?«

Kropf schüttelte sorgenvoll das Haupt: »Weder noch!«

Aber Richard hatte nicht ganz ungewollt das Stichwort zum Thema geliefert. Kropf nickte langsam und machte ein angriffslustiges Gesicht. Mit seinen vielseitigen Beziehungen zur Industrie hatte er der SloTrade schon bald nach der Wende Hinweise über Bedarfssituationen geliefert. Nicht ganz gratis, wie er meinte. Seit einiger Zeit nun verringerten sich die Gutschriften von Mal zu Mal. Dies, obschon er, wie er zu wissen glaubte, nach wie vor wertvolle Tipps zuspielte, die kaum mit Gold aufgewogen werden könnten. Er hegte den Verdacht, dass ihm seine bisherigen Freunde bedeutende Geschäfte unterschlugen. Und ebendas sollte Richard nachprüfen.

»Das ist Ihr Auftrag, Herr Offizier des Nachrichtendienstes!« Er überreichte ihm eine Liste von sechs Firmen, von denen er glaubte, dass die SloTrade Geschäfte mit ihnen tätige, ohne ihm die vereinbarten Provisionen zu entrichten. Richard betrachtete sie scheinbar teilnahmslos, obwohl beziehungsweise weil die Transtecco aufgeführt war. Zwei Firmennamen wurden mit einem Sternchen bezeichnet, was bedeutete, dass dort wertvolle Einzelteile lagerten, für welche aktiv ein Verwender zu suchen war.

Nein, ein schriftliches Mandat konnte er aus nahe liegenden Gründen nicht erteilen. Dafür trat er an den Safe und drehte längere Zeit an den Zahlenkombinationen herum, bis er aufsprang. Dem Private Investigator händigte er einen Umschlag mit zehntausend Franken aus und erklärte sie als Anzahlung. Sie würden bei jedem Dienstrapport ergebnisabhängig abrechnen.

»Einiges mehr sollte ich über Ihre Beziehungen zum Beobachtungsobjekt schon wissen. Ich meine die real existierende Kräftemechanik, Sie verstehen.«

Kropf zögerte sichtlich, sah aber die Notwendigkeit schließlich ein. Wortlos überreichte er eine eher dürftige Firmenbeschreibung, in welcher die Namen der maßgebenden Gesprächspartner aufgeführt waren: Ing. Jozef Babic, Ing. Milan Lenz und Oec. Vladimir Kovác.

»Ich kannte den einen oder anderen bereits vor seiner wundersamen Metamorphose in der Zeit der Wende. Ein Thema, welches infolge Verjährung zwar an rechtlicher, aber keineswegs an geschäftlicher Brisanz eingebüßt hat. Bekanntlich sind unausgesprochene Drohungen wirksamer als ungeschminkte Züge und Gegenzüge.«

»Gegenzüge?« Jetzt war es Richard, der seinem Gegenüber wie in einer Schachpartie mit einem starken Königsangriff zusetzte und mit festem Blick in die Augen schaute. Kropf parierte sanft: »Ich suche den Ausgleich – ›win-win‹. Sie verstehen.« Damit hatten beide verstanden.

Kropfs Achillesferse lag sehr wahrscheinlich in der standeswidrigen Weitergabe von vertraulichen Informationen. Schwer, aber nicht unmöglich zu beweisen. Das wusste auch Kropf. Sicherlich hatte er ein resistentes Dispositiv von Ausreden aufgebaut. Aber viele Verdachtsmomente sind des Täters Tod! Möglicherweise waren besonders saftige Verfehlungen verjährt, da sie noch in die Zeit vor der Wende fielen. Nachrichtendienstliche Übeltaten mögen strafrechtlich verjähren, gesellschaftlich tun sie es nie. Warum sollte sich zur Zeit sowjetischer Hochkonjunktur Mephisto nicht seinen Thron als potenzieller, diesmal roter ›Gauleiter‹ vorbereitet haben? So für alle Fälle? Insbesondere nach seiner Wegbeförderung auf ein militärisches Abstellgleis, das so gar nicht mit der Bildergalerie in seinem Arbeitszimmer harmonierte.

Die Figuren der SloTrade und Kropf bildeten zusammen eine Art Symbiose. Nur war das Verhältnis höchst instabil. So instabil sie zwei Jiu-Jitsu-Kämpfer, die sich, einander umkreisend, beobachten und auf den ersten Griff oder eine Blöße des Gegners warten, um ihn unverzüglich zu zerschmettern. Richard verscheuchte die gedanklichen Konstruktionen und fand zurück zur Aktualität.

»Und jetzt unsere Cover-Story, die wir absprechen müssen. Ich kann nicht einfach hineinmarschieren und merkwürdige Fragen stellen. Sie müssen mich dort einführen. Es ist ungewiss, ob die mich sonst einfach so empfangen. Bekommen sie zudem spitz, dass wir uns kennen, ohne dass sie darüber vorher informiert worden sind, riechen die irgendeinen Braten, und wir sind beide geliefert. Abdankung individuell nach Maß.«

Kropf hatte sich darüber, für Richard nicht überraschend, noch keine Gedanken gemacht. Er zuckte die Achseln und erwartete einen Vorschlag.

»Jede Legende muss zu neunzig Prozent nachprüfbar stimmen. Unsere unaufhörlich alternden Gehirne können im besten Fall die Wahrheit im Gedächtnis behalten, aber keine komplizierten Konstrukte. Jede nachhaltig funktionierende Cover-Story muss also weitgehend wahr sein, verstehen Sie, wahr sein! Die verbleibenden zehn Prozent dienen der Täuschung des Gegners und der Tarnung der eigentlichen Absicht. Um nicht durchschaut zu werden, müssen sie eine hohe Plausibilität aufweisen. So, und jetzt ist Kreativität gefragt. Das taktische Konzept – l'idée de manoeuvre, wie es in Saint-Cyr heißt – müssen wir genau festlegen.«

Kropf hörte beeindruckt zu. So genau hatte er das noch nie gehört.

»Sie stellen mich also im Klartext vor, das heißt als Berater eines Ihrer Klienten für Competitive Intelligence Service. Als Kenner der britischen Hightechindustrie könnte dieser Harriott sicherlich das Geschäftsfeld der SloTrade nach Großbritannien ausdehnen. Natürlich erwarten Sie daraus Provisionen, von denen Harriott nichts zu wissen braucht. Mit dieser Legende müsste ich legitim an jene Fragen herankommen, welche Sie interessieren. Wir können es nur gemeinsam abändern, falls das notwendig sein sollte.«

Kropf erfasste die Lektion blitzschnell und nickte beeindruckt.

Richard schaute zu Kropf in der Haltung eines Kommandeurs von Generalstabskursen, also fragend und leicht von oben herab – so in der ›Hat-der-Idiot-wohl-verstanden-Mimik‹.

Zur Bestätigung warf Starschüler Kropf sein Haupt zackig in den Nacken und blickte den Generalmajor zustimmend an. Richard ließ die Szene ein paar Augenblicke nachwirken und beendete sie mit »Alles klar«!

»Bitte verfassen Sie ein entsprechendes Empfehlungsschreiben an diese Leute. Vor dem Versand und nachdem es dort eingetroffen sein wird, führen Sie ein begleitendes Telefongespräch. Erst wenn ich von Ihnen grünes Licht erhalten habe, werde ich den Kontakt aufnehmen. Auch klar?«

Damit hatte er den Giftkelch vorerst an Kropf zurückgegeben. Es blieb ein Quäntchen Hoffnung, dass besagter Kelch gar nicht mehr bis zu ihm zurückfinden würde.

Der Punkt schien gekommen, das Thema des Kobalt-Eis nochmals anzusteuern. Richard tat dies indirekt, indem er beiläufig über seinen Besuch in Meisters Antiquitätenladen berichtete.

»Hat der notorische Selbstdarsteller vom großen Kobalt-Ei gequatscht? Nein, umso besser! Ich habe ihm das verboten, denn ich will natürlich vermeiden, dass sofort noch andere Sammler diesem exquisiten Juwel nachspüren. Der Preis würde sinnlos in die Höhe getrieben. Oder noch schlimmer, hätte das russische Kulturministerium erst mal Wind davon bekommen, wanderte das Prunkstück direkt und unter strengster Bewachung in die Rüstkammer des Kreml oder in die St. Petersburger Kunstkammer – und aus der Traum.«

»Damit Ihnen niemand in die Quere kommt, steht die Operation unter einem gewissen Zeitdruck. Habe ich Sie richtig verstanden, dass Sie Herrn Meister die Reisespesen vergüten? Ich frage deshalb, weil es wohl nicht unangemessen wäre, seine Aktivitäten grobmaschig zu verfolgen. Beispielsweise könnte er Ihnen alle Reisen in den Osten oder alle Besucher von dort melden. So wüssten Sie, was so passiert und wie die Spesen anwachsen.«

»Ihre Anregung ist ausgezeichnet. Die Meldungen könnten an meinen Kanzleidiener erfolgen. Selber habe ich dazu keine Zeit.«

»Die Überwachung kann ich für Sie übernehmen. Sie müssten lediglich Ihren Kanzleidiener, Herrn Reinhold, den ständigen Auftrag erteilen, mich minuziös zu orientieren.«

Der Vorschlag leuchtete ein. Kropf betätigte die Klingel. Das Bleichgesicht raste herein und richtete sich vor seinem Chef auf, soweit das seine Schwabbeligkeit zuließ. Kropf griff zum Telefon und stellte Meisters Nummer ein. Ungeduldiges Fingertrommeln auf dem Schreibtisch. Wo ist der faule Hund? Aha endlich.

»Wo ist das Ei? Unternehmen Sie überhaupt etwas, aha, was denn, wenn ich bitten darf?« Wiegte das besorgte Haupt und schnitt ihm das Wort ab.

»Hören Sie, ich will hier keine Fliegenbeine zählen. Ich bitte Sie sehr herzlich«, was Kropf immer auch unter Herzlichkeit verstehen mochte, wohl eine Kombination von Permafrost und Steinkohle, »meinen Kanzleidiener im Voraus über Ihre kostenrelevanten Kontakte zur Gewinnung des Zielobjektes zu informieren. Haben wir uns verstanden? Danke, Ende!«

Er hängte auf und fixierte Reinhold Reinhold.

»Du wirst stets und unverzüglich und lückenlos Meldung an Generalmajor Harriott machen. Klar? Friedrich Meister darf davon nichts wissen.«

»Verstanden!«

»Bei mir heißt das immer noch ›zu Befehl‹, ich hasse die neuen auf Verweichlichung abzielenden dienstlichen Umgangsformen.«

Der Schwabbelberg verzog sich und überließ den Feldherrnhügel den Generälen. Richard schmunzelte innerlich, nach außen machte er ein angemessenes Kriegsgesicht, also steife Unterlippe nach vorn.

Aus unterschiedlichen Motiven labten sich beide am Thema, das nochmals ausgewalzt wurde. Die Weisungen um unbedingte Geheimhaltung rund um das Kobalt-Ei waren mehr als begründet. Nicht nur würde sich das russische Kulturministerium mit unüberwindbarer Gewalt einschalten, sondern wohl auch die Schweizer Justizbehörden. Zu ermitteln hätten sie wegen Kunstraub und Geldwäscherei, beides Offizialdelikte. Sollte das Zielobjekt eines wundervollen Tages die prunkvolle Sammlung krönen, so wäre keinerlei Heureka-Stimmung angesagt. Erst nach einigen Jahren und nach professioneller ›Reproduktion‹ der Zertifikate könnte das Prunkstück in einer besonderen Ausstellung gezeigt werden.

Richard malte mit seinen Händen pathetisch eine Vitrine aus Panzerglas und stellte sie mitten in den Raum. Auserlesene Gäste aus der Gemeinde der Kunstkenner standen mit hängenden Kiefern davor. Gebündeltes Licht strahlte auf das große Kobalt-Ei, welches aufgeklappt seine inneren Schätze preisgab – falls es solche geben sollte. An der Wand eine historische Beschreibung des Werkes, der Beziehungen zwischen dem Zar und dem Hause Fabergé – und dass das Exponat bald nach dem Oktober 1917 durch glückliche Fügung vor den barbarischen Bolschewiken ins Ausland hatte gerettet werden können. Darunter eine Plakette, auf der mit triefendem Understatement zu lesen war:

Leihgabe aus der Sammlung von Dr. Hermann Werner Kropf, Zürich, Loan Collection Fabergé by Dr. H. W. Kropf

Kropf applaudierte begeistert dem dramaturgisch vollendeten Auftritt, von dem er sich in Ekstase hatte forttragen lassen. Beinahe hätte er »Da capo!« gerufen. Wiederum erschien Reinhold erschreckt unter der Türe und wurde wie zuvor ungehalten weggescheucht.

Richard hatte Mephisto mit dem Schub eines Nachbrenners in die ersehnte Traumwelt geschossen. Unbewusst und ohne darunter zu leiden hatte er den Köder mitsamt dem Haken verschluckt. Im mentalen Zweikampf war ihm Richard gerade eine Nasenlänge voraus, was aber schon bei der nächsten Hürde ins Gegenteil umschlagen konnte.

Die meisten Menschen tragen in sich offene oder latente Wünsche, deren Erfüllung sie sofort höchste Priorität zuordnen, wenn sie plötzlich erreichbar scheinen. Dann werden die Handlungen bis zur Irrationalität dem Ziel untergeordnet. Wer einen beherrschen will, tut gut daran, die Kernwünsche des Geführten zu ergründen. Der KGB rekrutierte des Öfteren im Westen Spione, welche eine Schwäche für Rang und Titel hatten, die in ihrem Umfeld für sie unerreichbar waren. Die Agenten wurden zum Obersten des KGB ernannt. Natürlich nur mündlich, denn ein Papier hätte ja beide Seiten tödlich kompromittiert. »Für Sie wartet in Moskau eine Uniform, wenn wir Sie eines Tages herausholen müssen.« Die Zeremonie wurde mit der Überreichung einer völlig wertlosen und nichts sagenden Blechmedaille mit kyrillischen Lettern gekrönt. Es war unbeschreiblich, wie viele Leute auf diese Finte hereinfielen. Innerlich aufgeblüht, Träger eines Geheimnisses, mehr sein als scheinen – so gingen sie fortan durch die Welt. Und leisteten gute Arbeit – für den KGB.

Sir Alec hatte für dieses Phänomen den Begriff des ›psychoarchimedischen Punktes‹ geprägt. Dies ist der psychologische Drehpunkt, an welchem mit geringer Energie ein Mensch in eine andere Richtung programmiert werden kann. Die meisten Menschen tragen einen solchen wissentlich oder unwissentlich in sich.

Was den einen ein Stück buntes Blech war, war für Kropf das große Kobalt-Ei: ein Millionending!

»Wie steht es mit etwaigen Rechtshilfeabkommen zwischen Russland und der Schweiz, und wie sieht die Praxis aus?«, erkundigte sich Richard, um das Unterfangen auch von dieser Seite zu beleuchten.

»Da brauchen wir uns wenig Sorgen zu machen. Wir hatten mal hierzulande eine exzentrische Justizbeamtin namens Faustina della Casa. Die hat aus jedem Thema einen Riesenwirbel veranstaltet. Publizitätswirksame Medienauftritte, kaum tatsächliche Ergebnisse; Egotrips statt professionellem Teamwork. Sie befolgte ihre eigene Auslegung des Opportunitätsprinzips. Die bestand darin, großzügig zu verhaften. Und wenn sie selber nicht so genau wusste weshalb, der Verhaftete würde es schon wissen und es ihr gelegentlich anvertrauen. Die wirklichen Kriminalbeamten nannten sie respektlos, dafür umso zutreffender ›Faustina la Minotaura‹.«

»Wie bitte, ›La Minotaura‹? Ich wusste nicht, dass der Minotaurus weibliche Nachkommen hatte. Die Sagen des griechischen Altertums schweigen sich darüber aus«, witzelte Richard. »Worin bestand denn die Ähnlichkeit?«

»Mit etwas Phantasie vielleicht der Kopf, mit Sicherheit aber das Fingerspitzengefühl! Ha, ha, ha, ha!«, rief Kropf und schlug sich auf die Schenkel vor Lachen.

Schon trat Reinhold wieder ein. Er habe seinen Meister noch nie lachen hören, und heute schon zum dritten Mal, meinte er die Störung entschuldigen zu müssen.

»Raus, dafür werde ich dir das Lachen austreiben!« Und zu Richard gewandt sagte er: »Inzwischen wurde sie elegant entsorgt.«

»Entsorgt? Wie soll ich das verstehen? Chicago-Style der Dreißigerjahre oder zurück ins antike Labyrinth nach Kreta?«

»Hierzulande werden nicht nur außerordentlich fähige Bischöfe nach Rom befördert, sondern auch völlig ungeeignete Oberhirten weggelobt. Der vorliegende Fall verlief analog. Sie können sich die passende Version aussuchen.«

Es jault der Hund, wird ihm auf den Schwanz getreten, dachte Richard für sich. Mochte die berühmt-berüchtigte Faustina auch glücklos agiert haben; wenn aber ein Mephisto derart über sie herzog, waren ihr wahrscheinlich gewisse Erfolge doch nicht abzusprechen. Und betrafen sie auch nur die Prävention gegen Missetäter seiner Kategorie. Hoher Wellenschlag erschwert das Fischen im Trüben.

Ein diskreter Blick auf Kropfs Armbanduhr zeigte ihm, dass es Zeit wurde aufzubrechen. Der dritte und wohl spannendste Teil dieses interessanten Tages war in Angriff zu nehmen. Beide erhoben sich gleichzeitig und bellten: »Alles klar!«

Im Flur nahm der Kanzleidiener Stellung an.

40 Pünktlich um 17 Uhr läutete im Caratus das Telefon.

»Harriott am Apparat, Madame Novak erwartet meinen Anruf. Nein, nicht später, sondern hier und jetzt!«

»Mister Harriott, guten Abend!«, tönte es überraschend freundlich. Er schlug ein Treffen in der Hotelhalle des Baur au Lac vor.

»Ich meinte, Sie wollten mir etwas Vertrauliches mitteilen?«

»Richtig, gerade deshalb. Wer sich so offen trifft, bleibt nämlich unverdächtig. Ich warte also dort auf Sie ab sieben Uhr. Meine Handynummer haben Sie ja, falls nötig. Sie ist auf meiner Karte vermerkt. Okay?«

Während Richard durch die Stadt schlenderte, versuchte er sich auf den bevorstehenden Event vorzubereiten. Es würde zweifellos eine der anspruchsvollsten Herausforderungen werden. Warum? Weil so viele Varianten denkbar waren. Wird sie geführt oder führt sie? Wenn ja, in wessen Auftrag oder zu wessen Gunsten? Im besten Falle traf nichts von dem zu und der Eisvogel war tatsächlich nur eine extravagante Frohnatur. Was Richards professionellen Sinn zu stören drohte, war natürlich die erotische Dimension mit all ihren vielen Möglichkeiten. Je nach tatsächlicher Konstellation war der Eisvogel nicht weniger gefährlich als der Mephisto. Falls mafiose Drahtzieher hinter ihr standen, sogar wesentlich unberechenbarer. Der erotische Adrenalinschub, der ihn schon jetzt beschwingte, konnte zudem zur tödlichen Vernebelung des Sicherheitsinstinkts führen. Richard konnte sich nicht erinnern, jemals so konzeptlos in eine Begegnung gegangen zu sein. Es blieb somit nur eine offen geführte Begegnung mit situativer Entschlussfassung.

Unterwegs hatte er sich hier und dort in erstklassigen Schmuck- und Uhrenläden Broschüren von Kollektionen der Nobelmarken geben lassen. Bereits um sechs Uhr betrat er das vornehme Restaurant und wählte eine Zweier-Sitzgruppe auf der Rückseite neben der Service-Bar, von welcher aus das Kommen und Gehen lückenlos beobachtet werden konnte und die genügend Abstand zu etwaigen Nachbarn bot. Überdies waren von hier zwei unauffällige Türen für etwaige Rückzüge schnell erreichbar, die eine ins Restaurant Français, die andere auf den Flur mit der Garderobe und den Toiletten. In diesem noblen Salon würde sicher nur mit gedämpfter Stimme gesprochen, was angenehm war, aber eine wünschenswerte Geräuschkulisse vermissen ließ. Blieb zu hoffen, dass der Eisvogel nicht allzu laut zwitscherte. Aus der speziellen Teekarte bestellte Richard eine Portion ›Lapsang Souchong‹, welche ihm helfen sollte, auf englische Art die lange Wartestunde zu überstehen. Er schüttete Zucker in die Tasse und gab etwas kalte Milch dazu, rührte gründlich um und goss schließlich den Tee darüber. So kam der Rauchgeschmack am besten zur Geltung, wie er meinte. So selten wie möglich schielte er auf seine Uhr. Gibt es etwas Langsameres als ein Minutenzeiger, wenn man voller Spannung auf den gesetzten Zeitpunkt wartet? Würde sie pünktlich sein? Oder zu spät, und wie viel zu spät? Wie auch immer, es wäre eine Botschaft. Vielleicht überschätzte er sie, was ihr planendes Verhalten betraf. Sie wird einfach mal da sein, Interpretation unsicher und eigentlich überflüssig.

Dann, die erste Minute nach sieben Uhr war noch nicht verstrichen, als die Atmosphäre des Raumes durch ein elektromagnetisches Gewitter in wilde Schwingungen versetzt wurde. Von diesem Phänomen allerdings wurde nur der fiebrige Richard erfasst. Die anderen Gäste nahmen von der Erscheinung kaum Notiz.

Der Eisvogel trat durch die Pforte. Ganz Business-Woman trug sie ein dunkelblaues Kostüm, Bally-Schuhe mit halbhohen Absätzen von zurückhaltender Eleganz. Ihre schwarzblauen Haare hatte sie in einem Knoten zusammengefasst. Dezente Ohrstecker und eine Perlennadel im Jackett waren die einzigen Schmuckstücke. In der Hand hielt sie eine elegante flache Handtasche aus Lackleder, welche auch dünne Aktenstücke aufnehmen konnte. Nicht mit Geflatter, sondern im Gleitflug schwebte sie durch den Raum, eine Volte links, eine Volte rechts, stellte die Flügel vor Richards Sitzgruppe auf, stoppte und landete.

Die Novak hatte also die Erscheinungsform der eleganten Geschäftsfrau gewählt, im perfekten Tenue de Ville. Richard fühlte sich mehrfach erleichtert. Aufmachung und Pünktlichkeit wiesen auf einen diskreten Businesstreff. Rückwirkend erschauerte er ob der Vorstellung einer Domina, welche in beinlangen roten Lackstiefeln und Minijupe kreischend hereinwirbelte, sich lauthals für die große Verspätung entschuldigend.

Er erhob sich im geziemenden Moment und machte eine englische Verbeugung. Novak reichte ihm die Hand in der Art, wie sich gleichwertige Persönlichkeiten begrüßen.

»Der Herr ist unter die Dichter gegangen«, hob sie an. »Erwarten Sie von mir einen Kommentar zu Ihren Anspielungen?«

»Später sehr gerne, aber primär interessiert mich Ihr Lebenslauf, Madame.«

Damit hatte er ohne Umweg die zentrale Frage angesteuert, was einerseits die Zusammenkunft gleich zu Beginn auf das richtige Niveau hob, andererseits aber nicht ungefährlich war, denn sie konnte eine Antwort schlicht verweigern.

»Diese Frage konnte ich schwerlich in meine saloppen Verse einbauen«, schob er mit einem verbindlichen Lächeln nach, auch um dem ernsten Auftakt die Spitze zu nehmen. Dabei schaute er sie freundlich, aber sehr bestimmt an. Sie zögerte und kämpfte mit ihrem Stolz, war sie es doch nicht gewohnt, die Regie sofort aus der Hand zu geben.

»Warum denn, was soll daran interessant sein?«, versuchte sie die Antwort zu verzögern.

Richard ging aufs Ganze: »Sie sind eine geschulte Beobachterin, Sie kennen sich in der Geldwäscherei aus, wie sie im Handel mit Pretiosen betrieben werden kann, und Sie wollen etwas loswerden. Madame Novak, Sie brauchen Hilfe.« Er befürchtete eine Explosion. Aber die Teekanne blieb auf dem Tisch, ebenso ihr Gläschen mit Tio Pepe, seine Schienbeine blieben unversehrt, und … sie blieb ruhig sitzen. Nur die Augen verrieten Aufregung.

»Sie sprechen hervorragend Deutsch. Sind sie aus Gdansk?«, versuchte er das Eis zu brechen.

»Von dort kamen meine Eltern. Aufgewachsen bin ich in Warschau. Mein Vater war Ministerialbeamter im Amt für kirchliche Angelegenheiten. Meine Mutter unterrichtete Kunstgeschichte am Gymnasium. Ich selber hatte mich nach dem Abitur auf Fremdsprachen spezialisiert, also Englisch, Deutsch, etwas Französisch und Russisch ohnehin. Später wurde ich Reiseführerin in Warschau. Bei dieser Gelegenheit habe ich auch meinen Mann, Friedrich Meister, kennen gelernt.«

»Den Kunsthändler?«, heuchelte Richard Unkenntnis.

»Ja, der, wir führten das Geschäft an der Strehlgasse. Eigentlich habe ich mit ihm meinen Vater geheiratet. Sie sehen sich ähnlich und sind etwa gleichen Alters. Meine Eltern waren nicht besonders begeistert. Aber was sollten sie dagegen einwenden? Raus aus dem kommunistischen Mief in die reiche Schweiz, dazu in eine kulturell anspruchsvolle Umwelt, Betreiben einer Bildergalerie und Handel mit Kunstwerken und Antiquitäten. Für mich war das eine Traumwelt. Nach kurzer Zeit war ich in der Lage, das Geschäft in seiner Abwesenheit allein zu führen. Er war ständig unterwegs, um Raritäten aufzuspüren oder solche bei exquisiten Kunden anzubieten.« Sie unterbrach ihre Schilderung und fuhr sich mit einer Hand zum Mund. »Ich bin wohl zu weitschweifig, unsere slawische Eigenschaft. Ich werde mich kurz fassen.«

Richard wehrte ab. Jede Einzelheit sei nicht nur interessant, sondern vielleicht auch wichtig. Welche, könne er erst am Schluss erkennen.

»Rasch fand ich Gefallen am luxuriösen Leben, lernte eine Menge wichtiger Leute kennen, oder jedenfalls solche, die sich dafür hielten. Viel Geld hatten sie alle. Wo ich auftauchte, war ich der gesellschaftliche Mittelpunkt. Kein Zweifel, ich wirkte auf Männer und wurde von ihnen umschwärmt. Ich wurde immer extravaganter in meinen Ansprüchen und Einfällen. Es machte mir Spaß auszuloten, wie weit ich bei Männern, die mich interessierten oder gerade nicht interessierten, gehen konnte, bis sie die Karten auf den Tisch warfen, wie es im Poker heißt, wenn einer passt, statt den Einsatz zu erhöhen. Anfänglich sonnte sich der Weltmeister, wie sich Friedrich in seiner Egomanie betitelt, im Erfolg seiner polnischen Trouvaille und prunkte mit mir als deren Eigentümer. Da auch er es mit der ehelichen Treue nicht so genau nahm, erwuchsen aus unserem Lebensstil keine akuten Probleme. Natürlich scheute ich nicht davor zurück, mich mit kleineren und vor allem größeren Aufmerksamkeiten beschenken zu lassen.«

Richard war ein aufmerksamer Zuhörer. Gerne hätte er ab und zu eine anzügliche Zwischenfrage gestellt. Aber der slawische Redefluss durfte unter keinen Umständen umgelenkt oder gar aufgehalten werden.

»Eines Tages führte er einen ganz besonderen Gast, wie es schien, zu einer Vernissage in unsere Galerie. Was er sonst kaum tat, er wedelte und schwänzelte um ihn herum, mal links, dann rechts gehend oder stehend, dann dienstfertig voraus eilend oder wieder ihm mit einer ungeübten Verbeugung den Vortritt lassend. Gerade der Kaiser von China schien die VIP aber nicht zu sein. Durchschnittlich gekleidet, das Gesicht hager, abstehende Ohren wie bei einer dieser originellen böhmischen Blumenvasen. Im höchsten Maße auffällig war jedoch sein glasklarer und stahlharter Blick. Friedrich stellte mich ihm vor und nicht etwa ihn mir: ›Doktor Kropf‹. Ich erkannte sofort, dass der niemals nach meiner Pfeife tanzen würde. Hoffentlich auch nicht umgekehrt. Mein Instinkt wehrte sich gegen diesen Frankenstein, an den er mich erinnerte. Er zeigte sich an mir als attraktives Weib kaum interessiert, redete ein paar Belanglosigkeiten und zog in der Galerie weiter. Mir war's recht.

Zwei Tage später, Friedrich war wieder einmal über alle Berge, betrat er unser Geschäft. Ich war überrascht, wie mühelos ich seinem Blick widerstand. Kropf gehört zu den Typen, die Resistenz suchen, damit sie ihre Messer daran wetzen können. Stoßen sie auf Schwäche, so schalten sie augenblicklich auf erbarmungslose Quälerei. Unser Kampf um die mentale Vorherrschaft hatte begonnen, ohne Schiedsrichter, ohne Zuschauer, in einem virtuellen Ring, aus dem es aber kein Entrinnen gab. Wohlverstanden: David gegen Goliath, denn eine solche Situation war für mich völlig neu und erfüllte mich mit einem Nervenkitzel, wie ich ihn mit meiner ganzen vielfältigen erotischen Erfahrung noch nicht erlebt hatte. Kropf entnahm seiner Aktenmappe ein kleines rotes Büchlein und überreichte es mir mit aufforderndem Blick, darin zu blättern. Mit dem Titel ›Im Reich der Gräfin‹ und einigen einschlägigen Zeichnungen aus der Sado-Maso-Szene war zunächst mal die Stoßrichtung klar, die Kropf interessierte. Meiner Frage, was ich damit sollte, kam er mir zuvor: ›Sie studieren diese Lektüre bis morgen, dann sehen wir weiter.‹ Ich erwiderte nichts, nickte nur und steckte das Zeug weg. Inhaltlich war wohl nichts drin, was mich hätte vom Hocker reißen können. Als praktizierende Sexualforscherin war mir nichts unbekannt. Kannte er etwa meine diesbezüglichen Neigungen? Wie dem auch war – aus der Hand Kropfs bedeutete das Mitbringsel eine Botschaft.«

Der Zuhörer nagte an der Zungenspitze. Das selbst auferlegte Sprechverbot war eine Pein.

»Am nächsten Tag eröffnete er mir seine etwas überraschende Vorstellung: ›Sie sind eine begabte Domina. Ich möchte, dass Sie für mich und meine Gäste SM-Partys veranstalten. Ich gebe das Leitmotiv des trauten Anlasses vor und bestimme die Räumlichkeiten, wo sich die Séance abspielt. Sie übernehmen die Regie und agieren in der Hauptrolle. Die Mitwirkenden, zumeist in passiver oder dienender Rolle, bestimmen und beschaffen wir gemeinsam.‹ Dann fügte er hinzu: ›Zwischen uns wird es keinen Sex geben. Das Ganze ist ein reines Geschäft.‹

Für mich war das nun mal was ganz Neues und ich sagte zu. Die Partys wurden immer wilder, die Orte riskanter, aber das gehörte zu seiner Unersättlichkeit. Selbst unsere Bildergalerie musste herhalten. Nun, der Krug geht so lange zum Brunnen, bis er bricht. Es kam, wie es kommen musste. Friedrich platzte völlig unerwartet herein und sah seine geschätzte Galerie geschändet. Resultat Scheidung, war mir auch recht. Das war vor drei Jahren. Kropf verhalf mir zu meinem Superjob beim Caratus. Die SM-Partys gingen natürlich weiter, so alle paar Wochen. Eine feste Partnerschaft interessiert mich nicht. In beiden Funktionen fühle ich mich voll im Element und mache hüben und drüben sehr gutes Geld.«

Sie machte eine Pause und blickte nachdenklich auf ihr drittes Gläschen Sherry.

»Meine leider unbeholfenen Verse liegen demnach nicht ganz daneben«, lächelte Richard aufmunternd. Die Bemerkung konnte er sich nun nicht verkneifen. Natürlich wäre er viel lieber weiter abgeschweift. Er platzte fast vor geiler Neugier. Aber: Erst die Arbeit, dann das Vergnügen! Er zählte sich zwar keineswegs zur SM-Gemeinde, jedenfalls nicht zur aktiven. Aber mal als Voyeur mit Sperrsitz, der Eisvogel in dominanter Montur und in der Starrolle …! In Gedanken schnalzte er mit der Zunge; aber nur in Gedanken, da er gleichzeitig feste darauf biss.

Die Lebensbeichte musste ungebremst weitergehen. Er wusste, dass das entscheidende Kapitel unmittelbar bevorstand. Ein bestimmtes Ereignis musste die Idylle gestört haben. Das herauszufinden war ein Auftrag für den Rauchmelder. Also schaltete er sofort wieder auf tödlichen Ernst. Er legte die zuvor gesammelten Broschüren der Konkurrenz auf den Tisch, blätterte in einer davon und tat, als wolle er ihr etwas zeigen. Dabei raunte er ihr zu: »Zur vorbeugenden Täuschung etwaiger Beobachter. Die sollen glauben, dass wir uns über die verschiedenen Sortimente unterhalten. Bitte, reden Sie ruhig weiter. Also, was ist passiert?«

»Vor einigen Wochen suchte mich Kropf im Geschäft auf. Im Hinterzimmer erläuterte er mir seinen Plan. Er hatte die Generaldirektion bereits darüber informiert, dass die Polizei dringend vor Trickdieben warnt und Caratus entsprechende Vorkehren treffen soll. Er schlug vor, genau über den beiden Theken, in der Decke versenkt, je eine gut getarnte Videokamera mit Rekorder zu installieren. Mit einem Knopfdruck aus dem Hinterzimmer und bei der Kasse konnte jedes der Beobachtungs- und Aufnahmegeräte in Marsch gesetzt oder angehalten werden. Keine der Angestellten durfte davon wissen.

Er schilderte die mir bereits bekannten Warnzeichen von Trickdieben, als da sind viel Gerede, mehrere beteiligte Personen, ständig neue Wünsche und Interessen, Gefummel, Getümmel und so. Dafür habe ich als Slawin eine gut entwickelte Nase. Die jage ich wie Ungeziefer aus dem Laden, bevor die nur die Ouvertüre ihres Wanderzirkus spielen. Seit wir die Anlage installiert haben, treibe ich mit diesem Gesindel eine besonders sadistische Nummer. Ich teile ihnen maliziös mit, dass ich sie auf Video aufgenommen habe, obwohl das meistens gar nicht stimmt, und dass ich ihnen gerne eine Kopie des Bandes nachsenden werde, so als Souvenir – offert par la maison! Ich sage Ihnen, das wirkt wie Insektengift, und zwar instant! Die Kolleginnen krümmen sich jeweils vor Lachen und bewundern mein Schauspieltalent. Sie wissen ja nicht, dass tatsächlich eine Kamera existiert.

Aber entschuldigen Sie, ich weiche vom Thema ab. Bei Nacht und Nebel wurden die Geräte montiert. Niemand merkte etwas, und die Rechnung ging an die Generaldirektion, alles okay. Kropfs Idee war aber eine andere. Das mit den Trickdieben diente lediglich als geschickter Vorwand gegenüber Caratus. Er erteilte mir den Auftrag, Betrüger und Geldwäscher aus Osteuropa zu filmen. ›Du erkennst sie ja mühelos an der Sprache. Bezahlen die mit Bündeln von Banknoten, so gehören sie auf deinen Klunker-Porno. So einfach ist das! Klar?‹ Es überrascht Sie nicht, dass ich die Kameras recht oft in Aktion versetzen muss?«

»Was passiert mit dem Video?«, wollte Richard wissen.

»Die Aufnahmekapazität beträgt zwei Stunden. Das reicht bei weitem für einen Tag. Ich brauche ja nur die eigentliche Ware-gegen-Bargeld-Transaktion aufzunehmen. Die Akteure sind stets gut erkennbar und wenn nötig identifizierbar, Gesicht von schräg oben, Hände mit ihren Ringen, Armbanduhren, Kleidungsstücke und Ähnliches. Die Aufnahme registriert auch Datum und Uhrzeit. Bei Geschäftsschluss wechsle ich die Tapes mit einfachen Handgriffen aus und lege sie in den Safe. Alle paar Tage holt Kropf die Dinger ab. Was er damit anfängt? Ganz einfach, der Teufel übergibt sie direkt der polnischen Mafia. Keine Ahnung, wie und wo er deren Bekanntschaft gemacht hat.«

»Der polnischen, warum denen?«

»Polen mit Wohnsitz in Polen benötigen kein Visum für Russland, für die Schweiz ohnehin nicht. Die reisen somit einfacher in den drei Ländern herum als Russen. Vielleicht sind sie für Kropf wesentlich berechenbarer als beispielsweise Tschetschenen. Und dann hat er noch mich als Puffer.« Bei diesem Wort lächelte Richard leicht maliziös.

Die Novak fuhr fort: »Die schauen die Bänder durch; ›visionieren‹ heißt das in der Fachsprache, und selektionieren die unfreiwilligen Laienschauspieler in Bekannte und Unbekannte. Die Bekannten werden in eigener Regie um Spenden ersucht, also rücksichtslos erpresst. Die Filmaufnahmen mit den in Polen nicht bekannten Schmucksammlern werden verschiedenen russischen Bruderschaften angeboten. Der Meistbietende erhält den Zuschlag, wie das in der Marktwirtschaft so ist. Kropf geht bei diesen Aktionen wohl nicht ganz leer aus, und auch ich erhalte eine Entschädigung für meine diskreten Bemühungen.«

»Gratuliere, und wo liegt das Problemchen?« Richard ortete das selbstverständlich recht genau. Aber er wollte es von ihr hören.

»Die zu Erpressungsaktionen ausgelieferten Personen sind wohl keine Naivlinge. Eines Tages werden sie sich wehren. Die Videos zeigen zwar weder die Örtlichkeiten noch das Verkaufspersonal, aber die Betroffenen werden nicht lange nachdenken müssen, wo sie denn so überall waren. Besonders wenn die Ware erkennbar ist. Es ist damit zu rechnen, dass sie eines Tages zurückschlagen. Der Link zu mir, dem Russisch sprechenden Faktotum, wird offensichtlich. Säure ins Gesicht wäre dann eine der harmloseren Spielarten. Kropf ist da besser gedeckt. Er gibt die Aufnahmen nur weiter, ohne sie anzusehen. Wozu auch?«

»Wissen Ihre Arbeitgeber, dass mit auffällig hohen Barbeträgen Käufe getätigt werden?«

»Natürlich, das ist ja nicht verboten. Hingegen gibt es seit einiger Zeit eine Weisung, dass sich der Kunde bei Barkäufen über zehntausend Franken ausweisen muss. So genau lässt sich das in der Praxis nicht handhaben. Auch kann der mir an Ausweisen unter die Nase halten, was er will. Ich kann und muss es nicht nachprüfen. Beim Kauf von Luxusautos ist es heute tatsächlich anders. Aber da wechseln bald einmal sechsstellige Beträge die Hand. Auch lässt sich die Karosse nicht einfach in der Westentasche verstauen. Seit kurzem ist ein Gesetz in Kraft, das auch Geldwäscherei von Privatleuten unter Strafe stellt.«

»In den Augen Ihrer Vorgesetzten handelt es sich bei der Videoanlage um eine Vorsichtsmaßnahme gegen Trickdiebe. Richtig? Warum setzen Sie sie nicht ins Bild?«

»Kropf würde eine Weiterleitung der Bänder bestreiten. Ich könnte es auch nicht beweisen. Die Kuriere nach Warschau sind mir nicht bekannt und ich lege auch keinen Wert darauf, die Herrschaften kennen zu lernen. Es ist anzunehmen, dass er nur Kopien weitergibt. Er könnte die Dinger also jederzeit wieder heranholen. Hingegen wäre ich mit Sicherheit meinen Job los. Jedes Vertrauen wäre dahin. Wem wäre geholfen?«

»Sie haben das Gesetz auf Ihrer Seite. Was hindert Sie daran, zur Polizei zu gehen?«

»Ganz einfach. Rechtlich enthalten die Videos Geschäftsgeheimnisse. Eine Weitergabe ist einklagbar. Sagt Ihnen der Fall ›Meili‹ etwas?«

Richard nickte und kramte in seinem Gedächtnis. Der Fall machte damals im Nu und dann als Dauerbrenner die Runde um die Welt. Ein Wachmann hatte in einer Großbank Akten vor dem Schredder gerettet. Jedermann wusste, dass es verboten war, Geschäftspapiere aus den Dreißiger- und Vierzigerjahren zu vernichten. Sie sollten jederzeit und uneingeschränkt historischen Nachforschungen zur Verfügung stehen. Statt dem Wachmann zu danken, erstattete der zuständige Banker, Rüdiger Stumper, Anzeige wegen Verstoßes gegen das Bankgeheimnis. Damit versäumte er die einmalige Chance, den Wachmann für seine spontane Handlung öffentlich auszuzeichnen, und wählte stattdessen das PR-Desaster, das ins Guinness-Buch der Rekorde gehört. Ein weiterer Eintrag in dieses Buch lieferte der zuständige Züricher Justizbeamte Dr. Bifidus: Er ermittelte nicht etwa gegen die Bank, sondern gegen den Wachmann. Ein geradezu grotesker Verhältnisblödsinn beim Abwägen von Rechtsgütern. Mit solcher Schützenhilfe hatte Senator D'Amato in New York gerade aus dieser Ecke nie gerechnet. ›Seht Ihr, Leute‹, rief er aus, ›in der Schweiz bricht Bankenrecht Bundesrecht.‹ Damit war Stumpers PR-GAU perfekt. Später wurde der Banker entsorgt, aber nicht durch die Justiz, sondern vom Darwinismus der Großbanken. Wegen einer Fusion wurde er schlicht überflüssig.

Nachdem diese Storys im ›Kino hinter den Augen‹ abgespult waren, kam Richard zum selben Schluss: Ein Gang zur Polizei wäre heute ein Fehler. Er wandte sich an die Schöne:

»Die Situation ist tatsächlich komplex und alles andere als ungefährlich. Sie möchten verständlicherweise sowohl die beiden Pfründen als auch Ihre erotisierende Haut retten. Fürs Erste können Sie sich gegenüber der Firma absichern. Sie verfassen eine Notiz in vierfacher Ausfertigung, wonach Sie die Videos aus Platzgründen und auch wegen der Sicherheit Kropf zur Aufbewahrung geben. Die erste Kopie bleibt im Safe. Die zweite übergeben Sie bei Gelegenheit Ihrem Vorgesetzten. Die dritte stecken Sie Kropf zu mit der Erklärung, Ihr Chef hätte Sie darum gebeten. Die vierte hinterlegen Sie bei einem Anwalt. Vielleicht kennen Sie einen aus Ihrer SM-Gemeinde. Dort wimmelt es doch von Anwälten, habe ich mal gehört.«

»Übertreiben Sie nicht! Es sind alle Berufsgattungen gleichermaßen vertreten.«

»So weit, so gut. Gegen Racheakte von Betroffenen schützt das wenig, denn Sie sind auf jeden Fall eine gefährliche und damit gefährdete Mitwisserin. Im Moment weiß ich leider keine klare Maßnahme.«

Das stimmte nicht ganz. Ihm wurde immer klarer: Kropf musste eines Tages verschwinden, nur wann, wie und durch wen war noch offen.

»Selbst ein Domizilwechsel ins Ausland wäre nicht hilfreich, im Gegenteil. Vielleicht sollte ich aber wenigstens Ihre Wohnung einer Sicherheitsprüfung unterziehen. Schalldicht allein genügt nicht!«

Sie verstand augenblicklich und lächelte freundlich, aber bereits mit der Kopfhaltung der unnachgiebigen Domina. »Gerne lade ich Sie mal als Zuschauer an einer Séance ein, wenn Sie möchten.«

»Kropf ist mir nicht unbekannt. Wer kennt ihn nicht? Bei einer Begegnung werde ich das Gespräch auf Erlebnisse der besonderen Art ansprechen. Es ist für Sie besser, wenn er mich da mitschleppt und nicht Sie.«

Das war ihr auch recht.

»Was geschieht eigentlich mit den Videos über der Eingangstüre?« Diese Frage plagte ihn seit seinem ersten Kontakt vor bald drei Wochen.

»Es handelt sich um ein Dreißig-Minuten-Endlosband. Es würde nach einem Raubüberfall der Polizei übergeben. Die Versicherungsgesellschaft verlangte die Installation.«

Also keine Gefahr, Richard atmete innerlich auf.

Im Swissôtel angekommen, stellte er sich vor den Spiegel, kreuzte die Arme und klopfte sich kräftig auf die Schultern. »Dicky, ich bin mächtig stolz auf dich. Du hast allen Versuchungen getrotzt.« Beinahe fürchtete er, dass seine Standhaftigkeit auch ein erster Vorbote von Impotenz sein konnte. Der Gedanke war schnell weggewischt, und jetzt setzte sich der Musterschüler an den Tisch und verfasste seinen Stichwortrapport an Sir Alec.

St. Petersburg

41 September bis Dezember im Jahr des Panthers.

Pjotr Alexandrowitsch Carlin hatte das Grandhotel Pupp schon seit zwei Stunden verlassen, bevor er endlich bei seiner Familie im Imperial eintraf. Der Weltmeister hatte ihn bis zum pompösen Ausgang begleitet, wo sie sich nach slawischer Sitte umarmten. Pjotr schlenderte die Promenade abwärts. Vor der ersten Brücke drehte er sich nochmals um und winkte dem Weltmeister zu, der immer noch vor dem Hotel verharrte. Offenbar stellte das große Kobalt-Ei tatsächlich ein überaus wichtiges Objekt im geschäftlichen und sozialen Leben seines Klienten dar. Der extravagante Kunstsammler musste nicht nur reich sein, sondern auch ein außerordentlich hohes Sozialprestige haben oder anstreben, dass er bereit war, für ein Fabergé-Stück eine Million Schweizer Franken auf den Tisch zu legen. Er zog an den luxuriösen Läden vorbei und dachte an seinen Anteil. Schon damit hätte er ausgesorgt. Es existierten noch etliche Kunstgegenstände von vergleichbarem Wert, deren Standort aber genauso wenig bekannt war. Eine Suche war so aufwendig, dass sie nur gestartet werden konnte, wenn ein gieriger Interessent dafür vorhanden war. Friedrich Meisters Kunde wäre sicherlich für weitere Schätze zu haben.

Pjotr wählte den Umweg an den Trinkhallen vorbei bis zum Park mit dem Dvořák-Denkmal, überquerte erst dort die Teplá, das warme Flüsschen, und ging auf der anderen Seite zurück bis zur Maria-Magdalena-Kirche. Sein Gehirn suchte fieberhaft alle Erinnerungsfetzen zusammen, die ihn auf die Spur des großen Kobalt-Eis führen konnten. In seiner früheren Funktion hatte er die spärlichen Notizen zu diesem Thema routinemäßig zusammengetragen und absichtlich an verschiedenen Stellen abgelegt. Die Spuren wiesen überdies nach St. Petersburg, was von Moskau aus nicht unmittelbar am Wege lag. In Moskau gab es genug zu tun. Jetzt aber erwuchs über Nacht ein Grund, den Spuren nachzugehen. Sein neuer Standort in St. Petersburg sollte ihm einmal mehr zum Vorteil gereichen. Er zog die kühle Abendluft ein, als hätte er Fährte aufgenommen. Obschon es eigentlich müßig war, sich das Gedächtnis jetzt zu zermartern, wo doch zu Hause alles Vorhandene sofort nachzuschauen war, ließ ihn ›the big blue‹ nicht mehr los, wie er das geheime Vorhaben taufte. Jetzt führte der Weg bergauf. Pjotr ging jetzt langsamer, um der gedanklichen Anstrengung keine Kraft zu entziehen. Schließlich erreichte er den Park des Imperial und wandelte darin so lange herum, bis er die Droge so weit eingedämmt hatte, dass er sich völlig beruhigt zur Familie begeben konnte. Denn selbst seine Gattin Irina durfte von diesem Projekt nichts erfahren, ja nicht einmal erahnen.

Zurück in St. Petersburg, legte er sich sofort mächtig ins Zeug. Natürlich sollte das Tagesgeschäft darob nicht vernachlässigt werden, denn es stand ja nirgends geschrieben, dass sich der goldene Erfolg mit ›the big blue‹ tatsächlich eines Tages einstellen würde. Pjotr holte sämtliche Mosaikstücke zum Thema aus den verschiedenen Ablagen, studierte sie, prüfte sie auf ihre Plausibilität, durchleuchtete sie auf weitere Hinweise und brachte sie, nach Bedeutung gewichtet, in die Synthese ein.

Das zentrale Aktenstück, welches er gegenüber dem Weltmeister erwähnt hatte, zählte nicht zu seiner Sammlung. Es befand sich als Originaldokument des Hauses Fabergé im staatlichen Zentralarchiv in Moskau. In seinem Gedächtnis lag es aber gestochen scharf vor ihm. Da war die Überschrift ›Das große Kobalt-Ei‹, die Jahreszahl 1905 mit einem Vermerk ›i. A. der Majestät für Graf Witte‹ und die schwarz-weiße Skizze des ›big blue‹, fünfundzwanzig Zentimeter hoch, teilweise dunkel schraffiert mit einem Vermerk ›blau‹, und die goldziselierten Füßchen. Eben so, wie er es dem Weltmeister damals in Karlsbad in Becher's Bar geschildert hatte.

Vor vielen Jahren, als er noch amtlicher Kurator war, wurden die bedeutendsten Antiquitätenhändler in London, Paris, Genf und New York diskret angeschrieben, ob ihnen etwas von einem »großen Kobalt-Ei« bekannt wäre. Es gehe um eine Ausstellung russischer Kunstwerke, die in ferner Zukunft geplant sei. Die höflichen Antworten lauteten alle negativ. Der Weltmeister zählte nicht zu den Adressaten der leisen Anfrage. Sein Klient musste folglich von anderer Seite Wind bekommen haben.

Er fühlte sich auf motivierende Weise in seine früheren Zeiten als Archivar und Kurator zurückversetzt. Ganz der Spürhund, leuchtete er mit historischem Wissen und Kunstsinn akribisch jede Möglichkeit aus. Die meisten konnte er sofort verwerfen, also in die Dokumentation zurücklegen, andere wurden mit einer Nadel an die Wand gepinnt, um sie gelegentlich weiterzuverfolgen, und einige wenige konnte er als wirklich gesicherte Elemente klassifizieren.

In einem zweiten Arbeitsgang konsultierte er zunächst öffentlich publizierte Kataloge. Dann analysierte er Inventarlisten für den internen Gebrauch, die auf Anfrage zugänglich waren und von ihm aufgrund seines beruflichen Renommees ohne weiteres eingesehen werden konnten. Sie betrafen die St. Petersburger Kunstkammer, die Moskauer Rüstkammer sowie die Schatzkammern der Metropoliten in diesen beiden Kulturzentren. Die Museen im Westen, also in London, Cleveland oder New Orleans, hatte der Weltmeister bereits abgegrast. Den Aufwand konnte Pjotr sich ersparen. Warum aber nicht mal einen Blick ins Internet werfen? Gesagt, getan. Unter ›http://www.faberge.de‹ erfährt der Surfer, dass das Haus Fabergé im Zuge der bolschewistischen Revolution die Tore schließen musste und siebzig Jahre lang in einem Dornröschenschlaf verharrte. Im Jahre 1990 wurde in New York wieder eine Juwelenmanufaktur errichtet, und zwar unter der Leitung eines hoch qualifizierten Werkmeisters namens Victor Mayer.

Eine heiße Spur? Durchaus möglich! Vielleicht hatte er Skizzen, Aufzeichnungen oder sonstige Hinweise auf das fragliche Objekt. Pjotr überlegte. Einfach anrufen und sich als Kunsthändler ausgeben oder als früherer Kurator des Kulturministeriums? Er wusste aus seiner Quasi-KGB-Zeit, dass jedes Alibi, jeder Vorwand, jede Tarnung zu neunzig Prozent der Wahrheit entsprechen musste, um nachhaltig durchzugehen. Beides stimmte, aber ›Kurator‹ war weniger verdächtig. Ein Kurator ist ein verstaubter Beamter, der von Geschäften keine Ahnung hat. Sehr plausibel konnte er sich hinter einer wissenschaftlichen Recherche verschanzen. Dann stellte sich wohl das Problem der Sprache. Wenn er Glück hatte, war Victor Mayer ein Deutschamerikaner, wenn nicht, dann musste er weitersehen. Er würde das Telefongespräch höflich abbrechen und es später im Beisein eines Englisch sprechenden Priesters aus dem Sekretariat des Metropoliten wiederholen. So einen Kirchenfunktionär würde er ohnehin als Informationsquelle anpeilen müssen.

Pjotr berechnete die Zeitverschiebung von acht Stunden und rief um zehn Uhr morgens in New York an. Mit den paar englischen Versatzstücken, die er noch auswendig gelernt hatte, verlangte er Mister Mayer. Der Absender St. Petersburg wirkte bei der Telefonistin. Er hatte doppeltes Glück. Maestro Mayer war zu sprechen und er sprach ein Immigrantendeutsch.

So wie es sich Pjotr vorgenommen hatte, wählte er die umständliche Ausdrucksweise eines Kurators. Er sei mit der Sammlung von Arbeitsskizzen aus den Werkstätten des Hauses beschäftigt, und zwar aus der Zeit, als es unter der Leitung von Carl Fabergé stand, das heißt von 1870 bis 1918. Nein, nein, nicht unbedingt Originale, das wäre natürlich zu schön, aber Lichtpausen wären natürlich ebenso willkommen. Es gehe um den Inhalt und nicht um den antiquarischen Wert des Dokumentes. Von besonderem Interesse für die Sammlung wären Werke, welche im Auftrag des Hochadels erteilt wurden, speziell natürlich vom Zaren Nikolaus II. selber. Neben Skizzen gäbe es vielleicht auch Anekdoten oder andere verbale Hinweise auf bestimmte Arbeiten.

Er werde mal nachsehen, meinte Victor Mayer höflich. Eine derartige Publikation lag durchaus in der Tradition des Hauses und würde dann aus einer berufenen neutralen Ecke kommen, was eine noch wirksamere Public Relation erwarten ließe. An wen denn die Dokumente zu senden wären, falls er fündig würde? Pjotr nannte seinen vollen Namen, als Titel »Kurator im Kulturministerium a. D.« und seine Privatadresse. Zur Vermeidung von Missverständnissen werde er sofort ein Fax senden, ergänzte er, und erkundigte sich nach der Nummer.

Schon wieder hatte der Kurator einen Wisch an die Wand zu stecken, der doch etwas Hoffnung barg.

Der hilfsbereite Victor Mayer ging der Sache auch im eigenen Interesse nach. Er wusste natürlich auswendig, dass ganze Bildbände voller berühmter Einzelobjekte existierten, die in den verschiedenen Museen und Sammlungen zu besichtigen waren. Darum ging es offensichtlich nicht. Seine Dokumentation enthielt vor allem Beschreibungen alter und neuer kunsthandwerklicher Techniken, wie etwa das Emaillieren, Ziselieren, Legieren zwecks Stabilität und Ähnliches. Ordner über Kreativitätsstudien, Entwürfe oder Concept-Designs, wie sie in Amerika wohl genannt würden, gab es keine. Hingegen stieß er bald auf eine dünne Mappe ›Aufträge der Majestät‹. Die Akten enthielten aber nur Kopien von Rechnungen, welche Carl Fabergé eigenhändig dem Zaren für die bekannten Objekte ausgestellt hatte. Nicht viel Neues, wohl auch nicht vollständig, aber immerhin. Für einen Kurator sicherlich von Interesse, falls er sie nicht schon hatte. Dann ließ er die dreizehn Seiten per Fax nach St. Petersburg übermitteln. Auf einer Begleitnotiz gab er seiner Freude darüber Ausdruck, dass sich Wissenschaftler wie Professor Carlin mit einem bedeutenden Teil der Kultur des zaristischen Russlands beschäftigten. Er wünschte viel Erfolg und bedauerte die geringe Bedeutung seines bescheidenen Beitrags.

Die letztere Feststellung traf leider zu. Die in New York vorhandene Dokumentation enthielt kein Element, das Pjotr bisher unbekannt war. Schon gar nichts von einem Graf Witte. Pjotr konnte die an die Wand gepinnte Notiz wieder entfernen. Die mögliche Spur hatte sich als Sackgasse erwiesen. Als höflicher Mensch dankte er aber selbstverständlich dem freundlichen Absender.

Wie er dem Weltmeister in Karlsbad bereits erläutert hatte, waren die Nachlässe der Familie Witte als Erstes von den Volkskommissaren aufs Gründlichste durchforstet worden. Nicht etwa wegen eines Zaren-Eis, von welchem niemand etwas wusste. Die ganze Oberschicht kam in den Genuss dieser sozialistischen Sonderbehandlung. Die bolschewistischen Dilettanten und Proleten hielten sich bei ihren Hausdurchsuchungen nicht lange mit den überlegten Arbeitsmethoden von gebildeten Archivaren auf, sondern zerfetzten mit Äxten die Intarsien der Sekretäre, um dahinter etwaige Geheimfächer aufzuschließen. Möglicherweise waren bei diesem barbarischen Tun wertvolle Dokumente dem Feuer übergeben worden. Ein ganzes Prunk-Ei jedoch von fünfundzwanzig Zentimetern Höhe hätte vermutlich selbst der besoffenste Hilfsmatrose der ›Aurora‹ noch von einem Stück Schweinebraten unterscheiden können.

Alle bislang aufgegriffenen Spuren musste Pjotr also erfolglos aufgeben. Es blieb immerhin als weiterer wichtiger Ansatzpunkt die Biografie des Grafen Sergej Juljewitsch Witte. Die galt es nun genau zu analysieren. Dazu gab es in den St. Petersburger Archiven und wohl noch anderswo ausreichend Material. Also begab Pjotr sich zuerst zur Russischen Nationalbibliothek, die sich gleich schräg gegenüber der Passage auf der anderen Seite des Newski-Prospekts befand. Später fuhr er in die Akademische Bibliothek neben der St. Petersburger Staatsuniversität drüben auf der Wasiliewski-Insel, wo er einen weiteren halben Tag verbrachte.

Unter dem Stichwort ›Witte‹ gab es seitenweise zu lesen: geboren 1849 in Tiflis. Wieso in Tiflis? Sind die Wittes Georgier? Natürlich nicht. Die Wittes waren ursprünglich meistens Kaufleute. In Georgien waren im 19. Jahrhundert enorme Geschäfte zu machen. Die Zaren förderten die wirtschaftliche Entwicklung im gesamten Reich durch Anwerbung von westeuropäischen, insbesondere deutschen Unternehmern. Julius Witte heiratete eine russische Kaufmannstochter der St. Petersburger Oberschicht. Selbstverständlich wurden die Kinder im Glauben ihrer Mutter, also russisch-orthodox, getauft. 1860 zog die Familie nach St. Petersburg, wo Witte sich am Handelsgeschäft seines Schwiegervaters maßgebend beteiligte. Der elfjährige Sergej wurde auf ein erstklassiges Gymnasium geschickt, das mehrheitlich von orthodoxen Patres geleitet wurde. Der Junge galt als hoch begabt und stand lange vor der Entscheidung, ob er einer klerikalen oder einer geschäftlichen Laufbahn den Vorzug geben sollte. Wohl auch auf sanften Druck des lutherischen Vaters wählte er schließlich eine weltliche Karriere, pflegte aber zeitlebens freundschaftliche Kontakte zu seinen ehemaligen Lehrern und Studienkameraden. Eine gewisse Zäsur entstand durch seine nachfolgende Immatrikulation an den Universitäten Wien und Berlin, wo der hoffnungsvolle Filius auf Drängen seines Vaters Finanzwissenschaften studierte. Offenbar wurde Professor Adolf Heinrich Wagner aus zwei Gründen sein wichtigster akademischer Lehrer, wie Pjotr hier erfuhr. Wagner hatte das ›Gesetz der wachsenden Ausdehnung der Staatstätigkeit‹ entwickelt, einer Krankheit, an welcher offenbar auch das Deutsche Reich und die Donaumonarchie, aber ganz besonders natürlich das Zarenreich, hochgradig litten. Das zweite Thema, das Witte faszinierte, waren die Ideen der Sozialreformer, die Wagner anführte, als gemäßigte Antwort auf das rücksichtslose Manchestertum. Der brillante Studiosus verfasste zu beiden Problemkreisen viel beachtete Schriften, welche selbst im Winterpalais gelesen wurden, und zwar von der Zarin Maria Fjodorowna.

Obwohl die Lektüre, wie er zunächst meinte, nicht zur eigentlichen Recherche gehörte, tauchte Pjotr mit Interesse in die ihm bisher unbekannte Gedankenwelt. Was Witte hier geschrieben hatte, war damals und heute gleichermaßen aktuell. Es würde genügen, eine moderne Schriftart zu verwenden und die Ausdrucksweise der heutigen Zeit anzupassen, und schon wäre eine brandneue Publikation entstanden. Das also bildete die Basis für Wittes steile Karriere. Für Pjotrs Analyse warfen die Kurzvorträge auf die kontroversen Schriftwechsel ein höchst differenziertes Licht auf die Natur Wittes.

Der Rest war Pjotr bereits bekannt. 1892 wurde er, erst dreiundvierzigjährig, zum Verkehrs- und Finanzminister ernannt und 1905 Ministerpräsident. Wie er dem Weltmeister schon in Karlsbad zu schildern gewusst hatte, gelang Witte der diplomatische Durchbruch zur Beendigung des ruinösen und für Russland chancenlosen Krieges gegen Japan. Öffentlich bekannt war die Erhebung des bürgerlichen Witte in den Adelsstand durch Verleihung eines erblichen Grafentitels. Von einem imperialen Geschenk in der Gestalt eines Fabergé-Eies war in einem offiziellen Lebenslauf erwartungsgemäß nichts zu finden. Eine Autobiografie voller Rosinen wäre wohl gerade in diesem Punkt gesprächiger, vorausgesetzt, es gäbe überhaupt etwas zu sagen. Ob jemals eine solche existierte, war nicht bekannt, und daher war auch keine aufzutreiben.

Sergej Juljewitsch Wittes Lebensgeschichte endete nicht hier. Der Zar hatte sich von seinen sozialreformerischen Ideen beeinflussen lassen und einen entsprechenden Verfassungsentwurf formuliert, welchen Witte gesetzlich umsetzen sollte. Vermutlich aus Angst vor dem eigenen Mut wurde Witte aber 1906 vom Zaren am Vorabend der konstituierenden Versammlung der Duma entlassen. Die weißen, die roten und die blauen Zaren Russlands haben stets ähnlich spontan, unberechenbar und selbstherrlich gehandelt. In dieser Galerie fällt ein moderner Zar wie Boris Jelzin in keiner Weise auf. Der geschasste Diener seines Herrn zog sich in sein Palais in Petrograd zurück und verstarb im Jahre 1915.

Pjotr klappte die Bücher zu und verließ die Akademische Bibliothek, nicht ohne der Aufsichtsperson, welche ihm für die Suche die richtigen Tipps gegeben hatte, ein angemessenes Trinkgeld zu überreichen.

Dann fuhr er in sein Geschäft in der Nevsky Passazh zurück. Beim Überqueren der Neva-Brücke fand er nicht einmal die Muße und die Gelöstheit, um die Schönheit des Winterpalais und der Admiralität zu genießen.

Noch waren die Tage im September angenehm warm und luden zum Schlendern ein. Aber davon unberührt, tauchte er in die Tiefgarage beim Theater und stieg direkt zu seinem Büro hinauf, wo er sich als unerreichbar erklärte und sich wie für eine längere Belagerung verschanzte.

Bisher unbekannte Akten über ›the big blue‹ waren also nicht zum Vorschein gekommen. Mit Sicherheit stand aber nach wie vor fest, dass das Werk im Jahre 1905 vom Zaren bei Carl Fabergé in Auftrag gegeben worden war. Bis hier und heute der einzige Fixpunkt. Er sah die Szene vor sich, wie sich der Kronjuwelier vor dem Kaiser verneigte und sich mit seiner üblichen Formel ›Majestät werden zufrieden sein‹ für den satten Auftrag bedankte. Dann durfte er auf das wohlwollende Zeichen des Herrn den Raum mit einer tiefen Verbeugung und rückwärts gehend verlassen.

An der anderen Wand befestigte nun Pjotr alle persönlich relevanten Fakten über den Zaren und Witte und die geschichtlichen Eckpunkte des Geschehens bis 1915, als Witte starb. Diese

Daten bildeten das Gerüst des Geschehens. Es fehlte aber noch das Fleisch an den Knochen, sprich: Details, die das Bild abrundeten, etwa wie sich die Akteure auf ihrer Bühne bewegten und was sie dachten oder fühlten. Eine derartige Rekonstruktion ist keine exakte Wissenschaft, aber legitim und für einen Historiker professionelles Handwerk. Es galt also, die Gedankengänge und inneren Mechanismen der beiden Kontrahenten individuell und vor allem in ihrer Wechselwirkung zu begreifen. Zu diesem Zwecke wollte Pjotr ein interaktives Psychogramm entwickeln, wie es in der Sprache der reichlich obskuren Zunft der Psychologen genannt wird. Dazu werden sämtliche verfügbaren Äußerungen und Ausdrucksweisen, Entschlüsse und deren Begründungen, Handlungen, Gestik und Mimik zu einem Persönlichkeitsbild zusammengetragen.

So etwas war über Nikolaus II. schon mehrfach und ausreichend gebildet und abgehandelt worden, sodass sich wenigstens dieser Teil der Arbeit erübrigte. Er galt als ein Zögerer, unsicher, beeinflussbar, der oftmals seine Schwäche durch forsches Auftreten wettzumachen suchte. Dabei durchaus kein schlechter Mensch, intellektuell durchschnittlich, der hundert Jahre zuvor wohl einen sittsamen Monarchen eines kleinen Fürstentums abgegeben hätte, aber die Führung des Russischen Großreiches war eine ihn zweifellos überfordernde Aufgabe.

Aufgrund der Erkenntnisse, die Pjotr in den beiden Bibliotheken gewonnen hatte, war Sergej Witte ein selbstsicherer, ehrgeiziger und brillanter Kopf, der seine Umgebung durchaus seine geistige Überlegenheit anmerken ließ. Er mochte es, wenn man ihm applaudierte, und suchte das auch.

Neben seinen Schriften und Vorträgen erregte sein rhetorisches Talent in Debatten Aufsehen, das den einen gefiel, andere aber störte oder gar verletzte. Kurz, Sergej Witte wirkte rasch polarisierend. Hinzu kam, dass er, vom Vater und durch das Studium im deutschen Kulturkreis geprägt, der Obrigkeit wesentlich kritischer und unabhängiger gegenüberstand als die unterwürfigen Russen.

Auch Nikolaus' Vater, Zar Alexander III., war kein besonderes Licht. Die starke Person am Hof war seine Gemahlin Maria Fjodorowna, eine Tochter des Königs von Dänemark. Sie hatte

Wittes Schriften gelesen und bewirkte seine Ernennung zum Finanzminister, um mehr Ordnung in die Währungs- und Finanzpolitik des Reiches zu bringen. Sie mochte den dynamischen Macher, der mit ihr eine völlig normale Sprache pflegte, wie sie es von zu Hause gewohnt war, was aber am zaristischen Hof einer schieren Impertinenz gleichkam. Zwei Jahre später übernahm Nikolaus II., sechsundzwanzigjährig, den Zarenthron von seinem früh verstorbenen Vater und mit ihm den rührigen Finanzminister, einen Altersgenossen des Verschiedenen. Daraus ergab sich durch die bedeutende Altersdifferenz und die Asymmetrie von Rang und Können von selbst eine schwierige und instabile Konstellation. Witte, der Fachmann, Witte, der Vaterersatz, Witte, der verdiente Günstling seiner Mutter – so musste sich das für Nikolaus Alexandrowitsch darstellen.

Anfänglich ging alles bestens. Nikolaus bewunderte innerlich seinen Mentor, die Brisanz und Eloquenz seiner Voten, die treffenden Bonmots, die internationale Erfahrung. Allmählich wuchs jedoch die Rivalität zwischen den beiden. Wie die Signale jeweils auch gemeint waren, sie wurden auf beiden Seiten zunehmend missverstanden und in jedem Falle negativ interpretiert. Pjotr wusste natürlich von vergleichbaren Schwierigkeiten, die bei Generationenwechseln in Familienunternehmen häufig auftreten. Wenn die Söhne die Führung übernehmen, gibt es unweigerliche Reibereien mit den früheren Weggefährten der Väter. In diesem Sinne ortete Pjotr durchaus eine Parallele mit Bismarck und Wilhelm II. Allerdings konnte und wollte sich der Zar noch nicht von seinem Finanzminister trennen. Der Tausendsassa hatte sogar die Finanzierung der Transsibirischen Eisenbahn durch das republikanische Frankreich zu Stande gebracht und galt als Garant für Anleihen des Reiches im Ausland. Beides waren Voraussetzungen für die Erschließungsprojekte jenseits des Urals mit Ziel Pazifik. Die Bahn wurde in wenigen Jahren bis zum Amur, der Grenze zur Mandschurei, fertig gestellt. Nicht ganz unerwartet stieß die Expansion bei den Japanern nicht auf Gegenliebe und es kam zum Krieg, den der Zar niemals gewinnen konnte. Noch heute lassen einen die langen Nachschubwege ins fernöstliche Sibirien, die immensen Verluste zu Lande und die Ausschaltung der russischen Flotte erschauern. Diese war gegen alle strategische Vernunft vom Zaren in einer siebenmonatigen Fahrt um alle Kontinente herangeführt und von den Japanern in wenigen Stunden versenkt worden. Die militärischen Katastrophen im Jahre 1905 waren vollkommen, die politischen absehbar.

An diesem Punkt förderte seine historische Analyse ein einmaliges und entscheidendes Ereignis zutage. Der Zar befand sich in der Mandschurei, derentwegen der Krieg geführt wurde, und betätigte sich als reichlich glückloser Feldherr, als er eine Depesche erhielt, die ihn, den Kaiser, nach Irkutsk zitierte. Die Absenderin war seine Mutter Maria Fjodorowna, welche im fürstlichen Sonderzug der Transsibirischen Eisenbahn wütend gen Osten dampfte. Der Besuch verhieß wenig Gutes. In ihrer Tasche befanden sich drei Dokumente.

Als der Zug hielt, trat sie auf den ausgerollten roten Teppich und nahm die mit vollendeter Perfektion dargebotene militärische Begrüßung des Gardebataillons ab. Der Zar schritt ihr entgegen und wies auf die von der Garde abgegebene Kostprobe der Schlagkraft seiner Truppen. Es war ihm natürlich entgangen, dass die schneidige Ehrbezeugung der alles beherrschenden, bald sechzigjährigen Hoheit und nicht ihm gegolten hatte.

Dann gingen sie langsam den Bahnsteig rauf und runter, unermüdlich rauf und runter, während die Zarenmutter dem Zaren eine Standpauke hielt, die sich gewaschen hatte. Sie schilderte ihm den unmittelbar bevorstehenden Zusammenbruch des Reiches, wenn er nicht so schnell wie möglich diesen unseligen Krieg beende. Die gelegentlich ausgestoßenen lauten Flüche auf Dänisch verstand zum Glück niemand. Seine Einwände von Ehre und Ruhm und Zukunft und Glauben wischte sie energisch vom imaginären Tisch und zog das erste Dokument hervor.

Wie der Adjutant der Zarin-Mutter, Oberstleutnant Krusenstern, später berichtete, starrte der Zar lange und konsterniert auf das dargebotene Papier, dessen Inhalt ihm natürlich unbekannt war.

Es war vom Metropoliten von St. Petersburg unterschrieben. Also von keinem Geringeren als Antonij Vadkovskij, dem Primas der russischen Bischofssynode, von welchem Pjotr wusste, dass er einer der bedeutendsten Metropoliten in der russischen Geschichte überhaupt war. Das Schreiben brachte unmissverständlich zum Ausdruck, dass dieser Krieg nicht im Sinne des Heiligen Russland liege und beendet werden müsse. Diplomatisch wurde auf die übermenschlichen militärischen Leistungen hingewiesen und ganz besonders ihr genialer Führer, seine Majestät, der Zar Nikolaus II., gelobt.

Das zweite Papier stammte aus der Feder des Vorsitzenden des Senates der russischen Metropoliten, dem vom Zaren eingesetzten weltlichen Minister für Kirchenfragen. Dieser gab sich neutral, bestätigte aber, dass die geäußerte Meinung von allen Metropoliten einhellig getragen würde.

Das dritte Schreiben hatte die Zarenmutter selber verfassen lassen. Darin wurde Sergej Juljewitsch Witte zum Generalbevollmächtigten ernannt und beauftragt, sofort Friedensverhandlungen einzuleiten und baldmöglichst abzuschließen. Auf diesem Dokument fehlte nur noch die Unterschrift des Zaren. Innerlich von einem riesigen Druck befreit, zögerte der keinen Augenblick und machte mit seiner Unterschrift das Dokument zur Urkunde. Wieder einmal folgte er fremder Initiative und überließ die Ausführung Wittes Umsicht und Tatkraft.

Das Gardebataillon vollzog den Zapfenstreich, der Zar salutierte, und die Besucherin dampfte eilig und in etwas besserer Laune nach St. Petersburg zurück. Witte gloriosus schaffte auch diese Aufgabe. Der Friedensschluss rettete weitgehend die Ehre Russlands und bewahrte das Reich vor dem blanken Bankrott, welchem selbstredend auch der Zarenthron zum Opfer gefallen wäre.

Einmal mehr erkannte Pjotr, wie sehr der Zar seinem Ministerpräsidenten verpflichtet war. Das konnte auf die Dauer nicht gut gehen. Allzu viel Glanz, Ruhm und Verdienste sind gerade in einem autokratischen Regime ungesund. Witte also ein Opfer des Ikarus-Effektes? Ikarus flog bekanntlich zu nahe an die Sonne heran. Das Wachs, das die Flügel fixierte, schmolz – der kühne Flieger stürzte zu Tode. Vieles sprach dafür. Was war das auslösende Moment?

Der Zar neigte zu euphorischen Dankesgesten. Vermutlich erteilte er den Auftrag für das sagenhafte Überraschungsei gleichzeitig mit der Verleihung des Grafentitels und der Ernennung zum Ministerpräsidenten. Der Kulminationspunkt von Wittes Karriere war erreicht. Nur sechs Monate war er im Amt. Während dieser Zeit wuchs bei Nikolaus Alexandrowitsch das Gefühl lästiger Abhängigkeit von seinem Untergebenen, der sich stets so freimütig äußerte und ihn in den Schatten stellte. Auch war das Familienleben nicht spannungsfrei. Auch bei Kaisers ist eine Schwiegermutter eine Schwiegermutter. Maria Fjodorowna, fünfundzwanzig Jahre älter als ihr Schwiegertöchterlein, dazu eine artreine Skorpionin, beherrschte und schikanierte die im schwachen Zeichen des Zwillings Geborene, wie es ihr nur beliebte. Alexandra agitierte daher zunehmend gegen den großen Einfluss, den die Zarenmutter auf das Geschehen ausübte. Man schlägt den Sack und meint den Esel. Der Sack war in diesem Falle der vorlaute Witte. Schließlich stolperte dieser über die neue Verfassung, an deren Gestaltung er namhaften Anteil hatte – allerdings hatte er geschickt seinen Meister als deren Autor ausgegeben. Dieser zog in extremis die Notbremse und Witte flog aus der Kurve.

In dieser Situation, so folgerte Pjotr konsequent, musste Carl Fabergé beim Zaren um Audienz nachgesucht haben. Siegessicher, voll beruflichem Stolz verbeugte er sich und stellte ein großes Paket auf den Tisch. Dann nahm er sich viel Zeit, um die äußere Umhüllung zu entfernen. Zum Vorschein kam ein stehender Quader von einem halben Meter Höhe mit vornehmer Oberfläche aus Leder und Samt. Auf der Stirnseite der golden geprägte Doppeladler des Zaren. Dann hob er den Deckel ab und bereitete im Zeitlupentempo das Herunterklappen der Seitenwände vor. Ein diskreter Blick auf den Auftraggeber hätte ihm vielleicht verraten, dass dieser nur mit verhaltener Spannung zuschaute. In früheren Fällen pflegte er zerberstend vor Neugier um das Objekt herumzutigern und die Nase mit kaum verhohlener Gier vorzustrecken.

Nun fielen die Seitenwände, und was hier zum Vorschein kam, mussten den Betrachter derart verzückt haben, dass er den spontanen und unwiderruflichen Beschluss fasste, dass dieses Ei nie und nimmer dem frechen Witte gehören dürfe.

Pjotr war überzeugt, dass das die einzig mögliche Erklärung

war, weshalb es nie in den Annalen der Wittes auftauchte, ja nicht einmal mit einem Wort erwähnt wurde. Witte hatte davon gar nichts gewusst!

Es blieben die zwei nicht minder spannenden Fragen: Welchen Weg nahm das Ei denn und wo war es heute? Sich selber schenken, jemand anders damit beglücken? Es vernichten? Nein, solche Möglichkeiten entsprachen nicht dem Stil des Zaren. Was dann?

Pjotr überlegte lange. Griff eine Idee auf, erwog sie, verwarf sie, griff sie wieder auf, stundenlang. War da nicht das versöhnlich aufbauende Schreiben des Metropoliten, ein aktenkundiges Papier, welches Maria Fjodorowna dem Zaren in Irkutsk triumphierend und imperativ unter die Nase gehalten hatte? Natürlich, warum nicht die Kirche! Vielleicht nicht als Geschenk, sondern nur als Leihgabe. Eine Leihgabe verpflichtete niemanden und der Zar konnte sich eines Tages noch anders besinnen. Die Kirche schien Pjotr der einzig sinnvolle und plausible Hort zu sein. Er meinte nicht die Kirche als Institution oder den Metropoliten in Person, sondern einen Gottesmann, den der Zar persönlich kannte und bei dem er das Ei sicher versteckt wusste.

Damit war aus der Suche nach der Stecknadel in tausend Heustöcken eine solche in einem einzigen Heustock geworden. Diese erstreckte sich aber auf nicht weniger als alle Kirchen und Klöster im damaligen Einflussbereich des Metropoliten von St. Petersburg!

Falls es das große Kobalt-Ei je gegeben hat, dann war es hier im Umkreis von vielleicht hundert Kilometern zu suchen – eine Fleißaufgabe! Pjotr lehnte sich zurück. Er war überzeugt, den Weg grundsätzlich gefunden zu haben, wenn es überhaupt einen gab.

Er erklärte den Belagerungszustand für aufgehoben.

Am nächsten Tag begab er sich zur Alexander Newski Lavra, dem Amtssitz des Metropoliten, und stellte sich dem Sekretär als Historiker vor, welcher die seelsorgerischen Dienste rund um die ermordete Zarenfamilie erforschen möchte. Als Einziges sei ihm bekannt, dass damals in Jekaterinburg neben der Familie auch der Leibarzt, der Diener und der Koch umgebracht worden waren. Glücklicherweise war da nicht auch noch ein Hauspriester unter den Opfern zu beklagen.

»Pater Nikolai, wer war denn überhaupt der Hauspriester?«, wollte er in Erfahrung bringen.

»Mein Sohn, da muss ich erst nachsehen. Das waren wohl verschiedene.«

»Sicherlich, in den vierundzwanzig Jahren seiner Regierungszeit war es wohl nicht nur ein einziger, aber es waren auch nicht Dutzende«, entgegnete er dem Priester so freundlich wie er nur konnte. Dieser schlurfte von dannen. Warum Priester und Mönche und Medizinmänner und andere Mitglieder des göttlichen Bodenpersonals sich nur auf schlurfende Weise bewegen können, fragte sich Pjotr in der Zwischenzeit. Jedenfalls, wenn sie gerade im kirchlichen Dienst sind, schob er seiner tiefgründigen Analyse nach. Ein Feldgeistlicher beispielsweise geht ganz normal.

Nur wenig später kam der Priester zurück, in den Händen ein großes Buch, wie es früher von Buchhaltern benutzt wurde, das fast am Ende aufgeschlagen war. »Mein Sohn, wir sind fündig. Es waren deren dreizehn. Hier sind die Namen und die Daten ihres Amtes.«

»Darf ich das abschreiben?«, fragte Pjotr höflich. Die Bitte wurde durch Kopfnicken gewährt.

Pjotr notierte alles.

»Pater Nikolai, gibt es etwas wie Lebensläufe von diesen ehrenwerten Priestern? Ich meine, was taten die vor und nach ihrer Zeit als Hauspopen?«

»Das dürfte sehr schwierig sein, mein Sohn«, erwiderte der Priester und runzelte seufzend die Stirn.

»Pater Nikolai, in Ihren Büchern müssen diese Angaben stehn. Geburt, Priesterweihe, Missionen, Tod.« Er schaute um sich und betrachtete nachdenklich die zerschlissenen Sessel und das armselige Pult. »Ich weiß, dass Sie außerordentlich beschäftigt sind, Pater Nikolai. Würde Ihnen Ihre schwere Arbeit etwas leichter fallen mit besseren Möbeln, die ein wesentlich effizienteres Arbeiten ermöglichten? Es wäre mir eine Ehre, wenn ich mich dieser Aufgabe annehmen könnte. Bis in einer Woche könnte ich etwas Passendes auftreiben. Bis dann wären Sie ja mit meinem Anliegen auch so weit. Oder benötigen Sie gar nicht so lange? Wie dem auch sei, es ist mir eine Ehre und eine Freude, Sie zu beschenken. Sie sind so hilfsbereit und liebenswürdig.«

Der Priester nickte und blinzelte ihm anerkennend zu.

Der Deal fand bald statt. Pjotr hatte Möbel anschaffen lassen, war den Pater aufsuchen gegangen und sofort mit den Angaben in sein Büro zurückgefahren, wo er sich wieder für mehrere Stunden verschanzte.

Er betrachtete die Liste. Wer vor 1905 gestorben war, schied aus. Denen hätte der Zar schwerlich die Leihgabe anvertrauen können. Von den dreizehn blieben deren neun. Da fiel ihm ein, dass Nikolaus Alexandrowitsch gerade auch zu jenen Priestern eine tiefere Beziehung hätte gehabt haben können, die vor seiner Inthronisierung am Hofe ihres Amtes walteten.

Also rief er Pater Nikolai an: »Wie lebt und arbeitet es sich in den neuen Möbeln?«, fing er an. Der Priester wollte zu einem Lobgesang ausholen, wurde aber unterbrochen.

»Mir scheint, die Beleuchtung ist zu schwach und passt auch nicht zur Ausstattung. Darf ich Ihnen auch in dieser Beziehung aushelfen?«

»Benötigen Sie noch weitere Informationen, mein Sohn?«, durchschaute der Angesprochene den Anrufer.

»Nur eine Kleinigkeit, Pater Nikolai. Mir scheint, dass auch die Jugendjahre des späteren Zaren nicht übersehen werden sollten. Ich gebe zu, ich habe vorher nicht daran gedacht. Wir sollten also die Liste der Priester am Hof rückwärts verlängern bis etwa 1881, der Krönung seines Vaters Alexander III. Oder was wäre Ihre Empfehlung?«

»Sollen Sie haben, mein Sohn. Kommen Sie morgen vorbei.«

Deal Nummer zwei kam zur vollen Zufriedenheit des Paters zustande. Das Büro erstrahlte in modernster Beleuchtung. Die Liste zeigte die Namen von acht weiteren Priestern. Drei davon waren 1905 noch am Leben. Mit den neun der ersten Runde waren es biblische zwölf. Der letzte war 1972 im Alter von über neunzig Jahren gestorben.

Zur systematischen Verfolgung einer Spur traf Pjotr drei Annahmen:

Erstens hatte der Zar das Ei einem Priester zur Aufbewahrung übergeben.

Zweitens: Der Priester wusste nicht, was er in der imaginären Schachtel versteckte.

Drittens musste sich der Geheimnisträger bis zu seinem Lebensende unentwegt für die sichere Aufbewahrung verantwortlich fühlen und das Paket erst kurz vor seinem Tode an einen würdigen Nachfolger weitergegeben haben, welcher die Mission im gleichen Sinn und Geist fortsetzte. Pjotr musste also die jeweils letzte Lebensstation der Kettenglieder mit deren Umfeld eruieren, um eine Verbindung bis heute herzustellen. In den bald hundert Jahren war mit zwei bis vier Etappen zu rechnen.

Die dritte Annahme war die kritischste. Sollte sie nicht zutreffen oder sollte es nicht gelingen, die Verbindungskette zu erforschen, so war die Aufgabe eben unlösbar.

Pjotr nahm sich vor, jede Woche eine der zwölf Spuren auszuleuchten. Bei dieser Kadenz war er gerade noch in der Lage, das Tagesgeschäft einigermaßen wahrzunehmen. Im schlechtesten Falle sollte die Sisyphusarbeit zum Jahresende bewältigt sein. Die Wahrscheinlichkeit, überhaupt fündig zu werden, schätzte er mit weniger als zehn Prozent ein. Also eine Art Lotterie. Dazu aber der Nervenkitzel des Antiquitätenjägers. Er beschloss, in zeitlich umgekehrter Reihenfolge vorzugehen, indem er mit dem letzten Hauspriester anfing, welcher die Zarenfamilie vor ihrer Ermordung noch betreut hatte. Gleich am folgenden Morgen startete er also mit Pater Wladimir. Bevor der junge Geistliche an den Hof abkommandiert worden war, war er Priester und Lehrer im Alexander-Newski-Kloster. Nach der Abdankung des Zaren wurde er zunächst in eine kleine Kirche im Westen der Stadt und später nach Gatschina versetzt. Dort verbrachte er seinen Lebensabend in der Kolpunskaja, einer kleinen Kirche etwas außerhalb der Stadt, wo er 1950 starb. Dort endete natürlich die Aufzeichnung von Pater Nikolai.

Pjotr nahm seinen Volvo und sauste auf der Autobahn die vierzig Kilometer nach Süden. Er trat durch das altehrwürdige Portal des stattlichen Komplexes, der ihm in durchaus guter baulicher Verfassung erschien. Er kannte die wichtigsten Stätten dieser Art sowohl von früher als Kurator als auch heute als Antiquitätenhändler. Wie immer meldete er sich beim Sekretariat und nicht etwa beim Chef. Nicht auffallen und ›low key‹ heißt die Devise. Sonst entstehen Unruhe und Publizität. Informationen und gewisse Handreichungen gibt es unten, nicht oben. Wer glaubt, aus Statusgründen nur oben einfahren zu können, landet meistens in der Sackgasse.

Er brachte seine adoptierte Story des Historikers vor, der die seelsorgerischen Dienste rund um die ermordete Zarenfamilie erforschen möchte.

Pater Wladimir, der hier seine letzten Jahre verbracht habe, hätte hier bestimmt mit Glaubensbrüdern seine Erfahrungen ausgetauscht, vielleicht sogar das und jenes schriftlich festgehalten. Vielleicht könne sich hier noch jemand an ihn erinnern.

Der Sekretär fand das Thema nicht über alle Maßen interessant. Von einer Schrift sei ihm nichts bekannt, aber der greise Pater Pawel hätte ihm, wie er glaube, die Sterbesakramente verabreicht. Er könne ihn rufen. Pjotr bat darum.

Es erschien ein alter, leicht gebückter Mann. Was sofort auffiel, waren die klaren und listigen Äuglein, mit welchen er den Besucher musterte. Pjotr wiederholte sein Anliegen und wollte ihn zu einem Kaffee in die karge Schänke einladen. Pater Pawel lehnte höflich ab und schlug stattdessen einen Spaziergang im gepflegten Garten vor.

Pjotr frohlockte. Er glaubte sich nahe am Ziel. Der Priester bestätigte, dass er und Wladimir gute persönliche und theologische Freunde gewesen waren. Der große Altersunterschied wirkte eher verbindend als trennend.

»Wir konnten uns so viel unbeschwerter über die modernen theologischen Entwicklungen unterhalten. Ich plädierte für die Entfernung der Hölle aus unserem religiösen Weltbild. Er war im Prinzip gleicher Meinung, wollte aber damit zuwarten, bis die gesamte rote Horde darin genügend geschmort hätte. Und das dürfte noch eine Weile dauern.« Und kicherte lange vor sich hin.

Diese theologisch vielleicht fundamentale Frage kümmerte Pjotr wenig. »Hat Ihnen der Verstorbene irgendetwas hinterlassen, Texte oder Gegenstände, die sein inniges Verhältnis zu unserem hoch geschätzten Zaren und seiner Familie bekunden? Ein Vermächtnis oder so was in der Richtung?«

Pater Pawel strahlte und nickte stolz: »Nichts Geschriebenes, aber einen silbernen Kelch mit dem Wappen des Zaren. Daraus

hat er immer seinen Messwein getrunken und dabei an die ermordete Zarenfamilie gedacht. Wollen Sie ihn sehen?«

Pjotr schüttelte den Kopf. Hier war nichts zu holen, sagte ihm
der untrügliche Instinkt des langjährigen Antiquitätenjägers. Er
ging mit dem Pater noch eine Weile weiter, um den Eindruck des
eiligen Geschäftsmannes zu verwedeln, und bedankte sich nach-
drücklich für den wertvollen Beitrag zu seiner Studie. Pater
Pawel versicherte ihm mit zittriger Stimme, jederzeit für ihn da
zu sein. Das mochte wohl stimmen, aber wozu?

Pjotr fuhr in sein Büro zurück. Dies war der erste Streich.
Woche für Woche würden sich die Begegnungen gleichen. So
realistisch war er, das vorauszusehen. Aber er hatte beschlossen,
die Ochsentour bis zum Ende zu fahren, bis zum unwahrscheinlich erfolgreichen oder höchstwahrscheinlich negativen Ende.

Entscheidende Indizien

42 Dezember im Jahr des Panthers.

Georg Follmann schlenderte vom Hauptbahnhof die Kaiser-
straße hinunter. Was er sonst nie tat, weil es ihm zu langweilig
und zu primitiv war. Er betrat eine dieser widerlichen Klitschen,
wie sie sich dort aneinander reihen. Da wo die Anreißer von
weitem »Der Herr mal eintreten, alles ganz nackt, ganz nackt,
überzeugen Sie sich selbst!« rufen und mit Flugblättern diesen
Inhalts den Passanten vor dem Gesicht herumfuchteln. Jetzt
schob er den Türsteher nach links und den schweren Vorhang
nach rechts zur Seite und wurde vom Halbdunkel verschluckt.
Dann warf er sich in der hintersten Ecke in die Polstergruppe
und fühlte sich wie abgetaucht. Andere Gäste waren noch kaum
da. Beim Kellner bestellte er eine Flasche Pommery brut, für
sich ganz allein, wie er betonte. Er wünsche keine Tischgesell-
schaft. Der Herr Ober möge ihn davor bewahren, und drückte
ihm schon mal zwanzig Mark in die Hand. Der Ober nickte
kopfschüttelnd, was in einer kreisenden Bewegung resultierte,
und wunderte sich ob so viel Ungeselligkeit. Dabei hatte er sofort viel zu tun, denn eine Meute von hell- und dunkelhäutigen
Mädchen stieg je nach Körperlänge vorsichtig oder mit sicherem Tritt von den Barstühlen oder löste sich von der Theke.
Dann setzte sich eine Springflut unterschiedlichster Konfekti-
onsgröße im Sternmarsch zu Georgs Ecke in Bewegung. Der
herkulische Ober, der glücklicherweise in Sekundenschnelle in
einen Rausschmeißer der Topklasse mutieren konnte, stoppte
sie mit den ausgebreiteten Armen eines Orang-Utan und befahl
rechtsum kehrt, worauf sie missmutig und verständnislos wieder
ihre Barhocker erklommen und ihre Hintern zurechtrückten.

Georg hatte zu feiern. Gerade hatte er, keine zwei Monate nach seiner Abreise aus Palma, die letzten Kopien über die Aktivitäten der Transtecco seit ihrer Gründung bis zum heutigen Tag an Richard abgesandt. Fortan gab es nur noch über die neuen Geschäftsvorfälle zu berichten, und das bedeutete vielleicht eine Meldung pro Woche. Alles war etwas schneller gegangen als erwartet. Als er von seinem unfreiwilligen Segelurlaub, der dem kurzen Spitalaufenthalt gefolgt war, ins Büro zurückgekehrt war, hatte er für jeden ein kleines Präsent mit. Er fühle sich wie neugeboren, ließ er seine Umgebung mit Nachdruck wissen. Wie sie denn so heiße, wollten Schütz und Seidler wissen, eine Frage, die sich seine Sekretärin natürlich nicht gestattete. ›Antonia‹, lautete die Antwort, und Georg hatte mit den Händen vor der Brust die geschwellten Segel angedeutet. Ein Lacherfolg war ihm sicher. Dann hatte er eine geradezu hektische Aktivität entfaltet, hatte mit der SloTrade in Bratislava telefoniert und sich nach dem letzten Stand der Exklusivitäten, wie die auf undurchsichtigen Pfaden erworbenen Schlüsselteile genannt werden, erkundigt.

Seit dem letzten Anruf wären noch ein paar besonders wertvolle Raritäten dazugekommen, beteuerte Ingenieur Jozef Babic, der technische Geschäftsführer. Er war überzeugt, dass die Space oder die Delta dafür Interesse haben müssten, passten die Spezialventile doch zum laufenden Raketenantriebsprogramm. Nach wie vor wären auch noch die Duplikate der Prints für die Steuerungen der neuen Mischanlagen der Insektikill & Co. KG in Linz zu haben. Dann erneuerte er den Kontakt zur Chemotechnica in Kiew. Die freuten sich über das Interesse, hatten aber im Moment nichts Besonderes anzubieten.

Im gleichen Sinne rief er vier weitere Lieferanten der aggressiven Kategorie an. Er meldete sich aus den Ferien zurück, erkundigte sich nach Neuigkeiten in ihrer Geschäftswelt. Er hielt sein Gehör geschärft, um etwaige Untertöne zu registrieren. Alle Gespräche wurden wie immer auf dem Rekorder mitgeschnitten. Nichts, aber rein gar nichts Auffälliges. Alle höflich und sachlich. Viel gequatscht wurde am Telefon ohnehin nie. Damit verdichtete sich eigentlich der Verdacht des Attentates auf seine Kollegen und auf die SloTrade, was die Angelegenheit nicht etwa harmloser machte, im Gegenteil. Nur gut, dass er von Richard minuziös auf die Vorsichtsmaßnahmen eingefuchst worden war. Die konnten ihn überwachen, bis sie schwarz wurden, sie hatten keine Indizien gegen ihn. Überdies fühlte er sich seit Palma wieder sicher. Er sah eine Perspektive, wie er eines Tages aus der Scheiße herauskommen würde. Und es tat unendlich gut zu wissen, dass eine Art Schutzengel das Geschehen rund um ihn herum verfolgte, wenn auch nur von weitem und neben vielen anderen Aktivitäten. Fast täglich hatte er die Spielregeln der Hotline memoriert. Das alles gab ihm Sicherheit und Handlungsfreiheit zurück. Auch die moralische Absolution. Er informierte ja Richard über jede Aktion. Mochte der beurteilen, ob damit der Untergang des Abendlandes eingeläutet werde, und entsprechende Aktionen auslösen.

Der Erfolg blieb nicht aus. So gelang es ihm, die Space von einem probeweisen Einbau der superpräzisen Hochleistungsventile zu überzeugen. Trotz aller Skepsis hielten sie den härtesten Tests stand und wurden schließlich bestellt. SloTrade wies wiederum die Ursprungszeugnisse der Firma in Košice aus. Gegenüber der Transtecco ließen sie hinter vorgehaltener Hand verlauten, die technischen Wunderwerke seien württembergischem Gewerbefleiß zu verdanken. Von wem, war für Georg in dem Falle nicht allzu schwer zu erraten. Eine Information, welche er handschriftlich der Meldung an Palma beifügte.

Primus Schütz war begeistert und klopfte ihm auf die Schulter. Der Megadeal wurde bei einem Dinner der drei Geschäftsführer im Schlosshotel Kronberg gebührend gefeiert, natürlich ohne Gemahlinnen. »Wir wollten ungeniert unsere Gedanken austauschen«, war der übereinstimmende Tenor. Schütz hatte nicht etwa ein Séparée reservieren lassen, das leicht hätte verwanzt werden können, wie er lachend sagte, sondern einen runden Tisch in der Ecke des Speisesalons. Dann dämpfte er die offenbar unüberlegte Bemerkung mit der vertraulichen Mitteilung ab, dass er bunte Farbtupfer zu schätzen wisse, wie sie doch meistens an Nebentischen zu goutieren seien. Sie zählten zu den ersten Gästen und wurden vom Oberkellner gleich zum Tisch geführt. Da schaute sich Schütz kurz um und wünschte einen anderen Tisch, was problemlos gewährt wurde.

Die Lektionen über konspiratives Verhalten, die Georg von Richard gelernt hatte, hatten in ihm eine richtige Bewusstseinserweiterung bewirkt. Er erinnerte sich nun, dass Schütz regelmäßig zu früher Stunde reservierte und jedes Mal darum bat, den Tisch zu tauschen. Bisher hatte er sich darüber nie irgendwelche Gedanken gemacht. Jetzt erkannte er, dass er das mit System tat. Mochten so etwaige Beobachter mit oder ohne technischem Spielzeug die falsche Tischrunde ins Visier nehmen. Denn die Liste der Tischreservierungen am Eingang zum Restaurant werden wegen kleiner Umdisponierungen kaum abgeändert. Keine Sicherheitsmaßnahme mit großem Tiefgang! Aber warum nicht? Für Georg eine zusätzliche Warnung, Primus Schütz nicht zu unterschätzen. Richard sei Dank! Nach dem Anstoßen wurde Schütz kurz feierlich:

»Mein lieber Georg, vor ein paar Wochen hast du mir, das heißt uns, so ziemlich Sorgen bereitet. Inzwischen hast du dich aber mächtig gefangen. Dazu möchten wir dir und damit uns dreien mit tiefem Aufatmen gratulieren.«

Er legte eine Denkpause ein und fuhr dann fort: »Ich will ehrlich sein. Auch ich bin nicht gegen einen solchen Koller geimpft. Und du wohl auch nicht«, meinte er gegen Hans Seidler gewandt, den Dritten im Bunde. Dieser nickte sorgenvoll zustimmend.

»Jede Party muss einmal ein Ende finden. Die Natur will es so. Insbesondere das Biotop, in dem wir uns bewegen, wird uns früher oder später bösartig angreifen. Georgs Krise hat mein Denken in der Richtung überhaupt erst angestoßen. Nur muss so etwas aufs Feinste orchestriert werden. Entscheidend ist, dass wir den Feindseligkeiten zuvorkommen. Wie ihr wisst, drohen Gefahren vom Finanzamt, von dubiosen Lieferanten, von düpierten Kunden, nur um einmal die Wichtigsten zu nennen. Was sich da so zusammengeläppert hat, könnte uns für längere Zeit aus dem Verkehr ziehen. Mit allen Klagen auf Schadenersatz und den Zahlungsbefehlen der Steuerbehörden würden wir wohl bald bei der Fürsorge landen. Allerdings sehe ich auch einige Geschäftspartner, die uns ganz bestimmt vor so viel Unbill zu retten versuchten, indem sie uns dafür über die Direttissima ins Krematorium befördern ließen. Die Geister, die wir riefen …!«

Er blickte in die Runde, um sich der Zustimmung zu versichern.

»Nehmen wir an, wir beenden unsere Vorstellung genau am Ende des nächsten Jahres, also in rund dreizehn Monaten. Ich glaube, wir haben schon heute genug Geld zusammengerafft, um ein Leben im relativen Ruhestand zu verbringen. Ich denke an den ganz großen Wurf, der gerade mit dem Irak anläuft und bis im April, schlechtestenfalls bis im Juni, über die Bühne gegangen sein wird. Dann wären wir für alle Zeiten saniert!«

Georg und Hans nickten. Es ging um die streng gehüteten Prints und die dazugehörige Software für die Prozesssteuerungen besonderer Chemieanlagen, die nicht in falsche Hände geraten durften. Schütz vermutete wohl nicht zu Unrecht, dass ihnen ›SH‹ hinterher war, ein Kürzel für Saddam Hussein. Spuren wiesen über die SloTrade zur Chemotechnica in Kiew. Man war gerade daran, die Tarnung für den Schriftverkehr aufzubauen. Transtecco hatte stets auf administrative Legalität geachtet. Buchhaltung und tatsächlicher Warenverkehr hielten allen Prüfungen stand. Gefälscht, gestohlen, kopiert wurde sonst wo, und das wurde nicht aktenkundig. Transtecco fungierte als Spiritus Rector und zog die Fäden im einträglichen Puppentheater. Im Falle des ›SH‹-Projektes waren derzeit verschiedene Tarnvarianten in Prüfung. Die Rolle der Transtecco in diesem Vieleck-Geschäft bestand in ihrem breiten und entscheidenden Knowhow über mögliche Bezugsquellen. Primus Schütz hatte nur noch im Flüsterton gesprochen. »Geschäftlich bedeutet das, dass wir ab Mitte des Jahres nur noch Geschäfte mit kurzem Zeithorizont hereinnehmen. Auf der privaten Ebene müssen wir alle Vorkehrungen für einen Abbruch der Zelte recht bald einleiten. Immobilien eignen sich schlecht für einen Umzug ins sichere Ausland, wie der Begriff schon sagt. Also verkaufen und mietweise weiterbenützen bis zur Abreise. Ich weiß: Wie sag ich's meiner Familie? – ein individuelles Problem. Das Errichten von Bankkonten hier und dort ist schon wesentlich einfacher. Ist ja weitgehend auch schon getan, darf ich wohl annehmen! Dann stellt sich die Frage: Wohin auswandern? Wo hat der Fiskus kaum Zugriff? In der Europäischen Union zunehmend schwieriger, aber nicht unmöglich. Also nach Spanien, Italien, vielleicht doch in die Schweiz?« Er machte eine Pause und ließ die Runde sinnieren.

»Im Dezember schreiben wir dann unsere Geschäftspartner an und teilen ihnen schlicht und ergreifend die Schließung unserer Pforten mit.«

»Ich schlage vor, dass Hans unser Büro als Letzter verlässt und das Licht löscht«, witzelte Georg.

»Also, meine Herren«, setzte der Primus sein Brainstorming fort, »ich schlage vor, dass jeder sein Rückzugsprojekt individuell vornimmt und seinen Plan heute in, sagen wir, zwei Monaten vorlegt. Die drei Pläne müssen einigermaßen aufeinander abgestimmt sein. Sie dürfen sich gegenseitig nicht behindern und sie müssen gleichermaßen abgesichert sein, damit wir einander nicht gefährden. Eine reine Sicherheitsmaßnahme! So, und nun eröffne ich die Diskussion.«

Georg ließ seinem Kollegen Hans den Vortritt, sich zu äußern. Dieser zeigte sich durchaus erleichtert, dass der weitsichtige Primus das fundamentale Thema so offen aufgegriffen hatte. Natürlich gab er seiner Überraschung Ausdruck. Das komme jetzt wirklich sehr plötzlich. Aber er mache mit, denn es mache Sinn.

Georg nahm nur mit großer Vorsicht Stellung. Das Ganze konnte auch eine Falle sein. Er zeigte sich erstaunt. Ein paar weitere Jahre dieses akrobatischen Geschäftslebens hätte er sich durchaus noch gewünscht. Er werde aber den Abbruch seiner Zelte im Sinne eines Sandkastenspiels vornehmen und zur Diskussion stellen. Den definitiven Termin könne man dann immer noch um ein Jahr oder mehr verschieben.

So sei es auch gemeint, präzisierte Philipp Schütz und verlangte vom Oberkellner die Rechnung.

Georg hatte bereits die halbe Flasche des Pommery geleert und war mit sich und der Welt zufrieden. Seit dem brutalen Überfall in der Fernsprechzelle hatte sich alles zum Besseren gewendet. Also zog er das Handy und wählte Richards Nummer.

»Hallo Richard, hier spricht Ihr Freund Georg. Ich habe meine Hausaufgaben erledigt. Mir scheint, es ist Zeit für eine Zwischenbilanz.« Sie verabredeten sich in Palma, wo Georg auch über das Dinner im Schlosshotel Kronberg berichten konnte.

43 »Zwei zu eins!«, rief Richard aus und versuchte Dolores zu streicheln, die wieder einmal im Aquarium des After Dark fischte. Umsonst, sie drückte den Rücken durch und entkam aalglatt. Mercedes applaudierte zu diesem sicher überwältigenden Score und bat höflich um nähere Erläuterungen. »Ich meine die positiven Meldungen im Verhältnis zu den negativen«, rief er aus. Der Hit des Tages war Olafs Anruf auf dem Mobiltelefon kurz nach neun Uhr gewesen. Er hatte sich für Richards Bericht bedankt, der ihn darin bestärkt hatte, den ›letter of intent‹ gestern zu unterzeichnen. Zur Besprechung bestimmter Aspekte meldete er einen Besuch in Palma an. Kurz darauf trällerte Mercedes' Handy, was sie bewog, damit geschäftig in die Küche zu laufen.

Die zweite Nachricht war die schlechte. Sie kam auf der festen Telefonleitung und gleichzeitig per Fax. Es war der Giftbecher des Mephisto! Der Marschbefehl nach Bratislava!

»Sie werden dort gebührend empfangen werden«, versicherte er. »Wie Sie der Fax-Kopie entnehmen, habe ich Ihnen genau wie vereinbart das Terrain vorbereitet. Viel Erfolg!«

Die Blechschere verstummte.

»Der dritte Anruf von soeben kam von Georg, wie du mitbekommen hast. Seine gesammelten Werke sind vollzählig abgeschlossen. Er wird am kommenden Freitag hier eintreffen, um noch mündlich das und jenes nachzutragen, wie er sagt. Er wird am Sonntag wieder zurückfliegen. Soll aussehen wie ein Dirty Weekend in Palma.«

Um im San Lorenzo nicht unnötig aufzufallen, hatte er ihn diesmal im Arabella oben in Son Vida einquartiert. Aus dem gleichen Grunde hatte er Georg gebeten, am Flughafen ein Taxi zu benützen. Sie verabredeten sich für 17 Uhr in Georgs Hotelzimmer.

Dort begrüßten sie sich wie alte Freunde, was sie eigentlich auch waren. Seit der sagenhaften Segelwoche vor einigen Wochen schien eine Ewigkeit verstrichen zu sein. Richard rühmte die pünktliche und aufschlussreiche Dokumentation über die weit verzweigte Tätigkeit der Transtecco. Er könne es drehen und wenden, wie er wolle, der Verdacht für den Überfall in der Sprechzelle verbunden mit der ultimativen Drohung müsse von Schütz oder von der SloTrade stammen.

»Das haben wir von Anfang an vermutet. Aber da keine Indizien für andere Täter geortet werden konnten, bestätigt sich der Verdacht. Das ist schlimm genug. War es die SloTrade, so verfügt sie offenbar über Hintermänner, die sie schonungslos einsetzt, und war es Philipp Schütz, so ist das glatter Brudermord. Immerhin ist uns Klarheit bedeutend lieber als ein diffuses Bedrohungsbild. Die Tarnung und die Gegenbeobachtung ist sicherer und effizienter zu bewerkstelligen«, dozierte Richard.

Jetzt drückte Georg seine Lippen breit nach außen wie ein Vogel Strauß beim Ausguck und blickte triumphierend über den Clubtisch, pendelte ein paar Mal mit dem Oberkörper nach vorne und nach hinten, legte eine unendlich lange Kunstpause ein, sodass Richard beinahe glaubte, er hätte eine dicke Kröte im Hals. Schließlich stieß er hervor:

»Ich habe einen Knüller. Sie werden staunen.«

Er schilderte das epochale Dinner im Schlosshotel Kronberg vorige Woche. Richard staunte nicht schlecht. Da wurde also die Order ausgegeben, gemeinsam über einen Übungsabbruch nachzudenken. Er teilte grundsätzlich die Bedenken, dass das Ganze eine Finte sein könnte, um Georg zu prüfen, gegebenenfalls zur Unvorsichtigkeit zu verleiten. Also: Tarnung und Desinformation konsequent beibehalten, Geschäftstätigkeit auf hohem Niveau weiterführen! Wahrscheinlicher war aber doch, dass das böse Leiden der kalten Füße langsam, aber sicher um sich griff.

Ein völlig anderes Kapitel eröffnete sich mit dem Projekt ›SH‹. Hier hörte nun wirklich jeder Spaß auf. Dessen war sich auch Georg bewusst. Auch moralisch-ethisch lag hier eine neue Qualität gegenüber dem bisherigen Geschäft vor, wie wenn Ladentrickdiebe plötzlich einen bewaffneten Überfall auf einen Geldtransporter planten. Da noch nichts Schriftliches vorlag, hatte es bisher auch nichts zum Kopieren gegeben. Deshalb auch sein Ersuchen um eine Zusammenkunft mit Richard.

»Dann müssen wir Sie – wir: das sind meine Freunde und ich – in etwa zwei Monaten aus Ihrer trauten Runde extrahieren. Im Gegensatz zur Dentalmedizin sind Sie der am wenigsten von Karies zerfressene Zahn, der aus dem morbiden Gebiss gezogen wird. Sobald einmal die ersten kriminellen Handlungen dieser

Dimension begangen sind, könnte Sie auch keine Kronzeugenregelung mehr vor dem Gefängnis schützen.«

»Extrahieren?«

»Wie das technisch ablaufen wird, weiß ich noch nicht. Tun Sie genau, was Primus Schütz Ihnen und Ihrem Kollegen Seidel ans Herz gelegt hat: Ein besseres Alibi konnte er Ihnen gar nicht verschaffen. Sehen Sie sich also vor. Bankkonten, Häuser, Familie sind die wichtigsten Stichworte. Selbstverständlich erwarte ich von Ihnen, dass Sie mich permanent über das Projekt ›SH‹ informieren. Diesmal per Telefon. Falls etwas Schriftliches vorliegt, natürlich auch per Kopie und Post. Erkundigen Sie sich immer zuerst nach der ›Antonia‹, bevor Sie Ihren Bericht beginnen. Falls Sie dieses Stichwort auslassen, weiß ich, dass Sie nicht frei reden können, und würde mich entsprechend verhalten. Über die übrige Geschäftstätigkeit berichten Sie bitte wie bisher weiter.«

Georg nahm die Weisung zustimmend entgegen. Was denn sonst? Ihre nächste Zusammenkunft legten sie auf das letzte Wochenende im Januar fest. Dann waren auch seine beiden Rückzugspläne vorzulegen, einen würde er seinen Kollegen zeigen und die davon abweichende Version war für Richard bestimmt.

44 Hatte Georg vor seiner Abreise im Geschäft ein Dirty Weekend in Palma vorgeschützt, so fand ein solches auch tatsächlich statt, allerdings mit anderen Akteuren. Mercedes hatte Olaf am Flughafen abgeholt. Mit ein Grund, dass Richard seinen Gast per Taxi ins Hotel fahren ließ. Lagen die planmäßigen Ankunftszeiten auch mehr als eine Stunde auseinander, eine unerwünschte Begegnung war nie auszuschließen. Verspätungen im Flugverkehr sind bekanntlich an der Tagesordnung und ›Murphy's law‹ lässt grüßen.

›The dirty couple‹ fuhr stracks zum bewährten Bungalow am Golfplatz und wurde bis Samstag Mittag nicht mehr gesehen. Ein Paella-Kurier ratterte spätabends mit einer riesigen Schachtel heran, nachdem der Kellner der Golfbar mehrere Flaschen Rioja und Bier nebst einer Schüssel Salat hinübergetragen hatte.

Immerhin schafften die Liebeshungrigen am folgenden Morgen den Starttermin um elf Uhr und spielten bei angenehmem Herbstwetter alle achtzehn Löcher ohne Zwischenfälle. Weder Skorpione noch das wirklich aufdringliche Entenpaar störten die Runde.

Schichtwechsel. Mercedes räumte gegen 18 Uhr für ein paar Stunden das Feld, denn Richard war pünktlich im Anmarsch.

Themenwechsel. Olaf empfing seinen Aufklärer unter der Tür. Beide streckten zum Gruß von weitem die Hand mit dem Daumen nach oben aus und klatschten schließlich ihre rechten Handflächen gegeneinander. Im Inneren des frisch gelüfteten Bungalows zog Hannu Anttila ein Dokument hervor und legte es mit großer Geste vor Richard auf den Tisch. Die Überraschung war perfekt, als er las: »Kaufvertrag über siebenundsechzig Prozent der Aktien der Instrumenta B.V.« mit Datum von gestern, Beglaubigungsstempel des Notars und der ganze administrativ-rechtliche Kram.

»Das ging aber plötzlich über die Bühne, gratuliere! Wie kam das?« Überraschung und Neugier standen ihm ins Gesicht geschrieben. Der glückliche Mehrheitsaktionär legte los:

»Nachdem Sie mir telefonisch einen positiven Bescheid über die Firma gegeben hatten, habe ich mich sofort bei Dijkman zu einem weiteren Besuch angemeldet. Obwohl ich Gas geben wollte, kam das Treffen erst vor einer Woche zustande. Inzwischen war ich auch im Besitz Ihres schriftlichen Berichts. Er ließ durchblicken, dass er auch ein sehr interessantes Angebot von einer deutschen Investmentgruppe hätte, er aber einen industriellen Käufer vorziehe. Ich konnte ja an den Fingern abzählen, um welche Investoren es sich wohl handelte, verzog aber keine Miene. Wozu auch? Er wolle und könne seine Instrumenta nicht einfach verschachern. Seine Gemahlin denke da vielleicht anders. Der Eile wegen akzeptierte ich, dass wir zunächst auf eine professionell durchgeführte Sorgfaltsprüfung verzichten wollten und etwaige verborgene Mängel später mit der Schwarzzahlung verrechnen werden. Die Aktien und damit die Verfügungsgewalt über das Unternehmen sollten Zug um Zug mit der Bezahlung des offiziellen Kaufpreises am Jahresende in meine Hände übergehen.

Der Vorvertrag hatte einen Haken. Er lautete auf Jan Dijkman und schloss etwaige Erben nicht mit ein. Sollte er sterben, bevor der Hauptvertrag vollzogen war, so würde die Abmachung hinfällig. Jan wollte seine Gemahlin aus den angedeuteten Gründen noch nicht einweihen. Eile war damit nach wie vor geboten.«

Und wie! Den Zwischenakt erfuhr er wenig später von Jan. Aus Berlin erhielten ›Geachte heer und mevrouw Dijkman!‹ Post. Die gefräßigen Füchse sandten ein höchst lukratives Angebot an beide Eheleute gleichzeitig. Das Angebot war auf drei Monate befristet und sollte auch bei einem etwaigen Ableben eines Ehegatten gültig bleiben. Bezüglich Schwarzzahlungen war es so verklausuliert, dass das Dokument für sich allein kaum kompromittierte, im Zusammenhang mit analogen Fällen jedoch ein gewichtiges Beweisstück darstellen konnte. Jedenfalls war damit ein gesunder Familienkrach losgetreten, wie sich jeder vorstellen kann. Um das Dilemma in Ruhe zu besprechen, lud Dijkman seine Frau zum Dinner ins Kieviet ein, ihrem Lieblingsrestaurant. Wie immer wurde ausgiebig gebechert. Über das Ergebnis der Verhandlungen ist nichts bekannt. Dafür wurde seine kurze Fahrt nach Hause aktenkundig. Da knallte nämlich ein alter rostiger Golf in das Heck seines Mercedes. Die Polizei notierte am Schluss ihres mehrseitigen Rapportes lakonisch das Fazit: Unternehmer unschuldig, aber betrunken, Landstreicher schuldig, aber nüchtern.

Jan Dijkman wusste intuitiv, dass der Unfall absichtlich begangen wurde, um ihn zu entmutigen und zu diskreditieren. Nicht dass damit sein Leben anvisiert war, aber seine moralische Kampfkraft. Zu Hause zerkaute er als Erstes eine Nitrokapsel. Nein, die Freude eines plötzlichen Ablebens würde er den Schakalen nicht machen. Nicht Jan Dijkman, das holländische Urgestein! Eine Stunde später wurde eine weitere Kapsel notwendig. Dann besserte sich sein Befinden. Er telefonierte noch in derselben Nacht nach Espoo und schlug unverzüglich die unwiderrufliche Besiegelung der Transaktion vor.

Die beiden lachten wie die Lausbuben. Diesen stattlichen Fisch hatten sie Gromakow unentreißbar weggeschnappt!

»Und hier habe ich Ihnen ein Geschenk für Ihre Markensammlung«, schloss Olaf und überreichte Richard eine Kopie des Briefes an ›Geachte heer und mevrouw Dijkman!‹ der Global Investment Consulting, Berlin, unterzeichnet von Gromakow himself. Richard bedankte sich herzlich und sah Sir Alec vor seinem geistigen Auge mit diesem einzigartigen Beweisstück in Händen.

SloTrade

45 Prag und Bratislava, Dezember im Jahr des Panthers.
Jeder Aktion haftet ein gewisses Risiko des Scheiterns an. Die
Gründe können vielfältig sein. Ein unentschuldbarer Grund ist
und bleibt in jedem Fall eine mangelhafte Vorbereitung.

Eine Analyse der SloTrade mit Interviews vor Ort kam einem
Einsatz hinter den feindlichen Linien gleich. Die Namen der
drei Geschäftsführer lagen mit Richards letztem Bericht aus
Zürich schon eine Weile bei Sir Alec. Darin bat Richard auch um
personelle Hintergrundinformationen. Sicherlich hatte Sir Alec
alle Register nach ihnen durchstöbern lassen. Also rief Richard
London an, turtelte eine Zehntelsekunde mit Sharon und ließ
sich verbinden. Er plane einen Skiurlaub in der hohen Tatra und
könnte einen Führer gebrauchen. Sir Alec bedauerte, wies ihn
aber an einen gemeinsamen Bekannten in Prag, der ihm als vielseitiger Sportsmann bekannt sei. Dieser erwarte seine Kontaktaufnahme.

Richard war ob der erfolglosen Suche in den Londoner Archiven nicht erstaunt. So war es eben. Während Jahrzehnten wurden über sämtliche Militärkommandanten, Politiker, Polizeioffiziere und natürlich über Nachrichtendienstler dicke Dossiers
angelegt. Die Informationsbeschaffung war primär auf den mi-
litärstrategischen Komplex ausgerichtet und der Abwehr dieser
Beschaffung. Die Wirtschaft war nur ein zweitrangiges Beobachtungsobjekt, obwohl sie die unabdingbare Basis für die
Hochrüstung und die Kriegsbereitschaft war. Dass es ›fliegende
Beschaffer‹ gab, war zwar bekannt, wurde aber eher als Kuriosum eingestuft. Dass sie institutionelle Gradmesser von Knapp-
heit und Fehlplanung darstellten, wurde nicht erkannt. Dabei

wären deren Anzahl und Stoßrichtungen interessant gewesen und ihre Personalien heute von größtem Nutzen. Wirkten sie doch seit der Wende vielfach als Kristallisationskerne mafioser Gruppen und als Scharniere zu den Geheimdiensten.

Blieb somit der Sportsmann aus Prag, den Richard wohl kannte. Es handelte sich um einen ›Operateur‹, wie Sir Alec die Einsatzkräfte nannte, welche im Unterschied zu den Rauchmeldern physisch und meistens illegal die Brandherde lokal niederkämpften. Grundsätzlich durften sich Rauchmelder und Operateure nicht kennen. Ausnahmen arrangierte ausschließlich Sir Alec und auch spätere Begegnungen wurden ausschließlich von ihm fallweise angeordnet.

Richard telefonierte nach Bratislava und verlangte Herrn Ingenieur Babic. »Guten Tag, Mister Harriott!«, meldete sich eine einschmeichelnde und gleichzeitig messerscharf formulierende Stimme. Richard registrierte den KGB-geschulten Geheimdienstler auf Anhieb.

»Sie sind also der Geschäftsfreund unseres sehr geehrten Herrn Doktor und Rechtsanwalt Kropf aus Zürich?«

»Richtig, Herr Ingenieur. Darf ich Sie mal besuchen?«

»Es wäre uns eine sehr große Ehre, Mister Harriott. Wann dürfen wir Sie bei uns erwarten?«

Sie setzten einen Termin in den nächsten Tagen fest, der aber noch zu bestätigen sei. Dann rief er seinen Fremdenführer in Prag an. Der hatte seine Kontaktaufnahme erwartet und sie verabredeten sich gleich für morgen. Richard buchte einen Flug nach Wien über Prag. In Wien würde er den Bus nehmen, der stündlich nach Bratislava fährt. Er erinnerte sich an die Wegweiser, die immer noch Preßburg anzeigen. Dann bestätigte er kurz und bündig den Besuchstermin bei der SloTrade über die Sekretärin. So brauchte er ein etwaiges Angebot nicht abzulehnen, wenn ihn Babic am Flughafen oder sonst wo abholen wollte.

In Prag fuhr er vom Flughafen mit einem Taxi zum Hotel Intercontinental, wo er für eine Nacht gebucht hatte. Von dort war er in fünf Gehminuten an der Bilkovastraße. Bevor er sich aber dorthin begab, war er zeitlich sehr gut dran, musste er unbedingt eine kleine Runde zum Altstädterring unternehmen. An der alten Synagoge vorbei, die Pariser Straße weiter, ein bewundernder Blick nach rechts auf die Barockkirche Sankt Nikolaus und nach weiteren Schritten der Rundblick auf die herrliche Szenerie böhmischer Geschichte und Kultur. Manifestieren die berühmten Plätze in Paris oder St. Petersburg vor allem Stolz, Macht und Größe, so wirkt der Altstädterring aufregend und beruhigend zugleich. Richtig, die Häuser lächeln freundlich auf den Besucher, winken ihm diskret zu, näher zu treten, denn sie hätten vieles zu erzählen. Was, das müsse er selber herausfinden. »Wir haben Zeit, hast du sie auch?« Und schon ist das verschmitzte Lächeln im Dezembernebel wieder verflogen und die Fronten stehen unbeweglich wie zuvor.

Richard wählte den Durchgang zum Ungeltplätzchen, in welchem die abendlichen Nebelschwaden, nur gedämpft von den Gaslaternen durchdrungen, hängen blieben. Dort setzte er sich eine Weile in das Café und beobachtete aus dem Fenster die vorbeiziehenden Menschen. Viel fröhliches Jungvolk, gut gewandete Herren mit Hut und Mappe, elegante Damen im ständigen Kampf mit Handtasche, Paketen, Schirm, Pelzmütze, Schal, Frisur, oftmals einen eher übergewichtigen Dackel hinter sich herziehend, leider auch armselig gekleidete Rentner und Gruppen von erbärmlich aussehenden Lohnarbeitern aus dem Osten, meistens Ukrainer und Rumänen, welche hier die zahlreichen Baustellen bemannten, die Hände in den Taschen ihrer ausgefransten Hosen, eine Zigarette im Mundwinkel.

Als die verabredete Zeit herangerückt war, schlenderte Richard auf Nebengassen zur Bilkovastraße. Ein Durchgang führte in den Hof, der einigen Autos eine Abstellfläche bot und mehrere Häuser bediente. Der Wagenpark wies auf Besitzer der gehobenen Mittelklasse, keine Rosthaufen, aber auch keine Nobelkarossen. War die Tür zum Hof nicht verschlossen, so würde das die Benützung des Haupteinganges ersparen. Sie ließ sich tatsächlich öffnen, tschechische Nachlässigkeit, und Richard stieg die Treppe hinauf in den dritten Stock. Den engen klapprigen Aufzug aus sozialistischer Vorzeit ließ er ruhen. Auch wollte er die Blechbüchse nicht plötzlich noch mit anderen Fahrgästen teilen.

›Victor Havlicek, Soukromy Detektiv‹, stand auf dem Emailschild zu lesen. Auf dem Geschoss waren im Ganzen vier Geschäftsadressen zu erkennen. Er war auf die Sekunde pünktlich, was Victor auch erwartet hatte, denn die Tür wurde gleichzeitig mit dem Klingelton geöffnet und hinter ihm sofort wieder geschlossen.

Sie begrüßten einander mit Vornamen und per du. Victor war Anfang vierzig, groß, schlank, sportlich, ein durchtrainierter Operateur, dem Richard den Karatemann ansah. Innerhalb Sir Alecs Organisation war es nicht nur verpönt, sondern strikt untersagt, sich mit Kollegen über Dinge zu unterhalten oder Fragen zu stellen, welche nicht einen direkten Bezug zur Mission hatten, auch keine persönlichen. Von Victor war ihm bekannt, dass er bis zur Wende ein äußerst tüchtiger, aber korrekter Offizier der Geheimpolizei gewesen war, der schnell Karriere gemacht hatte. Bestechung und Bestechlichkeit hasste und bekämpfte er, damals wie heute. »Wir haben nicht die korrupten Kommunisten aus den Ämtern gejagt, um nun die Bürger von Casinokapitalisten und Mafiosi betrügen zu lassen!«, soll er sich gegenüber Sir Alec geäußert haben. Wie das Türschild verriet, betrieb er nun eine Privatdetektei. Dem Vernehmen nach spezialisiert auf die Überprüfung der Kreditwürdigkeit und auf das Eintreiben von Schulden, was auf amtlichem Weg ein langwieriges und oftmals hoffnungsloses Unterfangen war.

Richard nahm in diesem winzigen Büro Platz. Victor meinte erklärend, dass sich seine Tätigkeit vorwiegend im Felde, also außerhalb dieses Raumes, abwickle.

»Was kann ich für dich tun, Richard? Ich soll dir mit Informationen aushelfen, wurde mir gesagt.«

Richard erläuterte die Tätigkeit der SloTrade in Bratislava, welche mehrheitlich der Wirtschaftskriminalität zuzuordnen sei.

»Ich habe den Auftrag, die SloTrade zu durchleuchten«, erklärte er ihm und nannte ihm die drei Namen der gloriosen Geschäftsführer: Ing. Jozef Babic, Ing. Milan Lenz, Oec. Vladimir Kovác.

»Ich kenne nur den Jozef Babic. Aber das dürfte genügen. Früher ein Kollege von mir. Bestens ausgebildeter KGB-Mann im Sektor Wirtschaft des Ostblocks. Heute ein Hansdampf in allen Gassen. Er arbeitet weder für noch mit den Mafiosi. Er kocht sein eigenes Süppchen. Er benützt sie und setzt sie mal situativ ein. Insbesondere die Ukrainer. Er tanzt auf hohem und schwankendem Seil. Bis jetzt hat er dank seiner überragenden Cleverness bestens überlebt. Der Kerl muss reich geworden sein.«

»Geschäftlich tut er also genau das, was du bekämpfst?«, quittierte Richard seine Beschreibung.

»Richtig! Und nun gebe ich dir eine sehr ernsthafte Warnung mit auf den Weg. Der Babic hat eine ausgeprägte Stärke, für welchen ihn der gesamte Dienstzweig bewunderte. Der Kerl ist in der Lage, intuitiv, spontan und blitzartig jede Cover-Story zu durchschauen. Bei Verhören hat er den Angeschuldigten jeweils den wahren Sachverhalt so kühl und direkt und mit vollendeter Höflichkeit mitten ins Gesicht gesagt, dass sie alsbald in ein Gestammel ausbrachen und nach wenigen Minuten alles gestanden.

Wenn heute Mafiosi oder Einzeltalente versuchen sollten, ihn mit Tarngeschichten hinters Licht zu führen, so steckt er ihnen das Messer zwischen die Rippen, bevor sie mit ihrer Saga zu Ende gekommen sind. Je nach Situation ist das mit dem Messer durchaus wörtlich gemeint.

Richard, mein Freund, ich beneide dich nicht um deinen Auftrag.«

Damit war die Begegnung zu Ende. Zusammen durften sie sich ohnehin nirgends sehen lassen. Und so verließ Richard das Haus, wie er gekommen war. Er schlenderte kreuz und quer durch die schummrig mit Gaslaternen beleuchteten Gassen und atmete tief die nächtlich neblige Luft ein, bis er schließlich doch einmal im Hotel ankam.

Im Traum traf er Babic haargenau mit einer Kugel in den Kopf, was ihn wunderte, denn er wurde von einem langen Messer zwischen den Rippen am Zielen gehindert. Als er darüber aufwachte, stand er auf, obwohl es noch zu früh war, um zum Flughafen zu fahren.

In Wien stieg er im Bristol ab. Trug sich ein, obwohl das Zimmer noch lange nicht frei war, und deponierte schon mal seinen Rollkoffer. Dann nahm er ein Taxi zum Autobusbahnhof und den nächsten Bus nach Bratislava. Dass er dort zwei Stunden vor dem verabredeten Termin eintraf, störte ihn nicht im Geringsten. Es zählte zu seinen Gewohnheiten, das wirtschaftliche, kulturelle und soziale Milieu zumindest rudimentär zu erfassen, bevor er sich den bevorstehenden Begegnungen stellte.

Das hier war also Preßburg oder was davon übrig geblieben war. Während Jahrhunderten auf der Nahtstelle böhmischer, habsburgischer und ungarischer Kultur hatten die roten Barbaren in wenigen Jahrzehnten aus Bratislava einen derben und lauten Umschlagplatz von Schwergütern gemacht. Gerade ein Teil der habsburgischen Altstadt blieb mehr zufällig als geplant von der sozialistischen Spitzhacke verschont. Nach der Wende folgte erst die mehrjährige Regierung des grobschlächtigen Meciar, bevor überhaupt ein eigentlicher Aufschwung eingeleitet werden konnte. Ungleichere Städte als Prag und Bratislava sind kaum vorstellbar.

Dass es gerade regnete, als Richard vom Busbahnhof zum Zentrum schritt, ließ die Stadt noch trister erscheinen. Wasserlachen und reparaturbedürftige Gehsteige erinnerten an Krasnoyarsk, obschon er noch nie dort hinter dem Ural gewesen war. Taxis gab es auch keine. Nur die modernen österreichischen Busse, die sauber und gepflegt in Reih und Glied für die Rückfahrt bereitstanden, grüßten vom mütterlichen Wien und nicht vom fernen Krasnoyarsk. Aus zunehmender Ferne sah er, wie zahlreiche Menschen das nächste dieser Riesengefährte umlagerten, um möglichst schnell einen Platz im wohlig geheizten Bus zu ergattern.

Inzwischen war er im Zentrum, dem Horbanovoplatz, angelangt. Da wirkte alles etwas freundlicher. Die prächtige Dreifaltigkeitskirche blickte zwar sorgenvoll auf den lauten Verkehr, wo viele Autos und fast alle Lastkraftwagen und öffentlichen Busse noch immer ihre erstickende Rauchfahne ausstießen, das untrügliche Wahrzeichen sozialistischer Errungenschaft. Er wählte die Obchondástraße, die erste Ansätze einer wirtschaftlichen Wiederbelebung aufwies. Eigentlich musste er sich eingestehen, dass der unsympathische Eindruck der Stadt wesentlich von der Widerwärtigkeit der Begegnung verstärkt wurde, die ihm unmittelbar bevorstand. Zu seiner Rechten erhob sich nun unübersehbar das Hotel Forum, ein dunkler Würfel, verschlossen und abweisend mit dem Charme eines sowjetischen Betonklotzes. Er folgte dem Wegweiser ›Espresso‹ und gelangte tatsächlich in einen unpersönlichen Raum, in welchem Kaffee serviert wurde. Einen Augenblick lang wähnte er sich im gleichnamigen Restaurant am Alexanderplatz im Ostberlin der Siebzigerjahre. Nur war hier die Bedienung entschieden freundlicher.

Seit dem aufschlussreichen Tipp, den ihm Victor Havlicek mit Nachdruck mit auf den Weg gegeben hatte, wälzte Richard beinahe unaufhörlich seine bisherige Cover-Story und feilte an ihr herum. Obwohl sie eigentlich kurz war, musste er sie dennoch weiter vereinfachen, ohne sie zu verfälschen. Nun glaubte er, eine Lösung gefunden zu haben, indem er alle Schnörkel entfernte, und unterzog sie ein letztes Mal einer kritischen Prüfung. Primär hatte er einen nachrichtendienstlichen Auftrag zu erfüllen. Defensiv gesehen musste seine Legende widerspruchsfrei sein und über eine längere Zeitperiode durchgehalten werden können. »Keep it simple!« Mit sich und mit Bratislava etwas versöhnt, setzte er seinen Weg zur SloTrade fort, die ihren Standort in einem älteren Bürogebäude unweit des Forums hatte. Im Zwischengeschoss, hier Mezzanine genannt, glänzte das Firmenschild ›SloTrade‹ aus weißem Email. Auf sein Klingeln wurde die Tür nicht sofort geöffnet, wie ihm schien. Es zeigte sich schließlich eine rundliche Frau mittleren Alters, die mit offensichtlichem Appetit an einem belegten Brot kaute. Sie wies ihm den Weg ins Büro des großen Traders. Dieser beendete nach einer kurzen Minute sein Telefongespräch. Der Raum erwies sich als geräumig und im Stil eines Amtes sachlich eingerichtet.

Babic, Mitte fünfzig, untersetzt, rundes, glatt rasiertes Gesicht, weit auseinander liegende etwas wässrige Augen, Bürstenschnitt. Er trug einen sehr teuren grauen Anzug aus dem Hause Brioni, auf den er sichtlich stolz war. Hier hatte er ihn wohl nicht erstanden. Die rote Fliege setzte einen passenden Akzent. Wie zufällig streckte er den Arm aus, damit die kostbaren Manschettenknöpfe zum Vorschein kamen, und hängte dann den Hörer ein.

»Guten Tag, Mister Harriott, Kropf hat Sie also hergeschickt, um herauszufinden, ob und wie ich ihn bescheiße?«, sagte er leise und freundlich. Direkter ging es nun wirklich nicht. Das war keine Frage, sondern eine eindeutige, angriffige Unterstellung.

Die auch noch voll zutraf. Victors Warnung hatte ins Schwarze getroffen. Suchte er den sofortigen Show-down? Richard checkte in Sekundenschnelle seine verkürzte Cover-Story im Lichte dieser blanken Anschuldigung und blieb bei ihr. Das Positive an der klaren Aggression lag nämlich darin, dass sie genauso im Klartext pariert werden konnte.

»Herr Kropf mag seine Anliegen haben. Ich habe meine Interessen. Sicherlich wird er mir bei Gelegenheit Fragen stellen, die ich beantworten kann, falls ich will und wie ich will. Ich bin ein Kenner der britischen Industrie und möchte mit Ihnen die Ausweitung Ihres Nischengeschäftes auf dieses Marktgebiet erörtern.«

»Was betreiben wir denn für ein Nischengeschäft?«

»Sie sind ein Spezialist für die Beschaffung exklusiver Einzelteile – als Trader. Oftmals bieten Sie auch so genannte ›Exklusivitäten‹ von sich aus an.«

»Ist das eine Nische?«

»Für Großserien werden Sie nicht angefragt und Sie können sie auch nicht anbieten.«

»So, und warum nicht?«

»Die fabrizieren die Kunden selber oder beziehen sie von den Produktionsbetrieben direkt.«

Frage und Antwort schossen knallhart hin und her wie bei einem scharfen Pingpong-Match.

»Sind Sie sich dessen ganz sicher?«

»Indirekt helfen Sie auch bei der Serienproduktion.«

»So, und wie denn?«

»Da geht es wiederum um Einzelteile, also um Prototypen zum Kopieren oder um Prints für die Steuerung der Fabrikation.«

Jetzt legte Babic erstmals eine Pause ein: eins zu null im Pingpong für Richard. Babic aber hatte sich schnell wieder gefasst und schon war der nächste Ball im Feld.

»Woher wollen Sie das wissen?«

»Die Palma Management betreibt einen Competitive Intelligence Service. Da erfährt man viel.«

»Was ist das?«

Zwei zu null. Der Rhythmus des Zweikampfes wurde nun von

Richard bestimmt. Sie hatten sich schon lange gesetzt. Der breite Schreibtisch trennte die Finalisten. Richard lehnte sich zurück, schaute ihn ob so viel Ignoranz gespielt verwundert an und nahm sich ein langes ›Time-out‹, bevor er ihn fast gönnerhaft aufklärte.

»Nicht wenige meiner Klienten, die sich ihrer Aufträge bereits sicher waren, wurden plötzlich von einem unbekannten Konkurrenten wie aus dem Hinterhalt ausgetrickst. Mit dem Auftrag, diesem Ärgernis nachzugehen, bin ich dann neben anderen auch auf die SloTrade gestoßen. Sie rangieren sogar an erster Stelle, gratuliere!«

Babic schwieg: drei zu null!

»Sie sind die Nummer eins, weshalb ich an Ihnen in dem von mir und im Schreiben von Dr. Kropf erwähnten Sinne an geschäftlichen Beziehungen interessiert bin. Ich werde als Relaisstation zwischen der SloTrade und meinen britischen Industriekunden funktionieren. Die Regeln müssen wir jetzt besprechen.«

Babic war ob einem derart klaren Stellungsbezug sichtlich beeindruckt. Er hatte noch nie im angelsächsischen Stil verhandelt. Er kannte vor allem die Slawen mit ihren endlosen Pirouetten. Mit den Deutschen war es wiederum anders. Die kommen mit hundertseitigen Verträgen daher und meinen, es wäre dann alles wohl geordnet. Hier betritt einer den Raum und packt den Stier, also ihn, bei den Hörnern mit einem ›Take it or leave it‹. Das Pingpong-Match war zu Ende. Ohne Show-down.

Babic überlegte und entschied sich für das ›Take it‹. Was blieb ihm anderes übrig?

»Was schlagen Sie denn für Spielregeln vor?«

»So einfache wie möglich. Ich kaufe und bezahle auf meine Rechnung. Mit den wirklichen Kunden beziehungsweise seinen technischen Einkäufern kommen Sie nur ausnahmsweise und nur für technische Fragen in direkten Kontakt. Ich besorge die Bankgarantien und die Zahlungen werden freigegeben, sobald die Ware quantitativ und qualitativ die Prüfung bestanden hat. So brauchen wir nie über Provisionen zu reden. Zwischen der SloTrade und der Palma Management braucht es somit überhaupt keinen Vertrag. Das Ganze läuft fallweise und auf Zuruf, mal von Ihnen, mal von mir. Genial einfach, einfach genial! Was?«

»Und der Transport?«

»Innerhalb der Europäischen Union kein Problem. Sonst auf dem Wasserweg, also die Donau runter oder nach Odessa und übers Schwarze Meer bis Palma de Mallorca. Außerhalb der Küstengewässer wartet eine in Palma registrierte Segeljacht auf Ihren ukrainischen Seelenverkäufer und das bisschen Gepäck wechselt im Handumdrehen das Schiff. Die Zollbehörden im Jachthafen von Palma überprüfen bekannte Boote so gut wie nie, und wenn, dann höchstens auf Rauschgift. Mit Prints oder elektronischen Steuerungen oder Hightechventilen und anderen Spielsachen aus Ihrer Zauberküche wüssten die nichts anzufangen. Selbst die besten Schnüffelhunde können einen deutschen nicht von einem ukrainischen Print unterscheiden. Einmal an Land, befindet sich die Ware im EU-Raum und kann per Luftfracht problemlos an seinen Bestimmungsort transportiert werden. Sie sehen, mein Herr, das ist einer der Gründe, weshalb ich meine Firma auf der Insel registriert habe. Also, Sie organisieren bis zum Hochseetreff und ich von dort weg.«

»Wie kommen Sie auf Odessa?«

»Ein treffliches Stichwort! Da ist nämlich noch ein Punkt, der Ihnen sehr wohl bekannt ist. Ich meine die Qualitätszertifikate und die Ursprungszeugnisse, die ich mit der Ware an den realen Kunden weitergebe. Beide sind getürkt. Da die Qualität vom Kunden ohnehin und ungeachtet eines Zertifikates geprüft wird, ist dieses nicht von Bedeutung. Beim Ursprungszeugnis verhält es sich anders. Ich gebe es natürlich ebenfalls kommentarlos weiter. Aber ich muss jeweils mündlich von Ihnen wissen, wer der geniale Hersteller war.«

»Warum?«, wollte Babic wissen und merkte eine Sekunde zu spät, dass er sich mit dieser Gegenfrage einen bösen Lapsus geleistet hatte. Hatte er doch damit den Sachverhalt grundsätzlich bestätigt. Er behielt aber sein Pokerface.

Richard ließ sich auch nichts anmerken: »Damit ich bei einer etwaigen Panne ohne Zeitverzug dazwischenfahren kann; berichtigen, vernebeln, Sie warnen, Ware unterwegs umdirigieren und so weiter. Ich habe natürlich auch meine Freunde in gewissen Amtsstellen. Alles klar?«

»Alles klar«, bestätigte Babic und fuhr fort mit dem eher kraftlosen Gegenstoß: »Also, was meinten Sie mit Odessa?«

»Richtig. Ich habe guten Grund anzunehmen, dass bei weitem nicht alle Präzisionsteile und Prints in der Slowakei hergestellt werden. Viele der plötzlich auftauchenden Konkurrenzprodukte pflegen ohnehin in westlichen Industriebetrieben auf irgendeine wundersame Art zu entstehen. ›Odessa‹ steht für all die hoch talentierten ukrainischen Zauberlehrlinge, die aus Stroh Gold spinnen, das heißt perfekte Kopien oder Fälschungen zuwege bringen. ›Odessa‹ nicht wegen ihres Standortes, der rund um Kiew liegt, sondern weil von dort die Fahrt in die große, weite Welt führen kann.«

»Sie haben sich sehr gründlich auf unser Treffen vorbereitet, Mister.«

»Glaubten Sie etwa, ich würde mich aus touristischen Motiven in dieses Notstandsgebiet begeben?«

Jetzt musste sogar Babic lachen. Dann lenkte er ein: »Es sind ausgelagerte Zweigbetriebe der früheren Rüstungsindustrie. Sie wissen, wie es derzeit um diese steht. Die intelligenten Zweigbetriebe jedoch sind findig und flexibel genug, um zu überleben. Sie liegen tatsächlich in der Bannmeile von Kiew.«

»… und werden geheimdienstlich genau überwacht. Nicht aus moralischen Gründen, sondern damit so für jeden etwas abfällt.«

Richard fuhr fort: »Bei alle dem möchte ich das technische Können in der Slowakei nicht unterschätzen. Hier in der Nähe können Sie Betriebe einspannen, die elektromechanisch durchaus auf der Höhe sind. In Košice gibt es hervorragende Metallurgen und in Banská Bistrica ist man in der Lage, die anspruchsvollsten Prints herzustellen. Der Haken liegt aber darin, dass diese Betriebe wirklich seriös geführt werden und sich daher für eine Zusammenarbeit Ihrer und unserer Art nur ausnahmsweise eignen.«

Babic stimmte zu und streckte ihm zur Besiegelung der Abmachung die Hand entgegen. Richard ergriff sie. Im Dunkeln hätte er geglaubt, eine aufgewärmte Kröte anzufassen. Dann wiederholte er zwei wichtige Punkte:

»Erstens, zu jedem Ursprungserzeugnis erwarte ich also einen fernmündlichen Kommentar. Sollte zweitens Dr. Kropf aus unserer Zusammenarbeit Anspruch auf eine Provision ableiten, so ist das eine ausschließliche Angelegenheit zwischen Ihnen beiden. Ich bestätige ihm lediglich das Vorhandensein eines Agreements, ohne auf dessen Inhalt einzugehen.«

Dann erkundigte er sich nach den Herren Lenz und Kovác, die Dr. Kropf erwähnt hatte. Babic winkte ab: »Die sind heute unterwegs und ich bin – nicht nur heute – Ihr ausschließlicher Gesprächspartner in der SloTrade.«

Bevor sich Richard verabschiedete, zeigte er auf das Modell eines Mercedes, das den Schreibtisch zierte. Als Babic nickte, nahm er es in die Hand und las auf der Grundplatte ›Mercedes 500, Guard‹, womit gepanzerte Fahrzeuge bezeichnet werden.

»Fahren Sie so ein Auto?«, wollte er wissen.

Babic bestätigte dies voller Stolz. Alle Achtung, dachte Richard. Schon die Normalversion eines 500er stellte in der Slowakei ein Riesenvermögen dar. Solche Sonderschutzfahrzeuge, wie sie in Stuttgart genannt werden, sind Einzelanfertigungen und können nicht einfach irgendwo nachgerüstet werden. Rück- und Stirnwände, Seitenteile und das Dach werden im Werk in die Karosse unauffällig und technisch einwandfrei integriert. Wer als Privatmann so etwas fährt, hat erstens Geld und zweitens Angst.

»Wollen Sie ihn sehen? Ich fahre Sie zum Flughafen, wenn Sie möchten.« Babic schwelgte in seinem Besitzerglück. Sein Gesicht hatte sich völlig verändert. Aus dem unterkühlten KGB-Apparatschik war ein strahlender Junge geworden, der gerade unter dem Weihnachtsbaum seine elektrische Eisenbahn hervorgezogen hat. Hatte Babic hier eine psychologische Schwachstelle? Außergewöhnlich wäre es nicht. Die einen fahren auf Porsche ab, warum denn nicht mal auf echte Panzerfahrzeuge? Bekanntlich erleben auch vierradgetriebene Geländelimousinen derzeit einen Boom. Triebfeder ist vielfach ein Macho-Macho-Motiv.

Richard blickte aus dem Fenster. Schon war es dunkel geworden und der Regen hatte wieder eingesetzt.

»Aber bitte, gern. Es geht aber leider nur zum Autobusbahnhof.«

Unten im Hof stand das Ungetüm. Das Heck zeigte keine Typenbezeichnung. Dafür merkte sich Richard das Kennzeichen BBA 24 00 22. Die Scheiben waren deutlich dicker als normal. Die Türen schwer, aber so gut ausbalanciert, dass man es dennoch schaffte, sie ohne besondere Kraftanstrengung zu öffnen. Beim Anfahren und Beschleunigen machten sich die mehr als drei Tonnen trotz der gewaltigen Antriebskraft bemerkbar. Dafür glitt der Panzer fast geräuschlos über die schlechten Straßen. Aus Gründen der Diskretion unterscheiden sich Sonderschutzfahrzeuge dieser Marke optisch kaum von Serienmodellen, weder innen noch außen. Gerade deshalb fielen Richard zwei kurze Griffe hinter dem Schalthebel auf. »Können Sie damit auf Vierradantrieb umstellen oder das Differenzial ausschalten?«

»Nein, das dient der Positionierung der Stahlplatte im Kofferraum.«

Beinahe wäre ihm die witzige Frage »Oder für den Schleudersitz?« entwischt. Scherz oder Wirklichkeit könnten zu nahe beieinander liegen. Nur nicht mit gefährlichen Fragen auffallen! Er beschloss, seine Beobachtung mit der Herstellerfirma zu erörtern. Im Moment war er heilfroh, das bedrohliche Fahrzeug verlassen zu können, um in den bereitstehenden Bus nach Wien zu entfliehen. Sachlich, kühl, nicht unfreundlich, aber voller Hintergedanken gingen sie auseinander; High Noon war auf unbestimmte Zeit verschoben.

Auf der Rückfahrt überkam ihn zunächst ein gründliches Nickerchen. Als er langsam wieder aufwachte, suchte er vorsichtig seine Rippen nach einem langen Messer ab. Dann fand er allmählich zum real existierenden Busreisenden zurück und versuchte sich in einer Leistungsbilanz dieses Nachmittags. Er dachte an die zahlreichen Kalauer, die nach dem Schema ›Die gute Nachricht ist … und die schlechte ist …‹ ablaufen. Die guten waren hier, dass er überlebte, dass er einen möglichen Modus Operandi mit Babic gefunden hatte, dass sich die Verdachtsmomente um ›Odessa‹ bestätigt und konkretisiert hatten.

Die schlechte Nachricht war primär für Kropf bestimmt. Über all die von ihm aufgeführten Hinweise und Firmenkontakte und der wohl unterschlagenen Provisionen hatte er weniger als nichts herausgekriegt. Auch für seinen generellen Beobachtungsauftrag von Sir Alec wären weitere Informationen natürlich sehr wertvoll gewesen. Aber irgendwo endet eben das Latein eines Rauchmelders. Ohne die Deckung zu verlassen, war ein tieferes Eindringen nicht möglich. Sir Alec war eine Seite. Aber wie würde er Kropf den Misserfolg beibringen, ohne dass der ihm das Mandat zur Überwachung des Weltmeisters entzog. Nun, er würde ihn mit dem Hinweis auf erste provisorische Zwischenergebnisse schon eine Weile hinhalten können. Das würde ihm selbst der ungeduldige Kropf abnehmen müssen. Einmal mehr musste Richard Wege finden, um Zeit zu gewinnen!

Becherovka! Becherovka!

46 St. Petersburg, Dezember im Jahr des Panthers.
Pjotr Alexandrowitsch Carlin war gerade daran, die neunte
Route in Angriff zu nehmen. Jede Woche eine hatte er sich
vorgenommen. Für ihn bedeutete das: Er musste eine der Spuren
minuziös untersuchen und verfolgen. Manchmal konnte er die
Jagd nach wenigen Stunden abbrechen, weil die Spur offensichtlich im Sande verlief. In anderen Fällen investierte er Tage mit intensiven Kontakten, die oftmals viel versprechend anfingen und
dann doch plötzlich ein enttäuschendes Ende nahmen.

In den vergangenen acht Wochen hatte er die St. Petersburger
Region kreuz und quer durchfahren. In einem Gebiet so groß
wie Dänemark hatte er jedes frühere Kloster und fast jede
Kirche kennen gelernt und auch einige wertvolle Bekanntschaften mit geistlichen und weltlichen Verwaltern der Museen gemacht, wie säkularisierte Gotteshäuser heute genannt wurden.
Insofern konnte er die ganze Ochsentour mindestens als Erkun-
dungsfeldzug zur Erschließung neuer Bezugsquellen wertvoller
Antiquitäten begründen, sollte die Aktion wie das Hornberger
Schießen enden. Seine Spannung stieg. ›Ochsentour‹ war eigentlich nicht die adäquate Bezeichnung für das Unterfangen. Es war
die Spannung und die Lust des passionierten Spielers. Sobald die
Kugel rollt, vergisst der Roulettspieler die vorherigen Verluste
und schwelgt in seinem kurz bevorstehenden Reichtum, bis die
Kugel zunächst unschlüssig hin und her zuckelt und schließlich
doch wieder auf der falschen Nummer zum Stehen kommt.

Hier spielte aber auch die Faszination des Archäologen mit,
der geradezu besessen ist, Spuren zu suchen und auszuwerten,
die zu bahnbrechenden Entdeckungen führen könnten.

Genauso erlebte Pjotr die wöchentliche Jagd auf einer neuen Spur. Jedes Mal fand er genügend Gründe, warum es diesmal einfach klappen musste. Jedes Mal wähnte er sich nahe am Ziel, als brauche er nur noch die Hand nach dem Schatz auszustrecken. Jedes Mal hatte sich die Fata Morgana schließlich in Luft aufgelöst.

Woher nahm er eigentlich die Gewissheit, dass ihn die Priester nicht einfach an der Nase herumführten? Fundunterschlagung unter der Priesterkutte? Die Logik und die Menschenerfahrung sprachen dagegen. Hätten sie den Schatz der Obrigkeit übergeben oder gar verhökert, man hätte davon gelesen. Nein, so wie er das Gespräch jeweils eingeleitet und situativ weitergeführt hatte, war nie der geringste Hauch von Lüge oder Betrug in den Augen der Angesprochenen zu erkennen oder auch nur fühlbar gewesen. Allesamt waren sie alte Männer, die an ihrem Lebensabend ihren kleinen Verrichtungen nachgingen und mental gar nicht mehr imstande waren, ein schwer wiegendes Geheimnis mit sich herumzuschleppen.

Er hatte ja die kühne, aber einzig plausible Annahme getroffen, dass der Zar das Paket mit dem kostbaren Inhalt einem Hauspriester zur Aufbewahrung übergeben hatte. Es lag nun in der Logik dieser Annahme, dass jenen Seelsorgern eine höhere Wahrscheinlichkeit zukam, deren Amtszeit am Zarenhof dem Schicksalsjahr 1905 möglichst nahe war oder dieses sogar abdeckte.

Diese Woche war Pater Gawriil der Jüngere an der Reihe. Das Attribut verdankte er dem Umstand, dass ein Pater gleichen Namens einige Jahrzehnte früher durch die Verfassung bedeutender theologischer Abhandlungen wenn nicht berühmt, so doch bekannt geworden war. Wegen der Entsendung ins Herrscherhaus wurde die nähere Bezeichnung nötig, um Verwechslungen auszuschließen. Gawriil Pawlowitsch Jelisejew, wie sein vollständiger bürgerlicher Name lautete, war zehn Jahre älter als der Zar. Während sieben Jahren, nämlich von 1900 bis 1907, betreute er die Zarenfamilie. Als in diesem Jahr Rasputin am Hof auftauchte, wurde er vor allem in den Augen der Zarin überflüssig. Noch im gleichen Jahr bat er höflich um seine Versetzung.

Da riss das Telefon Pjotr aus seinen Überlegungen.

»Hallo Pjotr, hier spricht der Weltmeister.« Er hielt sich nicht lange auf mit Small Talk und platzte sofort mit seinem Anliegen heraus: »Was macht unser Projekt? Täglich erwarte ich das Losungswort. Weißt du überhaupt noch, wie es lautet?«

Pjotr überlegte. Viel reden konnte und wollte er am Telefon in einer derart heißen Angelegenheit ohnehin nicht. Ein Branchenkenner wie der Weltmeister musste wohl wissen, dass solche Operationen nicht beliebig beschleunigt werden können. Was stand also dahinter? Hatte er etwa das Fell des Bären bereits verkauft, das hieß, dem famosen Auftraggeber kurzfristig in Aussicht gestellt? Dabei stand noch keineswegs fest, dass es den Bären überhaupt gab, dass man ihn aufspüren konnte, und wenn beides zutraf, ob er zu schießen sein würde.

»Brüderchen Weltmeister«, versuchte er ihn zu beruhigen, »soeben habe ich nach acht Wochen sorgfältiger Arbeit eine Zwischenbilanz erstellt. Ich habe ein Gebiet so groß wie Irland zu durchkämmen und erst zwei Drittel davon erledigt. Für den Rest benötige ich einen weiteren Monat. Jeder Tag kann den Erfolg bringen. Wenn nicht, so wissen wir, dass alles umsonst war. Also, Brüderchen, lass mich bitte arbeiten. Du erhältst von mir spätestens in einem Monat einen negativen Bescheid oder ich melde mich mit einer berauschenden Nachricht früher. Alles klar, Brüderchen?«

Das Gespräch war beendet. Pjotr tauchte wiederum in das Jahr 1907 und studierte den weiteren Weg des Pater Gawriil. Aus den lückenhaften und ungenauen Unterlagen, die er von Pater Nikolai erhalten hatte, entnahm er eine Reihe von Stationen. Einige Hinweise waren zudem widersprüchlich. Dann erblickte er auf der Rückseite eines Papiers, das er in einem unbeobachteten Moment an sich genommen hatte, einen in alter Schreibweise und in zittriger Schrift niedergeschriebenen Bibelvers, mit welchem Pjotr weiter nichts anfangen konnte. Umso bedeutender erwies sich der kaum mehr lesbare Schluss des Skriptums: ›Schlüsselburg 1917‹, das Jahr der Ermordung der Zarenfamilie.

Pjotr kopierte in seiner Handschrift das Bibelzitat und packte auch das Schriftstück in seine Aktenmappe. Die Sofortbildkamera gehörte ohnehin zur Standardausrüstung eines Antiquitätenjägers. Und ab ging die Post in seinem Volvo auf der M18 die sechzig Kilometer nach Osten. Obwohl ein völlig normales Verkehrsaufkommen herrschte, schien ihm die Zeit endlos, bis er endlich die Ausfallstraße erreicht hatte. Jetzt bloß nicht auffallen, sagte er sich und hielt sich diszipliniert an die Geschwindigkeitsbegrenzungen. Er schwitzte und kurbelte das Seitenfenster herunter und gleich wieder rauf – Väterchen Frost bescherte den St. Petersburgern bereits zwölf Grad unter null. Dann wurde die Fahrt trotz der Kälte durch starkes Schneetreiben verlangsamt. Endlich, nach über zwei Stunden Stress, überquerte er die Newa, die bei Schlüsselburg aus dem Ladogasee fließt. Die alte Stadt und Festung kannte er sehr wohl. Als Historiker wusste er, dass sich Schweden und Russen während Jahrhunderten darum gestritten hatten. Wer sie beherrschte, schon die Schweden nannten sie Schlüsselburg, beherrschte den Ladogasee und damit den Zugang zum Osten Finnlands. Am anderen Ufer der Newabrücke standen noch immer einige verbogene und verrostete kleinkalibrige Feldgeschütze, welche die Deutsche Wehrmacht im Februar 1942 zurücklassen musste. Natürlich, der todbringende Würgegriff um Leningrad umfasste Schlüsselburg als östlichen Angelpunkt.

Heute war ihm die strategische Bedeutung der Stadt einerlei. Als Erstes fuhr er zur Stadtverwaltung und erkundigte sich dort nach Kirchen und Klöstern. Als sie ihn immer scheeler anschauten, wies er sich als früherer Kurator im Kulturministerium aus. Das erklärte sein Interesse an derartig verstaubtem Gemäuer, wie sie es nannten. Natürlich hat es hier schon immer die bekannte Verkündigungskirche mit den langen Kolonnaden gegeben, längst schon ein Museum. Nein, von einem Kloster hingegen habe er noch nie etwas gehört. Wozu auch, meinte der altkommunistische Beamte.

»Aber zwei Kirchen sind noch vorhanden, oder was von ihnen übrig blieb. Eine ist so zerfallen, dass sie nicht einmal mehr als Museum taugt. Die andere ist noch halbwegs in Betrieb. Also, rechtlich ein Museum, das keinen Eintritt verlangt und in welchem das Anzünden von Kerzen und der ganze Kram gestattet ist. Wenden Sie sich dort an den Popen oder seinen Stellvertreter, falls es die überhaupt noch gibt.«

Nach so viel Arbeit wandte er sich wieder seiner Lektüre zu, Sport vom Wochenende. Pjotr hieb ihm keine runter, sondern verzog sich sachte, um ja keine Spuren im Gedächtnis des Proleten zu hinterlassen.

Pjotr fuhr die Hauptstraße hinauf, bog in die eine und andere Nebenstraße ein, um sich ein Bild von dieser kleinen Stadt zu machen. Die Schlaglöcher verlangten oftmals Schritttempo. Nur gut, dass alles hart gefroren war, bei Regen- oder Tauwetter mussten diese Straßen nahezu unpassierbar sein. Einige Häuser zeugten noch von schwedischer Vergangenheit. Aber der Krieg hatte der Bausubstanz teilweise übel zugesetzt und die sozialistische Misswirtschaft hatte die Wunden nur oberflächlich überkleistert. Hier ein neuer Mini-Supermarkt, dort eine Apotheke, eine verlotterte Reparaturwerkstätte, daneben ein neuer, adretter Betrieb mit Tankstelle. Viele Leute waren nicht auf der Straße. Die wenigen trugen Stiefel, wattierte Jacken oder Mäntel und irgendeine Kopfbedeckung mit Ohrenschutz, alles grau in grau. Schließlich lud das Wetter nicht gerade zum Schlendern ein.

Auch in Schlüsselburg wurde von weitem ersichtlich, was in privatem Besitz war und was auf Staatskosten vor sich hin rostete und vergammelte. Hübsche Holzhäuser mit Gemüse- und Obstgärten für die Selbstversorger. Katzen unter den Fenstern und ab und zu ein Hund, der den langsam fahrenden fremden Besucher misstrauisch anschaute.

Schon etwas außerhalb der dichten Besiedlung sah er die weitgehend zerfallene kleine Kirche, von welcher der Beamte gesprochen hatte. Hier war offenbar niemand mehr anzutreffen. Er änderte die Richtung und erblickte bald die klassische Silhouette einer kleinen, scheinbar gut erhaltenen orthodoxen Kirche mit zentraler Kuppel und vier Türmchen auf den Ecken. Er parkte in einiger Entfernung. Je näher er kam, desto deutlicher wurden die Alterserscheinungen des Bauwerks. Die Kuppel glänzte nur noch an wenigen Stellen, die Fassaden blätterten besonders an der Westseite unaufhaltsam ab, und das Dach war an einzelnen Stellen nur behelfsmäßig geflickt. Aber selbst mit all den Makeln strahlte das Kirchlein eine ans Herz gehende Wärme aus.

Plötzlich kam ihm ein schrecklicher Gedanke, sodass er jäh erstarrte. »Und wenn die Deutschen 1941 den Kirchenschatz geplündert haben? Hermann Göring war kein Kostverächter«, schoss es ihm durch den Kopf. Allmählich beruhigte er sich wieder und setzte seinen Gang fort. In dem Fall hätte die Kunstwelt davon erfahren. Die Sowjets hätten nach Kriegsende lautstark die Herausgabe verlangt und wohl auch bekommen. Er schloss die Augen und atmete mit Erleichterung tief durch.

Vor der Tür angekommen, wischte er so gut wie möglich den Schmutz von seinen Schuhen. Dann drückte er die derbe Klinke, die nur noch locker in der Fassung saß, und zog langsam die Tür auf. Choralgesang, gedämpft und eintönig, der Duft von Weihrauch und sparsames Kerzenlicht schufen eine entrückende Atmosphäre. Im ganzen Städtchen hatte er nicht so viele Leute gesehen, wie sich hier zur Andacht eingefunden hatten. Jeder betete für sich und vor seiner Lieblingsikone. Kniete hin, erhob sich wieder und ging weiter. Kerzen wurden nur wenige gekauft und die Spenden in die Sammelbüchse flossen nur tropfenweise. In Russland sind die Menschen arm. Leise erkundigte sich Pjotr bei einer alten Gläubigen mit schäbigem Kopftuch nach dem Namen des Priesters, den ihm der Beamte nicht hatte nennen können. Leise flüsterte sie »Pater Grigorij« und begann ohne aufzusehen ihr Gebet.

Hier musste es sein, das Paket mit dem gesuchten Inhalt. Wie immer war sich Pjotr dessen ganz sicher. Sein Adrenalinspiegel stieg bereits um ein fühlbares Quäntchen. Nun schaute er sich langsam und unauffällig nach dem Priester um und machte hinten im Halbdunkel eine gebückte Gestalt in langer, schwarzer Kutte aus. Er war dabei, den Vorrat an Kerzen zu zählen, die sich in mehreren Schachteln befanden. Sorgfältig und umständlich notierte der alte Mann die verschiedenen Größen in ein Taschenbuch. Ab und zu richtete er sich auf, um den Rücken zu entlasten. Dann ragte der schüttere Kinnbart fast waagrecht in den Raum. Um in keiner Weise seinen Unmut zu erregen, wollte ihn Pjotr in seiner Tätigkeit nicht stören. Endlich schien der Kerzenhaushalt unter Kontrolle zu sein.

Pjotr näherte sich dem Priester von vorn, wie man es bei einem Pferd macht, damit es nicht ausschlägt oder davonläuft.

Schon aus der Distanz blickte er ihm so offen und so freundlich ins Gesicht, wie ein gelernter Christ das nur konnte.

Mental auf die Begegnung zum Äußersten gespannt, ging er auf ihn zu und verneigte sich respektvoll. Sichtlich erstaunt über die höfliche Geste dieses Fremden, der so gar nicht in seine Gemeinde passte, schaute der Priester ihm fragend ins Gesicht.

»Pater Grigorij«, eröffnete Pjotr im Flüsterton, »Ihre Nikolauskirche ist die schönste und lieblichste in ganz St. Petersburg, Nowgorod und Ladoga«, und er verbeugte sich abermals.

»Sie sind ein Kenner, mein Sohn, was führt Sie hierher?«

Das ging Pjotr entschieden zu schnell. Er zeigte ihm wie beiläufig mit der linken Hand seinen früheren Ausweis als Kurator und die Visitenkarte seines heutigen Geschäftes in St. Petersburg und ließ dabei fachmännisch seinen Blick über die baulichen Schadstellen des Gotteshauses gleiten. Schließlich blieb sein kritisches Auge auf einem Wassereimer stehen, in welchen es langsam, aber stetig vom Dach heruntertropfte. Scheinbar entrüstet faltete er seine Stirn und zeigte wortlos mit der Hand vom Dach zum Kübel. Die Papiere hatte er achtlos wieder eingesteckt. Dann drehte er den Kopf zum Priester und flüsterte völlig tonlos:

»Unvorstellbare Schlamperei von Staat und Kirche!«

»Wie bitte, mein Sohn? Ich höre so schlecht.« Der Alte neigte den Kopf und formte eine Hand zur Hörmuschel. Darauf hatte Pjotr gewartet; er machte ein Handzeichen in Richtung einer Tür, die offenbar in hintere Gemächer führte. Der Priester nickte und ging voran in ein mehr als bescheidenes Arbeitszimmerchen. Er knipste eine Glühbirne ohne Schirm an, die gleichzeitig leuchtete und blendete. Ein Tisch, zwei Stühle, volle Bücherregale, ein offen stehender Schrank mit zwei abgetragenen Messgewändern. Eine Petroleumlampe mit bereitliegenden Streichhölzern wartete auf einen etwaigen Einsatz.

Es war bitterlich kalt, sodass sie es vorzogen, stehen zu bleiben.

»Pater Grigorij, ich habe draußen gesagt, es sei eine unvorstellbare Schlamperei von Staat und Kirche, dass man dieses Kleinod verkommen lässt. Ihre Kirchgemeinde ist zu arm, um die schleichende Zerstörung aufzuhalten.«

»Wie Recht Sie haben, mein Sohn. Der Staat raubt, was er kann. Die Verwaltung des Metropoliten hat selber große finanzielle Sorgen. Was kann ich tun?«

»Was würde eine vollständige Renovierung denn etwa kosten?« Pjotr schaltete deutlich auf Geschäftssprache.

»Ach du lieber Gott, das wäre eine astronomische Summe, mein Sohn! Die Wiederinstandsetzung vergleichbarer Kulturgüter in St. Petersburg hat an die hunderttausend amerikanische Dollar verschlungen. So viel ist unsere ganze Stadt nicht wert.«

Pater Grigorij schloss seine verzweifelten Worte mit glasigem Blick zur Decke. Ob er auf den Heiligen Geist wartete oder auf den nächsten Ziegel, der ein weiteres Leck öffnen würde, war ihm nicht anzusehen.

Pjotr Alexandrowitsch Carlin beschloss, aufs Ganze zu gehen. Er konnte sich nicht mehr zurückhalten.

»Pater Grigorij, Sie sind ein unerschrockener Diener der heiligen russischen Kirche. Seit wann ist dieses wundervolle Gotteshaus Ihre Wirkungsstätte?«

»Seit der Entsetzung von St. Petersburg durch die Rote Armee im Jahre 1942, will sagen Leningrad, wie unsere große Stadt damals unglücklicherweise hieß.«

Er hatte Gawriil also nicht persönlich gekannt. Auch gut, schoss es Pjotr durch den Kopf.

»Im Jahre 1935 verstarb Pater Gawriil, der bekannte frühere Priester am Hof des Zaren. Er verbrachte hier seinen wohlverdienten Lebensabend. Bevor er starb, überreichte er Ihrem Vorgänger ein Paket zur treuhänderischen Aufbewahrung. Von diesem ging es an Sie weiter. Sehen Sie hier den vom Verstorbenen niedergeschriebenen Bibelvers und seinen Hinweis, dass er hierher nach Schlüsselburg ziehe. Das Paket hat er dabei mitgenommen.«

Er zeigte dem Priester das Schriftstück. Der wagte kaum, es anzufassen. Seine Hände zitterten und er stieß hervor:

»Eine Schrift vom großen Pater Gawriil, wer hätte so etwas erwartet!«

Jede Euphorie unterdrückend, setzte Pjotr unverzüglich in gemessenem Ton zum Schlussakkord an.

»Mein hochverehrter Pater Grigorij, Ihre aufopfernde Treue

wird heute belohnt. Sie sollen das Geld für Ihre Kirche bekommen, wenn das Paket enthält, was es soll.«

Der Pater war einer Ohnmacht nahe. Er rang um Luft und versank in ein Gebet. Als er sich wieder gefasst hatte, auch Pjotr musste seine innere Erregung niederkämpfen, wurde Pjotr ganz sachlich:

»Über den Inhalt wissen wir beide nichts. Ich habe aber einen verschlossenen Brief bei mir, der darüber Aufschluss gibt. Brief und Paket müssen gleichzeitig geöffnet werden. Die Überprüfung soll ich in Ihrer Anwesenheit durchführen, aber ohne dass Sie den Inhalt zu Gesicht bekommen. Das Paket wird wieder verschlossen und versiegelt und bleibt vorerst hier. Wenn ich es in ein paar Tagen abhole, bringe ich Ihnen die hunderttausend amerikanischen Dollar bar auf die Hand. Überlegen Sie schon heute, wo Sie das viele Geld verstecken wollen.«

Er machte eine Pause. Beide mussten nach Luft schnappen vor Aufregung.

»Pater Grigorij, so wie Sie bis heute geschwiegen haben, werden Sie weiterhin schweigen. Sonst riskieren Sie, dass Ihnen der Staat oder gar die Kirchenverwaltung Ihren weiß Gott wohlverdienten Lohn einfach wegnimmt.«

»Das schwöre ich Ihnen mit Genuss!« Der Pater konnte wieder lächeln. »Jetzt möchten Sie wohl die Schachtel sehen, Sie Wundernase, Sie. Der Herr möge Ihnen verzeihen.«

Zu Pjotrs größtem Erstaunen machte sich der Pater an seinen Bücherregalen zu schaffen. Er baute verschiedene Lagen um, versetzte Bücher der vorderen Reihe in die hintere, schob einige herum und zeigte im Licht der dürftigen Glühbirne auf eine dreibändige Bibel imposanten Ausmaßes. Darauf umfasste er alle drei Bände gleichzeitig und zog sie auf die Regalkante. Von dort kippte er sie nach vorne und konnte sie so anpacken und auf den Tisch stellen.

Einen Moment fürchtete Pjotr wiederum eine fürchterliche Enttäuschung und schloss wankend die Augen. Dann aber entfernte der Pater die Buchdeckel und die drei Buchrücken. Zum Vorschein kam ein Behälter aus Blech mit versiegelter Abdeckung.

Mit letzter Beherrschung bat Pjotr den Pater, sich abzuwenden. Zuerst zerriss er eine Seite aus seinem Taschenkalender, um das Geräusch beim Öffnen eines Briefes nachzuahmen. Dann erbrach er mit dem Autoschlüssel das Siegel, denn er hatte kein Messer dabei. Nun rückte er den Deckel vorsichtig an einer Ecke, dann an der gegenüberliegenden, dann beide gleichzeitig. Millimeter um Millimeter gelang es, ihn hinaufzuwiegen, bis er sich mit einem Mal abheben ließ. Der Behälter enthielt eine dunkle Schachtel, deren Oberfläche sich beim Herausnehmen weich anfasste. »Jetzt nicht durchdrehen! Bloß jetzt nicht!«, sagte er sich, »allzu viel Adrenalin kann zur Ohnmacht führen« und musste schon wieder mehrmals kräftig ein- und ausatmen.

Vor ihm stand eine Präsentationsschachtel, mit feinstem braunem Leder bezogen. Er legte sie auf die Seite mit dem Schriftzug von Fabergé nach oben, denn sie ließ sich wie ein Buch öffnen. Pjotr lüftete den schweren Deckel um wenige Millimeter und spähte von der Seite in den Spalt. Zunächst war gar nichts zu sehen, denn der Deckel war an seiner Innenseite mit einem dicken Polster versehen. Noch ein paar Millimeter und das Herz würde ihm so oder so stillstehen, vor Frust und Enttäuschung oder vor Entzücken und Genugtuung. Für den späteren Pathologen einerlei.

Er hoffte dennoch auf die zweite Todesursache und hob den Deckel vorsichtig so weit an, dass er gerade den Inhalt in Umrissen erkennen konnte: Es war zweifellos ein riesiges Ei!

Das Herz hatte trotz aller Erwartungen seinen Dienst nicht quittiert, und er war immerhin noch zu klaren Gedanken fähig. Der Pater wandte ihm immer noch den Rücken zu, wie er es verlangt hatte. Also klappte er den Deckel wieder zu, legte die Schutzhülle darauf und trat zum Priester, umarmte und beglückwünschte ihn.

»Pater Grigorij, der Inhalt des Paketes stimmt mit meiner Vorgabe überein. Ihre Kirche ist gerettet. Sie wird die schönste und strahlendste sein im ganzen Gesichtskreis des Metropoliten von St. Petersburg. Alle Gläubigen werden es Ihnen danken. Noch in hundert Jahren wird auf der Inschrift Ihres Grabes zu lesen sein: ›Pater Grigorij, der Retter von St. Nikolaus zu Schlüsselburg‹, und die Gläubigen werden für Sie beten.«

Der Priester wusste nicht, wie ihm geschah. Er lachte und

weinte, bis ihn Pjotr bat, den kleinen Raum zu verlassen. Er möge doch um Siegellack besorgt sein, denn das Paket sei wieder zu verschließen. Inzwischen werde er den Inhalt noch genauer prüfen.

Endlich war er draußen. Pjotr öffnete den Deckel der Präsentationsschachtel diesmal ganz und erblickte das Große Kobalt-Ei in seiner vollen Pracht. Es entsprach genau den Skizzen, die er schon lange kannte. Das Körbchen, die Füßchen, die tiefblaue Farbe, den reichen Dekor, das Ganze noch viel kostbarer, noch kaiserlicher als erwartet. Das Prunkstück hielt seinen Dornröschenschlaf in einer üppigen Wolke von weißem Satin. Er nahm es aus der gepolsterten Fassung und stellte es vorsichtig auf den Tisch. Das Gewicht verlangte den Einsatz beider Hände.

Pjotr trat einen Schritt zurück, um das Wunderwerk zu betrachten. Plötzlich war er ganz ruhig, ganz Kurator, ganz Antiquar – und ganz Kaufmann.

Wahrlich, etwas Prächtigeres hatte er noch nie gesehen. Der Äquator des Eis wurde von einer weißen Schärpe gebildet mit Knoten und langen Quasten, welche in goldenen Kugeln endeten, über der Schärpe der kaiserliche Doppeladler mit der imperialen Krone. Dem Ei war ein Paradehelm des Leibregimentes aufgesetzt mit der goldenen Kette auf dem Schirm und dem imposanten Federbusch. Natürlich entging dem Fachmann das Scharnier auf der linken Seite über der Schärpe nicht.

Das Große Kobalt-Ei war also aufklappbar, was bisher ein ungelöstes Rätsel war. Pjotr fühlte, wie sein Adrenalinspiegel einen erneuten Höchststand erreichte. Mit sanfter Kraft hielt er mit der einen Hand den unteren Teil fest, während er mit der anderen vorsichtig eine Kippbewegung ausführte.

Das Ei ließ sich tatsächlich öffnen, was beim jetzigen Stand von Pjotrs Wissen eigentlich keine Überraschung mehr war. Aber er hatte das unerklärliche Bedürfnis, die spannungsvolle und genussreiche Entdeckungsreise in wohltuende Länge zu ziehen – wie bei einem Koitus prolongatus, schoss es ihm völlig deplatziert durchs den Kopf, vielleicht war es auch weiter unten. Den würde er heute Abend mit Sicherheit vornehmen. Irina würde sich nur wundern, warum denn so plötzlich. Noch durfte sie ja von allem nichts wissen.

Eine solche Spannung hatte er in seinem Leben noch nicht kennen gelernt. Noch eine letzte Bewegung, dann stand es völlig geöffnet da!

Was zum Vorschein kam, ließ ihn augenblicklich verstehen, warum der Zar dieses einmalige Prunkstück nicht dem gehassten Witte schenken konnte. Die dargestellte Szene schilderte den Friedensschluss mit den Japanern. Da thront stolz Nikolaus II. als der Sieger in seiner Uniform als Zar aller Reußen. Ihm gegenüber, etwas kleiner, verneigt sich der japanische Kaiser Mutsuhito, und hinter diesem, noch kleiner, einige japanische Generäle und Minister. Die Gesichtszüge und Ehrenzeichen der Figuren sind bestens erkennbar. Mutsuhito unterschreibt gerade den Friedensvertrag, den der Zar ihm in gebieterischer Pose entgegenhält. Schräg hinter dem Zaren segnet der Metropolit von St. Petersburg, Antonij Vadkovskij, feierlich die Zeremonie.

Pjotr war erschlagen. Das Kunstwerk war unübertrefflich, die Geschichtsklitterung ebenfalls. Vielleicht hat sich der Zar ihrer geschämt, denn dem Witte konnte niemand etwas vormachen. Niemand als er selber und eben Witte wusste besser, dass die vom Kronjuwelier gewählte Darstellung die realen Machtverhältnisse virtuos Lügen strafte. Wie alle Bürger des Reiches kannte Carl Fabergé nur die offizielle Version des Friedensschlusses, und die hatte er hier dargestellt. »Majestät werden zufrieden sein!«, hatte er wie bei jeder Entgegennahme eines kaiserlichen Auftrages gesagt. Und er war hingegangen und hatte unwissentlich eine satirische Karikatur hingezaubert, die treffender nicht hätte sein können. Man stelle sich die säuerliche Miene des Zaren vor. Für Meister Fabergé war zu hoffen, dass er Contenance wahrte und ihn mit verbindlichem Dank und hohem Lob verabschiedete.

Flugs entnahm Pjotr seiner Aktentasche die Sofortbildkamera und blitzte das begehrte Objekt von allen Seiten ab. Dann verschloss er das Ei und legte das Dornröschen in sein Bett zurück, schloss den Deckel und versenkte die Präsentationsschachtel wieder im Blechbehälter. Erschöpft sank er, zitternd vor Stress und Kälte, auf den harten Stuhl und wartete auf den Priester mit dem Siegellack.

Der erschien strahlend wie ein Heiliger. Er hatte ein Stück gefunden. Gemeinsam verschlossen sie den Blechbehälter wieder, wie er vor einer Stunde gewesen war. Pjotr drückte mit seinem Hausschlüssel den Lack auf die Verschnürung, während Pater Grigorij die Tarnung des Paketes besorgte. Dann stellte er es wieder ins Versteck.

»Wollen Sie das Paket denn nicht gleich mitnehmen?«, fragte er einigermaßen erstaunt.

»Nein«, entgegnete Pjotr, »hier ist es vorderhand bestens aufgehoben. Wenn ich es in ein paar Tagen abhole, bringe ich Ihnen gleichzeitig das Geld mit.«

»Mein Sohn, es geht auch einfacher. Die St. Petersburger Sparkasse führt hier in Schlüsselburg eine Filiale. Meine Kirchengemeinde unterhält da ein Konto.«

Er überreichte ihm einen Zettel mit der Kontonummer und auch der Telefonnummer seiner Pfarrei.

»Überweisen Sie das Geld dorthin und rufen Sie mich mal an. Oder stört Sie das?«

»Stört mich überhaupt nicht, im Gegenteil. Pater Grigorij, Sie verblüffen mich.«

Nach einer Pause ergänzte der Priester: »Erwähnen Sie als Kennwort ›Stiftung St. Nikolaus‹, Sie bringen dann einfach den Einzahlungsbeleg. Im Übrigen vertraue ich Ihnen, mein Sohn. Nun gehen Sie hin in Frieden, mein Sohn, und verwechseln Sie arm und dumm nicht!«

Sie verabschiedeten sich wie Verschwörer.

Pjotr verließ die Kirche und wandelte wie im Traum zum Auto, setzte den Motor in Gang und drehte als Erstes die Heizung auf. Nachdem diese eine erste Wirkung zeigte, fuhr er langsam vom Parkplatz Richtung Stadtzentrum und von dort den Weg zurück, den er gekommen war.

Seine Stimmung unterwegs war durch ein Gefühl der Unwirklichkeit geprägt. Es pendelte zwischen Hochgefühl und Antiklimax. Er war aber überzeugt, dass sein Kompass trotz aller magnetischen Irrlichter den richtigen Kurs anzeige. Es war richtig, die Beute nicht sofort mit nach Hause zu nehmen. Bald würde er den Weltmeister über seinen triumphalen Fang informieren. Da war es klug, das Objekt in sicherer Hand zu wissen.

Denn wer konnte ihm, Pjotr, garantieren, dass der Weltmeister beziehungsweise sein Auftraggeber nicht Beziehungen nach St. Petersburg unterhielt? Beziehungen dieser Art, dass sich plötzlich ein paar Schlägertypen in seinem Laden ›mal kurz umschauten‹? Obwohl das große Geld noch nicht in seinem Kasten klimperte, eine große Genugtuung als Historiker, Psychologe und Spurenleser konnte ihm niemand mehr nehmen: Er hatte die Schatzinsel richtig geortet und das Traumobjekt gefunden und identifiziert!

Endlich in seinem Geschäft angekommen, es war acht Uhr geworden, also sechs Uhr in Zürich, wählte er die Nummer seines Freundes, der ihn heute Morgen noch angerempelt hatte:

»Hallo Brüderchen, Weltmeisterchen, Becherovka, Becherovka!«

Friedrich Meister blieb offenbar die Sprache weg. Ihm, der sonst unaufhaltsam daherplätscherte. Dann stammelte er irgendeinen Unsinn von »wunderbar« und »Glückwunsch«.

»Brüderchen, du musst herreisen, identifizieren und vor allem eine Anzahlung mitbringen. Das Kind ist viel reizender als angenommen.« Um etwaige amtliche Mithörer irrezuführen, tat Pjotr, als würde er von einer Primaballerina des St. Petersburger Bolschoitheaters reden.

»Brüderchen, ruf mich an, wenn deine Reisepläne feststehen. Du logierst wie immer im Hotel Europa. Okay?« Und er hängte ein.

Der Weltmeister telefonierte umgehend und mit geschwellter Brust ins Büro Kropf. Den genauen Reisetermin werde er festlegen und mitteilen, sobald das russische Visum vorliege. Reinhold Reinhold nahm die frohe Botschaft entgegen und versprach deren Weiterleitung.

Der Kanzleidiener informierte pflichtgemäß seinen Chef und erteilte Meldung an Richard über die bevorstehenden Reisepläne.

Fokussierung

47 Palma de Mallorca, Dezember im Jahr des Panthers.
Richard war gegen Mittag, aus dem bereits winterlichen Wien kommend, in Palma de Mallorca gelandet. Sonniges Wetter und Temperaturen um die 15 Grad ließen ideale Verhältnisse für das Golfspiel erwarten. Es war einfach eine Freude, hier zu residieren. Schon in einigen Tagen würden Massen von Touristen aus dem Norden einfallen, um die Feiertage auf der Insel zu verbringen. Auch stand wieder einmal ein gepflegtes Wochenende mit Mercedes vor der Tür. Er sah sie schon vor sich mit all ihren persönlichen und erotischen Qualitäten. Er war überrascht, dass ihn die Vorstellung so spontan aufgeilte.

Kaum hatte er sein Mobiltelefon in die Handfree-Halterung des Autos gesteckt und eingeschaltet, als es auch schon piepste. Es meldete sich Reinhold Reinhold:

»Good morning, Sir. Der Weltmeister reist nächstens nach St. Petersburg, sobald das Visum erteilt ist. Ich wollte Ihnen das gestern Abend schon ausrichten, aber Ihr Handy war nicht auf Empfang und dem Anrufbeantworter wollte ich es nicht anvertrauen.«

Richard bedankte sich für die pünktliche Verbindungsaufnahme. Ein Grund mehr, Gas zu geben. Noch ein paar Ampeln, und schon tauchte er in die Tiefgarage. Kaum hatte er den Kommandoraum eingetreten, schmusten alle vier zusammen. Selbst die sonst so reservierte Dolores ließ sich streicheln und erwiderte die Zärtlichkeiten durch Anschmiegen ihres Köpfchens. Noch nachhaltiger ließ sich die Begrüßung mit Mercedes an. Sie beschlossen aber, das Vorspiel nicht bis zum ›point of no return‹ laufen zu lassen, denn schließlich musste einer ausführlichen Informationssitzung Priorität eingeräumt werden.

Mercedes war natürlich überaus neugierig, wie es denn dem mutigen Dicky im gefährlichen Bratislava mit dem bösen Babic so ergangen sei. Richard dramatisierte erheblich. Er zitierte die Fakten, die er im Bericht an Sir Alec aufgeführt hatte. Victor Havlicek erwähnte er mit keinem Wort, denn von seiner Existenz durfte natürlich auch Mercedes nichts wissen.

Aktueller, wenn auch strategisch weniger brisant war der Anruf von Reinhold Reinhold. Immerhin zeichnete sich hier ein Kunstraub größten Kalibers ab, ein Feld, dem Sir Alec mindestens so große Aufmerksamkeit zollte. Der Weltmeister würde in wenigen Tagen reisen, sobald er eben das Touristenvisum für Russland in seinem Schweizer Pass hatte. Richard bat deshalb Mercedes, bei Kuoni in Zürich nachzufragen, wie viele Tage dafür normalerweise benötigt würden. Die Antwort zeugte von Erfahrung: zwei Wochen im Rahmen einer organisierten Reisegruppe, drei Tage als Individualreisender, falls sich die Person selber nach Bern bemühe oder einen Kurier beauftrage.

Richard rechnete nach. Gestern Abend hatte die erlösende Botschaft Meister erreicht und heute, Freitag, startete die notwendige Prozedur. Das heißt, Reisetermin frühestens am kommenden Mittwoch, wahrscheinlich aber am Donnerstag. Auf dem gewohnten Weg sandte er sofort die Meldung in zwei Stichworten an Sir Alec, welche er mit dem Hinweis ergänzte, er werde den genauen Termin und das Hotel in St. Petersburg noch herausfinden und ihm nachliefern.

Als dann auch Mercedes mit den Statusberichten ihrer kommerziellen Mandate durch war, beschlossen sie, nach langem wieder einmal einen Spaziergang durch die Altstadt zu unternehmen. Für eine kurze Runde auf dem Golfplatz war es bereits zu spät. Dafür war morgen auch noch ein Tag. Wie zwei Verliebte, was sie heute ja auch waren, schlenderten sie kreuz und quer durch die Gässlein, Treppen rauf, durch Passagen mit eleganten Läden, an Cafés y Bares vorbei bis sie schließlich im geliebten Cappuccino landeten.

Wie vor einigen Wochen bestellten sie einen reichlichen Eisbecher und weißen Dessertwein. Ihnen schien, als seien Jahre seit ihrem letzten Besuch hier, der Lektion in Sachen aktiver und passiver Observierung, vergangen. Der Mensch empfindet die Länge einer Zeitspanne in Abhängigkeit zur Dichte der Erlebnisse. Gerade weil die Zeit bei hoher Dichte wie im Flug vergeht, können wenige Tage in der Rückschau lange erscheinen.

»Dicky, unser Geschäft läuft wie geschmiert. Nie in meinem Leben hatte ich eine so interessante und abwechslungsreiche Arbeit. Mein Verdienst ist geradezu phänomenal. Aber ich komme mir vor wie im Auge eines Wirbelsturms. Du reitest nicht nur einen Tiger, wie ich mal sagte, sondern eine ganze Herde dieser Bestien. Eine wahre Zirkusnummer der Sonderklasse. Da ist der hinterhältig rücksichtslose Kropf, der Mitläufer Flückiger, der mafiose polnische Anhang der Novak, die beiden Kollegen von Georg, der Killer-Babic in Bratislava, dahinter seine Kontakte in Kiew, speziell die Chemotechnica mit ihren Interessen im Irak, dann der finstere Gromakow in Berlin, dem der entgangene Fisch wohl nachhaltig im Gedächtnis bleibt. Wie viele und was für Giftstacheln das ›Große Kobalt-Ei‹ aufweist, ist bis dato unbekannt.«

Mercedes hielt einen Moment inne und löffelte das Vanilleeis aus.

»Jeder dieser Tiger ist in der Lage, wenn er das will, die Spur bis zu dir zu verfolgen. Tarnung und Desinformation bieten letztlich nur einen zeitlich begrenzten Schutz. Sie verzögern und halten hin, aber dem entschlossenen Spürhund halten sie nicht stand. Sollten einzelne Tiger sich zusammentun und die Fährte gar im Trupp aufnehmen, sind wir schlagartig geliefert. Dicky, nimmt das einmal ein Ende? Ich meine, ein gutes Ende?«

Richard trommelte mit den Fingern auf dem Tisch und blickte etwas ratlos umher. Er teilte die Besorgnis voll und ganz. Er nickte und formte den Mund zum Rüssel, wie immer, wenn ihm etwas gründlich missfiel.

»Der Zaun ist weit geworden, ich weiß. Das Mandat SloTrade und die Suche nach dem verwunschenen Ei habe ich nicht angestrebt. In die Affäre mit Gromakow bin ich völlig zufällig hineingeschlittert. Das ist wohl die Crux unseres Geschäftes, dass die Konturen nicht im Voraus klar erkennbar sind. Natürlich wird die Verzahnung mit den Interessen Sir Alecs zunehmend zur Belastung. Muss zurückgefahren werden!«, fügte er hinzu.

Was er ihr nicht sagen konnte, waren zwei Aspekte. Er vermutete nämlich, dass Sir Alecs Netzwerk an Rauchmeldern noch sehr dürftig war und damit derzeit die Tendenz bestand, die verfügbaren Kräfte in Anbetracht der Aufgabenflut zu überlasten. Mit zunehmender Dichte des Netzes müsste sich dies auf einem akzeptablen Niveau einpendeln.

Der andere Aspekt betraf den mutmaßlichen Verlauf der observierten Problemfälle. Im Falle Gromakow war nicht er am Drücker. Aber die übrigen Szenarien trieben unaufhaltsam auf die kritische Phase zu. Er fühlte das. Noch musste er aber zwei bis drei Monate durchhalten. Das Problem lag auch im Timing. Schon aus Gründen der Sicherheit und um zu vermeiden, dass die Bösewichter einander warnen konnten, falls Querkontakte bestehen sollten, war ein simultanes Zuschlagen angezeigt. Kriminelle Syndikate verhalten sich zueinander umgekehrt wie Wirtschaftskartelle. Diese funktionieren in guten Zeiten und zerfallen in schlechten. Die Gangs bekämpfen sich bei der Eroberung von Marktanteilen, halten aber oftmals wie Pech und Schwefel zusammen, wenn es darum geht, Angriffe der Staatsgewalt abzuwehren.

»Schon unserer Katzen wegen müssen wir doch auf uns Acht geben«, bat sie mit Nachdruck.

Inzwischen war selbst in diesem Land die Zeit für das Abendessen gekommen. Sie entschieden sich für das Koldo Royo, ein elegantes Spitzenrestaurant mit besonders erlesener Menükarte. Sündhaft teuer, aber schließlich waren sie wohlhabende Leute. Auch lag das Etablissement unweit des Kommandoraumes, in welchem bekanntlich Mercedes hauste. Denn über das Late-Programme nach dem köstlichen Dinner bestand unausgesprochene Einigkeit.

Gerade deshalb gönnten sie sich alle Zeit, um das Essen in allen Phasen genüsslich und gekonnt zu zelebrieren. Es war schon eine Weile her, seit sie einen ausgiebigen und gepflegten Ausgang unternommen hatten, und der erste Abend in Barcelona lag schon eine mittlere Ewigkeit zurück, genau genommen sechzehn Monate. Damals hatte er ihr sein Geschäftskonzept eloquent vorgetragen und sie war fasziniert. In der realen Wirklichkeit erwies es sich als noch vielseitiger und noch packender. Von der gefährlichen Seite hatte er kaum etwas erwähnt. Er hatte sie auch selbst nicht gekannt. In der Folge wurde er davon gründlich überrascht. Aber das gesamte Unterfangen war eben doch eine packende Wucht. Sie waren davon nach wie vor fasziniert.

»Erinnerst du dich noch an den zweiten Abend im Condes?«, leitete er das Thema in eine ausgesprochen vergnügliche Bahn. »Als alle Dämme rissen? Natürlich, denn du trägst heute Abend das gleiche Kostüm, das ich so mag. Es steht dir um vieles besser als die meisten Sachen, die dir Olaf gekauft hat.«

»Eifersüchtiger Schmeichler? Dicky, du hast nicht einmal bemerkt, dass ich einen neuen Haarschnitt habe. Schäme dich!«

»O ja, jetzt sehe ich es erst. Du trägst dein Haar etwas länger, bravo!«

»Dicky, gib's auf. Ich habe sie schneiden lassen. Sie sind jetzt kürzer.«

Dann griffen sie nochmals das Thema des Nachmittags auf, welches sie zunehmend bedrückte. Alles hatte so leichtfüßig begonnen. Die kommerziellen Mandate waren nicht schwer zu buchen. Der Appetit auf sensitive Informationen über die Konkurrenz schien unersättlich. Mercedes kniete sich mit Akribie in den Desk-Research, beschaffte alle verfügbaren Informationen und molk virtuos via Internet die Datenbanken, derer sie habhaft werden konnte. Dann ergänzte sie die Nachrichtensammlung mit telefonischen Anfragen, die sich scheinbar harmlos oder gar naiv anhörten. Auf dieser Basis zimmerte Richard eine plausible Cover-Story für persönliche Interviews und baute schließlich den Intelligence-Report der Palma Management, welchen er dann beim Klienten in gekonnter Show vortrug.

Die Überwachungs- und Ermittlungsaufträge als Rauchmelder waren natürlich wesentlich spannender. Der Reiz und die Verantwortung an der geheimen Mission bewirken bei den meisten Menschen eine ausgeprägte Erweiterung des Bewusstseins. Mit dem Gefühl des mehr sein als scheinen wandeln sie wie verklärt durch die Welt. Heben sie ab, so fliegen sie im Handumdrehen auf die Nase. Ihren täglichen Adrenalinschub beziehen sie besser aus dem lebenserhaltenden Nervenkitzel rund um die Tarnung und die sorgfältige Desinformation. Trotz oder gerade wegen der bedrohlichen Situation empfanden sie ein dringendes Bedürfnis zum Kuscheln und beschlossen, nicht nur ein paar kurze Stunden, sondern ausnahmsweise die ganze Nacht gemeinsam zu verbringen.

Nach ausgiebigem Frühstück fuhren sie wie geplant zum Golfplatz. Obwohl das Wetter milde und wolkenlos war, waren hier auch noch gegen Mittag kaum Leute zu sehen. Richard spielte unkonzentriert, mit den Gedanken anderswo. Dafür war er sehr kreativ, wenn es darum ging, die Zählregeln laufend zu seinem Vorteil abzuändern. Auch das Handy hielt er gegen alle Vorschriften eingeschaltet.

Und schon rief Georg an. Wie immer ohne Anmeldung und Anrede, aber mit dem Sicherheitscode ›Antonia‹. Richard war nicht einmal überrascht, als hätte er den sechsten Sinn.

»Die Duplikate für Linz haben eine Verwendung gefunden. Sie können leicht abgeändert für ›SH‹ verwendet werden. Wo das geschieht, habe ich noch nicht in Erfahrung gebracht. Sie sollten aber Ende Februar bei der Großmutter eintreffen und von dort nach Kiel gebracht werden. Schönes Wochenende noch!« Dann hängte er ein.

Mit ›Linz‹ war die Insektikill gemeint, die Herstellerfirma von Pestiziden, in deren Anlagen mit wenig Aufwand auch Kampfstoffe produziert werden konnten. ›Großmutter‹ stand für Babic aus dem tschechischen ›Babicka‹, die Großmutter, und das verschlafene ›Kiel‹ für das bedrohliche Kiew. Georgs Meldungen waren wirklich professionell. Genau wie er ihn instruiert hatte. Nicht nur keine Namen von Personen oder verdächtige geografische Bezeichnungen, sondern auch keine Schlüssel- und Reizwörter, welche sofort die Aufmerksamkeit der weltumspannenden Lauscher auf sich lenken. Sobald solche Begriffe fallen oder bestimmte Suchkriterien erfüllt sind, werden die Telefongespräche von Echelon automatisch registriert und analysiert – technisch ein Leichtes. Die Methoden zur Erkennung und Auswertung von gesprochener Sprache gestatten heute eine derart treffsichere Selektion, dass die Kapazitäten der Nachrichtendienste dafür genügen.

Richard war wie elektrisiert. Die Bekämpfung des illegalen Technologietransfers in den Irak zu SH hatte erste Priorität. Die Sache sollte also schon Ende Februar und nicht, wie noch in

Kronberg geschätzt, erst im April ablaufen. Er wählte also die private Nummer von Sir Alecs Landsitz in Cheltenham. Er wurde gebeten, gegen Abend nochmals anzurufen. Sir Alec befinde sich auf der Jagd. Auch gut, dachte Richard und versuchte, so gut es ging, seine Bälle zu treffen. Nur ungern schleppte er Unerledigtes mit sich herum.

Endlich konnte er die Nachricht an den Mann bringen. Sir Alec antwortete mit einem Satz: »Bitte besuchen Sie mich hier am Montagnachmittag. Bye, bye!«

48 Cheltenham, im Dezember.

Es war schon einige Jahre her, seit Richard zuletzt auf Sir Alecs Landsitz eingeladen worden war. Das war gewesen, kurz bevor seine Dienstzeit im Wirtschaftsministerium zu Ende ging. Der Grand Chef hatte seine nächsten Getreuen auf seinem Anwesen um sich geschart. Nun, es war nichts Außergewöhnliches dabei, dass er schon eine Woche vor den Weihnachtsferien hinaus nach Gloucestershire zog, um dem Londoner Rummel oder gar den Widrigkeiten des Familienlebens zu entgehen. Jedenfalls war es eine gewisse Ehre, den großen Sir Alec dort zu treffen. Auch empfand Richard das Bedürfnis, sich mit ihm wieder einmal sehr ausführlich abzustimmen. Nach dem intensiven Wochenende mit Mercedes kam es ihm sogar sehr gelegen, für einmal Sharon auszulassen. Man wird ja auch nicht jünger.

Also mietete er in Heathrow einen Wagen und fuhr gemächlich nach Westen. Er mochte die liebliche Landschaft Südengslands über alles. Noch lag kein Schnee, sodass die Schafe uneingeschränkt weiden konnten. Häufiger als früher waren auch frei grasende Rinder zu sehen und vereinzelte Pferde, des Engländers Lieblingstiere. Alte Eichen standen in Gruppen und säumten Bäche. Ein romantischer Maler hätte bloß anzuhalten brauchen, um den sanften Charakter des weiten Landes auf die Leinwand zu bannen.

Sir Alecs Anwesen befand sich in einem Wohnbezirk in gehobener Lage am Abhang des Cotswolds. Dort, wo wohlbetuchte Geschäftsleute und die obersten Stufen der zivilen und militärischen Diener Ihrer Majestät ihren Ruhestand verbringen.

Richard hatte das Haus aus erdfarbenen Bruchsteinen mit den beiden Giebeln und der Batterie von verschiedenen Schornsteinen, welche durch das Dach ragten, gut in Erinnerung und fand es problemlos. Die Mauern waren jetzt noch dichter mit Wildreben und Efeu bewachsen als vor einigen Jahren. Die Umgebung war ein üppiger Naturgarten, der auf den Winterschlaf vorbereitet war.

Sir Alec hatte ihn offenbar herfahren sehen, denn er trat heraus und begrüßte ihn unter dem Eingang, der von einem spitzen Vordach geschützt war. Der Edelmann trug braune Knickerbocker mit dicken roten Strümpfen und einen voluminösen schwarz-weiß karierten Sweater. Offenbar waren sie allein in dem schönen Landhaus, denn es regte sich keine Ehefrau, kein Kollege, keine Sharon; da war nur der schwarze Labrador, der den Besucher aufmerksam musterte. Sie betraten den Salon, wo im rustikalen Kamin ein Feuer prasselte. Ein Teekessel hing am Haken und wurde von Flammen umlodert. Sir Alec wies auf die wuchtigen Ledersessel, welche den Kamin umstanden, und bat Richard, Platz zu nehmen.

»Beginnen wir mit dem Wichtigsten, den Prints für die Chemieanlagen unseres Freundes Saddam. Nachdem wir bei der Aufrüstung des Irak in den Achtzigerjahren keine besonders rühmliche Rolle gespielt und nachweislich auch zentrale Elemente für sein Riesengeschütz geliefert haben, wäre ein erneuter Fehltritt dieser Art schlechterdings unverzeihlich, politisch, strategisch, militärisch. Stelle man sich vor, britische Truppen laufen in Giftschwaden, die herzustellen wir mitgeholfen haben! Ich danke Ihnen für Ihren raschen Bericht. Auch wenn wir noch nicht unmittelbar zuschlagen können, ich benötige jede nur denkbare Detailinformation, so unwichtig sie auch erscheinen mag. Die Sendung muss abgefangen und vernichtet werden. Der Plan heißt ›Operation Kreuzotter‹, also mit Bezug auf ihr Gift.«

»Ich möchte hier noch eine Beobachtung einfügen«, unterbrach ihn Richard und erwähnte die unerklärlichen Hebel hinter dem Schaltknüppel von Babics Mercedes 500 mit dem polizeilichen Kennzeichen BAA 24 00 22. »Er hat etwas von einer Positionierung der Stahlplatte im Kofferraum gemurmelt. Vielleicht könnten Sie in Sindelfingen abklären, was es damit für eine Bewandtnis hat.«

Sir Alec machte sich davon eine Notiz. Dann setzte er eine geheimnisvolle Miene auf.

»Wir müssen mit der SloTrade in losem Kontakt bleiben und so ihre Wildwechsel besser kennen lernen. Ich habe zuverlässige Freunde in der British Aerospace. Dieses Konglomerat funktioniert primär als Kopfwerk für Konzepte, Entwicklung, Montage und Verkauf und arbeitet mit einer astronomischen Zahl von Zulieferern. Viele davon sind Spezialisten auf bestimmten Hightechgebieten. Natürlich sind sie nicht exklusiv für British Aerospace tätig, sondern pflegen mit allen sich bietenden Kunden geschäftliche Beziehungen. Über meine Freunde habe ich eine Firma gefunden, welche gewillt ist, unser Spiel mitzumachen. Nicht zuletzt auch aus Eigeninteresse, um über derartige Gefahren Erfahrungen zu sammeln.«

Er machte eine Kunstpause wie ein Weihnachtsmann, der gleich eine Überraschung aus seinem großen Sack zieht. Dann überreichte er Richard einen dicken Briefumschlag.

»Die Firma Injectec in Manchester ist bekannt für Einspritzsysteme für Kraftstoffe, wie sie bei gewissen Antriebsaggregaten benötigt werden. Die Düsen, Membranen und Dichtungen sind bei der Präzision und Langzeitbelastung extrem teuer. Eine echte Herausforderung für Ihre gute SloTrade.«

Richard öffnete den Umschlag, der ein Angebot der Injectec an die British Aerospace enthielt. Er überflog die Zeichnungen und Leistungstabellen und Preise für tausend Einheiten, eben alle Daten, welche zu einem Angebot für ein technisches Erzeugnis gehören. Dazu war noch vermerkt, dass eine Nullserie für Testzwecke zur Verfügung stehe.

Richard sollte nun die technischen Spezifikationen an die SloTrade übermitteln und dort ein Angebot über tausend Einheiten einholen.

»Reaktion eins«, führte Sir Alec aus, »Babic findet tatsächlich einen billigeren Hersteller. Oder Reaktion zwei, er ist überfordert und muss passen. Reaktion drei, er schnappt den Köder und versucht über korrupte Elemente bei der Injectec an die Nullserie heranzukommen und darüber hinaus die noch fehlenden

Einheiten schwarz herstellen zu lassen; Strickmuster Greves im Falle der Space. Auf unserer Seite sorgen wir für entsprechend ›korrupte‹ Elemente. Da er sich im United Kingdom kaum auskennt, wird er vielleicht Sie einspannen wollen. Nichts dagegen! Natürlich würden wir die Aktion im entscheidenden Moment durch einen ›blöden‹ Zufall, der auf Sie keinen Schatten wirft, auffliegen lassen. Auf jeden Fall können wir ihn so besser im Auge behalten, indem Sie einen plausiblen Vorwand haben, mit ihm jederzeit Verbindung aufzunehmen.«

Sir Alec hatte wieder einmal einen Schritt weiter gedacht. Es wurde höchste Zeit für einen Tee. Das Wasser hatte schon vor einer Weile gekocht, und der Hausherr hatte den Teekessel vom Feuer weggedreht. Die Flasche mit dem obligaten Rum war bereits in Griffnähe, denn sie brauchte diesmal nicht vor Sharons moralisierenden Blicken verborgen zu werden. Der mit etwas Tee verdünnte Rum schmeckte hervorragend.

Solchermaßen gestärkt ging Sir Alec zum Thema Gromakow über. Also Gamma, wie der Zyklon auf seiner Wetterkarte genannt wurde. Das schriftliche Kaufangebot mit den verklausulierten Barzahlungen würde seine Sammlung von Indizien gegen den Wüstling möglicherweise entscheidend abrunden. Angebot und Barzahlung wären an sich nicht illegal. Aber die Beschaffung solcher Beträge sei auf legale Weise gar nicht möglich. Und damit würde er ihn gemeinsam mit dem deutschen Finanzamt und dem Bundesnachrichtendienst BND in nicht allzu ferner Zukunft ausschalten.

»Und nun Ihr Knüller mit dem ›Großen Kobalt-Ei‹. Sie vermuten also, dass Friedrich Meisters Mann in St. Petersburg fündig geworden ist.«

Mit einer Geste erteilte er ihm das Wort.

»Den werde ich jetzt gleich anrufen.«

»Wie bitte?«, meinte Sir Alec ungläubig.

Richard beruhigte ihn mit einer Handbewegung und wählte die Nummer.

»Hallo Herr Meister, hier Harriott! Wie geht es Ihnen? So, mehr als ausgezeichnet? Haben Sie den Jackpot des Zahlenlottos geknackt? Was, noch besser? Nicht umsonst sind Sie der Weltmeister. Also, ich wollte Sie am kommenden Donnerstag aufsuchen. So, Sie verreisen? Wie bitte, nach St. Petersburg? Sie Glückspilz! Haben Sie schon ein Hotel? Aha, natürlich ins Grandhotel Europa, wie eben die reichen Leute. Und Sie haben also die Ikonen in der Christi-Auferstehungs-Kirche abgeräumt. Aha, fast, aber doch nicht ganz. Glauben Sie nur nicht, dass Sie damit ungeschoren Russland verlassen können. Auf illegalem Kunstexport steht immer noch Vierteilung und anschließend hundert Jahre Arbeitslager in Sibirien. Sehen Sie sich bloß vor. Sonst kann ich sie nicht mehr besuchen. Wie bitte? Ach so, jemand anderer transportiert die heiße Ware über die Grenze. Ach so, das Ganze in zwei Etappen. Und der Schweizer Zoll? Das ist natürlich raffiniert! Sie lassen sich die schönen Sachen nach Prag bringen. Sie haben es mit den schönen Städten. So, Sie logieren im Hotel Jalta? Richtig, dort sind die schönsten Mädchen; war schon unter den Kommunisten so. Wie sagen Sie? Sie betreiben in Prag ebenfalls ein Antiquitätengeschäft? Sie durchtriebener Schläuling, Sie! Wo denn? Partisanenstraße? Von böhmischen Partisanen habe ich noch nie etwas gehört. Aber auch in Italien kriegen die schlechtesten Krieger die größten Denkmäler, hahaha. Gut, ich rufe Sie dann an, wenn ich wieder in Zürich bin. Tschüs!«

Sir Alec war unschlüssig, ob er wegen mangelnder Professionalität vor Entsetzen erstarren oder sich wegen des unerwarteten Volltreffers vor Lachen ausschütten sollte. In Richards Kuriermeldung war für Einzelheiten kein Raum gewesen. Also ergänzte er Sir Alecs Wissensstand, indem er ihn über das Telefonat mit Kropfs Bürodiener und die Fristen zur Beschaffung eines Visums informierte. Das lieferte die Erklärung, warum er gerade jetzt hatte anrufen müssen. Sir Alec war beruhigt.

»Wes Herz voll ist, dem läuft der Mund über. Friedrich Meister ist zum Glück ein Prahlhans und zugleich eine Plaudertasche. Das erleichtert unsere Arbeit. Kropf hat ihm bei Todesstrafe verboten, das begehrte Objekt beim Namen zu nennen. Umso mehr schildert er unentwegt und lautstark die Begleitumstände des großen Fanges. Schließlich hat er permanent seine selbst gewählte Rolle als Weltmeister zu spielen.«

Damit war klar, dass jemand für ihn das Große Kobalt-Ei aufgestöbert hatte. Das Ei konnte Meister in St. Petersburg besichtigen; von dort würde es von seinem Verbindungsmann nach Prag gebracht werden. Dort sollte die Übergabe an den Weltmeister erfolgen, der das Ei dann ohne besondere Schwierigkeiten in die Schweiz überführen würde.

Sir Alec zeigte das lächelnde Schildkrötengesicht, was bei ihm bekanntlich höchste Zufriedenheit verriet.

»Richard, ich habe mich zu folgender Strategie entschieden. Das Ei soll Russland verlassen. Wir könnten das zwar verhindern. Ich habe einen Freund beim russischen Inlandsgeheimdienst FSB* in St. Petersburg, ein früherer Mitarbeiter von Stepaschin, bevor dieser nach Moskau zog, um seine Karriere fortzusetzen. Aber ich will das Ei in Prag schnappen, um es in stillem, aber markantem Pomp an Russland zurückzugeben. Genau genommen dem genannten Freund. Nennen wir ihn Oleg. Er ist für uns eine Schlüsselfigur im Kampf gegen die russischen und ukrainischen Verbrecherbanden. Wir werden ihn voraussichtlich auch dringend brauchen, wenn es darum geht, den Technologietransfer auf der Achse Bratislava–Kiew–Bagdad zu unterbinden.«

Er vergriff sich mächtig an der Tasse und füllte beide wieder auf. Richard fühlte, dass das Thema bei weitem nicht abgehakt war, und wartete auf das Unvermeidliche.

»Kein anderer wird die Aktion in Prag leiten als Sie. Ich unterstelle Ihnen unseren tüchtigen Victor Havlicek für diese Mission.«

Eigentlich akzeptierte Richard voller Stolz. Das war jetzt wirklich ein interessanter Auftrag und auf Victor konnte er sich voll und ganz verlassen. Am meisten zählte aber die Vorfreude, dem üblen Mephisto eins besonders kräftig auszuwischen. So gefährlich wie der Umgang mit Babic würde es ohnehin nicht werden.

Sir Alec erriet seine Gedanken und stellte leicht maliziös fest: »Für Sie ist die Schadenfreude ein starker Motivator. Oder sollte ich mich da sehr täuschen?«

Richard blieb die Antwort schuldig. Die Frage war ohnehin nur rhetorisch gemeint.

»Viele Jungen träumen in früher Jugend von Berufen wie Lok-

---

* FSB Federalnaja Sluschba Besopastnosti, Federaler Sicherheitsdienst.

führer, Pilot und dergleichen. Ich kannte einen, der wollte Stationsvorsteher bei der Eisenbahn werden.«

»Warum denn nicht?«, warf Richard ein, der ahnte, dass ihn Sir Alec mit etwas Fürchterlichem eindecken würde.

»Natürlich, eigenartig war aber das Motiv. Der Junge hatte nämlich mit Interesse beobachtet, wie die Stationsvorsteher vor das Gebäude traten, um mit einer Signalkelle dem Lokführer die Abfahrt freizugeben. Früher war das so.«

»Ja, und das Motiv?«, wollte Richard endlich wissen.

»Der Junge freute sich über alles, wenn Reisende den Zug um einige Sekunden verpassten und mit wütenden Gesichtern ihre geballten Fäuste zum Lokführer erhoben. Als Stationsvorsteher, so stellte er sich vor, würde er dann regelmäßig warten, bis er die Nachzügler heraneilen sähe, um ihnen den Zug vor der Nase wegfahren zu lassen. Ein Nachzügler sei eben ein Nachzügler, meinte der Klugscheißer.«

Richard gelang es zu lachen. Nicht schlecht getroffen, der alte Fuchs, dachte er bei sich.

»Und was ist aus ihm schließlich geworden?«, wollte er dennoch wissen.

»Er mutierte zum erfolgreichen Rauchmelder!«

Auf der Rückfahrt nach Heathrow fühlte er sich befreit und gestärkt. Der Albtraum, der ihn vor einigen Tagen bedrückt hatte, war einer leicht aufgehellten Perspektive gewichen. Auch der ausgekochteste Agent braucht ab und zu einen persönlichen Kontakt zu seinem Führungsoffizier, um sein Herz zu wärmen und sich bestätigt zu wissen.

Im Jahr der Barrakudas

Pfeilhechte:
Raubfisch mit lang gestrecktem Körper,
spitzem Kopf, kräftigen Zähnen
schießt auf die Beute zu
und reißt sie in Stücke

St. Nikolaus zu Schlüsselburg

49 St. Petersburg, 2. Januar im Jahr der Barrakudas.

Pjotr Alexandrowitsch Carlin sah aus dem Fenster seines Büros. St. Petersburg lag unter einer dicken Schneedecke, und es schneite ununterbrochen weiter. Dennoch herrschte emsiges Treiben am Newski Prospekt. Die Straßenhändler und die Leute vom Land, welche in offenen Kartonschachteln junge Kätzchen, Hunde und Kaninchen anboten, hatten sich zwar in die Unterführungen und in wärmende Ecken der Metro zurückgezogen, aber die Passanten, Geschäftsleute, Schüler in der Uniform ihres Lyzeums, Frauen, deren warme Verpackung kaum Schlüsse auf eine etwaige Attraktivität zuließen, ein paar versprengte Angehörige der baltischen Flotte, deren Mützen so früh am Tag noch in der vorschriftsmäßigen Position auf ihren bleichen runden Köpfen saßen. Mit jeder weiteren Stunde pflegten die Kopfbedeckungen um einige Grade nach hinten zu rücken.

Pjotr schwelgte genüsslich in der Vorstellung, was er mit seinem Anteil an der Beute von fünfhunderttausend Schweizer Franken, also über dreihunderttausend Euro, alles unternehmen werde. Das Umrechnen in verschiedene Währungen machte ihm Spaß. Er kam sich immer noch reicher vor. Seine Töchter besuchten schon die besten Internatsschulen. Aber der private Wohnkomfort der Familie war entschieden steigerungsfähig. Sie bewohnten mit fünf anderen Parteien ein altes Herrschaftshaus in Petrograd, lebten also in gehobenen mittelständischen Verhältnissen. Sein Ziel aber war der Kauf einer klassischen Villa in Puschkin im Süden von St. Petersburg. Sauber, ruhig, mitten in lichten Birkenwäldern, am Rande der Parks von Pablowsk, die zu den Sommerpalästen der Zarin Katharina und des Zaren Paul gehörten.

Geschäftlich dachte er an eine wesentliche Ausweitung seines Einkaufsradius. Bisher hatte er seine Akquisitionen auf ein Gebiet von ein paar hundert Kilometern um St. Petersburg konzentriert. In Ausnahmefällen reiste er auch nach Moskau, wo er sich von früher her gut auskannte. Aber den Süden Russlands würde er jetzt in Angriff nehmen. Den Reiseaufwand an Zeit und Geld hatte er bis dahin gescheut. Dabei wusste er aus seiner Tätigkeit als Kurator, dass in den kaukasischen Republiken Georgien und Armenien reiche Schätze an Antiquitäten auf ihre Hebung warteten.

Einmal mehr riss ihn ein Anruf von Friedrich Meister aus dem Tagtraum. »Hallo Pjotr, ich habe soeben das Visum erhalten. Ich reise morgen, Donnerstag. Besorg mir doch bitte eine Unterkunft im Hotel Europa.«

Der hatte es offenbar entsetzlich eilig. Das war nun entschieden zu früh. Der Priester erwartete ihn erst einiges später. Dem Weltmeister fehlte natürlich jedes Stil- und Taktgefühl. Andererseits musste er ihm zugute halten, dass er die Abmachung mit dem Priester im Detail gar nicht kennen konnte. Es fiel ihm aber etwas Besseres ein:

»Friedrich, ich habe eine Anzahlung erwähnt, die zu leisten ist. Sie beträgt die Kleinigkeit von hunderttausend Dollar.«

Dem Weltmeister stockte der Atem.

»Was hast du gesagt? Meinst du wirklich amerikanische Dollars?«

»Was denn sonst, meinst du italienische Lire? Also, bis wann kannst du sie auftreiben? Ich kann das Objekt nicht ohne die Bezahlung dieser Summe auslösen. Ist ja ohnehin geschenkt. Ich schlage vor, du erscheinst hier noch vor dem 6. und 7. Januar, der orthodoxen Weihnacht.«

»Mal sehen, was sich machen lässt. Ich melde mich wieder«, meinte Meister und hängte ein.

50 Palma de Mallorca, 2. Januar.

Am nächsten Morgen erhielt Richard einen Anruf von Reinhold, wonach Herrn Meisters Reise nach St. Petersburg für den 3. Januar gebucht sei. Das war Anlass genug, um mit Kropf Verbindung aufzunehmen. Ein erster hinhaltender Feedback von seinem Besuch in Bratislava war ohnehin am Platze.

Er traf auf einen geradezu euphorischen Kropf. Dass er sich in Sachen SloTrade noch etwas gedulden müsse, fand er selbstverständlich, ja, es interessierte ihn derzeit noch kaum.

»Haben Sie gehört? Sie haben es gefunden!«

Er wisse nur, dass der Herr nächstens eine Reise unternehme. Wer denn »sie« seien, drehte Richard den Spieß um.

»So ein Altertumsguru, den Meister schon lange kennt. Aber wissen Sie, was die Hundesöhne von mir verlangen? Eine Anzahlung von hunderttausend Dollar! Das schlägt doch dem Fass die Krone ins Gesicht! Die Entführung geschieht in zwei Etappen über Prag, wo ich es persönlich abholen werde.«

»In Anbetracht der logistischen Umstände und der Bedeutung des Objektes scheint mir das nicht unangemessen und wohl auch branchenüblich zu sein«, entgegnete Richard besänftigend.

»Helfen Sie als mein Berater mir oder den anderen?« Sofort klang das aggressive Misstrauen des Mephisto durch.

»Ein guter Berater konfrontiert den Klienten immer mit der Wahrheit oder mit dem, was er dafür hält«, lautete die salomonische Antwort, die nichts bestätigte noch dementierte.

Damit hatte das Gespräch einen guten Abschluss gefunden.

51 St. Petersburg, 3. Januar.

Pjotr saß bereits eine gute Weile in der Lobby des Grandhotel Europa. Aus Gründen der Diskretion hatte er seinen Besucher aus Zürich nicht am Flughafen Pulkowo abgeholt. Dort standen stets genug Westtaxis, die den anspruchsvollen Fahrgast ins Zentrum bringen konnten. Es war gut möglich, dass der Flugbetrieb bei dem Schneefall etwelche Verspätungen erfahren konnte. Also nutzte er die Zeit und lustwandelte in den vornehmen, gediegen gestalteten Räumen. Erlesene dunkle Hölzer, reichlich Messing, geschliffene Glasscheiben, wo man hinsah geschmackvolle Eleganz im Stil der Jahrhundertwende. Polstergruppen, Leseecken, Wände voller Ölgemälde, moderne Skulpturen auf Malachitsockel. Im ersten Stock, der über eine geschwungene Treppe zu erreichen war, befand sich unter einer Glaskuppel ein tropischer Wintergarten, welcher einen Swimmingpool einrahmte. Rohrsessel und Rattanmöbel verliehen ihm ein pazifisches Ambiente. Hübsche Kellnerinnen bedienten die Gäste mit exotischen Drinks. Pjotr ging auf der gegenüberliegenden Treppe wieder ins Erdgeschoss hinunter und betrat die englische Bar.

Dann stand er da, der Weltmeister. Sie umarmten sich wie gewohnt in slawischer Manier. Auch er eröffnete den Abend mit einem Drink, einem doppelten Wodka pur, das Attachékofferchen nicht aus den Augen lassend. Mit dem Kinn darauf zeigend:

»Kein Mensch wollte bei der Einreise etwas sehen. Genau wie du gesagt hast. Als Devisen habe ich nur die Schweizer Franken deklariert. Was ich dabei habe, interessiert eure Behörden doch nur, wenn ich wieder ausreise.«

»Wir werden dafür sorgen, dass sie bei dir keine anderen Devisen mehr finden!«

Dann begaben sie sich in Pjotrs Niederlassung in der Passage, keine hundert Meter vom Hotel entfernt. Dort wollten sie alles Geschäftliche besprechen. Sie beschlossen, später im Restaurant konsequent nicht mehr darüber zu reden.

Pjotr schilderte Meister den vollständigen historischen Hintergrund, die Psychogramme des Zaren Nikolaus II. und von Sergej Witte. Er erläuterte die gezielte Hypothese um Entstehung und rätselhaftes Verschwinden des Großen Kobalt-Eis, beschrieb das minuziöse Durchkämmen der Archive zur Ermittlung der langen Reihe von Hauspriestern am Zarenhof, bevor er in aufwendigen Recherchen landauf, landab sämtlichen relevanten Spuren hatte nachgehen können, was schließlich zum Ziel geführt hatte. Er zeigte ihm eine Liste von Ortsbezeichnungen in kyrillischer Schrift.

»Das kann ich nicht lesen, habe leider keine Ahnung von Kyrillisch.«

»Versuch's doch mal, das kann doch so schwer nicht sein«, insistierte Pjotr.

Der Versuch erwies sich als typisch für einen kyrillischen Analphabeten deutscher Zunge. Pjotr winkte befriedigt ab. Misstrauen ist immer am Platz. Er wollte sichergehen, dass sein lieber Freund russische Anschriften und Papiere wirklich nicht lesen und damit auch nicht memorieren konnte.

Die geografischen Namen hatte er stets nur angedeutet und zuletzt ganz ausgelassen. Selbst wenn sein Zuhörer sie kaum hätte behalten können, er wollte jede Möglichkeit einer Eigenmächtigkeit verhindern.

Pjotr lehnte sich zurück und mimte den Erschöpften.

»Warum ich dir das so genau darlege? Natürlich primär, um dir zu beweisen, was für ein vielseitiges Genie ich bin. Zweitens dürfte dich als historisch geschulten Antiquitätenhändler die ganze Geschichte rund um das ›Große Kobalt-Ei‹ interessieren. Noch immer handelt es sich um eine Hypothese, zwar faktengestützt und plausibel, aber gerade deshalb für Legendenbildung bestens geeignet.«

Der Weltmeister nickte anerkennend.

»Eine solche braucht ihr nämlich, wenn ihr das Ei mal irgendwo ausstellen wollt. Selbstverständlich werdet ihr die vorgezeichnete Legende nur bis zum Jahre 1905 übernehmen. Dort muss das Ei einen Weg über später emigrierte Hochadelige nach Westeuropa finden. Lasst um Himmels willen die russische Kirche aus dem Spiel! Ist das Traumobjekt erst mal in Zürich, werde ich dir bei der Gestaltung des zweiten Teils der Legende helfen und sie nach Möglichkeit auch mit passenden Dokumenten untermauern. Der Wert eines Prunkstücks erfährt einen Quantensprung, wenn es von einer richtig aufgemachten Geschichte umrankt wird. Gleichzeitig ist damit auch etwaigen rechtlichen Ansprüchen auf Rückgabe von Kulturgütern oder gar Klagen wegen illegaler Exporte vorzubeugen.«

Jetzt zeigte sich der Weltmeister begeistert und wirklich beeindruckt.

»Den dritten Grund meiner Ausführungen hast du sofort erraten. Du musst unsere Leistung deinem Auftraggeber richtig verkaufen und dazu brauchst du alle diese Argumente. Die ausgesetzte Million Schweizer Franken versteht sich natürlich ohne Beschaffungsspesen, also beispielsweise ohne die Anzahlung der hunderttausend Dollar, die du hoffentlich vollzählig bei dir hast.«

Der Weltmeister schnappte nach Luft.

Pjotr ließ ihn gar nicht erst zu Wort kommen, sondern kam nun zum entscheidenden Punkt. Aus einer Schublade seines Ar-

beitstisches nahm er die Fotos, die er mit seiner Sofortbildkamera in Abwesenheit des Priesters geschossen hatte. Er reichte sie ihm über den Tisch und zeigte mit den Händen die Umrisse des Kunstwerkes. Die Bilder waren sehr gut gelungen. Das
tiefe Blau, das Gold der Verzierungen und Ornamente, die Farben der heraldischen Elemente kamen überraschend wirklich-
keitsnah zur Geltung.

Die Ablichtungen mit dem Innenleben des Objektes hatte er
noch zurückbehalten. Erst sollten die Seitenansichten ihre Wirkung entfalten. Was sie auch taten! Diesmal hatte es Meister die
Sprache als Sachkundigen von Antiquitäten verschlagen. Als
erste Zeichen einer Erholung sichtbar wurden, holte Pjotr zum
Volltreffer aus und hielt ihm die drei Aufnahmen mit dem aufgeklappten Ei unter die Nase, welche die großkaiserliche Szene
von allen Seiten freigab.

Der Weltmeister schloss die Augen. Es dauerte eine ganze
Weile, bis er sie wieder öffnete.

»Verrückt, verrückt, total verrückt! Unglaublich, unmöglich,
großartig! Alles vergeben und verziehen! Du bist der Größte!
Ich muss sofort anrufen.«

Friedrich griff nach dem Telefon und begann zu wählen. Er
wolle gleich seinen Mandanten ins Bild setzen.

»Nichts wirst du!«, herrschte Pjotr ihn an und drückte auf die
Gabel. »Und dann noch von meinem Geschäft aus. Mensch, Friedrich, du kommst aus dem Land der Ahnungslosen. Bis jetzt
haben wir das Objekt erst geortet und identifiziert. Nun geht es
darum, das Wunderkind zuerst hierher zu bringen und dann heil
über die Grenzen bis nach Prag zu entführen. Für die Bekämpfung von illegalem Export von Kunstgegenständen und Antiquitäten gibt es ein eigenes Dezernat. Als Händler muss ich
davon ausgehen, dass mein Telefon nach dem Zufallsprinzip überwacht wird. Wenn sie uns erwischen, werden wir sofort verhaftet.«

»Und gefoltert?«

»Ja und nein, du wirst in eine Zelle mit einem Dutzend Land-
streichern geworfen. Schmutz und Dreck und Kakerlaken. Den
Gestank nach Scheiße wirst du dein ganzes Leben nicht mehr
los. Im Winter kalt, im Sommer heiß und nichts zu fressen. Ein
Westler gesteht sofort, ohne etwas angerichtet zu haben, was

man vom Kunsthändler Friedrich Meister dann wohl nicht behaupten könnte.«

Er ließ seine Worte nachwirken. Der Weltmeister schien nur noch halb so groß.

»Aus diesem Grunde, mein lieber Freund, befehle ich alles und jegliches, was auf dem russischen Territorium geschieht. Es ist für uns beide lebenswichtig.«

Dann legte er seinen Plan dar. Morgen würden sie als Erstes zur St. Petersburger Sparkasse gehen und eine Einlage von hunderttausend Dollar zugunsten einer Stiftung machen. Er verschwieg die Bezeichnung und den Sitz der Institution. Mit dem Beleg würden sie zu einer Kirche fahren und dort das Paket mit dem Kronschatz herauslösen. Anschließend so rasch wie möglich zurück ins Büro.

»Okay, und wann fliegst du das Baby nach Prag, gleich morgen Abend oder übermorgen?«

»Von meinem Vortrag von vorhin über Sicherheit hast du offenbar nichts begriffen. Hör zu!«

Die Fortsetzung des Planes hatte er minuziös entworfen. Er kannte einen polnischen Zahlmeister namens Stefan, der auf einem Fährschiff der Viking Line regelmäßig auf der Route Danzig – Tallinn – St. Petersburg – Helsinki – Danzig eingesetzt wurde. Im ›grauen Haus‹, dem Sitz des FSB am Lyteyny Prospekt, kannte er den Boris, einen alten Freund aus fast vergessenen Zeiten. Ihm oblag heute die Überwachung des Kommissariates des St. Petersburger Hafens.

»Am frühen Morgen des Tages X, sobald die Fähre eingelaufen ist, werde ich Stefan außerhalb des Hafengebietes ein Paket aushändigen und sofort mit dem Komfortzug ›Puschkin‹ vom Finnischen Bahnhof nach Helsinki reisen. Wenn zwei Stunden später Boris Stefan mit dem Paket unter dem Arm auf das Fährschiff begleitet, wird mein Schnellzug die Grenzkontrolle in Wyborg bereits hinter sich haben, und ich befinde mich in Finnland in Sicherheit. Dort werde ich am Abend Stefans Fährschiff besteigen, natürlich ohne ihn zu begrüßen, und am Morgen in Danzig ankommen. Stefan als Pole und in der Uniform eines Zahlmeisters wird die Zollkontrolle problemlos passieren. Stefan treffe ich erst wieder bei einem kleinen Transportunternehmer namens Marek im Hafengebiet. Dieser ist spezialisiert auf die Beförderung von Maschinen, welche aus Skandinavien nach Tschechien und umgekehrt zu transportieren sind. An diesem Tag hat Marek eine Fahrt über Prag nach Pilsen eingeplant. Er wird die tschechische Grenze noch am gleichen Abend oder am nächsten Morgen durchfahren. Ich bin unterdessen per Flugzeug nach Prag gereist. Sobald er sich der Stadt nähert, wird er mich anrufen, damit wir uns am verabredeten Ort, einem Gewerbegebiet unweit des Zentrums, treffen können. Von dort bringe ich das kostbare Gut ins Hotel und dann läuft ein anderer Film, der noch festgelegt werden muss.

Weder Boris noch Stefan noch Marek kennen den Inhalt des Paketes. Ich versichere ihnen lediglich, dass es kein Rauschgift, keine verbotenen Substanzen, Waffen und dergleichen enthält. Boris bezahle ich nach meiner Rückkehr, Stefan in Danzig, und Marek erhält seinen Obolus in Prag.«

Der von früheren KGB-Wassern geschliffene Stratege lehnte sich siegessicher zurück.

»Siehst du, mein Lieber, so arbeite ich! Auf der langen Reise des Eis befinde ich mich stets in weiter Entfernung davon. Ich überwache aus Distanz die Kontrollpunkte. Sollte etwas schief gehen, so kann ich Gegenmaßnahmen einleiten oder mich frühzeitig absetzen.«

Dann schloss er gönnerhaft: »Nun zu deiner Frage. Du fliegst nach Prag, wann du willst, aber ohne die Braut! Die zwei Etappen müssen sauber geplant und getrennt voneinander ausgeführt werden.«

Dann wieder im Befehlston: »Übrigens, der Tag X ist voraussichtlich der 24. Januar, Übergabe und Bezahlung der Beute in Prag zwei Tage später.«

Völlig erschöpft von all den Eindrücken und mit verdientem Heißhunger ließ sich der Weltmeister von Pjotr ins russische Restaurant des Hotels führen. Auf dem goldenen Pfad des Erfolges lässt sich herrlich dinieren!

Am folgenden Morgen betraten sie bereits bei Schalteröffnung die Sparkasse. Pjotr verlangte den Direktor zu sprechen. Er hatte am Vortag bereits mit ihm telefoniert und ihm das Vorhaben angemeldet. Auch hatte er ihm eingeschärft, nur russisch zu reden und nur russische Formulare zu verwenden. Friedrich Meister mit seinem aristokratischen Aussehen im beigen Kamelhaarmantel und der englischen Melone strahlte eine unübersehbare Aura von westlichem Reichtum aus, was in der Situation hilfreich und nützlich war.

Im Séparée des Direktors öffnete der sagenhaft reiche Onkel aus Zürich mit unübertrefflicher Geste seinen Attachécase und legte dicke Bündel von Dollarnoten auf den Tisch. Tausend Noten zu hundert Dollar, schön geschichtet, ergeben einen ganz hübschen Anblick. Ein Beobachter hätte geglaubt, der abendlichen Öffnung einer exklusiven Spielbank beizuwohnen. Wobei hier die Rollenverteilung von Croupier und Spieler nicht von vornherein eindeutig war. Der Bankier zählte die Scheine so schnell wie eine Maschine, indem er deren Ecken mit einem Daumengriff auffächerte und in Windeseile durchblättern ließ. Gelernt ist gelernt und vor allem bei einer Spielgeldwährung wie dem Rubel nützlich.

Der Bankdirektor bestätigte mit mehrmaligem Kopfnicken, dass die Summe stimmte. Er drückte auf eine Klingel. Sofort erschien eine große Blondine, die wie ein sibirischer Reiher durch den Raum stelzte und ihrem Chef eine Unterschriftenmappe überreichte. Sie enthielt den vorbereiteten Beleg für eine Einzahlung von hunderttausend amerikanischen Dollar zugunsten der Stiftung St. Nikolaus in Schlüsselburg – alles auf Russisch. Der schöne Reiher verließ den Raum, die Blicke des Nobelherrn aus Zürich nach sich ziehend.

Der Herr Direktor setzte feierlich seine Unterschrift auf den Beleg, erhob sich und überreichte ihn mit getragenen Worten dem edlen Spender.

»Was sagt er?«, wollte dieser von Pjotr wissen.

»Es sei ihm eine Ehre und Freude, für dich tätig zu sein.« Was eben Banker so sagen, wenn sie Bargeld sehen.

Dabei machte der Direktor das christliche Kreuzzeichen, so gut ein gelernter Kommunist das konnte. Friedrich Meister, der Zwinglianer, fummelte ebenfalls mit dem Zeigefinger vor seinem Gesicht ringsherum und erwiderte die Verneigung.

Dann konnten sie endlich losfahren. Pjotr wählte Landstraßen, die nördlich der M18 nach Schlüsselburg führten. Meister sollte nicht wissen, wo sie genau hinfuhren. Die Ortschaften waren russisch beschildert und die Straßen trugen keine Nummern. Das Ziel befinde sich südöstlich von St. Petersburg, hatte Pjotr angegeben. Nein, eine Straßenkarte hätte er nicht dabei. Die wären ohnehin nicht aktualisiert, was nicht stimmte.

Wieder schneite es leicht und Pjotr rechnete mit einer Fahrzeit von drei Stunden. Um die Newa zu überqueren, fuhr er erst kurz vor der Brücke auf die M18. Schon wurden in der Ferne die Umrisse von Schlüsselburg sichtbar. Das sei Ulyanowka, log er beiläufig, eine Stadt im Südosten von St. Petersburg. Plötzlich riss er die Augen auf, als er in einiger Entfernung die Ortstafel in kyrillischer und darunter lateinischer Schrift erblickte.

Glücklicherweise hatten die Deutschen auf der anderen Straßenseite ein paar Feldgeschütze stehen lassen, was ihm voriges Mal schon aufgefallen war.

»Schau, dort, Friedrich, die Geschütze!«, sagte er und lenkte ihn so von der verräterischen Ortstafel ab.

Friedrich war begeistert. Er wusste alles und jegliches über die kriegerischen Geschehnisse rund um Leningrad, wie es damals hieß. Wenn Schweizer älterer Jahrgänge irgendwo Militär oder ihre Bewaffnung erblicken, so bewirkt das eine sofortige Veränderung ihrer Gemütslage. Vor allem, wenn es im Ausland etwas zu sehen gibt oder es sich gar um Überbleibsel aus dem Zweiten Weltkrieg handelt. Obwohl man ja glücklicherweise nicht richtig dabei gewesen sei, verstehe man dennoch eine ganze Menge davon. Ja eigentlich noch viel mehr als die meisten anderen. Der nichtschweizerische Zuhörer wird ihn am besten reden lassen, den Kopf über den unerwarteten Eifer nur innerlich schütteln und keinesfalls widersprechen, sonst kommt die Sache nie zu einem Ende.

»Stand da nicht auch eine Ortsbezeichnung mit lateinischen Buchstaben?«

»Wohl möglich, wahrscheinlich für die nächste Sommeroffensive der Deutschen, hoffentlich kommen diesmal nur zahlende Touristen.« Damit war die unangenehme Frage vom Tisch.

Pjotr fuhr direkt vor die Kirche, verlor kein Wort über sie, sondern strebte rasch zum Eingang. Während Friedrich nachkam, ließ er seinen geübten Kontrollblick über die Umgebung schweifen. Nichts Verdächtiges! Mit Absicht hatte er Pater Gregorij nicht telefonisch über seinen Besuch informiert. Wo immer er ein Quäntchen Sicherheit einbauen konnte, er tat es. Sollte der Pater gerade nicht hier sein, so musste man eben weitersehen.

Friedrich Meister war vom Inneren des Gotteshauses genauso benommen wie Pjotr. Sie blieben einen Augenblick stehen, um die Augen an die Dunkelheit zu gewöhnen. Pjotr wies mit dem Kinn in den hinteren Teil des verwinkelten Raumes, wo er ein schwarzes Gewand geortet hatte. Sie näherten sich der Gestalt in unauffälliger Gangart. Der Priester hatte sie wohl bemerkt, denn er ging ohne sich umzudrehen auf seinen Arbeitsraum zu und winkte diskret mit der linken Hand.

Hinter der geschlossenen Tür begrüßte Pater Gregorij seine Besucher mit erhobenen Armen.

»Wie schön, dass Sie wieder gekommen sind, mein Sohn. Ich fürchtete fast schon, ich hätte von der Renovierung meines Kirchleins nur geträumt.«

»Sie haben nicht geträumt. Sie wissen, wir müssen beide vorsichtig sein. Wenn Ihre und meine Obrigkeit davon erfahren, ist der Traum tatsächlich in Nu verflogen.«

Er gab Friedrich ein Zeichen, worauf dieser den Bankbeleg aus seiner Brieftasche nahm und zwischen zwei Fingern in die Luft hielt. Der Priester hatte verstanden. Er räumte die Hüllen des Versteckes ab und kippte wieder umständlich das schwere Paket vom Regal herunter. Pjotr prüfte kurz das Siegel und fand es ungebrochen. Darauf senkte Meister den Schein und überreichte ihn mit feierlichstem Gesicht dem Vertreter der Orthodoxie. Pjotr war überrascht, wie würdevoll und gravitätisch sich der alte Gauner präsentieren konnte.

Dem Pater fielen beinahe die Augen aus seinem hageren Gesicht, als er den Beleg mit dem Betrag und der ihm bekannten Unterschrift des Direktors sorgfältig studiert hatte.

»Ihr müsst jetzt wohl gehen«, meinte er zuvorkommend, denn er sah, dass den beiden der Boden unter den Füßen brannte. Sie nickten, ergriffen das Paket, verabschiedeten sich höflich und verließen das Haus mit der sich geziemenden Langsamkeit, zu welcher sie sich mit aller Selbstbeherrschung zwingen mussten.

Selbst Pater Gregorij hatte es sehr eilig, das Dokument sorgsam zu verstecken. Dann begab er sich in den Vorraum, wo sich, den Blicken entzogen, ein Wandtelefon befand. Seine Finger zitterten noch mehr als üblich, als er die Sparkasse anrief und sich nach den letzten Bewegungen auf dem Konto seiner Kirchengemeinde erkundigte. Er war selbst überrascht, dass er einen scheinbar völlig emotionslosen Ton fertig brachte. Die Dame bat um einen Augenblick Geduld. Dann bestätigte sie mit unsicherer Stimme, wohl ihren Augen nicht ganz trauend, den Eingang einer Gutschrift über hunderttausend amerikanische Dollar. Der Geistliche wankte zum Altar und dankte dem Herrn. Übermorgen war Weihnachten, fürwahr der schönste Festtag seiner Kirche seit ihrer feierlichen Errichtung im Jahre 1739!

Pjotr wählte für die Rückfahrt die Route über Kirowsk, Odradnoe, südlich der Newa. Als sie auf den Kirchplatz hinausgetreten waren, hatte er das Gelände wiederum gesichert. Keine Veränderungen, nichts Auffälliges, keine Männer, welche mit Besen überflüssigerweise die Rinnen kehrten, oder Betrunkene, die sich stritten, auch kein grauer Lieferwagen ohne Seitenfenster und alle diese Pseudotarnungen, die nur Ungeschulte hätten täuschen können. Andernfalls wäre er mit dem Corpus Delicti umgehend zurück in die Kirche gestürmt, hätte dem Kohlensack den Hals umgedreht und den Beleg an der nächsten Kerze verbrannt. Das kostbare Paket wurde im Fond vor den Rücksitzen verstaut, so dass es nicht verrutschen konnte.

Unterwegs wurde wenig gesprochen. Es dämmerte bereits und Pjotr musste sich auf die Straße konzentrieren. Beide dachten aber immerfort das Gleiche. Enthielt das Paket wirklich, was es sollte, oder war es zwischenzeitlich geöffnet und der Inhalt ausgetauscht worden? Die Situation hatte es nicht zugelassen, es zu öffnen und nachzuprüfen. Zeitverschwendung vor Ort und Misstrauensvotum gegenüber dem Priester. Wollte er sie betrügen, so war es jetzt ohnehin zu spät. Die Anzahlung konnte nicht wieder zurückgeholt werden. Sie war verloren. Noch nie in seinem Leben war Pjotr eine Fahrt so endlos lange vorgekommen, obschon im weiten Russland Reisezeiten von drei Stunden wenig oder nichts bedeuten. Immer wieder blickte er in den

Rückspiegel, ob ihnen über längere Zeit die gleichen Scheinwerferpaare im gleich bleibenden Abstand folgten. Keine derartigen Feststellungen!

Endlich, endlich waren sie an der Stadtgrenze angekommen. Einige Kilometer weiter umrundete er mehrere Häuserblocks, wechselte mehrmals die Fahrtrichtung an Stellen, wo es gestattet war, und beobachtete aufmerksam, ob sie verfolgt würden. Keine Anzeichen! Dennoch beschloss er, seine Tiefgarage zu meiden, und ließ den Wagen auf dem Parkplatz des Grandhotel Europa stehen. Er packte das Paket unter den Arm und sie gingen die zweihundert Meter bis zur Passage zu Fuß.

Völlig erschöpft erreichten sie Pjotrs Büro und sanken dankbar in die Lehnsessel.

Pjotr stellte das Paket auf den Tisch und machte sich über das Siegel her. Auch bei guter Beleuchtung sah es unversehrt aus. Er sprengte es auf. Dann öffnete er mit einem Ruck den Blechdeckel, nicht so sachte wie letztes Mal im Kämmerchen der Kirche. Bis jetzt schien alles unberührt. Dann zog er die Präsentationsschachtel aus dem Behälter. Und öffnete sie unverzüglich:

Das Große Kobalt-Ei war noch da! Er stellte es auf den Tisch und öffnete die obere Hälfte. Alles intakt, genau wie auf den Fotos!

»Wir haben gewonnen, gewonnen, gewonnen!« Sie fielen einander um den Hals. Pjotr, der Russe, weinte. Der Weltmeister rang um Luft und griff sich mit der linken Hand ans Herz. Er musste sich setzen.

Und jetzt musste eine Flasche Wodka her, die Pjotr aus seinem Kühlschrank zauberte. Sie setzten ihr arg zu. Das Prunkstück wurde immer noch größer und noch schöner. Im Gegensatz zu seinen wankenden Bewunderern stand es stramm, denn es besaß vier Füße.

»Es ist noch viel prächtiger als auf den Bildern. Mein lieber Pjotr, ich werde keine Mühe haben, meinem Kunden die Mehrkosten auszureißen. Das schwöre ich dir!«

»Brüderchen, Weltmeisterchen, hier hast du noch einen Appetizer für deinen Kunden. Nämlich die Fotos und dazu eine Legende für die entführte Prinzessin. Bis 1905 ist sie historisch plausibel und könnte so bleiben. Für die Jahre darauf stellt das

Papier lediglich einen Vorschlag dar. Er muss noch auf seine Unangreifbarkeit geprüft werden. Dazu ein weiterer Knüller. Du darfst die Präsentationsschachtel schon mal mitnehmen. Ich habe bei einem Kollegen für ein paar Rubel eine ähnliche Schachtel gekauft und ihn gebeten, auf dem Kaufbeleg ›Fabergé‹ zu erwähnen. Hier ist der Beleg. Die Schachtel habe ich unten in meinem Geschäft. Dann habe ich im Gostinij Dvor, dem berühmten Warenhaus gleich auf der anderen Seite des Newski Prospekts, eine kostbare Blumenvase der St. Petersburger Porzellanmanufaktur erstanden, welche genau in die Präsentationsschachtel hineinpasst. Auch hier der Beleg. Beide Artikel sind normale Exportgüter und benötigen für die Ausfuhr keine Bewilligung. Habe ich nicht an alles gedacht? Muss ich denn das selber sagen?«

Friedrich Meister bedankte sich lallend.

Pjotr zeigte ihm die Vase und bettete sie fachmännisch in die Fabergé-Schachtel. Dann nahm Pjotr zwei riesige russische Holzpuppen – Matrjoschkas – aus dem Schrank. Beiden schraubte er mit einem Griff den oberen Teil ab. In die eine stellte er das Riesenei, das gerade darin Platz fand. Im anderen befanden sich die übliche Reihe immer kleiner werdender Puppen, in dem Falle waren es fünfundzwanzig Stück.

»Friedrich, bitte, hör jetzt gut zu. Diese Puppe«, und er zeigte auf jene mit dem Ei, »reist in einem normalen Karton mit der Viking Line nach Danzig. Die andere reist in einer gleichen Schachtel mit mir per Zug und Schiff ebenfalls nach Danzig. Von dort fahren beide mit Freund Marek nach Prag. Falls Marek am tschechischen Zoll etwas vorzeigen müsste, was ich nicht annehme, so öffnet er die normale Puppe und zeigt die Rechnung für zwei dieser kitschigen Exportschlager aus dem St. Petersburger Warenhaus.«

Dann sperrte er das Prunk-Ei in seinen Panzerschrank und brachte den Weltmeister ins Hotel zurück. Zur Sicherheit trug er die Präsentationsschachtel von Fabergé mit der teuren Blumenvase selbst. Sein Gast hatte mit seinem eigenen Gleichgewicht schon genug zu tun. Er verabschiedete sich von ihm direkt in der Hotelhalle und wünschte ihm für morgen einen guten Flug nach Zürich.

»Wir sehen uns am 26. Januar in Prag!«

Erst jetzt fühlte sich Pjotr sicher genug, seinen Wagen vom Parkplatz des Hotels in die Tiefgarage zu fahren.

Nach einer anstandslosen Pass-, Zoll- und Devisenkontrolle bestieg Friedrich die Swissair-Maschine nach Zürich. Obschon er nur die bei der Einreise auf ihn deklarierten Schweizer Franken trug und er für die Blumenvase und die Luxusschachtel einen einwandfreien Beleg hätte vorweisen können, zitterten ihm dennoch die Knie und auch sein Magen rebellierte, als er die Kontrollen bei der Ausreise passierte. Richtig erleichtert war er erst, als das Flugzeug von der Piste abhob. Noch immer reichlich betrunken, vergrub er sich in seinen Sitz und setzte seinen Ausnüchterungsschlaf fort. Benachbarten Passagieren fielen seine Handbewegungen und seine verzerrten Gesichtszüge auf. Die sanfte Landung in Zürich erlöste ihn aus einem fürchterlichen Albtraum von Kakerlaken und Scheiße.

In den Startlöchern

52 Palma de Mallorca, Anfang Januar im Jahr der Barrakudas.

Mercedes und Richard und die zwei Katzen feierten einen
recht stillen Silvesterabend. Nach seiner Arbeitssitzung mit Sir
Alec hatte sich Richards Sicherheitsgefühl zwar um einiges ge-
festigt. Mercedes blieb das nicht verborgen und sie beneidete
ihn um die gute Laune. Sie litt offensichtlich bedeutend mehr
unter der imaginären Gewitterfront, die da heraufzog. Er überlegte, wie er von Sir Alecs Muttransfusion eine Portion dieser
Energie auf Mercedes übertragen könnte. Da fiel ihm ein, wie
Kampfflugzeuge in der Luft betankt werden. Sie lächelte ergeben. Und da er den Einfüllstutzen stets bei sich trug, wurde die
Technik umgehend auf dem Schreibtisch ausprobiert.

Die Therapie half zumindest vorläufig, indem sie auf angenehme Art dazu beitrug, die passive Wartezeit über die Festtage
zu überbrücken. Latent rechneten sie immer fester damit, dass
in den nächsten Wochen mehrere Entscheidungen fallen
würden. Die Nervosität stieg unmerklich, aber stetig von Tag zu
Tag.

Nichts ist mental schädlicher und objektiv auch gefährlicher
als Passivität. Was ist die beste Strategie, um einen Koller zu
bekämpfen? Das Gegenmittel heißt Aktivität! Die Angst wird
kontrolliert, indem man sich mit dem Gegner geistig beschäftigt
und die Informationslage über ihn ständig und mit Nachdruck
aktualisiert und erweitert.

»Become a moving target, physically and mentally!«, wurde Richard in seiner Ausbildung gelehrt, um die Überlebenschancen
zu verbessern. Sich bewegen, natürlich nicht um aufzufallen, son-

dern um dem legendären Blitz aus heiterem Himmel zu entgehen. Sich bewegen, etwas Gescheites unternehmen, nicht irgendeine Scheinaktivität zur Zerstreuung, sondern eine Aktivität, welche mitten in die feindliche Turbulenz zielt! Das schafft Handlungsspielraum und mentale Unabhängigkeit. Weil die Planung von Gegenangriffen schon immer kreative Ideen und mentale Kräfte mobilisierte, wurde sie in der militärischen Welt selbst in hoffnungslosen Lagen oder gerade dann unternommen.

Richard hatte sich zurückhalten müssen. Am liebsten hätte er natürlich sofort nach seiner Rückkehr von Cheltenham Babic angerufen, um ihn mit dem Beschaffungsauftrag zu konfrontieren, den Sir Alec präpariert hatte. Seine Sinne und Erfahrungen für das richtige Timing hießen ihn damit zuzuwarten. Babic hatte sicherlich einen scharfen Riecher für Fallen und da durfte das erste Geschäft keinesfalls schon wenige Tage nach dem Gespräch in Bratislava angebahnt werden.

Dies bedeutete, mit dem Anruf bis nach Neujahr zu warten. Aber er hielt es nicht mehr aus und versuchte es noch in der Woche zuvor. Nichts, der Anrufbeantworter wünschte in allen Sprachen frohe Festtage und einen guten Rutsch.

Mercedes übernahm es, am Neujahrstag in Prag das Hotel Jalta anzurufen, und wünschte auf Englisch, mit Herrn Meister aus Zürich verbunden zu werden. Es war ja denkbar, dass dieser von St. Petersburg gleich nach Prag flog und nicht zuerst wieder nach Zürich zurückkehrte. Da er aber seinen eigenen Angaben zufolge die Beute nicht eigenhändig transportieren wollte, schien dieses Reiseprogramm eher unwahrscheinlich. Annahmen treffen ist gut, nachprüfen ist besser.

»Nein, Madame, Herr Meister ist derzeit nicht Gast in unserem Hause. Nein, auch nicht in den nächsten Tagen. Wir wissen nicht, wann er wiederkommt. Aber natürlich kennen wir ihn, er ist ein sehr geschätzter Stammgast. Sollen wir ihm bei Gelegenheit etwas ausrichten?«

»Nein danke, er wird sich kaum an meinen Namen erinnern. Ich hab's einfach versucht. Wissen Sie, er ist immer so großzügig. Bye-bye!«

Damit verlief also alles nach Plan. Keine vorgezogene Entführung der Braut nach Prag. Sie blieben offenbar beim Zweiphasenplan. Das war auch gut so, denn eine so kurzfristige Mobilisierung von Victor Havlicek mit allen taktischen Einzelheiten wäre nahezu unmöglich gewesen.

»Phantastisch, wie du dich als Edelnutte ausgeben kannst. So als ausländische Studentin, die ihr schlüpfriges Zubrot verdienen möchte«, frotzelte Richard.

»Ich werde dich erschlagen, du Mistkerl. Ich hole für dich die Kohlen aus dem Feuer und du machst mich herunter.«

»War ja nur halbwegs wörtlich gemeint. Du hast das ausgezeichnet gemacht!«, versuchte er den Deckel auf dem Dampfkessel zu halten.

Endlich war der 3. Januar angebrochen, der Tag, an dem das normale Leben langsam wieder beginnt. Der erste Monat im Jahr der Barrakudas versprach über alle Maßen hektisch zu werden.

Auch bei SloTrade nahm die Bürohilfe den Telefonhörer ab. Richard glaubte ihr Kauen herauszuhören. Dann war er mit Babic verbunden. Er beschrieb in unverfänglichen Worten das mögliche Geschäft, also ohne die Nennung von Firmennamen und ohne technische Begriffe. Babic zeigte sich spontan interessiert und sie verabredeten sich noch für diese Woche in Wien, Hotel Imperial, wie es sich schickt.

Am 5. Januar ein Anruf von Reinhold: »Herr Meister ist zurück und wird am 25. Januar nach Prag fliegen.« Richard bedankte sich und wünschte ein gutes neues Jahr.

Er rieb sich die Hände. Endlich geht es los, frohlockte er. Dann telefonierte er mit Sir Alec und bat ihn, Victor Havlicek, Sportsmann genannt, ebenfalls noch diese Woche nach Wien in Marsch zu setzen, damit er mit ihm einen Plan für die Abfangjagd ausarbeiten konnte. Zwecks Vereinbarung von Ort und Zeit möge er ihn doch anrufen.

Bereits eine Stunde später meldete sich Victor: Treffpunkt am Samstagnittag im Restaurant des Flughafens. Er würde danach gleich wieder zurückfliegen. Bestens, dachte Richard, Treffs an Flughäfen hinterlassen kaum irgendwelche Spuren.

Bei der Greves begann das neue Jahr bewegt und vor allem mit einem handfesten Ärger. Rolf Kessler hatte die Köder wie ein Berufsfischer ausgelegt. Für jede Fischart, die er anlocken wollte, waren die Leinen verschieden weit in den See hinausgeworfen, die Angelhaken gezielt mit den richtigen Ködern versehen und auch die Tiefen, reguliert durch die Schwimmer, abgestuft worden je nach den Fischarten, die er dort fangen wollte. Wie damals beim Angebot an die Space wurde völlig unerwartet ein sicher geglaubter Auftrag von der Attatraz aus Preisgründen abgelehnt. Noch am selben Tag hatte Rolf um einen Besuchstermin gebeten, der ihm auch gewährt wurde. Dabei stellte sich eindeutig heraus, dass die Teile aus dem Betrieb der Greves stammten, also von dort entwendet oder im Geheimen hergestellt worden waren. Als Bezugsquelle war eine Firma Deco-Handel genannt.

Aus einer anderen Ecke meldeten die Buschtrommeln Erfreulicheres, wenn auch nur vordergründig. Ein bekannter Maschinenbauer in Schweden erhielt eine Lieferung von Komponenten, die eine nicht zumutbare Quote von Ausschussteilen aufwies. Der Zulieferer hatte sich bis dahin eines erstklassigen Rufes erfreut. Nicht zuletzt deshalb, weil er über einen topmodernen Maschinenpark der Marke Greves verfügte. Natürlich machte die schwedische Firma von ihren Beanstandungen keinen Hehl. Im Gegenteil, sie äußerte sich lautstark und posaunte ihr Unglück in alle Himmelsrichtungen aus. Wogegen sich der Zulieferer in seiner Verteidigung auffällig zurückhaltend verhielt. Eine schnelle Analyse der Ausschussteile durch Rolf Kessler ergab zweifelsfrei, dass sie nicht mit original ausgerüsteten Maschinen von Greves hergestellt worden waren. Damit war zumindest ihr guter Ruf fürs Erste gerettet. Eine Anrempelung des Zulieferers wurde auf später verschoben. Hingegen war es Rolf aufgrund der ausgeklügelten Auftragsvergabe der Printherstellung sofort klar, von welchem Betrieb diese stammten. Nebst dem bodenlosen Ärger freute ihn wenigstens, dass das ›Tracing‹, also die technische Spurenverfolgung, einwandfrei funktioniert hatte.

Damit waren die Themen für die Arbeitssitzung mit Richard Henry Harriott von Mitte Januar bereits klar.

53 Wien, Anfang Januar im Jahr der Barrakudas.

Jozef Babic stand bereits im Hotel Imperial und betrachtete mit den Händen auf dem Rücken die kaiserlichen Gemälde, als

Richard durch die schwere Tür trat, die ein livrierter Portier dienstbeflissen für ihn aufgestoßen hatte. Sie begrüßten sich mit wenig Gestik und beinahe tonlos. Dann verzogen sie sich in eine Ecke mit einer kleinen Sitzgruppe, die selbst bei gut besetzter Lobby keine weiteren Gäste angezogen hätte. Jetzt, am frühen Nachmittag, waren ohnehin kaum andere Leute da. Richard zückte den großen gelben Umschlag mit den Unterlagen der Injectec an die British Aerospace und ließ sie Babic erst mal in Ruhe durchgehen. Er beobachtete, wie seine Augen flink die Zeilen überflogen, und schloss daraus, dass der Slowake englische Texte mühelos lesen konnte. Und in der Tat wechselte dieser bei der Besprechung der Dokumente wie automatisch in ein flüssiges Englisch, was weitere Klarstellungen zum Auftrag natürlich wesentlich erleichterte.

Babic lehnte sich zurück und trank ein Mineralwasser ›Römerquelle‹, währenddessen Richard an einem Malt pur nippte. Nach längerem Nachdenken kraulte er sich am Kinn und meinte:

»Die bringe ich zusammen. Kennen Sie vielleicht ein paar Leute bei der Injectec, über welche an die Nullserie heranzukommen ist? Das würde natürlich Zeit sparen.«

Richard verneinte. Also, das war in diesem Fall sein primärer Weg. Good to know! Und Tempo gewinnen wollten sie ohnehin nicht. Im Gegenteil, der Fall sollte sich über viele Wochen hinziehen. Jedenfalls bis zur Endphase des Geschäftes mit den Steuerungen für Saddams Giftküchen.

»Wann kann ich mit Ihrem Angebot rechnen?«

»Lassen Sie mir bitte zwei Wochen Zeit. Ich schlage vor, dass wir uns am 18. Januar wieder hier treffen. Sie und Ihr Kunde werden überrascht sein!« Er packte den Umschlag in seine Mappe. Dann trennten sie sich beinahe formlos, wie sie zusammengekommen waren.

54 Wien, am Nachmittag des gleichen Tages.

Am Flughafen machten sich Richard und Victor nicht abgesprochen einen Spaß daraus, einander gegenseitig zu bespitzeln. Wer würde wen zuerst irgendwo ausmachen und dann überraschen? Dieses Spiel gewann Victor klar und eindeutig. Er trat mit perfektem Timing aus einer Herrentoilette, überholte seinen Spielkameraden nach drei Schritten und raunte ihm zu, dass er schon mal vorausgehe. Richard fühlte sich um einige Sorgen erleichtert, dass ihm für die Operation in Prag ein richtiger Profi wie Victor zur Verfügung stand. Oben im Restaurant setzte er sich an einen Tisch, schlug die Kronenzeitung auf und nickte nur schnippisch, als sich Richard höflich erkundigte, ob da vielleicht noch ein Platz frei wäre. Dann hingegen profilierte er sich mit der Entfaltung einer Herald Tribune.

Die klugen Köpfe hinter den Intelligenzblättern unterschiedlichen Niveaus begannen tonlos zu sprechen, wobei sich die Lippen kaum bewegten. »Pass auf, da läuft nächstens ein ganz großer illegaler Export eines Kunstgutes aus Russland. Früher im Besitz des Zaren. Das Ei eines Flugsauriers Marke Fabergé. Ein Kurier transportiert es, wie auch immer, nach Prag. Ankunft 25. Januar oder ein, zwei Tage später. Ein Schweizer Kunsthändler namens Friedrich Meister fliegt am gleichen Tag nach Prag. Er soll es dort abholen und in die Schweiz überführen. Meister betreibt mit einem Partner ein Antiquitätengeschäft in der Partisanenstraße. In Prag logiert er immer im Jalta. An beiden Orten kommst du sicher rein mit deinen Spielsachen. Also Telefongespräche und nette Unterhaltungen mit Besuchern. Ich meine nicht die Jalta-Nutten. Unser Auftrag: Das Maxi-Ei muss abgefangen werden, damit wir es für Gegenleistungen heim zu Mütterchen Russland geleiten können. Ich suche dich am 24. Januar in deiner Kemenate auf.«

Victor wiederholte das Wesentliche. Dann erhob sich der Herr mit der Herald Tribune und schritt grußlos zum Gate, wo soeben der Flug nach Barcelona aufgerufen worden war. Die Bedienung erschien erst jetzt am Tisch und nahm gelangweilt Victors Bestellung entgegen. So herzlich und freundlich in Schwechat die ankommenden Gäste empfangen werden, wer sich vor der Abreise noch ins Restaurant verirrt, ist selber schuld.

55 Zürich, Mitte Januar im Jahr der Barrakudas.

In Zürich am Vortag des Meetings bei der Greves angekommen, stapfte Richard vom Hauptbahnhof durch den Schneematsch zu Friedrich Meisters Nobelgeschäft. Die weihnachtlichen Beleuchtungen und Dekorationen waren nach dem Dreikönigstag größtenteils entfernt worden und hatten bereits Motiven Platz gemacht, welche Hoffnung auf einen baldigen Frühling suggerieren sollten. Richard hatte sich absichtlich nicht angemeldet. Seine Visite sollte spontan wirken. Sollte der Weltmeister abwesend sein, so würde es ihm Gelegenheit geben, sich einen Eindruck von seinen Mitarbeitern zu verschaffen.

Er war aber da. Das Glockenspiel an der Eingangstür machte auf den Besucher aufmerksam. Der Weltmeister, der sich gerade mit dem Innenleben einer Barockvitrine beschäftigte, sah auf und erstrahlte augenblicklich in Verzückung, als er des englischen Gentleman ansichtig wurde. Wie ein Lämmergeier seine Schwingen vor dem Angriff im Sturzflug breitete er seine Arme aus, senkte seine Hakennase nach unten und warf sich auf den Gast.

»Ich habe Sie gar nicht erwartet, Sir. Welche Ehre und Freude, ein so hoher Besuch!«

Der ungewohnte Überschwang war sicher seinem reichen Beutezug in St. Petersburg zu verdanken. Bei ihm vor allem der Zugewinn an Prestige. Schließlich musste er sich den selbst verliehenen Titel des Weltmeisters ab und zu bestätigen. Offenbar konnte er diesmal mit einem ganz besonderen Skalp an seinem Gürtel prunken.

»Ich nutze eine unvorhergesehene Zeitlücke in meinem Programm, um spontan bei Ihnen vorbeizuschauen. It's my pleasure, Sir! Als ich Sie neulich anrief, waren Sie gerade auf dem Sprung nach St. Petersburg. Also, wo ist Ihre Trouvaille? Ich bin ganz verrückt, Ihre Ikonen zu sehen.«

»Ich reise dann doch erst nach Neujahr, wegen der vielen Leute und so. Nein, es sind keine Ikonen. Es ist ein ganz seltenes Prunkstück. Ich darf aber nicht darüber reden, noch nicht. Nicht einmal zu Ihnen, Sir. Auch ist es noch gar nicht hier. Ich sagte Ihnen doch, die Miniatur macht einen kleinen Abstecher über Prag, wo ich sie dann abhole.«

Das mit der Miniatur war schlecht gelogen. So etwas findet in jeder Hosentasche Platz. Die Stafette über Prag jedoch machte nur für große Objekte Sinn und war somit bestätigt. Richard wechselte das Thema und verließ bald das Geschäft, denn er hatte ja angeblich ohnehin keine Zeit. Er trat in die enge Gasse und schlenderte bis zum Storchen, wo er Kropf anrief. Er informierte ihn über seine morgige Sitzung bei der Greves, bei der es um den Abschluss des Intelligence-Mandates über Cincinnati Tools gehe. Mit Babic werde er in einer Woche wieder zusammenkommen.

»Falls Sie mich zu sprechen wünschen, könnte ich noch auf einen Sprung vorbeikommen.«

Kropf fand dies eine exzellente Idee. Nach wenigen Minuten nahm Reinhold den Besucher in Empfang und führte ihn zu seinem Chef. Kropf wartete, bis sich sein Bürodiener verzogen hatte. Am bisher leeren Platz in der Vitrine stand eine prächtige Porzellanvase der St. Petersburger Manufaktur. Sein verschmitzt triumphierendes Gesicht verriet, dass er eine positive Überraschung zu bieten hatte. Richard durchzuckte ein böser Schreck. War das Große Kobalt-Ei schon hier? Welch neue Situation! Es hier zu stehlen, wäre wohl um einiges schwieriger und rechtlich delikater als ein kurzes, nicht ganz legales Kidnapping in Prag.

Kropf öffnete eine Schranktür und zog eine riesige Schachtel aus feinstem hellbraunem Leder hervor. Als er sie auf den Tisch gelegt hatte, prangte unübersehbar in goldenen Lettern »Fabergé«. Richard formte mit Gewalt seine Gesichtszüge zu einem frohen Aussehen. Als Kropf die Schachtel öffnete, war sie leer. Richard spielte den Erstaunten. Ein Stein fiel ihm vom Herzen. Die Kobaltbombe befand sich also noch nicht hier! Kropf zog einen Briefumschlag aus der verschließbaren Schublade seines Pultes und entnahm ihm einige Fotos, die er wortlos auf dem Tisch ausbreitete. Richard trat näher. Kein Zweifel, es war das Große Kobalt Ei, reich, riesig, großartig. Kropf wies auf ein Bild, welches das Ei in aufgeklapptem Zustand zeigte. Wie ein sachkundiger Historiker erläuterte er die Bedeutung der dargestellten Szene. Natürlich war seinem Zuhörer der Ablauf des Russisch-Japanischen Krieges geläufig. Nicht so die St. Petersburger Interna. Bedeutend wichtiger war die Erkenntnis, dass sich Kropf von diesem Ei völlig verzaubern ließ. Plötzlich bestand Kropf nur noch aus Achillesfersen.

»Eine Million Schweizer Franken ist ein Trinkgeld für dieses absolut einmalige Kunstwerk.«

»Einiges mehr. Was die mir als Anzahlung bereits ausgerissen haben, geht plötzlich unter Spesenersatz. Aber ich muss es haben! Muss, muss, muss, können Sie das verstehen?«

»Und wie«, pflichtete Richard bei. »Und wie kommt es in Ihre Vitrine?«

»Ich hole es eigenhändig in Prag ab. Oder glauben Sie etwa, ich würde dem dusseligen Antiquitätenhändler die Schlussphase dieser Operation anvertrauen? Er muss alles einfädeln. Aber die Übergabe von viel Bargeld gegen viel Ware Zug um Zug, das übernehme ich selbstredend selber!«

»Selbstverständlich keine delegierbare Aufgabe! Hier zeigt sich die wahre Chefnatur. Und über die Grenze?«

Ganz der Mephisto, zückte er einen Diplomatenpass und grinste dabei stolz und zynisch.

»Vor vielen Jahren war ich mal Mitglied einer offiziellen Delegation nach Südafrika. So ein Pass wird natürlich nach der Rückkehr sofort wieder eingezogen. Unglücklicherweise hatte ich ihn aber verloren und soeben in meiner Schublade wieder gefunden. Er ist zwar weltweit als annulliert gemeldet. Bei Russen und anderen garstigen Gesellen würde ich ihn auch nicht verwenden. Aber welcher Grenzbeamte in Westeuropa wird da schon nachsehen.«

Es bereitete Mephisto eine wahrlich teuflische Freude, den Idioten in Bern ein Schnippchen zu schlagen. Wenn Kropf mal auf dem Hengst des Ehrgeizes und des unbegrenzten Geltungsdranges galoppierte, war er durch keine Vernunft zu bremsen. Also gab Richard noch einen drauf.

»Als Kunstkenner steigen Sie sicher im Hotel Paris ab, das ist doch erst neulich in perfektem Jugendstil renoviert worden.«

»Nein, seit Jahr und Tag logiere ich immer im Intercontinental, amerikanisch perfekt eben.«

Richard hütete sich, weitere organisatorische Fragen zu stellen, denn er wusste nun genug und wollte keinesfalls neugierig wirken.

Er verabschiedete sich mit einem »Ich gratuliere Ihnen, Sir« und grüßte militärisch. Dann verließ er das Haus wie immer durch die Tiefgarage. Dort warf er einen Blick auf die Parkordnung. Die Dauermieter genossen das Privileg eines namentlich beschrifteten Platzes, so auch Dr. Kropf, Rechtsanwalt. Darunter stand ein BMW 750iL, Black Shadow, Doppelauspuff mit quadratischen Querschnitten. Das Armaturenbrett verriet ein Navigationssystem. Keine Verstärkungen der Karosserie, kein Panzerglas, vom Preis abgesehen ein völlig normales Auto. Mühelos merkte er sich das Kennzeichen: ZH 987 654.

Kurz darauf hatte ihn die bereits hereinbrechende Dämmerung und das nasskalte Wetter Zürichs wieder. Noch ein Anruf an Victor mit der Mitteilung, dass zur gleichen Zeit noch ein weiterer Erlkönig im Interconti zu betreuen sei. Wie immer ohne Nennung eines Namens am Telefon.

»Dicky, wie haben wir das denn gemacht? Wir kennen nun die logistischen Rahmenbedingungen für das Kidnapping. Dicky, wir haben einen exklusiven Nachtisch verdient!«, klopfte er sich selbst auf die Schulter.

Und ab ging's Richtung Caratus. Und zwar unangemeldet. Einmal hatte er ja das Theater mit der ›Bewerbung‹ gespielt. Aber ein zweites Mal? Nie, das war nicht sein Stil. Schließlich pflegte er sich zu nehmen, was er wollte und wann er es wollte. Ja, vielleicht doch nicht immer. Aber zunächst stand ihre Sicherheit vor Kropf, vor den polnischen Mafiosi und vor dem Gesetz zur Diskussion. Und da war er unumstritten ihr Führungsoffizier. Falls sich hernach etwas anderes anbahnen sollte, konnte er zum Spaß immer noch so tun, als hätten sich die Rollen vertauscht. Nun, der Eisvogel war natürlich ein verdammt attraktives Geschöpf. Wie letztes Mal schlitterte er auch diesmal ohne Konzept in die neuerliche Begegnung. Von weitem erstrahlten die Schaufenster, lockten Neugierige an, die aber vor Schwellenangst nie hineingehen würden, und hielten vornehme Käuferschichten ab, weil diese nicht von der Straße aus gesehen werden wollten. Je näher er dem Diamantenbabel kam, desto nervöser reagierte sein Solarplexus, das sensible Nervengeflecht im Oberbauch. Er war überrascht, dass dieses Weib ihn mental so herausfordern konnte.

Schließlich überquerte er die Bahnhofstraße und steuerte stracks auf die überwachte Eingangstür, drückte sie auf und stand drin. Im Moment war der Eisvogel nicht zugegen. Richard wandte sich unmittelbar an eine Verkäuferin, obwohl sie gerade am Bedienen war:

»Harriott, Madame Novak, bitte!«, sagte er so laut, dass sie es in ihrem Hinterzimmer hören musste. Der Eisvogel erkannte seine Stimme und erschien in unterkühlt-provokantem Habitus. So mindestens wirkte sie auf ihn. Mit einer leichten Kopfbewegung und einer passenden Geste wies – oder befahl? – sie ihn in ihr Besprechungszimmer.

Scharf suchte er nach einer Videokamera und fand keine. Offenbar war wie bisher nur der Verkaufsraum überwacht, falls die Anlage von diesem Raum aus in Betrieb gesetzt wurde.

»Haben Sie meine Weisungen ausgeführt?«, riss er die Gesprächsführung an sich. Sie blickte erstaunt.

»Weisungen? Mister, Sie meinen wohl Empfehlungen!«

»Das kommt bei mir auf dasselbe heraus, Miss Eisvogel«, bluffte er.

»Mistress, please!«, schon klang die Domina an.

»Der bunte Teil des Abends kommt schon noch. Also bitte im Ernst. Ist alles so weit in Ordnung und unter Kontrolle? Irgendwelche Vorkommnisse?«

Offenbar sagte sie die Wahrheit, als sie bestätigte, alle Maßnahmen wie besprochen durchgeführt zu haben. Nein, sie hätte keinerlei besondere Beobachtungen gemacht.

»Okay«, Richard war beruhigt. »Darf ich Sie zum Dinner einladen, Mistress?«

»Da bin ich schon besetzt, aber melden Sie sich um 21 Uhr an meiner Wohnungstür. Ich nehme an, sie finden sie. Ich erwarte Pünktlichkeit, da verstehe ich keinen Spaß.«

Und draußen war er.

So streng sind hier die Bräuche, dachte er bei sich und spürte das Flimmern im Sonnengeflecht. Wollte er doch beizeiten in die Falle, denn morgen war ein wichtiger Tag bei der Greves, dem primären Grund seiner Reise nach Zürich. Das Sonnengeflecht setzte aber unzimperlich andere Prioritäten. Ganz abgesehen von Sicherheitsaspekten steckte er nun mental in der Falle. Hatte die Novak geplaudert, so hatten Kropf und die polnischen Mafiosi Grund genug, den Schnüffler kaltzumachen. Nur wäre dann die Novak als Erste dran und nach gestutzten Flügeln sah der Eisvogel nicht aus. Aber ein Restrisiko blieb dennoch.

Der Solarplexus und das zwei Handbreit tiefer gelegene Organ überzeugten ihn aber spielend davon, dass ein Dasein ohne Risiko nur für Spießer, aber keinesfalls für einen dynamischen Menschen wie Richard Henry Harriott lebenswert ist. Und so klingelte er pünktlich um 21 Uhr bei Agnieszka Meister-Novak.

Der Eisvogel öffnete genau in der Aufmachung, wie er sie damals im Baur au Lac befürchtet hatte und hier erhoffte: eleganter Minirock und hochhackige Stiefel bis übers Knie, beide aus schwarzem Lackleder, die unendlich langen Beine durch Netzstrümpfe erfolgreich zur Geltung gebracht, lange Handschuhe, in der rechten Hand eine Zigarette in einer Silberspitze.

Er versuchte es mit einer höflichen Verbeugung, die aber keinesfalls devot wirken durfte.

»Komm schon rein, Harriott, und lass die Umstände!«, sagte sie, indem sie ihm einen Platz in der eleganten Polstergruppe anbot.

»Malt, Sherry, sonst was?«

»Malt, bitte!«

»Also, wie hast du dir das vorgestellt? Bitte sachlich und ohne Umschweife! Du kennst meine Spezialität. Alles hat natürlich seinen Preis. Du hast dein Business, ich habe meines.«

Das nannte man La Direttissima. Nicht dass das böse gemeint war. Es war einfach lupenreiner Sprachstil einer Domina mit Klasse. Ihm sollte es recht sein.

»Du treibst zwei Arten von Business, wenn ich mich nicht irre.«

»Werde nicht frech! Also, bitte im Klartext deine Wünsche!«

»Wie wär's mit einem deftigen Fick einschließlich deinem Sado-Maso-Firlefanz als Staffage, aber bitte ohne den Tatbeweis. Ich bin nämlich fürchterlich wehleidig.«

Das verschlug selbst der abgebrühten Novak den Atem.

»Du bist der frechste Hund, der mir je vorbeigekommen ist«, sagte sie ganz leise. Die Augen sendeten Laserstrahlen aus, mit denen sonst Panzerplatten zerschnitten werden.

»Nicht Hund, sondern Kater, frech und unzähmbar«, stellte er trocken richtig.

Jetzt beschloss sie zu lächeln. Bald darauf ging der Akt mit der Lust fortissimo und mit Applaus und Zugaben über die Bühne beziehungsweise Matratze.

56 Zürich, am folgenden Tag.

Diesmal herrschte in der Oerlikoner Gesprächsrunde eine Art von frohgemuter Kampfstimmung. Einerseits sprach blanke Wut aus den Mienen der Greves-Leute. Wiederum war ein lukratives Geschäft verloren gegangen und mindestens ein Falschmünzer unter den Printherstellern hatte den guten Ruf der Greves lädiert und einen bereits eingeleiteten Auftrag durch Einschleusen von kopierten Prints geschmälert. Andererseits war nun die lähmende Ungewissheit über etwaige Schädlinge verflogen, denn die ersten Feinde waren mit Sicherheit erkannt und damit fassbar geworden.

Willy Kessler leitete die Sitzung im Stile eines Einsatzkommandoführers. Rolf wurde mit Lob überhäuft, was ihn sichtlich freute. Natürlich wollte Willy sogleich losschlagen, wogegen Richard sein Veto einlegte.

»Vorerst sind zwei Dinge zu tun«, mahnte er. »Der württembergische Lieferant kommt auf die schwarze Liste und wird bis auf weiteres nicht mehr berücksichtigt. Unterlassen Sie vorderhand irgendwelche Aussprachen. Wenn Sie nichts dagegen haben, werde ich dieser Firma einen diskreten Besuch abstatten, wobei dort keiner wissen darf, dass wir uns kennen.«

Er blickte in die Runde, um von jedem ein zustimmendes Nicken zu registrieren. Er behielt es für sich, dass wohl nicht er die Sondierungen durchführen würde, sondern ein von Sir Alec in Marsch gesetzter Kollege aus der Zunft der Rauchmelder. Wie bei der Greves war es vermutlich auch nicht die Geschäftsleitung, welche den Pfusch zu verantworten hatte, sondern ebenfalls so ein mieser Typ wie hier der Flückiger.

Damit waren sie beim Thema der Schwarzlieferung aus dem eigenen Hause angelangt. Willy Kessler rümpfte die Nase:

»Es kommt nur der widerliche Urs Flückiger infrage, seines Zeichens unser Betriebsleiter. Oder ist jemand anderer Meinung?«

Sämi Rüegg pflichtete ihm bei, und Rolf nickte betreten darüber, dass sein langjähriger Widersacher tatsächlich so tief gesunken sei. Das hätte er nun doch nicht gedacht. Willy Kessler machte deutliche Anstalten, den Verräter sofort kommen zu lassen.

»Einen Moment bitte!«, intervenierte Richard. »Selbst Sie können ihn nicht standrechtlich erschießen. Das ist in zivilisierten Ländern verboten. Vor allem aber wäre es ein Fehler. Noch muss sein Vorgehen genau ermittelt werden. Mittäter, Anstifter, das ganze Umfeld, wie wurde bezahlt und wie viel. Ich gestatte mir eine brisante Vermutung.« Er machte eine quälend lange Kunstpause:

»Doktor iuris utriusque Hermann Werner Kropf, Rechtsanwalt, ist der Drahtzieher und der Anstifter. Der quirlige Urs ist sein gelehriger Jünger. Ein entscheidender Grund, dass der mich hier nicht sehen darf, Sie verstehen!«

»Ich wusste gar nicht, dass Kropf auch Gynäkologe ist«, warf Sämi Rüegg ein.

Richard lachte und erklärte ihm, dass ›utriusque‹ auf die Kenntnis auch des Kirchenrechtes hinweise und mit Uterus nichts zu tun habe. Dabei würde er aber dem Doktor Kropf profunde Fingerfertigkeiten auf diesem Gebiet durchaus zutrauen.

Die Lachpause wirkte entspannend. Nachdem wieder Ernst eingekehrt war, wurde unter Richards methodischer Anleitung umfassend besprochen, wie Flückigers Vorgehen am besten zu eruieren sei. Dazu sollten nun sämtliche Aufträge für die Herstellung von Einzelheiten ins Visier genommen werden. Schritt für Schritt ihre Abwicklung, Betriebspapiere, die Belegung der Bearbeitungszentren, Zwischenlagerungen und die Spedition. Bei Teilen, deren Größe ein unauffälliges Wegtragen in Manteltaschen oder Mappen gestattet, sei ganz besonders Acht zu geben.

»Unser Grundsatz lautet nach wie vor: Tarnung, Business as usual, nicht auffallen. Den Kerl müssen wir in Sicherheit wiegen. Niemals soll er sich veranlasst fühlen, seine Kontaktleute zu warnen. Eines Tages müssen wir alle diese parasitären Schmeißfliegen gleichzeitig zerquetschen. Sie sammeln jetzt möglichst viel Beweismaterial. Am Tage X, den wir gemeinsam festlegen, erstatten Sie Anzeige und veranlassen über einen Anwalt seine sofortige Verhaftung. Munitioniert mit allen Beweisstücken wird der Anwalt eine Haftentlassung zu verhindern wissen. Denn es ist natürlich damit zu rechnen, dass Kropf oder ein von ihm beauftragter Rechtsverdreher um seine sofortige Freilassung kämpft.«

Jetzt wurde er sehr ernst. Man glaubte, dass die Luft vor Spannung knisterte.

»Meine Herren, ich schätze, dass Sie mit der Spurensicherung höchstens zwei Wochen Zeit haben. Dann müssen Sie bereit sein, um nach meinen Empfehlungen loszuschlagen!«, und nach einer Pause: »Alle anderen Maßnahmen zur Tarnung und Desinformationen bleiben uneingeschränkt in Kraft. Wer sagt uns denn, dass Freund Flückiger der einzige Giftpilz ist in der Greves?«

Willy Kessler schnalzte zustimmend und rachedürstend mit der Zunge. Dann wechselte er zum einzigen offiziellen Thema auf der Tagesordnung: Cincinnati Tools.

Richard überreichte den Schlussbericht, der außerordentlich nützliche Erkenntnisse enthielt. Der Auftrag zur gezielten Beschaffung von sensitiver Intelligence war vollständig erfüllt worden. Die Ergebnisse sollten erst nach gründlicher Lektüre besprochen werden. Hierzu freilich verspürte niemand jetzt noch Lust, noch war genug Zeit vorhanden, um den Bericht jetzt durchzugehen. Zu sehr waren die Herren vom verräterischen Treiben Flückigers aufgewühlt.

Club of London

57 Wien, 18. Januar im Jahr der Barrakudas.

Kurz vor seinem Abflug nach Wien erreichten Richard zwei
Telefonanrufe. Der erste war von Sharon mit der etwas unge-
wöhnlichen Mitteilung, er möchte sich am 20. Januar um die Mittagszeit im Hotel Hilton Heathrow Airport Terminal 4 einfinden. Außer einem »I love you« erfuhr er nichts, und Fragen zu
stellen, war bekanntlich nicht statthaft.

Dann meldete sich Georg und erkundigte sich nach dem Gesundheitszustand der Antonia, ihr Codewort, dass er frei reden
konnte. Er wüsste Näheres über Linz und die Großmutter, welche Anfang Februar eine Reise nach Kiel plane. Seine eigenen
Ferienpläne hätte er nun fertig gestellt.

Offenbar trat die Transaktion mit den abgeänderten Prints der
Insektikill in die entscheidende Phase ihrer Auslieferung, bei
der Babic mit hoher Sicherheit der Drahtzieher für deren Einbau in die Giftgasanlagen der Chemotechnica in Kiew war. Die
Verhinderung dieses äußerst gefährlichen Technologietransfers
an Freund Saddam hatte bekanntlich erste Priorität. Mit der
letzten Bemerkung brachte Georg zum Ausdruck, dass er seine
Rückzugspläne bereits ausgearbeitet habe, eine Hausaufgabe,
welche erst für das letzte Wochenende im Januar vorgesehen
war. Sie verabredeten sich für den 19. Januar abends im Sheraton am Airport Frankfurt, das für Richard auf der Strecke von
Wien nach London gerade am Wege lag.

Auf dem Flug überlegte Richard, ob er Georgs ›big news‹
sofort an Sir Alec übermitteln sollte oder ob es damit nicht bis
London in zwei Tagen Zeit habe. Er hielt sich strikt an die Weisung und machte den Anruf gleich nach der Landung. Schließ-

lich hatte er eine Begegnung mit Babic vor sich und niemand konnte wissen, wie sie ausging.

Diesmal tagten sie nicht in der Ecke der Lobby des Imperial, sondern begaben sich ins Wienerkaffee. Die meist betagten und wenig kalorienbewusst lebenden Damen bildeten eine sichere Geräuschkulisse für ihre Gespräche. Richard entschloss sich zu einer Sünde und bestellte ein Stück Sachertorte mit Schlagsahne und eine Portion Schokolade, ebenfalls mit Sahne. Auch diesmal blieb Babic bei der langweiligen Römerquelle. »Ich kann liefern«, begann Babic ruhig und selbstsicher. »Über meine Lieferanten kann ich Ihnen die tausend Sets mit je einer Düse, einer Membran und einer Dichtung zu einem Preis anbieten, der vierzig Prozent unter dem Niveau der Injectec liegt. Da dürfte auch für Sie ein hübsches Schnäppchen drin sein.«

Richard hob erstaunt die Augenbrauen. Das war ja ein Ding, welches tiefgründige Fragen aufwarf! Schon bei ihrem ersten Gespräch in Bratislava hatte er vorsorglich festgehalten, dass Babic als letztes Glied in der obskuren Handelskette über Informationen über die Herkunft der Kostbarkeiten verfügen müsse. Nebst einem ohnehin unerlässlichen Ursprungszeugnis würden sie bei etwaigen Pannen benötigt, um die Spuren so schnell wie möglich zu verwedeln.

»Gratuliere, mein Herr, Sie sind ein Könner! Sie wissen, dass ich das und jenes an Hintergrundinformationen kennen muss. Sie werden mich sicherlich mit einer virtuosen Story verblüffen. Wenn die mir plausibel genug erscheint, so ist der Handel perfekt!« Er streckte ihm wie ein Viehhändler die Hand zum Zuschlag entgegen, welche Babic diesmal mit Kraft ergriff.

»Ein paar Stichworte müssen Ihnen genügen. Sie können davon ausgehen, dass wir das taktische und psychologische Handwerk verstehen und ich daher das Wie ausblende. Also, mein Agent im UK nahm mit dem Leiter Technik der Injectec Kontakt auf, um eine Fachfrage zu besprechen. Techniker mögen das. Und so suchte er ihn im Werk auf und zeigte ihm Zeichnungen von Teilen, die jenen für die Aerospace einigermaßen ähnlich waren. Dann erkundigte er sich, ob die Injectec unter Umständen in der Lage wäre, so etwas herzustellen, was der Technische Leiter mit Stolz bestätigte. Zum Beweis führte er meinen Agenten in den Betrieb und zeigte ihm die ominöse Nullserie und die dazugehörigen Fertigungsunterlagen.

Wieder überspringe ich die nachfolgenden Täuschungsmanöver. Jedenfalls hielt sich mein Mann irgendwo im Betrieb versteckt, klaute nachts ein Set aus der Serie, was zahlenmäßig nicht auffällig war, fotografierte die technischen Papiere und machte sich bei Tagesanbruch unbemerkt aus dem Staub.«

Richard zeigte sich verblüfft – und war es auch. Komplimente helfen immer, dachte er und drehte auf:

»Donnerwetter, Babic, ich darf Sie doch einfach so nennen? Wir können ein ideales Team bilden. Wenn Sie mir den Vergleich mit der Medizin gestatten. Ich bin der Internist, der den kritischen Punkt ortet, und Sie sind der Chirurg, der mit dem Skalpell das Problem löst. Wie Sie wissen, erntet immer der Chirurg Glanz und Ruhm, der Internist bleibt im Hintergrund.«

Babic freute sich sichtlich über diese Analogie und taute ein wenig auf. Sein Traumberuf wäre tatsächlich der des Chirurgen gewesen, meinte er fast vertraulich. Aber die Möglichkeiten dazu hätten gefehlt. Richard beteuerte, er würde ihm diese Begabung deutlich ansehen und hätte deshalb diesen Vergleich bemüht.

Nicht nur wegen der Nettigkeit, sondern auch, weil er offenbar das weite Geschäftspotenzial erkannte, welches sich hier auftat, wurde Babic geradezu gesprächig.

Vor lauter Begeisterung bestellte er sogar ein alkoholisches Getränk in der Gestalt eines kleinen Puntigamer-Biers. Dann fuhr er fort:

»Das dreiteilige Musterset und die technischen Unterlagen habe ich auf zwei Hersteller aufgeteilt. Die einfachsten und billigsten Teile sind die Düsen. Sie gehen ganz offiziell an einen Betrieb in Bratislava. Hier wird auch das Ursprungszeugnis erstellt, wobei ich dafür sorge, dass darin auch die anderen Teile aufgeführt werden. Diese anderen Teile, es sind die teuren und aufwendigen, lasse ich beim zweiten Hersteller fertigen, welcher sich in der Nähe von Kiew befindet. Die lieben Leute produzieren sie in ihrer Freizeit, was den lächerlich niedrigen Preis erklärt.«

Mit Freizeit meinte er Schwarzarbeit oder einen sonst wie nicht registrierten Vorgang, jedenfalls etwas im Stile von Urs Flückiger.

»Ich transportiere die Düsen aus Bratislava selber nach Kiew, wohin ich ohnehin nächstens fahre, und spediere sie zusammen mit den Membranen und Dichtungen über Odessa Richtung Palma de Mallorca, genau wie Sie es mir damals beschrieben haben. Das Ursprungszeugnis erhalten Sie auf dem Postweg.«

Richard war wie elektrisiert und hakte sofort ein:

»Großartig, Sie sind nicht nur der Chefchirurg, sondern auch ein exzellenter Logistiker. Es zeugt für Ihre Zuverlässigkeit, dass Sie den Transport nach Kiew eigenhändig vornehmen und dort die Verschiffung persönlich überwachen. Ihr Supermercedes ist das ideale Transportmittel für derart kostbare Güter. Wie lange dauert die Fahrt?«

»Ich fahre immer über Banská Bistrica und Košice, wo ich meistens etwas zu erledigen habe. Von dort geht es über die ukrainische Grenze bei Uzgorod, wo mich die Beamten kennen, und weiter über Lwow, dem früheren Lemberg, nach Kiew. Das ist wegen der teilweise schlechten Straßen nicht die schnellste und bequemste Route, hat aber den Vorteil eines einzigen Grenzübergangs. Wenn ich mal keine Ware dabeihabe, fahre ich durch Polen und übernachte im schönen Krakau. Es sind über tausend Kilometer, wofür ich zwei Tage ansetze.«

»Und wann geht es los mit unseren Düsen?«

»Sie haben mir jetzt grünes Licht für den Auftrag gegeben. Der Lieferant wird es in zwei Wochen schaffen. Da ich aus anderen Gründen Anfang Februar losfahren muss, sollte sich das so ausgehen.«

»Wäre für meinen Kunden ideal«, sinnierte Richard und pflanzte eine Sonde. »Ich bin ein korrekter Geschäftspartner und schlage eine Zahlung Zug um Zug vor. Das erste Drittel überweise ich Ihnen, sobald Sie Košice verlassen haben. Das zweite bei Ablieferung in Palma und das dritte bei Übernahme der Ware durch den Kunden. Einverstanden?«

Richard bemühte sich, möglichst gleichgültig mit der Gabel der Sachertorte den Schokoladendeckel abzuheben, um ihn für den Schluss aufzusparen, denn er schmeckte besonders köstlich.

»Einverstanden! Ich rufe Sie an, sobald ich in Košice Richtung Grenze losfahre. Also wahrscheinlich am 1., 2. oder 3. Februar. Hier ist meine Kontonummer bei der Creditbank in Wien.«

»Damit ich wirklich pünktlich sein kann, werde ich die Überweisung vorbereiten. Am besten, Sie signalisieren mir bereits Ihre Abfahrt von Bratislava, denn es dauert mindestens einen ganzen Tag, bis das Geld auf Ihrem Konto verfügbar sein wird.«

Die Sonde mit Peilsender saß im Fell des Löwen. So konnte er, wie ein Zoologe, anhand der Anrufe die Bewegung und den Standort seines Objektes feststellen. Inzwischen hatte er den Kampf mit der Sachertorte endgültig zu seinen Gunsten entschieden und setzte der Begegnung den Schlusspunkt:

»Unser nächster Kontakt wird Ihr Anruf bei Ihrer Abreise aus Bratislava sein, um mir den Zeitpunkt des mutmaßlichen Grenzübertritts mitzuteilen, der übernächste die Bestätigung bei Ihrer Wegfahrt aus Kosice. Okay?«

»Okay!«

Dann verabschiedete der Nur-Internist den Chefchirurgen mit der angemessenen Ehrerbietung.

58 Frankfurt, 19. Januar.

Im Frankfurter Flughafenhotel Sheraton wurde Michael Vollpracht, wie er sich wieder einmal nannte, nach telefonischer Voranmeldung zu Richards Zimmer gewiesen. Dieser begrüßte ihn mit einer Flasche Chablis und einer Platte, reichlich belegt mit schottischem Rauchlachs.

»Also, vorgestern Morgen kriegte ich im Büro von Primus Schütz ein Telefongespräch mit. Einer Firma Specitronic in Waiblingen ist es offenbar gelungen, die überzähligen Prints aus der Serie für die Insektikill in Linz durch gezielte Eingriffe entscheidend aufzuwerten, sodass sie für die Steuerungen der Produktionsanlagen für Kampfstoffe Saddam Husseins taugen. Schütz sprach mit einem Herrn Magnus. Die Schaltungen sind bereits unterwegs und werden Ende Januar, also in zehn Tagen, in Bratislava eintreffen. Warum sie so viel Zeit benötigen, ist mir nicht bekannt. Babic wird sie in Empfang nehmen und zusammen mit anderen Komponenten persönlich nach Kiew zu den Konstrukteuren der Anlagen bringen. Nach meiner Zeitschätzung wird er zwischen dem 1. und dem 3. Februar aufbrechen.«

Richard notierte so emsig, als ob es die neueste der neuen

Nachrichten wäre. Innerlich hatte er Grund zum Frohlocken, denn die Information deckte sich genau mit der Aussage Babics. Man konnte also davon ausgehen, dass sie mit hoher Wahrscheinlichkeit stimmte.

»Mein Rückzugsplan liegt bereits vor«, wechselte Georg das Thema. »So schwer war es gar nicht und hat sogar noch den Vorteil, dass ich nur eine einzige Version davon benötige. Ich brauche also meinen lieben Geschäftskollegen nichts anderes vorzulegen.

Ich habe meine Liegenschaft in Königstein dem Bruder meiner Gemahlin verkauft und bleibe dort Mieter, bis wir das Land verlassen. Meine Frau ist ganz wild darauf, irgendwohin in südliche Gefilde zu ziehen. Sie meint, den Frankfurter Winter einfach nicht mehr ertragen zu können. Dass wir uns den vorzeitigen Ruhestand leisten könnten, ist ihr bewusst. Von der Seite her also kein Problem. Beide Kinder sind erwachsen und besuchen uns ohnehin selten. Enkel gibt es auch keine zu betreuen. Also, ein Wegzug wäre aus familiärer Sicht problemlos.

Der Großteil meines Vermögens besteht aus Wertschriften und liegt bereits heute zur Hälfte auf schwarzen Konten im Ausland. Ich werde in den nächsten Tagen bis an die Grenze der steuerlichen Glaubwürdigkeit noch weitere Verlagerungen vornehmen.«

»Okay, mein lieber Georg, dann ist ja alles unter Kontrolle. Erinnern Sie sich an unsere Spielregeln für Sonder- und Notfälle? Sie sind nämlich nicht auszuschließen.« Richard machte eine düstere Miene.

Georg erschrak und knatterte wie aus der Maschinenpistole:

»Im Sonderfall verlangt Herr Schuster die Leonore zu sprechen und ich rufe Sie binnen drei Stunden zurück. Im Notfall teilt mir Herr Sturm mit, dass ich meinen Wagen abholen kann. Ich telefoniere sofort mit Ihnen, oder wenn das nicht möglich ist, verlasse ich unverzüglich den Ort und rufe Sie so bald wie möglich von einem sicheren Ort aus an.«

Richard erhob sich und klatschte andeutungsweise mit den Händen Applaus.

59 London, 20. Januar.

Richard betrat pünktlich am 20. Januar das Hilton am Londoner Airport. Sharon betrachtete oberflächlich Wedgwood-Porzellan und andere Kostbarkeiten in einer eleganten Vitrine. Er hatte verstanden und schlenderte mit dem Mantel am Arm, den Rollkoffer hinter sich herziehend, in der Lobby umher, bis er ebenfalls neben der Vitrine stand.

»Für dich ist Zimmer 381 reserviert, den Badge habe ich dir soeben in die Manteltasche geschoben. Es wird dich dort jemand aufsuchen.«

»Bist du heute so geil, dass keine Zeit bleibt, um in deine Wohnung zu fahren?«, raunte er ihr spaßhaft und gezielt ordinär zu.

»Erraten, auch trage ich die Strapse, die du mir vor hundert Jahren geschenkt hast.« Sie wandte sich hüftwiegend ab.

So ganz klar war ihm nicht, was jetzt passieren würde. Jedenfalls begab er sich auf das für ihn reservierte Zimmer und machte es sich bei einem englischen Bier aus der Minibar im einzigen Polstersessel bequem. Lange brauchte er nicht zu warten, bis es klopfte und er Sir Alec die Tür öffnete.

»Haben Sie Ihren Amtssitz oder Ihren Alterssitz an den Flughafen verlegt?«, erkundigte sich Richard beinahe an der Grenze der Respektlosigkeit.

Sir Alec wehrte lachend ab. Er werde noch heute Abend in die City zurückkehren. Dann kam er sofort zur Sache:

»Richard, wir stehen in einer kritischen Phase. Wir können und müssen in den ersten Tagen im Februar zuschlagen. Ich erinnere an das Bild der Wetterkarte mit den Tiefdruckgebieten, den Zyklonen der Kriminalität. Das Problem ist ein mehrfaches. Wir müssen alle anvisierten Bösewichter gleichzeitig ausschalten. Da sie mindestens teilweise mehr oder weniger eng zusammenarbeiten, wobei wir längst nicht alle Querverbindungen kennen, besteht sonst die Gefahr, dass sie einander warnen und sich unserem Zugriff entziehen. Die Gleichzeitigkeit ist das zentrale Problem. Unsere Operationen finden mehrheitlich in Westeuropa statt. Kriminelle Akteure können nur in Zusammenarbeit und im Einklang mit der nationalen Polizei und Justiz aus dem Verkehr gezogen werden. Da sind die Spielregeln eben unterschiedlich und es ist eine anspruchsvolle Aufgabe, die Geheimhaltung sicherzustellen. Aber zum erwähnten Zeitpunkt scheint die Konstellation verhältnismäßig günstig zu sein. Es sei denn, Sie hätten gegenteilige Informationen.«

Er machte eine Pause und warf einen Blick in seine Papiere.

»Nein, Sir, aus meiner Sicht kann ich das nur bestätigen!«, sagte Richard und berichtete, was er von Babic und von Georg hatte in Erfahrung bringen können.

»Bingo!«, rief Sir Alec aus, ein Ausdruck, der nun ganz und gar nicht ins Vokabular dieses englischen Gentleman passte.

»Die Operation Kreuzotter hat entscheidende Priorität, auch im Timing. Ich habe mir notiert, dass Babic Sie zweimal benachrichtigen wird, erstens, sobald er von Bratislava losfährt, und zum zweiten Mal, wenn er hinter Kosice auf die Grenze zusteuert, welche er in Uzgorod überqueren wird. Dort in der Nähe könnte ihn unser Freund Oleg vom FSB, den ich mal erwähnte, angemessen betreuen. Er wird dem Babic die Beute entreißen und sofort vernichten. Sobald Oleg zugeschlagen hat, werden unsere Aktionen an allen Enden losgehen. Dann wird der 1. oder der 2. oder der 3. Februar zu unserem D-Day! Okay?«

»Okay, Sir!«

»Bei der Operation Kreuzotter ist Oleg eine Schlüsselfigur, die gepflegt sein will. Ich zähle deshalb auf Sie, dass das Kidnapping des ›Großen Kobalt-Eis‹ am 26. oder 27. Januar in Prag klappt. Ich benötige das Ding als Tauschobjekt für diverse Dienste, welche mir das FSB regelmäßig erweist. Kurzfristig eben auch bei der Operation Kreuzotter. Oleg weiß davon natürlich noch nichts. Keiner soll das Fell des Bären schon verkaufen, bevor er erlegt worden ist. Wenn beides gelingt, so winkt dem erfolgreichen Oleg so gut wie sicher eine Beförderung, was auch für uns nur von Vorteil sein kann.

Dass wir Prag zeitlich vorziehen müssen, soll uns nicht stören. Der illegale Export dieses Kunstgegenstandes ist mit den anderen wirtschaftskriminellen Untaten nicht vernetzt. Hier können wir zupacken, ohne eine Kettenreaktion auszulösen. Auch für Kropf stellt das Kobalt-Ei einen Sonderfall dar, welcher außerhalb seiner regelmäßigen Missetaten abläuft.«

Sir Alec bat um ein Bier aus der Minibar.

»Kommen wir auf den D-Day zurück. Sobald Sie von mir die Bestätigung unseres Schlages gegen Babic erhalten haben, werden Sie erstens bei der Greves Kessler auffordern, Urs Flückiger verhaften zu lassen. Ich nehme an, dass die inzwischen genügend Beweismaterial zusammengetragen haben werden.

Zweitens werden Sie Georg Follmann in letzter Minute in Sicherheit bringen und drittens werden Sie Kropf vorerst in Ruhe lassen. Für ihn habe ich eine Spezialbehandlung vorgesehen, welche erst einige Tage später einsetzt. Sie werden rechtzeitig davon hören.«

Nach einer Weile fuhr er fort:

»Sie wundern sich wohl, weshalb wir dieses Gespräch hier in einem Flughafenhotel führen. Ich habe anfänglich dargelegt, dass unsere Aktionen gleichzeitig, aufeinander abgestimmt und unter Einbeziehung verschiedener Justiz- und Polizeiorgane ablaufen müssen, und das über halb Europa. Ich habe daher heute alle involvierten Rauchmelder und Operateure und sämtliche staatlichen Organe hierher gebeten, die für die legale Seite der konzertierten Aktion zuständig sein werden. Es handelt sich um ein rechtlich informelles und organisatorisch loses Konglomerat mit der geheimnisvollen und selbstironischen Bezeichnung ›Club of London‹.

Jeder sitzt in einem Zimmer wie Sie, welches er nicht verlässt. Ich zirkuliere von Raum zu Raum, orientiere über Lage und Auftrag, höre aufmerksam zu, stimme die Aktionen aufeinander ab und erteile am Schluss die einzelnen Aufträge. In einem Hörsaal wäre das wegen der absoluten Geheimhaltung, und weil keiner den anderen sehen soll, unmöglich. Auch soll jeder nur von jenen Missionen Kenntnis haben, an denen er selber teilnimmt. Was sonst noch am D-Day abgeht, darf er gar nicht wissen. Ich muss Sie also bitten, bis zu meinem persönlichen Abschiedswort brav hier zu bleiben. Für Hungrige gibt es einen Room-Service.«

Und draußen war er. Clever, dachte Richard. Originell und rationell, wie Sir Alec diese stattliche Get-together-Party organisiert hatte. Lesestoff hatte er ausreichend bei sich. Und so richtete er sich auf eine längere Verweildauer ein.

Nach einer Weile vernahm er ein leises Klopfen an der Tür. Durch den Spion erblickte er Sharon und öffnete natürlich sogleich. Heute fand er sie wieder so attraktiv und anmachend wie schon lange nicht mehr. Er nahm sie in die Arme, wobei seine Hände die ganze Silhouette absuchten, als wolle er prüfen, ob noch alles beim Alten war. Offensichtlich genoss sie die Leibesvisitation und entzog sich ihr mit auskostender Langsamkeit. Dabei waren auch ihre Finger nicht ganz untätig.

»Kommst du heute Abend zu mir?«, wollte sie wissen. »Hier sollte nach fünf Uhr Schluss sein.«

Richard akzeptierte begeistert, worauf sich die Verführerin Richtung Tür verzog. Bevor sie öffnete, hob sie ihren Rock so weit hoch, bis die Strumpfenden mit den Strapsen sichtbar wurden.

»Siehst du, ich habe nicht übertrieben, als ich dich unten begrüßte.«

»Meinst du mit ›unten‹ die Lobby oder meine erotische Fortsetzung?«, wollte er präzisiert haben. Beim verführerischen Anblick packte ihn die Begierde: »Bleib doch hier, für einen Quicky müsste die Zeit doch reichen.«

»Am Abend, my dear!«, sie lächelte maliziös. »Sonst hast du dein bisschen Munition schon jetzt verschossen!«, und sie machte, dass sie rauskam.

Prag

60 24. Januar im Jahr der Barrakudas.

Richard war im Hotel Bohemia abgestiegen, denn er musste diesmal das Hotel Intercontinental meiden, durfte er doch keinesfalls plötzlich Kropf begegnen, der dort gebucht hatte. Das Bohemia, ein traditionelles Hotel unter österreichischer Leitung, sagte ihm ohnehin besser zu. Zudem hatte er Glück, dass Zimmer 707 frei war, welches eine prächtige Aussicht auf die Altstadt und die Prager Burg bot. Außerdem lag das Bohemia ungefähr in der Mitte des Dreiecks aus den Hotels Interconti-nental und Jalta sowie Victor Havliceks Büro.

Eine erste Lagebesprechung war um 14 Uhr bei Victor angesagt. Zunächst ordneten sie alle verfügbaren Fakten. Es waren wenige genug. Andererseits waren die Hotels für ihre Zwecke günstig gewählt. Im Interconti hatten schon immer die westlichen Geschäftsleute gewohnt. In der Zeit vor der Wende konnten die meisten Zimmer abgehört werden und sie wurden es auch. Im Foyer und rund um den Eingang waren stets Sicherheitsbeamte durch sorgfältiges Zeitunglesen aufgefallen, als überfleißige Portiers tätig gewesen oder trugen draußen mit ihren schwarzen Schlapphüten zum Stimmungsbild bei. Die Prostituierten wurden auf die ausländischen Gäste angesetzt und das Entgelt im Verhältnis eins zu zehn zugunsten der Staatsgewalt geteilt. Seit auch diese Branche privatisiert worden ist, kassieren dafür anonyme, wenn auch bestens bekannte Syndikate – ein typisch böhmischer Widerspruch.

Im Hotel Jalta hingegen verkehrten vor allem dienstliche Besucher aus den Bruderländern. Auch bei denen war die Überwachung eine Selbstverständlichkeit, und die dort platzierten Mädchen wurden nicht weniger zweckdienlich eingesetzt.

Natürlich konnte Victor heute nicht mehr einfach hingehen und Hotelgäste belauschen oder abhören lassen. Dennoch gab es noch genügend informelle alte Seilschaften, welche in Einzelfällen eingesetzt werden konnten. So war es nicht allzu schwer, Friedrich Meisters Reservation im Hotel Jalta nachzuprüfen und auch die Zimmernummer herauszufinden. Von der CSA erfuhr er, dass am 25. Januar ein Passagier dieses Namens auf dem Flug SR/OK 8850 mit Ankunft in Prag um 8.40 Uhr gebucht sei. Der Rückflug nach Zürich sei derzeit offen. Das Setzen der Wanzen war auf morgen früh eingeplant.

Richard hatte Victor nach seiner Besprechung mit Kropf die Ankunft eines weiteren Erlkönigs signalisiert, der im Interconti absteigen werde. Das gab Victor genügend Zeit, seinen Horchposten aufzubauen. Heute erfuhr er von ihm die Identität, was über das Telefon nicht statthaft war.

»Der illustre Gast wird mit einer Million Schweizer Franken im Gepäck anreisen. Das Geschäft mit dem exklusiven Kunstobjekt wird Zug um Zug abgewickelt, also Ware gegen Barzahlung.«

Ein Anruf bei der CSA half zunächst nicht weiter, da dieser Name auf keiner Liste zu finden war. Victors Kontaktperson fragte bei der Swissair an, was bei einer befreundeten Airline weiter nicht auffällt. Bald darauf erhielt Victor die Bestätigung, dass Hermann Kropf in der Businessclass am 25. Januar einen Flug in der SR/LX 3442 gebucht habe, Ankunft in Prag um 10.40 Uhr, Rückflug am 26. Januar mit SR 445, Abflug 17.15 Uhr.

Sofort mobilisierte er seinen Horchposten im Interconti, welcher dafür sorgte, dass Herr Dr. Kropf für eine besonders luxuriöse Junior-Suite vorgemerkt wurde. Der Horchposten versprach, dass er persönlich die Installation eines Internetanschlusses überwachen werde, wie er die Verwanzung nannte.

Damit waren alle Vorkehrungen getroffen, soweit das überhaupt möglich war. Wann und auf welchem Weg der Kurier mit seiner Kostbarkeit auftauchen würde, war nicht bekannt. Es blieb nichts anderes übrig, als ab morgen früh um neun Uhr den Wanzenempfang einzuschalten und vermutlich unendlich lange zu warten.

Im Zeitalter der Mobiltelefone gibt es auch andere Mittel als das Anzapfen von Telefonapparaten. Nicht perfekt, aber es ist möglich, ganze Räume behelfsmäßig zu belauschen. Das anrüchige Knacken in der Leitung gehört der Vergangenheit an. Victor verfügte nicht über die neuesten Spielsachen. Statt echte Wanzen zu verwenden, behalf er sich mit präparierten Handys. Um ein plötzliches Piepsen, Blöken oder Rülpsen zu verhindern, wurden ihre Lautsprecher gekappt. Dafür hörten sie hervorragend dank mächtig verstärkter Mikrofone. Die so manipulierten Geräte ließen sich problemlos in einem Fernsehapparat unterbringen. Dort waren sie nicht nur gut versteckt, sondern ihre Akkus konnten auch leicht mit Strom gespeist werden. Das war deshalb wichtig, weil das Handy im TV-Gerät permanent auf Sendung sein musste.

Victor zeigte auf die zwei Handys, welche bereits auf dem Pult standen. Sie waren mit verstärkenden Lautsprechern an der Wand ausgerüstet, wie es in jeder Handfree-Anlage im Auto der Fall ist.

»Die werde ich am 25. Januar einschalten, sobald mich meine Vertrauenspersonen aus dem Jalta beziehungsweise vom Interconti anrufen. So können wir mit einem Gerät in Friedrich Meisters Zimmer horchen und mit dem anderen Kropf belauschen. Hier können wir jeden Lärm produzieren, sie werden uns nicht hören. Dieses normale Tonbandgerät hier hat eine zweistündige Aufnahmekapazität. Wir schalten es ein, sobald die Lautsprecher mitteilsam werden. Die Sende- und Empfangsqualität habe ich an beiden Standorten gecheckt. Diesbezüglich sind keine Komplikationen zu erwarten.«

»Ich kenne diese kommunikationstechnischen Küchenrezepte des armen Mannes. Die CIA würde hier eine AWACS und mehrere Aufklärungssatelliten einsetzen und am Schluss das falsche Hotel bombardieren.« Er verschwieg natürlich seine einschlägige Erfahrung, wie er in El Arenal mit Ken Ward den unglücklichen Navratil zur Strecke gebracht hatte.

Über die technischen Grenzen der Vorkehrungen waren sie sich bewusst. Bei Telefonaten konnte nur der Gesprächsteil registriert werden, welcher im Raum stattfand. Das Gegenstück am anderen Ende der Leitung musste dann mit Phantasie in Varianten zu einem möglicherweise fehlerhaften Ganzen ergänzt werden.

Auch konnte bei laufendem Fernseher das Gespräch übertönt werden. Dann allerdings hatte auch der Telefonierende so laut zu sprechen, wie er es mit Rücksicht auf die Vertraulichkeit kaum vereinbaren konnte. Weder auf den Flur noch in die Nachbarzimmer durften kompromittierende Gesprächsfetzen gelangen.

Immerhin bestand hohe Wahrscheinlichkeit, dass Besprechungen von großer Wichtigkeit nicht übers Telefon, sondern bei konspirativen Treffs stattfinden würden, wofür sich Hotelzimmer besonders gut eigneten. Eine Garantie gab es natürlich nicht, aber eine vernünftige Alternative zu den getroffenen Maßnahmen genauso wenig.

Victor fasste zusammen: »Ich schlage vor, dass wir hier morgen ab acht Uhr unseren Kommandoposten beziehen und Gefechtsbereitschaft erstellen. Die Handys werden etwa eine Stunde später in Betrieb sein. Dein Standort ist permanent hier. Für ein paar belegte Brote und Mineralwasser werde ich noch sorgen. Hoffentlich leidest du bis zum Abend nicht unter Entzugserscheinungen. Um 11.15 Uhr werde ich mich ins Hotel Intercontinental begeben, um dort die Ankunft des Herrn Dr. Hermann Kropf mitzukriegen. Ich muss wissen, wie er aussieht, damit ich ihn später in der Stadt mit Sicherheit wieder erkenne. Eine bloße Personenbeschreibung ist mir zu wenig.«

Damit waren Konzept und Beschlussfassung abgeschlossen.

61 25. Januar.

Die Posten in Victor Havliceks Büro waren bezogen. Kurz nach neun Uhr meldeten sich hintereinander die Gehilfen aus dem Jalta und dem Interconti. Beide Installationen schienen einwandfrei zu funktionieren, denn die Horcher konnten deutlich die Stimmen von Zimmermädchen vernehmen. Da sie natürlich Tschechisch sprachen, hatte nur Victor das Vergnügen, Einzelheiten über den vergangenen Abend zu erfahren. Jetzt wurde die Minibar aufgefüllt und dann war Ruhe, stundenlange Ruhe. Gibt es etwas Langweiligeres als einen Lauschangriff, bei dem nichts passiert? Jede Minute erscheint wie eine Ewigkeit.

Friedrich Meister hatte wohl erst bei seiner Filiale an der Partisanenstraße vorbeigeschaut, bevor er das Jalta aufsuchte. Denn zwei Stunden nach der Landung war er noch immer nicht im Hotelzimmer eingetroffen. Eigentlich verständlich, denn die Partisanenstraße lag auf dem Weg vom Flughafen zum Hotel. Der Ungeduldige redete sich ständig die Begründungen ein, warum das erwartete Ereignis logischerweise noch gar nicht hatte eintreten können.

Victor verließ wie geplant nach elf Uhr das Büro, um Kropf beim Einchecken im Interconti zu beobachten. Die wenigen Minuten Fußmarsch durch leichtes Schneetreiben von der Bilkovastraße boten ihm eine willkommene Abwechslung von der Warterei. In der Lobby angekommen, wartete er einen günstigen Augenblick ab und näherte sich der freundlichen Dame an der Rezeption, die ihn ab und zu mit Tipps versorgte.

»Ahoj, Drahomiro!«, sprach er leise. »Ist Herr Doktor Kropf schon eingetroffen?«

Sie verneinte.

»Für wie viele Nächte hat er reserviert?«

»Nur eine Nacht.«

»Würdest du ihn dann so laut und deutlich begrüßen, dass ich es drüben auf meinem Sessel hören kann? Im Übrigen hat er gegen überschwängliche Höflichkeit nichts einzuwenden.«

Sie nickte und meinte: »Sonst nichts?«

»Danke, sonst nichts!« Victor ging wieder zu seinem Sessel, von wo er eine vollständige Übersicht auf das Geschehen hatte.

Um 11.35 Uhr wurden von zwei Türstehern die Pforten aufgerissen. Ein Herr in schwarzem Ledermantel und Hitlergamaschen, die jedem Schneegestöber standgehalten hätten, betrat markanten Schrittes die Lobby. Auf dem ausgemergelten Kopf saß ein Lederhut, unter welchem die Ohren weit abstanden. Das musste er sein. Richard hatte mal die Bezeichnung ›Flügelmutter‹ fallen lassen. Ein Fossil aus der Zeit der Gauleiter, schoss es Victor durch den Kopf. Solche Bilder waren in uralten Illustrierten bei der Großmutter zu sehen gewesen.

Der Gauleiter trug an jeder Hand einen so genannten Pilotenkoffer der Marke STRATIC, wie er glaubte erkannt zu haben. Also ein überbreiter Aktenkoffer, in welchem mehrere dicke Ordner Platz finden. Wie diese kubischen Möbel zu der ehrenvollen Bezeichnung ›Pilot Case‹ gekommen sind, bleibt unklar. Enthielten sie ursprünglich Werkzeuge zur Reparatur des Flugzeugs während des Flugs? Oder einschlägige Handbücher wie »Jetzt helfe ich mir selbst – Düsenflugzeuge«?

Kropf stellte sich an die Empfangstheke und die Koffer zu seiner Rechten und Linken auf den Boden.

»Einen schön guten Tag, Herr Doktor Kropf! Sind Herr Doktor gut gereist?«

Die ganze Crew hinter der Theke machte eine böhmische Verbeugung, also eine, bei der man nicht weiß, wie ernst sie gemeint ist.

»Guten Thhhaagg!«, aspirierte der Gauleiter. Vor sechzig Jahren hätte sein Gruß wohl anders gelautet.

Victor hatte genug gesehen und verließ den Ort.

Um 11.45 Uhr war er wieder zurück bei Richard. Er berichtete ihm seinen Eindruck und erwähnte insbesondere die zwei schwarzen Pilotenkoffer.

Richard wies auf den Lautsprecher aus Kropfs Junior-Suite. Offenbar war der hohe Gast nun eingezogen, denn es hatte hier vor wenigen Minuten zu rumoren begonnen, aber ohne Stimmen. Jetzt wurde das Radio eingeschaltet. Aus dem Jalta war nichts zu berichten.

Zeit, um ein belegtes Brot zu verdrücken. Endlich, um 12.30 Uhr, tat sich auch etwas im Jalta. Kaum ins Zimmer eingetreten, rief Meister seinen Auftraggeber an. Richard betätigte den Schalter des Aufnahmegerätes.

»Herr Doktor, ich melde mich zwecks Verbindungsaufnahme.«

»Ja, danke, laufen wir nach Plan?«

»Ich habe Bericht von meinem Freund Pjotr kurz vor seinem Abflug aus Danzig. Alles ist nach Programm abgelaufen, Marek ist unterwegs und wird sich an der Grenze melden. Er selber wird sich um 17 Uhr wieder melden.«

»Perfekt!«, lobte Kropf. »Ich suche Sie um 15 Uhr auf, um den Operationsplan zu besprechen. Danke, fertig!«

Beide Lautsprecher waren tot. Das Aufnahmegerät wurde angehalten. Das war nicht ohne! »Das sind Anfänger!«, frohlockte Richard. »Nennen Namen und Ortschaften. Das erleichtert unsere Lagebeurteilung!«

346

»Moment!«, mahnte Victor. »Keine voreiligen Annahmen. Nur Friedrich Meister ist mit Sicherheit ein Anfänger. Ob Pjotr und Kropf Anfänger sind, ist durch nichts erwiesen. Übrigens sind ›Pjotr‹ und ›Marek‹ wohl nur Decknamen. Danzig als Ausgangspunkt der Reise dürfte wieder stimmen.«

Da gab es also einen Pjotr, der sich per Flugzeug nach Prag begab, und einen Marek, der von Danzig auf dem Landweg hierher unterwegs war. Das bedeutete eine wachsame Pause bis 15.00 Uhr. Drei Stunden Langeweile! Willkommene Unterbrechung bot ein Telefonat Meisters mit Daniela.

»Hallo meine liebe Daniela, … Ja, gut … Nein, am Nachmittag geht es nicht … Ja, ich weiß … Aber vielleicht am späteren Abend … Ja, ja, ja … Also, … Also, ich ruf dich an … Nein, nicht vor zehn Uhr … Also … Natürlich … Also, ich muss jetzt … Tschüüss!«, und dann hörte man nur ein tiefes, erschöpftes Atmen.

Kropf klopfte pünktlich an der Tür. Meister drehte sein Radio ab. Sie begrüßten einander mit gedämpfter Stimme. Das Aufnahmegerät in Victors Büro wurde auf maximale Empfindlichkeit gestellt. Kropf schritt zur Befehlsausgabe:

»In Sachen Geheimhaltung sind Sie kein Weltmeister«, pflaumte er seinen Gast zur Einleitung an. »Erwähnen Sie am Telefon nie Namen und kompromittierende Ortsbezeichnungen.«

Victor versetzte Richard einen freundschaftlichen Stoß.

»Ich gehe nun mal davon aus, dass unsere Beute heute Nacht hier ankommt. Sie werden von Ihrem Freund in einigen Stunden die Bestätigung erhalten oder dann den Termin für Morgen erfahren. Sobald das Ei angekommen ist, werden Sie es erneut identifizieren und mir Bericht erstatten. Ist Pjotr sein Deckname, oder heißt er tatsächlich so?«

»Aber sicher, sein voller Name ist Pjotr Alexandrowitsch Carlin. Er war früher Kurator im sowjetischen Kulturministerium und besitzt heute ein vornehmes Antiquitätengeschäft in St. Petersburg.«

Sein Stolz, dass er so zentrale Figuren im Kunsthandel kannte, ließ den Lautsprecher vibrieren. »Daher kam auch von Anfang an nur eine Teilung des Honorars infrage.«

»Dann ist es ja gut.« Kropfs Stimme klang versöhnlich. »Sie werden ihn morgen um 9.30 Uhr an seinem Standort abholen. Er wird Ihnen wohl heute Abend verraten, wo er sich aufhält. Dort angekommen, unterziehen Sie das Ei einer letzten Überprüfung und verstauen es anschließend in diesem Pilotenkoffer.«

Die Lauscher vernahmen das Schnappen von zwei Schlössern.

»Hier sind genügend weiche Stofflappen, um das Prunkstück sorgfältig zu umhüllen. Die Nummernschlösser habe ich auf 241-035 eingestellt. Ihr Freund darf die Kombination natürlich nicht wissen. So bleibt der Koffer sicher verschlossen bis zur Übergabe an mich.

Weltmeister, ich lege Wert darauf, dass ich Pjotr persönlich begegne und die Übergabe ohne Spuren oder gar Zeugen erfolgt. Aus diesem Grunde scheiden Hotelzimmer aus.

Als sicheren Ort habe ich die frühere St.-Michaels-Kirche ausgesucht. Bekannt? Nein? Ich bitte Sie! Die Kirche, sie heißt heute St. Michael Mystery, wurde in ein audiovisuelles Museum mit echt kafkaesken Gags umgewandelt. Großartig, sag ich Ihnen. It's a must. Sie liegt keinen Steinwurf vom Altstädterring entfernt und ist in etwa zehn Minuten vom Wenzelsplatz aus zu erreichen. Hier ist ein Folder mit einer Beschreibung.

Wie es sich gehört, hat die Kirche auch einen Turm. Er beherbergt heute das Restaurant ›Magic Vision‹. Es öffnet um zehn Uhr. Dort parken Sie Ihren guten Pjotr mitsamt dem Pilotenkoffer. Ich nehme an, dass ein Russe eine Stunde Wartezeit in Kauf nimmt. Er möge Punkt elf Uhr das Restaurant verlassen und das Museum betreten.

Der Rundgang dauert etwa eine Stunde. Hochinteressant, wie ich schon sagte, geschichtlich und kulturell und technisch. Etwa in der Mitte des Rundgangs wird in mystischer Beleuchtung der alte Jüdische Friedhof dargestellt, bekanntlich ein bedeutendes Erbe der Prager Kultur. Dort möge er sich hinsetzen und auf einen Mann mit Kippa warten. Möglicherweise wird dieser Mann schon dort sein und betenderweise auf ihn warten. Dieser Mann bin ich! Das können Sie ihm sagen. Nebeneinander sitzend, ziehe ich einen großen, dicken gelben Umschlag aus meinem geöffneten Mantel hervor und zeige ihm möglichst unauffällig den Inhalt. Erraten, es sind fünfhundert Tausender. Alle zählen kann er dort allerdings nicht. Er muss es glauben.

Dann gehen wir getrennt weiter. Fast am Ende der Show betreten die Besucher einen großen Aufzug. Wir werden darauf achten, dass keine anderen Leute mitfahren. Auf der Fahrt nach oben werden wir den Austausch von Koffer gegen Umschlag völlig unbeobachtet vornehmen. Dann gibt der Aufzug seine Fahrgäste in ein Auditorium frei, wo eine abschließende Tonbildschau gezeigt wird. Der Raum ist hell und geräumig genug, so dass mein Gegenüber hier den Inhalt des Briefumschlags in Ruhe nachzählen kann. Wenn er so weit ist, möge er mir zunicken. Ich werde auf dieses Zeichen das Haus mit dem Koffer verlassen.

Weltmeister, ich bitte Sie, das alles genau zu wiederholen: Zeiten, Orte, Handlungen, Zeichen, denn Sie werden die Anweisung Wort für Wort an Pjotr weitergeben.«

Nach ein paar Versuchen schien Friedrich Meister die Sache intus zu haben.

»Nun zu Ihnen. Sie wünschten Ihren Part ebenfalls hier in Prag zu erhalten. Nichts dagegen. Ich werde aber morgen um neun Uhr im Hradschin zu einem Gedankenaustausch empfangen. Aber anschließend können wir das erledigen.«

»Wie bitte, bei Präsident Havel?«

»Nicht ganz, aber wichtig genug!«

»Donnerwetter!«

»Ja, es ist aber nicht unser Thema. Wir sollten nicht zusammen gesehen werden. Ich schlage daher vor, dass ich Ihnen Ihren Umschlag im St.-Veits-Dom auf der Burg übergebe, gleich wenn ich von meinem Meeting komme. Wie wäre es um 10.30 Uhr? Das schaffen Sie leicht, nachdem Sie Ihren Freund deponiert haben. Und ich kann problemlos so um elf Uhr den kafkaesken Zirkus besuchen. Bitte wiederholen.«

Friedrich Meister wiederholte gehorsamst.

»Also, Sie rufen mich heute Abend um 22 Uhr an, nachdem Sie mit Pjotr gesprochen haben. Dann kann ich abschließend entscheiden.«

Jetzt hörten die Horcher das Schließen einer Tür und dann war Ruhe. Aufnahmegerät ab!

Victor machte ein sorgenvolles Gesicht, was Richard nicht ganz verstehen konnte. Lagen seine Stärken mehr im Durchschauen illegaler wirtschaftlicher und geschäftlicher Zusammenhänge, so war Victor ein erfahrener Kriminalist mit einem sechsten Sinn.

»Die ganze Anlage gefällt mir nicht. Unser Auftrag besteht ja darin, das Super-Ei abzufangen und gleichzeitig die Million Schweizer Franken einzuziehen. Der kluge Hund hat die Übergabe so eingefädelt, dass es sehr schwierig ist, alle Fliegen auf einmal zu erschlagen.«

»Zumindest wissen wir nun genau, wer Pjotr ist und woher er kommt. Scheint ein Big Shot im Kunsthandel zu sein«, meinte Richard besänftigend.

»War früher zwangsläufig mit dem KGB verstrickt. Wie jeder in so einem Job«, schob Victor nach. »Vermutlich bis heute nicht keimfrei, also aufgepasst.«

Es wurde Zeit für ein weiteres tschechisches Brötchen, genannt ›chlebicky‹, obschon die Mayonnaise schon schwer auflag.

»Natürlich könnten wir dem Kurier den Pilotenkoffer vor dem Eingang der St.-Michaels-Kirche kurzerhand schnappen. Aber das wäre reiner Entreißdiebstahl und es wäre höchst unsicher, wie wir die Beute Sir Alec zuführen könnten. Anscheinend benötigt er den Gegenstand für höhere Zwecke. Eine Übergabe an die Behörden würde wohl sein Problem nicht lösen. Auch die Million könnte so nie und nimmer in Besitz genommen werden.

Überfallen wir aber Kropf mit den Moneten unter dem Mantel vor dem Tausch, käme das einem Raubüberfall gleich. Wir hätten die Polizei gegen uns, denn noch könnten wir nichts Rechtswidriges beweisen. Pjotr würde sich mit dem Kronschatz schleunigst über alle Berge verkrümeln. Resultat doppelt negativ.«

Victor legte eine lange Denkpause ein.

»Obwohl taktisch höchst anspruchsvoll und unsicher«, fuhr er fort, »sehe ich nur eine Operation in drei Phasen.«

Richard platzte fast vor Neugier.

»Ich werde das meiste improvisieren müssen. Aber im Prinzip nehmen wir als Ersten den Weltmeister in die Zange, irgendwo in der Nähe des St.-Veits-Doms. Wenn zweitens Kropf mit dem

Koffer die Kafkashow verlässt, muss dieser trickreich ausgetauscht werden. Mit dem falschen Koffer lassen wir ihn unbehelligt ziehen. Gemäß Kropf soll Pjotr erst nach einer Weile die Stätte verlassen. Dies warten wir aber drittens gar nicht ab, sondern gehen nach dem Koffertausch rein und nehmen ihm den Briefumschlag ab. Weder der Weltmeister noch der Kurier werden zur Polizei laufen, da sie genau wissen, dass das Geld nur dank unlauterer Machenschaften in ihren Besitz gelangt war.«

Denkpause.

»Mein lieber Herr Kamerad, je länger ich mir die Sache überlege, desto deutlicher fühle ich einen Wurm in Kropfs Geschichte.

Kropfs Hinweis auf die wichtige Besprechung im Hradschin entspricht zwar seiner Wichtigtuerei. Nur glaube ich, es ist nicht der Grund, sondern der Vorwand, um Friedrich Meister auf die Burg zu zitieren. Warum wohl? Ich glaube, er will ihn aus dem Gesichtskreis der St.-Michaels-Kirche entfernen. Aber warum?

Kennst du die kafkaeske Show dort?«

Richard schüttelte den Kopf.

»Banausen seid ihr. Außer Kropf scheint sich keiner in Prag auszukennen. Hat man die Kasse passiert, steht am Eingang ein Pförtner in einer Mönchskutte als Kapuziner. Er geht ein paar Takte mit auf den Rundgang und gibt einige Kommentare ab. Sonst ist die Ausstellung für den Gebildeten ein sich selbst erklärendes Labyrinth. Unheimlich, voller Überraschungen, Figuren, die sich wie Automaten bewegen und abgehackte Sätze reden. Blitze und akustische Effekte, Tote, Skelette, was du willst. Dann eben die ausgedehnte Darstellung des jahrhundertelangen Zusammenlebens der deutschen, tschechischen und jüdischen Bevölkerung in Prag.

Moment! Dann erwähnte Kropf den Aufzug. Tatsächlich geht der Besucher dort hinein, die Tür schließt sich und das Licht geht aus. Dann setzt sich die Kabine unversehens mit einem Ruck in Bewegung und hält ebenso plötzlich an. Ein Knall, ein Blitz, und die Tür öffnet sich wie von Geisterhand, kafkaesk eben!

Mein lieber Freund, das ist der Moment für einen Mord. Wenn nur zwei Personen im Aufzug sind, würde niemand etwas mitbekommen. Der Überlebende verlässt die Kabine und sucht gemächlich den Ausgang. Die Aufzugstür schließt sich und die Kabine fährt wieder nach unten, um die nächsten Besucher aufzunehmen. Dauer etwa drei Minuten, für den Mörder Zeit genug, um zu verschwinden! An einem Wochentag Ende Januar gegen Mittag hat es ohnehin kaum andere Leute auf dem Rundgang.

Wenn es einen Wurm gibt, so liegt er höchstwahrscheinlich hier. Doktor Kropf strotzt vor krimineller Energie und Kreativität. Vergleichbar mit Babic. Musst du dir denn immer derartig gefährliche Kaliber vornehmen?«

Denkpause.

»Richard, du bleibst hier und hältst die Stellung. Ich baue kurzfristig meine ›Force de frappe‹ auf. Wenn was ist, kannst du mich bekanntlich anrufen. Ich bleibe auf Empfang. Ich rechne gegen 19 Uhr wieder zurückzusein.«

Unten im Hof hatte er ein schwarzes Mountainbike stehen, angekettet an einem Abfallcontainer. Für ihn war dieses Vehikel bei weitem das effizienteste Transportmittel in der weitläufigen Altstadt. In den engen Gassen war mit Autos kaum durchzukommen. Chaotisch geparkte Lieferwagen, Einbahnstraßen, Tausende von Fußgängern, Kopfsteinpflaster waren für ein solides Rad keine Hindernisse. Schnell und sicher durchquerte er die Stadt. Nirgends auf der Welt beachteten Radfahrer die Verkehrsregeln. Warum sollte es gerade in Prag anders sein? Vor allem auch weil diese Spezies hier eine seltene Ausnahme darstellt. Selbst auf der mit allgemeinem Fahrverbot belegten Karlsbrücke wusste er sich behände um die Verkaufsstände und Trauben von Touristen zu schlängeln. Auf der Kleinseite angelangt, würde der trainierte Sportler Gelegenheit finden, kräftig in die Pedale zu treten und flugs die Nerudastraße hinauf und um die große Kurve zur Prager Burg gelangen.

Victor schob das Rad durch den Hofeingang und fuhr erst zum Interconti. Dort setzte er seine Stoppuhr in Gang und radelte über den Altstädterring Richtung St. Michaels Mystery. Er hatte dafür genau vier Minuten gebraucht. Noch schneller wäre er über die verkehrsarme Maiselova gewesen. Er stellte das Vehikel an die Mauer beim Eingang zum Turmrestaurant. Als er sich dem Schalter näherte, wo eine alte Frau mit Kopftuch Eintrittskarten verkaufte, trat der Dienst habende Kapuziner auf ihn zu und grinste verschmitzt aus seiner falschen Kutte.

Er erkannte seinen alten Kollegen Frantisek, der offenbar in Kafkas Mysterium für Ruhe und Ordnung sorgte. Nicht schlecht, wer weiß, dachte er, obschon er ihn in keiner Weise einweihen wollte.

»Hast du morgen auch Dienst?«, wollte er lediglich wissen. Der fröhliche Mönch nickte und verschwand mit ein paar Besuchern im Inneren.

Victor bat die Frau an der Kasse, einen Moment auf sein Rad aufzupassen. Dann begab er sich zum anderen Eingang und fuhr mit dem Aufzug ins Dachrestaurant, um sich über die neuesten Öffnungszeiten verbindlich zu erkundigen. »Spätestens um zehn Uhr, meistens ein paar Minuten früher«, flötete das etwas ausgemergelte Vögelchen.

Nachdem ihn der Aufzug wieder ausgespuckt hatte, sah er sich von Zigeunerkindern umringt. Ihre verwahrloste Mutter leitete den Einsatz aus einiger Entfernung. Sie streckten ihre Hände aus und begannen an seiner Jacke zu zupfen.

»Fort mit euch und lasst mich in Frieden. Bei mir wird weder gebettelt, noch gibt es etwas zu klauen. Bleibt mir ja vom Leib, sonst werfe ich euch in die Moldau!«

Mutter und Kinder, völlig imprägniert von solchen Reaktionen, schauten nur missmutig in der Gegend herum und wandten sich lohnenderen Objekten zu. Welch ein Ärgernis, schimpfte Victor in sich hinein. Aber um Unruhe zu stiften, ist eine Horde Zigeuner immer gut, dachte er. Vielleicht kann ich so eine Diversionstruppe morgen brauchen, wenn es darum geht, den Kropf zu belästigen. Victor winkte die Mutter heran:

»Willst du dreihundert Kronen verdienen?«

»Aber gerne, mein Herr!«, erwiderte sie perplex.

»Sag nicht ›Herr‹ zu mir. Wen du so anredest, der ist ein Objekt, das man bestiehlt. Du wirst morgen um die Mittagszeit mit einem halben Dutzend deiner Bälger hier auf meinen Einsatzbefehl warten. Wenn du dich richtig anstellst, erhältst du die dreihundert Kronen, wenn nicht, zerquetsche ich dir deinen ungewaschenen Hals. Verstanden?«

»Ja, Herr, äh, nicht Herr!«

Mit einem kurzen Gruß zur Kassenfrau bestieg er sein Bike und radelte durch Passagen, Hinterhöfe und Gässchen zur Karlsbrücke. Die Geschicklichkeitsfahrt um all die Leute, Porträtmaler, Straßenmusikanten und Ramschhändler gelang ihm einmal mehr mit Bravour. Kaum hatten ihn die verblüfften menschlichen Hindernisse überhaupt wahrgenommen, hatte ihn die nächste Brückenszene wieder verschluckt. Wenig später tauchte er in die Kapillaren der Kleinseite.

Natürlich kannte er auf der Groß- und Kleinseite jeden Winkel, ganz zu schweigen vom Prager Burgquartier. Dennoch befolgte er den unverrückbaren Grundsatz, wonach er vor jedem Einsatz die Stätte der Operation noch einmal visuell und physisch durchmaß. Der Operationsraum rund um den St.-Veits-Dom ist weitläufig. Umso wichtiger war es, sich die wahrscheinlichen Rückzugswege vorzustellen, welche der Weltmeister mit dem gewichtigen Briefumschlag unter dem Mantel einschlagen würde.

Als Victor in die Nerudastraße einbog, erblickte er eine Gruppe von Rockern, die lärmend in die Bierstube ›U kocoura‹, das heißt Zum Kater, eindrangen. Blitzschnell fasste er einen Entschluss, stieg vom Rad und kettete es an das Gitter eines Kellerfensters. Dann stieß er mit provokanter Geste die hohe Holztür auf und war drin. Er öffnete den Reißverschluss seiner Lederjacke und hängte sie mit langsamen Bewegungen an einen Kleiderhaken, die Rockergruppe unentwegt beobachtend. Die übrigen Gäste hatten das Lokal bereits verlassen oder drängten jetzt zum Ausgang.

Victor stellte sich an die Theke und bestellte ein Bier. »Was denn sonst?«, herrschte er die Bedienung an, die wirklich nichts für seine Laune konnte. Einige Rocker begannen bereits zu lärmen und die Humpen zu schwenken. Der harte Kern jedoch musterte den Fremdling fragend und feindselig bis aggressiv.

»So, Opa, was machst du denn hier? Nicht schön bei Muttern?« Grölendes Gelächter. Victor verzog eine verächtliche Miene und betrachtete den Wortführer, einen Hünen von Gestalt, abschätzig von oben bis unten. Dann nahm er einen genussvollen Schluck aus dem mächtigen Bierglas und stellte es wieder hin.

»Ich glaube, du musst dem bessere Umgangsformen uns gegenüber beibringen«, meinte einer in der Runde. Victor lachte so dreckig, wie er nur konnte und zeigte mit dem Finger auf den Sprecher.

Das konnte und durfte der sich nicht gefallen lassen. Von den Kumpanen gehetzt, griff er ihn mit einem weiten Sprung an. Eiskalt parierte Victor die Attacke mit einem verhaltenen Fußtritt an die Kniescheibe und einem genau dosierten Schlag mit der gestreckten Hand auf die Nasenwurzel. Beide Bewegungen waren mit höchster Präzision, aber nur zur Markierung ausgeführt worden. Immerhin so stark, dass sie ihre Wirkung nicht verfehlten. Der Angreifer stand starr vor Schreck und Erstaunen still. Victor nahm seelenruhig einen weiteren Schluck aus seinem Bierglas, das er diesmal in der linken Hand behielt.

Es hatte sich nämlich ein weiterer Streithahn hinter ihn gestellt. Victor sah ihn im Spiegel der Thekenwand. Dann fühlte er im Rücken einen harten, spitzen Gegenstand oberhalb der Gürtellinie. Victor tippte auf ein Stellmesser. Eine Stimme meldete sich:

»Opa, es reicht. Du wirst dich sofort bei dem Herrn entschuldigen, sonst …«

Er konnte seine Drohung weder fertig aussprechen noch ausführen, denn Victor ließ sein Bierglas fallen, sodass es auf dem steinernen Boden mit einem Knall zerbarst. Den Effekt ausnützend, drehte er sich blitzschnell linksum, hieb dem Angreifer mit angewinkeltem linkem Ellbogen die Hand mit dem Messer in eine ungefährliche Richtung und verpasste ihm mit der Innenkante der rechten Hand einen präzise abgebremsten Schlag an den Kehlkopf. Das Ziel war nicht ein siegreiches Blutbad, sondern das Festschreiben der Hackordnung.

Victor betrachtete demonstrativ die Kanten seiner gestreckten Hände mit den auffälligen Verhärtungen.

»Das war eine kleine Demonstration. Wer ab jetzt antritt, wird kompromisslos zerschmettert!«, verkündete er leise, aber deutlich.

Es war mucksmäuschenstill geworden in der Kneipe. Da meldete sich der Wortführer kleinlaut:

»Mister, nach den Regeln der Kampfsportler müssen Sie sich als Karatemann deklarieren, bevor Sie dreinschlagen.«

»Hast du dich etwa offiziell als ›Arschloch‹ vorgestellt? Im

Übrigen habe ich nicht geschlagen, sonst wäret ihr beide jetzt unbrauchbar. Und nun passt auf! Der Feind von heute ist der Gesprächspartner von morgen. Ich habe einen Job für euch. Ich rede aber nur mit eurem Chef und seinem Stellvertreter. Wer ist das?«

Verlegen meldeten sich die beiden Angeschlagenen. Victor nickte und verzog sich mit ihnen in eine Ecke.

»Also Leute, habt ihr schon ein Handy? Nein? Wäre doch nicht schlecht für euren artigen Verein?«

»Natürlich, Mister, wir wären den anderen Gangs einen tüchtigen Zacken voraus.«

»Ihr beide könntet euch theoretisch eins verdienen: das neueste Nokia-Handy mit einer Value-Card über tausend Kronen.«

»Wäre großartig. Was müssen wir tun?«

»Kommt mit! Eure Kumpels sollen uns in einem Abstand von hundert Metern folgen und sich völlig gesittet aufführen. Für Raufbolde und undiszipliniertes Gesindel habe ich keine Verwendung. Das soll der erste Test sein, ob ich euch überhaupt gebrauchen kann. Übrigens, dich nenne ich Chef 1 und du bist Chef 2, mehr will ich von euch nicht wissen. Okay?«

»Okay, Mister!«

Chef 1 gab ein Zeichen und alle verließen das Lokal. Victor befreite sein Rad von der Kette und stieg auf. In den Pedalen stehend, legt er schnell an Tempo zu. Die beiden folgten ihm, so gut sie konnten. Oben auf der Aussichtsterrasse beim Eingang zur Burg wartete er auf die beiden, bis sie endlich, ordentlich außer Atem, ankamen.

Alexanders des Großen Strategie war wieder einmal aufgegangen: Wenn du ein Bündnis besiegen willst, so kämpfe zuerst den Stärksten nieder. Die Übrigen werden fallen oder abfallen. Beginnst du mit dem Kleinsten, so erkennen deine Feinde deine Kampfführung und passen sich an. Wie solltest du gegen ein Bündnis siegen, wenn du den Stärksten nicht allein besiegen kannst?

Dann gab er dem Chef 1 sein Rad mit dem Befehl in Obhut:

»Immer wenn ich es gerade nicht brauche, schiebst du es mir nach!«

Inzwischen war der Tross angekommen und erhielt die Weisung, bei der großen Aussichtsterrasse lautlos zu warten. Zu dritt schritten sie an der Wache vorbei, überquerten die Burghöfe und hielten bei der Reiterstatue des heiligen Georg.

Victor schritt zur Befehlsausgabe:

»Morgen um 10.15 Uhr treffen wir uns hier. Eure Kumpane warten diszipliniert dort drüben unter den Balkonen mit den Figuren. Diszipliniert heißt lautlos, ohne Bierbüchsen, stehend und nicht am Boden sitzend, eben wie zivilisierte Zeitgenossen. Verstanden? Chef 1 wird mein Rad hüten. Ich werde eine Weile im Dom verschwinden. Wenn ich wieder herauskomme, gibt es neue Weisungen. Chef 1 bleibt immer in meiner Nähe. Chef 2 übermittelt die Befehle an die Truppe, indem er hin und her pendelt. – Die Handys gibt es nach der Aktion, etwa um elf Uhr. Okay?«

»Okay, bis morgen, Mister!«

Victor bestieg das Rad und flitzte das Jirskagässchen hinunter bis zur Metrostation, auf dem weitläufigen Platz missachtete er vier Rotlichter, zog über die Mánesúvbrücke wieder rüber in die Altstadt, bog nach rechts ab, zischte durch die Grünanlagen und gelangte geräuschlos, wenn man vom Gekreische der erschreckten Spaziergänger absah, zur St.-Michaels-Kirche. Nach exakt acht Minuten stand er wieder vor dem kafkaesken Mysterium. Das hätte kein Hubschrauber geschafft!

Dann ging die Tour zum großen Warenhaus am Platz der Republik, wo er zwei wichtige Einkäufe tätigte. Zuerst erstand er das neueste Nokia mit einer Value-Card von Pegasus für tausend Kronen. Auf einem anderen Stockwerk fand er den gesuchten schwarzen Pilotenkoffer der Marke STRATIC mit zwei dreistelligen Nummernschlössern. Er verstaute ihn in einer riesigen Plastiktüte. Endlich ging es zurück ins Büro zum einsamen Richard, der ihn teils ungeduldig, teils gelangweilt erwartete.

Gar so öde war seine Zeit aber nicht verstrichen. Genau um 17 Uhr hatte bei Meister das Telefon geklingelt. Richard ließ für Victor das Tonband abspielen:

»Ah, du bist es! ... Was, schon um sechs Uhr? Gratuliere! ... Natürlich, drei Stunden dürften reichen ... Sehr schön, ich erwarte dich um 22 Uhr bei mir im Jalta mit dem Wickelkind. Ich muss es identifizieren ... Ja, ich weiß, entschuldige!«

»Das war offensichtlich dieser so genannte Pjotr, vielleicht heißt er tatsächlich so«, meinte Richard. »Aber was war um sechs Uhr, was braucht drei Stunden? Mit ›Wickelkind‹ bezeichnet er vermutlich das Prunk-Ei, welches bestimmt nicht nackt und bloß transportiert wird.«

Sie kamen zum Schluss, dass es sich sehr wahrscheinlich um Angaben über die Wegstrecke handeln müsse. Das Objekt wurde ja von Danzig hierher kutschiert. Angenommen Marek fuhr um neun Uhr los, so könnte er wirklich um sechs Uhr abends die tschechische Grenze erreichen. Sechshundert Kilometer in neun Stunden sind mit einem modernen Lieferwagen zu schaffen. Drei weitere Stunden nach Prag? Problemlos! Zum Schluss hatte ihm der Anrufer, Pjotr oder nicht Pjotr, noch einen wohl verklausulierten Anschiss erteilt, weil er das Hotel mit Namen genannt und ›identifizieren‹ gesagt hatte, was von Unerfahrenheit zeugte. Pjotr war genauso gut ein Profi wie Kropf. Um 22 Uhr würden sie mehr wissen.

Dann informierte Victor über seine Vorkehrungen, die er am Nachmittag getroffen hatte. »Vorkehrungen für einige Fälle, aber nicht für alle Fälle«, fügte er mit Betonung hinzu.

»Wir gehen sehr unpräzise vorbereitet ins Gefecht. Aber wir haben gar keine andere Wahl. Meine Manöveridee besteht zum Ersten darin, den Weltmeister nach der Preisverleihung im St.-Veits-Dom mithilfe der Rocker abzudrängen und so sanft wie möglich vom schweren Umschlag zu befreien. Es ist unrecht erworbenes Geld und könnte, wenn es ganz schief gehen sollte, formell zu Händen der Justiz vorsorglich beschlagnahmt worden sein.

Zum Zweiten werde ich nach wie vor versuchen, dem Kropf das Köfferchen mit der Beute gegen dieses hier unbemerkt auszutauschen, wofür mir vielleicht die Zigeuner hilfreich sein könnten.

Der dritte Streich ist der einfachste. Dem Pjotr nehme ich den Umschlag mit physischer Überredungskunst ab. Er wird sich kaum an die Polizei wenden, hat er doch ein waschechtes Delikt illegalen Kunstexportes oder Kunstraubes begangen.

Aber wie gesagt, leider müssen wir unsere Operation mit viel zu vielen Hypothesen und Spekulationen starten. Irgendwelche

Ergebnisse werden wir sicher erzielen, aber welche und mit welchen Klimmzügen ist offen. Eine Ausgangslage, welche mir zutiefst zuwider ist.«

Es war acht Uhr vorbei. Victor beschloss, ein paar Büchsen Bier und gebratene Hähnchen zu holen. Die ewigen Chlebicky mit der fetten Mayonnaise hat selbst einmal ein Tscheche satt. Menschen mit normalem Verdauungsapparat können davon höchstens drei vertragen. Weitere Fütterungsversuche würde der Magen bereits am Eingang ultimativ an den Absender zurückschicken.

Um neun Uhr telefonierte der Weltmeister prophylaktisch seiner lieben Daniela, denn er hatte Wichtigeres vor.

»Wie geht es dir, mein Engelchen? … Weißt du, ich wollte dich ja erst um zehn Uhr anrufen. Aber ich weiß jetzt schon, dass es bei mir wesentlich später werden wird. Also, ich bin wirklich untröstlich, aber ich fürchte, dass es heute überhaupt nicht mehr geht. Ich wollte dir das so früh wie möglich mitteilen. Schließlich bin ich ein korrekter Gentleman, der weiß, was er einer Dame von deinem Niveau schuldet … Aber nein … Doch … Hör mal zu … Hör doch bitte zu … Doch … Also ich verspreche es dir. Morgen um vier Uhr hier. Wenn du wüsstest, ich habe ein Riesengeschenk für dich aus Zürich mitgebracht … Was? Nein, es ist eine Überraschung … Wirklich … Ich liebe dich doch. Also gute Na-acht, jujujuh.«

Um 22 Uhr ein Klopfen an Meisters Tür.

»Hallo mein lieber, großer Pjotr, wie gut, dich hier und offenbar in wahrlich exklusiver Gesellschaft zu schen. Sogar einen Tag fruher als in St. Petersburg geschätzt.«

»Brüderchen, Weltmeisterchen, es hat alles geklappt. Ich habe ihm die Puppe vor einer Stunde auf dem verabredeten Umschlagplatz abgenommen und seine Dienste bezahlt. Ich verstehe, du musst das Kobalt-Ei noch einmal identifizieren, bevor das ganze Geschäft morgen abgewickelt werden kann. Zug um Zug, wohlverstanden.«

Dann wurden allerlei Geräusche hörbar.

»Es ist einfach großartig, einmalig. Mein Kunde wird außer sich sein vor Entzücken!«, rief der Weltmeister aus. Dann rezitierte er Kropfs Einsatzbefehl:

»Ich komme um 9.30 Uhr zu dir ins Hotel. Das Ei werden wir sorgfältig in diesen Koffer packen, der meinem Kunden gehört. In deiner russischen Holzpuppe ist sie wohl nicht zu transportieren. Wir wollen das schon jetzt gleich ausprobieren.«

Atmen, Hantieren, Schnappen der Schlösser.

»Siehst du, es geht. Also morgen nach erneuter Identifikation die gleiche Prozedur. Dann allerdings werde ich die Schlösser verriegeln. Nur mein Kunde und ich kennen die Kombination, die jetzt auf 000-000 steht. Anschließend führe ich dich ins Panoramarestaurant des St. Michael's Mystery, dem Kafka-Museum. Früher war das die St.-Michaels-Kirche. Die öffnen das Restaurant um zehn Uhr. Leider musst du dort ohne mich frühstücken, da ich zu tun habe.

Mein Kunde, ein sehr bedeutender Herr des Schweizer Establishments, legt größten Wert auf absolute Geheimhaltung. Ein Hotelzimmer verursacht Schreibereien. Er hat daher als Ort der Übergabe dieses Museum gewählt.

Um elf Uhr betrittst du die Ausstellung. Der Rundgang dauert etwa eine Stunde. Auf halbem Weg wird der Jüdische Friedhof dargestellt. Dort wirst du einem betenden Juden begegnen, der als Erkennungszeichen eine Kippa trägt. Er ist der Kunde. Er legt Wert darauf, dir persönlich zu begegnen, ohne dass dabei geredet wird. Eine sympathische Masche von ihm, finde ich. Wer als Erster da sein wird, ist einerlei. Wenn ihr euch nebeneinander setzt, wird er in deiner Hand seinen Koffer mit den Nummernschlössern erkennen, und du wirst seinen Briefumschlag mit den fünfhunderttausend Schweizer Franken sehen.

Wenn ihr genug gebetet habt, setzt ihr den Rundgang getrennt, aber in geringem Abstand fort. Schließlich gelangt ihr zu einem Aufzug, der die Besucher wieder in die Oberwelt befördert. Bevor ihr einsteigt, achtet ihr darauf, dass keine anderen Leute den Aufzug betreten, denn auf dieser Fahrt finden der Tauschhandel und ein Händedruck statt. Der Rundgang führt dann in ein großes Auditorium, wo du ohne aufzufallen den Inhalt des riesigen Briefumschlags überprüfen kannst. Wenn das Ergebnis stimmt, wirst du dem Mann mit der Kippa zunicken, und jeder zieht seines Weges.«

»Das klingt professionell«, hörten sie Pjotr sagen. »Ich habe aber zwei Wünsche anzubringen. Erstens kommst du nicht in mein Hotel, sondern ich in das Jalta. Keiner muss wissen, wo ich wohne. Zweitens möchte ich, dass du persönlich die Scheine in meinem Briefumschlag nachzählst, den Umschlag zuklebst und die Klebestellen mit deinem Namenszug überschreibst. Das ist zwar keine eigentliche Garantie, aber es gibt mir mehr Sicherheit, denn so stehst du mir persönlich im Wort und bürgst für deinen Kunden.«

»Beides kein Problem! Du holst mich also morgen hier um 9.30 Uhr ab. Pjotr, einen Drink?«

»Danke, ich bin hundemüde, bis morgen.« Es folgte das Geräusch der Tür. Dann drangen Sprechlaute aus beiden Lautsprechern.

»Hallo Mister! Er war da. Alles in Ordnung, phantastisch, sag ich Ihnen, und völlig nach Plan. Er wird also mich abholen und nicht ich ihn. Ist wohl ein Detail, oder?« Das klang etwas unsicher. Offensichtlich fürchtete sich Meister vor der kleinsten Abweichung der Order. Diesmal hatte er aber Glück.

»Natürlich, ist einerlei!«

Dann erwähnte er das Anliegen mit dem Briefumschlag, der von ihm geprüft, zugeklebt und signiert werden müsse. Es war förmlich zu spüren, wie sich die Stirn Kropfs in tiefe Falten legte. Nach einer Weile: »Von mir aus! Das wird aber unseren Kirchenbesuch verlängern. Aber was soll's? Also, bis morgen, gute Nacht!«

62 26. Januar.

Früh um sieben Uhr besetzten Rauchmelder und Operateur den Kommandoposten. Es war nicht auszuschließen, dass ein launischer Charakter wie Kropf, von bösen Albträumen aufgeschreckt, seinen Geschäftspartner anrief, um ihm eine völlige Umstellung seiner Pläne mitzuteilen. Es herrschte aber beruhigende Funkstille.

Da kam Victor noch ein Gedanke. Beinahe schämte er sich, erst jetzt an dieses wichtige Detail gedacht zu haben:

»Mensch, Richard, wir müssen unserem Pilotenkoffer ein gewisses Gewicht verleihen. Wenn der leer ist, wird Kropf die Verwechslung sofort merken und unberechenbar reagieren.«

»Natürlich, da hatten wir aber einen Frühaufsteher von Schutzengel! Also, wie schwer ist denn so ein Ei? Gute Frage, ich nehme an, zwischen drei und vier Kilogramm. Zwei volle Aktenordner dürften da hinkommen.«

Gesagt, getan. Sie nahmen zwei leere Ordner und füllten sie mit alten Zeitschriften, packten sie in den Koffer und stopften die Lücken mit einem zerknüllten Handtuch, um jedes Verrutschen des Inhalts zu verhindern. Dann stellten sie die Codes der Nummernschlösser auf 241-035 ein und drehten sie wieder in die Grundstellung auf 000-000. Schließlich verschwand der Koffer erneut in der großen Plastiktüte. Es hatte gut getan, die Wartezeit mit etwas Produktivem zu verbringen.

Endlich zeigte die Uhr 9.30. Richard war wiederum dazu verurteilt, das Büro zu hüten. Victor hingegen steckte eine kleine Fotokamera in die Tasche der Lederjacke, das Nokia in die Innentasche, packte die Riesentüte und brach auf. Das Paket solide auf dem Gepäckträger festgezurrt, radelte er diesmal gemächlich zu St. Michael's Mystery. Dort übergab er das Rad in die Obhut des grinsenden Mönches und stellte sich in eine Straßenecke mit guter Übersicht. Die Kamera machte er schussfertig und umklammerte sie unauffällig mit der linken Hand. Er wollte unbedingt ein bildliches Andenken vom Weltmeister und dem rührigen Herrn Pjotr schießen.

Kurz vor zehn Uhr erschienen zwei gut gekleidete Herren. Einer in hellbraunem Wollmantel und grauem Hut, der andere trug eine schwere Pelzmütze und einen dunklen Pelzmantel, in der Hand den schwarzen Pilotenkoffer. Victor knipste ohne Blitz und so gut getarnt, dass keiner etwas merkte. Dann verschwand er hinter der Hausecke. Auf dem Vorplatz der St.-Michaels-Kirche trennten sich erwartungsgemäß die Wege der beiden Geschäftsherren. Der Mann mit dem hellbraunen Wollmantel zog Richtung Altstädterring ab, wo Taxis stehen. Der andere betrat den Eingang zum Turmrestaurant. Victor nahm das Rad wieder an sich und zischte in bekannter Manier über die Karlsbrücke zum Hradschin.

Chef 1 und Chef 2 standen bereits bei der Statue und betrachteten wie Kulturinteressierte den heiligen Georg. Nützt's nichts, so schadet's nicht! Die übrige Truppe hielt sich wie angeordnet manierlich unter den Säulen auf.

Victor grüßte sie aus Distanz mit einer kleinen Handbewegung, übergab das Mountainbike mit der großen Tüte auf dem Gepäckträger an Chef 1 und betrat um 10.15 Uhr den Dom. Nachdem sich seine Augen an die Düsternis gewöhnt hatten, ging er langsam nach links und dann nach rechts und ließ den Blick über eine Bankreihe nach der anderen schweifen. Touristen waren nur in mäßiger Zahl da und konzentrierten sich im mittleren und vorderen Teil des Schiffes. Die meisten bildeten Trauben um ihren Guide. Er schwor, bei nächster Gelegenheit diesem einmaligen Bauwerk wieder einmal seine ganze Aufmerksamkeit zu widmen. Aber heute waren seine Sinne ausschließlich auf sein Handwerk fokussiert.

Wer Geld zählen will, sucht etwas Licht und vor allem Ruhe, dachte er und richtete seine Beobachtung daher auf die rechte Seite, wo das Tageslicht die mächtigen Kirchenfenster zu durchdringen vermochte und wo sich auch nur wenige Leute aufhielten.

Natürlich, dort drüben saß doch der Gauleiter in seinem strengen Ledermantel und blickte ab und zu um sich. Der Weltmeister war offensichtlich noch nicht eingetroffen. Victor vertiefte sich stehend in ein Flugblatt, welches zu einem Konzertbesuch einlud. Endlich erschien der Erwartete und äugte emsig nach allen Seiten. Kropf hatte ihn schon lange erspäht, aus begreiflichen Gründen unterließ er es aber zu winken. Nach geschäftigem Umhergehen, das schlecht zu einem Touristen passte, prallte der Weltmeister dann fast mit ihm zusammen. Kropf schüttelte unwirsch das konspirative Haupt, als der Mann im hellbraunen Mantel Anstalten machte, die Hand zum Gruße auszustrecken. Also setzte er sich endlich. Kropf zog aus seinem halb offenen Mantel zwei große gelbe Umschläge. Den einen schob Meister sofort in seinen Mantel, beim anderen öffnete er vorsichtig die Klappe und steckte zwei Finger und seine Nase hinein.

Victor gesellte sich zu einer französischen Gruppe, deren Weg gerade an den beiden vorbeiführen sollte. Einmal in der Nähe, konnte er die behände Fingerarbeit beim Blättern der Noten erkennen. Wenig später löste er sich wieder von der Gruppe und kehrte auf der anderen Seite des Schiffs zum Ausgangspunkt zurück. Nach einer Weile klebte der Weltmeister den Umschlag zu, malte etwas mit seinem Kugelschreiber auf beiden Seiten und gab ihn dem andächtig dasitzenden Kropf zurück. Victor begab sich schon zum Ausgang, um sofort draußen zu sein, sollte sich der Weltmeister mal erheben. Als er dies endlich tat, zeigte die Uhr 10.35 Uhr.

Victor schritt zur Statue und stellte sich so zwischen Chef 1 und Chef 2, dass er das Portal beobachten konnte. Im nächsten Moment verließ der Weltmeister den Dom und blickte umher. Ein entscheidender Augenblick für das weitere Geschehen! Welche Richtung wird er wählen? Danach würde sich die ganze Taktik entscheiden, welche Victor zu bestimmen hatte. Es gab drei Möglichkeiten: nach Norden über die Pulverbrücke, nach Westen durch den Burghof auf den Hradschiner Platz oder nach Osten durch die lang gezogene, in dieser Richtung abfallende Prager Burg. Victor hätte sich die Variante Nord über die Pulverbrücke gewünscht. Hier ist man schnell außerhalb der Burg, da hat es wenig Leute, kaum Ausweichmöglichkeiten, ein Leichtes für einen raschen und schmerzlosen Zugriff.

Am schwierigsten wäre die Route West zu bewerkstelligen. Der Hradschiner Platz ist riesig, ohne bauliche oder natürliche Engpässe, stets sehr belebt, und daher ist es schwierig, jemanden in eine Richtung abzudrängen und diskret auszuweiden.

Der wahrscheinlichste Weg war derjenige, den die meisten Touristen wählen. Sie kommen am Haupttor rein, besichtigen alles Mögliche und ziehen durchs andere Ende wieder zur Stadt. Auch auf dieser Route ist mit vielen Leuten zu rechnen, dazu ist sie sehr lang, bietet aber die taktischen Vorteile zahlreicher Engpässe, welche bestimmte Operationen wiederum erleichtern.

Der Weltmeister wählte tatsächlich die dritte Variante. Als er sich der Statue des heiligen Georg näherte, raunte Victor seinen Helfern zu:

»Merkt euch den vornehmen Gesellen im hellbraunen Mantel und dem grauen Hut. Nicht hinsehen, ihr Arschlöcher!«, fauchte er gerade noch rechtzeitig.

Der vornehme Herr zog ahnungslos vorbei Richtung St.-Georgs-Basilika. Victor schritt zur Befehlsausgabe:

»Wir folgen ihm in fünfzig Metern Distanz. Chef 2, du setzt deine Truppe in Marsch. Einer hinter dem anderen in unregelmäßigem Abstand von zwei bis zehn Metern, das ganze Paket dreißig Meter hinter uns. Alles an den Gebäuden entlang. Völlige Ruhe. Soll aussehen wie eine disziplinierte Wehrsportgruppe bei einem Ausflug. Dann kommst du wieder zu mir und bringst noch einen Kameraden mit. Ab!«

Der hellbraune Mantel hatte jetzt die Basilika erreicht und ging rechts davon weiter in das Jirskagässchen. Das Gefälle verlieh ihm einen zügigen Schritt. Das Gässchen war fast unbelebt. Die Kommandogruppe beschleunigte ebenfalls. Chef 2 meldete sich mit einem Kämpfer zurück. Ein Blick nach hinten zeigte die Truppe in der befohlenen Formation. Victors Uhr zeigte 10.42 Uhr.

Wenig später passierte der Weltmeister das Palais Lobkowitz. Jetzt war die Route eindeutig. Er musste das Osttor passieren. In der vornehmen Sprache von Saint-Cyr wird so etwas mit ›passage obligé‹ bezeichnet.

»Chef 2, die Truppe joggt sofort in der gleichen Formation an besagtem Herrn vorbei, in völliger Ruhe und ohne ihn anzusehen, eben wie eine Wehrsportgruppe! Ihr passiert das Osttor vor ihm. Fünfzig Meter hinter dem Tor beginnt die Alte Schlossstiege. Dort führt ihr euch plötzlich so auf, wie ihr es gewohnt seid. Ziel ist, dass der vornehme Herr nach rechts Richtung Wallgarten abbiegt. Eine Umkehr durch das Osttor verhindert die Kommandogruppe selber. Ab!«

Chef 2 gab seinen Leuten einen kräftigen Wink, indem er seinen Arm wie einen Propeller drehte. Sie verstanden und setzten sich in schnellen Trab. Als sie mit Elan an der Kommandogruppe vorbeizogen, schloss sich Chef 2 ihnen an, um die Führung zu übernehmen. Der Weltmeister wich überrascht zur Seite, als er ihrer gewahr wurde. Da sie ihm aber keine Beachtung zollten, setzte er seinen Weg fort. Um 10.44 Uhr marschierte er durch das Osttor.

Eine Minute später hatten die Rocker das obere Ende der Alten Schlossstiege erreicht und formten sich zum wilden Haufen. Sie griffen niemanden an, vollführten aber einen lärmenden Aufstand. Die wenigen Passanten machten sich dünn und waren froh, wenn sie die Kerle hinter sich hatten. Ein Mann mit Geheimnissen wie der Weltmeister suchte ihre Nähe natürlich nicht, sondern trachtete ihnen auszuweichen. Die dreiköpfige Kommandogruppe stand gerade unter dem Tor und machte sich breit. Chef 1 stellte das Mountainbike quer und sich daneben. Hier war also kaum ein Durchkommen.

Der Mann im hellbraunen Mantel stand unschlüssig auf der kleinen Aussichtsterrasse, welche früher als Artilleriestellung gedient hatte. Dann entschied er sich für den Wallgarten. Der heißt so, weil er Mitte des 19. Jahrhunderts auf den damals überflüssig gewordenen Wällen der Burgbefestigungen errichtet worden war. Die Gartenanlage war auf Terrassen angelegt, die über Treppen begehbar sind. Besonders in der warmen Jahreszeit erfreuen gepflegte Ziergärten, Brunnen, Statuen die Besucher. In verspieltem Barockstil gestaltet, führen Treppen und Wege hin und her und auf und ab. Unerwartete Durchgänge gestatten den Zugang zur nächsten Terrasse oder, als Überraschung, in tote Enden. Der Weg mündet unten in verschiedene Palais, bevor er dem Beschauer schließlich den Ausgang auf den Waldsteinplatz freigibt.

Victor deutete Chef 2 mit Handzeichen, dass seine Leute die Alte Schlossstiege freigeben sollten, um sich bei der Aussichtsterrasse zu versammeln. Mit einem weiteren Zeichen beorderte er ihn wieder zu sich.

»Deine Truppe macht jetzt Pause, aber bitte mit Ruhe! Du kommst mit uns!«

Der hellbraune Mantel war schon verschwunden. Auf dem ersten Querweg war aber noch der graue Hut sichtbar. Sie folgten im gleichen Tempo. Es war 10.50 Uhr.

Auf der dritten Terrasse angelangt, hieß Victor dem Chef 2 und seinem Gehilfen, dem Verfolgten auf den Fersen zu bleiben und ihn keinesfalls nach oben entweichen zu lassen. Er selbst stieg zusammen mit Chef 1 eilig andere Treppen hinunter, bis sie sich eine Gartenstufe unterhalb des Weltmeisters befanden. Chef 1, mit dem Rad samt aufgeschnalltem Gepäckstück auf dem Buckel, kam mächtig ins Schnaufen.

Der vornehme Herr sah den weiteren Weg zum Ausgang versperrt und wich Richtung Rundturm aus, von dessen Form und Lage er annehmen durfte, dass dort eine rettende Wendeltreppe nach unten führen musste. Der Zierturm war aber nur eine Spielerei des Architekten gewesen, aus dessen schmalen Fenstern sich die Gartenanlage betrachten ließ. Auch für Liebespaare mochte er geeignet sein, solange nicht allzu viele unappetitliche Buben jeden Alters dort ihre Notdurft verrichteten. Nur zur Flucht taugte er nicht.

Der Weltmeister saß in der Falle!

Mit einer Handbewegung stoppte Victor seine Trabanten und ging allein zum Türmchen.

»Mister, Sie haben sich an einem illegalen Kunsthandel beteiligt. Wir wissen Bescheid und können es auch anhand von Fotos belegen.« Dabei zog er die kleine Kamera aus der Tasche und hielt sie hoch. »Das ist auch in der Tschechischen Republik streng verboten. Das Geld in Ihrem gelben Umschlag wird auf jeden Fall konfisziert. Die Haftstrafen werden später vom Gericht verhängt.«

Der Weltmeister stammelte etwas von Unwissen und Missverständnis. »Geben Sie schon mal her! Sie sind Ausländer, vielleicht lassen wir Sie diesmal laufen. Sie besitzen hier eine Filiale, oder? Sie sollten sich schämen, derartige Geschäfte zu tätigen!«

Die Rocker waren weit genug entfernt, um nicht mitzukriegen, wie ein großes gelber Umschlag den Besitzer wechselte.

»Ich benötige noch ihr Handy. Ich will vermeiden, dass Sie Ihre sauberen Kumpane warnen.«

»Das ist illegal!«, versuchte das Häufchen Elend zu protestieren.

»Ist es nicht! Sie können sich aber später bei Ihrem Botschafter beschweren.«

Victor steckte auch das Handy ein. Dann wandte er sich ab und schritt zu seiner Eskorte zurück.

»Chef 1, hier ist dein Nokia, neuestes Modell, nebst Pegasuskarte.« Er zog das Gerät aus seiner Innentasche. Chef 2 erhielt das Nokia, welches er soeben dem Mann im Turm abgenommen hatte.

»Du findest sicher einen guten Kollegen, der die Benutzersperre entfernt und durch einen anderen PIN-Code ersetzt. Eine Benutzung unter dem bisherigen Code würde bei der Telefongesellschaft unerwünschte Registrierungen hinterlassen.«

Die so belohnten Chefs zeigten sich hocherfreut. »Wir haben viel von Ihnen gelernt, Mister«, meinten sie geradezu demütig.

»Hoffentlich vor allem die Erkenntnis, dass auch ohne blutende Nasen und gebrochene Knochen zum Ziel zu kommen ist. Ihr haltet unseren Gast hier noch etwa eine Stunde auf. Aber ohne Tätlichkeiten und Beraubung. Dann zieht ihr kommentarlos ab. Tak ahoj!«

Victor nahm das Rad und eilte damit die restlichen Treppen hinunter und zum Ausgang. Seine Uhr zeigte inzwischen 11.04 Uhr.

Als gäbe es den Querfeldein-Preis für Großstädte zu gewinnen, kurbelte er via Karlsbrücke zum Hauptkriegsschauplatz. Er schaffte es in sechs Minuten.

Das Rad stellte er in den Eingang bei der Kasse, löste die Gummibänder und nahm die Maxitüte samt Inhalt vom Träger. Inzwischen trat auch der grinsende Kapuzinermönch ans Tageslicht.

»Frantisek, hast du einen Besucher mit Mantel und Mütze aus dunklem Pelz gesehen, der einen Koffer wie diesen bei sich trug?« Dabei ließ er ihn in die leicht geöffnete Tüte schauen.

»Ja, der betrat unser schönes Haus genau um elf Uhr. Ich hörte die Turmuhr schlagen.«

»Kannst du dich auch an jemanden mit schwarzem Ledermantel erinnern?«

»Richtig, der kam etwas später.«

»Sind die noch drin?«

»Natürlich, der Rundgang dauert mindestens eine Stunde und es scheinen sehr interessierte Besucher zu sein, die alles genau studieren.«

Heute hätte es sonst fast keine Leute. Victor bedankte sich und bat die Kassenfrau einmal mehr, sein Vehikel nicht aus den Augen zu lassen. Endlich konnte er eine Minute ausspannen. Bis jetzt war alles glatt verlaufen. Auch zeitlich war er ganz ordentlich im Plan. Aber die wichtigste Prüfung stand noch bevor. Da beobachtete er, wie hinter einigen Hausecken struppige Haarschöpfe hervorlugten und sofort wieder verschwanden, wenn er hinsah. Es waren natürlich die Zigeunerkinder, die ihren Einsatz kaum erwarten konnten. Das Spiel erinnerte ihn an das drollige Verhalten von Erdhörnchen, die neugierig herumkiebitzen, bis der Aufpasser pfeift, und schon sind sie wieder vom Erdboden verschluckt.

Belustigt hielt er nach der Aufpasserin Ausschau und machte sie beim Eingang zum Vorplatz aus. Er winkte sie herbei. Es war jetzt 11.30 Uhr, gemäß Hypothese waren die beiden jetzt beim Jüdischen Friedhof. Bald würde Kropf durch die Ausgangstüre auf den Platz treten, den Koffer in der Hand.

»Wie groß ist deine Meute?«, wollte er wissen. Sie pfiff tatsächlich und sofort kamen aus allen Löchern Wildfänge unterschiedlicher Größe hergerannt, wohl ein Dutzend an der Zahl. Victor, der kaum etwas von Kindern verstand, schätzte ihr Alter zwischen acht und zwölf.

»Sind die alle von dir?«

»Nein, die Hälfte habe ich ausgeborgt«, meinte sie beschwichtigend.

»Also, die Aufgabe ist folgende: In ein paar Minuten wird hier ein Herr in dunklem Ledermantel das Museum verlassen. In der Hand dürfte er einen Koffer tragen wie den da«, und er zeigte den Inhalt der großen Tüte.

»Du wirst mit deinem Rudel für einen Austausch der beiden Koffer sorgen. Am Schluss wird er, ohne es zu merken, diesen Koffer wegtragen und sein Koffer wird sich in dieser Tüte befinden. Dafür gebe ich dir bei Erfolg dreihundert Kronen. Klar?«

»Für so viel Geld kann ich viel für Sie tun!«

»Das meine ich auch!«

Sie zog mit dem Rudel etwas abseits und hielt Kriegsrat. Sie zeigte abwechselnd auf die Tüte, die er noch in Händen hielt, dann auf den Ausgang des Museums, dann verteilte sie offenbar die Rollen, in dem sie einzelne Haarschöpfe anstieß und auf sie einredete. Vier Buben kauerten zu zweit etwas entfernt und rechts und links der Gruppe auf dem Boden und spielten mit Schnüren, soweit er das erkennen konnte. Die älteren Mädchen hatten sich an der Kirchenmauer aufzuhalten, die kleineren behielt sie in ihrer unmittelbaren Obhut in der Mitte des Platzes.

Dann holte sie bei Victor die große Tüte mit dem Koffer ab und gab sie an das größte Mädchen an der Mauer weiter. Ein Zeichen, dass ihre Nummer bereit war. »Wenn alles gelingt, so gibt's noch zweihundert Kronen extra«, schob er nach. »Solltet ihr auf garstigen Widerstand stoßen, so bin ich in Notfällen auch noch da.«

Victor hielt seinen Standort im Kasseneingang, wo er sich vorerst entspannt zurücklehnen konnte. Sollte das Zirkusstück wirklich funktionieren, so wäre es ein Glücksfall. Sollte es misslingen, so war nichts verloren. Dann wäre er einfach genauso weit wie ohne die skurrile Sondernummer. Da erschien Kropf mit Ledermantel, Lederhut und Pilotenkoffer unter der Ausgangspforte. Wie ein Raubtier, das Witterung aufnimmt, schaute und schnupperte er herum, bevor er auf den Platz hinaustrat.

Sofort stellte sich ihm die armselige und aufdringliche Mutter mit ihren Kleinsten entgegen. Eine Rolle, die sie wirklich nicht hatte einüben müssen. Er schüttelte äußerst unwirsch den Kopf und wollte weitergehen. Aber die kleinen Mädchen verkrallten ihre Händchen in Ärmel und Manteltaschen, sodass er sie mit Gewalt ausschütteln musste. Von hinten rückten die Älteren näher zum Gefecht. Endlich hatten die kleinen Kletten ihre Krallen gelöst und fielen zu Boden. Kropf startete mit Elan nach rechts, um dem Knäuel zu entkommen, als er sogleich über die Schnur stolperte, welche die beiden Jungen dort blitzschnell gespannt hatten. Kropf flog vornüber mit weit ausgestreckten Armen auf den Bauch. Um sich vor dem Aufprall zu schützen, ließ er reflexartig den Koffer los. Auch der Hut vollführte auf dem Rande rollend eine unfreiwillige Volte. Das große Mädchen hatte den Koffer aus der Tüte bereits in der Hand und warf ihn in der Fallrichtung an Kropf vorbei. Gleichzeitig hob sie seinen Koffer auf und steckte ihn sofort in die Tüte. Als sich Kropf aufgerichtet hatte, griff er erst nach dem Koffer und dann nach dem Hut. Inzwischen war das Mädchen mit der schweren Tüte bereits im Kasseneingang abgetaucht. Kropf entfernte sich rasch und fürchterlich fluchend.

Victor applaudierte leise und nahm dem großen Mädchen die Tüte ab. Um ganz sicherzugehen – bei diesen begabten Zauberkünstlern weiß man ja nie – prüfte er den Inhalt des ausgetauschten Koffers. Er entriegelte mit der Kombination 241-035, griff hinein und tastete durch wollene Lappen einen harten, runden Gegenstand. Befriedigt sperrte er wieder zu und packte die Tüte sorgfältig auf den Gepäckträger.

»Hier ist der versprochene und verdiente Lohn.« Er drückte der geschickten Mutter die fünfhundert Kronen in die Hand. »Eine weitere Belohnung soll darin bestehen, dass ich nie mehr über euch Zigeuner schimpfe!«

»Mein Herr, heute nennt man uns eigentlich Roma«, meinte sie schüchtern.

»So, so, da werden sich die Römer aber bedanken!«, meinte Victor und lächelte freundlich.

Plötzlich platzte der grinsende Mönch in die Verbrüderungsszene. Diesmal hatte das Grinsen einer versteinerten Miene Platz gemacht.

»Hilfe, im Aufzug liegt eine Leiche!«, sagte er, und leise zu Victor: »Es ist der Mann im Pelz. Komm mit!«

Wie elektrisiert stürmte Victor Frantisek durch die Ausgangstür des Hauses nach, weil sie näher beim Aufzug lag. Dieser stand weit offen. Da lag ein Mensch im Pelzmantel, der Rumpf auf dem Flur, die Beine noch in der Aufzugskabine.

Victor drehte ihn vorsichtig um. Kein Zweifel, es war Pjotr. Dieser schlug die Augen auf. Tot war er also nicht, aber offenbar sehr benommen. Mit einer mühsamen Bewegung versuchte er mit einer Hand ins Innere des Mantels zu gelangen.

Natürlich, der gelbe Umschlag!, fuhr es Victor durch den Kopf. Er öffnete ihm den Mantel und fand nichts!

»Der Herr ist beraubt worden. Du kümmerst dich um ihn. Nothilfe ist wohl nicht erforderlich. Mach die Luken des Ladens hier dicht. Wir wollen keine Zuschauer. Wäre schlecht für dein Geschäft. Ich bin in einer halben Stunde wieder da!«

Er raste wieder nach draußen, schwang sich auf sein Rad und sprengte zur Maiselovastraße, dem kürzesten Weg zum Hotel Intercontinental. Das kräftige Treten der Pedale hinderte Victor nicht am Denken.

Der Fall war klar. Im Aufzug hat ihn der gemeine Hund außer Gefecht gesetzt, den Koffer an sich genommen und den gelben Umschlag mit der Bezahlung behalten. Dann hat er sich mit beidem aus dem Staub gemacht. Nicht Ware gegen Geld, sondern Ware und Geld war seine Devise! So brauchte Victor wenigstens den armen Pjotr nicht mehr auszunehmen und ihn um seinen Anteil zu bringen. Das hatte Kropf für ihn besorgt. Wie weit mochte er schon gekommen sein? Dass er mit der Beute so schnell wie möglich ins Hotel wollte, schien nahe liegend. Nun, er hatte keine zehn Minuten Vorsprung, nicht genug, um zu Fuß zum Interconti zu gelangen.

Victor hatte daher beschlossen, die Maiselovastraße runterzurasen und, falls Kropf dort nicht anzutreffen war, vor dem Hotel zu wenden und auf der Pariser Straße zurückzufahren. Wie ein Sperber suchte er die Gehsteige auf beiden Seiten der Straße ab.

Richtig, da vorne rechts schritt Kropf wie ein Grenadier zur Wachablösung mit dem blöden Lederhütchen des Möchtegernjägers, an der Rechten den Pilotenkoffer STRATIC. Die beschwingte Bewegung des Siegreichen war nicht zu übersehen.

Victor überholte ihn in mäßigem Tempo und bog in das Seitensträßchen bei der alten Synagoge ein. Gleich an der Ecke stieg er vom Rad und machte sich mit dem Lenker zu schaffen. Kropf näherte sich offensichtlich in wohlgemuter Stimmung.

In zwei Metern Entfernung stellte sich Victor ihm in den Weg: »Herr Kropf, Sie haben einen Menschen schwer verletzt. Noch ist es ungewiss, ob er überlebt. Derzeit steht er unter schwerem Schock. Sein Reisepass weist ihn als russischen Staatsbürger namens Pjotr Alexandrowitsch Carlin aus. Nach unseren Informationen ist er Antiquitätenhändler und betreibt auch illegalen Kunstexport. Auf Russisch teilte er mir leise mit, dass Sie ihn um einen großen gelben Umschlag erleichtert hätten. Der Umschlag wird konfisziert. Auch rate ich Ihnen, den gebuchten Flug von heute Abend nicht zu verpassen. Sollte Pjotr später sterben oder ernsthafte Schäden davontragen, könnten wir Ihren Abflug dann nicht mehr zulassen.«

Kropf war erbleicht. Ohne groß zu zögern rückte er den Umschlag heraus und händigte ihn achselzuckend aus. Victor sah ihm an, was er dachte. Nämlich: Die Beute habe ich und bezahle nun halt eben den vollen Preis statt nur den halben, was soll's?

Victor öffnete die Klappe, welche Meisters Unterschrift trug.

Der Umschlag enthielt Packen von Banknoten, offensichtlich Schweizer Tausendernoten!

»Und was haben Sie hier drin?« Er zeigte auf den Pilotenkoffer.

»Oh, nur Akten und ein paar Zeitschriften.«

Er wusste natürlich nicht, wie Recht er hatte. Victor ließ Kropf grußlos stehen und begab sich voll gepackt in sein Büro an der Bilkovastraße, um seine Freude mit Richard zu teilen.

Da dieser nichts zu berichten hatte, konnte Victor gleich losschießen. Er nahm das Ergebnis vorweg und knallte die zwei gelben Umschläge auf den Tisch. Dann stellte er mit liebevoller Sorgfalt den Koffer mit dem kostbaren Inhalt daneben. Richard riss die Umschläge auf und schichtete die Notenbündel aufeinander, während Victor das Prunkstück aus dem Koffer befreite. Als er die schützenden Lappen entfernt hatte, stand vor ihnen das Große Kobalt-Ei in seiner ganzen Pracht.

Dann öffneten sich die Lachschleusen und Sturzbäche und Anfälle von Lachsalven brachen über die beiden aus. Das Antiklimaxsyndrom tritt oft nach einer Phase extremer Anspannung auf. Es kann unterschiedliche Ausdrucksformen annehmen, die kaum mit dem Ergebnis aus der Stresssituation übereinstimmen. Beim Gelingen einer Aktion können wegen des plötzlichen Spannungsabfalls genauso depressive Reaktionen auftreten, wie beim Misslingen Lachanfälle vorkommen. In diesem Fall deckte sich die Lachhysterie mit dem geradezu phänomenalen Erfolg.

Obschon Richard in Kropfs Büro bereits Fotos gesehen hatte, was Victor nicht zu wissen brauchte, war er tief beeindruckt von der gewaltigen Schönheit dieses geschichtsträchtigen Kunstwerkes. Zu Victors Verblüffung wusste er wie ein erfahrener Kenner das Ei aufzuklappen und erläuterte den historischen Hintergrund.

Als sich die Helden etwas gefasst hatten, schaute Victor auf die Uhr.

»Beinahe hätte ich vergessen, meinen Freund Frantisek anzurufen. Der hütet wohl immer noch den guten Pjotr.«

Das war aber nicht mehr der Fall, wie er erfuhr. Vor ein paar Minuten sei er wieder munter geworden und hätte das kafkaeske Mysterium verlassen. Dem Vernehmen nach hätte er im Aufzug von einem Mitfahrer eine derart großzügige Portion Pfefferspray in Mund und Nase gekriegt, dass er vor Atemnot und Aufregung das Bewusstsein verloren hätte.

Es darf angenommen werden, dass Pjotr zerknirscht und unendlich frustriert den Heimweg angetreten hat. Er war von diesem sagenhaft reichen Sammler aus Zürich nach Strich und Faden aufs Kreuz gelegt worden. Irgendwann würde er mal Kunde vom Weltmeister und wohl Mitbetrüger erhalten und dann weitersehen. Als unverbesserlicher Optimist hingegen sah er sich mit Fug und Recht als der große Retter von St. Nikolaus zu Schlüsselburg. Die hunderttausend amerikanischen Dollar hatte Kropf unwiederbringlich verloren und erst noch einem einmalig guten Zweck zugeführt.

Wieder brach Victor in ein homerisches Gelächter aus, das sofort ansteckte, obschon Richard den Grund nicht kannte.

»Weißt du, ich habe mir soeben Kropfs Gesicht vorgestellt, als er vor ein paar Minuten den falschen Pilotenkoffer mit den alten tschechischen Zeitschriften aufgemacht hat. Er fand genau das, was er mir vorhin auf der Straße weismachen wollte. Jetzt sitzt er da ohne Kobalt-Ei, ohne Million und mit verlorener Anzahlung. Und er kann seine Wut nicht einmal übers Handy am Weltmeister auslassen, da der keines mehr hat!«

Und wieder kugelten sie sich vor Lachen.

Endlich kehrte etwas Vernunft ein, denn es gab Telefonate zu erledigen. Victor wies seine guten Geister im Jalta und Interconti an, die Wanzenhandys wieder abzubauen, sobald die Gäste ausgecheckt hätten. Richards Lagebericht wurde in London um 13 Uhr, also hier um 14 Uhr, erwartet.

»Der Star ist reisefertig. Unser Skilehrer ist super. Die Kasse stimmt. Danke, Sir! Wie steht's mit dem Finderlohn für den Skilehrer? Zehn Stück, okay! Alles klar, bye, bye!«

Es war schon schwierig, bei so guten Nachrichten die Vorschriften der Kommunikation sauber einzuhalten. Die Versuchung, ins Parlieren zu kommen, war groß.

»Du sollst dir hier schon mal zehn Tausender nehmen. Den Rest bringe ich in die Britische Botschaft, zusammen natürlich mit dem Koffer samt dem kostbaren Inhalt.«

D-Day

63 Prag, 26. Januar im Jahr der Barrakudas.

Kaum hatte Sir Alec die frohe Kunde aus Prag vernommen, versuchte er sogleich mit Oleg vom FSB in St. Petersburg Kontakt aufzunehmen. Da eine Verbindungsaufnahme über das FSB zwar nicht unmöglich, aber deutlich unerwünscht war, versuchte er es über das Mobiltelefon. Das war jedes Mal ein unsicheres Unterfangen, ist doch das Netz außerhalb von St. Petersburg erst im Aufbau begriffen, und Oleg hatte keinen Anrufbeantworter eingeschaltet.

Gegen Abend gelang es ihm endlich. Die dreistündige Zeitdifferenz zu London erwies sich für diesmal als hilfreich.

»Ich habe für Sie ein gemeinsames Problem und ich habe für Sie ein Kulturgut, das zurück in Ihr großes Land gehört. Wir sollten uns so schnell wie möglich in Prag treffen.«

Oleg wusste, dass der Grund offenbar hohe Priorität besaß, sonst würde ihn sein informeller Kollege in London nicht kurz und bündig zu einer Dienstreise ins Ausland nötigen. Auch glaubte er, einen geradezu beschwörenden Unterton herausgehört zu haben.

Sie verabredeten sich gleich für den folgenden Nachmittag um 14 Uhr in der Britischen Botschaft in Prag, bei ›meinen offiziellen Kollegen‹, wie Sir Alec den Ort an der Thunovskastraße am Fuße der Prager Burg bezeichnete, um die Reizworte zu umgehen.

Gleich danach erhielt er auf einer sicheren Leitung eine Mitteilung aus Prag, wonach soeben zu seinen Händen ein großer Aktenkoffer mit zwei Nummernschlössern und zwei große gelbe Umschläge abgegeben worden seien. Was da zu tun sei?

Sie sollten die Sendung in einen Safe sperren. Er selber werde morgen vorbeischauen und mit dem Botschaftssekretär zusammenkommen.

Darauf rief er Richard an, von dem er wusste, dass er noch in Prag sein musste, und bat ihn, sich morgen um die Mittagszeit am Ort seiner Sendung einzufinden.

Mit dem nächsten Anruf, den zu erledigen er beinahe vergessen hätte, rüttelte er einen Beamten im Technischen Dienst des SIS aus dem Mittagsschlaf. Der Betreffende hatte sich bei Mercedes Benz über die Funktion kleiner Schalthebel an der Kardanwelle bei Sonderschutzfahrzeugen zu informieren. Nachforschungen in Stuttgart und Sindelfingen waren negativ. Die Lage der Stahlplatte im Heck könne nicht verändert werden. Sie sei ein fester Teil der Konstruktion. Die Schalthebel gehörten offenbar nicht zum Programm der Firma.

64 Prag, 27. Januar.

Punkt zwölf Uhr begehrte Richard bei der Botschaft Einlass. Sir Alec war mit etwas Verspätung gelandet und hatte dies vom Flughafen aus mitgeteilt. So nutzte er die Zeit, um seinem Bericht über die vergangenen Tage den letzten Schliff zu verpassen. Als Sir Alec eintraf, sah Richard einen hocherfreuten Chef. Zuerst ließ er sich die gelben Umschläge und den ominösen Koffer hereintragen. Sir Alec platzte fast vor Neugier und Richard vor Stolz, als er langsam die Nummernkombination einstellte und genüsslich das Große Kobalt-Ei herausschälte, die obere Hälfte aufklappte und rezitierte, was ihm Sammler Kropf damals in Zürich darüber beigebracht hatte.

Sir Alec zeigte sich verzückt. Eine Sekunde lang schien er mit dem Gedanken zu liebäugeln, das einmalige Prunkstück in die Königliche Sammlung in London zu überführen. Zwei Gründe sprachen aber dagegen. Erstens, Ihre Majestät klaut nicht, und zweitens benötigte er die Trophäe als Tauschobjekt für Olegs Einsatz. Eine andere Verwendung war somit gar nicht denkbar und aus diesem Grund verdrängte er das Kunstwerk aus jeglicher persönlichen Perspektive.

Der Inhalt der gelben Umschläge erregte erwartungsgemäß

weniger sein künstlerisches als vielmehr sein materielles Interesse. Einfach gewaltig, so eine Million Schweizer Franken, in stramme Häufchen geschichtet, bar auf dem Tisch! Das freundliche Gesicht der Schildkröte verwandelte sich unwillkürlich zum gierigen Geier. Sir Alec beschaffte sich beim Kanzleichef eine dicke Kuriermappe und verstaute die Scheine darin, um sie dem Blick neugieriger Personen zu entziehen, welche den Raum plötzlich betreten mochten. Das Kobalt-Ei wanderte in den Schrank neben den Koffer, dessen Nummernkombination er notierte.

Bei einem dampfenden Tee wurde es Zeit, Richards Bericht durchzulesen, den dieser an bestimmten Stellen noch mündlich ausschmückte. Wieder ganz die Schildkröte, nickte er häufig und kräftig. Die Augenbrauen manchmal hochziehend, die Kinnfalten einstauchend, die Mundpartie in Kaubewegungen, verwandelte sich der Gesichtsausdruck laufend wie in einem Zeichentrickfilm.

»Great, absolutely great! Ihr seid ein erstklassiges Gespann. Ich werde ihm nachher noch per Telefon ein paar passende Worte übermitteln. Nehmen Sie sich hier fünfzig Scheine und quittieren Sie mir bitte hier für sechzig, auch für die zehn für Victor. Ordnung muss sein, mein Lieber!«

Dankend wischte Richard die Scheine mit einer schnellen Handbewegung in seine Aktenmappe, als befürchtete er, der asketische Geizhals würde wieder auf seine großzügige Geste zurückkommen.

Dann versiegelte Sir Alec die Kuriermappe und bat den Botschaftssekretär in den Raum. Diesem übergab er die Mappe mit der Weisung, sie an den Finanzminister weiterzuleiten. Den fragenden Blick hielt er mit geradezu herablassender Nonchalance Stand. Sekretäre pflegen die Nase in alles zu stecken, auch in Dinge, die sie dienstlich nichts angehen. Umso größer der Frust der unerfüllten Neugier, wenn sie mal unversehens abblitzen.

»Richard, Sie halten sich also jetzt pausenlos für den Anruf unseres unfreiwilligen Komplizen Babic bereit. Dann geht alles los! Okay?«

»Yes, Sir!« und verabschiedet sich.

Kurz vor 14 Uhr begab sich Sir Alec vor das Eingangsportal

der Nummer 14. Er wollte vermeiden, dass sich Oleg am Empfang melden musste. Gerade die Russen haben ein feines Gespür für diplomatische Höflichkeiten.

›Oleg‹ war der Deckname, den Sir Alec ihm früher einmal gegeben hatte. Wie er in Wirklichkeit hieß, wusste er zwar, aber er machte nie davon Gebrauch. Das gehörte zu den unausgesprochenen Verabredungen zwischen den beiden. Das war mit ein Grund, weshalb er ihn nur in einem eindeutigen Fall im FSB unter dem richtigen Namen hätte anrufen können. Sie hatten sich in den Siebzigerjahren an einem dieser stereotypen Empfänge kennen gelernt, als Oleg für einige Zeit als dritter Botschaftssekretär in London akkreditiert war. Sir Alec witterte von weitem den KGB-Mann der kultivierten Sorte, kaum Alkohol, höflich, die Worte genau abgemessen, ohne wortkarg zu wirken. Seine lebendigen Augen hatten offenbar besonders seine Vorgesetzten und weniger die anderen Gäste im Visier.

»Besteht Ihre Aufgabe in der Schadensbegrenzung?«, hatte er ihn damals kühn, aber freundlich lächelnd angesprochen. Oleg hatte entgegenkommend und diplomatisch geantwortet: »Das tun wir doch beide. Keine Großmacht könnte einen Weltkrieg gewinnen, also müssen wir ihn verhindern. Unser Beitrag kann darin liegen, auf beiden Seiten Fehleinschätzungen zu korrigieren und Kurzschlusshandlungen zuvorzukommen.«

Sir Alec war beeindruckt ob dieser Reife und Klarsicht des kaum Dreißigjährigen. In der Folge trafen sie sich ausschließlich zu konkreten Aspekten von strategischen Irrtümern, die sich gern in den Köpfen bestimmter Politiker und Militärs einnisteten. Dabei hielten sie sich an die weitere unausgesprochene Spielregel, dass keiner versuchte, den anderen als Agenten anzuwerben. So blieb der Gedankenaustausch stets rein sachlich und ohne persönliche Ziele. Weitsichtige Chefs auf beiden Seiten deckten diese informellen Kontakte.

Nach dem Ende der Sowjetunion zog Oleg wieder nach St. Petersburg, seiner Heimatstadt. Der brachiale Stil in Moskau hatte ihm nie richtig zugesagt. Das wesentlich weltoffenere und differenziertere Weltbild der früheren Zarenstadt entsprach weit mehr seiner Mentalität. Die St. Petersburger FSB-Zentrale hat heute eine maßgebende Rolle in ganz Russland. Politische

Aufsteiger wie Stepaschin und Putin hatten hier bedeutende Ämter bekleidet, bevor sie zu Höherem nach Moskau berufen wurden.

Oleg wurde mit der Leitung eines Dezernates für Wirtschaftskriminalität beauftragt. In dieser Funktion hatte er vor geraumer Zeit den Kontakt mit Sir Alec wieder aufgenommen. Seither bedienten sie einander fallweise mit Tipps und leisteten gelegentlich auch informelle operative Hilfestellung. Darunter sind begrenzte Aktionen zu verstehen, für welche nicht erst grenzüberschreitende Rechtshilfen angefordert werden. Solche benötigen in der Regel zu viel Zeit und greifen dann zu spät, sind bürokratisch und verursachen meistens schädliche Nebengeräusche, so dass die Zielpersonen gewarnt werden.

Dann stand plötzlich Oleg, der große, drahtige Mittfünfziger, neben Sir Alec. Nur das runde Gesicht ließ auf einen Russen schließen. Er trug einen grauen Regenmantel und eine Schirmmütze aus dunklem Segeltuch. Der alte Fuchs war auf der Rückseite der Häuserzeile bis zum Hintereingang des Nachbarhauses gelangt und von dort gleich neben ihm aufgetaucht. Sir Alec führte ihn sofort ins Innere. Die herzliche Begrüßung fand erst im Sitzungszimmer statt. Oleg akzeptierte gerne einen englischen Tee.

»Ich habe Ihnen ein hübsches Geschenk mitgebracht«, eröffnete er die Runde und schritt zum Schrank. Dort öffnete er langsam die beiden Türen, breitete die Arme aus wie ein Priester bei der Messe, fasste das Prunkstück mit beiden Händen am unteren Teil, hob es mit abgespreizten Ellbogen auf, drehte sich blitzschnell um und stellte das Große Kobalt-Ei vor dem Gast auf den Tisch.

Oleg staunte und war etwas verwirrt. Er erkannte natürlich sofort, dass er einen Gegenstand von ganz außerordentlichem Wert vor sich hatte, aber er konnte ihn nicht einordnen.

Sir Alec gab sich theatralisch und referierte wie ein erfahrener Kunst- und Geschichtskenner der Oxforder Schule, was er vor einer Stunde von Richard erfahren hatte. Mit der Gestik eines Mundschenks am Hofe der Windsors, der eine Flasche erlesensten Weines entkorkt, klappte er das Riesen-Ei von Fabergé auf. Auf die Innereien zeigend, verströmte er sein historisches Wissen über den Friedensschluss von 1905 mit allen Begleiterscheinungen auf der zaristischen Seite.

Oleg begriff schnell. Er strahlte vollends, als Sir Alec mit den feierlichen Worten endete:

»Das ›Große Kobalt-Ei‹ ist ein Kulturgut Russlands. Sein Platz ist in der Kunstkammer von St. Petersburg. Sie, Oleg, sind bestimmt, dieses einmalige Kunstwerk und Zeugnis der russischen Geschichte nach Hause zurückzuführen! Ich gratuliere Ihnen!«

Keiner aus seiner Londoner Umgebung hätte dem alten Chamäleon so viel schauspielerisches Talent zugetraut.

Jeder andere Russe hätte sich vor Rührung tränenüberströmt am Boden gewälzt. Nicht so Oleg. Zwar war er sichtlich bewegt. Aber der Realist stellte trotzdem die zwei Fragen nach der Story und nach dem Preis.

»Wie das Ei in meine Hände kam, werde ich Ihnen nicht verraten. Es würde Ihnen auch nichts nützen. Ich übergebe es Ihnen, damit Sie eine für Ihre Zwecke maßgeschneiderte Geschichte komponieren können. Dank Ihres Scharfsinns und Ihres Könnens haben Sie es aufgestöbert – für Russland, für die St. Petersburger Kunstkammer. Diese Tat kann Ihnen zu Ruhm und Ehre und Beförderung gereichen. Je größer Ihre Macht, desto wertvoller sind Sie als mein inoffizieller Partner im FSB. Das ist mein längerfristiges Motiv.

Es gibt noch einen unmittelbaren Anlass. Ich brauche Ihre aktive Mitwirkung in einem Fall, der vor allem unsere Interessen, aber auch die russischen berührt.«

Sir Alec schilderte die Aktivitäten der SloTrade mit ihren Verbindungen zu Hightechfirmen im Westen einerseits und zu ukrainischen Firmen, insbesondere zur Chemotechnica in Kiew.

Oleg hörte aufmerksam zu und nickte ab und zu bestätigend.

»In den nächsten Tagen wird Jozef Babic, die treibende Kraft in der SloTrade, Leiterplatten nach Kiew transportieren. Diese stellen das technische Schlüsselelement für Prozessanlagen zur Herstellung von Kampfgas dar. Wir vermuten, dass die Anlagen für den Irak bestimmt sind. Kampfgas gehört zu Saddams Lieblingsspielzeugen. Er kann aber auch einen Teil der Produktion an nahe stehende islamistische Staaten oder Organisationen verschenken. Auch tschetschenische Terroristen führen derartiges Teufelszeug auf ihrer Wunschliste, nicht nur gegen russische Truppen, sondern zum Beispiel auch für einen Einsatz in der Moskauer Metro.«

Oleg schien das Interesse und die Freude am Kobalt-Ei völlig verloren zu haben.

»Weiter bitte!«

»Vermutlich kennen wir das Datum und den Ort des Grenzübertritts von der Slowakei in die Ukraine und das Auto. Sie, Oleg, sind für uns der Einzige, der diesen Transport verhindern kann. Sind die Prints erst mal im Werk, so dürfte eine Intervention kaum mehr möglich sein.«

Oleg mit stoischer Ruhe: »Weiter bitte!«

»Babic ist äußerst gefährlich. Er verfügt über eine slowakische Version von KGB-Vergangenheit. Seine Spezialität lag schon damals in der Beschaffung von seltenen Komponenten. Er wird von Košice her die Grenze bei Uzgorod passieren. Von dort nimmt er normalerweise die Route über Lwow nach Kiew. Er fährt einen anthrazitfarbenen Mercedes 500. Als Reisetag hat er den 1. oder 2. oder 3. Februar vorgesehen.«

»Wie bitte? Das ist ja vielleicht schon in vier bis fünf Tagen!«

»Stimmt! Ich weiß, es ist sehr kurzfristig, aber ich kann es leider nicht ändern. Stimmen Sie mit mir überein, dass die Leiterplatten nicht ans Ziel gelangen dürfen?«

»Ja!«, lautete die Antwort in ihrer ganzen unslawischen Ausführlichkeit. Sir Alec hatte fürs Erste gewonnen.

Oleg schloss die Augen, was er immer tat, wenn er intensiv nachdachte. Sein innerer Computer spielte offenbar alle denkbaren Varianten einer Operation durch. Schließlich schien er einen gangbaren Weg gefunden zu haben.

»Babic muss gleich nach der Grenze abgefangen werden. Die Schwierigkeit liegt nun unter anderem darin, dass in der Ukraine verschiedene konkurrierende Geheimdienste, Polizeidienste und mafiose Clans ihr Unwesen treiben. Alle gegen alle. Einig sind sie sich aber sofort, wenn es gegen den russischen FSB oder den Auslandsgeheimdienst geht. Im vorliegenden Falle ist sogar davon auszugehen, dass Regierungsstellen in den Technologietransfer involviert sind. Selbst auf meine besten Kollegen aus der Sowjetzeit würde ich mich nicht verlassen.

Aber besser keine Verbündeten als unsichere. Ich muss also allein und inkognito agieren.«

Die Miene hellte sich etwas auf.

»Ich werde Ihre phantastische Morgengabe zuerst nach Hause bringen. Wirklich freuen darüber können werde ich mich aber erst nach der Operation Babic. Schon morgen reise ich nach Uzgorod und werde mich dort etwas umsehen. Zumindest brauchen wir Russen noch kein Visum für die Ukraine. Besonderes Augenmerk werde ich schon mal den Empfangsbedingungen des Mobilnetzes widmen, schließlich ist unsere Kommunikation eine wesentliche Bedingung für den Erfolg.«

Sir Alec atmete auf.

»Es ist vorgesehen, dass uns Babic benachrichtigt, sobald er Košice Richtung Grenze verlässt. Es sind keine hundert Kilometer, der Zeitbedarf ist natürlich schwer zu schätzen.

Noch ein paar Angaben zu seinem Mercedes 500. Das Kennzeichen lautet BAA 24 00 22. Es handelt sich um einen so genannten Bodyguard auf Rädern, wie die Autos mit Sonderschutzausführungen genannt werden. Also Panzerboden, Panzertüren, Panzerglas, Panzerplatte im Heck und alles, was Leute mit reinem Gewissen so benötigen.«

Oleg fand die Anspielung auf die russische Nomenklatura gar nicht lustig. Um ihn davon abzulenken, erwähnte Sir Alec die beiden kurzen Hebel hinter dem Schaltknüppel, für welche das Werk keine Erklärung fand.

»Oleg, Sie hören von uns, wenn es losgeht. Und wir hören von Ihnen, wenn die Operation beendet worden ist. Viel Glück!«

Er nahm den Pilotenkoffer aus dem Schrank, küsste symbolisch das Große Kobalt-Ei und verpackte es sorgfältig in das Bett aus wollenen Lappen. Er würde es gelegentlich in einem der großen Museen von St. Petersburg wieder sehen, meinte er. Dann wies er mit den beiden Zeigefingern auf die Nummernschlösser, wartete, bis Oleg nickte, zum Zeichen, dass er sich die Kombinationen gemerkt hatte, ließ sie einschnappen und drehte sie auf 000-000. Die Zeremonie der Übergabe und des Abschieds endete mit einer ernst gemeinten Umarmung.

65 Uzgorod, 29. Januar.

Bereits am Abend des 28. Januar landete Oleg in Kiew. Problemlos hatte er am Vortag in Prag den Pilotenkoffer als Reisegepäck aufgegeben. Den Check für das Handgepäck hätte er mit dem großen metallenen Ei kaum ohne Sichtkontrolle passieren können. Die Abendmaschine der Aeroflot war erst gegen 23 Uhr in St. Petersburg Pulkovo gelandet. Um diese Zeit wird die Zollkontrolle nur noch summarisch wahrgenommen. Mit seinem Dienstausweis als Chef eines Dezernates im FSB in der erhobenen Hand ging er einfach an den anstehenden Passagieren und am Beamten vorbei. Dann fuhr er in sein Büro im ›grauen Haus‹ am Lyteyny Prospekt und schloss als Erstes den Koffer in seinen Panzerschrank.

Jetzt ging es um die Planung der Operation Babic. Er würde mit der Aeroflot über Moskau nach Kiew fliegen und von dort auf dem Landweg Richtung Lwow und Uzgorod weiterziehen. Wegen seiner Mitbringsel kam als Airline nur die russische Aeroflot infrage. Hier genügte sein Dienstausweis, um unbehelligt an Bord zu kommen.

Gewisse Dienststellen im ›grauen Haus‹ sind rund um die Uhr geöffnet und so war es gar nicht außergewöhnlich, dass er gegen ein Uhr früh im ›Arsenal‹ vorstellig wurde, wie der Selbstbedienungsladen genannt wird, in welchem so ziemlich alles zu haben ist, was einem Agenten das Herz höher schlagen lässt.

Für seine gute alte 9-Millimeter-Makarov benötigte er noch fünf weitere aufgefüllte Magazine. Im Weiteren hatte er einen Feldstecher, einen Restlichtverstärker und eine Stablampe mit Ersatzbatterie auf der Bedarfsliste. Der nächste Wunsch erzeugte ein gewisses Zucken in den Augenbrauen des Magaziners. Es ging um zwei Minigranaten, welche in geschlossenen Räumen verwendet werden. In Form und Größe sehen sie aus wie ein kleines Handy. Durch Ziehen des Sicherungsringes werden sie geschärft, und für Sekunden nach Eindrücken des Zündknopfes explodieren zwanzig Gramm Sprengstoff. Oleg quittierte den Beleg. Eine Hand voll Dollars und Deutsche Mark in kleinen Scheinen entnahm er seiner Schublade.

Die Maschine nach Moskau startete bereits in aller Frühe. Umso länger musste er in Scheremtyevo auf den Anschlussflug nach Kiew warten, war dann aber doch am frühen Nachmittag in Kiew. Russische Flugreisende werden dort kaum kontrolliert, obschon ein Restrisiko natürlich bestehen blieb. Hier zeigte er aus nahe liegenden Gründen seinen normalen Reisepass.

Im Hotel ›Ukraina‹, wo er abstieg, verkehren häufig Deutsche, die mit Reisebussen unterwegs sind. Oleg suchte in der Hotelbar das Gespräch mit einem deutschen Busfahrer. Sein Deutsch reichte aus, um herauszufinden, dass das komfortable Riesengefährt jetzt in der Zwischensaison kaum zur Hälfte ausgebucht war. Nach dem zweiten Bier erkundigte sich Oleg so nebenbei, ob er für fünfzig Mark vielleicht bis Lwow mitfahren dürfe. Das sei bei weitem bequemer als ein ukrainisches Flugzeug oder ein Mietwagen. Der Busfahrer war einverstanden.

Am 29. Januar morgens um sieben Uhr war Abfahrt und am Nachmittag gegen vier Uhr waren sie in Lwow. Dort ließ sich Oleg von einem klapprigen Lada von Taxi zum größten Umschlagplatz für Güter fahren, wo sich Lagerhäuser, Warendepots und Tankstellen befanden und es auch Verpflegungsmöglichkeiten für Lkw-Fahrer gab.

Einem Tankwart versprach er zwei Dollar, wenn er für ihn einen slowakischen Laster auftreibe, der über Uzgorod nach Košice unterwegs sei. Nach wenigen Minuten suchte der Tankwart ihn in der einfachen Gaststätte neben seiner Tankstelle auf und brachte den Fahrer gleich mit. Oleg bot fünf Dollar, ein Riesengeschäft für den slowakischen Fahrer. Nach seiner Schätzung müssten sie es bis Uzgorod in vier Stunden schaffen. Und los ging's mit dem schweren 40-Tonner Marke Tatra.

Seit Lwow hatte Oleg auf einfachstes Russisch mit starkem deutschen Akzent umgestellt, hier keine Seltenheit, betreiben doch in der Region zahlreiche ehrliche und andere Bundesbürger allerhand Geschäfte.

Schon immer waren Fernfahrer und Taxichauffeure ergiebige Informationsquellen über Dinge, welche nur zum Teil in der Zeitung zu lesen sind. Vom Tatra-Fahrer, der sich im slowakisch-ukrainischen Grenzgebiet besonders gut auskannte, erfuhr er eine Unmenge über die räumlichen Gegebenheiten, das Verkehrsaufkommen nach Wochentagen und Tageszeiten, die Organisation und Gepflogenheiten der Abfertigung von Lkws und Privatautos. Auch interessierte er sich für etwaige Unterschiede in der grenzpolizeilichen Praxis bei Rosthaufen beziehungsweise teuren Limousinen. Er erfuhr eine Menge.

Da lagen also die beiden Grenzübergänge einige hundert Meter auseinander, nur durch baumloses Brachland getrennt. Wohl ein Überbleibsel aus früherer Zeit, in welcher sich die sozialistischen Brüder sorgfältig voneinander abschotteten. Die Ukraine war damals Teil der Sowjetunion. Die Wachtürme roseten oder faulten vor sich hin, je nach Baumaterial; jedenfalls waren sie unbemannt.

Die Abfertigung bei der Ausreise aus der Slowakei war problemlos und zügig. Das selbe ließ sich eigentlich vom Eintritt in die Ukraine sagen. Papiere für Fahrzeug und Güter wurden natürlich kontrolliert, aber die Beamten suchten keine vermeidbare Arbeit. Erst nach der Grenze wurden öfters Limousinen von Zivilisten gestoppt. Es waren dies Angehörige der Spezialtruppe zur Bekämpfung des internationalen Autodiebstahls. Diese Kontrollen waren recht ruppig. Das wurde von den Betroffenen deshalb als sehr bedrohlich empfunden, weil es sich um Wegelagerer handeln könnte, die auch nicht in Uniformen daherkommen.

In umgekehrter Richtung legten die Slowaken wesentlich genauere Maßstäbe an. Stets wurde nach illegalen Passagieren gesucht, oftmals kam auch die Drogenpolizei mit Suchhunden zum Einsatz, und einmal, so berichtete Olegs Fahrer, war einer im weißen Mantel mit einem Geigerzähler an Bord gekommen. In beide Richtungen wurden Lkws nur bis 21 Uhr abgefertigt.

Inzwischen waren sie in Uzgorod angekommen, wahrlich kein Ferienort. Der Tatra durchfuhr die Einfallstraße und hielt nahe dem Zentrum, oder was so bezeichnet wird, vor einer Absteige mit der hehren Aufschrift ›Hotel International‹. Flammende Leuchtreklamen zeigten wechselweise Glücksherzen in allen Farben, Gläser mit prickelndem Sekt, überlange Beine, aber auch einen Koch mit weißer Haube, der mit einer aufgespießten Riesenwurst prunkte. Rund um das Haus herrschten chaotische Verhältnisse, was offensichtlich selbst mit nur wenigen geparkten Autos möglich ist, wenn ihre stolzen Besitzer das so wünschen.

Der Tatra fuhr ohne Passagier weiter. Oleg betrat das so überaus einladend wirkende Haus. Wildes Gegröle, garniert mit spitzen Lauten aus weiblichen Kehlen, drang aus der Bar. Zimmer waren hier eigentlich immer frei, denn die meisten wurden nur stundenweise benützt. Oleg hatte in Russland schon in viel schäbigeren Löchern genächtigt. Im Übrigen war das hier genau die Klitsche, die er für seine Zwecke benötigte. Er buchte und bezahlte zunächst nur für zwei Nächte. Eine längere Zeitdauer wäre aufgefallen. Also stellte er seine Reisetasche in den billigen Schrank, nahm aber Waffen, Munition und Sprenggranaten an sich. Seine Segeltuchjacke mit den vielen Taschen innen und außen, die er nie ablegte, bot dazu genügend Platz. Nicht jedoch für die beiden Feldstecher, mit denen er an der Bar in unerwünschter Weise aufgefallen wäre, weshalb er sie wohl oder übel in der Reisetasche zurückließ. Das Zimmer verfügte immerhin über einen funktionierenden Stromanschluss, wo er während der Nacht die Akkus des Handys aufladen konnte. Um sie zu schonen, hatte er das Gerät nur alle paar Stunden eingeschaltet. Auf weite Strecken war ohnehin kein Empfang möglich. Hier in Uzgorod jedoch zeigte die Skala glücklicherweise beste Bedingungen an. Das ist in Grenzgebieten nicht ganz ungewöhnlich, benötigen doch gerade hier Räuber und Gendarmen ein funktionierendes Mobilnetz.

Dann betrat er die lärmende Stätte. Da waren zwei Bars und dazwischen viele freistehende Tische. An einigen saßen Gäste, meistens zu zweit. Es gab aber auch Damen, die noch allein waren und durch Blicke und Gesten diesem Übelstand abzuhelfen trachteten. Die Bars wurden ausnahmslos von Herren bevölkert, welche in Gruppen emsig und lautstark diskutierten. Oleg stellte sich in eine Lücke an die Bar mit guter Übersicht über das Lokal und bestellte ein Bier. Noch hatte er sich zu keiner Gesprächsgruppe gesellt, noch wurde er von einer solchen vereinnahmt. So konnte er in Ruhe die Gäste beobachten. Mal von den Mädchen abgesehen, die ihn zumindest im Moment nicht interessierten, waren zahlreiche ausländische Fernfahrer, vor allem aus Westeuropa, auszumachen. Bei der einen Gruppe überwog Deutsch. Jüngere, gut gekleidete mit bösem Blick und dafür mit Goldketten an den Handgelenken stammten wohl von hier. So wie sie mit den Mädchen umgingen, waren diese offenbar ihre Leibeigenen. Weniger gepflegte Männer, die ihr Bier nur in homöopathischen Dosen nippten, um länger daran sitzen zu können, ernährten sich vielleicht von Gelegenheitsgeschäften, die normalerweise der Kleinkriminalität zugeordnet werden.

Ein solches Grüppchen befand sich in Olegs Nähe. Er hörte den Belanglosigkeiten ihres Gespräches eine Weile zu und nickte ungefragt, wenn ohnehin alle derselben Meinung waren. Das ist hier Ausdruck landesüblicher Geselligkeit.

»Nemec, bist du Deutscher?«, wollte er wissen.

»Nein, ich bin Este, aber ich bin oft in Deutschland.« Wenigstens die Himmelsrichtung stimmte. Und sofort anknüpfend: »Trinkt ihr ein Bierchen mit?«, womit Oleg erwartungsgemäß keinen Widerspruch erntete. Die anschließende Unterhaltung drehte sich um die Alltagssorgen in Uzgorod. Der Eindruck von Leuten mit leeren Taschen bestätigte sich.

»Hat einer von euch einen Wagen?« Oleg blickte in die Runde. Zwei meldeten sich. Einer mit der Einschränkung, dass sich sein Lada gerade in Reparatur befinde. Der andere strahlte stolz als Besitzer eines zwar betagten, aber überlegenen VW Golf.

»Ich möchte Uzgorod und Umgebung kennen lernen. Hast du Zeit, mich ein paar Tage lang herumzukutschieren?«

Er sagte sofort zu und sie einigten sich auf fünfzig Deutsche Mark pro Tag. Zwei weitere Kollegen sollten sich ihnen für zehn Mark anschließen. Am Morgen des 30. Januar fuhren sie also zu viert los. Oleg setzte sich hinten rechts. Er wollte die zusammengeschusterte Truppe im Auge behalten. Diesmal hatte er die Feldstecher dabei.

Zunächst ging es zum sechs Kilometer entfernten ukrainisch-slowakischen Grenzübergang. Dort hielten sie auf Olegs Geheiß auf dem großen Parkplatz hundert Meter vor den Grenzpfählen.

»Ihr wartet hier im Auto, bis ich wiederkomme. Es kann zwei Stunden dauern!«

Von dort schlug sich Oleg seitwärts in die Büsche, bis er einen geeigneten Punkt fand, von welchem aus er mit dem Fernglas den Betrieb auf der Grenzstation genau ins Visier nehmen konnte. Was er sah, entsprach den Schilderungen des Tatra-Fahrers, also nichts Außergewöhnliches. Vom Niemandsland zwischen den Grenzposten waren leider nur wenige hundert Meter zu sehen, da die Straße eine leichte Rechtskurve beschrieb, welche von seinem Standort aus nicht mehr eingesehen werden konnte. Weiter nach vorne durfte er sich nicht begeben, um nicht von Grenzbeamten gesehen zu werden.

Als er genug gesehen hatte, ging er langsam zum Auto zurück. Zu seiner Befriedigung stellte er fest, dass die drei Kumpane, wie angeordnet, ruhig und diszipliniert im Auto sitzen geblieben waren. Offenbar besaßen sie einen geschärften Sinn für unauffälliges Verhalten.

Oleg ließ wenden und ganz langsam zurück Richtung Uzgorod fahren. Die Straße war gerade so breit, dass Lkws aneinander vorbeifahren konnten. Der Belag wies häufig Schlaglöcher auf, war aber im Ganzen in keinem schlechtem Zustand. Eine Luxuslimousine konnte hier teilweise auch mit Tempo hundert einherbrausen.

Nach einem Kilometer ging nach rechts ein Feldweg ab. Auf ein Zeichen Olegs hin blinkte der Fahrer und stoppte. Nach einer Weile schüttelte Oleg den Kopf und signalisierte Weiterfahrt. Bald durchquerten sie ein Wäldchen. Die Straße machte eine Linkskurve. Hinter dem Wald erblickte er zur Rechten weit in der Landschaft auf einem sanften Hügel eine Kolchose, zu welcher ein schmales Sträßchen führte. Bizarre Silhouetten von großen Landwirtschaftsmaschinen ragten in den klaren Horizont.

Oleg wies den Fahrer zur Kolchose. Oben angekommen, wandte er sich an den Burschen mit dem kaputten Lada:

»Kannst du so ein Ungetüm bedienen?«, fragte er und zeigte auf einen gigantischen Mähdrescher.

»Ich arbeite im Sommer als Maschinist auf einer Kolchose«, antwortete an seiner Stelle der Dritte. »Ich kenne all das Zeugs.«

»Dann geh bitte zum Leiter und frage ihn, ob er den Mähdrescher in den nächsten Tagen für ein paar Stunden entbehren kann. Können sicher, aber wollen, ist wohl die Frage. Biete ihm fünfzig Mark für eine Stunde.«

Als er nach einer Weile mit dem Leiter der Kolchose zurückkehrte, schüttelte dieser den Kopf, der Kumpan aber nickte freudig. Der Leiter wollte sich den verrückten Esten ansehen, der im
Januar das überflüssigste aller Möbel mieten wollte. Oleg erklärte ihm, dass er sich mit dem Gedanken trage, in der Gegend
mit deutschem Kapital eine Reparatur- und Ersatzteilwerkstät-
te für landwirtschaftliches Gerät zu errichten. Und da wolle er
eben zur Abschätzung des Bedarfs einige Stichproben machen.

Der Leiter zeigte sich beeindruckt und gestattete dem Maschinisten, in den Führerstand zu klettern. Dann löste er die
Ketten – derartige Maschinen haben keine Zündschlüssel wie
ein Pkw –, und der Mann drehte mit einem Höllengeknatter eine
kurze Runde. Dicke Rauchschwaden pufften aus zwei senkrech-
ten Rohren in die Luft. Wieder auf den Standplatz eingefahren,
stieg er strahlend auf die Erde nieder. Während einer kurzen
Zeit war er der glücklichste Mensch gewesen.

Oleg drückte dem Leiter zehn Mark als Anzahlung in die
Hand und kündigte an, nächstens vorbeizukommen.

Olegs Schlachtplan stand fest. Zur Tarnung der Absicht ließ
er sich noch ein paar Stunden durch die Gegend chauffieren.
Bei der und jener Kolchose machten sie Halt, aber ohne Probe-
fahrt mit Ungetümen. Gegen Abend kehrten sie ins Hotel zurück.

»Morgen fahren wir beide mal in die andere Richtung. Einer
von euch muss sich stets in der Gaststätte aufhalten. Wenn ich
euch benötige, wird der Mann in der Kneipe wissen, wie er euch
blitzartig zusammenkriegt. Bei einem Bier und der Soldvertei-
lung für den heutigen Tag legt ihr mir den Ablösungsplan vor.«

Aus dem Kontakt des heutigen Tages hatte er entnehmen können, dass die drei zu vielem bereit waren, wenn sie an der straf-
fen Leine geführt wurden. Kleinkriminalität, auch unbewaffne-
te Überfälle und dergleichen, vollbrachten sie in eigener Regie.
Er begab sich auf sein Zimmer und meldete Sir Alec Gefechtsbereitschaft. Dieser notierte den 30. Januar, 18 Uhr Lokalzeit in
Uzgorod, also 16 Uhr in London. Am nächsten Morgen buchte
Oleg das frugale Zimmer für zwei weitere Nächte.

66 Palma de Mallorca, 1. Februar.

Nach der Zusammenkunft mit Sir Alec flog Richard am frühen Nachmittag des 27. Januar über Frankfurt, wie ihm schien, nach langer Zeit, nach Palma zurück. Mit geschwellter Brust und ebensolcher Geldbörse betrat er den Kommandoraum. Dort wurde er von allen drei Bewohnern freudig umringt. Und dann ging's ans Erzählen. Die fünfzigtausend Schweizer Franken brachte er am nächsten Morgen zum Banco de Santander, wo er Konten in verschiedenen Währungen unterhielt.

Es fiel ihm schwer, sich für das laufende Geschäft, also die Mandate der Competitive Intelligence, zu interessieren. Glücklicherweise übertraf Mercedes in dem Business die höchsten Erwartungen. Er buchte die Aufträge und präsentierte am Schluss die ›Findings‹. Sie erledigte die Knochenarbeit. Die Honorareinnahmen teilten sie aber nach einem Schlüssel, den sie selbst vorgeschlagen hatte.

Seine Sinne kreisten ständig um die Operation Kreuzotter und den D-Day. Das hieß aber tagelanges Warten auf Babics Anruf. Vor dem 31. Januar würde er wohl kaum seine Fahrt antreten. Himmel! Das waren ja noch mindestens drei Tage. Unerträglich! Er trennte sich keine Minute von seinem Handy, da er sich nicht über die Zentrale der Palma Management melden sollte.

Immerhin blieb eine Aktivität. Er telefonierte mit Willy Kessler, um sich nach dem Stand der Beweisführung zu erkundigen, denn es könne jederzeit losgehen.

»Das ganze Aktenbündel ist vollständig beim Anwalt, und der hat alles vorbereitet. Wir können es kaum erwarten!«

Richard war befriedigt: »Die ganze Kette dieser Gauner wird gleichzeitig stillgelegt. Ich melde mich so bald wie möglich.«

Dann versank er wieder in lähmende Schlummerstellung. Jedes Mal, wenn es klingelte, schoss er wie elektrisiert auf, um dann enttäuscht wieder in den Sessel zu sinken. Aus Frust hätte er die Anrufer jeweils am liebsten böse angeschnauzt.

Endlich, endlich, am 1. Februar um 15.03 Uhr, ertönt Babics Stimme am Handy. Er hätte ihn küssen mögen. Oder vielleicht doch nicht.

»Hallo, ich fahre jetzt los.«

»Da kommen Sie heute aber nicht mehr weit«, spielte Richard den Höflichen. »Ich leite die Zahlung schon mal ein. Sind fünfzigtausend Euro so weit okay? Sobald ich Ihren nächsten Anruf kriege, erfolgt die Gutschrift.«

Babic zeigt sich befriedigt: »Also, bis morgen Abend.«

Richard schnellte wie neugeboren in die Höhe. Gefasst und dienstlich rief er Sir Alec an. Dieser gab die Nachricht um 17.15 Uhr Lokalzeit an Oleg in Uzgorod weiter:

»Wir erwarten seinen Grenzübertritt morgen Abend!«

Richard begab sich zur Bank und nahm als Unterstützungswaffe Mercedes mit. Dem Bankbeamten, der beide als wichtige Kunden kannte, trugen sie ein etwas außergewöhnliches Anliegen vor. Aber mit der sprichwörtlichen Flexibilität, wie sich Mercedes ausdrückte, würde er sicherlich behilflich sein können.

»Wir möchten eine Überweisung von fünfzigtausend Euro auf ein Konto ankündigen.« Richard füllte einen Beleg mit ›Creditanstalt Wien, Jozef Babic‹ aus.

»Wir möchten, dass Sie die Ankündigung sofort vornehmen, mit der Ausführung aber noch zuwarten bis zur ausdrücklichen Bestätigung.«

Der Beamte zuckte die Achseln. Mercedes räkelte sich im Sessel und setzte ihr verführerisches Lächeln auf: »Es dreht sich um ein delikates Zug-um-Zug-Geschäft. Mit Osteuropäern wollen wir ganz auf Nummer sicher gehen.«

Aus dem lasziven Lächeln der Verführung wurde eines der Fürbitte. Welcher Spanier könnte da widerstehen?

Am 2. Februar nachmittags begann wieder die Wartetour und steigerte sich von Minute zu Minute bis ins Unerträgliche. Sie studierten die Straßenkarte, fanden einmal mehr tausend Gründe, weshalb Babic noch gar nicht anrufen konnte. Erkundigten sich bei einer Art Verkehrsdienst in Bratislava über Behinderungen im Raume Košice, was die weder bestätigen noch dementieren konnten.

Da, um 19.50 Uhr, klingelte Babic. »Ich fahre jetzt weiter. Alles sollte klappen. Vielen Dank auch für die Anweisung, wie ich mich bei der CA in Wien vergewissern konnte. Ich melde mich in zwei Tagen.«

»Uffffffh!«, stöhnte Richard erlöst und suchte sofort Kontakt mit Sir Alec.

Oleg erhielt von diesem die alles auslösende Nachricht zwei Minuten später, also um 21 Uhr Ortszeit.

Zum hundertsten Mal studierte Richard die Straßenkarte der Ostslowakei mit dem Grenzgebiet zur Ukraine. Die knapp einhundert Kilometer müsste Babic in anderthalb Stunden zurücklegen. Dann die Grenze und die ersten Kilometer auf ukrainischem Gebiet. Er ging davon aus, dass die Operation Kreuzotter schon kurz hinter der Grenze stattfinden würde. Warum, wusste er allerdings nicht. Das ergab für die Aktion eine Zeitspanne, die zwischen 21.30 Uhr und 22.30 Uhr lag, dort eine Stunde später. Gelang die Aktion, so käme der nächste Anruf von Sir Alec vielleicht schon gegen elf Uhr. Sollte sie misslingen, so würde es Stunden dauern.

Diesmal empfand Richard die Warterei wahrlich als mörderisch. Hatte er bisher die Stunden gezählt, so waren es jetzt die Sekunden. In seiner Nervosität begab er sich an die frische Luft. Nicht nur auf die Terrasse, sondern er schlenderte auf der Uferpromenade, bog später in die belebten Gässchen ein und achte-te dabei stets auf den Anzeiger der Empfangsqualität des Mobilnetzes. Gerade im Gemäuer einer verwinkelten Altstadt ist diese rasch Schwankungen ausgesetzt. Schließlich betrat er sein Hotel und stieg auf die Dachterrasse.

67 Uzgorod, 2. Februar.

Oleg eilte mit der Reisetasche die Treppe hinunter. Um 18 Uhr hatte er höchsten Bereitschaftsgrad angeordnet. Das hieß: Aufbruch innerhalb von drei Minuten. Rein in den Golf und los Richtung Grenze. Es war genau 20.59 Uhr.

»Wir fahren zuerst zur Kolchose!«

Unterwegs rechnete er nochmals nach. Babic würde zwischen 22 und 22.30 Uhr an der Grenze ankommen und diese zehn Minuten später passiert haben. Kaum fünf Minuten auf ukrainischem Gebiet würde die Aktion in Form eines Überfalls ablaufen.

Jeder erfahrene und umsichtige Agent weiß, dass eine Operation immer aus drei Teilen besteht: Vorbereitung, Aktion und Abschluss. Die eigentliche Aktion, derentwegen das Ganze überhaupt läuft, ist nur der Kulminationspunkt eines dreiteiligen Planes. Ohne minuziöse Vorbereitung ist das Gelingen einer Aktion dem Zufall überlassen. Die professionelle Operation unterscheidet sich von der amateurhaften vor allem in der Planung des Abschlusses. Was geschieht nach der Aktion, wenn sie gelingt, wenn sie misslingt? Welche Spuren sind unbedingt zu vermeiden, welche Spuren hingegen sind zwecks Irreführung der Verfolger zu legen? Ein Operationsplan enthält auch Kriterien, welche die Durchführung oder den Abbruch der Aktion festlegen, falls unvorhergesehene Ereignisse auftreten. Gilt dann ›Wirkung vor Deckung‹ oder kommt der Unauffälligkeit Priorität zu?

Olegs Rückzugsszenario führte auf jeden Fall über Lwow, denn ein Ausbrechen über die Slowakei war mit noch größeren Risiken verbunden. Ein Ausweichen in die Büsche erschien hoffnungslos, wie er sich in den letzten Tagen der Kreuz- und Querfahrten hatte vergewissern müssen. Es fehlte an geeigneter Infrastruktur, um untertauchen oder das Weite suchen zu können. Entscheidend war die Geschwindigkeit, mit der er sich aus dem Staube machen musste. Mit einem Pkw war Lwow in drei Stunden erreichbar. Ausreichend, um zu entkommen, bevor die lokale Polizei das Gebiet um Uzgorod abriegelte, aber kritisch, wenn die Verbindungsstraße nur einige Kilometer von Lwow gesperrt würde. Ebenso erschwerend fiel die Bedingung ins Gewicht, dass die Aktion hier und jetzt und endgültig abgeschlossen werden musste, selbst wenn sich taktische Hindernisse auftürmen sollten. Also kein Abwarten und Verschieben auf einfachere Zeiten. Oleg hatte einen einzigen Pfeil im Köcher, und der musste sitzen!

Auf dem Vorplatz der Kolchose erläuterte er den Mitstreitern die Absicht und den Plan:

»In etwa einer Stunde wird ein großer Mercedes mit slowakischem Kennzeichen von der Grenze her hier vorbeifahren. Er führt einige Pakete mit, die ich ihm abnehmen will. Das ist das Ziel. Ich zahle euch jetzt euren Tagelohn und jeder kriegt bei Gelingen noch mal hundert Mark zusätzlich. Ich gehe jetzt mit dem Maschinisten zum Kolchosenleiter, denn wir benötigen seinen Mähdrescher. Ich bezahle ihn für zwei Stunden. Du ratterst mit dem Ungetüm zur Hauptstraße, wartest aber noch auf dem Feldweg, bis ich dich rufe. Wir drei fahren wie am ersten Tag in die Nähe des Grenzüberganges. Sobald ich den Mercedes erspähe, fahren wir zurück zum Waldrand und stellen den Motor ab. Für dich ist dies das Zeichen, mit dem Ungetüm die Straße so zu sperren, dass nur noch Zweiräder vorbeikommen. Sobald die Limousine anhält, kontrolliert ihr beide den Kofferraum, ich übernehme das Wageninnere. Sobald ich habe, was ich will, gebe ich dir ein Zeichen, die Straße freizugeben. Du zuckelst also rückwärts in den Feldweg und übergibst das Gefährt wieder dem Besitzer.«

Sie wollten Fragen stellen, aber Oleg winkte ab: »Es geht alles nach meinem Befehl!«

Der Kolchosenleiter grüßte freundlich und wärmte sich an den hundert Mark. Nur ein Deutscher konnte so sinnlos mit Geld um sich werfen. Ihm sollte es recht sein. Bald setzte sich das Ratterwerk Richtung Hauptstraße in Bewegung. Oleg war mit seinen zwei Begleitern bereits im Wäldchen verschwunden und hielt auf dem Parkplatz vor der Grenze um 21.30 Uhr.

Dort stieg er aus und begab sich mit Tag- und Nachtfeldstechern auf seinen Beobachtungsposten. Die 9-Millimeter-Makarov und die Magazine steckten in der linken großen Tasche einer Segeltuchjacke zusammen mit seinem Dienstausweis. In der rechten die erste Minigranate zusammen mit der starken Stablampe, oben links die Reservegranate. Es blieb ihm mindestens eine halbe Stunde Zeit, wahrscheinlich aber bedeutend mehr, um den Betrieb der Grenzkontrolle zu dieser Tageszeit zu beobachten.

Vom Tatra-Fahrer hatte er erfahren, dass Laster nur bis 21 Uhr abgefertigt würden. Das Verkehrsaufkommen für Pkws war dafür erstaunlich hoch. Vermutlich zogen manche die Nachtstunden vor, weil dann die Fahrt nicht durch die langen Lkw-Kolonnen behindert wurde.

Auch nach 22 Uhr änderte sich weder die Zahl der Reiselustigen noch die Art der Kontrollen. Ab und zu wurde einer eingehender befragt oder musste gar den Kofferraum öffnen. Oleg konnte keinen systematischen Unterschied nach Nationalitäten erkennen. In zwanzig Minuten waren genau fünfzehn Wagen durchgelassen worden, also höchstens einer pro Minute.

Es wurde empfindlich kalt. Das konnte noch eine Stunde oder mehr so andauern. Aber er durfte keinen Moment die Aufmerksamkeit vermindern. Sogar pinkeln war ein Problem, auf weniger salonfähige Art aber lösbar. Für die Fernbeobachtung waren beide Geräte nicht ideal. Der Restlichtverstärker erwies sich als zu empfindlich. Die Scheinwerfer der ankommenden Fahrzeuge deckten ihn praktisch zu. Mit dem normalen Feldstecher jedoch konnten die Nummernschilder nur im schmalen Lichtstreifen der Grenzpostenbeleuchtung betrachtet werden.

Russen besitzen ein anderes Zeitgefühl als Westeuropäer oder gar Amerikaner. Einmal auf Warten eingestellt, relativiert sich das Empfinden. Einer Katze vor dem Mauseloch wird nachgesagt, dass sie, obwohl normalerweise ein äußerst rühriges Wesen, ihr Zeitgefühl völlig abschalten kann. Tut sich dann was, so reagiert sie dennoch in einer Hundertstelsekunde.

So verhielt sich auch Oleg. Um 22.28 Uhr sah er die typisch bläulichen Scheinwerfer eines großen Wagens, die nur von einem Mercedes, einem Audi oder einem BMW stammen konnten. Beim Durchfahren des ersten Beleuchtungskegels erkannte er das Nummernschild BAA 24 00 22. Es standen genau elf Fahrzeuge vor ihm.

In wenigen Sekunden war er beim Golf.

»Los!«

Ein Wagen fuhr langsam vom Grenzübergang herkommend vor ihnen auf die Hauptstraße. Macht noch zehn, merkte er sich. Sie beschleunigten in normalem Tempo, um nicht aufzufallen. Dann wurden sie von einem schnelleren Wagen überholt. Macht noch neun, dachte Oleg.

Beim Ausgang des Wäldchens befahl er dem Fahrer, vorsichtig rechts an den Straßenrand zu fahren.

»Ihr bleibt hier!«

Oleg lief ein paar Schritte und erkannte sofort die schwarzen gespenstischen Umrisse des Mähdreschers. Motor abgestellt. Er winkte den Maschinisten auf die Hauptstraße. Mit Geknatter und Gerassel fuhr er langsam los, den hoch oben platzierten

Scheinwerfer angedreht. Im Abstand von wenigen hundert Metern fuhren zwei Pkws vorbei. Macht noch sieben, dachte Oleg. Mit einer Handbewegung ließ er den Mähdrescher stoppen. Die eine Straßenhälfte war noch frei. Von Uzgorod näherten sich mehrere Fahrzeuge. Oleg winkte sie freundlich vorbei. Dann begab er sich zu seinen zwei Versprengten beim Golf.

»Wahrscheinlich noch sieben Fahrzeuge, dann kommt er. Er hat bläuliche Scheinwerfer. Der Mähdrescher wird ihn aufhalten. Ich nähere mich von der Seite und verlange, dass er von innen den Kofferraumdeckel entriegelt. Bei diesen Limousinen eine selbstverständliche Einrichtung. Ihr nehmt alles raus. Auf meinen Befehl lassen wir ihn ziehen, wie schon gesagt. Stellt euch jetzt hinter den VW. Ihr sollt von der Straße aus nicht gesehen werden.«

Er begab sich wieder auf Befehlsdistanz zum Mähdrescher. Die Uhr zeigte 22.34 Uhr. Wieder fuhren, offenbar etwas irritiert, zwei Wagen vorbei. Noch fünf! Warten, warten.

»Um 22.37 Uhr drei einzelne Pkws in Abständen von dreihundert Metern. So ist es richtig, brave Fahrer! Oleg winkte sie hilfreich durch. Noch zwei – und dann!

Da, wenig später, näherte sich ein Wagen mit normalen Lichtern und eng aufgeschlossen der mit dem bläulichen Licht. Also um einen Wagen zu früh. Frechheit, sich nicht an die Reihenfolge zu halten! Der Hundesohn musste also ums Verrecken noch einen überholen. Mist! Scheiße! Wie die beiden trennen? Es blieben keine zweihundert Meter, also vielleicht zwölf Sekunden.

›Wirkung vor Deckung‹ ging es Oleg durch den Kopf, und er winkte mit unmissverständlicher Geste den Maschinisten auf die Straßenmitte. In fünf Sekunden hatte er es geschafft. Die Straße war gesperrt.

Die beiden Wagen stoppten, wobei der mit dem blauen Licht, Oleg erkannte den Mercedes, den Vordermann beinahe gerammt hätte. Es gab keine Möglichkeit, die beiden räumlich zu trennen. Unschön, unschön!

Oleg schritt schnell, aber gefasst wie ein Beamter zum Seitenfenster. Während das Ungetüm hinter ihm auffuhr, hatte er den Sicherungsring der Minigranate herausgezogen und damit geschärft. Nun fasste er die Stablampe und beleuchtete damit den aufgeklappten Dienstausweis. Der Bluff gelang. Babic konnte in dieser Situation einen russischen nicht von einem ukrainischen Dienstausweis unterscheiden. Er, heilfroh, dass er einen Beamten und keinen Wegelagerer vor sich hatte, öffnete die Scheibe um eine Handbreit.

Oleg steckte die Stablampe in die Öffnung, um den Fahrer zu blenden und ein Schließen des Fensters zu verhindern.

»Waffenkontrolle! Öffnen Sie bitte den Kofferraum!«

Die beiden Begleiter standen schon hinter dem Wagen, als der Deckel aufsprang. Sofort steckten sie ihre Köpfe ins Innere. Da sah Oleg, der mit seiner Rechten in der Jackentasche vorsichtig nach der Minigranate tastete, um ja nicht den Auslöser zu betätigen, wie Babic an den beiden kleinen Hebeln zog, von denen der Engländer gesprochen hatte. Es krachten zwei Schüsse, Schrotladungen, wie das geübte Ohr erkannte, und die beiden Helfer fielen rücklings zu Boden. Immer noch geblendet, sah Babic nicht, dass der angebliche Beamte einen handyähnlichen Gegenstand in den Fond des Wagens gleiten ließ. Vielmehr schloss er augenblicklich das Seitenfenster, als der Polyp seine lästige Stablampe endlich weggezogen hatte.

Oleg warf sich an den Straßenrand. Unglaublich, wie lange fünf Sekunden dauern können. Blindgänger? Dann, ein verhaltener Knall. Die Wirkung der Sprengladung in einem hermetisch verschlossenen, gepanzerten Fahrzeug musste verheerend sein. Keine Türen, die aufgeschleudert werden, keine Fenster, die wie Geschosse aus den Fassungen fliegen, nichts! Die gesamte Wirkung entfaltet sich nach innen! Oleg hätte geradeso gut neben dem Wagen stehen bleiben können. Aber wer weiß das so genau im Voraus?

Oleg rannte zum Kofferraum. Leer, nur zwei leicht rauchende abgesägte Läufe von Schrotflinten, welche ein paar Zentimeter durch eine Panzerplatte ragten. Das verhüllende Tuch hing zerfetzt herunter. Keine Waren! Gut so, alles hatte sich also im Inneren befunden und war damit vernichtet. Für die beiden Gehilfen kam ohnehin jede Hilfe zu spät.

Plötzliche Explosion! Der Mercedes brannte lichterloh. Auch gut!

Höchstens dreißig Sekunden waren vergangen. Oleg rannte

zum Maschinisten und hieß ihn sofort die Straße freizugeben. Weitere zehn Sekunden.

Den völlig geschockten Fahrer vor dem Mercedes wies er an, hier noch eine Weile zu warten.

Dann warf er sich in den Golf und zog rasch am brennenden Wrack und am geschockten Fahrer vorbei. Das war um 22.41 Uhr. Die nächsten Scheinwerferpaare sah er gerade noch im Rückspiegel. Der würde wohl mal in sicherer Distanz anhalten.

Nun aber nichts wie los. In wenigen Minuten war er in Uzgorod und bald darauf bereits auf der Ausfallstraße nach Lwow. Ruhe, keine Sirenen, keine Polizei. Benzin hatte er genug, das hatte er am Nachmittag noch diskret überprüft.

Den Auftrag hatte er erfüllt, Babic mit allem Drum und Dran vernichtet. Auf der negativen Seite zwei Tote und ein weithin sichtbarer Fahrzeugbrand. Die Schrotflinten und die Todesursache würden aber die Schuld eindeutig auf den slowakischen Fahrzeuglenker des Mercedes lenken. Nur waren da noch der Geschockte und der Maschinist. Die zwei getöteten Kumpel taten ihm ehrlich Leid. Im Westen werden Opfer von Aktionen beklagt, in Russland werden Tote nur registriert.

Exakt um 22.53 Uhr, die Qualität des Mobilempfanges war gerade noch ausreichend gut, rief er seinen Kollegen in London an:

»Hallo, mein Freund! Aktion erfolgreich und definitiv abgeschlossen! Bis gelegentlich!«

Dann fuhr er, so schnell er konnte, aber unter ungefährer Einhaltung der Vorschriften nach Lwow. Sollte er sicherheitshalber die zweite Minigranate und die Reservemunition unterwegs vergraben? Er verwarf die Idee. Würden sie gefunden werden, der Verdacht gegen russische Agenten würde sich sofort erhärten. Von seiner Makarov konnte und wollte er sich ohnehin nicht trennen. Auch die hätte ihn hinreichend verraten.

Der Verkehr gestattete ein gutes Vorankommen. Der geerbte VW war natürlich nicht mit einem Radio ausgerüstet. Und so gab es keine Nachrichten zu hören. Dass da schon von einer Fahndung die Rede war, war ohnehin unwahrscheinlich.

Vorsichtig und aufmerksam wie ein verwundeter Eber hielt er nach feindlichen Anzeichen Ausschau, als er sich der Bannmeile von Lwow näherte. Es war zwei Uhr morgens und es tat sich kein Furz. In der Stadt parkte er den Wagen in angemessener Entfernung vom russischen Konsulat, wischte aus Prinzip alle Fingerabdrücke an Lenkrad, Armaturenbrett, Schalthebel und Türgriff ab, verschloss den Wagen und warf die Schlüssel in einen Ablauf der Kanalisation. In wenigen Stunden würde er ohnehin gestohlen sein und irgendwo verschwinden. Aber saubere Arbeit lohnt immer. Um 2.55 Uhr schellte er mit dem Handy die Konsulatsbeamten aus dem Schlaf. Misstrauisch öffnete ein Hausdiener das vergitterte Guckfenster. Als er aber den Dienstausweis bei aller Schlaftrunkenheit ausreichend studiert hatte, schloss er sofort auf.

Phase drei der Operation war erfolgreich abgeschlossen. Auch diese Information war noch ein Telefonat an seinen Freund und Partner in London wert. Sir Alec notierte das um 0.35 Uhr mit großer Befriedigung.

68 London, Palma de Mallorca, Zürich, 2. Februar nachts.

Sir Alec hatte allen Grund aufzuatmen, als er Olegs Erfolgsmeldung um 20.53 Uhr erhielt. Nun konnte er den 3. Februar zum D-Day erklären. Alle Aktionsträger hatten ungeduldig darauf gewartet.

Seit dem 20. Januar, dem Tag der konzertierten Beschlussfassung des Club of London, hatten die dort anwesenden Protagonisten ihre organisatorischen Vorbereitungen zu Ende geführt, Beweise zusammengetragen und die erforderlichen richterlichen Ermächtigungen eingeholt. Als Zieldatum für die Operationsbereitschaft wurde der 28. Januar vereinbart. Die letzte Bereitschaftsmeldung traf dann aber erst mit einem Tag Verspätung ein.

Sir Alec war es von vornherein klar, dass er die rund zwei Dutzend Individuen des Club of London nicht lange untätig unter dem Deckel würde halten können. Einmal bereit loszuschlagen, verträgt der aktive Mensch nur wenig Verzögerung. Bereits am 1. Februar wurde die Stimmung kritisch. Die Erleichterung der Partner war mit Händen zu greifen, als sie von Sir Alec das erlösende Signal erhielten. Wegen der Zeitdifferenz platzierte er zuerst die Telefonate zum Kontinent und anschließend jene im UK.

Aus unerklärlicher Bosheit rief er den Musterschüler in Palma erst am Schluss an, wo es inzwischen Mitternacht geworden war.

»Je später der Abend, desto schöner die Gäste. Sie sehen, Goethe hatte doch Recht! Oder war es Schiller?«

»Aber bitte, doch keine Namen!«, konterte der Gefoppte schlagfertig.

»Also, um 09.00 Uhr geht's in Frankfurt los. Sie sorgen etwas früher für Action in Oerlikon! Okay?«

»Okay!«

Richard rieb sich ekstatisch die Hände. Die Operation Kreuzotter hatte also einen erfolgreichen Abschluss gefunden! Der verhasste Babic weg vom Schachbrett! Eine der wichtigsten Connections ausgeschaltet, großartig! Er begab sich unverzüglich vom San Lorenzo in den Kommandoraum. Willy Kessler musste er noch in der Nacht anrufen. Und das wollte er nicht mit dem Handy erledigen. Eigentlich eher ein Vorwand, denn vor allem waren diese Big News mit Mercedes zu feiern. Ungeheuerlich, welche Libido so ein Geschehnis ohne Vorwarnung auslösen kann!

Willy Kessler meldete sich nach nur wenigen Klingelzeichen. Er hatte Richards Anruf erwartet, geradezu ersehnt.

»Großartig, endlich! Dem werden wir morgen früh einen Maulkorb verpassen, der sich gewaschen hat. Ich gebe Ihnen gleich darauf Bescheid. Bis dann! ›Gute Nacht‹ ist wohl nicht der passende Gruß. Hahahaha!«

Dann startete eine üppige Gedenkfeier für Babic mit Mercedes in der Hauptrolle.

Am Morgen schälte sich Richard beizeiten aus dem warmen, lustgeschwängerten Linnen. Er wollte ausgiebig geduscht und rasiert und in jeder Hinsicht proper den Anruf an Georg tätigen. Schon immer war er überzeugt, dass ein schlechtes Äußeres unsicher mache und auch von einem unsichtbaren Gegenüber wahrgenommen würde.

Um 8.30 Uhr wähnte er Georg auf der Fahrt ins Geschäft. Er musste ihn abfangen, bevor er das Büro betrat. Um neun Uhr würde dort die Polizei alles dichtmachen. Rief er ihn aber zu früh an, so bestand das Restrisiko, dass er seinen Kumpanen, trotz allem Vorgefallenen, noch eine Warnung zusteckte.

»Hier Sturm, Sie können Ihren Wagen abholen!«

Ohne ein Wort zu sprechen, legte Georg sofort auf. Zwei Minuten später rief er zurück, aus dem Knacken aus dem Wagen zu schließen.

»Hallo, was gibt's?«

»Fahren Sie nicht ins Geschäft. Dort gibt es unbequeme Gäste. Verlassen Sie das Land und rufen Sie mich an, sobald Sie sich sicher fühlen!«

»Verstanden! Danke!«

69 Frankfurt, 3. Februar.

Am D-Day sollten die derzeit virulentesten Zyklone des internationalen organisierten Verbrechens in Westeuropa ausgeschaltet werden. Die Rauchmelder hatten über Monate die richtigen Indizien geliefert, damit Polizei und Justiz ihre limitierten Mittel effizient einsetzen konnten. Damit war der Staat mit einem Minimum an eigenem Ermittlungsaufwand in der Lage, die Verfolgung aufzunehmen. Am D-Day drangen Beamte quer durch die EU in siebzehn Firmen ein, konfiszierten Geschäftsakten und verhafteten eine Reihe von Geschäftsführern.

In Frankfurt fuhr kurz vor neun Uhr ein Mannschaftswagen mit schwer bewaffneten Polizisten mit Helm und Panzerwesten zur Wiesenhüttenstraße, Scharfschützen bezogen Stellung auf dem Dach des Parkhotels, mehrere Hundeführer mit Schäferhunden an der Leine traten aus der Polizeiwache am Wiesenhüttenplatz und der Verkehr im Bahnhofsviertel wurde großräumig abgesperrt. Der Trupp unter dem Kommando eines jungen, superdynamischen Einsatzleiters stürmte die Treppe hoch in den vierten Stock. Der Einsatzleiter pochte kräftig an die Glastüre, währenddessen rechts und links der Pforte je zwei Beamte Aufstellung nahmen mit dem Finger am Abzug der Maschinenpistolen. Die restlichen verteilten sich auf das Treppenhaus.

»Aufschließen! Polizei!«, schrie der Einsatzleiter und hielt seinen Ausweis und den richterlichen Durchsuchungsbefehl in der erhobenen Hand. Eine Sekretärin kam herbeigerannt und zog an der Tür.

»Sie ist immer offen, Sie brauchen nur zu drücken, mein Herr. Sehen Sie, hier steht ›Bitte eintreten!‹«

Der superdynamische Grünschnabel schaute etwas verunsichert durch seine akademische Brille und winkte martialisch dem Sturmtrupp, sich der Räumlichkeiten zu bemächtigen.

»Was ist denn hier los?« Zwei Herren traten auf den Flur.

»Sind Sie Philipp Schütz? Sie sind verhaftet! Georg Follmann? Nein? Also Hans Seidler? Ja? Sie sind auch verhaftet! Hier sind die Befehle zur Festnahme und Durchsuchung. Wo ist Georg Follmann?«

»Der müsste jeden Moment eintreffen«, meinte die Sekretärin.

»Rufen Sie ihn an und drehen Sie endlich Ihr blödes Radio aus. Ich kann das Geplärre nicht ertragen!«

Da wurde die Musik durch das Signal des Verkehrsfunks unterbrochen, der einen bösen Stau im Frankfurter Bahnhofsquartier wegen eines Polizeieinsatzes meldete und großräumig zu umfahren empfahl.

»Wie soll er da durchkommen«, fragte sie zynisch. »Da haben Sie aber ganze Arbeit geleistet! Haben Sie das auf der Kriegsschule gelernt? Wo bleiben die Kampfhelikopter?«

»Werden Sie nicht frech. Hier stelle nur ich die Fragen!«

Anruf von Georg Follmann: »Guten Morgen, Renate. Ich bin im Stau und werde erst mit einiger Verspätung eintreffen. Bis gleich!«

Der Einsatzleiter, der Unverhältnismäßigkeit seines Auftretens und seiner Aktion endlich bewusst, hieß die Truppe bis auf zwei Mann abzurücken, die Scharfschützen einzuziehen, die Diensthunde zurückzuholen und die Blockade des Hauptbahnhofes aufzuheben. Schütz und Seidler wurden in Handschellen abgeführt. Dann ließ er den Gerichtsvollzieher alle Akten beschlagnahmen und Schränke und Türen versiegeln.

Nach einer halben Stunde bat er die Sekretärin, sie war heute die einzige anwesende Angestellte, unter seiner Aufsicht nochmals Follmann anzurufen.

»Ja, der Stau am Bahnhof scheint sich aufzulösen. Endlich geht es stockend weiter. In spätestens einer Viertelstunde werde ich da sein. Tschüs!«

Tatsächlich bestieg aber Georg eben eine Maschine der Air

402

France nach Paris. Gleich nach Richards Anruf hatte er Kurs zum Flughafen genommen. Noch vor neun Uhr war er am Ticketschalter und fand problemlos einen Platz. In Paris würde er über Madrid nach Argentinien weiterfliegen. Seit seinem letzten Gespräch mit Richard im Sheraton hatte er stets sein Reisegepäck im Wagen und eine enorme Summe von Bargeld bei sich. Seine Frau würde er erst von Buenos Aires aus kontaktieren. Im Prinzip war sie über den etwaigen Notfall informiert. Von dort aus konnte er in Ruhe und Sicherheit eine Kronzeugenregelung aushandeln.

70 Berlin und andernorts, 3. Februar.

Weniger martialisch erfolgte die Aktion bei der Specitronic in Waiblingen, welche die elektronischen Leiterplatten in so kreativer Weise abgeändert hatte, dass sie für die Steuerung der Giftgasanlagen tauglich wurden. Herr Magnus wurde noch in seinem Hause widerstandslos verhaftet. Auch von hier gelangten Berge von Akten und technischen Unterlagen zu den Untersuchungsbehörden. Die technischen und administrativen Büros wurden versiegelt.

In Berlin hingegen hatte die Polizei einigen Grund, eine gewaltsame Abwehr nicht auszuschließen. Die Global Investment Consulting war daher schon seit zwei Tagen beschattet worden. Auch waren die Firma und natürlich ihr ominöser Eigentümer Gromakow keine unbeschriebenen Blätter. Finanzamt und Staatsanwaltschaft hatten schon des Öfteren ihre Fühler ausgestreckt. Aber es fehlten Beweise oder genügend Anhaltspunkte, um handfeste Aktionen anzuordnen.

Der in Berlin ansässige Rauchmelder hatte bei Sir Alec bewirkt, dass dieser wegen der Affäre Navratil sich nicht unmittelbar an die Berliner Justiz wandte, sondern damit zuwartete, bis mehr Beobachtungsmaterial über Gromakows ganzes Spektrum dunkler Machenschaften vorlag. Die Mordkommission sollte nicht vor, sondern gleichzeitig mit den Ermittlern für Wirtschaftskriminalität einschreiten.

Als sie am Morgen des D-Days zu viert mit der Pistole in der Manteltasche eindrangen, eröffnete der Einsatzleiter dem überraschten Gromakow:

»Ich verhafte Sie wegen Beihilfe zum Mord an Gerhard Navratil! Bei der Gelegenheit sieht sich die Steuerfahndung ein wenig in Ihren Geschäftsräumen um.« Er hielt ihm den Durchsuchungsbefehl unter die Nase.

Gromakow ließ sich ohne Gegenwehr abführen. An diesem Morgen gingen allein in der Bundesrepublik acht weitere, vom Club of London inszenierte Aktionen über die Bühne. Auch in Österreich, den Niederlanden und Belgien gingen ein paar Firmen hoch.

Im UK schließlich war schon zuvor der technische Leiter der Injectec arg ins Gebet genommen worden. In unvorstellbarer Naivität, wie sie nur bei Fachidioten anzutreffen ist, hatte er einem Agenten Zutritt zur Firma und zu deren Know-how verschafft. Immerhin konnte aufgrund seiner Schilderungen der Spion eruiert werden. Auch er wurde mitsamt seiner Tarnorganisation am D-Day im Handstreich dingfest gemacht. Einfach war die rechtliche Ausgangslage bei der Greves in Oerlikon. In der Schweiz ist es ein Leichtes, einen diebischen oder betrügerischen Angestellten verhaften zu lassen, der sich gegen seinen Arbeitgeber versündigt hat. Bei Vermögensdelikten dieser Art braucht es keine besondere Hilfe durch den Staat.

Rechtlich etwas anderes wäre eine Klage gegen die Firmenleitung selbst wegen illegalen Technologietransfers, wie sie nun gegen die Specitronic eingeleitet wurde. Der Eifer, internationale Rechtshilfe zu gewähren, hält sich meistens in Grenzen.

Der Fall Urs Flückiger zählte klar zur ersten, der einfachen Kategorie. Der Firmenanwalt hatte die von der Geschäftsleitung zusammengetragenen Beweise zu einer hieb- und stichfesten Klage formuliert, die er nun am frühen Morgen des D-Days dem zuständigen Justizbeamten überbrachte. Die Sache schien diesem so brisant, dass er bereit war, unverzüglich mit zur Greves zu kommen. Es war zehn Uhr, als Willy Kessler in Anwesenheit von Sämi Rüegg und seinem Sohn Rolf den Missetäter Urs Flückiger ins große Sitzungszimmer rief.

Nichts ahnend betrat dieser den Raum und wurde den Herren Dr. Pfenninger, Bezirksanwalt, und Rechtsanwalt Dr. Heller vorgestellt.

»Herr Flückiger, Sie haben sich mehrfach und in schädlichster

Weise gegen die Interessen unseres Unternehmens vergangen. Sie werden hiermit der Justiz überstellt.«

Auf seinen Posten legte Willy Kessler mit kurzen Stichworten die Art und die Technik der Vergehen dar.

Die Sitzung war geschlossen. Der Bezirksanwalt rief die zwei Polizeibeamten in Zivil, die im Sekretariat bei einer Tasse Kaffee auf ihren Einsatz gewartet hatten, herein und bat sie, diesen Herrn zu übernehmen. Dabei brauchte er gar nicht auf die gemeinte Person zu deuten. Das aschfahle Häufchen Elend ließ keine Verwechslung aufkommen.

Das Endspiel

71 Palma de Mallorca, 4. Februar im Jahr der Barrakudas.
Nicht erst am berühmten Tag danach, sondern schon am selben Nachmittag trafen die Vollzugsmeldungen bei Sir Alec ein. Willy Kessler telefonierte bereits gegen Mittag mit Richard, um ihm die reibungslose Verhaftung Flückigers zu bestätigen. Eine Botschaft, die Richard unverzüglich nach London weitergab. Sir Alec überraschte ihn mit einer Nachricht, von der er eigentlich nicht wusste, was er davon halten sollte.

»Ich möchte Sie morgen Nachmittag besuchen. Sie brauchen mich nicht abzuholen. Ich finde Sie an Ihrem Geschäftssitz.«

Inspektion? Geht ihn einen feuchten Kehricht an, wie ich mich eingerichtet habe. Pause machen und ausspannen? Was auch immer, er wenigstens brauchte also nicht nach London zu fliegen. So brauchte er einmal nicht vor Sharon Männchen machen. Einmal im Monat war toll. Aber das reichte dann vollauf. Er beschloss, sich zu freuen.

Nur einen kurzen Moment hatte er sich mit dem Gedanken getragen, Mercedes während seines Besuches auf den Golfplatz zu schicken. Warum denn? Sie war in London registriert. Sie wohnte hier. Sie leistete wirklich ausgezeichnete Arbeit und die Katzen hätte er ohnehin nicht evakuieren können. Er bat sie lediglich, sich wirklich schicklich anzuziehen, was ihm augenblicklich ihren biblischen Zorn und den Inhalt eines Trinkglases ins Gesicht eintrug. Er entschuldigte sich sofort und gab seiner gutbürgerlichen Erziehung die Schuld für sein Gerede, womit er eine noch rabiatere Replik bewirkte. Resigniert über sich selbst verließ er fluchtartig den Ort.

Mercedes hatte sich für den Besuch des hohen Gastes aus London in ihr dunkelgraues Kostüm gestürzt. Das blonde Haar war mit einem schwarzen Samtband zum Knoten gebunden. Die halbhohen Absätze unterstrichen den Businesslook. Um den Eindruck nicht zu trüben, mussten die Katzen für einige Stunden in ihrem Schlafzimmer verschwinden.

Als Sir Alec klingelte, öffnete Mercedes de Cardenas mit vollendeter spanischer Grandezza, ganz die Tochter des Herrn Oberst aus vergangener Zeit. Sir Alec hatte von seiner wohlwollenden Sympathie für die früheren Machthaber in Spanien oder Chile nie einen Hehl gemacht. Bevor er nur Richard eines Blickes würdigte, beugte er sich vor und küsste der Granden die Hand. Den gestrigen Disput eingerechnet, führte sie nun drei zu null. ›La Paloma‹, wie ihr Deckname in London lautete, hatte voll eingeschlagen.

Endlich begrüßte Sir Alec auch ihn, den Stationsleiter. Und dies nicht minder herzlich als immer. Die Welt war wieder in Ordnung. Bevor sie sich setzten, führte Richard dem Besucher die Infrastruktur des Kommandoraums vor. Auch ein Gang auf die Terrasse durfte nicht fehlen, wo er die Hülle entfernte, welche das Stativ mit dem aufgesetzten Fernglas vor der Witterung schützte. Seine ausgestreckte Hand wies zum Club de Mar, wo sich irgendwo die zwei Ex-SAS-Sergeants für besondere Einsätze bereithielten. Aber auch durch das Marinefernrohr konnte der Gast keinen der beiden ausmachen, wiewohl trotz der frühen Jahreszeit doch schon einiger Betrieb im Bootshafen zu beobachten war.

Sir Alec äußerte sich positiv beeindruckt von der Funktionalität des Standortes, wobei seine Blicke die geschmackvolle Einrichtung abtasteten und dabei Mercedes so unauffällig wie möglich mit einschlossen. Diese näherte sich behände mit einem Tablett und servierte feinsten englischen Tee und Gebäck für drei sowie zwei Likörgläschen für den erstklassigen Rum. Es war Richard selbst unerklärlich, warum er sie eigentlich nicht dabeihaben wollte. Weil er ab und zu mit ihr schlief, fühlte er sich gegenüber Sir Alec etwas gehemmt.

Natürlich las sie seine Gedanken, und so gab sie noch einen drauf, indem sie den Katzen die Tür aus ihren Gemächern öffnete. Die schritten sogleich neugierig herein und betrachteten zunächst aus sicherer Distanz den Fremdling. Ob der Prachttiere war er hell begeistert, was diese zum Näherkommen bewog. Dolores sprang ihm kurzerhand auf die Knie und verlangte unmissverständlich gestreichelt zu werden, während sich Domingo in einem kühnen Satz auf den Tisch setzte, wo er am Gebäck und respektlos am Rumgläschen schnupperte.

Richard wusste nicht, wie er sich verhalten sollte. Die Szene war zu drollig und Sir Alec schien es zu gefallen. Andererseits warf sie ein bezeichnendes Licht auf die Gepflogenheiten in diesem Penthouse, wo es offenbar nicht nur streng professionell zuund herging. Genau das, was er hatte vermeiden wollen, denn er hatte ihren Wohnsitz nie vorschriftsmäßig gemeldet.

»Wissen Sie, Sir Alec, ich wohne eben auch hier.«

Dabei schnitt sie hinter seinem Rücken eine Grimasse, welche Richard galt. Der Angesprochene verstand augenblicklich und bereinigte die Situation:

»Optimal, ich bin darüber sehr froh. Wie könnte sonst dieser Kommandoraum besser bewacht werden!«

Richard nahm seinen Entschluss zurück, sich aus Verlegenheit über das Geländer auf die Straße zu stürzen. Aber sie hatte ihm seine unpassenden Bemerkungen vom Vorabend mit Zins und Zinseszins zurückbezahlt. Als die Arbeitssitzung endlich begann, läutete das Telefon. Es war die einzige Nachricht, die wirklich am Tage danach eintrudelte, und zwar ein Lebenszeichen von Georg Follmann aus Buenos Aires:

»¡Hola Señor! Vor ein paar Stunden habe ich unbehelligt in Buenos Aires die Grenzkontrollen passiert und logiere im Hotel ›La Plata‹. Ich werde sofort einen deutschstämmigen Anwalt aufsuchen, wovon es hier eine Menge gibt, um ihn mit meiner Kronzeugenregelung zu beauftragen. Darf ich Sie als Informanten nennen?«

Richard zögerte keinen Augenblick, ihm jede legale Unterstützung zuzusichern. Der Fall Transtecco bot ein Paradebeispiel, um den deutschen Justizorganen Nutzen und Wirkungsweise der Rauchmelder schlagend zu demonstrieren. Er war zuversichtlich, dass dabei die zur weiteren Tarnung unerlässliche Diskretion gewahrt werden konnte. Einerseits hatte er die Absicht, den Behörden seine Dienste als Rauchmelder anzubieten, andererseits durfte sein kommerzielles Kerngeschäft, der Competitive Intelligence Service, dadurch nicht kompromittiert werden. Es war besser, wenn seine private Klientel nicht wusste, dass er auch für die Regierung arbeitete. Immer wieder war die Dualität der Tätigkeit, das so genannte Doppelspiel, im Auge zu behalten.

Richard hatte auf Lautsprecher geschaltet, gab aber an Sir Alec eine kurze Zusammenfassung weiter. Er wollte trotz allem nicht so unhöflich sein, ihn einer Prüfung in Deutsch zu unterziehen. Sir Alec nickte anerkennend und begann die Arbeitssitzung zum zweiten Mal.

»Vielleicht haben Sie sich gefragt, weshalb unser Freund Kropf nicht auch von der Flutwelle des D-Days erfasst worden ist. Nun, die Antwort haben Sie sich natürlich selber gegeben. Bis zum D-Day besaßen wir kaum handfeste Beweise für seine strafbaren Handlungen. Solche liefern nur die aktiven, tatsächlichen Fälscher und direkten Akteure wie Flückiger, Magnus, die Leute von Transtecco und andere Kumpane, die uns die Rauchmelder signalisiert hatten. Sie alle wurden am D-Day kassiert und werden nun kunstgerecht ausgequetscht. Bis brauchbare Ergebnisse vorliegen, vergeht noch einige Zeit. Und auch die dürften wohl für eine Klage, aber kaum für eine unverzügliche Verhaftung ausreichen. Kropf funktionierte zwar als Drahtzieher, aber die strafrechtlich relevanten Tatbestände fanden nur teilweise in der Schweiz statt und sind nicht in allen Ländern gleichermaßen einklagbar. Also unendliches Juristenfutter, und wenn wir vielleicht eines Tages so weit sein werden, ist der Vogel mit alldem widerrechtlich zusammengeraubten Geld ausgeflogen!«

Sir Alec tat einen genüsslichen Schluck heißen Tees, ausgiebig mit Rum verdünnt.

»Wichtiger als eine reichlich unsichere Verurteilung wäre für die zivilisierte Gesellschaft eine Beschlagnahme seiner schwarzen Konten bei obskuren Banken.«

»Richtig!«, bestätigte Richard, und Mercedes nickte überzeugt. Als Betreiber eines Competitive Intelligence Service sahen sie ohnehin vor allem die pekuniäre und weniger die juristische Seite der Rauchmelder.

»Die meisten Objekte im Fadenkreuz meines Dienstes wie Gromakow, Transtecco, SloTrade, Kropf und zahlreiche andere haben natürlich beizeiten ihre zusammengeraffte Beute irgendwohin in Sicherheit gebracht. Es geht nun sowohl darum, denen das Handwerk zu legen als auch die illegal erworbenen und dann verschobenen Vermögenswerte zu orten und einzuziehen. Zu diesem Zweck habe ich parallel zu den Rauchmeldern ein Netz von Schatzjägern aufgebaut. Das Ziel besteht darin, widerrechtlich angeeignete, verborgene Vermögenswerte zu lokalisieren, gerichtlich zu blockieren und zurückzugewinnen. Das Netz der Schatzjäger ist international und umfasst Banker, Juristen, Geschäftsleute mit der richtigen Nase. Es ist offensichtlich, dass zwischen der Informationsbeschaffung der Rauchmelder und dem Einsatz der Schatzjäger ein enger Zusammenhang besteht, der von mir koordiniert wird.«

Richard blieb einen Moment der Mund offen stehen. Schlagartig erfasste er die finanzielle Dimension dieser Dienstleistung. Wird doch das weltweite Volumen an betrügerischen Finanztransaktionen aller Art auf Zigmilliarden Dollar jährlich geschätzt.

La Paloma fasste sich sofort:

»Heißt das wohl, dass die verborgenen Vermögenswerte der Betrüger völlig überraschend durch blitzartige präventive Aktionen gesperrt werden?«

»Richtig kombiniert, meine kluge Taube! Vorbereitend werden auf vertraulicher Basis in den verschiedenen Ländern provisorische gerichtliche Verfügungen erwirkt, welche auch der Gegenwehr der Betroffenen standhalten. Das bedingt, dass wir über kompetente und einflussreiche Leute vor Ort verfügen müssen, also ganz besonders in exotischen Ländern mit oft eigenwilligen Gesetzen. Gerade hier sind die Wege der Justiz meist undurchsichtig und verschlungen. Was in einem Land funktioniert, kann in einem anderen völlig falsch sein.«

Richard war fasziniert. Wissen, Können und Erfahrung von Rauchmeldern und Schatzjägern waren zwar von verschiedener Natur, in der Kombination aber eine wahre Wunderwaffe. Und dieser Sir Alec hatte die Akteure wie Marionetten an der Hand und war wieder einmal allen voraus!

410

»Es sind etwa sechzig Stunden her, seit Babic zusammen mit den todbringenden Leiterplatten in die ukrainische Luft flog, wie mir Oleg verklausuliert bestätigt hat. Seit achtundvierzig Stunden sitzen eine ansehnliche Hand voll Missetäter hinter Schloss und Riegel. Gelegentlich müssen sie dem Haftrichter vorgeführt werden. Auch werden sie nach einem Anwalt schreien. Nirgends stand bis jetzt irgendetwas in der Zeitung. Nicht einmal der ausgebrannte Mercedes sei im Uzgoroder Anzeiger erwähnt worden, oder wie das Käseblatt heißen mag. Kropf hat somit gerade jetzt noch keine Kenntnis vom Einsturz seiner Geldmaschine. Das wird sich aber in den nächsten Tagen ändern.«

Ohne es auszusprechen, verspürten alle drei und sicherlich auch Oleg eine dumpfe Ahnung, dass die Akte Babic wohl doch nicht völlig geschlossen sein konnte. Die Überlegung war einfach. Babic wurde in Kiew erwartet, und zwar mit heißer Technologie. Die Leute dort würden sich zweifellos kritische Fragen stellen: Trieb Babic ein Doppelspiel? Gab es noch besser zahlende Sammler seiner Prints? Möglich! Wussten seine Kiewer Kunden über seine problembehafteten Beziehungen mit Kropf? Falls dies zutraf, wurde daher Babic von Kropf ausgeschaltet? Sir Alec und seine Truppe mussten damit rechnen, dass in Bratislava oder gar in Zürich ungemütliche Kundschafter auftauchen konnten. Nun, die würden zwar keine Bedrohung darstellen, aber vielleicht doch die Kreise stören. So oder so war für den nächsten Akt Eile angezeigt.

Sir Alec legte seine Stirn in Falten und fixierte Richard.

»Übermorgen, also am 6. Februar, werden wir in der Karibik, Südamerika und auf Mauritius, insgesamt an sechs Offshore-Standorten*, seine Konten blockieren. Richard, Ihre Aufgabe besteht darin, den schwierigen Herrn während einiger Stunden aus dem Verkehr zu ziehen, sodass er etwaige Notrufe aus diesen Städten nicht empfangen kann.

---

* Offshore-Standorte unterliegen sehr unterschiedlichen Rechtssystemen, oft auch verschieden vom Mutterland. Vielfach sind hier ausgesprochen ›kreative‹ Konstrukte möglich, welche rechtliche Verfolgungen wesentlich erschweren.

Wie Sie das bewerkstelligen, ist Ihre alleinige Sache. Richard, nur Sie sind dazu in der Lage!«

Letzteres saugte Richard ein wie Balsam. Triumphierend blickte er zu Mercedes. Zu lange hatte sie ihm heute die Show gestohlen. So war es ihm jetzt egal, dass die kluge Taube den hohen Gast zum Flughafen chauffierte oder in den Bungalow des Golfclubs oder sonst wohin. Es war ihm scheißegal.

Eifersucht? Natürlich! Aber nicht, weil der Knacker sich vielleicht am klugen Täubchen vergreifen mochte. Die Eifersucht war anderer Natur. Er wähnte sich als Sir Alecs Primus und wollte das ständig bestätigt fühlen. Und genau daran hatte der es heute seinem mimosenhaften Gefühl nach fehlen lassen.

72 Zürich, 5. Februar.

Viel Zeit blieb nicht. Eigentlich überhaupt keine. Richard musste sofort zu einem Entschluss kommen. Dass es nur wenige Einsatzvarianten gab, vereinfachte die Überlegungen. Vor zehn Tagen hatte Kropf in Prag sein Waterloo erfahren. Friedrich Meister war mit einem blauen Auge davongekommen. Als Informationsquelle hatte er sich immer als ergiebig erwiesen. Ihn anzurufen oder auch unangemeldet aufzusuchen war eigentlich kein Problem. Bei Kropf hingegen war erhöhte Vorsicht angezeigt. Also wählte er den üblichen Weg, indem er zunächst Willy Kessler anrief, um kurzfristig seinen Besuch anzumelden. Dann erst wählte er das Büro Kropf:

»Harriott, guten Tag, Mister. Wie geht es Ihnen? Ich rufe an wegen Babic. Vielleicht schaue ich aber besser vorbei. Da ich morgen bei der Greves zu tun habe, könnte ich die Reise kombinieren. Was sagen Sie? Katastrophe allüberall? Warum rufen Sie mich denn nicht an? Sie wissen doch, ich bin stets für Sie da. Ach wo, da lässt sich sicher was einlenken! Also bis morgen 16 Uhr!«

So hatte er ihn noch nie erlebt. Niedergeschlagen, wütend gegen alles und jeden, zu Tode beleidigt formte er sich zum Igel, giftige Stacheln warteten darauf, angefasst zu werden. Den Zeitpunkt des Anrufs hatte er bestens getroffen. Vielleicht, sogar wahrscheinlich, kannte Kropf erst ein Drittel des Desasters, falls die Niederlage in Prag, der Ausfall Flückigers und das Verschwinden von Babic als gleichwertige Debakel einzustufen waren.

Noch auf dem Flug nach Zürich bastelte Richard am Gedankenspiel herum, wie Kropf für kurze Zeit wirksam aus dem Verkehr zu ziehen sei, wie der unmissverständliche Befehl lautete. Diesmal sollte Wirkung vor Deckung gelten. Also Vollzug ohne Rücksicht auf Kollateralschäden, wie die Beeinträchtigung unbeteiligter Dritter heute vornehm genannt wird. Er war zuversichtlich, einem Erfolg versprechenden Plan nahe zu sein, als er gegen Mittag bei der Greves eintraf.

Hier herrschte eitel Freude. Das Klima der Unsicherheit, der Verdächtigungen, der Geheimnistuerei war der früheren offenen Kommunikation gewichen. Dennoch blieb das Sicherheitsdispositiv für Hard- und Software ungeschmälert in Kraft. Auch Schwarzserien waren künftig die Riegel vorgeschoben.

»Wir rechnen mit einer substanziellen Verbesserung unserer Ertragslage«, frohlockte Willy Kessler. Sämi und Rolf nickten befriedigt.

»Haben Sie etwas vom Judas gehört?«, wollte Richard wissen. »Hat er einen Anwalt beigezogen?«

»Er ist immer noch in der Mangel. Dem Vernehmen nach wird er wegen Verdunkelungsgefahr noch bis auf weiteres in Haft behalten. Er soll sich heute Morgen an Rechtsanwalt Dr. Hermann Kropf gewandt haben, wie wir auf höchst vertraulichem Weg vernommen haben. Der hätte aber vehement abgelehnt, seine Rechtsvertretung wahrzunehmen.«

»Scit heute Morgen weiß also Herr Kropf, dass Flückiger kassiert wurde!« Richard blickte viel sagend in die Runde. »Eine kluge List von Flückiger. Dass er gerade Kropf um rechtliche Hilfe anging, ist im Hinblick auf die frühere Seilschaft für Außenstehende plausibel. Die Absicht bestand aber vielmehr darin, diesen ganz offiziell von seiner Verhaftung in Kenntnis zu setzen. Für Flückiger nicht überraschend hat Kropf das Ansinnen abgelehnt. Warum? Erstens ist Kropf seit Jahren nicht mehr vor Gericht aufgetreten.

Und zweitens, meine lieben Freunde: Kropf war der Drahtzieher der ganzen verbrecherischen Machenschaften. Sie waren gebeten, mit der Anzeige bis vorgestern zu warten, damit Zeit blieb, um über halb Europa die Beweisstücke gegen einen ganzen Täterkreis sorgfältig zusammentragen zu können. Als Flückigers Verteidiger scheidet er schon deshalb aus, weil er im Zentrum der Strafverfolgung steht.«

Richard ließ die Worte wirken. Rolf setzte sich totenbleich. Samuel Rüegg blickte zu Willy Kessler. Beide nickten geschlagen ob so viel Niedertracht. Aber intuitiv und unausgesprochen hatten sie schon lange etwas in der Richtung geahnt. Die Wirklichkeit war einfach noch erschreckender, als sie je befürchtet hatten.

»Ich muss kotzen«, meinte Sämi. Zog dann aber einen riesigen Whisky vor, den Willy allen eingoss.

Auch diesmal war niemand in Stimmung, den hochinteressanten Schlussbericht über die Cincinnati Tools zu besprechen. Erst musste die Eiterbeule Kropf–Flückiger mit allen Miszellen ausgebrannt werden.

Es blieb genügend Zeit, um vom Central den Limmatquai hinauf und über die Rathausbrücke zu schlendern, bis er vor Friedrich Meisters Nobelgeschäft stand. Normalerweise hätte der Weg zwar durch die Bahnhofstraße am Caratus vorbeigeführt, aber er wollte sich nicht von einer zufälligen oder auch nicht ganz zufälligen Begegnung mit dem Eisvogel von seinem Auftrag abbringen lassen. Also hatte er den Umweg gewählt.

Ganz der noble Engländer mit dem unverbindlichen Pokerface, trat er unter den Klängen des Glockenspiels in die antiken Hallen des Weltmeisters. Dieser löste sich sofort von seinem Pult und eilte ihm ehrerbietig entgegen. So schnell, weil Richard nicht sehen sollte, dass er über offenen Geschäftsbüchern gebrütet hatte.

»Habe ich Sie beim Nachrechnen Ihrer satten Gewinne gestört?« Richard konnte es nicht lassen, ihn zu quälen.

»Oh, nicht der Rede wert, Sir. Ich kalkuliere immer sehr moderat. Das haben Sie ja selber erkannt, als Sie die Preise meiner Ikonen verglichen.«

»Ich bin eigentlich gekommen, um Ihr Schnäppchen aus Prag zu bewundern, die einzigartige Miniatur, wie sie sagten.«

Der Weltmeister schrumpfte auf ein Nichts zusammen.

»Mein Herr, sie wurde mir gestohlen. Noch in Prag. Einfach so, aus der Tasche. Müssen Zigeuner gewesen sein, die dort überall ihr Unwesen treiben.«

»Vielleicht kommt die Miniatur wieder zum Vorschein. Diese Taschendiebe sind eigentlich nur an Barem interessiert, vielleicht noch an Uhren oder Schmuck, soweit sich das sofort verhökern lässt. Von Kunstgegenständen verstehen sie nichts. Würden sich beim Versilbern auch sogleich verraten. Für Hehler zu heiße Ware. Tauchen plötzlich am Flohmarkt auf.«

Friedrich Meister horchte auf: »Meinen Sie? Welch feine englische Art, mich zu trösten.«

»Hören Sie, haben Sie nicht Zigeuner gesagt?«

Der englische Gentleman überlegte und nickte gedankenvoll: »Diese Leute sind oft gut organisiert, manchmal sogar international. Gerade Kunstgegenstände werden dann nicht einfach lokal verschleudert, sondern in interessantere Märkte geleitet. Wollen Sie Beispiele?«

Kunstpause.

»Da wurden in letzter Zeit Ikonen und Messkelche in Polen und Tschechien gestohlen und von Leuten aus dem fahrenden Volk, die im Elsass ihre Anlegeplätze haben, in Basel, ja sogar in Zürich abgesetzt. Nie davon gehört? Ist doch Ihre Branche!«

»Doch, aber ist das wirklich von Bedeutung? Vielleicht bin ich dazu zu exponiert.«

»Es ist wohl anzunehmen, dass die Kerle nicht bei den renommierten Adressen anklopfen. Ein Geschäftsherr Ihres Ranges würde die sofort anzeigen.«

»Ja, natürlich, sofort!«

»Aber da gibt es haufenweise andere, all die Nobodys und Metoos landauf, landab.«

»Ja, leider!« Friedrich Meister schaute andächtig zur Decke.

»Ebenso viel Schindluder soll mit den Eiern von Fromager getrieben werden. Da habe ich tatsächlich ein Foto im Schaufenster eines so genannten Antiquitätenhändlers in Luzern gesehen. Daneben ein Schild, er könne dieses und ähnliche auftreiben.«

Wie von Pressluft aufgeblasen, wuchs der Weltmeister in Sekundenschnelle um einen Meter. Und als er wieder sicherer auf den wackligen Füßen stand, hakte er nach:

»Wie sagten Sie? Fabergé? Das berühmte Haus in Luzern?«

»Ich sagte Fromager. Wahrscheinlich eine Tarnung für Hehler und Fälscher. Natürlich ist damit Fabergé gemeint. Nein, ich rede nicht vom berühmten Haus in Luzern. Es ist eine kleine unsichtbare Klitsche, wie ich sagte. Wir könnten mal zusammen hingehen, wenn es Sie interessiert.«

»Aber gerne! Wann denn?«, wollte er gierig wissen.

»Ich rufe Sie übermorgen an. Okay?«, und draußen war er.

Auf dem Weg in die Dufourstraße sammelte Richard seine Gedanken.

Kropf hatte somit bei seinem gestrigen Anruf den ersten Tiefschlag von Prag bereits eingesteckt. Der zweite, Flückigers Verhaftung, hatte ihn heute Morgen ereilt.

Den dritten, die permanente Funkstille mit Babic, würde er, Richard, in genau einer Viertelstunde platzieren. Zur Reanimation nach dem K.-o.-Schlag würde er ihm als Elixier die Geschichte von Fromager erzählen, eine Theorie, welche er sicherlich gerade in dieser Minute vom Zuträger Meister bereits telefonisch erfahren hatte.

Reinhold Reinhold war noch bleicher und aufgedunsener als sonst. Am Bürotisch kauerte eine Ruine namens Kropf. Sogar die abstehenden Ohren schienen verwelkt. Aber noch funkelten die Äuglein mit aller Listigkeit. Kropf erhob sich und streckte Richard eine kraftlose Hand hin. Nachdem er sich vergewissert hatte, dass die Tür zum Flur gut verschlossen war, blickte er verstört zur großen Vitrine. Der Platz in der Mitte war immer noch unbesetzt. Mit den pathetischen Handbewegungen eines afrikanischen Medizinmannes suchte er auf magische Art das frustrierende Vakuum zu füllen.

»Was ist denn passiert? Schienen Sie nicht dem Triumph so nahe?« Richard bemühte sich, in die Rolle eines innig mitfühlenden Zeitgenossen zu schlüpfen, was ihm für ein paar Sekunden sogar gelang.

»Ich wurde von einer Horde Zigeuner ausgetrickst. Die haben mir ein Bein gestellt und einfach den Koffer mit dem Kobalt-Ei ausgetauscht. Zum Glück hatte ich meine Million Franken noch nicht bezahlt. Bei mir gilt eben Zug um Zug!«

Die Lüge tat ihm gut, denn sie erhöhte sein Selbstwertgefühl. Er atmete tief durch. Offenbar glaubte er mit jedem Mal, wenn

416

er sich das wieder einredete, fester daran. Dieses Phänomen ist kein besonderes Merkmal eines Kropf. Jäger, Fischer, Golfer prägen daraus ihr eigenes Latein; Verkäufer, Politiker oder auch gescheiterte Manager leben sogar davon. Warum sollte Kropf eine Ausnahme sein?

»Dann ist ja noch nicht viel verloren«, meinte Richard versöhnlich.

»Heute Morgen ist mir ein wichtiger Geschäftsfreund abhanden gekommen.«

»Abhanden gekommen? Auch von Trickdieben geklaut?«

»Von der Justiz, er war eine Art Verbindungsmann zu Babic. Ich kann es nicht weiter ausführen.«

»Haben Sie Babic gesagt? Den suche ich seit Tagen. Stumm! Handy stumm. In seinem Büro gilt er seit drei Tagen als vermisst. Er hätte sich zum letzten Mal am 2. Februar aus Košice vor dem Grenzübergang zur Ukraine gemeldet. Angeblich war er auf der Fahrt nach Kiew, wie schon oft.«

Kropf sinnierte vor sich hin. Ein gewaltiger Tiefschlag schien das nicht zu sein. Natürlich, Richard hatte ungenau kalkuliert. Babic war zwar ein Gewinn bringender Geschäftspartner, aber auch ein lebensgefährlicher Mitwisser. Kropf schien abzuwägen und seine Miene hellte sich erst leicht, dann deutlich auf. Vielleicht würde er Flückiger als Belastungszeuge gerade noch abwehren können. Sollte aber Babic gleichzeitig der Anklage zur Verfügung stehen, so wäre Kropfs Stellung unhaltbar geworden. Aus dem vermeintlichen dritten Tiefschlag war eher ein Befreiungsschlag geworden. So oder so war jetzt der Moment für ein ersprießlicheres Thema gekommen.

»Also, was haben Sie da dem Weltmeister erzählt?«

Richard wiederholte, wie heute in der Tschechei und den angrenzenden Ländern internationale Drahtzieher am Werk seien, welche Kunstgegenstände stehlen lassen. Da diese lokal nicht abgesetzt werden können, organisieren sie den Verkauf in lukrativeren Märkten wie der Schweiz. Die lokalen Kleindiebe würden mit einem Trinkgeld abgespeist. Den dicken Reibach machten dann die cleveren Hintermänner.

»Absatzkanäle sind natürlich kaum angesehene Antiquitätengeschäfte, sondern vornehmlich obskure Pfandleiher, Gelegen-

417

heitshändler oder gar Hehler. Dem Weltmeister spendete ich Trost, dass seine Miniatur vielleicht auf diesem Wege in die Schweiz gelange. Ernsthaft war mein Hinweis auf die Eier von Fromager und was ich vor einigen Tagen in einer mickrigen Auslage in Luzern gesehen habe.«

»Vergessen Sie seine Miniatur. Die ist er selber. Bitte wiederholen Sie alles ganz genau!« Kropf blühte sichtlich auf.

Richard legte seine Beobachtung ausführlich dar, versah sie aber mit vielen Wenn und Aber, abwechselnd gewürzt mit optimistischen Hinweisen. Der Köder durfte nicht zu plump in die Falle gelegt werden. Falls wirklich etwas dran sein sollte, so würde so ein Gegenstand in einem solchen Laden kaum teurer als ein paar Zehntausender sein, vor allem, weil diese Leute den wahren Wert gar nicht ermessen könnten.

»Ich kann für Sie die Angelegenheit aufklären, mein Metier, wie Sie wissen. Das Mandat läuft aber nur zwischen uns beiden. Herrn Meister will ich nicht dabeihaben.«

»Abgemacht. Und Ihr Honorar?«

»Zehntausend Franken bei Erfolg. Den gleichen Betrag schulden Sie mir übrigens noch für den Abschluss des Auftrages Babic.«

Mit einer leichten Grimasse griff er in die Schatulle und zählte die Scheine. »Okay, Sir, go ahead!«

»Ich fahre noch heute Abend nach Luzern und hoffe Sie morgen früh mit ersten Informationen zu bedienen. Unter Umständen dürften wir dann keine Minute verlieren. Unerträglich der Gedanke, irgendein Banause käme uns zuvor.«

»Unerträglich!«

Im Schnellzug in die beliebteste aller Touristenstädte bereute Richard, dass heute wieder einmal nichts wurde mit dem Eisvogel. Rasch bezog er ein luxuriöses Zimmer im Grandhotel National, das er ganz besonders auch wegen der phänomenalen Bar zu schätzen wusste. Dazu würde aber erst später Zeit sein. Die Läden schlossen an diesem Abend erst um neun Uhr, und so nutzte er die verbleibenden zwei Stunden, um emsig die zahlreichen Kleinhändler und Trödler alter Gegenstände aufzustöbern.

Der Concierge und das Branchentelefonbuch lieferten die fast unglaubliche Zahl von über zwanzig Adressen. Nach näherer

Durchsicht wählte er davon vierzehn aus und trug den Standort im Stadtplan ein. Dann ging's im Eilschritt los. Ein Blick ins Schaufenster verriet ihm jeweils sofort, ob der Laden in Stil und Sortiment für seine Zwecke infrage kam. In einem vornehmen Uhren- und Schmuckgeschäft, das nicht auf seine Liste gehörte, erblickte er ein dezentes Schild mit dem Logo von Fabergé, umrahmt von einigen kleinen Eiern, wie sie als Anhänger getragen werden. Er trat ein und ließ sich aus dem Schaufenster ein paar zeigen.

»Wir sind hier am Platze offizieller Repräsentant von Fabergé«, erklärte die Verkäuferin mit berechtigtem Stolz. Tatsächlich standen noch mehrere Schilder mit der Aufschrift auf dem Tresen. Als sie nach größeren Eiern Ausschau hielt, steckte er eines der Schilder mit dem Fabergé-Logo ein. Nein, wirklich große, aufklappbare Eier mit historischen Sujets hätten sie keine, wären ohnehin eine ausgesprochene Rarität, meinte sie fachmännisch.

Weiter der eilige Marsch durch die Stadt. Es wurde spät. In wenigen Minuten würde der Abendverkauf zu Ende gehen. In einer bescheidenen Gasse, wo keine hell erleuchteten Luxusläden ihren Standort haben, sondern wo farbige Neonröhren auf kitschige Möbel oder Erotika aufmerksam machen, stieß er auf den richtigen Laden. Unmengen von Skurrilitäten, Pseudo-Kunstgegenstände aus aller Welt. Geschliffene Trinkgläser von Wert, nette Malereien vom Bauernhof, dann eine mächtige Leninbüste mit dem Eisernen Kreuz Erster Klasse um den Hals, im Vordergrund echte und gefälschte Rolex-Uhren, desgleichen andere Nobelmarken, antiker Schmuck aus Urgroßmutters Zeiten mit blinden Diamanten, soweit sie nicht fehlten. Das Ganze ein Dorado für Schnäppchenjäger und Fachleute, die mit sicherem Blick und Griff die viele Spreu vom vereinzelten Weizen unterscheiden konnten.

Richard betrat den bizarren Basar und versuchte sich zu orientieren. Der Besitzer lud ihn mit einer Handbewegung ein, sich beliebig umzuschauen. Nach einer Weile erkundigte er sich mit betont englischem Akzent:

»Ich nehme nicht an, dass Sie die hochkarätigen Raritäten nicht ins Schaufenster stellen. Manchmal tauchen Stücke auf, die nicht an Auktionen den Besitzer wechseln.«

»Wonach suchen Sie, mein Herr?«

»Alles von Fabergé bis 1917.«

»Kommt durchaus vor, mein Herr. Aber im Moment ist nichts dergleichen da.«

»War ja nur eine Frage. Ich mag Ihr Geschäft, eine wahre Fundgrube. Stellen Sie doch wenigstens dieses Schildchen in Ihr Schaufenster. Schmückt ungemein!«, und er übergab ihm, was er vor zehn Minuten heimlich eingesteckt hatte. Der Antiquar-Trödler-Hehler verbeugte sich schmunzelnd und fand für das Plagiat ein würdiges Plätzchen. Beim Ausgang bot auf dem Servierbrett ein hölzerner Neger in roter Uniform Visitenkarten an. Richard bediente sich.

»Ich werde Sie gelegentlich anrufen.«

Später an der exquisiten Hotelbar überdachte er eine Reihe von Varianten, wie er morgen den schwierigen Kropf während etlicher Stunden unerreichbar machen könnte. Mithilfe seines dubiosen Antiquars sollte noch eine weitere Stunde zu gewinnen sein.

73 Luzern, 6. Februar.

Am nächsten Morgen rief Richard schon kurz nach neun Uhr bei Kropf an und berichtete über eine heiße Spur, die gemeinsam zu verfolgen sei. Am besten, er würde gleich herreisen. Dann begab er sich in den nahe liegenden Gletschergarten. Unterwegs reservierte er für Mittag einen Tisch im Old Swiss House. Dieses Traditionsrestaurant mochte er besonders gern. Gleich um die Ecke stand er vor dem weltberühmten Löwendenkmal. Der in eine Felswand gehauene tödlich verletzte Löwe symbolisiert den Tod der Schweizergarde bei der Verteidigung der Tuilerien 1792 zum Schutze des französischen Königs. Mit dem Teich im Vordergrund und umrahmt von altem Baumbestand lädt dieser Ort zu jeder Jahreszeit zum besinnlichen Verweilen ein.

Etwas oberhalb befindet sich der Gletschergarten. Das einzigartige Naturdenkmal zeigt Ausgrabungen von erdgeschichtlichen Zeugnissen von Jahrmillionen, insbesondere der Eiszeiten. Im angrenzenden Museum wurden in Tonbildschauen die geologischen Zusammenhänge den Besuchern nahe gebracht.

Einige Arbeiter waren daran, die Geländer um die Gletschertöpfe* auszubessern, der erstaunlichsten Hinterlassenschaft der letzten Eiszeit, die vor zehntausend Jahren endete. Zur Reinigung oder als Konzession an die Besucher setzte ein praller Feuerwehrschlauch mit einem kräftigen Wasserstrahl eine Steinkugel in dröhnende Bewegung. Im Schallkegel des Trichters war das Dröhnen fast unerträglich laut, außerhalb davon kaum hörbar.

Bei der Betrachtung der Gletschertöpfe mit den mahlenden Findlingen in Schwindel erregender Tiefe trat ihm das Bild des Mundschenks vor Augen, der damals in Barcelona beim beeindruckenden Nachtmahl mit Mercedes den Wein so fachmännisch wie ausgiebig gekostet hatte. Er ruhte sich nicht lange auf der Erinnerung aus, sondern studierte sorgfältig die örtlichen Gegebenheiten.

Um elf Uhr holte er den Gast aus Zürich am Bahnhof ab, wo er vorher sein Reisegepäck in ein Schließfach eingesperrt hatte. Dann schlenderten sie gemeinsam durch die Stadt.

»Die Spur, von der ich gestern sprach, hat sich verdichtet. Der Antiquar pflegt tatsächlich vertrauliche Beziehungen zu gewissen Hehlerringen für gestohlene Kunst- und Wertgegenstände. Fabergé ist ihm natürlich ein Begriff. Er hätte davon gehört, dass vor wenigen Tagen in Straßburg ein ganz exklusives Ei aufgetaucht sei. Er will sich heute Morgen genauer erkundigen. Um die Mittagszeit soll ich ihn im Geschäft anrufen. Er würde mich dann irgendwo treffen, besser nicht im Laden.«

Richard lenkte die Schritte in die Gasse der Fundgrube. In einiger Distanz blieben sie stehen. Kropf las die geschwungenen schmiedeeisernen Lettern über dem Schaufenster: ›Koblerhaus‹. Dann gingen sie schnellen Ganges auf der Gegenseite am Laden vorbei. Schnell, aber doch langsam genug, dass Kropf mit Entzücken das Fabergé-Schild erkennen konnte. Der Köder saß wieder recht tief.

---

* Unter einem Gletschertopf ist ein imposanter Trichter von bis zu zehn Metern Tiefe und Durchmesser zu verstehen, welcher unter der damaligen Eisdecke durch gewaltige Ströme und Wirbel von Schmelzwasser ausgespült wurde. Ganz unten im Trichter sind meistens noch große, abgeschliffene Gesteinsbrocken zu sehen, welche von den Wassermassen bewegt wurden.

Nun führte der Spaziergang Richtung Old Swiss House. Auch sein Gast freute sich, wieder mal hier einzukehren. Sie bestellten einen trockenen Sherry und studierten die Speisekarte. Für Richard wurde es Zeit, den angeblichen Anruf zum Hehler zu tätigen. Er legte die Visitenkarte, die er sich am Vorabend dort geschnappt hatte, auf den Tisch, las halblaut die Telefonnummer ab und stellte auf dem Handy natürlich eine andere ein, auf welcher alsbald eine synthetisierte Stimme ihren eintönigen Dienst versah. Dann lehnte er sich im Sessel weit zurück und sprach sehr leise, um die anderen Gäste nicht zu stören. Der Oberkellner schaute mit Recht bereits kritisch zum Störenfried.

»Fabergé, richtig, gibt's was? Ja, interessante Neuigkeiten. Wirklich? Super! Mh, mh, mh, mh. Haben Sie schon. Bestens. Wie, sagen Sie, im Gletschergarten? Im Museum! Mh, mh, mh, mh. Gut, dann rufe ich Sie eben an. Okay, wenn's geht um drei Uhr!«

»Was ist, was ist, verflucht noch mal, was ist?«

Richard steckte das Handy weg und bat den Oberkellner mit zerknirschtem Blick um Vergebung. Besänftigt näherte er sich mit dem Bestellblock. Ohne in die Karte geschaut zu haben, hatten sie sich zur Hausspezialität, dem Wiener Schnitzel de Luxe, entschlossen und taten das unisono kund. In diesem Hause eine wahre Wucht.

Endlich kam Richard dazu, über das Telefongespräch zu berichten.

»Hören Sie, er hat das Ding vielleicht aufgespürt. Es befinde sich noch im Raum München, könne aber über Basel hierher beordert werden. Könne übermorgen hier sein. Kobler möchte Sie kennen lernen und die Konditionen besprechen. Er schlägt vor, wie Sie mitbekommen haben, dass wir uns wie zufällig im Museum oberhalb des Gletschergartens treffen. Um drei Uhr. Er würde sofort alles in Bewegung setzen und sich vielleicht etwas verspäten. Falls er den Termin nicht halten kann, also nicht pünktlich im Museum auftaucht, rufe ich ihn um 15 Uhr wieder an.« Mindestens so lange musste er Kropf aus dem Verkehr ziehen, wie Sir Alec sich ausgedrückt hatte.

Kropf mutierte zum entzückten Mephisto und kicherte vor sich hin.

»Ich war noch nie in diesem Gletschergarten«, log Richard, »vielleicht können Sie mich etwas herumführen.«

»Aber sicher. Wir beginnen mit dem Löwendenkmal.« Er wollte gerade zu einem pathetischen Referat ausholen, da fuhr die Bedienungsmannschaft den Flambierwagen auf. Das dumpfe Klopfen aus der Küche, das von der liebevollen Misshandlung von Kalbsschnitzeln herrührte, hatte plötzlich aufgehört. Jetzt wurden sie in Eigelb, Butter und Paniermehl gebadet und gewendet und gebraten. Reichlich übrig gebliebenes Paniermehl wurde in reichlich Butter zu köstlichen Maxibröseln geformt und schließlich über die hausgemachten Breitbandnudeln geleert.

»Eine richtige Henkersmahlzeit!«, verkündete Mephisto. »Ein diätetischer Seitensprung, der größten Genuss verschafft, was nicht von jedem Seitensprung gesagt werden kann«, urteilte Richard und lenkte das Gespräch auf friedliche Gefilde.

Da eine Flasche Bordeaux nicht reichte, um der Speise Herr zu werden, leerten sie eben noch eine zweite. Nach einem Espresso und einem riesigen Courvoisier verließen sie kurz nach zwei Uhr das segensreiche Lokal. Richard war es in der angeregten Runde entgangen, dass sich in einem anderen Teil des verwinkelten Lokals zwei sportliche blonde Männer Anfang zwanzig ebenfalls erhoben und dem anderen Ausgang zustrebten.

In prächtiger Stimmung näherten sie sich dem weltberühmten Löwendenkmal, keine drei Minuten vom Restaurant entfernt. Oberst Kropf kam sofort in Fahrt.

»Lesen Sie dort auf Lateinisch in Stein gemeißelt: ›Aufs Heftigste kämpfend fielen sie.‹ Das waren eben noch Zeiten. Wir stellten die besten Krieger in Europa. Vor fünfhundert Jahren waren wir sogar eine militärische Großmacht.«

Richard konnte sich nicht erinnern, in englischen Geschichtsbüchern mehr als einen Dreizeiler darüber gelesen zu haben.

»Und heute?« Kropf schrie beinahe. Zum Glück waren sie fast alleine hier. »Die so genannten Patrioten wollen keine bewaffneten Schweizer Soldaten ins Ausland schicken, aus Angst vor ich weiß nicht was!«

Erschöpft brach er ab; sie gingen weiter. Beim Pförtnerhäuschen lösten sie Eintrittskarten für den Gletschergarten.

Die beiden Sportler hatten sich unter die Bewunderer des Denkmals gemischt und erstanden in zeitlichem Abstand ihre Karte.

Der volle Magen erleichterte das Steigen der vielen Treppen nicht. Richard hörte geduldig die Theorien über die Entstehung der Gletschermühlen, welche seit hundert Jahren überholt sind. Die Handwerker hatten nach der Mittagspause ihre Arbeit zur Instandsetzung der Geländer weitgehend beendet. Die Lücke um den großen Gletschertopf war vorschriftsmäßig abgesichert worden. Offenbar war der Nachmittag für die Ausbesserung des Aufgangs zum Aussichtsturm vorgesehen. Tief atmend erreichten sie das Museum.

Kropf entschied sich vorerst für einen Besuch des Spiegellabyrinths. Nicht nur Kinder ergötzen sich an den optischen Verzerrungen, den mannigfaltigen Effekten geometrischer Reihen scheinbar unendlich tiefer Hallen mit arabesken Grotten und Rosenspalieren in gefangenen Enden. Jeder sieht sich und andere Besucher in der Schräge hundertfach geklont – auch ein Mord würde gleich hundertfach ausgeübt –, geht weiter, sucht den Weg, irrt sich laufend und findet sich früher oder später erleichtert beim Ausgang. Der Spuk ist vorbei. Er bestand lediglich in der Anordnung der Spiegelwände.

Noch war Zeit genug, um sich im Museum umzusehen. Eine überraschende Sammlung von erdgeschichtlichen Darstellungen und Reliefen von ganzen Landesteilen. Bei der plastischen Nachbildung der Heerzüge und Schlachten von 1799 zwischen Franzosen und Russen in den Schweizer Alpen geriet Kropf wieder in Ekstase. Oberst Kropf hätte alles anders angepackt!

Um drei Uhr war Kobler noch nicht eingetroffen. Richard wählte also wieder die synthetisierte Frauenstimme an.

»Herr Kobler, wo sind Sie? Aha, unterwegs. Haben Sie! Sehr gut! In einer Viertelstunde unten beim Eingang. Bis dann!«

Und zu Kropf, ruhig und geheimnisvoll: »Er scheint Interessantes erfahren zu haben, was offenbar Zeit brauchte. Wir sehen ihn dann unten beim Billetthäuschen.«

Richard atmete unhörbar durch. In wenigen Minuten würde er Sir Alecs Zeitlimit geschafft haben. Nur noch zwei oder drei kleinere Ablenkungsmanöver und er würde sich beim Chef abmelden können.

»Ich kauf mir oben ein paar Bananen. Mögen Sie auch eine? Ist gut für die Verdauung.«

Kropf lehnte kopfschüttelnd ab. Er keuchte und rang nach Atem. Die ›Henkersmahlzeit‹ drückte ihn fast zu Boden. Richard begab sich zur Aussichtsterrasse mit dem Kiosk, während Kropf bereits langsam den Treppenweg hinunterstieg. Beim großen Gletschertopf hielt er inne und wagte über das provisorische, aber solide Geländer einen direkten Blick in die Tiefe. Der von der Natur geschaffene Trichter war neun Meter tief und hatte oben einen Durchmesser von acht Metern. Ganz unten am Grund drehte ein runder Findling durch die Kraft des Gletscherwassers. Da Richard nicht Zeuge sein wollte, wenn sich sein Begleiter nächstens übergeben würde, schritt er eilig um das Gebäude herum zum Kiosk. Dort konnte er nochmals unauffällig ein paar Minuten herausschinden.

Kropf hielt sich fest am Geländer und schwankte. Ein paar Leute hatten gerade das Museum betreten, andere verschwanden beim Ausgang, eine kleine Gruppe betrachtete weiter oben die Bildtafeln und Legenden an den Wänden. Die Arbeiter waren immer noch mit dem Aufgang zum Aussichtsturm beschäftigt, als sich, von niemandem bemerkt, die zwei blonden Sportler schnell dem Mephisto näherten und ihn in Sekundenschnelle über die Schranken kippten.

Als Richard mit seinen Bananen wieder um die Ecke trat, war Kropf buchstäblich vom Erdboden verschwunden. Die zwei jungen Leute in Jeans und Lederjacke, welche sich rasch entfernten, brachte er zunächst nicht in Zusammenhang. Richard rannte zum großen Gletschertopf, wo vor wenigen Augenblicken sein Oberst gestanden hatte, und erblickte ihn alsbald in der Tiefe.

Keine Hilferufe oder Schreie. Auch der Aufprall des Körpers in der Tiefe war für niemanden hörbar gewesen. Der donnernde Findling überdeckte alle anderen Geräusche. Der Mahlstein tat sein Werk langsam, aber stetig und gründlich. Zuerst die Beine, dann der Unterleib, die Brust, der Kopf wurde abgetrennt. Der Wasserstrahl sorgte für die Entfernung des Blutes.

Richard begriff nun augenblicklich. Die beiden Athleten waren verschwunden.

›Killer aus Kiew!‹, schoss es ihm durch den Kopf. Weg von hier!

Er selber wollte jeder Zeugenbefragung aus dem Weg gehen. Also warf er ein Stück der Bananenschale dorthin, wo vor ein paar Sekunden Kropf gestanden hatte, und schmiss den Rest in den Trichter. Immer noch schaute kein Mensch in den großen Gletschertopf. Dann entfernte er sich zum Ausgang, wo eine Horde japanischer Touristen Einlass begehrte und sich gegenseitig mit ihren unästhetischen Bodybags behinderte.

Er befand sich bereits im Bus zum Bahnhof, als er das Martinshorn von Fahrzeugen der Polizei oder Ambulanz vernahm. Auf dem Bahnsteig riss ihn sein Handy aus der Benommenheit. Es war Sir Alec:

»Alles okay, der Schatz ist sichergestellt und wird gehoben. Sie können Ihren Gast wieder in Verkehr setzen!«

»Sir, ich befürchte, das ist nicht mehr möglich, sorry!«

»Auch gut, ich sehe Sie wohl nächstens?«

Das war ein eindeutiger und dringender Marschbefehl nach London. Schließlich wurde Richard beauftragt, morgen besonders sorgfältig die Schweizer Zeitungen durchzusehen.

»Yes, Sir!«

Epilog

Am Tage nach dem tragischen Unglück war in der Neuen Zürcher Zeitung unter ›Vermischte Meldungen‹ zu lesen:

»Gestern ist der bekannte Rechtsanwalt Dr. H. W. K. aus Zürich im Gletschergarten Luzern wegen eines defekten Schutzgeländers tödlich abgestürzt. Offenbar ist er auf einer Bananenschale ausgeglitten, die er selber hatte fallen lassen. Da keine Hinterbliebenen zu verzeichnen sind, entfällt ein Versorgerschaden, für welchen die Haftpflichtversicherung des Betreibers der Anlage aufkommen müsste. Die Polizeibuße wegen unsachgemäßen Umgangs mit Abfällen wird der Erbmasse belastet.«

Erbmasse war also das, was der Mahlstein in der Tiefe des Gletschertopfes aus Kropf in wenigen Sekunden gemacht hatte.

Richard verlangte gebieterisch Madame Meister ans Telefon.

»Harriott speaking, haben Sie heute schon die Zeitung gelesen, wenn Sie wissen, was ich meine?«

Sie hatte und sie wusste weshalb.

»Sie stellen Ihre Videoaufnahmen und deren Weitergabe sofort ein. Sollte jemand unter Entzugserscheinungen leiden, wird er sich melden. Sie befolgen seine Instruktionen und informieren mich unverzüglich.

»Die waren schon hier, gestern früh in meiner Wohnung, und verlangten gebieterisch die letzten Videobänder. Zum Glück konnte ich schlank die sofortige Weiterleitung an Kropf nachweisen, dank Ihrer Instruktion natürlich. Einigermaßen besänftigt zogen sie ab, und ich trank fürs Erste einen Wodka.«

»Wie sahen sie aus?«, unterbrach Richard den zu erwartenden slawischen Redeschwall.

»Jung, groß, blond – eben polnisch –, in Jeans und Lederjacken.«

»Danke, Eisvogel, bis bald, Eisvogel!« und hängte ein.

Dass die unbequemen Besucher nach neun Uhr in der Kanzlei anriefen und von Reinhold Reinhold das Stichwort Luzern erfuhren, konnte sie nicht wissen.

Sir Alec traf sich mit Richard im eleganten Restaurant des Hilton Heathrow. Mit einer Handbewegung forderte er Richard auf zu referieren. Den Höhepunkt bildete der Hinweis auf das Telefonat mit Madame Agnieszka Meister-Novak. Richard blickte viel sagend zu seinem Chef.

»Es waren nicht die erwarteten Killer aus Kiew, sondern die polnische Mafia, Sir!«

Dann schloss er seine Ausführungen mit der Überzeugung, dass die Polizei von einem offensichtlichen Unfall ausgegangen sei und die Sache dabei bewenden lassen werde. Dabei legte er die Zeitungsnotiz auf den Tisch. Einen kleinen Vorbehalt musste er zwar noch anbringen:

»Eine Obduktion der Leiche oder was davon übrig geblieben ist, würde halb verdaute Maxibrösel und gekaute Fetzen eines De-Luxe-Wiener Schnitzels zutage fördern. Ein Feinschmecker von Gerichtsmediziner würde dann allerdings sofort auf das richtige Restaurant schließen. Das Personal würde sich mit Sicherheit an die beiden auffälligen Schlemmer und Säufer erinnern, gerade auch des reichlichen Trinkgelds wegen.«

Dem Zuhörer blieb das Appetithäppchen einen Moment im Halse stecken, bevor er es erfolgreich hinunterwürgte. Dann formte er seine Gesichtsfalten zu einer Gletscherlandschaft und äußerte die tief schürfende geologische Erkenntnis:

»Alle Eiszeiten zusammen haben nicht genug Gletschertöpfe hinterlassen, um alle Bösewichter darin zu entsorgen!«

Dann wechselte er den Ort der Handlung und berichtete frohgemut: »Im Anschluss an den erfolgreichen D-Day kamen die Schatzjäger zum Zug. Minuziös hatten sie über Monate Kropfs Vermögenswerte aufgespürt, die er, wie ich Ihnen sagte, an sechs verschiedenen Offshore-Standorten gut getarnt geparkt hatte. Insgesamt kamen wir auf fünfzig Millionen Dollar. Dann wurden die lokalen Autoritäten eingespannt und zum zeitzonengerechten Einsatz bewogen. In diesem Geschäft gibt es keine

Operateure, die kurzerhand eine Bank stürmen und sich nehmen, was sie sich vorgenommen haben. Hier sind Richter, Staatsanwälte, Polizeioffiziere am Werk, die ganz direkt, aber legal vorgehen.

An fünf Plätzen gelang es, fünfundvierzig Millionen zu blockieren. Nur in Anguilla blieb die Aktion stecken. Von den arretierten Vermögenswerten werden wir nach Abgeltung der lokalen Aufwendungen etwa vierzig Millionen an die Geprellten zurückführen können. – Sollte noch etwas übrig bleiben«, Sir Alec lächelte maliziös, »so wird damit die Kriegskasse der Schatzjäger und vielleicht sogar der Rauchmelder gefüttert.«

Richard bekundete vor allem der letzten Bemerkung hohe Sympathie. Neben den reichen Vettern der Schatzjäger kam er sich nur als kleiner, armer Rauchmelder vor und machte ein leicht bedrücktes Gesicht. Dennoch zeigte er seine Erleichterung, dass der Druck, der sich über Monate stetig aufgebaut hatte, endlich gewichen war. Erstmals seit langer Zeit fühlte er sich nicht mehr bedroht.

Also fasste er sich ein Herz und schaute Sir Alec in die Augen. Dieser kam ihm aber zuvor:

»Ich weiß, am liebsten möchten Sie sich aus diesem Verein ausklinken. Vor einiger Zeit haben Sie so was angedeutet, ja?

Natürlich haben Sie unser Bild von der Wetterkarte mit den Zyklonen des Verbrechens vor Augen. Ein Wetterfrosch kann nur aus Altersgründen von der Leiter steigen. Aber niemals wird ein Meteorologe seinen Dienst quittieren, weil es kein Wetter mehr gibt. Mit den Zyklonen des Verbrechens ist ein Verbleib noch zwingender. Dem Wetter können wir auch passiv zuschauen, dem Verbrechen aber nicht.«

Niemand wusste es besser als Richard, dass der dem reizvollen Doppelspiel von Business und Verbrecherjagd nie würde entsagen können. So alt war er noch lange nicht. Er nickte lächelnd.

Sir Alec wurde ernst: »Aber ich werde mich gelegentlich in meinen Ruhestand nach Cheltenham zurückziehen.«

»Sie, Sir Alec, Sie werden sich mit Bestimmtheit langweilen!«

»Das werde ich mich nicht. Ich schreibe ein Buch.«

»Worüber, Sir Alec? Ihre Memoiren? Wie lautet der Titel?«

»Das dürfen Sie niemandem verraten: ›Die Schatzjäger‹.«

Who's who

Firma Palma Management	Agency for Competitive Intelligence Services. Penthouse Avenida Gabriel Roca 61 Palma de Mallorca
Richard Henry Harriott	Inhaber der Palma Management
Mercedes de Cardenas	Geschäftspartnerin
Sir Alec	Leiter des Club of London
Sharon	Sekretärin von Sir Alec
Patrick Harrison	Ex-SAS-Sergeant, Club de Mar, Freundin Magnolia
Kenneth Ward	Ex-SAS-Sergeant, Club de Mar
Victor Havlicek	Operateur in Prag, vormals Kommissar der Geheimpolizei
Oleg	Dezernatsleiter FSB, St. Petersburg
Pedro Hernandez	Comisario, Club Nautico
Greves AG	Hightechfirma, Zürich-Oerlikon,
· Willy Kessler	CEO
· Samuel Rüegg	Exportleiter
· Rolf Kessler	Sohn von Willy Kessler, Software und Elektronik
· Urs Flückiger	Betriebsleiter
· Cincinnatti Tools	Competitive-Intelligence-Mandat
Hermann Werner Kropf	Dr. iur., Rechtsanwalt, Zürich

Reinhold Reinhold	Bürodiener
Transtecco GmbH	Firma für technischen Handel, Frankfurt
· Georg Follmann	Königstein, Geschäftsführer
· Philipp Schütz	Vorsitz
· Hans Seidler	Geschäftsführer
SloTrade	Firma für technischen Handel, Bratislava
· Ing. Jozef Babic	Inhaber
Space & CO. AG	Hightechfirma, Böblingen
Specitronic	Hightechfirma, Waiblingen, CEO Magnus
Injectec	Hightechfieferant von British Aerospace
Chemotechnica	Hightechfirma, Kiew
Agnieszka Meister-Novak	Direktorin Caratus
Pjotr Alexandrowitsch Carlin	Antiquitätenhändler in St. Petersburg
· Boris, Stefan, Marek	Hilfspersonen von Pjotr
Friedrich Meister	Kunsthändler in Zürich
Sirius	Pharmafirma in Espoo, Finnland
· Hannu Anttila	alias Olaf Johannsson, Eigentümer von Sirius
Instrumenta BV	Pharmafirma in Amsterdam
· Jan Dijkman	Eigentümer der Instrumenta
Global Investment Consulting	Merger & Acquisition Firma, Berlin
· Gromakow	Inhaber
· Gerhard Navratil	Agent

Genereller Who's who

Competitive Intelligence Service	Legaler wirtschaftlicher Nachrichtendienst
SIS (britisch)	Secret Intelligence Service = MI-6
SAS (britisch)	Special Air Service Regiment
DD (britisch)	Deception Desinformation
SAS (britisch)	Special Air Service
MI-5 (britisch)	Abwehr
Club of London	Inoffizielle Organisation zur Bekämpfung der Wirtschafts-kriminalität, Anti-WiKrimi
FSB (russisch)	Federalnaja Sluschba Besopast-nosti (Federaler Sicherheitsdienst
Echelon	Ein global operierendes Netzwerk von Abhörposten, Filterrechnern und Funkaufklärungssatelliten, das internationale Kommunika-tionswege abhört. Mit diesem com-putergestützten, kryptologisch hoch entwickelten und sehr perso-nalintensiven System, das auf spe-ziell programmierte Schlüsselwör-ter reagiert, lässt sich die weltweite elektronische Kommunikation ras-termäßig erfassen und auswerten.